—————— 阅读之前 没有真相

午夜文库

安东尼·霍洛维茨作品

安东尼·霍洛维茨
Anthony Horowitz (1955—)

安东尼·霍洛维茨，英国知名侦探小说作家、编剧。

一九五五年四月，霍洛维茨出生于伦敦一个富裕的犹太家庭。童年时期虽生活优渥，但并不快乐。据他回忆，作为一个超重又内向的孩子，经常遭到校长体罚，在学校的经历也被他描述成"残酷的体验"。八岁时，他就意识到自己会成为一名作家；他说："只有在写作时，我才会感到由衷的快乐。"母亲是霍洛维茨在文学世界的启蒙者，不仅引导他阅读大量书籍，甚至在他十三岁生日时送给他一副人类骸骨。他表示，这件礼物让他意识到"所有人的最终结局都不过是白骨一具"。其父因与时任英国首相哈罗德·威尔逊的政客圈子过从甚密，为了自保，将财产秘密转入瑞士的隐秘账户。结果在霍洛维茨二十二岁时，父亲因癌症去世，大额财产下落不明使霍洛维茨与母亲陷入困境，自此家境一落千丈。

一九七七年，霍洛维茨毕业于约克大学英国文学与艺术史专业。之后他果然朝着作家之路迈进：先以《少年间谍艾利克斯》系列享誉国际文坛，全球畅销千万册，继而成为众人皆知的福尔摩斯专家，是柯南·道尔产权会有史以来唯一授权续写福尔摩斯故事的作家。代表作《丝之屋》畅销全球三十五个国家。此外，之后创作的《莫里亚蒂》和《关键词是谋杀》也广受好评。还被伊恩·弗莱明产权会选为"007系列"的续写者,二〇一五年出版了 Trigger Mortis 一书。

同时,对侦探女王阿加莎·克里斯蒂的热爱,也给了霍洛维茨接连不断的创作灵感。他曾为独立电视台(ITV)的《大侦探波洛》系列多部剧集担纲编剧。二〇一六年,他向阿加莎致敬的小说《喜鹊谋杀案》,一经面世就在欧美文坛引起巨大轰动。荣获亚马逊、美国国家公共电台、《华盛顿邮报》、Esquire 年度最佳图书,被《纽约时报》《时代周刊》等媒体盛赞为"一场为黄金时代侦探小说爱好者而设的盛宴"。在日本更是史无前例地横扫五大推理榜单,均以绝对优势荣登第一名的宝座。

作为知名电视编剧,霍洛维茨还撰写了大量剧本。除波洛系列外,他的编剧作品《战地神探》(Foyle's War)获得英国电影和电视艺术学院奖(BAFTA)。

二〇一四年,他因在文学领域里的杰出贡献而获颁大英帝国官佐勋章(OBE)。

猫头鹰谋杀案
Moonflower Murders

[英]安东尼·霍洛维茨 著
王雨佳 译

新 星 出 版 社　NEW STAR PRESS

献给艾里克·哈姆利施(Eric Hamlish)以及简·撒林达尔(Jan Salindar)——感谢与你们共度的那些美好的时光

出场人物表

苏珊·赖兰（Susan Ryeland）	前三叶草图书公司编辑
安德鲁（Andreas）	苏珊长期交往的男友
凯特·利思（Kate Leith）	苏珊的妹妹
戈登·利思（Gordon Leith）	凯特的丈夫
艾伦·康威（Alan Conway）	阿提库斯·庞德系列丛书作者
詹姆斯·泰勒（James Taylor）	艾伦的男友
梅丽莎·约翰逊（Melissa Johnson）	艾伦的前妻
劳伦斯·特里赫恩（Lawrence Treherne）	布兰洛大酒店经营者
波琳·特里赫恩（Pauline Treherne）	劳伦斯·特里赫恩之妻
丽莎·特里赫恩（Lisa Treherne）	劳伦斯和波琳的大女儿
塞西莉·特里赫恩（Cecily Treherne）	劳伦斯和波琳的二女儿
艾登·麦克尼尔（Aiden MacNeil）	塞西莉的丈夫
罗克珊娜·麦克尼尔（Roxana MacNeil）	塞西莉和艾登的女儿
埃洛伊丝·拉德玛尼（Eloise Radmani）	罗克珊娜的保姆
弗兰克·帕里斯（Frank Parris）	布兰洛大酒店谋杀案受害者
乔安娜·威廉姆斯（Joanne Williams）	弗兰克·帕里斯的妹妹
马丁·威廉姆斯（Martin Williams）	乔安娜的丈夫
斯蒂芬·科德莱斯库（Stefan Codrescu）	布兰洛大酒店谋杀案嫌疑人
德里克·恩迪克特（Derek Endicott）	布兰洛大酒店夜班经理
莱昂内尔·科比（Lionel Corby）	布兰洛大酒店水疗馆经理
娜塔莎·马尔克（Natasha Mälk）	布兰洛大酒店女佣
理查德·洛克（Richard Locke）	高级警司，布兰洛大酒店谋杀案负责人

克里特岛　圣尼古拉奥斯

波吕多洛斯是一座迷人的家族经营式旅馆，离圣尼古拉奥斯这座生机勃勃的小城仅一箭之遥，距伊拉克利翁约一小时行程。旅馆房间每日有专人清扫，每间房都配有无线网络和空调，其中几间为海景房。您可以在美丽的露台餐厅享受咖啡与家常菜品。若需更多信息，请访问旅馆官网，或在booking.com上查找信息。

你根本不知道上面这一小段话我写了多久，生怕那些扎堆的形容词用得不好。用"生机勃勃"来形容圣尼古拉奥斯合适吗？一开始我写的是"繁忙的"，但转念一想，那样会让人想到车水马龙和恼人的噪声，尽管事实的确如此。旅馆距离小城中心有十五分钟左右的路程，这算是"一箭之遥"吗？我是不是应该再提一下旁边的阿莫迪海滩？

奇怪的是，明明我这辈子绝大多数工作的时间都在做图书编辑，处理作者的文稿游刃有余，现在却被明信片背面这段仅四行字的广告文案累出一身汗。最后，我把写好的内容递给安德鲁，他却只用了五秒就看完了，并且随意地哼了一声表示赞同。想到刚才我费尽心思写文案时的样子，真是既开心又生气。我发现希腊人就是这样。他们情感相当丰富，无论戏剧、诗歌还是音乐都能直击人心。然而涉及每天一板一眼地做生意、抠细节，他们的态度多数是siga siga，翻译过来差不多就是"管他呢，无所谓！"的意思。我每天都能听见这个词。我一手夹着烟、一手捧着特浓黑咖啡检查刚写好的内容，两个念头忽然窜进脑海：我们打算把这些明信片放在前台旁边的架子上，可是既然游客们都已经来到旅馆了，还需要这种宣传吗？还有，更关键的是，我到底在这里干什么？我是怎样使自己沦落到这般境地的？

就在我距离五十岁生日还有两年的时候，我原本以为以后的人生基本只有惬意与舒适：一份薪酬不错的工作和一套位于伦敦的小型公寓，还有丰富的社交活动。然后在某天，一下子成为一座旅馆的联合创始人兼经理。当然，这座旅馆着实比我描述得更美好。"波吕多洛斯"坐落在海边，有两座隐藏在遮阳伞和柏树荫下的宽敞露台，总共有十二个房间和一群年轻的员工，他们就算在最忙乱的时候也能保持心情愉悦。除此之外，还有一批忠实的客户。旅馆的菜式简单，供应希腊"神话"牌拉格啤酒，有一位常驻音乐家和绝佳的海滨风景。我们的目标客户一定想不到，当他们从庞大的大巴车上下来、缓缓走过那些并非为大宗游客设计的街道、抵达海湾另一边的旅馆时，迎接他们的会是这样一座六层楼的庞大建筑。不过可惜的是，除了以上这些，我们还有时不时就出点问题的电路、总也修不好的下水管道和断断续续的无线网络信号。我并不想将此简单地归咎于"希腊人都很懒"这种刻板印象，或许只是我比较倒霉而已，但"踏实可靠"也确实并非这家旅馆员工奉行的工作宗旨。大厨帕诺斯烹饪手艺绝佳，但每次一和老婆孩子闹矛盾，又或是和他的摩托车怄了气就不来上班，只好由安德鲁临时接手厨房工作，我来照看吧台和餐厅。这两个地方要么人满为患却找不见服务生，要么客人稀稀拉拉服务生却扎堆，总没有两边均衡的状态。好不容易供货商准时上门了，送来的货却和我们预订的大相径庭。一旦什么东西出现故障——基本上就没有不出故障的物件——所有人都得在忐忑中等好几个小时，因为谁都不知道维修工到底会不会来。大部分时候，我们的客人似乎很满意，代价却是上至老板下至员工都忙得人仰马翻，就像法国滑稽剧中那些在幕后手忙脚乱的演员，拼了命地让剧目顺利进行。等到终于做完一切爬上床，往往已是凌晨一两点，我累得像裹尸布中被抽干的木乃伊。每当此时，心情总是极为低落，因为知道明天早上一睁眼，这一切又要全部重来一遍，然后带着这样的忧愁昏睡过去。

不行，我说得太消极了。这里的生活自然也有无比美妙之处。爱琴海的日落美得不似人间，每到傍晚时分，我总会痴痴地望着它沉醉，真难怪希腊人如此笃信神明的存在——太阳神赫利乌斯驾着燃烧的金色战车，在广阔的天空中驰骋。天幕下的迪克提山仿佛羽化为一条条薄如蝉翼的轻纱，先是柔和的粉色，再是清雅的淡紫，纠缠着、变幻着逐渐褪去色彩、沉入黑暗。每天早晨七点，我都会去游泳，让晶莹的海水洗去红酒的余韵和香烟的味道。富尔尼群岛和利姆奈斯的小酒馆里有人在用餐，空气中弥漫着茉莉的清香，曙光未明的天空中繁星闪烁，耳边时不时传来沙哑的笑声和玻璃杯轻碰的脆响。我甚至还学起了希腊语，每周三个小时，跟着一个年纪小到可以做我女儿的姑娘学习。她不仅能把那些令人头大的、不仅毫无规律可言还长得奇奇怪怪的希腊字母讲得头头是道，甚至还让我觉出了一丝乐趣。可我不是来这里度假的。在《喜鹊谋杀案》的喧嚣尘埃落定后，我搬到了希腊。那是我经手的最后一本书，也是它导致了小说作者的死亡、我的出版公司的倒闭以及我职业生涯的终结……环环相扣。我出版的书里有九部关于大侦探阿提库斯·庞德的小说，全都大热畅销，本以为这种喜人的势头可以一直持续，如今一切却戛然而止。回过神时，我已开始了截然不同的新生活，而其中大部分时间都在辛苦劳作。这种心情不可避免地影响了我和安德鲁的关系。我俩倒是不吵架——都不是喜欢吵架的类型——但对彼此却日渐小心翼翼、惜字如金，就像两个毫无斗志的赏金拳击手，时刻提防着对方，却不出手。说实话，与其这样，还真不如我俩撸起袖子干一架痛快。不知何时起，我们的关系陷入了那个通常只会在老夫老妻间出现的、特别磨人的状态，而沉默远比争吵破坏力更强。当然，我们还不是夫妻。安德鲁曾向我求过婚，钻戒、单膝跪地等流程全部来过一遍，但因为太忙，两个人都没再继续跟进这件事；我的希腊语也还没好到可以听懂全部用希腊语主持的婚礼。于是我们决定再等等。

然而时间并未眷顾我们。在伦敦时，安德鲁曾是我最亲密的伙伴。虽然那或许是因为当时我们没有同居，所以总期盼和他见面。我们一起读书，在家享受烛光晚餐……特别是当安德鲁下厨的时候。我们曾有过美妙的性爱，然而克里特岛却彻底改变了这一切，把我们困在一个迥然不同的生活节奏里。尽管离开伦敦才不过短短两年，我却已下意识地开始思考如何逃离。

不过，还没等下意识变成"意识"，逃离的办法便在某日清晨，随着一对衣着光鲜的夫妇不请自来。他们显然是英国人，挽着胳膊亲密地从旅馆外连着大马路的斜坡上走下来。我看得出他们非常富有，而且不是来度假的。男人穿着外套和长裤，在这炎热的早晨显得格外不合时宜；外套下是一件Polo衫，头上戴着一顶藤编的圆冠阔边帽。女人身上的连衣裙看起来更适合网球派对，而不是海边；她戴着一条精致的项链，手里拿着一只设计简约的小巧提包。两人都戴着昂贵的太阳眼镜。我猜他们有六十多岁。

男人走到酒吧台前，从太太手中抽出胳膊。我感觉他在打量我。"打扰了，"他用优雅的嗓音问道，"您会讲英文吗？"

"会的。"

"我想……您该不会是苏珊·赖兰吧？"

"是我。"

"能跟您借一步说话吗，赖兰女士？我叫劳伦斯·特里赫恩。这位是我的夫人，波琳。"

"您好。"波琳·特里赫恩冲我笑了笑，可是并不怎么友好。明明之前从未见过，她却一副不信任我的样子。"要不要先喝杯咖啡？"我小心地措辞，并没有要请他们喝的意思。我不想给人留下不近人情的印象，但又忍不住精打细算。我卖掉了伦敦北部的公寓，还搭上了一大半积蓄才买下波吕多洛斯旅馆，可到目前为止一毛钱也没赚着。不仅没赚着钱，还欠了将近一万欧元的债，尽管我没觉得我和安德鲁做错了什么。存款像漏水一样一天天减少，有时，我甚至觉得破产离我就像一杯免费卡布奇诺上的稀薄的泡沫那么近。

"不用了。谢谢。"

我把夫妇俩领到酒吧后面的桌边坐下。外面露台餐厅已坐满了人，不过服务生万吉利斯看上去倒是游刃有余，他不弹吉他的时候就会帮忙招呼客人；再说，吧台后面避开阳光也凉快些。"特里赫恩先生，我能为您做些什么？"我问。

"叫我劳伦斯就好。"他摘下帽子露出头顶稀疏的银发，一缕阳光不偏不倚地落在他头上。他把帽子放在面前的桌子上，"请原谅我们擅自登门拜访。我们有一位共同的朋友……萨吉德·汗。对了，他让我向您问好。"

萨吉德·汗？我想了好一阵才想起来，他是一名律师，住在萨福克郡的弗瑞林姆，是《喜鹊谋杀案》的作者艾伦·康威的朋友。艾伦死后，正是萨吉德·汗发现了他的遗体。我只见过他两次，称不上朋友，顶多算是认识。

"您住在萨福克郡吗？"我问道。

"是的。我们在伍德布里奇镇开了一座酒店。汗先生帮我们处理过一两件小事。"劳伦斯迟疑着，忽然有些不安，"上周我找他咨询一件棘手的事，是他让我来找您的。"

我很纳闷，汗是如何知道我在克里特岛的。肯定有人告诉他，因为我敢肯定自己没说过。"所以您就大老远地专程过来找我？"我问。

"其实不算太远，我们原本也总四处旅行。我们现在住在米诺斯海滩艺术酒店。"他指了指酒店的方向，在一个网球场的对面，我的旅馆旁边。这更加印证了我之前的推测，特里赫恩夫妇非常富有。"米诺斯海滩"是一座高档精品酒店，内有私人别墅和满是雕塑的园林，住一晚差不多要三百英镑。"我想过先给您打电话，"他接着说道，"但又觉得这事在电话里说不清。"

他越说越神秘——并且，恕我直言，还有点令人讨厌的故弄玄虚。从斯坦斯特德机场搭四个小时的飞机，再从伊拉克利翁开一个小时的车抵达这里，可不是件轻松的事。"到底是什么事？"我问。

"关于一桩凶杀案。"

此话一出，吧台后的空气有一瞬间的凝固。露台餐厅的另一侧依然阳光明媚；一群当地的孩子叫着跳着，在爱琴海边嬉笑打闹；家人朋友们围聚在餐桌旁饮酒畅聊。我看着万吉利斯托着一只盛着啤酒和冰咖啡的托盘从我们身旁走过。

"什么案子?"我问道。

"一个名叫弗兰克·帕里斯的男人被杀了。您不认识此人,但或许听说过案发的酒店——布兰洛大酒店[①]。"

"是您家的酒店。"

"是的,没错。"波琳·特里赫恩抢先答道,这是见面后她第一次讲话,口音中带着一丝上流社会的优雅,每个词的发音都干净利落,仿佛一位不为人知的王室宗亲,可我总感觉她其实和我一样,只是个中产阶级而已。

"他在酒店预订了三天的住宿,"劳伦斯说,"入住的第二天被人杀了。"

我的脑中已经挤满一大堆问题:这个叫弗兰克·帕里斯的人是谁?谁杀了他?这关我什么事?然而我一个字都没说,只问:"这是什么时候的事?"

"大约八年前。"劳伦斯·特里赫恩回答。

波琳·特里赫恩把提包放到桌上丈夫的帽子旁边,这仿佛是一个信号,表示从现在开始,对话由她接管。她身上有某种气质,她的沉默和面无表情,让我觉得她才是那个真正掌权话事之人。她的太阳眼镜颜色幽深,清晰地映着我的倒影,让我感觉自己在跟另外两个自己对话。

"我想或许应该先让您了解整件事情的来龙去脉,"她咬字清晰地说道,"这样您就会明白我们来这里的目的了。您有时间吗?"

也就还有几十件事等着我去做吧,我想,不过嘴里却说:"当然有。"

---

① 原文拼作 Brandlow Hall。

"谢谢。"她吸了口气,娓娓道来,"弗兰克·帕里斯在广告行业工作。那时,他刚从生活了几年的澳大利亚回到英国,却在二〇〇八年六月十五日那天晚上、在自己的酒店房间里被人残忍地杀害了。我之所以记得这么清楚,是因为那天刚好是我们的女儿塞西莉结婚的日子。"

"他是婚礼宾客之一吗?"

"不是。我们并不认识他。为了女儿的婚礼,我们专门腾出了十几间客房,供亲朋好友休息、住宿。酒店共有三十二间客房。虽然心里略觉不妥,我还是决定继续向公众开放营业,我丈夫倒是认为这样无甚大碍。帕里斯先生是来萨福克郡探亲的,在酒店订了三天住宿。他被杀的时候是星期五晚上,可尸体一直到星期六下午才被人发现。"

"直到婚礼结束之后。"劳伦斯·特里赫恩轻声道。

"他是怎么死的?"

"被人用锤子狠砸了好几下,脸都砸变形了。要不是警察在保险柜里找到了他的钱包和护照,根本认不出是谁。"

"最为这件事难过的是塞西莉。"劳伦斯忽然插口道,"当然了,我们都很难过。原本是那么美好的一天,阳光明媚,我们在花园里举行婚礼,又宴请上百宾客用午餐。这种好天气是可遇而不可求的。谁也没有想到,就是那样一天,在那间可以俯瞰整个婚礼现场的房间里,有人会被杀害,倒在一片血泊里。"

"塞西莉和艾登不得不推迟度蜜月的时间。"波琳补充道。尽管时隔多年,她的声音依旧因为愤怒而有些颤抖,"因为警察不允许他们离开。他们说,就算这件案子明显跟他们没关系,也不可以走。"

"艾登是您女儿的丈夫?"

"艾登·麦克尼尔。是的，他是我们的女婿。他们原计划星期天一早启程去安提瓜岛度蜜月，结果整整推迟了两个星期才被放行。那时警察已经抓到犯人了，明明不用耽搁那么久的。"

"这么说他们已经抓到凶手了。"我接道。

"噢，是的。很快就抓到了。"劳伦斯解释说，"是我们的员工之一，罗马尼亚人，名叫斯蒂芬·科德莱斯库。他是我们请来给酒店做整体维护的，就住在酒店里。他有前科……这件事我们知道，或者说，正因为知道才选择雇用他。"他轻眨了下眼，垂目道，"我和太太那时候在酒店里做了个项目，雇用有前科的年轻人——安排他们在厨房工作，或者打扫房间、整理花园等——想给他们提供一个出狱后改过自新的机会。我们俩都坚信服刑是可以使人悔过自新的，并且愿意给这些年轻人重新来过的机会。我知道您或许会说，有前科的人再犯罪的概率非常高，可那是因为这些人没有机会重新融入社会。我们和拘留所关系很好，他们向我们保证，说斯蒂芬没有问题、可以来酒店工作。"说到这里，他重重地叹了口气，"可惜他们错了。"

"塞西莉一直很信任他。"波琳说。

"他们俩认识？"

"我们有两个女儿，都在酒店工作。案件发生时，塞西莉是总经理。当初就是她面试并决定录用斯蒂芬的。"

"您女儿在自己工作的酒店举行婚礼？"

"没错。我们是家族企业，员工也是我们的家人，她不会想去别的地方办的。"波琳回答。

"而她认为斯蒂芬是无辜的。"

"一开始是的，她坚信如此。塞西莉就是这样，她太善良了，总是过分信任别人，是那种相信人心本善的人。可是所有的证据都指向斯蒂芬，太多了，我都不知该从何说起。锤子上没有指纹……被人擦干净了，可是他的衣服上有飞溅的血迹；从死者那里偷来的钱就藏在他的床垫下；有人看见他进入弗兰克·帕里斯的房间；最关键的是，他自己也承认了。当时，就连塞西莉也不得不承认，是她信错了人。就是这样。后来她和艾登去了安提瓜，酒店经营也逐渐恢复正常，尽管那是一个非常漫长的过程。没有人愿意住在十二号客房，我们现在把它当储藏室用。正如我刚才说的，这已经是很多年前的事了，我们本以为一切早已过去，可现在看来，似乎并没有。"

"发生了什么事？"我问。他们的故事确实引起了我的兴趣，我鄙视自己。

劳伦斯接过话说："斯蒂芬被判终身监禁，现在还关在牢里。塞西莉给他写过两次信，但都没有回音，我以为她会逐渐忘掉他。毕竟，她看起来很享受经营酒店的工作，当然，和艾登的生活也很幸福。结婚时她才二十六岁，比艾登大两岁，下个月就要满三十四岁了。"

"他们有孩子吗？"

"有，一个女儿，今年七岁了……叫作罗克珊娜。"

"是我们的长外孙女。"波琳的话里含着一丝温柔的颤音，"她是个乖巧可爱的孩子，是我们的掌上明珠。"

"波琳和我算是半退休了，"劳伦斯继续说道，"我们在法国南部的耶尔市附近有一座房子，现在大部分时间都在那里度过。不过，就在几天前，塞西莉打来电话。电话是我接的，当时是法国时间下午两点整。一听声音就知道，她很难过——不，不只是难过，好像还很紧张。我不清楚她是从哪里打来的，但因为是周二下午，所以估计是在酒店。通常我们都会闲聊一阵才进入正题，可是那天她却直截了当地说，其实自己一直在思考当年发生的事……"

"那桩凶杀案？"

"没错。她说她一直觉得斯蒂芬不是凶手，而这个想法是正确的。我问她这是什么意思，她回答说有人给了她一本书，里面有些内容让她意识到了这点。'真相就在眼前——呼之欲出'这是她的原话。总之，她告诉我已经把书寄给我了，而我第二天也确实收到了。"

他把手伸进外套口袋里，拿出一本平装书。我一眼便认出来——封面的图片、字体排版、标题——就在那一瞬间，我忽然明白了这场突如其来的会面缘由何在。

那是一本小说，书名是《阿提库斯·庞德来断案》，是艾伦·康威侦探小说系列的第三部，由我编辑出版。我清晰地记得，小说中的故事就发生在一座酒店——不过那是在德文郡的酒店，不是萨福克郡；故事发生的时间也不是当代，而是一九五三年。我还记得当初在伦敦德国大使馆举行新书发布会的场景，艾伦喝多了，胡说八道，还得罪了大使先生。

"艾伦知道这件事？"我问。

"噢，是的。案件发生六周后，他来酒店住了几天。我俩都见过他。他跟我们说，死者是他的朋友，还问了许多关于案件的问题。员工们也都被他问过话。当时不知道，他做这一切竟是为了写小说，要是知道的话，我们或许会更谨慎些。"

他才不会对你们说实话呢，我想。

"可是你们从未看过这本书。"我说。

"早忘了。"劳伦斯承认道，"再说康威先生也没给我们寄过他的书。"他顿了顿，又说，"不过塞西莉看了，并且还从中受到启发，发现了酒店案件的新线索……至少她认为是这样。"他瞄了一眼太太，似乎在寻求认同，"现在波琳和我都看了这本小说，但没发觉它和案件有任何关联。"

"是有些相似之处。"波琳说，"首先，小说里的所有角色都有现实生活中的人的影子，很明显康威先生是照着他在伍德布里奇见过的人塑造的。有的甚至连名字都一样……或者很相似。但我不明白的是，他似乎很喜欢把人写得很扭曲，就像阴暗的漫画人物那样。比如，故事里那座酒店的名字是'月光花'，老板夫妇很显然就是按照劳伦斯和我的形象刻画的，但在他的笔下，这对夫妇可不是什么好人。他为什么要这样写？我们这辈子可从没做过缺德事。"她看上去愤怒大过难过，那副神情仿佛在指控我是这一切的罪魁祸首。"就您刚才的问题，我们之前一直都不知道有这么一本书。"她说道，"我不太爱看悬疑小说，我丈夫也是。萨吉德·汗告诉我们康威先生已经不在了，或许那样倒也不错，否则我们很可能将此事诉诸法律。"

"所以您的意思是，"我说，他们的话虽然信息量巨大，但我知道二人依旧有所隐瞒，"尽管当初证据确凿，并且斯蒂芬·科德莱斯库本人也认罪了，但你们怀疑他其实并不是杀害弗兰克·帕里斯的凶手，而艾伦·康威发现了真凶——尽管他只来酒店住了几晚——并且在自己的小说《阿提库斯·庞德来断案》中以某种方式揭示了真相？"

"正是如此。"

"可这根本说不通，波琳。如果他找出了真凶，就说明监狱里的那个人是冤枉的，若真如此，我敢肯定艾伦会直接去找警察说明！何必大费周章地写成小说呢？"

"这正是我们来找您的原因，苏珊。根据萨吉德·汗所说，您和艾伦·康威先生关系很好,这本书也是您编辑出版的,里面若是真的隐藏了什么秘密,我想不出还有谁能比您更清楚了。"

"等等,"我突然意识到哪里缺了一环,"这一切的开端始于您的女儿在《阿提库斯·庞德来断案》这本书里发现了某些线索。在她寄书给您之前,还有其他人读过吗?"

"我不知道。"

"可是,她究竟发现了什么呢?二位为什么不直接打电话问她,请她说明呢?"

回答这个问题的是劳伦斯·特里赫恩。"我们的确打给她了,"他说,"我们看过小说后,从法国打过好几次电话给她。最后,我们联系上了艾登,是他告诉我们发生了什么。"然后他顿了顿才接着说,"我们的女儿似乎人间蒸发了。"

启程

　　当天晚上，我冲安德鲁发火了。我不是故意的，可这一整天里不顺心的事接踵而至，我憋了一肚子的火无处发泄，就差对着月亮号叫了，而他恰好在我跟前。

　　一切都是从那对叫布鲁斯和布兰达的夫妇开始的，他们来自英格兰柴郡的麦克尔斯菲尔德市，看着人不错，其实不然。今天结账的时候，他们要求只付半价，否则就要到"猫途鹰（Trip Advisor）"旅行评论网站上曝光我们，把从入住以来的所有不满全部写出来，还威胁说，他们的留言一定会让所有人从此以后再也不光顾我们的旅馆。到底是什么事让他们气成这样呢？无线网络断了一个小时；晚上的吉他曲；一只孑孓独行的蟑螂。让我不爽的是，他们每天早上都会来投诉一次，每次都带着那种刻薄的微笑。一看那副样子我就知道，这俩人准没安好心。一段时间以来，我已经培养出一种专门扫描麻烦精的雷达——真想不到，这种人竟然这么多，把敲诈勒索当作旅行中不可或缺的环节之一。

　　帕诺斯今天又没来上班；万吉利斯迟到了；安德鲁的电脑抽风了——我早就让他拿去修，他不听，结果把两封客人的预订邮件送进了垃圾邮箱。等发现的时候，客户已经在别处订了房间。睡觉之前，我们喝了一杯迈塔克瑟白兰地，这酒只有希腊本地的才好喝。即便如此，我的心情依旧不好，偏巧安德鲁这时候问我怎么了，所以我就炸了。

　　"你说怎么了，安德鲁？就他妈没有一件顺心的事！"

我通常不怎么说脏话的……至少不会在我喜欢的人面前说。我躺在床上，看着安德鲁脱衣服，心里对自己感到无比厌恶。我仿佛分裂成两半，一半想要把一切都怪在他头上，自从和他一起来克里特岛生活就没好过；另一半却又深深地责怪自己，怎么会这样让他失望。但那还不是最糟的，最糟糕的是那种被事情牵着鼻子走而自己却无能为力的无助感。这种为了几欧元被陌生人羞辱、喜怒哀乐都被客人的预订牵着走的生活真的是我要的吗？

就是那一刻，我忽然坚定地明白，自己必须回到英国。这个念头由来已久，我却一直装作不知道。

安德鲁刷了牙，一丝不挂地走出浴室。他就这样，喜欢裸睡，身体的线条就像一尊古希腊雕塑——在文物花瓶上能看到的那种。而在过去的这些年中，他也似乎变得越来越像希腊人了。他的头发更加茂密蓬松，瞳孔的色泽更加深邃，走路带风、昂首阔步，这绝对是当初他在伦敦威斯敏斯特大学教书时所没有的。他还长胖了些，不过这也可能是因为我如今能经常看到他不穿西装时的肚子。他依然英俊，我也依旧爱他，可突然间我觉得自己需要和他分开一段时间。

我默默地等待他上床。窗户开着，我们只盖了一条薄被，临海是没有蚊子的，而我也更喜欢清凉的夜风，而不是空调的人造冷风。

"安德鲁……"我轻轻开口。

"怎么了？"要是我不出声，他能一秒入睡，他的声音听起来已经昏昏欲睡。

"我想回伦敦。"

"什么？"他猛地转过身来，用手支起身体问，"你说什么？"

"有些事需要我去做。"

"在伦敦？"

"不，我需要去萨福克郡。"他盯着我，满脸担忧。"不会太久的，"我说，"就两个星期。"

"这里没你可不行，苏珊。"

"可是我们需要钱，安德鲁。再没有进账我们连水电费都付不起了。再说，这件事对方出手很大方，一万英镑呢，而且是现金！"

*

我说的是实话。

那天，当特里赫恩讲完酒店里的杀人案后，又接着讲述了女儿塞西莉失踪的事。

"一声不吭就离开这种事不像她会做的，"劳伦斯说，"尤其还把女儿留在家里……"

"现在孩子谁在照顾？"我问。

"艾登在家，还有一个保姆。"

"什么叫'不像她'？"波琳皱着眉，狠狠地瞥了丈夫一眼，"她就从来没干过这种事，更不会留下罗克珊娜不管。"她转头望着我，说，"我们已经快愁死了，苏珊。劳伦斯不承认，但我认为这件事一定和这本书脱不开关系。"

"我承认啊！"劳伦斯小声反驳道。

"还有别人知道她的想法吗？"我问。

"我说了，她是在布兰洛大酒店给我们打的电话，说不定很多人都听见了。"

"我是说，她有没有跟其他人聊过心里的疑惑？"

波琳摇了摇头："我们从法国打了好几次电话，她都没接，于是我们打给了艾登。他没打电话通知我们，因为他不想让我们担心。不过，他在塞西莉失踪当天就打电话报了警，可惜警察并没当真……至少一开始没有。他们觉得那只是夫妻俩关系不好，闹矛盾罢了。"

"有这回事吗？"

"完全没有。"劳伦斯答道，"他俩一直很幸福。警察询问了埃洛伊丝，她是保姆，她也是这么说的。她从没见过两人吵架。"

"艾登是个好女婿，既聪明又勤奋。我真希望丽莎也能找到这么一个好男人。艾登也和我们一样担心得不得了！"波琳跟我说话的时候，我总觉得她像是在吵架。她忽然从口袋里掏出一包香烟，抽出一根点着。她的样子让我想起那些戒了很久以后又复吸的人。她吸了一口气，接着说："等我们回到英国，警察才终于决定调查，然而并没帮上什么忙。失踪当天，塞西莉遛过狗。她有一只毛茸茸的金毛巡回猎犬，叫作'小熊'——我们都很喜欢养狗。她在下午三点钟左右离开酒店，把车停在伍德布里奇火车站。她通常会沿着德本河边遛狗。沿着河边有一条小路，一开始人还挺多，但是越走越荒凉，直到看见一片树林。树林的另一边有一条马路，顺着它走，经过马尔特山姆就可以回来。"

"所以如果有人要袭击她——"

"萨福克很少发生这种事，不过，是的，那条路上很多地方她都只能一个人，没人能看见她。"波琳深吸了一口气，继续道，"那天晚餐时间，塞西莉还没回来，艾登就有些担心，于是报了警。两名穿着制服的警察上门来问了些问题，但并没有上心。直到第二天早上，小熊自己回到火车站，警察才意识到不对，开始认真调查，可是已经晚了。他们派了人、带着警犬搜索了整个马尔特山姆，又从那儿开始沿着河一路搜查回梅尔顿，可是什么也没找到。一路上有田地、树林、泥滩……勘查了很多地方，却一无所获。"

"您女儿失踪多久了？"我问。

"最后一次有人看见她是上星期三。"

此话既出，三人一阵沉默。整整五天时间。这是一段漫长的、深渊般的黑暗，将塞西莉淹没其中。

"两位不远万里来找我，"我说，觉得差不多是时候了，"究竟希望我做什么呢？"

波琳看了看丈夫。

"答案就在这本书里。"劳伦斯解释说，"《阿提库斯·庞德来断案》。您比任何人都了解。"

"可是，我已经好几年没读过它了。"我诚实地回答。

"您曾和作者共事，艾伦·康威，这个人。所以您很熟悉他的思维方式。如果您能再看一遍，相信一定可以从中发现我们没有注意到的细节。如果您能亲自前往布兰洛大酒店，在那里身临其境地读一遍，或许就能发现我的女儿到底发现了什么，驱使她不得不打电话给我们。而我们说不定也能从中获知她身处何地、出了什么事。"

说到最后，劳伦斯的声音有些颤抖：出了什么事——也许她只是暂时离开几天。但我们都知道，这种可能性太低。她知道了一些很重要的事，而这对某人造成了威胁。然而这些想法还是不要告诉老两口的好。

"能给我一支吗？"我问道，自顾自地从波琳的烟盒里拿了一根。我的那包留在吧台后面了。抽烟的整个流程——抽出香烟、点上、吸一口——能为我匀出思考的时间。"我没法回英国去。"我终于开口了,"这里的工作太忙了。不过,如果您能把书留下,我会好好看的。虽然无法保证一定能发现什么,毕竟,我还记得小说情节,并不觉得和您的故事有什么特别的关联,但我会发邮件给您,我是说,如果……"

"不,不行。"波琳看起来很决绝,"您一定要亲自和艾登还有丽莎谈谈——包括埃洛伊丝。您还应该见见夜班经理德里克。弗兰克·帕里斯被杀那晚是他当值,他也接受过警察的讯问,还被写进艾伦·康威的小说里了——里面的角色叫埃里克。"她向我探出身体,恳求道,"我们不会占用您太多时间。"

"而且会付您佣金。"劳伦斯补充道,"我们有钱,只要能找到我女儿,花再多钱也在所不惜。"他顿了顿,又说,"一万英镑可以吗?"

闻言,波琳猛地转头、目光犀利地瞟了他一眼。看样子,那个价钱是劳伦斯未经思考脱口而出的,比夫妻俩原来商定的高了许多,说不定翻倍了。是我的迟疑迫使他这么做的。本以为波琳会出声阻止,结果她只是愣了愣,便放松了姿态,点了点头。

一万英镑。我想到了阳台上需要重新粉刷的地方;安德鲁需要的新电脑;出了故障的冰激凌展示柜;还有帕诺斯和万吉利斯总念叨的加薪。

*

"让我怎么拒绝得了?"那天夜里,在卧室里,我是这么回答安德鲁的,"我们需要这笔钱,而且说不定我还能帮他们找到女儿。"

"你觉得她还活着吗?"

"有这个可能。就算没有，或许我也能找出是谁杀了她。"

安德鲁坐起身来。他现在算是彻底清醒了，很担心我。我为刚才冲他骂脏话感到抱歉。"上一次你去调查凶手，结果可不怎么好。"他提醒道。

"这次不一样。这件事和我无关，没有私人牵扯。"

"所以更不应该管。"

"或许吧，可是……"

可是，我已经决定了。安德鲁知道。

"我本来也需要暂停，休息一下。"我说，"整整两年了，安德鲁，除了去圣托里尼岛休了一星期的假，我们哪儿也没去过。我实在是撑不住了，一天到晚都在四处灭火、收拾残局，东边好了、西边又坏了。我以为你理解。"

"暂停旅馆的工作还是暂停和我在一起？"他问。

我不知该如何回答。

"你回去住在哪里？"他又问。

"我住凯蒂家，不会有事的。"我伸出一只手抚着他的胳膊，手心感受着他的体温和肌肉的曲线，"就算我不在，你也能把旅馆打理得井井有条。我会请内尔过来帮忙，也会每天给你打电话。"

"我不希望你走，苏珊。"

"但我不会改变主意的，安德鲁。"

他没说话，我能看见他挣扎的表情。那是懂我的安德鲁和希腊美男安德鲁之间的搏斗。"去吧。"最终他说，"去做你想做的事。"

* * *

两天后，安德鲁开车送我去了伊拉克利翁机场。从圣尼古拉奥斯起，途经那不勒斯和拉特希达的那几段路风景绝美。群山绵延向天际舒展，景色壮阔而苍茫，是千年来未经尘世污染的美丽。驶过玛利亚小镇后，新建的高速公路两旁是迷人的乡村风光，再往下还有一片宽阔的白色沙滩。这秀美的景色竟让我生出一丝伤感来，因为知道即将离它而去。刹那间，经营波吕多洛斯旅馆的诸般烦恼不再萦绕心头，取而代之的是希腊风情万种的夜色、回荡的海浪和一轮满月，以及香醇的红酒和欢声笑语——我的乡野生活。

收拾行李时，我故意只用了最小的旅行箱。这是一种宣告，是对我也是对安德鲁承诺：这只是一次短暂的商务旅行，很快就会回来。想法是好的，可当我一件件扫过衣柜里那些睽违两年之久的服饰，不知不觉间，床上便堆叠起一个小小的衣物山。此时回去，英国正值夏季，也就意味着天气一日之内可能忽冷忽热、潮湿与干燥交替；我会住在一座豪华的乡村酒店，这表示他们或许会对晚餐着装有所要求；整整一万镑佣金意味着我需要穿得正式一点，以免被人质疑专业性。

结果，当我们抵达伊拉克利翁机场时，我还是拖着原来那只硕大的滚轮行李箱，小小的轮子被压得向外歪斜，摩擦着地面发出刺耳的吱呀声。安德鲁和我在候机室冰冷的空调房里，顶着刺眼的电灯光线，默默地站了一会儿。

他把我揽进怀里，说："遇事多加小心，千万保重自己。到了联系我，用 Facetime 视频通话。"

"如果无线信号好的话！"

"答应我，苏珊。"

"我答应你。"

他用双手握住我的手臂，俯身亲吻了我。我冲他笑了笑，然后拖着行李箱走到一名身着蓝色机场制服、身材魁梧、表情严肃的希腊女孩面前，她检查了我的护照和登机牌，示意我可以过安检了。我转过身挥了挥手。

可安德鲁已经离开了。

新闻剪报

初回伦敦，一切都让人不太适应。圣尼古拉奥斯就是一个大型渔村，在那里住得久了，回到城市，我发现自己一时间竟有些手足无措。那喧嚣的车水马龙和摩肩接踵的人群；一切的色泽都比记忆中更加灰暗；空气中充斥着烟尘和汽油味，令我不适；兴建中的各种楼盘也使我头晕。短短两年的时间，那些自我工作以来便从未改变过的熟悉风景如今竟已消失殆尽。伦敦的几任市长都偏爱高楼大厦，于是各种争奇斗艳的现代建筑拔地而起，将尖顶高高竖起、直插天际。一切都是那样熟悉，却又那样陌生。我坐在伦敦特有的黑色出租车后座上，沿着泰晤士河从机场出发，看着巴特锡发电站周围高低错落的各种新公寓和商用楼盘，忍不住联想到战场的模样。像被侵略过的土地一般，那些笔挺的起重机闪着红光，仿佛邪恶的巨鸟，虎视眈眈地俯瞰着地面上横七竖八的建筑物尸体。

我决定先在伦敦找家酒店住一晚。坦白说，这种感觉挺奇怪的。作为一个土生土长的伦敦人，住酒店仿佛让我变成了一个外来客，这让我很讨厌。并不是因为酒店有什么不好——这是一家在伦敦法灵顿区的普瑞米尔连锁酒店，相反，酒店房间既干净又舒适——我讨厌它是因为自己身在伦敦却无处可去，只能住酒店。坐在床上，望着那些标准化的紫色靠垫，还有上面"沉睡之月"的酒店标识，悲伤之情油然而生。我已经开始想念安德鲁了。我从机场出来的时候给他发了短信，可是没有打视频电话。

因为我知道，一旦看见他我就会忍不住哭起来，这就证明他是对的，我本不该回来。看来，我还是赶紧去萨福克郡为好。只是现在还不能走，还有一两件事要办。

时梦时醒地睡了一晚，晨起吃过酒店的自助早餐——煎蛋、烤香肠、煎培根、茄汁黄豆——廉价连锁酒店的早餐全都一个样儿，然后散步来到国王十字大街，走进火车站地下修嵌在拱柱里的仓库。搬去克里特岛之前，我卖掉了伦敦的公寓和其他所有私人物品，只在最后一刻咬牙决定留下我的车。那是一辆鲜亮的红色MGB双座敞篷跑车，是我四十岁生日那天一时头脑发热买下来的。曾以为再也不会有机会驾驶了，当初决定把车存进仓库时可以说下了血本，每个月要支付一百五十英镑的停车费。即便如此，我也实在是狠不下心卖掉。如今好了，看着它被两个年轻人推出来，那种心情简直就像老友重逢一般。不，不止如此，还像是寻回了前尘往事的碎片。坐进驾驶席，听着座椅的皮革发出咯吱咯吱的声响，双手抚上打磨精致的木质方向盘，看着膝盖上方风格独特的复古音箱系统，我终于心情好了些。我决定，回克里特岛的时候一定要开着这辆跑车，管它有没有希腊车牌或者左右驾驶的问题！转动车钥匙，引擎立刻响了起来，我踩了几次油门，享受着马达的欢迎，然后才出发驶向尤斯顿大街。

上午的交通状况不算太糟，也就是说没有堵得水泄不通。我还不想立刻回酒店，于是开着车在城里转悠，看看地标景色，也算是打个卡、消磨一下时间。尤斯顿火车站被翻修过了，高尔街还是一样破破烂烂。我下意识地驶进布鲁斯伯里大街，就在大英博物馆后面。等我回过神时，发现车窗外正是三叶草出版公司，那家我曾为之工作了十一年之久的伦敦独立出版社，尽管已是残缺不全。那幅景象不禁令人鼻酸，窗户全部被木板封了起来，墙砖一片焦黑，周围搭着脚手架。这样子看起来多半是保险公司拒绝赔付，大概纵火和杀人未遂导致的损坏这两项并不包括在赔付条款里。

我想去之前住过的克劳奇恩德区，好好遛遛我的MGB跑车——但那也许会令我触景生情，影响心情。算了，还有工作要做。我把车停在法灵顿区的一座国家停车场，走回了酒店。退房时间是中午，还有一个小时可以让我喝喝咖啡，吃两袋房间赠送的饼干，再顺便上个网。我打开笔记本电脑输入一系列关键词：布兰洛大酒店、斯蒂芬·科德莱斯库、弗兰克·帕里斯、谋杀。

以下是我搜到的相关文章：没有任何谋杀案的悬疑色彩，仅有几篇冷冰冰的文章。

二〇〇八年六月十八日 《东安格利亚每日时报》
《明星酒店一名男性被杀》
　　警方正在调查一名五十三岁的男性被杀案。据悉，该男子被发现陈尸于某所五星级酒店客房内。布兰洛大酒店位于萨福克郡内，靠近伍德布里奇火车站，高级套房一日住宿费约三百英镑，酒店陈设华丽，可举行婚礼、派对等，颇受名流青睐。同时，该酒店还是众多影视剧及电视节目的取景场所，包括ITV自制剧《摩斯探长前传》(*Endeavour*)、《英国疯狂汽车秀》(*Top Gear*) 和《鉴宝路秀》(*Antiques Roadshow*) 等知名节目。

　　据悉，死者为弗兰克·帕里斯，广告业知名人士，曾为巴克莱银行及LGBT人权组织"石墙"策划宣传活动并赢得奖项。死者曾任麦肯·光明广告有限公司 (McCann Erickson) 伦敦分公司创意总监，后搬往澳大利亚开设个人广告公司。未婚。

案件调查由理查德·洛克警司负责，他表示："案犯作案手段残忍，根据现场线索推测，凶手于入室盗窃时将被害人杀害。帕里斯先生失窃的财物已被寻回，警方有信心在短期内逮捕罪犯。"

案发时间为艾登·麦克尼尔先生及塞西莉·特里赫恩女士的婚礼前一天晚上，女方是酒店经营者劳伦斯·特里赫恩及波琳·特里赫恩夫妇的女儿。婚礼于酒店花园举行，结束后不久，死者尸体即被人发现。记者未能采访到以上四人对案件的看法。

二〇〇八年六月二十日 《东安格利亚每日时报》
《伍德布里奇凶杀案男性嫌犯被捕》

警方逮捕了一名被疑与前广告公司总监酒店被杀案有关的二十二岁男性。案发酒店为布兰洛大酒店，是萨福克郡的知名酒店。案件负责人理查德·洛克警司表示："本案性质恶劣，案犯毫无怜悯之心。案件发生后，警方反应迅速，调查详尽，现已确认成功逮捕一名犯罪嫌疑人。对于新婚之日受到案件影响的新婚夫妇，我深表同情。"

据悉，嫌犯现已关押在案，并将于下周在伊普斯威奇刑事法庭接受审判。

二〇〇八年十月二十二日 《每日邮报》
《萨福克郡"锤杀案"凶犯获判终身监禁》

据悉，发生在萨福克郡伍德布里奇火车站附近、每晚住宿费三百英镑的布兰洛大酒店，一名五十三岁的男性客人弗兰克·帕里斯被杀一案，经伊普斯威奇刑事法庭裁决，判处凶手——罗马尼亚移民斯蒂芬·科德莱斯库终身监禁。死者帕里斯生前曾被形容为"拥有绝妙的创意头脑"，于近期从澳大利亚回到英国计划退休事宜。

被判有罪的科德莱斯库于十二岁进入英国时起，便迅速引起了伦敦警方罗马尼亚犯罪团伙调查组的注意。该团伙的主要犯罪事实为非法复制信用卡、盗窃英国护照及使用虚假身份证文件。十九岁时，科德莱斯库便因抢劫罪和袭击罪被捕入狱，判处两年监禁。

布兰洛大酒店经营者劳伦斯·特里赫恩出席了案件庭审。特里赫恩先生雇用科德莱斯库的契机源于酒店对年轻刑满释放者的援助活动，案发时，嫌犯已在酒店工作了五个月。特里赫恩先生表示，他并不后悔自己的决定。"对于帕里斯先生的死，我和太太都非常震惊。"他在法庭外的一份声明中说，"但我依然坚信，应该为年轻人提供改过自新、重归社会的机会。"

法官阿兹拉·拉什德依法判处科德莱斯库最低刑期二十五年的监禁。尽管如此，法官却明确表示："有人愿意给予曾有过不光彩经历的你改过自新的机会，可惜你竟不知珍惜，为了钱财犯下如此残忍的罪行，背叛了你的雇主对你的信任和期待。"

庭审指出，现年二十二岁的科德莱斯库因沉迷网络扑克和老虎机游戏而债台高筑。辩护律师乔纳森·克拉克辩称，科德莱斯库无法分辨网络与现实。"他活在一个虚拟世界中，债务不断累积。那天晚上的行为是一种精神错乱……他精神崩溃了。"

据调查显示，帕里斯是被锤子砸死的，用力之猛，导致面部几乎已无法识别。负责逮捕凶犯的理查德·洛克警司表示，这是他所见过"最令人发指"的案件。

诺维奇市一家名为斯克林咨询的慈善机构发言人呼吁博彩委员会采取行动，禁止使用信用卡在线博彩。

以上便是案件的始末：开端、发展和结局。不过，在搜索的过程中，我无意中发现了另一篇报道。按理来说，它应该是该案的终章，然而令人意外的却是，这篇文章写于案件发生之前。

二〇〇八年五月十二日 《活动报》
《悉尼企业桑多纳（SUNDOWNER）最后的机会》

由曾为麦肯·光明广告有限公司巨擘的弗兰克·帕里斯建立的桑多纳广告公司已停止营业。澳大利亚官方金融检察机构——澳大利亚证券投资委员会证实，该公司成立仅三年后便已无交易活动。

帕里斯以策划广告文案起家，二十年间，一直是伦敦广告业中响当当的人物。他为巴克莱银行和达美乐比萨连锁店策划的宣传活动曾赢得多项大奖，还曾在一九七七年为石墙慈善机构策划了名为"基佬行动（Action Fag）"的颇具争议的抗议活动，为警察及军队等国家武装组织中的同性恋者争取人权与自由。

帕里斯本人对自己的性取向从不遮掩，并因经常举办豪华奢靡的大型私人派对而名声大噪。据说，他之所以选择移居澳大利亚，是为了降低自己的公众知名度。

桑多纳公司成立的第一个月，获得了不少大客户的青睐，比如 Von Zipper 太阳眼镜、Wagon Wheels 轮胎和 Kustom 鞋业等。然而好景不长，由于市场疲软，广告公司高开低走，遭遇消费者数量及市场广告支出大幅缩水的双重打击。网络广告营销及在线视频业务一跃成为澳大利亚增长最快的产业，然而走传统路线的桑多纳显然无法适应数字媒体的兴起，业务量一落千丈，很快便一蹶不振。

我该如何审视这些信息呢？

首先，从编辑的角度，我无法忽视每篇新闻报道里都有"残忍地杀害"这种字眼，就好像天底下还有哪种杀人是温和的，或者充满爱意的一样。记者们对弗兰克·帕里斯本人知之甚少，却试图用有限的几个关键词——屡获大奖、同性恋、交友广泛、光鲜一时却功亏一篑等来努力刻画一个完整的形象。比如《每日邮报》就形容他"拥有绝妙的创意头脑"，只怕他们都已准备好为此原谅他将来可能被发现的一切劣迹了。毕竟，这样一个人却被罗马尼亚人杀害了。斯蒂芬·科德莱斯库真的参与过犯罪团伙的非法护照及信用卡交易吗？关于这一点，没有任何一篇报道给出过丝毫证据。警方调查他与罗马尼亚犯罪团伙的事完全可能只是个巧合，因为他毕竟曾因抢劫罪被捕。

至于优秀的弗兰克·帕里斯，他会出现在萨福克郡的酒店里这件事本身就透着一股怪异，尤其还是在一场婚礼的前日，他也并非受邀宾客。波琳·特里赫恩说他是去探亲的，那为什么没住在自己的亲戚家？

文中提到的理查德·洛克警司也让我担忧。艾伦·康威的案子时我们曾见过一面，相处得并不融洽。我还记得他是一个身材魁梧的暴脾气警察，冲进伊普斯威奇郊区的一家咖啡店，朝我大吼大叫了十五分钟，然后扭头离开。原因是艾伦在小说里以他为原型塑造了一个角色，他不高兴，就怪罪到我头上。从案发到认定斯蒂芬是凶手、抓捕归案和起诉，整个过程不到一个星期。他的判断会不会有错？根据新闻报道以及特里赫恩夫妇俩的描述，整件事简单直白，没什么疑点。

然而八年之后，塞西莉·特里赫恩却对案件产生了不同的看法，继而人间蒸发。

留在伦敦已经没什么必要了。看样子我有必要和斯蒂芬·科德莱斯库谈谈，这表示我需要去探监，然而我连他被关押在哪所监狱都不知道，特里赫恩夫妇也不清楚。这要从何找起呢？我又上网搜索了一通却一无所获。想了一会儿，忽然记起一位认识的作家：克雷格·安德鲁斯。他是一位大器晚成的作家，我出版过他的处女作，是一本以监狱为背景的悬疑小说。审稿时我便惊异于他文笔的犀利与冲击力，也为其对监狱生活活灵活现的描写惊叹。能写出这样的故事，他一定做过大量调查。

当然，他现在已经换了出版商。三叶草出版公司或许令他失望，先是停业、后又被付之一炬，不过当初为他出版的小说却大获成功，周日我才刚看见《每日邮报》上对他最新作品的积极评价。除了他，我想不出还可以找谁帮忙，于是给他发了邮件，告诉他我已回到英国，请他看看是否能帮忙查到斯蒂芬的去向。我不确定他是否会回复。

做完这一切，我收拾好笔记本电脑、拖着行李箱离开了酒店，去停车场拯救我的跑车。角落里那样一个脏乱的车位竟然收了我好大一笔停车费。不过，一看见车我的心情就变好了。跳上车，我一脚踩下油门，冲下停车场出口处的斜坡，转到法灵顿路上，向萨福克郡驶去。

布兰洛大酒店

我本可以住在萨福克郡的妹妹家里，可特里赫恩夫妇为我提供了免费的酒店房间，于是我欣然接受，主要还是不想和凯蒂在一起待太久。她比我小两岁，却有两个可爱的孩子，家庭温馨、丈夫事业有成，还有一帮好朋友。看着她我总不由自主地自惭形秽，尤其考虑到自己的生活是如此不稳定。三叶草出版公司关门后，她很高兴我选择和安德鲁搬去克里特岛住，她认为我终于要回归正常家庭生活了。我不想和她解释这次回来的原因，并不是怕被她数落，而是自己会觉得不是滋味。

再说了，住在案发酒店查案本来也更便利，当年的证人大部分都还在。因此，当我绕着伊普斯威奇七拐八拐地行驶了一段路之后，终于决定沿着A12公路继续向前，而不是向右去往伍德布里奇。继续行驶大约五英里时，路旁出现了一张巨大的指示牌——黑底金字，一看就造价不菲；我沿着指示牌的方向驶进一条小路，两旁是灌木树篱和一簇簇鲜红的野罂粟，尽头有一道石门，门后便是布兰洛家族的轩昂屋宇，矗立在萨福克郡最古老的乡村风光一隅。

一想到将要写下的许多事都曾经或即将在这里发生，我便忍不住字斟句酌起来。

那是一座气宇轩昂的建筑，造型四方周正，既有英国乡村别墅的风雅，亦不乏英式城堡的威严和法国宫殿的华丽精致。酒店周围绿茵环绕，其间点缀着专门用来装饰的园艺树木，远方是一片朦胧的黛色树林。历史上或许有段时间，这里的正门曾开在别处，因为向酒店延伸的一条石子路并未连接如今大门所在的位置，而是止于酒店侧面，那里并没有门，只有几扇窗。真正的大门在另一侧，朝向完全不同。

身处其中，任何人都会被这座建筑的恢宏震撼：大门前的拱廊；哥特式的塔楼和参差的炮门垛口；精美的家族纹章；连通无数房间壁炉的巨大石砌烟囱……所有窗户都比平常的高出一倍，窗角边还雕着古代贵族男女的头像。屋檐上每隔一段便有一只形态各异的石鸟雕塑，每个檐角必有一只石鹰，而正门上方则栩栩如生地雕刻着一只展翅欲飞的猫头鹰。看见它我才想起，刚才路边的指示牌上也画着一只猫头鹰。它是酒店的标志，印在菜单和各种纸张上。

酒店周围环绕着一溜低矮的石墙，其中一侧是与地面同高、外有壕沟的矮墙，这更让酒店所在的整片区域显得遗世独立，仿佛刻意与外界隔绝开来一般。左侧，即车道对面的酒店墙上有一排现代风格、设计庄重的门，连通酒吧和一片精心养护的美丽草坪，那便是八年前举行婚礼的地方。右侧略微靠后的地方有两座建筑，几乎是主楼的缩影。其中一座是个小礼拜堂，另一座原本是粮仓，后改为水疗馆，有温室和游泳池。

我一边将车停在碎石路边，一边想着，任何一个想要描写乡村别墅谋杀案的悬疑小说家都能在这里找到故事所需的全部素材；而任何一个凶手也能在这里找到上百个隐匿尸体的地方。不知道警方有没有先在地下搜寻塞西莉·特里赫恩。虽然她说要出门遛狗、她的车在伍德布里奇火车站被发现，但谁又能确定开车的是她呢？

我的跑车还没完全熄火，一个年轻的服务生已走了过来，帮我把沉重的行李箱从车上拿了下来。他引我进入酒店大堂，方方正正的大堂里却有一张圆桌、一块圆形地毯、一圈支撑天花板的大理石柱和天花板上一圈圆形的华丽灰泥镶边，让人产生房间也是圆形的错觉。大厅里一共有五扇门，其中一扇打开后是升降电梯，其余四扇皆开往不同方向，不过服务生却没选择任何一扇门，而是将我带入另一间大厅，那里有一座雕饰华丽的石砌楼梯，酒店前台就嵌在楼梯下方。

楼梯如螺旋般从两侧蜿蜒上升，共有三层。我能看见宏伟的圆拱形屋顶，有一种置身于大教堂的感觉。正前方有一扇巨大的玻璃窗，高耸着向上升起，某些窗格也有和教堂一样的彩绘玻璃，不过内容与宗教无关，更像是传统学校或者火车站里常见的那种。窗户对面有个半圆形的开放式楼梯间平台，有一部分被墙挡住了，但如果有人从平台一端走向另一端，下面的人基本都能看见。这个平台垂直连接两道贯穿酒店两翼的长走廊，形成一个巨大的H形。

一名身着干练黑色连衣裙的女子坐在迎宾台前。迎宾台由深色木材精心打磨而成，边缘有镜像反射。位置显得很是突兀。我知道布兰洛大酒店建于十八世纪初，看来里面的家具陈设也故意选择传统复古的风格。我身后的墙边放着一尊摇摇木马，身上的涂漆早已斑驳，却依旧睁着圆圆的双眼，让我联想起大卫·赫伯特·劳伦斯的著名恐怖小说里的场景。迎宾台后面有两间小小的办公室，左右而立。后来我才知道，其中一间属于丽莎·特里赫恩，而另一间则属于塞西莉。此刻，办公室的门都开着，我能瞥见里面样式一模一样的办公桌和电话。不知道塞西莉是否就是在这里打了那通去往法国的电话。

"请问您是赖兰女士吗？"前台女服务员显然知道我要来。

波琳·特里赫恩表示要为我安排免费住宿时说，她会告诉员工我是她专程请来帮忙处理事务的，但不会透露具体细节。前台的女孩和迎接我的服务生年纪相仿，说不定是一家人。他们俩发色都很浅，举止谈吐略显生硬，看上去像是斯堪的纳维亚人。

"你好！"我把手提包放在迎宾台上，以便随时掏出信用卡。

"您从伦敦过来一路顺利吗？"

"挺顺利的，谢谢。"

"特里赫恩夫人为您准备的房间在月光花翼，非常舒适。"

月光花。这是艾伦·康威小说里那座酒店的名字。

"房间在二楼，您可以从这里上楼，或者搭电梯。"

"我走楼梯就好，谢谢。"

"请让拉尔斯帮您提行李，带您过去。"

这个名字，一听就是斯堪的纳维亚人。我跟着拉尔斯上了楼，来到二楼平台处。这里的墙上挂着好几幅油画，是布兰洛家族几代人的画像，没有一个人是微笑的。拉尔斯向右转去，走过刚才看到的开放式平台。我注意到平台靠墙的一面有一张桌子，上面摆着两个玻璃烛台，烛台中间有一个展示台，上面放着一枚硕大的胸针。胸针是银制的，呈圆环状，中间有一支银色的长针。展示台上有一张印着字的说明卡，从中间对折而立。上面介绍说这是一枚十八世纪的胸针。我看着有趣，因为介绍里用了一个我从未见过的词——figee（古语"胸针"）。旁边有一个狗窝，下面铺着一张格子呢毯子。我想起了"小熊"——塞西莉的黄金巡回猎犬。

"狗呢？"我问。

"去散步了。"拉尔斯答得很模糊，仿佛对我的问题感到惊讶。

目前为止，我看到的一切都很古典，但当我踏进走廊却发现,每扇门上都安装着电子门匙读卡器,走廊的角落里还有一台监控器。这些一定是案发后换上的,大概是一种补救措施——当初要是有这些设备,凶手肯定一早就被人发现了。映入眼帘的第一扇门上写着十号,隔壁是十一号。可原本该是十二号的门上却空空如也,也没有十三号客房,这应该是出于十三这个数字会带来厄运的迷信。是我的错觉吗,怎么拉尔斯好像忽然加快了脚步?我听见地板在他的脚下吱呀作响,行李箱的滑轮也响个不停,每滚过一道地板的接缝处便会轻跳一下。

十四号房旁边是一扇防火门,门后是另一条走廊,看上去很新,是酒店扩建的一部分,一直连通大楼尽头。看起来就像是在原来的复古酒店的基础上,增建了一座新的现代风格的酒店,不知道八年前弗兰克·帕里斯在的时候是不是这样……新建部分的地毯花纹很是刺眼,是那种没人会用在家里的样式;客房门是木制的,颜色浅一些,看上去也比较新,门与门之间的距离更近,即表示门后的客房空间更小;走廊里灯光昏暗。这里就是月光花翼吗?我没有问拉尔斯,他已经远远地走在前面了,而我的行李箱一直吱呀作响。

他们为我安排的不是一间客房,而是个套间,就在走廊尽头。拉尔斯刷了门卡,带着我推门进去。房间明亮而宽敞,以奶白色和米黄色为基调,装饰温馨而舒适。墙上嵌挂着一面宽阔的电视显示屏;床上铺着高档的被褥和床单;桌子上放着一瓶红酒和一碟果盘,那是酒店为我准备的礼物。我走到窗前眺望,外面是酒店背后的庭院,远处有一排看上去像是马厩改造后的建筑,右侧是水疗馆和泳池。一条车道向外延伸,尽头处连着一栋现代式的别墅,大门边有几个大字:"布兰洛农舍(BRANLOW COTTAGE)"。

拉尔斯把行李箱放到酒店常备的折叠行李架上,那是绝不会在波吕多洛斯出现的东西,不仅占地方还不美观。

"冰箱、空调、小吧台、咖啡机……"他细心地为我一一介绍客房设施,以防我找不到,虽不是热情洋溢却也彬彬有礼,"无线网的密码在桌上,您有任何需要都可以拨打座机的0号键。"

"谢谢你,拉尔斯。"我说。

"您还有别的需要吗?"

"还真有,我想去十二号客房看看。可以把钥匙给我吗?"

他有些讶异地看了我一眼,不过显然特里赫恩夫妇俩已事先交代过了。"我来为您开门。"他说。

他走到门边,这正是住酒店最令人尴尬的时刻,你永远不知道是该此时给小费好,还是再等等,也不知道人家是否有此期待。在克里特岛,我们会在吧台上放一顶草帽,谁要是愿意给几欧元小费,直接扔进帽子就好,最后再平分给员工。总的来说,我不太喜欢给小费,感觉这种行为有点过时,就像回到了过去那个把服务生或者酒店工作人员当下层阶级的时代。但拉尔斯显然不这么想,见我无意支付小费,他皱了皱眉,转身出了房间。

我一面打开行李,一面体会着心中油然而生且不断增强的不适感。在这样一间昂贵客房的光鲜亮丽的衣橱里,我带来的衣物显得有些格格不入,它们提醒着我已经差不多两年没有买过新衣服了。

窗外,一辆黑色的路虎驶过马厩、开上布兰洛农舍门前的车道,我听见车轮轧过碎石路的摩擦声,听见车门"砰"地关上的声音,转头朝窗外望去,正巧看见一个穿着棉质西装马甲、戴着帽子的年轻男人下来,脚边还跟着一只狗。与此同时,别墅的门开了,一个黑头发的小姑娘冲出来朝男人跑去,后面还跟着一个肤色黝黑、身形瘦削的女人,手里提着一只购物袋。男人一把将小女孩揽进怀里抱了起来。虽然看不清面容,但我知道他便是艾登·麦克尼尔,而小女孩是他的女儿罗克珊娜。身后跟着的女人一定就是埃洛伊丝了——女儿的保姆。男人和保姆简单地说过几句话后,三人转身一起回了别墅。

我忽然感到有些愧疚,仿佛自己在监视他们。于是我转身离开床前,塞了些钱、笔记本和香烟在手提包里,离开房间、推开防火门,向十二号客房走去。这里看起来是调查最好的切入点。拉尔斯用一只废纸篓撑开了门,然而我不希望被打扰,于是将纸篓挪开。门"啪"的一声在我身后关上。

这间客房只有我住的那间一半大。里面没有床,也没有地毯;大概是因为都浸满了鲜血。许多研究犯罪的书籍都说,恶性事件会在案发地留下不好的影响,我从不相信这个理论,可这间客房的确有种说不清的气场……原本摆放家具的地方如今空空荡荡;褪色的墙漆还清晰地残留着过去悬挂画框的痕迹;窗帘仿佛再也不会被打开。房里有两台手推车,上面叠放着厕纸和清洁用具,还有一堆书和器械——面包机、咖啡机、拖把和水桶——所有你认为不会在高档酒店里见到的乱七八糟的东西。

弗兰克·帕里斯就是在这个房间遇害的。我试想着有人推开门、蹑手蹑脚走进来的情景。如果弗兰克遇害时正在睡觉,想进来就必须用到电子钥匙,显然斯蒂芬·科德莱斯库具备这个条件。从墙上两个电插座的位置来看,之前床的位置就在两个插座中间。我想象着黑暗中弗兰克躺在床上的情景,然后下意识地再次打开了房门。门枢很安静,没有发出任何声响,但从外面刷卡时应该会有解锁的震动声或者"咔嚓"声。那种程度的声响会吵醒他吗？新闻报道里关于案件的细节少之又少，特里赫恩夫妇也所知寥寥。可是，警察局一定会有关于弗兰克被害的详细报告，比如被杀时他是站着还是躺着，身上穿的衣物以及准确死亡时间，等等。如今这间残破衰败的储藏室根本提供不了任何线索。

  站在十二号房间里，我忽然感到一阵抑郁。我到底为什么要离开安德鲁？我到底在干吗？来的要是大侦探阿提库斯·庞德，这件案子只怕早就破了。说不定他从房间的方位甚至狗窝上就能看出端倪。还有那只胸针——那不正是阿加莎·克里斯蒂小说里的经典线索吗？

  可惜我并非大侦探。甚至连编辑都不是了。我一无所知。

丽莎·特里赫恩

抵达酒店的当晚,波琳和劳伦斯·特里赫恩邀请我一起用晚餐。可当我走进餐厅,却发现只有劳伦斯一人在座。"真抱歉,波琳有些头痛。"他解释道。我注意到餐桌上的餐具依旧是三个人的。"丽莎说会加入我们,"他补充道,"不过我们不用等她。"

他看起来竟比在克里特岛时苍老了些,上身穿着一件宽松的格子衬衫,下着红色灯芯绒长裤,眼周多出了好几条皱纹,脸颊上还出现了一些在我看来只有病人或老人才会有的深色斑点。女儿的失踪显然对老两口打击不小,我估计波琳的"头痛"也是为此。

我在劳伦斯对面坐下。今晚我选了一条长裙和坡跟鞋,但穿起来并不舒服。我真想甩掉鞋子,光着脚踩在沙滩上。

"您能来真是太好了,赖兰女士。"劳伦斯说。

"请……叫我苏珊就好。"我记得称谓的问题我们已经在希腊说过了。

一名服务生走上前来,我们点了饮料。劳伦斯点了金汤力,而我要了一杯白葡萄酒。

"您对客房还满意吗?"他问。

"非常满意,谢谢您。您的酒店真的非常美丽舒适。"

他叹了口气,说道:"现在已经不是我的了。经营者是我的两个女儿,目前也很难有什么乐趣可言。我和波琳花了一辈子的时间设计、创建、经营这座酒店,如今却发生这样的事,真叫人怀疑这一切是否值得。"

"酒店是何时扩建的呢？"

他看起来有些不解，仿佛我的问题很奇怪。

"当年弗兰克·帕里斯被杀的时候，酒店就是现在的样子吗？"

"啊——是的。"他终于明白了我的意思，"我们在二〇〇五年改建了酒店。增加了两翼，分别叫'月光花（Moonflower）'和'谷仓猫头鹰（Barn Owl）'。"他的嘴角勾起一丝微笑，"名字是塞西莉起的。月光花总在夕阳落山后绽放，而猫头鹰只会在夜晚出现。"他微笑着，"您或许已经注意到了吧，酒店里各处都有猫头鹰。"他拿起桌上的菜单，给我看上面烫金的猫头鹰标识："这也是塞西莉的主意。她发现'谷仓猫头鹰'其实是一个拆字游戏，把'布兰洛'这个词的字母拆开重组就会变成这个名字[①]，所以她想，倒不如干脆就用猫头鹰作为酒店标识。"

我的心沉了沉。艾伦·康威也喜欢玩拆字游戏。比如，他的其中一本小说里，所有角色的名字都是由各种伦敦地铁站的名字拆开、打乱、重组而来的。他很喜欢和读者玩这个奇怪的游戏，即便影响文笔质量也在所不惜。

劳伦斯还在继续讲述。"翻修酒店的时候，我们专门增添了一台升降电梯，供残疾人使用。"他解释说，"还拆了一面墙扩大餐厅面积。"

也就是我们如今所在的房间，从入口处圆形的酒店大堂就可以抵达，进门时我也注意到了那台新电梯。厨房在餐厅的尽头，很是宽敞，一直延伸到酒店后侧。"从厨房可以上楼吗？"我问。

[①] "布兰洛"的英文拼写是 Branlow，"谷仓猫头鹰"的英文是 barn owl，和布兰洛的英文字母构成相同。

"可以的。那里有一台工作用升降机和楼梯，也是那时一起修的。我们还把原来的马厩改成了员工宿舍，并新增了游泳池和水疗馆。"

我从包里拿出笔记本，把他说的要点一一记下。根据这些信息可以知道，杀害弗兰克的人有四条路径可以到达十二号客房：一处是酒店大堂的电梯；一处是酒店后方厨房里的电梯；另外还有主厅楼梯和厨房里的员工楼梯。如果是原本就已经在酒店里的人，也可以从三楼下到二楼。尽管接待处有人通宵值班，要想通过那里而不被人发现还是有办法的。

可是，在克里特岛时，波琳说过曾有人看见斯蒂芬进入弗兰克的房间。他为什么会这么不小心？

"您有听说任何新的消息吗？"我问，"关于您女儿塞西莉的行踪。"

劳伦斯愁容满面："警察说在诺维奇市的监控录像里似乎发现了她的身影，可这根本说不通，她在那里根本没有认识的人。"

"调查案件的是理查德·洛克警司吗？"

"他现在是高级警司了。是他，但我对他没抱太大希望。报警后，他并没有立刻着手调查——那本该是搜查线索最重要的时期——现在也没什么进展的样子。"他难过地垂下了头，又问，"您找到机会重读那本小说了吗？"

这真是个好问题。

按理说，从头到尾仔细地把小说重新看一遍应该是我回来后的首要大事，然而我根本没带。应该说，克里特岛的家里根本一本艾伦的书都没有：对我而言，看到它们，便会想起那些令人难过的往事。在伦敦时，我曾去书店里找过，没想到竟然全都断货。还在出版社工作时我就没想通过，断货究竟是件好事还是坏事——它代表畅销大卖还是分销环节出了问题?

但说到底,还是因为我暂时不想重读。

小说内容我还记得很清楚:案件发生的村庄叫"水上的塔利",地点是一个叫克拉伦斯塔楼的地方;各种隐匿的线索;凶手的身份。当初和艾伦通过电子邮件"探讨"内容的笔记都还在(探讨两个字打引号,是因为我说的话他基本不听)。那个故事对我来说并没有什么惊喜,所有情节至今依然记得滚瓜烂熟。

但有一点非常重要,那就是艾伦喜欢玩文字游戏,把线索藏在字里行间:不只有拆字游戏,还有藏头诗以及利用某种规律将重要信息隐藏在行文当中等操作。他这么做,一方面是自娱自乐,另一方面是其令人不悦的某种天性使然。现在已经明确的是,艾伦在《阿提库斯·庞德来断案》中使用了诸多与布兰洛大酒店有关的元素,然而却未曾描述过二〇〇八年六月究竟发生了什么。故事里并没有广告总监,或者婚礼以及锤子。如果他真的在酒店居住期间发现了杀死弗兰克的真凶,那么他一定会将真相隐藏在书里的某个词或者名字、甚至对某个与案件毫无关联的事物的描述中。他甚至有可能将真凶的姓名隐藏在章回标题里。塞西莉从小说里看出了端倪,我却不一定能看出来——除非我能对她以及酒店中的众人有足够了解。

"暂时还没有。"我说,回答劳伦斯的问题,"我觉得应该先见见酒店里的所有人,并熟悉这里的环境。我不清楚艾伦究竟在这里发现了什么,但如果我能对酒店了解得更全面,就更有可能从他的书中发现线索。"

"您说得对,这个想法很好。"

"可以让我看看斯蒂芬曾经住过的房间吗?"

"晚餐后我带您去。那个房间现在住着别的员工,但我肯定他们不会介意的。"

服务生呈上酒饮的时候，丽莎·特里赫恩也到了。虽未曾见过，但我推测来者应该是她。我在报纸上见过她妹妹塞西莉的照片：一个拥有一张娃娃脸的美丽女子，有着娇俏的嘴唇和饱满圆润的脸颊。然而眼前这位女子留着样式复古的短发，除了同样的浅发色以外，长得和塞西莉没有一点相似之处。她看起来一板一眼，脸上没有一丝微笑，穿着刻意选择的严肃商业套装和一双平平无奇的工作鞋，鼻梁上架着一副便宜的眼镜。她的嘴角有一道伤口，我忍不住盯着看了好一会儿。那是一条差不多半英寸长的直线型伤痕：很像是刀伤。这要是在我脸上，我一定会用遮瑕膏掩饰一下，可是她却完全不加修饰，任其暴露于众目睽睽之下。她一直皱着眉头，仿佛天生不懂得微笑，又仿佛是那道伤疤夺走了这种权利。

她走到桌前，那种气势仿佛一名拳击手进入了搏击场。不等她开口我便知道，我俩一定处不来。"你就是苏珊·赖兰？"她开口道，一边说着一边拉开椅子坐下，很是随意，"我是丽莎·特里赫恩。"

"很高兴见到你。"我说。

"是吗？"

"要喝点什么吗，宝贝？"劳伦斯插嘴道，有些紧张。

"我已经跟服务生点过了。"她直直地盯着我的双眼，"艾伦·康威是你派来的吗？"

"我之前并不知道他来过。"我回答，"我只知道他在写一本新的小说，但直到全书完成他才交给我。在你父亲去克里特岛见我之前，我根本不知道他曾来过这座酒店。"

我努力回忆着小说里是否有以丽莎为原型的角色。《阿提库斯·庞德来断案》一书中确实有一个人身上有伤痕,那是一位美丽的好莱坞女演员,名叫梅丽莎·詹姆斯。是了,这的确是艾伦的风格,故意把一个平平无奇的女人写成风情万种的模样来满足自己的恶趣味。

丽莎像是没听见我的话:"哼,要是塞西因为这本小说出了什么事,但愿你能睡个好觉。"

"你怎么这样说话——"劳伦斯忍不住出声阻止。

可我还不需要别人帮我讲话。"你知道你妹妹在哪儿吗?"我问道。

我猜测着丽莎会接受妹妹已经死了,好摧毁父亲唯一剩下的希望。看她的表情似乎也差点脱口而出,但最终还是忍了下来。"我不知道。刚得知她不见的时候,我以为只是和阿登吵架负气出走罢了。"

塞西和阿登。她用这两个昵称并非出于亲昵,更像是为了节省说话时间。

"他们经常吵架吗?"

"是的。"

"不是这样的……"劳伦斯插嘴道。

"拜托,爸爸。我知道你希望他们幸福美满,希望他是一个好丈夫、好父亲!但实话说,他和塞西结婚不过是为了走捷径。人前总是一副笑容满面、亲切迷人的样子,可谁知道他们背后什么样?"

"你想说什么,丽莎?"我问,为她的开门见山感到惊讶。

另一位服务生走上前来,手里用银盘托着一杯双料威士忌。丽莎拿起威士忌,一句感谢的话也没说。

"我就是看不惯阿登在酒店里晃来晃去的样子,仿佛他才是老板。仅此而已。明明所有脏活儿累活儿都是我在干。"

"丽莎管账。"劳伦斯解释道。

"我管账、管合同,还管保险、人事和控股。"她一口喝下半杯威士忌,"他负责对客人逢迎拍马和闲扯。"

"你认为弗兰克·帕里斯是他杀的吗?"我问。

丽莎盯着我看了一会儿。我故意把话说得很直白,但这个问题并非毫无根据。如果塞西莉被人杀了,那一定是因为她发现了关于八年前凶杀案的重要线索,那么杀她的人肯定就是当年杀害弗兰克的凶手。

"我不这么认为。"丽莎答道,喝完了剩下的威士忌。

"为什么?"

她像看傻子一样地看着我说:"因为凶手是斯蒂芬!他自己都承认了,现在还关在监狱里。"

餐厅里陆续有人落座。现在是傍晚六点四十五分,天还依然亮着。劳伦斯拿起桌上的菜单说:"不如我们点餐吧?"

我确实饿了,但此刻并不想打断丽莎。我在等她的下文。

"当初决定雇斯蒂芬·科德莱斯库就是个错误。当时我就说过,可没人听。他不仅本身就是一个罪犯,而且从小到大周围全是罪犯。我们给了他改过的机会,他却把我们当傻子。才来五个月啊,我的天,从进门那一刻就没少占我们便宜。"

"你又没证据。"劳伦斯反对。

"怎么没有,爸爸,我有。"她转头看着我,"他刚来几个星期的时候我就发觉不对劲了。我想您大概不会了解经营一座酒店意味着什么吧,苏珊……"

就凭这句话,我能把她驳斥得哑口无言,但我忍住了。

"酒店就像一台巨大的机器,有上千个零部件,如果丢失了某些细小的零件,是很难注意到的。整台机器并不会因为它们而停滞。酒店物资:比如葡萄酒和威士忌、香槟、鱼排、零钱等;客人财物:比如珠宝首饰、手表、大牌太阳眼镜、毛巾手帕,甚至古董家具,等等。让小偷来酒店工作简直就像是给了瘾君子药店的门钥匙。"

"斯蒂芬来之前从来没有过盗窃犯罪记录。"劳伦斯提醒道,但语气不怎么自信。

"您说什么呢,爸爸?他因为抢劫罪和伤害罪被判了刑的。"

"那不是一码事……"

"您就是不听我的,每次都这样!"丽莎不理父亲,将注意力集中在我身上,"我意识到出了问题,有人在酒店里行窃,但每次一提斯蒂芬大家就都护着他,对我群起而攻之。"

"你一开始明明挺喜欢他的,经常跟他在一起。"

"我那是努力尝试让自己喜欢他,因为你们都希望我这样。而我接近他唯一的原因——我都不知道跟您说过多少次了——就是想看看他到底有何企图。事实证明我是对的,不是吗!虽然发生在十二号客房里的事令人非常遗憾,但它证明我是对的。"

"凶手到底从弗兰克那里偷了多少钱?"我问。

"一百五十英镑。"劳伦斯回答。

"你们真的相信斯蒂芬会为了这么一点钱杀人,把人用锤子活活砸死吗?"

"我认为斯蒂芬一开始并没有计划杀人。他半夜悄悄潜进房间,打算能偷点什么是什么,完事赶紧溜,结果那个可怜的男人醒了,并与他发生冲突,斯蒂芬一时情急就下了重手。"丽莎轻蔑地说道,"这些庭审的时候都说过了。"

这套理论在我看来毫不合理。如果斯蒂芬一开始并没有打算杀弗兰克，那他为什么要随身携带一把锤子？为什么要趁房间有人的时候去偷东西？但我没吭声。有些人真的不适合与之理论，而丽莎就是一个典型。

她招呼服务生过来，又点了一杯酒。我趁这个机会赶紧点了餐，一碟沙拉和一杯红酒。劳伦斯点了牛排。

"可以跟我说说案发当晚的情况吗？"我一边问，一边觉得有些荒唐和不可思议。这些人言谈思想是如此守旧，简直像活在过去一样。这要是在我编辑的小说里出现，一定会被删掉。

劳伦斯回忆道："我们邀请了三十位亲友过来住一个周末，但是正如之前告诉您的那样，酒店依然正常营业，因此也有其他客人前来住宿。所有客房都满了。

"弗兰克·帕里斯是婚礼前两天登记入住的——那是个星期四——订了三天的房间。我能记得他，是因为这个人打从进门起就诸多抱怨：他很累、他要倒时差、他不喜欢我们之前给他分配的客房，坚决要换。"

"他原本在哪间客房？"

"我们给他安排的是十六号房，就在您住的月光花翼。"

在去往客房的路上，我曾经过十六号房间，就在防火门的另一边，门后就是铺着难看的旋涡状地毯的走廊。

"他说想住在酒店的旧楼区。"劳伦斯继续道，"幸好我们想办法做了些调整，让他如愿以偿。顺带提一句，那是艾登的功劳，讨客人欢心，他很擅长这个。"

"和弗兰克换房间的人没有怨言吗？"

"我记得那是一位退休的中学校长，正独自旅行，他应该不知道房间被调换了。"

"您还记得他的名字吗？"

"那位校长的？不记得了，但您若需要，我可以去查记录。"

"那就劳烦您了，谢谢。"

"婚礼是周六傍晚举行的，我们提前通知了所有外客，酒店的某些服务可能会临时取消。比如，我们暂停了周五晚上的水疗馆服务，好让员工们在泳池边搞个派对，喝点酒、休息一下。虽然不能到场参加婚礼，我们还是希望能让他们有些参与感。员工酒会晚上八点半开始，十点结束。"

"斯蒂芬有参加吗？"

"有的，他去了。艾登和塞西莉也是，还有波琳和我。丽莎……"

丽莎也去了？还是没去？这个话头就这么悬着，再无下文。

"那天晚上很热。或许你还能记得，那年夏天特别热。"

"那天晚上热得汗流浃背，真让人受不了。"丽莎接过话题，"我简直等不及想回家。"

"丽莎不住在这里。"劳伦斯补充说，"不是因为住不下。酒店占地三百英亩。"

"我之前的房子让艾登和塞西莉住了。"丽莎酸溜溜地嘟囔了一句。

"布兰洛农舍。"我应道。

"我搬到伍德布里奇去住了，挺舒服的。我很早便离开了酒会，开车回家睡觉。"

"剩下的事我让德里克跟您讲吧，"劳伦斯说，"他是那天的夜班经理。和我们差不多同一时间到的，没有参加酒会。"

"没被邀请吗？"

"当然不是，只是德里克不喜欢社交。您见到他就会明白。凶杀案发生时，他就在前台值班。"

"那是什么时候？"

"根据警方的调查，帕里斯是周五半夜大约十二点三十分遇害的。"

"当时您在吗，劳伦斯？"

"不在。波琳和我退休后便在索思沃尔德买了栋房子。那天晚上我们回家休息了。"

"但我们都参加了第二天的婚礼。"丽莎说，"那真是美好的一天……当然，直到案件发生前。可怜的艾登！这肯定不在他的完美计划中。"

"够了，丽莎，你太过分了。"劳伦斯斥责道。

"我就是觉得他是把塞西当长期饭票。他俩认识之前他是什么样？什么也不是！就是一个房产公司的小职员而已。"

"他很有能力，工作也做得很出色。不管怎么说，他也为酒店出了很多力。"劳伦斯生气地咕哝道，"再者，你这么说话很不合适，现在大家都在为塞西莉担心。"

"我也很担心！"丽莎嚷道，她的眼里竟泛起了泪光，这倒挺让我惊讶，但我能感觉出她说的是真心话。服务生托着她的第二杯威士忌走来，丽莎一把将杯子拽进手中，"我怎么可能不担心，她可是我的妹妹！万一她要是出了什么事……我连想都不敢想。"

说完，她低头盯着酒杯。我们三人一阵沉默。

"关于婚礼的细节，你还记得什么？"隔了一会儿，我问。

"就是一场普通的婚礼，我们酒店经常举行的那种，这是我们收入来源的一大部分。"她吸了口气答道，"仪式是在玫瑰园举行的。我是伴娘；婚礼司仪是从伊普斯威奇请的；午餐安排在主花园搭的大帐篷里。观礼时我坐在艾登母亲旁边，她专程从格拉斯哥赶来参加婚礼。"

"他的父亲来了吗？"

"艾登的父亲在他很小的时候就因为癌症去世了。他有一个姐姐，但没受到邀请。说实话，他家里基本上没什么人来。麦克尼尔夫人很亲切，是个有些传统保守的典型苏格兰人。我正觉得无聊的时候，忽然听见帐篷外什么地方传来一声尖叫，几分钟后，就见海伦冲了进来，脸上的表情仿佛见了鬼。"

"海伦？"

"她是我们的客房部主管。据说是一名女佣进入十二号客房打扫时，发现了脑袋被砸得稀烂的弗兰克·帕里斯，脑浆都流出来了，溅在床单上。"丽莎说着，一副幸灾乐祸的样子。先前刚刚真情流露，现在又为妹妹的大喜日子被毁而止不住地开心。我看着她，心想，这人怕是心理有点问题。

"女佣名叫娜塔莎。"劳伦斯插嘴道，"她本想进屋打扫，没想到发现了弗兰克的尸体。"

丽莎将杯子里的威士忌一饮而尽，说："我不知道你想找什么，苏珊。斯蒂芬已经认罪，也受到了应有的惩罚。他还要再蹲十年监狱，他们才会考虑释放他，那是活该。至于塞西，等她想通了自然就会回来。她就是喜欢成为所有人关注的焦点，说不定是故意玩失踪、求关注呢。"

看她摇摇晃晃地站起身来，我意识到，来之前她肯定就已经喝过了，那两杯威士忌不过是续摊儿罢了。"我先回了，你们聊吧。"她说道。

"丽莎，你该吃点东西。"

"我不饿。"她朝我俯过身，恶狠狠地说，"你要为塞西莉的事负责。那本该死的小说是你出版的。你要把她找回来。"

劳伦斯注视着丽莎踉踉跄跄地走出餐厅。"真是非常抱歉。"他对我说,"丽莎工作很努力,负责运营整座酒店,有时候实在是太累了。"

"她看上去不怎么喜欢自己的妹妹。"

"您千万别在意,丽莎喜欢小题大做。"他努力想要说服我,可说的话连他自己都不相信。"她俩很小的时候就这样了,"他不得不承认,"总喜欢和对方争吵。"

"她脸上的伤疤是怎么来的?"

"啊,我就知道您会问。"他有些迟疑,我没有催促。"那道疤是因为塞西莉,但她不是故意的……"终于,他叹了口气说,"那时候丽莎十二岁,塞西莉十岁。有一天两人吵架,塞西莉抓起厨房的刀就朝姐姐扔了过去。她真的不是故意要伤害丽莎,只是小孩子幼稚、不懂事,气头上做了蠢事。刀刃不偏不倚落在了丽莎嘴上,后来……你也看到了。塞西莉非常难过。"

"她们为了什么事吵架?"

"这很重要吗?大概是为了男孩吧。她们俩总爱拿男朋友的事做比较,争风吃醋。但依我看,小姑娘难免这样。塞西莉长得更好看些,所以丽莎看到她交男朋友就会不开心。话说,这也是丽莎如此针对艾登的缘故。她说的那些话——只是出于嫉妒而已。艾登人挺好的,真的。我们相处得很愉快。"

说着,他举起了酒杯。

"女孩天性嘛!"

这话是当作祝酒词说的,可我没有回应。女孩们或许是经常争风吃醋,我想,但并不都是边缘型人格障碍患者。丽莎被塞西莉毁了容,内心又对艾登极度怨恨,这种怨恨全部源自某种对于性的嫉妒。而这种情绪很可能也转嫁到了斯蒂芬·科德莱斯库的身上。

问题是，它会严重到令人产生杀人的冲动吗？

会吗？

夜班经理

晚餐我只吃了几口便草草了事。丽莎的话很让我吃惊，目前尚且不知真假。我从未授意艾伦·康威以这座酒店的凶杀案为原型创作小说，但毫无疑问，我从他的小说中获利了。不管是否愿意承认，这件事的确多少与我有些关系。

喝过咖啡，劳伦斯专程带我去厨房看了看，那里确实有一座员工楼梯和一台升降电梯可以通往三楼。从酒店后门出来，越过眼前的庭院，我能看见那条通往布兰洛农舍的车道。别墅的几扇窗户后透出微微灯火，那辆黑色的路虎还停在门外。

"这段时间艾登简直度日如年。"劳伦斯开口道，"向警方报告塞西莉失踪的那一刻起，他就在无形中成为头号嫌疑人。像这样的案子，最后往往发现凶手就是丈夫。但是我真的无法想象他能做出伤害我女儿的事。我见过他俩在一起的样子，我能看出来他们有多在意彼此。"

"他们只有一个孩子。"我回了一句。

"是的。这一点我也挺遗憾，可是当初生产时塞西莉遭了很大的罪，我估计她不愿意再经历一次那样的痛苦。再说，她目前也忙着经营酒店。"

"您说过罗克珊娜已经七岁了。"我在心里默算了一下，"她的生日是哪天？"

劳伦斯明白我想问什么。"结婚时塞西莉已经怀孕了——不过他们并不是奉子成婚。现在的年轻人对这种事很看得开……不像我们当年那样有压力。艾登非常宝贝这个女儿。如今女儿可以说是他最后的精神支柱了。"

"您觉得他会愿意跟我聊聊吗?"这件事我一直有些担心。我之所以会在这里,是因为一本书,我需要从头重读一遍的小说,而书的内容或许和这座酒店八年前发生的一起杀人案有关。这是其一;不仅如此,我还要对一位因妻子失踪而悲痛欲绝的丈夫进行质询,这是其二。

"我相信他会愿意的。我可以帮您问问。"

"如果不麻烦的话,就拜托您了。感谢。"

说话间,我们已经走到了泳池边。泳池建在面积有些过于宽阔的温室植物园里,看造型大约是以布莱顿皇家行宫为模板;旁边的一栋建筑很是别致美丽,几乎是酒店主楼的缩影。那原本是一座粮仓,后来改成了水疗馆。水疗馆晚上不开,此刻正要关门,一位身着运动服、手里拿着运动包、面容英俊的年轻男人从侧门走了出来。他注意到我们,便挥了挥手。

"那是马尔库斯。"劳伦斯为我介绍,"负责打理这间水疗馆——刚加入酒店不过两年时间。"

"之前是谁负责?"

"一个澳大利亚人,莱昂内尔·科比。不过案发后不久就离开了。自那以后有不少员工辞职,原因我想您也能明白。"

"您知道他现在去了哪儿吗?"

"大概回澳大利亚了。我还留着他之前的电话号码,您要是觉得有用,可以给您。"

原来是澳大利亚人,和弗兰克一样。这也算得上是一种联系。"麻烦您了,说不定会有用。"我回答。

我们渐渐行至由马厩改建成的员工宿舍:总共有五间宿舍,

都是比邻而建的开放式小单间,每间宿舍的门和一扇窗都朝着酒店的方向。这一列宿舍的最远端有一间通用的维修室。劳伦斯指了指:"斯蒂芬的工具箱就存放在那里,包括杀人用的锤子。"

"我能看看吗?"

我也不知道自己能否发现什么。维修室的地板是混凝土材质的,房间里有好几个储物架,上面堆放着纸箱、油漆罐、各种化学试剂……"门上没有锁,任何人都可以随意出入。"我如是说。

"关于这点,辩护律师在庭审时也说过多次。"劳伦斯答道,"没错,任何人都有可能进来、拿到那把锤子。问题是,对斯蒂芬有利的证据只有这一点,相较于那些直指他的大量证据,这一点毫无用处。"

我们出了维修室,走到隔壁房间门前。那是以前斯蒂芬住的地方:五号宿舍。劳伦斯敲了敲门,没有人应声,于是他掏出一把耶鲁牌钥匙,打开了门锁。

"先前我和拉尔斯聊过,"他解释道,"他这会儿恐怕和因加一起在酒吧里。他俩都是今年新入职的员工。"

我脑海中回忆起坐在前台后面的那个看起来十分伶俐的女孩。"他们是丹麦人?"我问。

"是的,中介介绍来的。"他叹了口气,无奈地说,"我们已经退出了'青年刑满释放者再就业项目'。"

这是一间狭窄的、四四方方的房间,门边放着一张单人床和一张书桌,靠墙立着一个衣柜和一个五斗柜。房间的角落还有一扇门,通往浴室,里面有一个马桶、洗手池和淋浴间。我估计五间宿舍里的陈设全部相同。拉尔斯把房间打理得相当整洁,干净得不像话;那张单人床平整得就像从来没有人睡过一样;从门口可以看见浴室里的毛巾整齐地挂在晾杆上;除了书桌上的几本书之外，屋里几乎没有任何个人物品。

"这些斯堪的纳维亚人非常整洁。"劳伦斯咕哝着，和我想的一样，"斯蒂芬住在这里的时候可不是这样。"

这话倒是出乎我的意料："您怎么知道？"

"莱昂内尔，就是水疗馆那个健身教练，曾在这儿住过一段时间。他和斯蒂芬关系不错，您看看警察的调查笔录就知道了。"

"笔录可不是那么容易看到的。"

"我可以去跟高级警司洛克说说。"

"不了，没关系。我认识他。"我知道洛克才不会让我看任何资料，他连面都不会见的。我就在门口往屋里望了望，并不想进去，"他们就是在这间屋子里找到了死者的财物？"

"是的，就在床垫下面。"

"赃物藏在那里可不怎么明智。"

劳伦斯点了点头。"您可以对斯蒂芬有各种解读，"他说，"但只这一件事是确定的，他的脑子并不怎么好使。"

"也有可能是被人栽赃的。"

"是有这个可能，但不可回避的问题就是，栽赃是何时发生的。白天几乎不可能，您也看到了，宿舍门朝着酒店方向，那里总有不少人。婚礼的客人就有不少；水疗馆也开着，还有保安；厨房员工进进出出；客人从酒店窗边向外眺望，等等。我不认为有人可以悄悄溜进这间屋子却不被任何人看到，相信我，警察对此询问了不下百人。

"不只是钱，警察还在淋浴间的地面和斯蒂芬的床单上发现了血迹。法医检查后确认，那些血迹起码已经超过十二个小时了，也就是说，案发当晚这些血迹就已经存在。整个过程十分清晰：周五晚上，斯蒂芬杀了弗兰克，身上沾满了血，于是回到宿舍洗了澡、睡了一觉。案发现场到处都是他的大脚印。"

"所以,如果真的有人故意栽赃斯蒂芬,他们只能在午夜之后行动。"我说。

"是的。但那也不太可能。首先,宿舍房门是自动上锁的——我可以告诉您,丽莎的办公室里确实有备用钥匙。可是,您看看床的摆放位置,就在门边上,我觉得没有人可以做到开门进来、把床上搞得一团乱、去浴室洗了澡再离开,还不把斯蒂芬吵醒。"

他关上门,和我一起向酒店走去。

"德里克应该已经来了,"劳伦斯说,"我让他今天早点来,跟您谈谈。"言罢顿了顿,又说,"可以请您对他温和一点吗?他已经在酒店工作十年了,人挺不错,就是心理有点脆弱。他独自一人照顾母亲,母亲身体很不好。艾伦·康威对他……对他和他母亲的描写实在是太过分了。"

我记得书里的那段描述。故事里的人叫埃里克·钱德勒,为了母亲菲莉丝忙前忙后,几乎可以算是她的私人司机和勤杂工。这两个角色在第一章就出现了,可不是什么令人同情的形象。"他看过小说了吗?"我问。

"幸好还没有。德里克不怎么喜欢看书,您也最好别提。"

"好的。"

"那就先跟您道晚安了。"

"晚安。感谢您的盛情款待。"

*

劳伦斯的提醒实在没有必要,因为见到德里克·恩迪克特的第一眼我就知道，他的确是个脆弱的人，说话做事都极尽小心，仿如惊弓之鸟，生怕得罪了人。他戴着厚厚的眼镜，镜片后的眼神总有些闪躲；脸上的笑容有些迟疑，仿佛在犹豫该不该笑；杂乱垂下的头发，没有任何造型可言。他四十多岁，但面容却还保留着孩子的特点——饱满的脸颊、厚厚的嘴唇，脸上的皮肤十分光滑，看不见胡子的痕迹。此刻，德里克已经站在仿佛山洞般凹嵌在巨大楼梯阴影中的迎宾台后，楼梯呈斜线从他头顶斜飞而上，通往二楼。我注意到他手边放着一个特百惠塑料餐盒，里面装着便餐，还有一只膳魔师保温杯和一本杂志。

他知道我要来，劳伦斯已经告诉过他我的来意。见我走来，德里克慌忙站起来，一下没站稳又坐了回去。前台区颇为凉爽，我却看到有汗从他的脖子和脸颊边淌下。

"恩迪克特先生……"我正要开口。

"叫我德里克就好，大家都这么叫。"他的嗓音有些沙哑，音调却挺高。

"你知道我为什么来这儿吗？"

"知道，特里赫恩先生让我今晚早些来。"

他紧张地等待我的提问，于是我尽量语调柔和地开口道："帕里斯先生被杀当晚是你当值，因此，你的所见所闻可能会对侦破案件有极大的帮助。"

他皱了皱眉："我以为您来这儿是为了塞西莉的事。"

"是啊，这两件事说不定彼此关联。"

他想了一会儿，眼神里清晰地映出他心中的犹疑和思量。最终，他应道："是，您说得对。"

我靠在桌子边上："我知道事情已经过去多年，但还是想问问你是否记得当晚发生了什么？"

"当然记得！太可怕了。我没见过帕里斯先生，基本上也没怎么见过其他客人，除非他们人手不够、给我排白天的班。其实，我看到帕里斯先生走楼梯上楼了。时间是晚餐之后，但我们没有说话。"但紧接着他又一次更正道，"不，不对。我们曾通过电话，星期四的时候。他从客房打电话给前台，说想预约星期五大清早的出租车。我帮他预订了。"

"他打算去哪儿？"

"韦斯特尔顿村的希斯别墅。我记在工作事务本上了，所以警察询问时才能说得那么清楚。我知道他说的那栋别墅，离我和妈妈住的地方很近。我真的不喜欢警察到这里来，这座酒店这么美，大家来这儿是为了休息放松的，不是……"

他想不出该如何形容"不是"后面的话，于是沉默了。

"实话跟您说，那天晚上我很难受，就是婚礼前夜。"过了一会儿，他又接着说，"感觉很难受……"

"为了什么呢？"

"不，我的意思是……我的胃很难受。大概是因为吃错了什么东西。"

"你没去参加员工酒会？"

"没有。当然，他们有邀请我！真为塞西莉和麦克尼尔先生开心。"有意思，我心想，酒店里那么多人，他却似乎只对塞西莉直呼其名。"我觉得他俩很般配。看到她幸福的样子真好。您知道她在哪儿吗？"

"我会找到她的。"

"真希望她没事。她是我见过最善良的人之一，从来不怕麻烦，对我也很好。"

"你知道帕里斯先生被杀当晚究竟发生了什么吗？"我问。

"我不太清楚。"尽管依然紧张,但这些话德里克显然已经练过很多遍了。他深吸了一口气,然后像竹筒倒豆子般地说道:"那天晚上我在前台值班——就在这里——员工派对在十点结束,听上去挺热闹的,大家都很开心。

"我刚来五分钟左右的时候,看到帕里斯先生上楼回房间,也就是大约十点过五分。之后又看见几个别的客人走过——有酒店的住客,也有婚礼的宾客,不过到了午夜,大厅里就只剩我一个人了。妈妈给我做了三明治当消夜,我还带了本杂志解闷,有时也听听广播。塞西莉建议我用电脑看电影,但我不太喜欢那样,因为我的职责是保持警惕。"

"那么,那天晚上你有看到什么或听到什么动静吗?"

"我正要说到这件事!"他又深吸了一口气,"刚过午夜不久,小熊突然开始吠叫。"

"小熊?那只狗?"

"是的,塞西莉的狗。它大部分时间会回塞西莉家里睡,有时候睡在酒店二楼专门为它准备的狗窝里。"德里克指着二楼半圆形的开放式楼梯间和墙上的油画。从他坐着的地方是看不到狗窝的,但任何细小的声音都可以听得一清二楚。"由于第二天要举行婚礼,还有各种杂七杂八的事情,那天晚上他们不想让狗睡在家里。"他接着说,"所以小熊就在酒店二楼睡。"

"它半夜突然开始叫?"

"我以为肯定是有人经过的时候不小心踩到了它的尾巴,于是上楼察看,结果一个人都没有。小熊伏在狗窝里,一点事没有,估计是做噩梦了。我蹲下来顺了顺它的毛,就在那时有人经过。"

"从哪里经过?"

"长走廊,从新装的升降电梯往月光花那一翼走过去。"

之前已经介绍过了,布兰洛大酒店的布局是英文字母 H 形的,德里克俯身摸狗的地方就在连接两边长走廊的横廊中间。不管是谁朝十二号房走,都一定是从酒店前厅上去的。

"有可能是酒店外的人吗?"我问。

"不知道。"

"可是酒店大门呢,当时锁上了吗?"

德里克摇了摇头。"我们从来不锁大门,至少当时是这样,没有必要锁。"他做了一个愁眉苦脸的表情,有些尖刻地补充道,"现在锁了。"

"你看清经过的人是谁了吗?"我觉得这个问题几乎没有什么问的必要:昏暗中从长廊上掠过的人影,横廊上的德里克能看见的最多不超过一秒。

"我觉得是斯蒂芬。"德里克十分苦恼地一股脑儿说道,"我并不想给别人造成麻烦,我只是把所见所闻告诉了警察而已。斯蒂芬手里拿着一个工具箱,就是他自己的工具箱,我见过很多次;当时他还戴着一顶针织帽。"说着把手放在头上,为我比画帽子的样子。

"你是说……那种针织的套头圆帽?"

"是的。斯蒂芬喜欢戴那种帽子。可惜当时灯光太暗,一切又发生得太快,我跟警察说我不敢百分之百确定。"

"那你接着做了什么吗?"我问,"看见拿着工具箱的男人经过以后?"

"我走到主廊上去看是谁——可是等我走过去已经太晚了,人已经不见了。"

"他是进了某间客房吗?"

"肯定是的。"德里克看起来一脸愁苦,仿佛整件事都是他造成的,"警察说他进了十二号客房。"

十二号客房距离横廊只有五六步远,并且靠近防火门,假设德里克一察觉有人经过就立刻上前察看,那么来人就得在短短几秒钟之内消失。

"你听见他敲门了吗?"

"没有。"

"有任何人听见任何声响吗?"

"没有。"

"这件事你怎么看?"

"我没有看法,我是说,我当时以为斯蒂芬可能进了某间客房维修东西——抽水马桶或者别的什么,虽然这有点说不过去,因为如果房间需要维修,客人会先打电话给前台,我会接到电话的。可当时非常安静,一点动静都没有。所以过了一会儿,我也就回到了前台。就是这样。"

"你没有听见任何别的声响吗?"

"没有。"他摇头。

"德里克……"我该怎么温和地说接下来的话呢?"弗兰克·帕里斯是被人用锤子砸死的,他肯定会呼救,我不相信你什么也没听到。"

"我真的什么也没听见!"他提高了音量,"后来我一直在楼下,开着收音机听广播……"

"行吧。"我没再逼问,等着他冷静下来,然后接着说,"尸体是谁发现的?"

"是娜塔莎,酒店的女佣之一,应该是从俄罗斯还是哪儿来的。"他的眼睛随着回忆的解封而圆睁着,"她是在打扫房间时发现尸体的,据说她吓得不停尖叫。"

"可那是后来的事了……第二天。"

"是的。"德里克身体前倾,用近乎耳语的音量说道,"有人在十二号客房门上挂了'请勿打扰'的牌子!"他说,"肯定是故意的,不想让人发现。"

"那么,娜塔莎为什么还是进去了呢?"

"因为后来又有人把牌子拿了下来。"

"谁拿的?"

"我不知道。谁也不知道。"

我能看出来,这些就是他知道的全部事实。他筋疲力尽。

"谢谢你,德里克。"我说。

"真希望这一切从来没有发生过。自从那天以后,酒店就感觉不太一样了,总有种挥之不去的微妙感……我经常这么跟我妈妈说,这里仿佛有种邪恶的存在。你看现在塞西莉又失踪了。她那天打电话的时候我就感觉有些不对劲,她听起来好难过。这一切似乎都有某种联系,而且我感觉事情不会就此打住。"

"你认为是谁杀死了弗兰克?"

我的问题让他很惊讶,似乎从来没有人关心过他的意见。"不是斯蒂芬干的。"他答道,"就算我在走廊上看到的人影是他,我也敢肯定人不是他杀的。他给人感觉是一个特别和善的人,平时不怎么说话。我知道特里赫恩小姐……我是说丽莎,不太喜欢他,还说斯蒂芬不诚实,但我觉得他没什么问题。你觉得警察能找到吗?"

"你是指塞西莉·特里赫恩?"

"是的。"

"我想他们一定会的。我敢肯定她一定会平安回来。"

嘴上虽然这么说，我心里却知道那不可能。尽管在酒店待的时间还不足一天，我却已经感受到了某种诡异的氛围，这或许就是德里克所说的"邪恶的存在"吧。而我也基本确定，塞西莉已经死了。

视频通话

我老了吗？

给克里特岛打视频电话时，我盯着电脑摄像头里的自己上下打量。尽管大家都知道苹果电脑的摄像头对谁都不太友好，但直接目睹自己这张脸还是令人烦闷。我看起来非常疲惫。在克里特岛晒了两年的太阳和抽了两年的香烟对皮肤也是一种摧残。自从搬离伦敦，我就再也没有染过头发，不知道淡棕色的自然发色是让我看上去气色更好，还是更没精神。我从来不是一个特别时尚精致的人，以前独自一人住在伦敦克劳奇恩德的公寓时，在家总是随便套一件宽松T恤和连裤袜就好。当然，上班时还是会打扮一下，可后来出版公司没了，我也不用被迫天天穿那三件套——西装、长丝袜和细高跟鞋。对我来说，应对希腊艳阳的唯一方式就是着装尽量轻薄宽松。安德鲁常说他爱的就是我本人，而不是那些花里胡哨的装饰，可看着如今摄像头里的样子，我忍不住感叹自己是否正在放弃人生——这是一个可怕的词，代表着堕落和腐朽。

电脑忽然发出"嗡"的一声，我的头像被推至屏幕一角，安德鲁的脸占据了整个屏幕。我本来还担心他这时候可能在外面，或者更糟——在酒店却不愿接视频，不过现在好了，他就在镜头对面，坐在酒店露台上。他摆弄好镜头后，身体向后靠去，我能看见露台上的花坛，里面还有我亲手种的鼠尾草和俄勒冈香草。电脑放在一张台面有裂痕的玻璃桌上，我们总说一定要换张新的，却从来没有行动。

"Yassou, agapiti mou①！"他率先用希腊语来了句开场白。这是我俩心照不宣的打趣。从开业第一天起，每天早上到酒店大厅开始工作的时候，他都会用希腊语跟我打招呼。可是今天这话听着略有些刺耳，感觉他在故意提醒我现在形单影只，与他相隔千里。

"你还好吗？"我问。

"很想你。"

"酒店还好吗？"

"酒店……就那样吧！还开着。"

安德鲁的脸让我的屏幕熠熠生辉——没错，从字面到现实再到心理层面的熠熠生辉。被阳光晒得黝黑的皮肤和黑色的头发衬得他一口洁白的牙齿明亮耀眼，他的眼中更闪烁着万点星光。安德鲁实在是一个俊美的男人，看得我直想立刻从屏幕上那道长方形的窗口里爬过去，扑进他的怀里。我们并没有分手——我默默地跟自己说，我只是出差一个星期而已。等一切结束，我就会带上新赚的一万英镑回克里特岛。小别胜新婚，这么一来，我们的感情反而会更好。

"你现在在哪儿？"安德鲁问。

"在酒店里，布兰洛大酒店。"

"如何？"

"简直奢华得一塌糊涂。墙上挂着油画、大厅里还有超大的彩绘窗户。有些客房里还有那种四个角都有柱子的豪华大床，你一定会喜欢的。"

---

①希腊语，表示打招呼。

"你住这么好的房间,和谁共度良宵?"

"少来!"

"我很想念看着你入睡的样子。少了你,感觉哪里都不对劲。很多熟客都在抱怨。"

不知不觉间,谈话的氛围变了,我们俩逐渐严肃起来。我才意识到,当初一拍脑袋决定离开克里特岛时,并没有考虑过这个举动将会造成的后果。我没有和他商量过,更没有考量过如何解决那些长久盘踞在彼此关系中的难题。"我不希望你去。"这是他的原话,可我还是自顾自地走了。现在才开始担心,我这样做是否太欠考虑,甚至有可能伤害到对我而言最珍贵的东西。

"帕诺斯和万吉利斯怎么样?"我说。

"他俩挺好的。"

"他们不想我吗?"

"当然想了,"他摊开双手,动作夸张,屏幕里都看不见手掌了,"但我们扛住了。"

我皱了皱眉:"你是说,没有我你们也能行?"

"我们可都等着你的那笔钱呢!还没赚到吗?"

实际上,劳伦斯一个子儿都还没付呢。"正在赚。"我回答。

"要不是为了钱,我才不放你走。"

他说这话的时候特别像希腊人,我都不知道是认真的还是开玩笑。

"跟我讲讲那桩谋杀案吧,"他接着说,"你知道凶手是谁了吗?"

"目前什么都还不清楚。"

"是那个丈夫杀的。"

"你说什么?"

"就是失踪的那个女人的丈夫,绝对是他。凶手永远都是丈夫。"

"我连话都还没跟他说过呢,而且这件事没有那么简单。一切都和八年前那件案子有关,如果塞西莉被人杀了,一定是因为那件案子。"

安德鲁忽然用手指着屏幕,指尖直直地冲着我,在镜头前有些模糊,他说:"你可要照顾好自己。别忘了,你现在是孤身一人,要是出了事,我也帮不上忙。"

"不如买张机票过来吧?"我说,很希望他能陪在我身边。

"波吕多洛斯没了你或许暂时还能撑住,但我俩都不在可不行。"

我听见有人大叫的声音,像是从露台下方传来的,但听不出来是谁。安德鲁凝神听了听,然后无奈地耸了耸肩说:"我得挂了。"

"如果是微波炉的问题,把插头拔了再插上就好。"

"酒店里每样东西出了问题都这么修。这个国家的所有酒店都这么修!"他倾身向前,"我很想你,苏珊,也很担心你。万事小心,千万别以身犯险。"

"知道了。"

叫声还在继续,而且越来越响。

"我爱你。"

"我也爱你。"

相隔两千英里的我们同时把手伸向鼠标,然后点击。屏幕顿时一片漆黑。

韦斯特尔顿，希斯别墅

第二天早晨便发生了一件令人不快的意外。

我在客房里用过早餐，刚要下楼，就看见一个身着西装的男人出现在酒店里，步履轻快地从前厅往前台走去。我一眼便认出他来：怒目圆睁、黝黑的皮肤、肌肉虬结的脖子和肩膀以及走路的姿态———一副打算撞破南墙的架势。不管他是否升职，我都不会认错，那就是高级警司理查德·洛克。有那么一瞬间，我本能地想要扭头就走，假装忘了什么东西在房间里，不想和他打照面。上次的案件他便因我介入调查而气得不得了。

可转念一想，我既然已经接受调查委托，就不能退缩，也不可能永远不见他。想到此处，我低下头，匆匆往前走，假装正在沉思、没注意到他。我俩在楼梯口擦肩而过，他肯定看到了我，却没有认出来，这不禁让我感叹，如此缺乏观察力，亏他还自称为"警探"。不过公平地说，他大概此刻已无暇他顾，因为我听见洛克询问前台艾登·麦克尼尔在哪里。我想他一定是来向艾登汇报找人的事，并且我猜，一切毫无进展。我很高兴洛克没有认出我，就现阶段而言，我俩谁都不需要额外加戏，分散调查的注意力。

不过，这个小插曲却让我可以顺理成章地延迟与艾登的会面，对于这件事，我尚有些顾虑。我并不同意安德鲁的猜测，不能因为艾登是塞西莉的丈夫，就认定他为失踪案的头号嫌疑人。相反，忽略丽莎的话，目前的所有证言和证据都表明，他们夫妇俩感情很好。他们都有女儿了，艾登不太可能会伤害孩子的母亲吧？

直到坐上心爱的跑车、一脚油门离开酒店时，我才长舒了一口气，感到无比轻松。天气晴好，我却只想赶紧离开。好不容易开过酒店车道尽头、驶上外面的小路，我找了个合适的地方靠边停下，收起车顶。一切准备停当后，我再次跳上车，踩下油门，让跑车以最高限速行驶，感受着清风掠过肩膀、翻卷着发丝。驶过树荫如盖的小路、枝繁叶茂的树林，我终于驶上了A12公路，一路向北，朝韦斯特尔顿进发。弗兰克·帕里斯被杀的那天，曾去过那里一个叫作希斯的别墅。我想知道那是否就是弗兰克的亲戚住的地方，更重要的是，他们如今是否还在那里。

韦斯特尔顿是一个奇妙的地方：虽然说是村庄，但其实不然，充其量只是几条公路的交会点而已。村里有通往约克斯福德的约克斯福德路，通往敦维奇的敦维奇路，以及通往布莱斯堡的布莱斯堡路，却偏偏没有属于韦斯特尔顿的韦斯特尔顿路。这简直就像是向世人宣告：这里什么也没有，不值得造访。村里的公共设施只有一座老式的旧车库；一家只存在于告示牌上，但找了一路都没找着的酒吧；以及一家二手书店，除此之外就没什么了。话虽如此，这座村庄却毗邻一片风景绝佳的自然保护区，并且步行即可到达海边，因此我想，这里应该还是很宜居的。

希斯别墅并不好找，尤其我的老式跑车里没有卫星定位装置。虽然我在酒店里打印了一张地图，却依旧绕了几个圈子还是一头雾水，直到遇见一位在路边清洗拖拉机的农夫。他指了指一条狭窄的小路，路口没有任何标注，因此之前根本没有注意到。顺着这条小路往前行驶，逐渐远离村庄的中心地带，进入那片自然保护区。又行驶了一段时间，周围的景色才渐渐被一片草地代替，草地另一边立着一座木构架的房屋——那就是希斯别墅。

名字就写在大门边一个美式邮箱上。

这原本应该是一座最适合出现在夏日清晨的薄日中的房子。屋外有刚修剪过的青草地和绽放的各色花朵，树下有随风轻摇的秋千，等等。这栋别墅少说也有上百年的历史，不用进去都能想象：屋内一定有外露的木梁、开放式的传统壁炉、舒适的转角和低矮的屋顶，要随时小心避免撞到头。然而眼前的这栋房子却并不怎么美丽：坏掉的屋顶被马马虎虎地修葺过，一半的瓦片颜色不同，别墅的一侧还有一座后来修建的、十分难看的现代温室。不过，它却透着一种自成一格的闲适。我能想象里面一定有五六间卧室，有两间是阁楼，一串风铃挂在树上，在微风中发出令人沉思的叮当声。

我停好车，走到别墅前。这里很安宁，没有必要锁车门或者关上车顶棚。推开别墅前的栅栏门，眼前出现了一位身着深蓝色连体工装的男人，正在给窗框刷漆。他个头不高，身形瘦削，脸色苍白，留着寸头，戴着一副圆眼镜。他是房子的主人，还是主人请来的工人？我犹豫不决。

"您好。"他率先向我打了招呼，冲我微笑，见到陌生人一点也不意外的样子。

"这是你家吗？"我问道。

"是的。能为您做些什么？"

我没料到他会如此热情友好，一时间有些无措，不知该如何自我介绍。"唐突造访实在不好意思，"我想了想说，"不知是否能跟你聊聊？"他没有说话，等着我的下文。"是关于布兰洛大酒店的事。"我说。

一听这话，他立刻来了兴趣："哦？什么事？"

"我目前正在那座酒店住宿。"

"真不错啊,那座酒店很豪华。"

"我想问的是很久以前发生的一件事。不知您是否认识一位叫作弗兰克·帕里斯的男人?"

"弗兰克,我认识啊。"他答道,察觉自己还握着油漆刷,于是顺手放了一边,"要不要进来喝杯茶?"

令我困惑的是,他看起来如此友好,他似乎不仅乐意,并且十分渴望同我说话。"谢谢。"我伸出一只手说道,"我是苏珊·赖兰。"

他低头看看自己的手,上面沾满了白色油漆。"我是马丁·威廉姆斯。手太脏,不好意思跟您握手,请原谅。这边请……"

他带我绕到房子的一侧,从一扇推拉门走了进去。屋子的内部框架结构和我想象中一模一样:宽敞的厨房布置温馨,里面安装着一个别致的ＡＧＡ牌灶台;厨房中间有一个独立的台面用来摆放碗碟、准备食材;墙橼上挂着一些厨具和锅具;剩下的空间里摆放着一张松木制的餐桌,周围有八把餐椅。厨房的窗户样式颇为现代时尚,透过它们便能清楚地看见外面的花园,另有一扇拱门通往一条红砖砌成的走廊,走廊上有一张古董圆桌和一条通往二楼的楼梯。食材大都是从高档超市"维特罗斯"买的,地上放着两个环保袋,上面一字排开几双威灵顿牌靴子和一个猫砂盘,靠墙放着一张熨衣板、网球拍、洗衣筐和一个自行车打气筒。作为日常有人居住的房子来说,这样的陈设已算得上整洁,所有物件都摆放在正确的位置。餐桌上摊着几张国家地形测量图、几本鸟类观察书籍以及一张《卫报》。屋里到处都能看见镶嵌在相框里的照片——上面是两个女孩从婴儿一直到青少年时期的样子。

"加奶红茶还是薄荷茶?"马丁说着用指尖轻轻弹了弹电热水壶。

还没来得及回答,一位女士走了进来。她比马丁个头略矮一些,差不多年纪,从身材比例来看挺般配的。看着她,我的脑海中隐隐浮现出了丽莎·特里赫恩的样子——她俩都给人一种怒气冲冲的感觉。唯一的区别是,这位女士的防御性更强:这是她的家,她不想在这里看到我。

"这是我太太乔安娜。"马丁介绍道,然后又转头望着女人说,"这位是苏珊,从布兰洛大酒店来的。"

"布兰洛大酒店?"

"是的,她想问问关于弗兰克的事。"

闻言,乔安娜的脸色骤变。如果说刚才的她只是隐隐流露出对我的不欢迎,那么此刻她显然被冒犯了,甚至可能还有些害怕。

"这事说来话长……"我开口道,希望能尽量安抚她的情绪。

AGA灶台边的热水壶发出尖厉的叫声。"我正打算给苏珊泡茶。"马丁说,"您喝什么茶?"

"加奶红茶就好。"我回答。

"我来吧。"乔安娜转身去拿茶杯和茶包。

"别、别,亲爱的,你坐着就好,帮忙招呼客人。"马丁冲我笑了笑,"这样的客人我们可不常有,有人造访总是件好事。"

为什么我莫名觉得眼前这两个人正在玩什么把戏?就像那部《谁害怕弗吉尼亚·伍尔夫?》里的夫妇,邀请一对年轻夫妇到家里做客,结果却搅得天昏地暗、差点把人家活活拆散。

乔安娜陪我一起坐在餐桌边,趁马丁泡茶的工夫,我向她询问有关韦斯特尔顿的事。她具体说了些什么我已经忘了,唯一记得她盯着我看的神情充满了敌意和紧张，仿佛随时准备开战。马丁终于泡好茶并加入谈话时我很庆幸，因为他不像乔安娜那样如临大敌，反而相当轻松惬意，甚至还为我准备了一碟饼干。

"您为什么会对弗兰克感兴趣？"他问。

"你和他是亲戚吗？"我反问道。

"是的。"马丁泰然自若地答道，"他是我内兄，乔安娜是他妹妹。"

"他来萨福克郡是为了探望你们？"

"不好意思，苏珊，你还没有回答我的问题。"他朝我笑了笑，"你为什么想要了解他？"

我点了点头："我想你一定已经听说了塞西莉·特里赫恩失踪的消息。她的父母是那座酒店的所有者。"

"是的，报纸上都写了。"

"她的父母请我帮忙调查女儿失踪的事，因为他们认为这事很可能与弗兰克的死有关联。"

"您是做什么的？帮助破案的超感者之类的吗？"

"不是。我曾在出版公司工作，其中一位作者曾以那起案件为原型创作了一本小说，而他们认为小说内容和真实案件有某种联系。"把事情的前因后果全部解释一遍也太费劲了，于是我直截了当地问，"弗兰克被害的那个周末你们见过他吗？"

有那么一小会儿，我以为他们会否认。乔安娜显然有些畏缩，但马丁却毫不犹豫地回答："噢，见过。案发当天他来过。要是没记错的话，他是周五晚上被害的，当天早上他还来过，吃了早饭就走了。那是什么时候，亲爱的？"

"十点左右。"乔安娜答道，依旧直勾勾地盯着我。

"能告诉我他为什么会来吗？"

"他刚从澳大利亚回国,想来看看我们。"

"没在你们家借宿?"

"没有。我们是很乐意让他住在家里的,可惜他根本没跟我们说过要回国的事,直到他从那座酒店打来电话时我们才知道。弗兰克就是这样,总是出人意料。"

他说的话我一个字都不相信。可奇怪的是,我感觉他也对此很清楚并且希望如此。他说的话,甚至脸上开玩笑一般的笑容……所有一切都只是一场表演。这种感觉就像在看一场魔术表演,他是魔术师,自信地等着看我敢不敢从他手上挑一张牌,因为一眨眼的工夫,那张牌就会变成另一张。这种行为非常奇怪,因为我们正在谈论的是一个曾经活生生的人、他们的家人,而且是被残忍杀害的家人。

我转头看着乔安娜,觉得或许以她为突破口会容易一点。"是这样,我也不想打扰二位的生活,"我开口道,"也知道这件事与我个人无关。但正如刚才解释的那样,我希望能帮忙找到塞西莉。因此,你们能告诉我的任何与那个周末有关的事都可能成为线索。"

"我不认为我们知道任何有价值的——"乔安娜答道。

"你想问什么都可以。"还没等她说完,马丁就截过话头,"我们没什么可隐瞒的。"

在艾伦·康威的小说里,恰恰是存心要隐瞒什么的人才会说那种话。

我环顾四周,问道:"你们在这里住了多久?"故意转换话题是为了换个角度切入。

"我们大概是在……"马丁掰着手指头数了数,"呃……距离弗兰克搬去澳大利亚起码有七年了。一九九八年。那一年乔安娜的母亲过世了。"

"这是她的房子？"

"是的。搬来之前我们住在伦敦。我在金融中心的一家保险公司上班，盖斯特·克里格保险公司……我想您大概没听说过。那是一家主营艺术保险业务的公司。"

"我可没有什么值钱的艺术品。"

"说来惭愧，我们倒是有不少有钱的客户，他们手里有许多艺术品。"他冲我笑了笑，还是一样的奇怪，让我心里生出一丝厌恶。"乔安娜本就一直想离开伦敦，而我的工作大部分只要通过电话就能完成，不受地域限制。这座房子空出来的时候，两个女儿也快到上学的年龄了，于是我们就搬过来了。"

"您女儿在哪里上学？"我问。

"伍德布里奇中学。"

"我妹妹的孩子以前也在那里读书。"我说，"我男朋友曾在那里教书。"

"我的两个女儿表现很好。"乔安娜接口道，态度总算放松了一点，"她们现在在读大学。"

"她们见到舅舅一定很开心吧？"

"没见到。他来的时候她俩还在学校。"

"弗兰克专程从澳大利亚回来，没想见见她们吗？"

"他回来是为了生意的事。"马丁答道，声音里有了一丝不耐烦，但他很克制。从刚才起，他手里便拿着一片饼干，现在，他把饼干掰成两半，放回了盘子里。"他在澳大利亚的公司赔了很多钱，真令人遗憾，回来的时候可以说已经倾家荡产了。他想再开一家公司，好东山再起，希望我们能投资。"他摇着头说，"但那是不可能的。虽然现在我是自由职业者，赚的钱也不少，但要说和他一起做生意,那还是行不通的。"

"原因是……"

"因为我不喜欢他。我俩都不喜欢他。"

出现了,这种令人猝不及防的坦白——接下来该如何继续?

乔安娜放下手中的茶杯和托盘,发出清脆的响声。"这和喜不喜欢他其实没多大关系。"她说,"弗兰克和我是完全不同的两类人。首先是年龄差距,其次是某些重大人生选择的差异。在伦敦时,我在国民医疗保健系统做出纳,有丈夫、有孩子。倒不是说我不认可他,只是弗兰克的生活方式对我来说是完全陌生的。"

"怎么说?"

"这么说吧,主要是他对待性的方式。我不反对他是同性恋,但却无法接受他大张旗鼓地到处宣扬这件事。他的生活总是离不开各种乱七八糟的派对、毒品,穿那种奇装异服,和一大帮年轻男人鬼混……"

"冷静点!"马丁似乎对太太越说越气的样子感到忍俊不禁。他轻轻拍了拍乔安娜的手臂说,"别把那帮高举政治正确旗帜的大军给招来!"

"你知道我对他的看法,马丁。我就是觉得恶心。"

"弗兰克是一个高调的人。"马丁解释道,"仅此而已。"

"所以,那天他来家里的时候发生了什么事?"我接着问。

"他跟我们说自己赔了一大笔钱,"话头再次被马丁截过来,"想让我们帮他。我们说要考虑一下,其实心里很清楚那不可能。随后帮他叫了一辆出租车,送他回酒店。"

"他有提到婚礼的事吗?"

"事实上,他非常气愤。为了那场婚礼,酒店里住满了人,花园里也搭建了巨大的帐篷,把好景致都遮住了。他抱怨说酒店应该给他打折。"

"他有提到塞西莉吗?或者她的未婚夫艾登·麦克尼尔?"

"都没有。我真希望能告诉你更多信息,苏珊,但他只在家里待了大约四十五分钟,喝过茶就走了。"

很显然,乔安娜也希望我喝完茶就走。我的茶杯已经空了,却没有人问我要不要续杯,于是我站起身,说:"谢谢两位的招待。我大概会在萨福克郡再待几天,不知是否有机会再来拜访?"

"随时欢迎。"马丁答道,"如果还有问题,我和太太都很愿意回答——对不对,乔?"

"我送你出去。"乔安娜也站了起来,朝拱门侧了侧身子示意。

若不是她感觉有必要郑重一些,我们完全可以直接从来时的推拉门出去。可她显然认为必须让我穿过走廊从前门离开,而正因为如此,才让我有机会看到那块半藏在灶台后的软木板,以及上面订在角落的一张商务名片。

卫斯理 & 汗——律师事务所
弗瑞林姆

告诉劳伦斯和波琳来找我帮忙的是萨吉德·汗;当初艾伦·康威的委托律师也曾是他。这么看来,会不会马丁和乔安娜·威廉姆斯也跟他有什么关系?

我本想问问,可惜乔安娜并没有给我这个机会。她紧闭双唇,将我领出厨房,然后突然转过身来。那真是一幅不同寻常的画面:她怒目圆睁、恶狠狠地盯着我,仿佛下一秒就要扑上来掐死我。

"我不想再在这儿看到你。"她压低声音恶狠狠地说,不想让马丁听见。

"你说什么?"

"赶紧走。我们根本不想见到弗兰克,也不想见到你。不管那座酒店发生了什么,都跟我们没有半点关系。赶紧滚蛋,别再来了!"

我都不记得自己是怎么离开的,只知道大门在身后被人用力关上。我的大脑一片空白,想不明白刚才究竟发生了什么,但却能清楚地判断,她的反应极不合常理。

布兰洛农舍

回到酒店时,我发现偌大的地方竟一个人也没有,车道上也没有警车,因此我想(并且希望)高级警司洛克一定已经离开了。时近中午,看起来这是拜访艾登·麦克尼尔的好时机。虽然心里还是有些抗拒,但我知道不能再等了。我坐在车里打给劳伦斯,但接电话的是波琳。

"劳伦斯现在在花园。"她说,"真抱歉昨天没能见你,我有些不舒服。"

"没关系,波琳。我正打算去见艾登。"

"噢,明白。他今早刚跟警察谈过。"

"有进展吗?"

"没有。"

"我就是想问问劳伦斯有没有跟他打过招呼,说我会去找他。"

"我不太清楚,稍等,我问问他。"

她放下听筒,耳机里传来一声轻响,很快便听见电话那头远远传来波琳冲着窗户外面喊的声音。"亲——爱——的——"不一会儿她便回来了,听声音有些轻喘,"是的,他跟他说了,艾登在等您。"

"他不介意见我?"

"完全不介意。只要能帮忙找到塞西莉……"

这话让我心里稍微有数了些。

我穿过酒店,经过坐在前台的拉尔斯,他正在埋头翻阅一本叫作 TIPSBLADET 的丹麦足球杂志。我径直走到酒店后方，路过桑拿馆和游泳池，沿着斑驳的碎石车道向布兰洛农舍走去。

为什么要刻意给这么一座房子取名为"农舍"？这明明是一栋坚实的三层楼的别墅，自带花园，周围还有一圈矮墙和一道大门。花园里有一座秋千和一个给孩子玩的充气水池。那辆黑色的路虎就停在车道上，经过它的时候，我的双脚感受着碎石子的挤压，心里升起一种极为奇怪的不安甚至是恐惧感。然而我的恐惧并非因为艾登，而是由于塞西莉。她是女儿，也是妻子，更是一个七岁女孩的母亲，某天出门散步时，走进萨福克郡的郊外，却再也没回来。还有什么能比这种事更糟的吗？住在远离城市的郊区，时刻被大片空旷的田野树林围绕，此刻我可以清楚地感觉到，你永远不会想到，自己或许有天会长眠于这旷野之中，成为它的一部分。

我刚到别墅门前，门便开了，艾登向我走来。他必是透过窗户看到了我。他伸出手问候道："您一定就是苏珊·赖兰了。"

"正是。"

"时间刚好，罗克西刚和埃洛伊丝出门，她放学了。请进。"

艾登给我的第一印象使我惊叹。他是个非常英俊的男人：浅金色的头发、碧蓝的双眼、身材也很健硕。他穿着一件Polo衫、一条牛仔裤和一双平底便鞋，尽管特里赫恩夫妇俩告诉过我，他三十二岁，可看上去最多不过二十七八岁，活泼阳光、脚步轻快，让人想起彼得·潘。我跟在他身后走进厨房，而他问也没问便自然地摁下了烧水壶。屋子里十分整洁，东西都摆放得井然有序。

"您什么时候到的？"他问。直到他转过身来面对我时，我才从他的眼眸中捕捉到一抹疲惫以及眼周的憔悴。看得出他最近一直睡不好，有些消瘦。

"昨天。"我琢磨着该如何开场，"真抱歉，您心里一定很不好受。"

"不好受？"他揣摩着这个词，苦笑了一下，"这个词连我心里最轻微的感受都不足以形容，苏珊。真正让人难受的是，警方竟然认为这件事跟我有关。还有，他们已经上门七八次了却毫无进展，一丝头绪也他妈的没找着。"

压抑的极度愤怒让他的声音有些嘶哑。

"我认识洛克高级警司，"我说，"他是个仔细且尽职的人。"

"您真这么想？如果洛克警探和他的人从一开始就能仔细尽职地调查，说不定早就找到塞西莉了。"

我默默地看着他。他沏茶的动作和状态让我想起那些酒精成瘾的人给自己倒威士忌时的样子，而这个过程中，即便他一直背对着我，嘴里也一直说个不停。

"她失踪那天晚上八点我就打电话报警了。那是星期三，她通常六点就会到家，哄罗克珊娜睡觉。可是那天我给她打了十几通电话都没有人接，我就知道事情不对劲。结果等了一个小时才有人上门——还是两个'社区警察'，但就连他们也没把这当回事。你们是不是吵架了？她是不是有抑郁症？直到两个小时后，她的狗孤零零地出现在伍德布里奇火车站，警察才开始搜索。她的车也在那里。"

"就是外面那辆路虎？"

"不，那辆是我的。她开的是一辆'高尔夫'家庭车。"

我注意到他提到他妻子时并没有用过去时态[①]。他说得毫不

[①] 英语中描述去世之人时动词会使用过去时态。

犹豫，说明他认为她还活着。

"洛克警探今天跟你说了什么？"我问。

"什么有用的信息都没有——这就是他们的进展。"他打开冰箱，取出一盒牛奶，听声音只剩下最后一点，然后重重地摔在厨房台面上，差点把盒子摔破。"别人是无法想象这种滋味的，"他继续说道，"警察要了她的银行信息，医疗记录，照片……其中有一张还是我们婚礼当天拍的，被登在各种大小报纸上。警方派了一百人沿着德本河搜查，却一无所获。接着我们便陆续收到各种汇报，一会儿有人看见她在伦敦出现过，一会儿又变成在诺维奇，甚至有在阿姆斯特丹见过她的——我也不知道这怎么可能，明明她的护照都还在楼上放着。"

他把牛奶倒进茶杯。

"我听说失踪后的七十二小时是搜索的关键时期，与失踪者相关的人很可能还在附近，目击者也还能记得比较清楚，有一线希望能找到线索和证据。您知道吗？大约有80%的失踪人口都是在离家四十公里的范围内被找到的。"

"这我倒是不知道。"

"这是洛克告诉我的。他觉得跟我说这些能让我心情好点，可他们并没有找到人，现在已经过了一个星期了。"

他把茶端给我，然后在我对面坐下，我俩却都没有心思喝茶。我想抽烟，但我能看出艾登是不抽烟的——房子里一丝烟味也没有，并且他的牙齿白得发亮。我想起了安德鲁在视频电话里说的——"绝对是他。每次到最后凶手都是丈夫。"照今天的接触来看，我只能说，要么艾登是一个绝顶演技派高手，要么他就是真心焦虑到快要崩溃了。我看着他弓着背坐在我面前的样子，浑身上下无一处不紧张焦虑。他已经快被折磨垮了。

"你的岳父母认为塞西莉的失踪可能和她最近看的一本书有关。"我终于开始问询。

他点了点头:"《阿提库斯·庞德来断案》。是的,他们跟我提过。"

"你看了吗?"

"看了。"言罢,他沉默了好一阵儿,"这本书是我给她的,是我让她读的。"他说着突然愤怒了起来,"如果真是这样,如果她的失踪真的和这本书的内容有关,那这一切就是我造成的。早知如此,我宁愿当初根本没听说过这本该死的小说!"

"你是从哪儿听说的呢?"

"是听一位客人说的。我的工作就是这样,陪客人闲聊,哄他们开心。塞西莉管理酒店经营的大小事宜,丽莎管账,我主要负责公关。"他站起身,走到旁边的一个橱柜前,嘴里却没歇着,"很多年前艾伦来酒店时,我曾见过他,但从没想过他以我们酒店为原型写了一本小说。相反,他曾很认真地告诉过我说他不会写的……真是个混蛋!后来客人们在讨论这本书时,提到书里酒店的名字叫'月光花',和我们酒店的其中一个侧翼同名,于是我就去买了一本来看。当然,我一眼就认出里面的各种角色完全就是在影射酒店里的人。劳伦斯和波琳,夜班经理德里克,我……"

他转过身来,手里拿着那本小说的全新平装本。我认得那个封面,是名侦探阿提库斯·庞德的剪影,还有一行浮雕印刷的大字——"《星期日泰晤士报》畅销书"。天知道我花了多少个昼夜设计这个系列小说的封面!我还能清楚地记得和发行部门协商的场景,苦口婆心地劝诫他们千万不要落入俗套,把封面设计得过于简单,字体颜色也不要太淡雅,不要弄得好像梦回当年伊妮德·布莱顿①代表的三四十年代的样子,尽管小说内容设定的确实是那个年代。市场上已经有不少出版商都走复古怀旧路线,比如大英图书馆的犯罪侦探经典文学系列等等,排着队等着要在水石连锁书店上架,我们必须想办法跟他们区别开。艾伦是生活在当代的侦探小说作家,他的故事都是原创的,和那些模仿成名作家多萝西·L.塞耶斯或者约翰·迪克森·卡尔的写手可不一样。我希望能把这些信息传达给读者。艾伦死后,猎户星出版集团买走了小说的系列版权,但也只改了相关的出版信息,封面却纹丝未动,极大程度地保留了我当初的设计。

"塞西莉看过之后,有跟你说过什么吗?"

"只非常简略地提过一次。她说这本书有点奇怪,让她开始怀疑或许当初的案子真的不是斯蒂芬干的——就是那场凶杀案。可是,苏珊,她就跟我说了这么多。本来我是想要多问几句的,可当时酒店里有事要忙,罗克珊娜又不肯睡觉,丽莎比平时脾气更差……一时之间有太多事要处理,我们没时间坐下来好好聊聊。"

我和他盯着杯中茶水,忽然同时意识到,我们需要的并不是茶。他跳起身,从冰箱里拿出一瓶葡萄酒,倒了两杯。"我一直撑着,都是为了罗克珊娜。"他说,"她还不明白发生了什么,只知道妈妈不在家。我要怎么跟她解释?"言罢他狠呷了一口酒。

我安静地等了一会儿,给他一些时间让酒精起作用,然后开口问道:"介意聊聊婚礼的细节吗?跟我说说你和塞西莉的故事?"

"当然可以,只要有帮助。"

---

①伊妮德·布莱顿(Enid Blyton, 1897—1968),英国著名儿童文学家。

"你们是怎么认识的？"

"她来伦敦的时候认识的，当时她想在伦敦买套公寓。我是格拉斯哥人，和母亲住在那里。"

"你母亲也来参加婚礼了。"

"是的。"

"这次她没有过来帮忙吗？"

他摇了摇头："她有阿尔茨海默病。我姐姐乔蒂一直在照顾她。不过，我其实也不希望她们过来。我这边有埃洛伊丝帮忙就足够了，她们来了也没什么可做的。"

"我很抱歉。"我说，"请继续。"

"我搬到南方大概是在……二〇〇一年。当时，我在一家房地产公司找了份工作，就是那时遇见了塞西莉。公司派我带她去伦敦的霍克斯顿区看一套一室一厅的公寓。从那儿来萨福克郡倒是很方便，可公寓本身价格比市场价高出不少，而且房顶还有问题。那天恰好是我生日，我等不及要下班去酒吧喝一杯——约了一大帮朋友一起庆生，所以就直截了当地跟她说别买，顺便邀请她一起参加生日派对。"回忆让他的脸庞泛起微笑，"我的朋友们都很喜欢她，都觉得我俩是天生一对。"

"那之后又过了多久你们订婚了？"

"十八个月。波琳和劳伦斯觉得太仓促，但我们不想再等了。他们希望我加入酒店工作，我也接受了。说实话我在伦敦的工作和在这里的……本质上也没什么太大差别。都是和人打交道。"

"请跟我讲讲婚礼当天的事吧，从头到尾的每个细节。"

酒精果然有效，不管艾登是否感觉有所放松，反正我是。

"我永远也忘不了那天的事。"艾登摇着头说，"塞西莉每天早上第一件事就是读报纸上的星象预测。结果，那个周六的预测说要准备好迎接人生的波折,谁也不想在大喜的日子看到这种话,所以她很是忧心。当然了,事实证明预测非常准。虽然我不应这么说,但劳伦斯和波琳决定婚礼当天还照常营业确实是一个极其愚蠢的错误。要是他们没那么做,就不会出那样的事,弗兰克·帕里斯也根本不会出现在酒店里,更不会被杀,这一切就都不会发生。"

"你是什么时候见到弗兰克的?"

"星期四下午,他刚到酒店的时候。他预订了一个标间。我们把他安排在月光花那一翼。那间客房挺好的,可他不满意,说想要住在更传统的房间里。于是我想办法给他换了房间,安排在十二号客房,也就是他被杀的那间。"

"跟我描述一下这个人吧。"

艾登想了一会儿说:"五十岁上下,灰色鬈发,个子挺矮的。他刚下飞机就来了酒店,时差还没倒过来,整个人看着有些阴沉,不过第二天就友好多了。"

"你和他见过两面?"

"我帮他办的入住登记,后来,周五早上,我和塞西莉又在酒店外遇见他。那时他刚从出租车上下来。他说对新房间很满意,听到我俩要结婚时,态度更是变得特别亲切。他挺夸张的,能看出来属于平时就挺爱显摆的那类人。要是当时谁跟我说,再过几个小时这个人就要死了,我一定不信,他看起来是那么神采奕奕。"

"他有没有跟你们说自己去韦斯特尔顿做什么?"

艾登想了一会儿说:"没有。我记得是没有。他从未对我提起韦斯特尔顿,只是说那天晚上他要去斯内普马尔廷斯[①]看歌

[①]斯内普马尔廷斯(Snape Maltings),位于英格兰萨福克郡斯内普(Snape)的阿尔德河(Alde)河岸上的一座艺术建筑群。以其音乐厅而闻名。

剧。好像是莫扎特的作品。我当时不清楚他是否专程为这场音乐会而来,但就算是也不奇怪,经常有人开很久的车去那里参加活动,而其中不少就选择在我们酒店下榻。"

"从那之后你就再也没有见过他了?"

"差不多吧,也许有,但我可能没有注意到。您也能想象,苏珊,迎来送往、招待客人也不是件闲差。"

"那个周五晚上酒店举行了一场派对。"

"周五傍晚开始的,没错——是劳伦斯和波琳提议的。他们希望大家都能有参与感。他们为人善良,对待酒店员工就像家人一样。"他朝窗外看了一眼,仿佛外面有什么声音,但实际却空无一人,罗克珊娜还没有回来,"派对大概晚上八点半开始,持续了差不多一个小时。"

"斯蒂芬参加了吗?"

"参加了。酒店的每个员工都在。莱昂内尔,德里克,斯蒂芬,丽莎……不对,德里克没去,除了他其他人都去了。"

"那天晚上你和斯蒂芬说过话吗?"

艾登皱了皱眉:"可能说过吧,我记不太清了。即便有,也不曾多聊,因为他当时正打算离开。"

"他正要离开?"

"没人跟您说过吗?他被解雇了。丽莎不喜欢他,认定斯蒂芬偷了酒店经营所需的日用小额现金之类的。其实,她要解雇谁根本不需要什么理由。只要丽莎不喜欢你,你就铁定得走。大家心里都清楚。说实话,她也不怎么喜欢我,原因恐怕是我娶了她妹妹。她无法忍受塞西莉拥有她没有的东西。"

我琢磨着丽莎为何没有告诉我解雇斯蒂芬的事。那天晚餐她都说了些什么?——"我们一开始就应该解雇他"。或许她是想说自己后来终于把他解雇了，但在我看来，丽莎是故意回避提及此事。这就很奇怪了，别的且不论，光是被解雇这件事本身就足以让斯蒂芬偷窃客人财物一事显得更可信，毕竟刚丢了工作。这件事，以她的性格岂不是应该立刻告诉我才对吗？

"后来你还见过弗兰克·帕里斯吗？"我再问。

"没有。八点半之前我一直和塞西莉在一起，后来一起去了派对，再后来就回家休息了。"

一个念头忽然在我脑海里冒了出来："你们不是应该分开住吗——婚礼前一晚？"

"我们为什么要那么做？虽然婚礼包含许多传统元素，塞西莉喜欢那种氛围，可我们都没有举行单身派对，更不会特地分房睡。"

我想起来刚刚艾登说的话："你说婚礼那天有波折，这是什么意思？"

"这个嘛，婚礼当天发生杀人案，这个波折还不够大吗……"

"还有别的什么事吗？"

"您真想知道？都是些小事。"

"每个细节都很重要，谁也无法估计哪些会成为揭露真相的线索。"

他叹了口气，无奈地说："行吧，都是些小事，就是那种任何婚礼都有可能发生的小磕绊。首先，送婚礼帐篷的人迟到了。本来应该一早送来的，却等到周五那天午餐之后才到，结果又花了一下午的时间搭建。再比如，其中一位伴娘忽然生病，来不了了。塞西莉觉得这些都是不祥之兆，后来更是难过，因为她打算在玫瑰园举行婚礼时，带在身边的一支笔不见了。"

"笔？"

"那是她父亲的笔。我岳父喜欢收集古董钢笔,婚礼那天从早上开始就一直在唠叨他的这些宝贝。那支笔是他刚在斯内普买的——笔是全新的,蓝色。"

"不好意思,你说什么?"我没听明白。

"那是一支古董钢笔,但从未用过,所以也是新笔;笔是向她父亲借来的,还是蓝色的!①"

"原来如此。"我恍然大悟,感觉自己像个傻子。

"总之,笔找不到了。后来我们怀疑会不会是斯蒂芬偷拿了,可正在那时又发生了别的事,一整箱葡萄酒杯全碎了,婚礼蛋糕也和我们预订的不一样……我不知道说这些有什么用?这些都是婚礼上常见的意外。"

"除了有人被杀这件事之外。"

"是的。"我的话把他拉回了现实,"原本应该是我人生中最快乐的一天:中午时分,我们在美丽的玫瑰花园举行婚礼。那不是一场宗教式的婚礼,我和塞西莉都不是基督徒。十二点四十五分,为客人们准备的酒水被送了上来;后来准备用午宴时,我们刚坐下,就听见一名酒店女佣——娜塔莎·马尔克尖叫着冲进会场,大叫着:'死人了!死人了!'然后一切便戛然而止,我的婚礼。"他仰头喝完杯中剩余的葡萄酒,然后把杯子远远推开,仿佛在宣告这是今天的最后一杯,"您无法想象我有多爱塞西莉,直到现在也未曾改变。她聪明美丽、温柔体贴,对我也很包容,还为我们生了一个这么好的女儿,如今却出了这样的事。我只觉得生活瞬间天翻地覆,像一场噩梦!"

---

①西方婚礼的一种传统,新娘结婚当天需要找到"something old and something new, something borrowed and something blue"意思是,要找到"有旧、有新、有借、有蓝"的东西,这样就会得到幸福和好运。

正在此时，一辆汽车驶近大门。那是一辆银色的大众牌高尔夫家庭车，远远地能看见保姆在开车。罗克珊娜坐在后座上，绑着安全带。车缓缓停在车道边，保姆下了车，那只叫小熊的金毛巡回猎犬紧随其后，也跳了下来。就是它在凶杀案当晚忽然吠叫起来，当时的小熊还是一只小狗，如今已垂垂老矣，不仅肥胖，连走路也十分缓慢吃力，就这两点而言倒是和熊的形象不谋而合。

"您介意我们改天再聊吗？"艾登问道。

"自然。"

"您计划在这里住多久？"

这真是个好问题，因为我自己也不知道答案。"可能再住一个星期吧。"我回答。

"谢谢，谢谢您愿意帮忙。"

话虽如此，至今为止，我却什么忙还没帮上。

我让艾登·麦克尼尔不必送我，留他在厨房，自行走到正门。刚打开门，罗克珊娜就蹦跳着奔了进来，从我身边掠过，径直向父亲跑去，根本没有注意到门边有人站着。她是个很漂亮的小姑娘，有着小麦肤色和深棕色的眼睛。艾登一把抱起她，搂在怀中。

"我的宝贝今天开心吗？"

"爸爸！"

"你去哪儿玩啦？"

"我们去了公园。妈咪回来了吗？"

"还没呢，宝贝。他们还在找……"

我走出门外，迎面走来的正是保姆埃洛伊丝，手里拿着一张毯子和一个野餐篮。我俩相对无言地站了一会儿，不知道该谁先让开。

她看起来怒火中烧。某种程度上,这种态度让我感觉早上和乔安娜·威廉姆斯之间的那一幕再次重演——但又有什么地方截然不同。她的愤怒是如此强烈、如此不加掩饰,令我悚然却又毫无来由:我和她明明素昧平生。我曾形容埃洛伊丝肤色黝黑、身形瘦削,如今仔细看来,还有着一种幽灵般的气质,她充满仇恨,仿佛希腊悲剧中的人物。即便在这个阳光明媚的盛夏时分,她也穿着一层灰扑扑的衣服。她有一头乌黑的头发,却在脸的一侧垂下一缕银灰色的额发,这种感觉不似面恶心善、乘风而来的玛丽·波平斯阿姨,倒像是库伊拉·德·维尔①。

"你是谁?"她张口就问。

"一个家庭友人。我是来帮忙的。"

"我们不需要帮助,只求清净。"她答道,一口文艺片里的法国口音,一双眼睛死死地盯着我。

我侧身从她身边经过,向酒店走去。离开一段距离后,我回过身来,最后瞥了一眼别墅。埃洛伊丝还在那里,定定地立在大门台阶上,盯着我,用眼神警告我不准回来。

---

①库伊拉·德·维尔(Cruella De Vil),一九六一年迪士尼动画电影《101斑点狗》中的反派人物。

通信往来

发件人:"克雷格·安德鲁斯"〈CAndrews13@aol.com〉
发送时间: 2016.6.20 BST[①] 14:03:54
收件人:"苏珊·赖兰"〈S.Ryeland@polydoros.co.gr〉
邮件主题:回复:斯蒂芬·科德莱斯库

苏珊,

  你好!收到来信我很惊喜。这是你注册的新邮箱吧,是希腊的吗?关于你在信中所提之事,我感到非常遗憾。不知究竟是怎么回事?每个人的说法都不一样,莫衷一是,我只知道无法再见你真的很令人难过。真想念当初和你一起吃着薯片喝气泡酒的快乐时光!

  你看到我的新书被评选为《星期日泰晤士报》畅销书排行榜前十了吗?虽然只有短短一个星期,却可以一直印在小说封面上。书的名字是《无所事事的时光》(是,我知道——我每本书的名字里面都有"时光"或者"时间"两个字,主角也是同一个人:克里斯托弗·肖恩……霍德出版社希望我乖乖待在舒适区里别出来。)

  斯蒂芬·科德莱斯库被关在诺福克郡的韦兰监狱。我在网上搜过,要见他首先需要经过他本人的同意,或者问问他

[①] BST,即英国夏令时(British Summer Time)。

的委托律师。你是对他犯下的凶杀案感兴趣吗？真想知道你在干什么。有事招呼一声，记得保持联系。

多多保重。
克雷格

另外，你回伦敦的时候如果需要借宿的地方，请告诉我。我有自己的房子了，房间很多。X

*

塞特福德镇

格利斯顿区

汤普森路

韦兰监狱

邮编：IP25 6RL

斯蒂芬·科德莱斯库（收）

2016.6.20

亲爱的斯蒂芬，

你我未曾谋面，请容许我做个自我介绍。我叫苏珊·赖兰，曾是图书编辑。我最近遇见了劳伦斯和波琳·特里赫恩夫妇，他们是布兰洛大酒店的所有者，你曾在那里工作过。或许你已从报纸上得知，他们的女儿塞西莉失踪了。夫妇俩日夜忧心忡忡，他们认为我能帮忙找到她。

他们找我帮忙的原因是，我之前做编辑时的一位知名作家艾伦·康威曾以八年前发生在布兰洛大酒店的案子为原型写过一本小说。可惜艾伦已经过世，我无法同他商量。但这本小说的内容似乎和塞西莉·特里赫恩的失踪有着千丝万缕的联系,甚至还可能有和你以及你的定罪有关的信息。

我很希望能尽快见你一面。就我所知,只有你同意把我加入访客名单之后,我才能来韦兰监狱看你。你愿意这样做吗?如需联系,可以拨打电话07710 514444或者写信寄到布兰洛大酒店。

我很期待收到你的回信。

祝好,

苏珊·赖兰

*

发件人:苏珊·赖兰〈S.Ryeland@polydoros.co.gr〉
发送时间:2016.6.20 BST 14:18:27
收件人:詹姆斯·泰勒〈JamesTaylor666|@gmail.com〉
邮件主题:艾伦·康威

亲爱的詹姆斯,

上次一别已过去很久,希望你没变更邮箱地址。最近可好?上次见面,咱们在弗瑞林姆的皇冠餐厅喝得酩酊大醉,你还说要回戏剧学校继续进修。后来你去了吗?现在是不是已经成为大明星了?

你可能好奇我为什么会突然联系你。这件事说来话长,但总而言之就是,我不知怎么又被卷进与艾伦·康威有关的事里了。

他之前写了一本书，名叫《阿提库斯·庞德来断案》——这是你们在一起之前写的，你也还没有被写进书里成为庞德的助手！现在看来，书中的故事似乎是以某件发生在萨福克郡的、一家叫作布兰洛的酒店里的真实事件为原型创作的。他之前有跟你提过这座酒店的名字吗？当时抓获了一名叫作斯蒂芬·科德莱斯库的男子，指控他犯有谋杀罪，可他或许并非真凶。

我知道艾伦保留了很多创作笔记。还记得当初为了查找《喜鹊谋杀案》的信息，和你一起把他的书房翻了个遍。他去世后，格兰其庄园由你接手，我推测他的所有笔记和物品现在应该都还在你那儿吧，你可能已经将它们打包封存了。如果你还留着他的东西，说不定能帮上大忙。

你可以回邮件给我，或者打电话：07710 514444。如果能见面自然是最好的，我想你应该在伦敦吧。目前我就住在萨福克郡，随时可以过来找你。

爱你的，
苏珊（赖兰）

*

短信 6.20，星期五，14:30

莱昂内尔你好，这条信息是我从
布兰洛大酒店发的。你还在
用这个号码吗？
你还在英国吗？我们能不能见一面？

是关于塞西莉·特里赫恩的事。

非常重要。谢谢。

苏珊·赖兰

*

发件人：苏珊·赖兰〈S.Ryeland@polydoros.co.gr〉
发送时间：2016.6.20 BST 14:38
收件人：凯特·利思〈Kate@GordonLeith.com〉
邮件主题：艾伦·康威

你好，凯蒂，

  我回英国了，虽然只是暂时的，现在住在萨福克郡！抱歉之前来不及给你打电话或者发邮件，主要是一切发生得太突然了。这次的事情又跟艾伦·康威有关。这家伙真是不放过我。

  你好吗？还有戈登、杰克和黛西？真是好久不见了。你们从来没到克里特找过我！

  今晚或者明天（周六）要不要一起吃晚餐？我来找你或者你来找我都可以。我住在布兰洛大酒店（免费）。有空打给我，或者发邮件。

爱你，
苏珊 XXX

*

短信6.20，星期五，14:32

你好，苏珊。是的，我在报纸上看到塞西莉的事了。真是太糟了。有什么我能帮忙的请尽管吩咐。我现在在伦敦巴比肯的"维珍活力"健身房工作。打电话或者发邮件都行：LCorby@virginactive.co.uk，我随时恭候。祝好。莱昂内尔。

*

发件人：苏珊・赖兰〈S.Ryeland@polydoros.co.gr〉
发送时间：2016.6.20 BST 14:35:20
收件人：劳伦斯・特里赫恩〈lawrence.treherne@Branlow.com〉
邮件主题：塞西莉

亲爱的劳伦斯，

希望一切都好。希望波琳身体好些了。

我今早见了艾登，和他好好聊了聊。我还用您之前给我的号码联系到了莱昂内尔・科比。他现在在伦敦工作，我打算明天去见见他。虽然也可以电话里聊，但我还是觉得面谈更好。

我不在酒店的时候，可否请您帮忙，以自己的视角写下六月十四日星期四、十五日星期五和十六日星期六这三天发生的事？无论大小，只要您还记得：比如周末的婚礼；比如您是否和弗兰克·帕里斯说过话？他被杀当晚您是否看见或听见过什么？我知道这或许会花些时间，但这几天随着调查的深入，我越发觉得事情比表面上看来复杂，因此能从总体上掌握前后经过是最好的。

另外，虽然有点难以启齿，但如果您能将之前说好的费用支付一半或全部，就真是太感激了。我的男朋友安德鲁现在还在克里特岛独自经营旅馆，由于人手不足，他可能需要临时雇人接替我的工作。如果您希望线上转账的话，我可以把他的银行账户信息给你。

感谢！
苏珊

另外，之前您说可以查查那位在弗兰克入住后被换离十二号客房的校长的名字。请问您找到了吗？

*

发件人：凯特·利思 Kate@GordonLeith.com
发送时间：2016.6.20 BST 15:03:55
收件人："苏珊·赖兰"〈S.Ryeland@polydoros.co.gr〉
邮件主题：回复：艾伦·康威

苏！

真不敢相信你居然回来了也不告诉我!好呀,今晚过来吧,或者你说个时间。你跑去布兰洛大酒店做什么?真高兴你没说因为一只胳膊或者一条腿。

哥噔不在加[①],这次恐怕你是见不到了。他又加班。黛西也去学校组织的旅行了,不过我应该可以把杰克带出来。

回邮件跟我确认一下安排,如果没有问题,我们就七点左右见啦。

等不及想见你!

凯蒂XXXXX

*

发件人:苏珊·赖兰〈S.Ryeland@polydoros.co.gr〉
发送时间:2016.6.20 15:20:35
收件人:安德鲁·帕特基斯〈Andakis@polydorus.co.gr〉
邮件主题:想你了

我最亲爱的安德鲁,

给你发邮件感觉有点奇怪,因为以前我们从没给对方发过邮件……尤其是前两年(除了上次你在雅典的时候忽然联系不上了,我差点就要打电话找国际刑警)。不过,正好我这会儿要发一大堆邮件,干脆也就给你发好了。

首先我想说的是:我想你了,非常想你。今天早上醒来

[①]原文为Godron not here。拼写有误。

的时候，我第一时间注意到的就是空荡荡的床。酒店给我准备了一大堆枕头，可那都无法取代你。虽然才来了几天，我却感觉仿佛已经过去很久。在伦敦时，我开车经过三叶草出版公司旧址（直到现在那里还安装着脚手架），忽然生出一种奇怪的感觉，仿佛自己和这座城市有些格格不入。我已经不确定这里到底还是不是我的归属地了。

关于塞西莉·特里赫恩，我还没有收集到太多有用的信息可以跟你讲。今天早上，我见过她的丈夫艾登·麦克尼尔，他给我的印象竟比想象的要好很多。要是塞西莉的失踪真的跟他有关我才要惊讶呢。虽然谈不上有多么痛彻心扉，但他看起来至少是精疲力竭的。他有一个七岁的女儿要照顾，家里还有一个像恐怖片角色的保姆，以及一条"目击狗"。因为弗兰克被杀的那天晚上，狗就睡在酒店的小窝里。我要是会狗语就好了！

就目前我的调查而言，警察已经基本上放弃搜索塞西莉的行踪了。这桩案子是高级警司洛克负责的，调查艾伦谋杀案的人也是他，这人上次就很没用。目前为止，我们还没打上交道，毕竟你应该也记得，我和他不怎么合得来。

至于多年前究竟发生了什么，我感觉事情盘根错节、就像艾伦的小说一样复杂。唯一不同的是，没有作者偷偷给出线索和提示来帮我破案。如果斯蒂芬·科德莱斯库真的不是凶手，那这就又是一个没有完结的故事！我已经查到斯蒂芬被关在哪座监狱并给他写了信，还不知道他会不会见我。

但我给你写这封邮件并不是为了说杀人案的事。

一切都太过突然，我是指决定回英国的事。我知道当初计划的是只回来待一个星期，但这次的事让我思考了很多关于咱俩的事，还有我们的酒店和克里特岛。我是爱你的，安德鲁，也真的想和你厮守，但却渐渐开始担心这段感情是否真的能够走下去……有些东西似乎和以前不一样了。

我们之间的谈话几乎全是关于旅馆经营的，而我有时甚至会怀疑到底是我们在管理旅馆，还是旅馆掌管了我们的生活。我努力地想要在其中保持平衡，可我俩都太忙于工作，根本没时间单独相处。我必须坦诚的是，我这一生大部分时光都扑在出版工作上，关于书的一切我都喜欢……无论是原稿、编辑、销售会、业内的派对等等。我很想念那样的日子。而现在的我没有成就感和满足感。

上帝啊，这样的生活听起来太糟糕了，而且似乎全是关于我自己的！但其实不是这样的。这一切都是关于我们。

我觉得我们真的应该坐下来好好谈一谈，想想我们究竟在做什么、为什么要做这些事，以及我们是否真的还想一起走下去。我甚至担心你这波吕多洛斯的老板究竟做得开不开心，尤其是现在似乎一切都不太顺利。如果我们真的错了，也要勇于承认。我最不希望看到的，就是最后我俩相互指责，可如今我已经觉得有这个趋势了。

我还是不要太啰唆，就此打住吧。我要去和凯蒂吃晚餐了。请不要对我说的话感到气愤，我只是希望我们能回到当初的美好时光。要是和《喜鹊谋杀案》有关的一切从未发生过就好了。该死的艾伦·康威，都怪他！

致以我所有的爱，
苏珊

*

发件人：苏珊·赖兰 〈S.Ryeland@polydoros.co.gr〉
发送时间：2016.6.20 BST 14:35:20
收件人：迈克尔·比利 〈mbealeyt@orionbooks.com〉
邮件主题：伦敦／求助

迈克尔，

　　我知道离我们上次联系已经过了很久，不过我最近临时回国，要在伦敦待几天，不知猎户星出版公司和阿歇特出版公司最近有没有在招人？你是否还记得几年前曾找过我，我们在沃尔斯利高级餐厅用了午餐，当时我挺心动的……却没料到后来一切都乱套了！

　　或者如果你有听说其他什么出版公司有职位空缺吗？比如高级编辑，或者策划编辑的职位？什么都行。

　　希望你一切都好。很高兴看到《阿提库斯·庞德来断案》在你手中发扬光大——尤其还保留了原版封面！

苏珊 X

三根烟囱

看到我的MGB跑车靠近，凯蒂开心地冲出家门。我猜她一定早就竖着耳朵听着屋外的动静了。上次见她还是两年前，然而她却一点也没变，还是那么轻松惬意，看见我也还是一样欢喜激动。我下了车，和她紧紧相拥。

"你看起来气色不错，这古铜色的皮肤真棒。噢，我的上帝，真的，你现在简直像个希腊人了。"

我给她带了离酒店不远的希腊小山村克里察产的橄榄油、蜂蜜和干香料。她接过礼物，带我进入屋内。不得不承认，自打回到英格兰，直到此刻，我才真正感觉自己回家了。

她早已精心准备好丰盛的晚餐。温馨的厨房里，热腾腾的饭菜造型美观，色、香、味俱全，精致地盛放在美丽的碗碟中。她是怎么做到的？我下午两点半才给她发的邮件，而且今天她还要去当地园艺中心上班。即便如此，她竟然还是完美地烹制出了一道点缀着杏仁片的摩洛哥风味鸡肉塔吉锅配鹰嘴豆，主食是蒸古斯米，还准备了一瓶冷藏过的粉红葡萄酒。真令人羞愧，这要是换了我以前在克劳奇恩德的公寓，只怕连桌上的一半食材都找不出来。孜然粉？香菜叶？这些调料瓶子在我的厨房架子上全都黏糊糊、脏兮兮的，主要因为从来没打开过；而要想从冰箱里捞出一根完整的或是没有坏掉或蔫掉的新鲜蔬菜，则十分困难。

来我家吃饭的结局就是点外卖，虽然我会建议去伍德布里奇的酒吧或餐厅吃饭，但她总是充耳不闻。

"不要，餐厅里没法儿好好聊天，再说了，杰克马上就要回家了。他会想见你的。"

杰克是凯蒂的儿子，二十一岁，刚在布里斯托大学上一年级。女儿黛西十九岁，如今正在空当年，在法国帮助北部难民。

我和凯蒂性格如此迥异，却一直很亲近，也是件有趣的事。这种状态从童年起便是如此。我们出生在伦敦北部一个十分普通的家庭，一起成长、一起上学，互穿对方的衣服、取笑对方的男朋友。不过，当凯蒂幸福快乐地开始憧憬有一天能建立美满的家庭、过上父母那种她从小看到大的生活时，我却逃到当地公立图书馆，去书籍中寻求庇护。我的人生梦想更是和她南辕北辙。那时我盼望着有一天能加入牙买加酒店的黑帮团伙，打劫那些不小心靠近的可怜水手；我想要和《简·爱》里的男主角爱德华·罗切斯特疯狂恋爱，只不过在我的故事中，他最终将被我从烈火中拯救；我还想跋涉千里去往精灵之城科尔，在神圣的火柱中获得永生。我和她可以说是塞西莉和丽莎这对姐妹的完全对立面，她俩不仅从小便争吵不休，甚至还真的朝彼此扔飞刀。凯蒂和我在兴趣爱好和人生追求等方面截然不同，却深爱着彼此，从小到大未曾改变。

我也曾偶尔希望自己能多和她学学。凯蒂的人生舒适且有序，简直是最佳模版：儿女双全，并且都已长大，二十岁上下，正值青春；当会计的丈夫每周固定有三天要住在伦敦，却在结婚二十五年后依旧对她初心不改；凯蒂自己有一份兼职，有稳定且亲近的朋友圈子和兴趣使然的社区工作……堪称完美。我时常觉得，她应该是一个更加聪明和成熟版本的我。

然而即便如此，我也没办法一直生活在这样的房子里，我甚至都不会想买一栋自带名号的房子。对我来说，房子有个门牌号就够了。

这栋叫作"三根烟囱"的别墅坐落在伍德布里奇郊区一排弯月形的联排别墅区内。是的,它的确有三根大烟囱,尽管根本没有实际用途,因为传统壁炉都已被现代燃气暖炉取代。看看,整间屋子窗明几净:明亮的玻璃推拉门、厚厚的地毯和品位很高的艺术品,只消一眼我便知道,住在这样的房子里只会困住我,然而凯蒂却似乎甘之如饴。她是一位母亲、妻子和家庭主妇,而她也喜欢这些头衔。

会这么觉得并不是因为我觉得自己混乱的生活方式有什么值得吹嘘的。早年对书籍的热爱并没能带我实现那些狂野的梦想,而是将我引至……更加深邃广袤的文字海洋。我的第一份工作是在哈珀柯林斯出版集团做初级编辑,后来晋升为策划编辑、编辑部主管,乃至某家出版公司的执行总裁,直到这家出版公司被付之一炬。出版行业里从不缺理想主义者,在这个行业工作的人都真心热爱自己的工作,这大概也解释了为什么我们的薪资很少。我很幸运,能在伦敦房价飙升之前,在克劳奇恩德买下一套两室一厅的公寓,但房贷却从未还清,直到后来卖掉公寓才算了结。我也曾谈过很多段恋爱,但都不长久,因为我不希望和谁太长久,直到遇见了安德鲁。

事情就是如此。两姐妹随着年龄的增长差异越来越大,也分隔得越来越远,但感情却依旧亲密如初。我们也会对彼此偶有微词,但那些评判和意见似乎更多是为了定义自己。

"你觉得这样做理智吗,又让自己卷入谋杀案的调查?"凯蒂问。

"这次我会加倍小心的。"

"但愿如此。"

"说起来，我越来越觉得，这一切说不定只是在浪费时间。"

她很惊讶："何出此言？"

"因为问的问题越多，越让我觉得杀死弗兰克·帕里斯的凶手就是斯蒂芬·科德莱斯库。首先，所有的证据都指向他；其次，目前为止我觉得有杀人动机的人就只有两个，而我连动机到底是什么都还不清楚。"

"哪两个？"

"嗯——一对住在韦斯特尔顿的夫妇：乔安娜和马丁。女方是弗兰克的妹妹。"

凯蒂看起来很是吃惊："乔安娜和马丁·威廉姆斯？"

"你认识他们？"

"见过一次，不怎么讨人喜欢。"这种说法很反常，因为凯蒂通常对谁都心无芥蒂。

"为什么？"我立刻问。

"不是什么私人恩怨，只不过跟他们不合拍罢了。"她看出我还想听更多细节，于是带着一丝迟疑继续道，"那个女人真的很会扫兴，太强势了，什么都要听她的……从不给别人发表意见的机会。男人则是完全逆来顺受，被老婆各种呼来喝去、牵着鼻子走。他老婆似乎还挺享受这种状态。"

这话我倒听不明白了。"你上次见到他们是什么时候？"我问。

"嗯……很久以前了，甚至有可能是在谋杀案发生之前。当时他俩一起参加一场晚宴，我之所以记得，是因为事后拿他们取笑来着。真不明白，这样的两个人怎么受得了彼此，结婚这么多年！"

"所以掌握主导权的是女方？"

"绝对是。"

"这就奇怪了,因为今天早上我才见过他们。在我看来,就算有一方是主导,也应该是那个男人。"不过这事不重要,我回到正题,"凶手只可能是斯蒂芬。"我说,"我的意思是……他的枕头上和浴室里全是血迹,床垫下还藏着赃物,甚至还有人看见他走进被害人的房间!"

"那么,塞西莉·特里赫恩到底怎么了?"

"或许只是巧合。比如不小心掉进了河里,又或者游泳的时候溺水了。甚至,根据她姐姐的说法,她的婚姻并不像表面上看起来那么光鲜,也有可能跟人私奔了。"话虽如此,我心里却知道那不可能,因为她不会丢下女儿不管的。

"如果查不出结果,他们还会付你钱吗?"

这我之前倒是没有想过。我抽出一支烟:"你介意我出去一会儿吗?我想抽一根。"

凯蒂斜了我一眼,说:"你之前说想戒来着。"

"我确实想过。"

"那为什么?"

"我决定还是不戒了。"

她给我递了一只烟灰缸,知道我会用到,接着又拿了一个小餐盘,放上渗滤咖啡壶、牛奶和两个咖啡杯,以及两只威士忌酒杯——这通常是给她自己准备的。"喝吗?"她问道。

"一点就好。待会儿还要开车。"

我们俩出了门,来到小鱼塘边,在一张木桌旁坐下。这是个温暖的夜晚,天上挂着半轮明月和几颗星星。花园很美,种满了凯蒂从工作的地方以半价购买的各种花卉植物。她最近新买了一只跳跃的青蛙造型的小雕塑,嘴里可以喷水,水流声更凸显出周围的静谧。我注意到一丛已经枯萎的灌木,因为它就种在草坪正中央一片圆形的花床上,所以十分显眼。我叫不出灌木的名字,只知道是一种圆圆的、紧凑相依的植物,可惜已经完全呈现颓败的棕色。不知为何,这幅景象令我不安。按理来说,当第一片枯叶出现时,就会被凯蒂处理掉才对。

我点起烟,静静地吸着,聆听着流水声。

"你要回克里特岛吗?"她忽然问。

我和凯蒂之间没有秘密。关于酒店、我的感情和我之前流产的经历,晚餐时我们早就聊过了。

"不知道。"我老实回答,"我现在已经不知道我和安德鲁到底走到哪一步了。离开英格兰之前,他曾向我求婚。"

"你跟我说过,你拒绝了。"

"我没拒绝,只是后来我俩都改主意了,觉得婚姻不适合我们。我让他收回了求婚戒指,那枚戒指对他来说本来就太过昂贵,经营旅馆又开销巨大。"我透过烟头观察着凯蒂,"有时候我真希望自己能像你一样。"

"你明知道这不是真心话。"她转开头。

"不,是真的。有时候我真觉得自己已经精疲力竭,不知道是否应该继续和安德鲁在一起。我不知道自己究竟想要什么。"

"苏珊,你好好听我说:别管这个愚蠢的案件调查了。"她转过头来,双眼死死地盯着我,"回希腊去吧。英格兰已经不是你的归属了,回到安德鲁身边去。"

"为什么这么说?"

"因为他是一个好男人,你可别错过了。老实说,你俩能认识我真是太高兴了。还是我牵线搭桥的呢!"

"不是这样的,是梅丽莎……"

"哼,要不是我把杰克和黛西送到伍德布里奇中学去读书,你们也不可能遇上。相信我，像安德鲁这样的男人可不多，能遇上是你的福气。可你就是这样，总想着还没发生的事、计划未来，却从不曾坐下来看看已经拥有的一切、好好享受当下。"

她的话令我困惑。我感觉她真正想说的并非这些，但她又没法用语言表达。"凯蒂，你还好吗？"我问。

她叹了口气："你考虑过你的年龄吗？"她问道。

"我试着不去想。别忘了，我比你大两岁。""我知道，但我无法控制自己不去想。"她努力想让自己听起来轻松一些，"我不想变老。我发现自己已经到了那种年龄，就是那种……环顾四周，看着家里的样子还有这座花园，然后想：我的人生就这样了吗？——的年纪。"

"可这不正是你一直梦寐以求的吗？"

"或许是吧。是我幸运吧。"

话音落下后，我俩都是一阵沉默。不知为何，这次的沉默让人觉得有些不适。

"是你告诉萨吉德·汗我的地址吗？"我也不知道为什么选这个时候问这个问题，但不可否认的是，它已经在我脑海中盘旋多时了。自从劳伦斯和波琳来酒店起，我便一直在思考这个问题：他们是怎么找到我的？他们说是汗告诉他们的，但我知道他并没有我的地址。只有凯蒂知道。

"萨吉德·汗？那个律师？"凯蒂显然对这个问题感到一头雾水，"当初我们被园艺中心莫名其妙解雇的时候是他帮忙解决了问题，后来我是不时会见到他，但并没有跟他透露过任何信息。怎么，是他把你牵扯进这件案子里的？"

"没错。"

"唉，希望你不要怪我才好。会不会是戈登说的，他是个大嘴巴。"

我们的对话被一阵摩托车的引擎声打断,一辆摩托停在屋前。"杰克回来了。"凯蒂说,听起来松了一口气的样子。

过不多时,杰克果然从花园门走了进来。他穿着一件皮夹克,手里提着头盔。阔别两年再次见到他。我很是惊讶,他留着长发,看起来乱糟糟、脏兮兮的,下巴周围胡子拉碴,和他完全不相称。他走上前来吻了吻我的双颊作为问候,我能从他的呼吸中闻见酒精和烟的味道。虽然没什么资格批评他,但他这样的形象还是令我讶然。连叛逆的青少年时期都不曾抽过烟的杰克,如今看着,双眸中的光彩却似乎已消失不见。他看上去甚至显得有些紧张,仿佛没料到我会来。

"你好,苏珊。"他打了个招呼。

"你好,杰克。你好吗?"

"还行。克里特岛怎么样?"

"还行吧。"

"妈妈,冰箱里有吃的吗?"

"还有点鸡肉。之前剩下的通心粉你可以吃。"

"谢啦。"他冲我淡淡地笑了笑,"很高兴见到你,苏珊。"

言罢,他从我俩身边经过,走进了厨房。我看着他的背影,回忆着当初年仅八岁的杰克在我的MG跑车后座上又笑又闹的样子;十二岁的他翻找出我的《指环王》小说时的神情;以及他十五岁时为了中考埋头苦读的样子。他现在变成这样只不过是成长的自然过程吗,还是发生了什么我不知道的事?

凯蒂一定看出了我在想什么,解释道:"他最近压力有点大,正上大学一年级。每次回家的唯一目的就是吃饭、洗衣服、睡觉。不过,大概再过两个星期就会好了,他只是需要一些理解和关爱而已。"

"没想到你竟会同意他买摩托车。"虽然不关我的事,但我很清楚凯蒂有多讨厌摩托车,因为她总是担心——几乎是强迫症般担心两个孩子会不小心受伤。

她做了个无奈的表情:"他已经二十一岁了,自己存钱买的。我怎么拦得住?"她放下酒杯,这个动作无形中下达了某种指令,表示今晚的聚会结束了,"真对不起,苏珊,我得去照顾他了。"

"没问题,我明天要去伦敦,也该早点回去休息了。多谢款待。"

"能见到你真好——但你一定要认真想想我说的话。真的,我不认为你能找回塞西莉·特里赫恩,或许谁也找不到她了。弗兰克·帕里斯也已经死了很久了,你最好别卷进去。"

我们互吻道别,各自回家。

直到坐进跑车、踩下油门、驶上马路我才反应过来,今晚几乎从一开始,所有的一切就都怪怪的。凯蒂的精心准备有些太过刻意,无论是鸡肉塔吉锅、粉红葡萄酒、漂亮的纸巾乃至所有的一切,感觉都像是专门为了扰乱我的注意力而特别布置的,不太真实……就像屋顶上的三根烟囱一样。

我想到了那丛枯萎的灌木——不管是金雀花还是野蔷薇——就那样触目惊心地立在花园正中,无人照管。然后我忽然想到她给我回的邮件,短短一篇里竟有三个错别字——"(哥)(噔)不在(加),这次恐怕你是见不到了"。算了,谁都有可能不小心打错字,大概是回邮件时有什么急事吧。不过,这的确不符合凯蒂平时的作风,她总是对一切都一丝不苟。

或许是我太过沉迷于侦探游戏了,见过太多表面看起来和善礼貌、背地里却阴暗残忍的人，容易想得比较复杂。可既已察觉到异常，我便无法停止思考。我能肯定凯蒂一定在隐瞒什么，她没有对我说实话。

睡前饮料

回到酒店时,天色已晚,我本想直接回房倒头就睡,可经过前厅时竟看见艾登·麦克尼尔独自坐在酒吧里。这真是一个不可多得的好机会,于是我径直走了过去。

"不介意我也加入吧?"

不等他回答,我便已在他身旁坐下。他看上去倒是挺开心见到我。"当然不介意,您请。"他答道。

酒吧的装潢有种上流社会绅士俱乐部的风格,不过此刻空空如也,只有我们两人孤零零地坐在一大圈奢华的皮革扶手椅中间,周围零星点缀着几张圆桌。地上铺着圆毡地毯,墙面上多以木格镶嵌。房间一隅立着一座老爷钟,正嘀嗒嘀嗒地摆个不停,沉稳地提醒着我们此刻的时间:晚上十点二十分。艾登穿着一件克什米尔羊绒套衫和牛仔裤,光着脚穿着一双软底皮鞋,手里轻摇着一杯透明的液体,很显然那不是水。我注意到桌上扣着一本平装书,正是今早他给我看过的那本小说。

"你喝的什么?"我问。

"伏特加。"

拉尔斯在吧台后站着。这座酒店里似乎什么事情都少不了他和因加,就像《米德威奇杜鹃》[①]里的群众演员一样。"请给我一杯双料威士忌,再给麦克尼尔先生续一杯伏特加。"我对他说,

---

[①]《米德威奇杜鹃》(*The Midwich Cuckoos*),英国作家约翰·温德姆(John Wyndham)于一九五七年创作的一部科幻小说。后被改编成电影和电视剧。

我瞄了一眼桌上的小说，问艾登："你在读吗？"

"重读。大概已经是第十遍了。我忍不住想，如果塞西莉能从里面看出什么重要信息，我应该也可以。"

"然后呢？"

"什么也没看出来。我平时不怎么看悬疑小说，并且依旧认为艾伦·康威是个混蛋，但不得不承认他很会讲故事。我喜欢那种发生在封闭的小圈子里、谁都没说实话的故事设定，还有不少意外反转——最后的结局简直令人拍案叫绝……至少第一次看的时候是这样。但我不理解的是，他为什么要写得这么刻薄。"

"你指什么？"

"听听这段。"他翻到一篇页脚折起来的内容，读道："尽管有过去的种种，人们对阿尔吉侬的口碑却很不错。小时候，他曾在西肯辛顿区的一座小型私人学校读书，只要他愿意，就能随时展现出风趣的谈吐和迷人魅力。那一头打理得十分精致的浅色短发和仿佛偶像剧男主般的俊美脸庞让他天生引人注目，尤其是对那些年纪比他大并且只看脸的女人来说。她们从不在意他的过去。他还记得在高级男装定制店萨维尔行买下人生第一套定制西装的情景。那是光凭自己根本负担不起的消费，但就像那辆车一样，都是一种包装投资。每次走进房间，所有人都会注意到他；只要他开口，人们总乐意聆听。"

他放下书。

"这写的是我。"他说，"阿尔吉侬·马许。"

"你这么想？"

"这个角色在房地产公司上班，我也是。外貌描述也很接近，连名字的首字母缩写都是一样的（AM）。真不知道他为什么会取这么一个愚蠢的名字。"

他说得不无道理。我在编辑这本书的时候就督促过艾伦把"阿尔吉侬"这个名字改掉,当时我说这听起来简直就像二十世纪时,诺埃尔·科沃德[①]写的剧中的人物:"就连阿加莎·克里斯蒂也没在书里用过这种名字。"可艾伦当然一如既往地拒绝采纳我的意见。

"艾伦的幽默感很奇特。"我说,"如果能让你心里舒服一点的话,我可以告诉你,他也把我写进了小说。"

"真的吗?"

"真的。是《金酒与氰化物》那本书,角色名字叫莎拉·兰姆(Sarah Lamb)。我的名字'赖兰(Ryeland)'也是绵羊(lamb)的一个品种。这个角色性格糟糕得很,简直是个魔鬼,最后还被杀了。"我点的酒到了,艾登也正好喝完手里的酒,于是拿起了第二杯。"艾伦来酒店时跟你聊得多吗?"我问。

"并没有。"艾登摇了摇头,"我只见过他两次:一次是帮他安排新客房,另一次也就二十来分钟。我不是特别喜欢他。他说自己是弗兰克·帕里斯的朋友,只想了解一下事情的大概。可他问的那些问题让我从一开始就隐隐觉得,这家伙只怕另有目的。他和劳伦斯还有波琳聊的时间更长些,其次就是塞西莉。选择相信他真是太蠢了,你看看,他前脚刚走,后脚就写了这么一本书来影射我们。"他顿了顿又道,"你很了解他吗?"

"以前我曾是他的编辑——但我们关系一向不亲近。"

"是不是作家都像他那样?非得从身边的人事物中盗取素材?"

"因人而异吧。"我回答,"但说那是盗取不太准确,应该是

[①]诺埃尔·科沃德(Noël Coward, 1899—1973),英国演员,剧作家,流行音乐作曲家。

吸收。这真是一个奇怪的职业,存在于真实世界和他们笔下的虚构世界之间。说起来,作家们的确都是极度的自我主义者,一方面十分自信,一方面又苛刻地自我审视,甚至自我厌恶……但他们关注的都只是自身而已。想想,他们每天有多长时间独处!但他们同时又是最真诚的利他主义者,唯一的目的就是以文字满足他人的期待。我有时忍不住想,或许只有有缺陷的人才能成为作家——因为人生存在缺失,所以才想用文字填补。天知道,就算我再喜欢看书也当不了作家,所以才当了编辑。这样既能享受创作新书的成就感和兴奋感,又不用体验伏案写作的辛苦和无聊。"

我轻轻抿了一口酒。拉尔斯为我选的是产自朱拉岛的单一麦芽威士忌,有一股淡淡的泥炭香。

"可是,艾伦·康威这个作家却十分与众不同。"我继续说道,"他并不喜欢写作——或者应该说,他并不喜欢自己的那些畅销书。他并不怎么看得上侦探小说这种题材,这也是他把你和这座酒店写进故事里的其中一个缘由。我觉得他是在享受一种游戏的乐趣,而你是游戏的一环,他要把你变成阿尔吉侬,因为对他来说,一切就是一场游戏而已。"

"那别的缘由呢?"

"我可以告诉你我的看法,你也是第一个知道的:因为他的灵感快要枯竭了,就这么简单。实际上他的第四本小说《夜幕降临》的故事情节就是照搬自己写作班上一个学生的创意。我见过他的学生,也看过他们的手稿。我想他会来布兰洛大酒店有一部分原因是好奇心使然,毕竟他认识弗兰克·帕里斯——但最主要的还是为了寻找创作新书的灵感。"

"结果却阴差阳错发现了真凶。至少塞西莉是这么认为的,这部小说就是为了揭示真相,不是吗?"

我摇了摇头。"我不清楚，艾登。或许他真的发现了什么，但也很可能他只是随便写写，并没想过自己的故事会导致怎样的结果。当塞西莉读了这本书，也许里面的某个词或者某段描述无意中唤醒了她的某段记忆、激发了某种联想。我的意思是，如果艾伦真的发现了斯蒂芬不是凶手的证据，他怎么可能瞒着不说呢？说出真相又不会影响他的新书销量，甚至还有可能增加曝光度。他有什么理由要故意隐瞒？"

"可如果是那样，塞西莉究竟看到了什么呢？她到底出了什么事呢？"

这个问题我无法回答。

吧台后的拉尔斯正在擦拭一只玻璃杯。他放下杯子朝我们喊道："还有五分钟就停止接单了，麦克尼尔先生。"

"知道了，拉尔斯，我想我们也喝得差不多了。你可以开始收拾了。"

"我还没来得及跟你聊关于塞西莉的事呢。"我说。这才是让我一直忐忑不安的话题，而此刻我俩之间氛围友好，或许正是展开话题的良机，"失踪那天发生了什么……"

"是星期三。"他低声道，垂首盯着手中的酒杯。我能明显察觉到氛围的变化，我提到了他的伤心事。

"你介意跟我说说吗？"

他犹豫了一会儿："我已经说过很多很多遍了，跟警察。我不知道这样有什么意义，跟你也没有什么关系。"

"话是不错。我清楚这跟我本人并无关系，但我也为她的安危担心。你记得的东西，哪怕只是一个很小的、在你看来无关紧要的细节，说不定……"

"好吧。"他转头冲拉尔斯说道，"拉尔斯——再给我最后来一杯吧。"然后看了看我,"你呢?"

"我不用了,谢谢。"

他正了正身体,打起精神来:"我也不知道应该跟你说什么,苏珊。那天一切如常,真的,没有任何不对劲的地方。就是一个寻常的星期三。我根本不知道就在那天,自己的整个生活就他妈要天翻地覆了。那天下午,埃洛伊丝带罗克珊娜去看医生,没什么大问题——就是肚子有点不舒服。"

"跟我说说埃洛伊丝这个人吧。"

"您想了解什么?"

"她在你家工作有多久了?"

"打从一开始,罗克西出生的时候就来了。"

"罗克珊娜这名字真好听。"

"是啊,塞西莉取的。"

"这么说,埃洛伊丝是在弗兰克死后一年左右来到萨福克郡的?"

"对。罗克珊娜是二〇〇九年一月出生的,几个月后,她就来家里了。"

"杀人案发生的时候她在英格兰吗?"

"您该不会觉得她和这件事有牵扯吧?很抱歉,但果真是这样那也太扯了。埃洛伊丝·拉德玛尼是法国马塞人,根本不认识弗兰克·帕里斯。她之所以会来这里也是迫不得已:她结过婚,和丈夫是在伦敦认识的——当时两人都还是学生,可他却死了。"

"怎么死的?"

"艾滋病。她丈夫有胃溃疡,需要输血,真是造化弄人,最后死在了法国。之后她就决定要回英国来,并且加入了一家保姆中介。"

"哪家中介?"

"骑士桥鲍姆中介。"他专门为我详解了鲍姆[①]这个词,好让我了解这个小小的文字游戏。

只是,我并没有笑。我的脑海中还清楚地印着那天离开艾登家时,埃洛伊丝盯着我看的样子——充满了怨毒。"所以塞西莉失踪那天,保姆带着罗克珊娜去看医生了。"

"是的,午餐之后。早上是我出去遛狗,就在酒店院子里转了一圈……下午轮到塞西莉去。白天她总时不时会去酒店看看,我也一样,毕竟距离不远。"

"那天她有跟你提到这本小说吗?"

"没有。"

"你知道她还寄了一本给当时在南法的父母吗?"

艾登摇头。"警察也问过我这个问题,"他说,"波琳跟他们说了塞西莉打电话的事。怪不得——我是说,不然也太巧了吧,星期二刚打完电话,第二天就——"他有些激动地喝了一口伏特加,杯里的冰块撞击着发出轻响,"这么明显的事,高级警司洛克却认为不相干。他推测塞西莉是在出门遛狗时被人袭击了,纯属意外。"

"你怎么想的?"

"我也不知道。但就你刚刚的问题——没有,她没跟我提到小说的事,或许是觉得我不会相信她,或者认为我和斯蒂芬本来也不熟,所以不会感兴趣。"他伸手拿起书,合上了它,"这么重要的事她却选择不告诉我,这让我很伤心,感觉她的失踪是我的错。"

[①] 中介英文为 Knightbridge Knannies,保姆英文为 nanny,此处为谐音。

"你最后一次看见她是什么时候?"我问。

"我不明白你为什么问这些问题,你到底想知道什么!"他努力克制了一下情绪,说,"很抱歉,我真的很难受。"他将杯中酒一饮而尽,拉尔斯恰好端着最后一杯伏特加走了过来。他对拉尔斯表示了感谢,端起送来的酒倒进刚才的酒杯里。"我最后一次看见她是在下午三点左右,"他说,"她开着那辆大众家庭车离开。差不多一个小时后,我开着路虎也出门了。我得去一趟弗瑞林姆见律师,他叫萨吉德·汗。"

真有意思,萨吉德·汗这个名字似乎总能被人提及。他不仅曾是艾伦·康威的代理律师,也是告诉特里赫恩夫妇去哪里找我的人,还为马丁和乔安娜·威廉姆斯服务,同时我妹妹凯蒂也曾请他帮过忙,而现在就连塞西莉失踪的那天也不曾缺席,艾登当天还曾去见过他。

"有些文件需要我签字。"他接着说,"不是什么重要的文件。另外我还有些别的差事要办。塞西莉让我帮她送些旧衣服去那里的慈善店,她是那家叫作EACH的慈善机构的忠实拥趸。"

"EACH?"

"东安吉利亚儿童安养院(East Anglia's Children Hospices),伍德布里奇本地没有他们的分支机构。另外我还要去取一把送去重新加软垫的椅子;还去了超市。回家时差不多五点,我看到塞西莉还没回来就很奇怪。因加在给孩子泡茶,她有时会来家里帮忙。"

"埃洛伊丝呢?"

"那天晚上她休息。"他举起酒杯一饮而尽,我也照做。"到了晚上七点,塞西莉还没回家,我先是去酒店里找。有时候她会在办公室,因为工作太过投入而忘了时间。可酒店里不见人,也没有人见过她。那时候我还没有真正觉得担心，毕竟这是在萨福克郡，一年到头也很难出什么事。"

弗兰克和艾伦可都是在萨福克郡被人杀害的，我心想，但决定保持沉默。

"我给她的几个朋友打了电话，还给丽莎打过，可是没人接。我以为是小熊出了什么事。它老了，有时候行动不便，股骨有些问题。总之，一直等到八点还是不见人，也没有消息，我便决定打电话报警。"

说完艾登沉默了下来。有好一会儿，我俩谁也没有说话。

我在心里默默地计算着时间：他大概下午三点半离家，五点多回到家，最晚不超过五点半。从伍德布里奇开车去弗瑞林姆差不多要二十几分钟，如果是办他说的那几件事，时间正好。

"你和萨吉德·汗见面是几点？"我问。

他奇怪地看着我，看来我的问题有些突兀："为什么这么问？"

"我只是想——"

他却打断我说："你认为是我杀了她，对吧？"

"不是这样。"我否认道，但听起来不怎么有说服力。

"不，你就是这么想的。我几点离家？最后一次看见她是什么时候？你知道这些问题警察反复问过多少次了吗？所有人都认为是我杀了她，认为是我把这世上唯一能让我感到幸福的女人杀了，并且往后的余生，他们都会认定这一点。将来我女儿长大了也会在心里怀疑，是不是自己的爸爸杀了妈妈，而我就算有一百张嘴也说不清——"

他摇摇晃晃地站起身来，我惊讶地发现两行泪水从他眼中夺眶而出。

"你有什么资格……"他接着道,声音嘶哑,"你有什么资格这样怀疑我!警察这么想我不介意,他们的工作就是怀疑人。可你是谁?这一切说到底都是你引起的,是你出版的那本书——把在这里发生的惨案变成供人消遣的玩意儿。而你现在却大摇大摆地扮演起名侦探福尔摩斯或者阿提库斯还是什么鬼名字!明明是个毫不相干的人,却来向我提问。如果书里有线索,那你就去看书啊,他们花钱不就是请你来做这个的吗?但是从今以后,别再来烦我了!"

说完,他便头也不回地走了。我望着他步履蹒跚地走出酒吧。身后,拉尔斯"哗啦"一声拉下金属卷帘,重重地撞在吧台上。一瞬间,偌大的酒店大厅里,只剩下我一人。

弗瑞林姆

我对艾登的事感到有些愧疚，担心自己是不是操之过急。不过，这并不能阻止我第二天继续调查他的过去。

重回弗瑞林姆的感觉有些微妙。这座小镇是艾伦·康威曾经居住的地方，他去世后，我也曾在这里待了不少时间。我在镇中心的广场一侧停下车，另一边就是当初借宿的皇冠酒店，也是在那里，我和艾伦的男朋友詹姆斯·泰勒喝得酩酊大醉。这幅画面让我想起，詹姆斯还没有回复我的邮件，不知他收到了没有。我打算活动一下手脚便朝商业街走去，不多会儿便来到了安葬着艾伦的墓园。我想过要来给他扫墓——墓碑就矗立在两株紫杉树之间，从我站的地方就能看见——但最终还是决定放弃。我俩的关系一直磕磕绊绊、争执不断，我总感觉即便我想在他墓前安静地说会儿话，这家伙搞不好也能跟我吵一架。

今天的弗瑞林姆似乎比往常更加宁静。即便有一座恢宏的古堡和周围宜人的乡村风光，每逢周中也总会有那么一两天门可罗雀。我看不出街边的商店是否开着，老实说也不怎么有兴致去逛。除了周末的特色集市热闹外，平时的小镇广场充其量也就是个大型停车场。艾登常去的超市就在这一片街区的正中央，却毫不起眼，躲藏在林立的店铺之间，仿佛知道自己形容丑陋而自惭形秽。

那家东安吉利亚儿童安养院的慈善店坐落在小镇尽头的街尾。同一条街上还有一家房产中介，店面很小，看起来像是一座小农舍改建的。它的周围有另外三座一模一样的房屋，连成一排。不过，有人在慈善店正面安装了四扇巨型的现代式窗户，这么一来，这家小店一下子鹤立鸡群，同周围那三座房屋区别开来。令人遗憾的是，在我看来，恐怕慈善店是令人沮丧的，且不说它们多如牛毛，说到底，每出现一个这样的店铺就代表着一家公司或商店的倒闭以及商业街的萧条。不过这家小店里却有一个开心的志愿者，名叫斯塔维雅，以及成堆的书籍、玩具和三大列令人意外的高档服装。此刻店里除我以外一个客人也没有，斯塔维雅一脸期待地想跟我搭话。一旦打开话匣子，她就开始滔滔不绝。

"艾登·麦克尼尔？是的，我当然记得他。他来的时候正好我在，后来还被警察问了话。真是太糟了，真是的，到底怎么了！这种事在萨福克郡很少见，除了厄尔索汉姆那边的旅游景点和前些年那位作家的死之外，就再也没有发生过别的大事了。对，那个星期三下午麦克尼尔先生确实来过，我看见他在街对面停车——就在那里。

"他拿来了四五条连衣裙、几件运动衫和衬衫。虽然有些衣服挺老旧的，但那条巴宝莉的连衣裙可是新的，从来没上过身，连吊牌都还在上面，刚到店里不久就卖掉了，一百镑呢，比平时能卖出的价格高多了。警察想知道是谁买走的，但我也不知道，因为付的是现金。于是他们便把他拿来的其他衣服带走了——还没卖掉的那些。结果到现在也没还回来。我感觉这样挺不对的，可一想到缘由，又觉得自己没什么可抱怨。哦，对了——还有几件男人的衣服：一件夹克衫、几条领带、一件旧衬衫和一件非常精致的西装背心。"

"你有跟他讲话吗？"

"有啊,我们简单地聊了几句。他真是个不错的人,非常随和。他跟我说,之后还要去取一张椅子,说是拿去修弹簧了还是什么的。他说他妻子是ＥＡＣＨ的忠实拥护者,还给我们的'树屋倡议'捐了不少钱。我不相信他会和妻子的失踪案有关。我是说,如果真是他干的,他怎么还能站在这儿跟我聊天呢,是吧?"

"你还记得他是几点来店里的吗?"

"下午四点。我会记得是因为当时还有半小时就可以关店了,他就是那时进来的。话说,您为什么会对这些这么感兴趣?您是记者吗?我跟您说这些不会惹上什么麻烦吧……"

我再三和她保证不会有事,然后在半愧疚的心态驱使下,花五英镑买下了一只种着仙人掌的墨西哥式小花盆,然后发现那株仙人掌是塑料的。回广场的路上,我转手把这只花盆捐给了另一家慈善店。

随后,我回到主街,找到了一栋姜黄色的建筑,卫斯理和汗律师事务所的办公室就在里面。阔别两年,再次踏入这栋建筑,恍惚间,我有一种时光倒流之感,像当年第一次从主街走进去时那样,感叹着这栋建筑过去大概是谁的私人宅邸。我敢肯定,坐在前台后面那个看起来百无聊赖的女孩还跟两年前一模一样:不仅如此,说不定连她手上拿着的那本杂志都是同一本。时光似乎在这里停滞,大厅里的盆栽还是一样半死不活,整栋楼里的氛围也和当初一样空旷寂寥。

不过这次来访我事先打过电话,因此刚进去不久就有人来带我上楼。凹凸不平的楼板在我脚下吱呀作响,一个念头忽然划过脑海——这家叫作卫斯理和汗的公司有两大神秘之处,其一,这位合伙人卫斯理先生到底是谁?是不是真有这么一个人?其二,像汗这么一个自视甚高的印度裔，为什么会选择到弗瑞林姆生活和工作？萨福克郡并无种族歧视，但这里几乎都是白人。

萨吉德·汗还是老样子，一点也没变，深棕色的皮肤和热情洋溢的态度，还有那双几乎在眉心相连的浓黑眉毛。一看见我，他便从座位上跳起来，绕过那张宽大的假古董书桌，雀跃地向我走来，用双手紧紧拢住我伸出的一只手。

"我亲爱的赖兰女士，久别重逢真是太令人激动了！我知道您就住在布兰洛大酒店！真不愧是您，再次参与到萨福克郡的阴谋案件中来。"他带我走到一张椅子旁，问道，"您喝茶吗？"

"不用了，谢谢。"

"这怎么行，请务必用一杯茶。"他摁下电话上的一个按键，"蒂娜，可以帮我倒两杯茶来吗？"然后冲我咧嘴笑笑，又问，"克里特岛如何？"

"很不错，谢谢关心。"

"我还没去过呢。通常夏天休假我们总去葡萄牙，不过，既然您现在在克里特岛经营酒店，说不定我们下次应该去希腊光顾一下。"

他回到书桌后坐下。桌上的数字相框依旧如故，每隔几秒便会换一张照片。我想着，不知这两年他有没有往里面加上新的照片。目前相框里显示的都是老照片，他的妻子、孩子、他的妻子和孩子、他和他的妻子……不断循环往复的欢乐记忆。

"艾伦·康威的那项业务真是非同寻常。"他接着道，只是表情变得严肃起来，"虽然我至今也不清楚内情究竟如何，但就当时的情况而言，我认为您也差点被害。"他抬起一边眉毛，另一边也跟着抬了抬，"您现在没事了吧？"

"是的，我很好。"

"有段时日没有那个年轻人的消息了,詹姆斯·泰勒、艾伦的男朋友。他继承了所有遗产,我想不用我说您也知道。上一次听到他的消息时,他还在伦敦大把挥霍艾伦的遗产。"他微微一笑,"那么,这次我能如何为您效劳呢?您在电话里提到了塞西莉·麦克尼尔。"

这是我第一次听到她的名字冠上夫姓。其他人都只称呼她为塞西莉·特里赫恩,仿佛这场婚姻根本未曾发生过。

"是的。"我答道,"她的父母专程来克里特岛找我。说来奇怪,这件事说不定也跟艾伦有点关系。你知道,他写了一本几乎以布兰洛大酒店为原型的小说。"

"是的,我看过那本小说。可恕我愚钝,完全没看出二者的关联。我并不知道那个故事写的是布兰洛大酒店。小说故事并非发生在萨福克郡,而是在德文郡,里面也没有婚礼或者类似的情节。"

"一个叫'水上的塔利'的地方。"

"对。里面的人物名字也和现实中的人不一样。"

"他总会改掉真实人物的名字,大概是怕被起诉。"我觉得差不多是时候切入重点了,毕竟我还打算回一趟伦敦,时间不多了,"劳伦斯和波琳·特里赫恩认为塞西莉从这本书里发现了什么重要的信息,因此导致了她的失踪。您介意我问几个问题吗?"

他摊开双手说:"洗耳恭听。上一次就没帮上您什么忙,或许这次可以为您效劳。"

"好的。我想先从艾登开始。塞西莉失踪那天他曾来见过您?"

"是的,没错。"

汗看起来有些惊讶,仿佛没料到这也算一个问题。"五点的时候,"他说,"没聊多久,就是一份新供应商的合同。"他顿了一下,又说,"您该不会是觉得他和他太太的失踪有关吧?"

"也不能这么说。不过塞西莉失踪前一天曾给父母打过一通电话,说她从小说里发现了八年前有关弗兰克·帕里斯被杀一案的新线索,但这件事她并没有告诉艾登——"

"我有必要稍微打断一下,赖兰女士。首先,麦克尼尔先生是这家公司的客户。其次,他完全没有杀害弗兰克·帕里斯的理由,如果您想暗示的是这一点的话。"

这时,办公室的门被推开了,前台的姑娘端着一只托盘走了进来,上面放着两杯茶和一小碗白糖。茶杯是白色的,上面印着律师事务所的 W&K[①] 标识。"卫斯理先生还好吗?"汗把一杯茶递过来时,我问。

"他退休了。"汗冲那个女孩笑了笑,"谢了,蒂娜。"

等到女孩完全离开后,我才重新拾起话题,措辞更加小心。"谋杀案发生的时候,您在弗瑞林姆吗?"我问。

"我在。不仅如此,我还见过帕里斯先生,在他死前我们有过一次简短会谈。"

"真的?"这我倒是没有料到。

"是的。有人请我找他谈谈。私人事务,关于遗产继承。细节我就不多说了。"

"您是受马丁和乔安娜·威廉姆斯所托吧。"我说。这其实是猜的,因为我记得在他们家的厨房里看见过汗的名片,便做了这个大胆的假设。"我去过希斯别墅了,"我补充道,"他们都跟我

---

① W&K,即 Wesley & Khan。

说了。"

"他们还好吗?"

"很好。说起来,那天您的耳朵应该很烫吧,因为他俩对您交口称赞,非常感激您的帮助。"这就是完全瞎编的了,我根本没从马丁和乔安娜那里打听到太多信息,只是希望尽可能借他们的口夸夸汗,说不定能从他嘴里套出更多信息。

这招看来甚为有效。"这个嘛……我也没帮上什么大忙。"他谦虚地说,但听起来很是受用,"他们跟你说了关于那栋房子的事吗?"

"说了。"

"遗嘱写得非常清楚,希斯别墅由两个孩子:弗兰克·帕里斯和妹妹各分一半。只不过,帕里斯先生允许妹妹夫妻俩在母亲过世后住进去,但这并不能代表他们之间达成了某种新的协议——无论口头协议还是别的什么都没有。帕里斯先生从来没有宣布过放弃自己的继承权。"

我努力想要保持镇定,但刚才汗所说的话包含着一则足以推翻至今为止所有认知的重要信息。"他想再开一家公司,好东山再起,希望我们能投资。"——这是当初马丁的原话,但他故意说得模棱两可,有意误导。实际上弗兰克·帕里斯破产了,所以希望要回自己继承的一半遗产。这才是他回萨福克郡来的真正原因,甚至很可能也是导致他被杀的原因。

"他们的确很喜欢那栋房子。"我说。

"噢,是的。乔安娜从小到大都住在那里,那是一座舒适温馨的别墅。"

汗妻子的照片滑过数字相框的屏幕,她穿着泳衣、手里拿着一把塑料铲。

"所以您和弗兰克·帕里斯面谈过？"我接着问。

"我给他打的手机。那天是周五，他刚去见过自己的妹妹，打算把房子放到市场上，请弗瑞林姆的克拉克斯地产公司帮忙出售。不得不说此举有些过于简单粗暴，可是当我了解到他在澳大利亚的窘境时，便能够理解了。我请他给威廉姆斯先生和太太一些时间消化和接受这个决议，同时也给他们足够的时间找到新的住处。只能说，我的这个提议成功了一半，他还是决定尽快联络克拉克斯公司，但同意多给一些时间。"

"他妹妹一家一定很不开心。"

"威廉姆斯太太的确很不高兴。"他说着舀了一大勺白糖放进茶里。

我能想象她的怒火。"赶紧滚蛋，别再来了！"——和她分开时，她的话还深深印在我脑海中。"知道弗兰克被人打死的时候他俩一定偷着乐吧？"我说道。已经得到了重要信息，我也就没必要谨慎措辞了。

汗分寸适宜地做出一副难过的表情说："这我可不太同意。他们是家人，关系也很亲近。威廉姆斯先生和太太在那里免费居住了十年，不应该有太多怨言。"

送来的茶我一口没喝，也不想喝。我一心只想着马丁或者乔安娜在谋杀案那天有没有去过布兰洛大酒店，以及我要怎样才能了解这一点。弗兰克·帕里斯或许曾告诉过他们自己的房间号，但凡两人中的任何一个起了杀心，一定会先去酒店踩点、找到他的房间。我想象着他们中的某人甚至夫妻俩一起潜入酒店，拿着锤子在走廊上偷偷摸摸前进、寻找弗兰克的房间，然后不小心踩到小熊尾巴的情景。但不知为何，我总觉得这不太可能，可除此之外，没人拥有比他们更明显的杀人动机了。

"汗先生，非常感谢。"我说着站了起来，主动结束了这场会面。

他也站了起来，和我握手。"你妹妹可好？"他问。

"昨天刚和她见过，她很好，谢谢关心。"

"希望她和威尔考克斯的事已经解决了。"他继续说道，但看到我一脸震惊，又立刻改口，"看来你俩还没聊到这件事。"

"聊到哪件事？"我追问。

他笑了笑，想假装没什么大不了，补救一下，但也知道自己已经说漏了嘴，只能尽力弥补："噢，我只是给了她一些建议罢了。"

"她是您的委托人吗？"

他脸上的微笑还在，却已开始逐渐淡去："这您得去问她了，赖兰女士。我相信您能理解。"

如果我妹妹没有委托他，他直接否认就行了。

那天晚上见过凯蒂之后，我就感觉有什么事不对劲了。是不是杰克惹了什么麻烦？还是她遇到财务危机了？她到底对我隐瞒了什么？回去取车的路上，我一直在想这件事，而马丁和乔安娜、弗兰克、布兰洛大酒店甚至塞西莉，在那一瞬间似乎对我来说都不再重要。

我妹妹遇到麻烦了，我必须知道是怎么回事。

马特尔舍姆荒原

我开车赶往伦敦。

邮件回复一个接着一个地涌进电子邮箱……唯独没有安德鲁的。这并不奇怪,对于回复邮件他从来不积极,尤其是涉及个人隐私或情感问题时更是惜字如金。他需要时间慢慢思考。

不过詹姆斯·泰勒听说我回英国了倒是很激动,他会很高兴再见到我,不管我想让他带什么都可以,包括和《阿提库斯·庞德来断案》有关的东西。他提议说要在高级法式餐厅"Le Caprice"见面,我心里想着只要最后是他付账就行。除此之外,我还和莱昂内尔·科比约好在他现在工作的健身房见面;迈克尔·比利也约我去希腊街上的乐活酒吧"小酌一杯"。

最后我给克雷格·安德鲁斯打了电话。我很可能会在伦敦小住几天,但绝不想再住在普瑞米尔酒店了。既然他提议可以让我借宿,我又何乐而不为?我还记得之前到兰仆林街拜访他时,看见的那栋华美的维多利亚式别墅。令人意外的是,他的财富并非来自写作出书,而是他的前一份银行业的工作。"克里斯托弗·肖"系列小说销量稳定、畅销度中等,除此之外并无爆点,却给了他足够的自由和时间充分享受之前积累的财富。克雷格果然很乐意让我借宿,并和我愉快地煲了一通电话粥。但不知为何,挂断电话后,我的心里却充满了歉意。这真是太没道理了,我只不过期待能在一间闲置的客房里小住两晚,最多再蹭一顿晚餐和半瓶红酒罢了。

驶上A12公路前,我顺道先去了一趟伍德布里奇。我带的衣服在酒店里尚可穿,凯蒂也不在意我穿什么,但我可不能穿着那些衣服去吃高级法餐或者出现在克雷格家。伍德布里奇的老广场附近有几家令人意外的精品服装店,我挑了一条及膝的深蓝色礼服和一件拉夫·劳伦的棉外套(七五折)。这钱花得有点超出预算,但我提醒自己劳伦斯还欠我调查费,但愿这笔钱能在下次信用卡还款期限之前收到。

我把装着衣服的袋子塞进后备厢,再次踏上了南下的路途。然而就在离开伍德布里奇几英里处出现了一个环形交叉路口,那里立着的路牌上写着"马特尔舍姆荒原"。一股冲动驱使着我按下指示灯,在第三个路口转弯、驶离了公路。不管愿不愿意——说实话我真不怎么愿意——该见的人还是得见。不能再拖了。

萨福克郡警察总部所在地是一栋极为丑陋的现代化建筑,离主路不过短短五分钟的路程。钢筋水泥搭建的四方形建筑物上中规中矩地安装着平板厚玻璃窗,几乎完美避过了所有建筑艺术审美。真不知道马特尔舍姆荒原的居民做错了什么,要承受这令人惨不忍睹的画面:一边是难看的警察局大楼,另一边还有英国电信公司那造型可怖的研发中心,摧毁了乡村的天际线。不过还好,我想,这两栋建筑为当地居民提供了不少工作岗位。

我走进警察局大厅,申请和高级警司洛克见面——不,我没有预约。为了什么事?关于塞西莉·特里赫恩的失踪事件。身着制服的女警员一脸疑惑,但还是为我拨通了电话,我在一旁的塑料椅上坐下,随手拿起一本介绍萨福克郡生活的小册子翻了翻,发现那已是五个月前的了。我并不确定洛克会不会见我,从打电话的警员的动作,我甚至看不出他是否接了电话。因此,当几分钟后,他步出电梯时,我倒是吃了一惊。他一出电梯便径直朝我走来,那股毅然决然的气势让我感觉下一秒就要被他抓住胳膊、戴上手铐、关进监狱。这人就这种风格……时刻处在实施暴力的边缘,仿佛感染了某种罪犯的暴力病毒。我知道他不喜欢我,这一点我们上次见面时便很清楚了。

然而,从他口里说出的话听上去竟带着一丝调侃的意味。"哎呀呀,赖兰女士,在酒店里看到你时,我就知道这不是个巧合。后来他们说你来了,我完全不惊讶。这么着吧,我能给您五分钟,这层楼有间空办公室,我们可以去那儿谈……"

看来我对他的判断有误。在酒店里擦身而过时,他注意到我了,只是故意不理我而已。我跟着他走进一间空荡荡的正方形房间,只有正中间放着一张桌子和四把椅子。房间里有一扇窗户,外面是大楼周围的林地。他站在门边让我进屋,等我坐下后,立刻关上了门。

"别来无恙啊?"他问。

这个问题让我讶然:"我很好,谢谢。"

"我听说你上次来是为了调查艾伦·康威的死因,还差点遇险。"他竖起食指摇了摇,"我警告过你别被卷进来的。"

我可不记得他说过任何类似的话,但没有反驳。

"那么,你这次重回萨福克郡,还特别住在布兰洛大酒店又是为了什么?不不,不用告诉我,艾登·麦克尼尔已经打电话跟我投诉过了。挺有意思的,是不是?要我说,艾伦·康威的事之前就已经够让你头疼了,但你就是不肯放过他。"

"应该说是他不肯放过我吧,洛克高级警司。"

"他活着的时候就是个讨厌鬼,现在死了也一样。你真的相信他在书里留下了什么线索吗?又有秘密信息……这次是关于弗兰克·帕里斯的?"

"你看过了？"我问。

"是的。"

"所以……？"

洛克伸了伸腿，想了一会儿。我忽然意识到，今天的他竟格外有礼貌，甚至友好。说起来，他的抱怨一直都是冲着艾伦·康威的，而不是我，当然他完全有理由那么做。艾伦请他帮忙为自己搜集素材，结果却在某部小说里把他塑造成了一个略显滑稽的角色——雷蒙德·丘博。"丘博（Chubb）"和"洛克（Locke）"都是英文中表示"锁"的词，懂了吧？不仅如此，他还在另一本小说《邪恶永不安息》中以洛克的太太为原型，创作了一个滑稽的丑角，尽管我从没见过他的太太。或许因为艾伦的死，洛克决定原谅我这个部分参与了小说创作的人，也或许是因为那个以他为原型的丑角没有出现在《阿提库斯·庞德来断案》中，让他的心情有所缓和。

"在我看来，这只不过是另一本胡说八道的书。"他平静地说，"你知道我对侦探小说的看法。"

"你确实明确表示过自己的态度。"

虽然毫无必要，但他还是重复了一遍："像艾伦·康威之流写的这种侦探小说，和现实根本相差甚远。如果读者相信他们的鬼话，那就更蠢了。这世上哪儿有什么私家侦探，最多不过有人帮你查查青春期的儿子每天都在做什么，或者你老公到底跟谁上了床。而且偏远的农舍或者豪华的古宅里通常并不会发生凶杀案——海边小村里也不会。什么《阿提库斯·庞德来断案》！你能从这本书里找出一处——哪怕就一处不是胡说八道的地方吗？好莱坞女演员跑到鸟不拉屎的地方买了一栋别墅；还有那颗钻石；酒店桌子上的刀——我的意思是，拜托！看见桌上放着刀的时候你就该知道,它早晚会插进某人的胸膛。"

"这话是契诃夫说的。"

"你说什么?"

"一位俄罗斯剧作家。他曾说过,如果戏剧的第一幕里,墙上挂着一把枪,那么第二幕中,就必须有人开枪。这话是用来说明,故事里的每个细节都必须有目的性。"

"他有没有说还必须把故事编得十分离谱并加上一个荒谬的结局?"

"这么看来,你并没有试着去找故事里的线索?"

"根本懒得试。我看那本书是以为它和塞西莉的失踪有什么关系,结果发现根本就是浪费时间。"

"这本书在全世界的销量达到了五十万册。"我也不知道自己为什么会为艾伦的书说话,或许我只是想为自己辩护。

"唉,你是知道我的看法的,赖兰女士。你们把谋杀变成一场游戏,还让人们参与其中。那本小说里的警探叫什么名字来着?黑尔(Hare)。我猜那是因为他的脑子就跟野兔(hare)一样,是个大笨蛋,是吧?什么事都猜不对。"他用指节一下一下地敲击着桌面,"你一定很自豪吧,这种小看犯罪、贬低法治的哄小孩的烂书竟然卖了五十万册。"

"尽管你心意已决,但我还是要说,你对犯罪小说一直有所误解,洛克高级警司,还没恭喜你升职呢。我认为艾伦的书从未害过任何人,除了我以外。读者喜欢他的书,也知道自己看的是什么。他们知道这些并非纪实文学,而是一种对现实的逃避,而我们谁敢说自己不需要呢?二十四小时不间断的新闻播报;假新闻;自身本就不干净的政客们却互相攻击、泼脏水……或许人们只能通过一个可以逻辑自洽且会带你发现绝对真相的故事,才能获得一点安慰。"

然而对面的人根本没打算听。"你来这儿是做什么呢,赖兰女士?"他问。

"如果你是想问我为什么来马特尔舍姆荒原的话,我是希望能请你让我看看当初斯蒂芬·科德莱斯库的原始调查报告。事情已经过去整整八年,应该已经没人关心了吧。我想看看尸检报告和审讯记录——所有的信息。"

他摇头:"那不可能。"

"为什么?"

"因为是保密文件!这些都是警方的工作记录。你真以为任何人只要上门要求,我们就会把犯罪调查报告公布给他吗?"

"可如果斯蒂芬不是凶手呢!"

这句话彻底打破了洛克的耐心,他的语气开始变得有些危险。

"听着,"他说道,"当初负责调查的是我,所以你刚才的话,说白了,就是对我的一种侮辱。案件发生时,你根本不在现场。你不过闲坐着,让你那会下金蛋的鸡把它写成了一个天方夜谭罢了。在我看来,科德莱斯库为了赌博偷钱,并杀掉弗兰克·帕里斯这件事铁证如山。他认罪时所在的房间就跟这间一样,在楼上,当时他的代理律师就坐在身旁。没有刑讯逼供。

"科德莱斯库是个职业惯犯,招这样的人去酒店工作本就很疯狂。你要是对犯罪这么感兴趣,不如让我给你讲个故事吧——一个真实的故事。布兰洛大酒店杀人案发生的一个月前,我所在的分队刚好捣毁了伊普斯威奇的一个罗马尼亚黑帮团伙。那帮人三教九流什么都有,讨饭的、暴力袭击的、抢劫的,简直像是从什么专业犯罪学校统一培训出来的一样。我可不是在开玩笑,他们真的有教材,教他们如何躲避电子探测器、隐藏DNA之类的。

"经调查发现,他们的最大收入来源是拉文斯伍德的一家妓院,里面最小的女孩才十四岁。十四岁!她被人贩子卖到那里,被迫一晚上接待三四个男人。要是不听话,他们就揍她、不给饭吃。你觉得你的读者会喜欢这样的故事吗?一个十四岁的小姑娘每天被人轮奸?或许你应该派阿提库斯·庞德大侦探去查查那件案子!"

"我不知道你为什么跟我说这些。"我说,"你说的案子的确令人发指,但和斯蒂芬有什么关系?"

"没有——"他盯着我,那神情好像在说我根本没听懂。

"那你的意思是,就因为他是个罗马尼亚人,所以弗兰克·帕里斯肯定是他杀的!"

洛克近乎冷笑地站起身来,他的动作太快,要不是椅子被固定在地上,只怕已经被掀翻了。"滚。"他说,"不只这里,滚出萨福克郡。"

"我本来就打算开车去伦敦。"

"很好。因为如果让我发现你阻碍我调查塞西莉失踪案,我会立刻逮捕你。"

我站起来,但并没有立刻离开。"你认为塞西莉出了什么事?"我问。

他瞪着我,但还是回答了问题:"不知道。我推测她已经死了,或许是他杀。凶手可能是她的丈夫。或许他们吵架了,丈夫一怒之下拿刀捅了她。但目前为止,我们并没有在他身上或者任何不寻常的地方找到塞西莉的DNA。也有可能是那个和自己的母亲住在一起、值夜班的怪人干的。说不定他暗恋塞西莉。也说不定凶手是完全不相干的陌生人,那天恰好经过德文郡的河边,一时鬼迷心窍。

"我们或许永远无法知道答案，但有一点是肯定的：凶手绝不会是一本八年前的白痴侦探小说里的角色。这一点请你记清楚，然后打道回府吧。不要再问东问西，我可没耐心再警告你第二次。"

劳伦斯·特里赫恩

我在伦敦城外的服务区稍作休息，查看收到的邮件。还是没有安德鲁的消息。詹姆斯·泰勒回邮件确认了时间：晚上七点半Le Caprice见；劳伦斯·特里赫恩回复了一封长邮件，我就着咖啡和一只可颂面包读着。那只可颂又硬又不新鲜，这玩意儿在法国根本不可能卖得出去。劳伦斯的邮件来得十分及时，用单数人称写道："以下是对在布兰洛大酒店发生的一切事件的按部就班的详细记录。"其中部分信息我已从这几日的调查中知晓，但从不同的视角再看一次，感觉很奇妙。明天早上和莱昂内尔·科比见面时可以作为参考。

以下便是邮件内容。

*

发件人：劳伦斯·特里赫恩 〈Lawrence.treherne@Branlow.com〉
发送时间：2016.6.21 BST 14:35:20
收件人：苏珊·赖兰 〈S.Ryeland@polydorus.co.gr〉
邮件主题：塞西莉

亲爱的苏珊，

您来信询问我对婚礼当天的记忆。我在太太的帮助下写了这封邮件，若有言词枯燥无趣之处还请见谅，我并不善于写作。艾伦·康威那本小说里的故事和二〇〇八年发生在布兰洛大酒店的事是非常不同的,我不清楚这些回忆能对您有多少帮助。不过,把我所能记得的、至今为止发生的事实写下来也没有坏处。

您或许会对艾登和我女儿相识的过程感到好奇,所以我打算从这里说起,因为我相信这也是整件事的一个重要部分。

一切始于二〇〇五年八月初,塞西莉还住在伦敦,她不想继续在酒店工作了。之前我也说过,虽然这让我感到痛苦,但她和姐姐之间的关系一直不太好,不过我希望您不要过度解读这件事。两个女孩子天天待在一起,肯定会为了一些小事争吵,比如喜欢的音乐、裙子、男朋友等等,我的两个女儿亦是如此。丽莎总觉得我们更喜欢塞西莉,但这不是事实。她是我们的第一个孩子,对我们来说,两个女儿都一样亲。

当时,她俩都已长大,并且同在布兰洛大酒店工作。我们是希望将来把酒店交给她们共同经营,但因为两姐妹关系不好,这个愿望看起来不大可能实现。她们之间有很多摩擦,具体就不细说了,因为就是一些日常工作中芝麻蒜皮的小事。但结果就是塞西莉决定退出酒店,独立创业。从小到大她都没离开过萨福克郡,所以想去大城市闯闯。我们提出要给她在伦敦买一套公寓,这听起来可能很奢侈,但其实我们已经考虑很久了。我们都很喜欢去伦敦看剧、听音乐会,长远来看,在那儿买套公寓才是更经济的考虑。

塞西莉在东伦敦看中了一套房子,觉得样式挺不错,而艾登正是那家房地产中介的职员,是他带她去看的房子。他们一见钟情,很快就开始恋爱。艾登比塞西莉小两岁,但他工作和生活都经营得很好，还存够了钱在伦敦埃奇韦尔路买了一套公寓，就在大理石拱门附近。尽管只是一个单间，但对于一个二十多岁的年轻人来说，已经很不错了。两人聊天时，塞西莉发现那天恰好是艾登的生日，于是坚持要和他去见见他的朋友，一起为他庆生。塞西莉就是这样的性格，做事当机立断、积极主动，她后来跟我说，其实当初第一眼见到艾登时，她就知道两人一定会很般配。

我们很快就见到了艾登，也很喜欢他。说实话，他的出现帮了我们一个大忙，因为就像塞西莉迫切想要离开这里去伦敦闯荡一样，他正迫切地希望离开伦敦，并且说服了塞西莉继续留在布兰洛大酒店。他不喜欢大城市的喧嚣，并判断塞西莉也不会喜欢。不过他俩决定保留艾登之前的公寓作为偶尔抛开工作、休息度假的避风港。事实上，自从他来到这里，塞西莉和丽莎之间的关系就变好了许多。毕竟身边多了一个支持的人，塞西莉从艾登那里找到了自信。

对了，我随信附上几张塞西莉的照片。您或许之前在报纸上见过她的样子，但那些都不是很贴近本人的真实样貌。她是个美丽的姑娘，和她母亲年轻的时候很像。

艾登和塞西莉在结婚前六个月搬进了布兰洛农舍。之前一直是丽莎住在那里，但我们劝她搬到我们在伍德布里奇买的一座房子去了。这样比较合理，尤其是罗克珊娜出生以后。艾登接管了酒店公关部的工作，负责设计刊印宣传册、新闻推广、广告和组织特别活动等工作——他做得很好。就在那时，我和波琳觉得孩子们已经可以胜任一切，便决定退休。丽莎的能力也很强，尽管那天晚餐时她说话很难听，但我不认为她真的讨厌艾登。我还盼着艾登能劝劝她，让她也找个对象结婚。

言归正传,二〇〇八年六月十五日,举行婚礼的那个周末。

我仔细回忆了整个过程的所有细节,从那个星期四开始,包括中间出现的各种大小问题。首先是和负责婚礼帐篷的商家在电话里吵了一架。他们用来运送的货车半路抛锚了,所以要迟到,这简直是我听过最敷衍的借口。最后,帐篷一直到星期五中午才送来,更是费了九牛二虎之力才勉强赶上时间把它搭好。塞西莉当时状态也不怎么好,因为她的一个伴娘患了重感冒,不能来了,从我这儿借的一支钢笔又找不到了。那是一支一九五六年产的万宝龙342号笔,金色的笔尖,放在原装的盒子里,很是精致,也从来没用过。我对丢笔这件事其实非常生气,可当时什么也没说。总之,我愿意把笔借给她是因为那正好满足婚礼"有旧、有新、有借、有蓝"的传统。

丽莎一直认为是斯蒂芬偷了那支笔。他在房间里进进出出搬东西,而那支钢笔就放在桌上。我跟警察说过此事,可他们并没有找到笔。最后塞西莉只能匆匆忙忙地用两块硬币、一枚波琳的胸针和一条丝带代替。

还有什么值得一提的事呢?塞西莉整个星期都没怎么睡觉,可能是既紧张又兴奋吧。我给了她一些安定用来安神,可她不愿意吃。艾登和波琳坚持让她吃,我们不想她婚礼当天走红毯的时候看起来形容憔悴。大喜的日子她一定要美美的,用最好的心情和状态出席婚礼。至少当天天气不错,那个星期五可以说是晴空万里,天气预报总算说对一次。客人们陆续到场,大帐篷也总算搭了起来,我们都以为可以松口气了。

　　弗兰克·帕里斯登记入住时我并不在，那是星期四的下午，我在索思沃尔德的家里。星期五一大早开车来酒店时，和他匆匆打过一次照面。那时，他正要上出租车。我看见他穿着一件轻薄的浅黄褐色西装外套和一条白色长裤，他有一头微卷的银色头发，有点像米莱斯①油画里的小男孩的头发——如果您知道我说的是哪幅画。关键是，当时我就已经觉得这人怕是很麻烦。事情发生以后这么说可能很容易，但我看见他的时候，他正在跟出租车司机吵架，那个司机经常来我们酒店接送客人，很可靠，那天只不过晚来了两分钟，他却一副像是坏了大事的样子叱责对方。在我看来，他和艾伦·康威是一类人。

　　那个星期五的晚上，我们举行了员工派对。希望借此感谢员工们的辛勤付出，当然也是提前犒劳他们第二天的繁重任务。派对在泳池边举行，那天晚上很热闹，就是有点热。我们准备了气泡酒、开胃小菜、鸡尾酒，塞西莉还发表了一个致谢演讲。大家都很开心。

　　我猜您可能想知道都有谁参加了派对。基本上酒店所有的员工都去了，包括主厨安东、莱昂内尔、娜塔莎、威廉（他负责照看酒店周围的土地）、塞西莉、艾登、丽莎、波琳和我，当然还有斯蒂芬。我没怎么邀请亲戚，但我记得好像波琳的哥哥那天也在。艾登的母亲真是一位和蔼的女士，临睡前还来这里待了十多分钟。这本来就是一场酒店内部的活动，而不是婚礼庆祝的一部分。如果您需要，我可以把那天

---

① 约翰·埃弗里特·米莱斯（John Everett Millais, 1829—1896），英国画家。

的名单发过来,总的来说,一共有二十五人参加。

现在我需要跟你聊聊斯蒂芬的事了,首先我想说的是,尽管后来发生了这么多事,我却一直很喜欢他。他很安静,工作努力,彬彬有礼,至少在我看来是如此。他对于我们提供的这份工作很是感激。塞西莉和我想法一样。您也知道,一开始,塞西莉特别激动地为他辩护,后来斯蒂芬认罪时她很失望。只有丽莎怀疑他,她坚信斯蒂芬手脚不干净。最后发现丽莎的看法竟然是对的,还令我很是难受了一阵。如今我只后悔当初没有听她的话,如果让斯蒂芬离开就好了,但现在再说这些也没用了。

其实,婚礼前一天丽莎和斯蒂芬见过一面——就是星期四的时候,她把辞退信交给了斯蒂芬。所以周五参加泳池派对时,斯蒂芬已经知道自己必须离开酒店了。我们给了他一笔慷慨的遣散费——整整三个月的工资,所以就算离开,他也不会挨饿。可即便如此,这个变故或许还是可以说明后来为什么会发生那样的事。那天晚上他喝得挺醉,水疗馆经理莱昂内尔把他扶回了房间。不知道是不是那时,他便决定要偷客人的钱来弥补自己被解雇的损失了。我也不明白丽莎为什么偏选在婚礼的前两天辞退他,明明可以选个更好的时间。

关于泳池派对,还有一件值得一提的事,德里克·恩迪克特那天没来。那天晚上他情绪有些奇怪,我想找他聊聊,但他看起来心不在焉,像是发生了什么不好的事。我应该早一点告诉你的,但之前都忘了,这会儿写着写着才想起来。波琳说他看起来像是见了鬼!

那天晚上轮到德里克值班。波琳和我大概十点半离开酒店回了家。据警方调查，弗兰克·帕里斯是在午夜过后不久遇害的，在十二号客房里被人用锤子砸死了。我们后来才知道出事了。

波琳和我第二天上午到酒店准备参加女儿的婚礼——十点钟。我们和婚礼宾客一起喝咖啡、用了些小点心。婚礼在玫瑰园举行，也就是酒店的南边，对面是那片外有壕沟的矮墙。中午时分，在萨福克郡议会来的司仪的主持下，婚礼按计划进行。午餐于十二点四十五分在帐篷里供应。共有一百一十位客人、八张餐桌。十分丰盛。开胃菜是一道泰式腰果黎麦沙拉，然后是清蒸三文鱼和法式白桃奶油杏仁派。当时我很紧张，因为要演讲，而我对于在众人面前讲话从来不怎么擅长。结果最后一句话也没说成，谁也没来得及讲什么。

最早意识到出事了，是听见酒店外有人高声尖叫。虽然隔着帐篷，声音有些模糊，但那个动静绝对是出了大事。然后海伦冲进帐篷。她是客房服务部主管，是个可靠、沉稳的女人，平时基本上没有什么事能让她失态，可那天她整个人明显十分慌乱。我的第一反应是：是不是着火了，否则她不可能这样慌慌张张地跑进来。一开始她还不肯说到底发生了什么，只让我赶紧跟她走一趟。虽然第一道菜马上就要上了，我知道我必须去。

娜塔莎就等在外面，她看起来状态非常糟糕，一张脸惨白如纸，泪流满面。就是她发现的尸体。现场相当可怕，弗兰克穿着睡衣躺在床上，没盖被子，脑袋被砸得稀烂，根本认不出样子。房间里到处是血，还有骨头渣子之类的东西。太可怕了。海伦已经报警了，这是正确的，但您也能想象，那意味着婚礼得草草结束。我还在帐篷外的时候,就已经能听见从A12公路上传来的警笛声。

接下来的事真是一言难尽。一场完美的英式婚礼瞬间就变成了一场噩梦。四辆警车停在酒店外,来了有十几个警察、探员、犯罪现场摄影和法医,在酒店和外面的庭院里四处搜证。第一个到达犯罪现场的是一个叫作简·科雷根的警督。不得不说,她的现场指挥调度做得相当不错。有些宾客忍不住从帐篷里出来,想看看到底怎么了,是她把所有人都请回了帐篷,然后做了一些解释,安抚他们的情绪。

她对现场情况的判断非常敏锐,处理的方式也很专业,可无论如何,最后的结果就是婚宴被迫中止,但没人可以离开。一分钟前大家还是座上宾,一分钟后却变成了嫌疑人或者可能的目击证人,婚宴帐篷则变成了一个巨大的拘留室。但最令我感到遗憾和难过的当然还是塞西莉和艾登。本来他俩已经订好了伦敦的酒店和第二天去安提瓜岛度蜜月的机票。我跟科雷根小姐求情,但她还是不允许他们离开。他俩不可能会和这桩凶杀案有任何瓜葛,他们都不认识弗兰克,也从没见过他,最多就是婚礼前一天打了个照面。但她还是不允许。最后我们只能找保险公司,走理赔程序退了预订的钱,让他们换成几个星期后去加勒比海度蜜月。但就结婚而言,这个开端可算不上美好。

我隐约希望那天娜塔莎晚一点再进十二号客房就好了,这样说不定艾登和塞西莉就可以顺利离开酒店,等他们走了以后,人们再发现尸体。娜塔莎八点半上班,去月光花那一翼途中必须经过十二号客房。当时她很确定,经过那间客房时,看见门上挂着"请勿打扰"的牌子,所以决定先打扫完其他房间再回来。等她回来的时候，时间刚过下午一点，门上的牌子已经不见了，后来被人在走廊远处的垃圾桶里发现，应该是被什么人扔掉了。

警察也曾怀疑过这一点。那块"请勿打扰"的牌子如果是斯蒂芬·科德莱斯库放上去意图掩盖罪行的，那他后来为什么又要把它拿下来扔掉呢？这样做有什么必要呢？他不承认碰过那块牌子，可警察在牌子上找到了他的指纹，还有一小滴弗兰克的血迹——这说明斯蒂芬确实撒了谎。

说实话，我时常回想这件事，却依旧毫无头绪。早上九点半的时候，牌子还在，下午一点却被扔进了垃圾桶。究竟如何才能合理解释这件事？是有人先发现了尸体，并且决定要隐瞒三个半小时吗？还是说斯蒂芬杀人后发现需要再回房间一趟？最终，警察得出的结论是一定是娜塔莎记错了。遗憾的是，你没办法见到她了，因为她回爱沙尼亚了，我也不知道她现在在哪儿。我还听说海伦两年前已经因为乳腺癌去世了。或许您可以找科雷根警督帮忙。

至于斯蒂芬，婚礼那天他很低调。本来以为他可能因为宿醉而精神不济，可当我见到他时，却发现他一脸闷闷不乐，似乎心情很差。酒店前厅的公共厕所堵了，需要他去修。这种工作确实不怎么令人愉快，但我得告诉您的是，当时我觉得自己有义务告诉警察，说他看起来一脸憔悴，像是熬夜了。他睡眼惺忪，似乎没睡好，而且他有能打开所有客房的万能钥匙，要想进入十二号房间简直易如反掌。而他看上去也确实一副自知犯了大错、寝食难安的样子。

希望我写的这些能帮到您。我也还在等待您关于小说的看法。关于您的另一个请求，请告诉我您男友的账户信息，我愿意从约定的费用里支付一笔预付金。您觉得两千五百英镑如何？

祝好，

劳伦斯·特里赫恩

另外，那位原本住在十二号客房，后来被我们调换的客人名叫乔治·桑德斯。他曾是布罗姆斯维尔林中学的校长，回萨福克郡来参加学校聚会的。LT

邮件附件里还有两张塞西莉的照片，都是婚礼那天拍的。

劳伦斯曾赞扬这个女儿有多美丽。这是肯定的，作为父亲，又是在女儿的婚礼上，谁还能想到别的词呢？可事实并非如此。照片中的塞西莉穿着一件象牙白的婚纱，脖子上的项链挂坠是铂金或者白金质地，上面刻着一颗桃心、一个箭头和三颗小星星。天生的金发整洁优雅地向后束起，那个发型让我想起了格蕾丝·凯利。她的眼神穿过镜头望向远方，仿佛在眺望远处触手可及的幸福生活。尽管如此，我却无法忽视一点，那就是，镜头里的她并不令人惊艳，甚至可以说很普通。真的不是我挑剔刻薄，她的确是个有魅力的女人。从照片看来，她是那种我会喜欢并想要了解的人。如果还有机会，无论多么渺茫，我也想亲眼见见她。

我的意思是，我能够轻易地想象出她认真填写税务表、做家务、打理花园的模样，却无法把她和那种开着改装过的阿斯顿马丁跑车、在二十世纪五十年代的摩纳哥街道上飙车的疯狂恣意的女人联想在一起。

我关上电脑，走回车里。离伦敦还有一段路，进城后得上北环公路，一直开到兰仆林街。克雷格·安德鲁斯说下午四点会在家等我，我想早点过去洗个澡、换件衣服，然后再去 Le Caprice 赴约。

我应该花点时间好好思考一下刚才的邮件内容。劳伦斯的邮件里隐藏着这个谜团的大量线索，只是我还没有猜透。

兰仆林街

做编辑时，我就有了解我的作家们住所的习惯。我想知道他们的书架上有些什么样的书，墙上挂着怎样的艺术品，书桌是整洁有序还是散落着各种笔记和创意灵感的碎片。每次一想到我最得意的作家艾伦·康威竟然一次也没邀请我去过他那占地宽广、犹如一座城堡的"格兰其庄园"（名字是他借用柯南·道尔一篇短篇小说里的庄园名），我就十分生气。我只在他去世后才得以一睹其风貌。

我不确定了解作家的生平是否可以帮助我们更好地欣赏他们的作品。就拿查尔斯·狄更斯为例，如果读者知道作者本人也曾是伦敦街头的一名流浪儿童，也在黑乎乎、脏兮兮的工厂里当过童工，并且那里也有个名叫费京的男孩，会不会让他们在阅读《雾都孤儿》时有更加生动的体会？相反，当我们读到书中有关女性角色的描写时，又是否会因联想到他是多么冷酷无情地对待自己的第一任妻子而无法彻底融入故事？遍布全国的文学节把作家们变成了演员，为公众打开了一扇窥视作者私生活的窗户，而我总觉得，这扇窗户还是关着的好。在我看来，通过作品了解作者才更令人满足。

不过，编辑作品和阅读作品迥然不同。那是一场编辑与作者的合作。对我来说，这份工作就是要进入作者的大脑、了解他们的思路、共享创作过程。尽管伏案写作是孤独的，但周遭的环境却会在某种程度上塑造它们的创作者。而我发现，当编辑越是了解这些作者,就越能帮助他们达成所愿、创作出令人心仪的作品。

在编辑克雷格·安德鲁斯的处女作时,我曾去过一次他家。那是一座有三间卧室的别墅,坐落在一条宁静的街道边,有居民专用停车位,周围绿树环绕。地下室被他改造成了宽敞的厨房和餐厅,装有白色的法式落地大窗,连着一座小小的庭院;一楼总共两间房,一间是犹如小型图书馆的书房,另一间是客厅:墙上挂着一台宽屏电视,一侧放着一架钢琴;卧室安排在二楼和三楼。克雷格的女性朋友很多,却从未结过婚,因此房子的装修纯属他的个人风格:低调的奢华。屋里到处都是书,将整个书架塞得满满当当,起码有数百本。书架连犄角旮旯都精心设计过,没留下一点空白——如此热爱读书的人一定不会太坏。一个能够将黑帮暴力和罪行描写得栩栩如生,并能细腻(或者说深入)刻画那些帮助罪犯将毒品偷运进监狱的女性的人,业余爱好竟是浪漫主义诗歌和法国水彩。然而真正令我叹服的,还是他文笔的从容优雅与生动真实。

克雷格是我发掘的。至少,我选择了相信那个推荐他的年轻的版权代理人。读完原稿,我当即拍板与他签订了两本小说的合约。他的第一本小说名为《没有镜子的人生》,书名本身来自著名诗人兼作家玛格丽特·阿特伍德的话——"监狱里的生活是没有镜子的,而没有镜子的人生意味着没有自我。"这也是第一处被我修改的地方。小说写得不错,但毕竟不是纯文学,且克雷格亦无意涉足该领域。改成《牢狱时光》听起来或许俗气,但简短有力,这样的书名放在封面,很能吸引眼球。正如他在邮件里写的那样,自那以后,他的书名总也离不开"时光"或"时间"这类字眼。

我到的时候,克雷格已经在门口迎接,身上穿着一件印着他名字的T恤和一条牛仔裤。我注意到他光着脚。大概在银行工作二十几年，早已受够了规规矩矩地打领带和穿袜子了吧。根据他的个人简历，克雷格今年四十四岁，但本人看起来却比实际年龄年轻。他是当地健身房的会员，看起来会员卡并未闲置。他的身材管理和精神状态都很不错，十分上镜，属于把照片放在小说封面上可以促进销售的类型。

"苏珊！真是好久不见。"他轻吻了我的脸颊，"我来帮你拎包，快请进。"

他领着我一路走到顶楼的房间。那是一间十分温馨的卧室，朝外的一侧是倾斜的屋檐，透过窗户可以望见别墅后的公共花园——绝对比普瑞米尔连锁酒店客房好多了。房间自带卫浴，淋浴间里安装着可以从四面八方喷水的花洒。克雷格提议我先洗个澡、换身衣服，稍微休息一下，他正好用这个时间烧水沏茶。今天晚上我俩都要出门，他要去剧院，而我要去见詹姆斯·泰勒。

"我会把家里的备用钥匙给你，再跟你说明一下厨房和冰箱在哪儿，其他的你可以自便。"

能再次见到他真好，让我回忆起曾经的时光——那段被艾伦·康威的纠葛耽误的时光。我拉开行李箱，掏出带来的衣物，包括刚在伍德布里奇买的两件。下车时我顺手把它们塞进箱子里了，我才不要让他发现我专门买了新衣服，还是打折的。

尽管如此，当我把衣物摊开放在床上时，心里还是觉得有些不舒服。这种感觉一部分是因为，我本来就对在别人家借宿感到有些不安：仿佛越了界、侵入别人的生活。这也是我决定不去凯蒂家借宿的原因之一。我真的只是为了节省便宜酒店两晚的房钱才来蹭住的吗？不，这样说有失偏颇。是克雷格邀请我在先，而我没有理由拒绝。有人陪总比自己孤零零的好。

尽管如此,给克雷格打电话时,我还是忍不住感到愧疚。看着摊开放在床上的电脑,我忽然明白了原因。我已经和安德鲁订了婚,我们虽然推迟了婚礼,但并未取消婚约。求婚的钻石戒指虽然退了,但这世上又不止那一枚钻戒。所以我现在是在做什么——跑到一个不怎么了解的男人家里住着,而且还是一个富裕、单身且和我年龄相当的男人?我完全都没跟安德鲁提过这些。你想,要是他跑去住在某个希腊美女的家里我会怎么想?会有什么反应?

当然——我提醒自己,我跟克雷格之间不会发生任何事。他从来都对我没兴趣,而我也一样。可当我站在淋浴间里,感受着在克里特岛无论如何也得不到的充足水压时,这些自我暗示却依旧无法安抚我愧疚的内心,感觉自己仿佛除去遮羞布般,从各种意义上说都赤条条的。我犹豫着是不是应该打一通视频电话给安德鲁,告诉他我在哪儿,至少这样可以证明我问心无愧。我只是来工作的,是来赚那一万英镑的,而这笔钱全都属于我和他的旅馆。算上时差,现在应该是克里特岛的晚上八点左右,正值酒店晚餐时间,尽管本地人的用餐时间会更晚。这时候他或许正在忙着照应厨房,或者帮忙照看酒吧。他肯定已经看到我的邮件了!可为什么还没有回复我?

洗完澡出来,笔记本电脑还是静悄悄地躺在床上,仿佛在指责我。我决定再等一天,如果还没消息,就再给他发一封邮件。克雷格还在楼下等我,拖久了不礼貌。再说了,似乎不应该是我急着找安德鲁说话,而是他要主动来找我。

我穿上新买的礼服,戴上一对在克里特岛买的设计简单的银色耳环,在手腕上喷了点香水,施施然走下楼去。

"你真美。"走进厨房时,克雷格刚好关上热水壶开关,把滚烫的水倒进一樽玻璃茶壶中，里面浮起大片的茶叶，看起来很正宗。他也换了一件长袖衬衫，还穿了袜子和鞋子。"斯里兰卡白茶。"他说，"去年二月去斯里兰卡的加勒节时买的。"

"那儿怎么样啊？"

"很不错。只是，好像谁要是写了什么得罪了他们的内容，就会被关进监狱里。我不应该去的。"他拿了两只茶杯和茶碟走到桌旁，"说到监狱，你给斯蒂芬·科德莱斯库写信了吗？"

"在等他回信。"

"所以这一切究竟所为何事？"

我跟他大致讲了讲关于艾伦的小说、劳伦斯和波琳·特里赫恩、他们的克里特岛之行还有塞西莉失踪的事。我尽量讲得低调，避免让他觉得我似乎把这次事件当成一场冒险之旅，像一个骁勇的英雄一样去追寻真凶。这或许是受到理查德·洛克在马特尔舍姆荒原说过的话的影响。塞西莉·特里赫恩，一位有着一个年幼女儿的母亲，可能在外出遛狗时被人无情杀害了；弗兰克·帕里斯无疑是八年前被人打死的。这两件事很容易就可以一笔带过，甚至听起来毫不吸引人。我不是来查案的，也不是大侦探阿提库斯·庞德。我的任务，我解释道，就是把小说读完，看看能不能从中发现可以找到塞西莉的线索。

"你有多了解艾伦·康威？"克雷格问。

"这个嘛，他的第一本小说是我经手的，和你一样。"我回答，"不过你要亲切多了。"

克雷格微笑道："多谢。"

"是真的。我一共出版了九部他的小说，每一本我都很喜欢……至少在离开出版业之前是这样。"

"你真的不打算告诉我发生了什么吗？"

看来我别无选择。毕竟，拿人的手短、吃人的嘴软。我把一切和盘托出，饮料也从白茶变成了白葡萄酒，我这才意识到时间的流逝。

"真是个不得了的故事。"听完我的讲述克雷格感叹，"我可以提问吗？"

"请。"

"上次调查你就差点被人杀了，这次又来？听你的意思，是觉得有人因为塞西莉发现了重要线索而杀了她。你不怕自己再出什么事吗？"

凯蒂也问过同样的问题，而我的回答也一样："我会小心的。"

可事实上是这样吗？迄今为止，我已见过艾登·麦克尼尔、德里克·恩迪克特、丽莎·特里赫恩以及马丁和乔安娜·威廉姆斯。每一次见面都是单刀赴会，而他们不一定都说了实话。这些人里的任何一个都有能力用锤子把人打死。那个保姆真是令人毛骨悚然，就连警探也隐隐让人觉得不安——哪一个都不是好对付的。可我要是一点信任也不给他们，又怎能套出话来、发现线索呢？到头来，我可能还是让自己陷于危险的境地了。

"你重读小说了吗？"克雷格又问。

"《阿提库斯·庞德来断案》？还没有，我打算周一开始看。"

"我找找——你可以看我的。"他走到书架前，抽出一本新版封面的小说，回到桌前，"这本是别人送我的，楼上还有之前的版本。你要是没有——"

"我没有，本来准备买一本的。"

"那这钱可以省了。"他看了看表，"我得走了，"他说，"晚上或许还能见得到你，我的剧十点半才结束。"

"不如明晚我请你吃晚餐吧?我都没来得及问问你现在的创作近况,还有新东家什么的。你应该还没结婚吧?"

"我的天,当然没有!"

"那明天就在附近找个地方吧,如果你不介意我多住一晚的话。"

"当然不介意。我相当乐意。"

他先我一步出了门。直到他走远,我才猛然回过神来:无论是络腮胡、小麦色的皮肤还是棕色的眼睛,克雷格都和安德鲁很像。只不过他更年轻且更富有——身材也更好。这么想虽然惭愧,却是事实。我始终被同一类型的男人吸引,如果说安德鲁是人生的现实,那么克雷格就是理想。

但我已经有安德鲁了。

我叫了一辆优步专车去城里。我知道这条街上没有多余的停车位,所以把我的MGB跑车停在兰仆林车站附近的停车场。半个小时后,我终于抵达了Le Caprice法式餐厅。

一路上,我脑子里想的都是克雷格。

Le Caprice 餐厅，伦敦

上一次和詹姆斯·泰勒吃晚餐，我们俩都喝得酩酊大醉，事后我下定决心要从此杜绝这种事再发生——尤其是在像Le Caprice这种名贵餐厅。这么高级的餐厅我只来过一次——前老板查尔斯·克洛弗曾在这里为我庆生，我们最终却不欢而散。餐厅的菜品味道上乘，可最令我印象深刻的，还是当初穿过餐厅时，被所有人盯着看的局促。要想安静低调地走到自己的座位几乎是不可能的，当初或许正是有意如此安排，因为参加宴会的人有一半我都不太认识。我更喜欢能让人隐藏存在感的地方，可以放松，不用从头到尾紧绷着，随时注意自己的言行举止。真不知道詹姆斯为何会选择这家昂贵的餐厅，对比上次弗瑞林姆的皇冠餐厅，这绝对是一次档次的飞跃。

詹姆斯比预定时间晚了十分钟才来。正当我怀疑他今晚会放我鸽子的时候，一名服务生领着他从门口朝这边快步走来。他俩看起来很熟悉。上次见面已是两年前，然而当他穿过人群向我走来时，那副面容却与从前没有丝毫变化。长长的头发和娃娃脸，上面不相称地露出一圈胡楂；一双熠熠生辉的眼睛总是神情雀跃，只在偶尔的眼神流转间才露出一丝狡黠……当初在格兰其庄园初见时，我便对他印象良好，但愿这种感觉今天也不要改变。

可是，当他终于落座，为堵车而迟到向我表示歉意时，我却察觉到一丝与以往不同的气息：他看上去有些疲惫，甚至是焦虑。他总是夜夜笙歌、纵情声色，不仅豪饮无度，只怕对毒品也是来者不拒……那是一张贪图享乐者的标准面相，总让我不由自主地联想起同样沉迷于声色犬马的诗人拜伦勋爵，然后不断提醒自己拜伦已经死了，死于败血症，年仅三十六岁。詹姆斯的着装品位还是和以前一样，黑色皮夹克配T恤，只不过都换成了昂贵的品牌。他抬手招呼服务生点香槟的时候，我注意到那只手上多了一条黄金手链和两枚戒指。

"苏珊，突然收到你的邮件真是太意外了！这顿晚餐我请客，你可不准跟我抢。你最近好吗？我听说当年调查杀害艾伦的凶手时你受了伤，真叫人后怕！我至今也不敢相信艾伦竟然被人杀了。要是他本人能发表意见，不知会做何感想！那样一闹，他的书销量一定很好。"

听着他的话，我松了一口气。尽管神态有所变化，但眼前人还是以前那个詹姆斯没错。"他要是还活着，一定没什么好话。"我说，"他本来就不怎么喜欢这种谋杀故事。"

"可他会高兴自己上了报纸。他还在世时，就常常和我讨论，以后新闻报纸会给他留多大篇幅，他是说他的讣告！"说完自己先哈哈大笑起来，并顺手拿起桌上的菜单，"我打算来点扇贝，再点个牛排和炸薯条，这里的菜很合我胃口。另外，我想听你好好讲讲这几年发生的所有事。艾伦到底为什么会被人杀掉？他得罪了谁？你又是如何发现的？"

"我会把一切都告诉你。"我答道，心里却想着，同样一番话我才跟克雷格说过一遍，现在又来一次可真叫人烦躁，"但我想先聊聊你的近况。最近过得可好？你有继续演戏吗？上次见面时，你说想回戏剧学校继续深造来着。"

"我确实有去皇家戏剧艺术学院和中央艺术学院报名，但他们对我不感兴趣。可能是觉得我超龄了，又太过不羁。但是话说回来，我的心现在也不在这件事上了。毕竟有了大把的钱，不再需要每天辛辛苦苦地工作讨生活。你知道吗，我们把格兰其庄园卖了两百万英镑！真不知道什么人有这个闲钱，乐意在萨福克郡那种破地方买一座孤零零的大房子。不过，反正花钱的是他，我没意见。艾伦的小说销量一直挺好，出版社也定期给我寄版税支票，感觉像中了乐透一样，每六个月兑现一次。"

艾伦·康威曾有过一段婚姻，有妻子和一个孩子，妻子名叫梅丽莎。然而当《阿提库斯·庞德来断案》出版六个月之后，他却宣布自己是同性恋，两人离了婚。随后梅丽莎搬到了威尔特郡一个叫"埃文河畔的布拉德福德"的地方居住。两人婚姻关系尚未破裂时，至少有一年左右，艾伦就常常付钱找男招待，还特地去伦敦接他们。那时，互联网的发展方兴未艾，插卡电话正被逐渐淘汰，而今天请我一起用晚餐的便是其中的一位。

詹姆斯毫无保留地向我详细描述了他们在一起的时光——包括做爱以及两人前往法国和美国的秘密旅行。他对这段往事的毫不避讳和近乎无耻的坦然竟让我觉得有些可爱。艾伦雇詹姆斯做他的"研究助理"——我敢肯定那些用来付"工资"的钱其实都用在了皮肉交易上，还是抵税的那种。离婚后，詹姆斯便搬进了艾伦家，可惜，相差二十岁的关系维持起来并不容易。艾伦的第四本小说中，大侦探庞德有一位名叫詹姆斯·弗雷泽的伙伴，就是以眼前这位詹姆斯为原型写的，比他以我为原型写的那个角色形象要稍微好上那么一点点。他出现在之后的每一本庞德系列中。

我们点了餐，香槟也送了过来。就着美味的香槟，詹姆斯开始讲述他在伦敦的新生活。他在以前住过的肯辛顿区买了一间公寓，常常出去旅游，并曾和许多男人有过一系列风流韵事，只不过,如今都让位给了一段正经认真的恋爱。对方是一位比他年长的珠宝设计师。"他和艾伦挺像的,真的。人真是奇怪,无论怎样兜兜转转,最后总会回到相同类型的人身边。"这位现任男友名叫伊安,曾建议詹姆斯考虑稳定下来,好好找点事做,可詹姆斯不知道自己该做些什么。

"你知道有人要把第一部《阿提库斯·庞德来断案》拍成电视连续剧吗?"他说。

"什么时候开拍?"

"已经开始了。他们找了肯尼斯·布拉纳爵士来演侦探庞德,还请我当执行出品人!"他得意地笑着说,"第一本小说里没有以我为原型的角色,但如果将来他们还要翻拍这个系列别的小说,就得找人来扮演我。我向他们推荐了本·卫肖,你觉得如何?"

这家餐厅的手艺的确堪称一流。吃过第一道菜后,我小心翼翼地试着把话题重新引回到艾伦·康威身上,毕竟这才是今天会面的主题。我简要地把从克里特岛来访至今的所有事跟他说了一遍,詹姆斯表示自己看到过塞西莉·特里赫恩失踪的新闻,但没什么太深的印象,倒是对艾伦竟然和八年前的谋杀案有所牵扯表现出极大的兴趣。当我说出死者姓名时,他的反应完全出乎我的意料。

"我认识弗兰克·帕里斯。"他说。

"你们怎么会认识?"

"你觉得呢,亲爱的?他上过我呗……在我印象里有好几次。"

Le Caprice高级餐厅的座位间距很小,此话一出,我注意到,隔壁桌的一对夫妻同时扭头看了过来。

"在哪儿?"

"就在伦敦！他在'牧人市场'那边有一栋公寓——离这儿挺近的。我特别不喜欢让客户入侵我的私人领域，所以平时主要是直接去酒店开房，那样既舒服又隐蔽。可弗兰克不这样，完全相反，他高调得很！他会带我去高级餐厅、夜店，还把我介绍给他的朋友们炫耀一圈，最后再带回自己家。"

"他为什么要花钱找男招待？"

"他乐意呗！弗兰克喜欢年轻男人，又不缺钱。他不想结婚，也没兴趣找稳定的伴侣……或许他也想吧，但嘴上从不承认。总之，他这人挺变态的，要想找到一个能受得了他那一套的长期伴侣恐怕也不容易。"

"哪一套？"

这个问题脱口而出，我还没来得及多想。詹姆斯倒是落落大方、不以为意："主要是羞辱对方，让你穿些奇奇怪怪的衣服，还喜欢搞些捆绑 play 之类的玩意儿。我遇到过好几个男的都喜欢这样，铆足了劲要你好受……"

隔壁桌的人都偷偷竖起了耳朵，听得兴致盎然。

"艾伦是怎么认识他的？"我接着问，刻意压低了声音，希望他也能照做。

"具体我不是很清楚，但他俩要想认识也不难。伦敦酒吧那么多，可能是在哪家绅士酒吧遇上的，你知道……就是'公共浴室'。我们还曾四个人一起出去过——我、艾伦、弗兰克和利奥——拜托，我说的是一起吃晚餐！你想什么呢！我感觉弗兰克像是艾伦的精神导师，如果一定要形容的话。艾伦当时对自己的取向还不是很有信心，弗兰克一直鼓励他。"

"利奥是谁？"

"也是一个男招待。同行。"詹姆斯的声音一点也没变小，我能感觉到从周围其他桌投射来的谴责的气场。这种对话内容一般肯定很难在 Le Caprice 这种档次的餐厅里听见。"我们这个圈子里的人大多都互相认识，"他继续道，"倒不是为了交朋友，而是相互通气，比如提醒谁谁是个变态，要小心之类的……相互照应呗。"

"弗兰克被害时，你和艾伦住在一起吗？"

"没有，还没有。虽然我们那时已经频繁约会，艾伦提起过我们同居的事。但案件发生时，我们还没住在一起。我是从广播里得知的消息。"他继续思索着，"不得不说，我当时非常震惊。我的意思是，如果弗兰克是在自己的公寓里或者伦敦市中心的哪条小巷子里被人用锤子砸死，我不会觉得奇怪，因为那太正常了，比如跟谁争地盘、起了冲突什么的，尤其是考虑到他的癖好。可他偏偏是在这么一个平静的乡村里、在一座高级酒店被人杀掉……！"

"艾伦难过吗？"

这个问题倒比刚才的更难回答："我觉得他说不上多么难过，真的，倒是对案件挺感兴趣的。当时，他正在欧洲大陆举办巡回签售会。你可能还记得，艾伦很讨厌这种签售会。他这人就这点挺搞笑的，居然讨厌热爱自己作品的人。我们去了法国、荷兰、德国。签售结束后，他在意大利的托斯卡纳租了一座可以欣赏山景的花园别墅，在那里住了三个星期。那里的风景可真美。"

"那么他是什么时候听说弗兰克的死讯呢？"

"我听到广播后跟他说的，他便立刻打道回府，跑去那座酒店了——不是因为他有多关心弗兰克·帕里斯，而是觉得那可能是个不错的小说素材。"

服务生呈上了第二道菜。詹姆斯的是牛排，而我点了龙利鱼。看着服务生用两把刀熟练地将鱼骨剔除，我忽然发觉，自己现在做的事恰巧和他一样：将鱼肉和隐藏其中的鱼骨分离开来。唯一的区别是，他要将鱼骨扔掉，而我要将它们拼起来，还原事情的真相。

"关键是，当时艾伦找不到创作灵感了。"詹姆斯续道，"在托斯卡纳的时候他情绪很糟。因为头两本小说非常成功，名气已经打响，钱也源源不断地汇入账户。这一点你肯定比谁都清楚，多亏了你。但是第三本书却迟迟写不出来。"

"直到后来他去了布兰洛大酒店。"

"没错。他还在那儿租了一个房间住了几晚。其实根本没那个必要。我们明明就住在离酒店二十分钟车程的地方。我当时特别担心他是不是想和梅丽莎和好。"

"为什么会担心？"我不明白，"我以为她那时已经搬去布拉德福德了。"

"没有，后来才搬的。他俩离婚以后把牛津的房子卖了，当时她说想在附近多住一段时间，我也不知道原因。或许是需要一段时间整理思绪、平复心情吧。所以梅丽莎就在附近租了一座房子，对了，就在那座酒店隔壁。她租的房子的花园尽头处有一扇门，打开就能通往酒店的园区。"

这么说梅丽莎也算是在案发现场！我暗暗记下这个信息，打算之后详查。

"结果艾伦并不是去和她复合的，谢天谢地！"詹姆斯接着说道，"要知道，当时只有梅丽莎知道艾伦是同性恋，而艾伦又还没有准备好出柜，也没跟任何人提过我！你当时知道吗？"

"完全不知道！我还是后来看报纸才知道的。"

"是啊，艾伦就是这样。总之，他在那边待了三四天，回来的时候心情很好,我就知道他肯定是找到灵感了。他说他采访了不少人,脑海中已经有了故事的雏形。"

一听这话,我来了精神:"你知道他都采访了什么人吗?"

"所有人!"詹姆斯进来时,拿着一个塑料购物袋,他坐下之后就把袋子扔在脚边。此时,他俯身拾起袋子递了给我,"我把能找到的资料都放在里面了。有些照片、笔记、U盘什么的……有些是录音。家里可能还有些别的,我之后再找找,如果找到了就通知你。"

"可真是太好了,詹姆斯,谢谢你!"我非常意外,"我没想到你竟然还留着艾伦的旧资料。"

詹姆斯点点头说:"本来没想留的。卖掉庄园的时候,我原想把这些东西都扔了,简直太多了,数都数不过来。光书就有好几百本。你想想,他自己的小说有总共九部,每一部都有三十种不同的语言版本!"

"三十四种语言。"我纠正道。

"我拿着日语版的《阿提库斯·庞德来断案》干什么?除此之外,还有大量原稿、定稿复印件、笔记本和各种各样的手记。我已经在伊普斯威奇预约了一辆小货车,打算把这些东西运到垃圾场去,可后来发生的两件事却让我打消了这个念头。第一件,我接到了一通从美国一所大学打来的电话。对方表示听闻艾伦的死讯非常惋惜,并有意收购他的全部作品和手稿等资料。注意他们用的是'收购'这个词!他们倒是没有明确说要给钱,毕竟那只是一通简短的电话,但传达的信息却很明确:艾伦的所有旧资料和原稿都是值钱的。

"第二件——当时遗嘱证明还没下来,我手头又有点紧,于是便决定卖掉几本艾伦的旧书。我选了他的阿加莎系列。你知道他书多得很。我选了好几本拿到萨福克郡的费利克斯托城一家二手书店去卖,幸运的是,店主是个诚实的人,他告诉我这些书全是初版,加起来能小赚一笔!仅《罗杰疑案》一本就值两千英镑,而我一开始还想着只要能赚够买炸鱼薯条的钱就行了……还是那种街边小店的炸鱼薯条!"

"所以你保留了所有的东西。"我确认道。

"我让那所美国的大学给我报个价,还在等回复,剩下的东西全留着呢——一大间屋子!本来我想一一翻看,分门别类整理好的,可我实在是太懒了,还没抽出时间。接了你的电话以后,我专门跑去把所有和《阿提库斯·庞德来断案》相关的资料都翻了出来。是这本没错吧?"

"是的。"

"你真走运,所有的资料和书籍都贴了标签。艾伦喜欢这样,每次看到什么报纸上有关于他的报道,都会剪下来夹在书里,简直是自我研究专家。"他说完自己愉快地笑了起来,"如果你不介意,用完以后希望能把它们还给我。我的养老金说不定就靠它们了。"

我可想象不出詹姆斯·泰勒老去的样子。

"他有跟你提过那件凶杀案吗?"

"艾伦从来不跟我讲任何关于写作的事,即便把我写进小说了也没讲过。不过,我刚说过,从酒店回来的时候他心情很好,那时,他倒是说了这么一句话:'他们抓错人了。'一副胸有成竹的样子。"

"他说的是斯蒂芬·科德莱斯库吧。"

"我不知道你说的是谁。"

"就是被当作杀人凶手抓起来的人。"

"噢,那我想说的就是他了。艾伦认识负责调查的警探,并且非常肯定那家伙办了桩错案。"

"他没跟你说真凶是谁吗?"

"没有,很抱歉。"

"我以为他要是知道了真凶一定会说的,尤其死者弗兰克还是他的朋友。"

詹姆斯做了个鬼脸:"那可不一定。我很喜欢艾伦,可他有时候真不是什么好人,是我见过最自私的人之一。我认为他根本不在乎到底是谁杀了弗兰克·帕里斯。"他说着用叉子指了指我,"不过话说回来,他很可能确实不知道真凶是谁。你知道吗?"

"不知道。"我承认道。

"可你会把他找出来的。"他微笑,"说真的,苏珊,咱俩还能坐在一起吃饭聊天也真是件奇事。艾伦真是连变了鬼也还缠着咱们,真不知他是不是打算这辈子都不放过咱们了?"说罢他举起酒杯:"敬艾伦!"

我举杯和他轻轻碰了碰。

但没有喝。

塞西莉·特里赫恩

回到兰仆林街时，已近深夜，但我并不打算休息。我把詹姆斯塑料袋里的东西全部倒在床上：里面有《阿提库斯·庞德来断案》的打印版原稿，字里行间还标示了各种符号，并在页面左右空白处添加了注解，装订在一个塑料封套中。除此之外，还有几本笔记本；六七张照片；几张草图；关于布兰洛大酒店谋杀案的简报，其中一份是《东安吉利亚时报》的报道，我早前已经看过了；还有几份电脑打印的材料和三个移动硬盘。看着这堆材料，我几乎可以确定真相就在其中——到底是谁杀了弗兰克·帕里斯？塞西莉·特里赫恩又去了哪里？这些是连警方都没有的资料。可是，我应该从何处开始看起呢？

那份原稿看起来像是小说的第一次修改，对于眼尖的档案管理员来说或许非常宝贵，比如开篇的第一句话原本写的是："水上的塔利是一座极小的村庄，整个村落的规模基本只有一个港口和两条狭窄的街那么大，周围仅有四片湖泊环绕。"艾伦用笔在上面圈出了"极小的（tiny）""基本只有（little）"和"狭窄（narrow）"这三个词。换了是我也会这么做，因为一句话里面出现的关于"小"的形容词太多了。之后他又把这一整段都画掉，挪到了后文中，然后将小说的开篇场景设置在"克拉伦斯塔楼（Clarence Keep）"的厨房里。这也是他后来修改的名字，最初是叫"克拉伦斯庭院（Clarence Court）"。

诸如此类。但这些字斟句酌的细节对于普罗大众来说并无吸引力，和那件凶杀案更是毫无瓜葛。

笔记本里的内容也和原稿十分类似，大多是对故事情节的推敲等。艾伦工整、纤细的字迹用他喜欢的浅蓝灰色墨水写成，十分好认。有好几十页上写满了各种问题，故事情节构思，一些勾勾画画和箭头。

> 阿尔吉侬知道遗嘱的事。
> 敲诈勒索他？
> 杰森和南希有过一夜情。
> 六十英镑
> 衣橱里的内裤被偷走了。

尽管笔记中的个别名字最后有改动，但大部分构思都以某种形式出现在了正式的小说草稿里。他还画了布兰洛大酒店的详细平面图，作为书中那座名为"月光花"的酒店的模板，可以说月光花酒店的布局完全就是按照布兰洛大酒店一砖一瓦照搬到德文郡去的。在艾伦的小说里，案件发生的具体地点或村庄通常都是虚构的，但是根据他的描述，那里很像是离德文郡很近的阿普尔多尔海滨小镇。

电脑打印的文件大多是作家最爱用的维基百科里的内容，还有一些关于享誉世界的钻石珠宝、英国电影院、法国圣特罗佩的发展历史，和一九五七年三月二十一日出台的"谋杀法案"的资料以及其他一些零碎的情节构思。我记得它们都被写进了小说里。

其中一支储存盘里是艾伦调查时见过的人的照片，我能认出的有劳伦斯和波琳·特里赫恩、丽莎和塞西莉、艾登·麦克尼尔和德里克。还有一张照片里是一个身材矮小而结实的女人，头发很短、双目细长，穿着一件黑色连衣裙，外罩一条白色围裙。我猜这应该就是那个来自爱沙尼亚的女佣娜塔莎·马尔克了，就是她第一个发现了尸体。另外还有一个男人的照片，在疗养馆外面匆匆拍摄的——看起来像是莱昂内尔·科比。除此之外，还有一些酒店建筑的照片：第十二号客房、原马厩改建的宿舍区、酒吧和举行婚礼的草坪等等。越看我心里越觉得沉重，我的调查似乎从一开始便和艾伦不谋而合，倒像是我对他步步紧随。

詹姆斯添加的一张打印在纸上的老照片引起了我的注意，因为里面也有艾伦。他坐在两个人中间，背景看起来像是一家高档餐厅，可能在伦敦。他的身边一侧坐着更年轻时的詹姆斯，另一侧是一位有着银灰色卷发和古铜色皮肤，身着天鹅绒外套的男士。看样子这就是弗兰克·帕里斯了。那天晚上，詹姆斯是跟了弗兰克还是艾伦？这可说不好。照片中的三人紧紧靠着彼此，微笑着。

我本以为照片应该是餐厅服务生拍的，可仔细看了看，发现镜头的角度很低，且离三人很近，且餐桌上能看见四个人的餐具。那么，想必拍照的是聚餐的第四个人。会不会就是詹姆斯提到的那位叫利奥的男招待？两个寻欢的男人和两个男招待，这个组合听起来很合理。

楼下响起大门打开又关上的声音。克雷格从剧院回来了。我只开了卧室里的床头灯，又把窗帘拉得紧紧的，此刻却发现自己身体僵硬、屏息凝神、一动不动。我忽然意识到，我回来后的一切安排都是刻意为之，为了不让人看到卧室里的灯光，不给人打扰的机会。我静静地听着克雷格上楼，听着另一扇卧室门打开又关上，才轻轻地吐了口气。

我把注意力转移到另外两支储存盘上，拿起第二支插进电脑。里面是和劳伦斯、波琳和丽莎的采访记录。这些对此刻的我来说没什么用处。于是，我拿起最后那支储存盘，插进电脑。终于——存留在这里的内容，正是我寻觅已久的。

塞西莉·特里赫恩。

我拿出耳机，怀着忐忑的心情把它们接入电脑。我不清楚塞西莉现在是生是死，但我这次是为她而来。从抵达萨福克的那一刻起，她的灵魂便似乎一直萦绕在我周围。我真的准备好听她说话了吗？一想到这有可能是塞西莉生前唯一留下的声音，心中便蓦然升起一种毛骨悚然的感觉。不仅如此，我也好几年没听过艾伦的声音了。除了扫墓，我并不想再与他有任何瓜葛。然而这份采访记录是我此刻最需要的东西，绝不能留到明天早上再听。

于是我移动鼠标点击"播放"。

一开始有一刻短暂的空白，之后便响起了两人的声音。很可惜，当年的智能手机还没有视频拍摄功能，否则我真希望能看见他们。塞西莉接受采访时穿着怎样的衣服呢？或者说，搬回来住的时候，她长什么样？这场采访是在哪里进行的？听起来像是在酒店内的某处，但又无法确定。

听得出来，艾伦在竭力控制自己的用词，维持最得体的礼节。听着录音里他带着一丝讨好的腔调，我的嘴角勾起一丝微笑。只要他愿意，艾伦也能很讨人喜欢，可惜我没那么幸运，每次跟他打交道总是听不完的抱怨和各种不合理的要求。看不见艾伦我并不遗憾，反正过去绝大多数的交流都是通过电话进行的，对他的了解几乎都来自语音。但塞西莉就不同了，这是她第一次活生生地出现在我面前——尽管看不见。她的声音和姐姐丽莎有些相似，但听上去更温柔和善些，语气和音调给人一种温暖放松的感觉。

真不敢相信这番对话发生在八年前,因为两人的声音是如此生动,仿佛就在身边。这让我猛然想起,父母过世后,我失去的关于他们的第一个记忆便是声音。这样的事如今已不会再发生了,现代科技彻底改变了死亡的本质。

艾伦:您好,麦克尼尔太太。感谢您接受采访。

塞西莉:我不太习惯别人这么称呼我,请叫我塞西莉就好。

艾伦:啊,好的,没问题。蜜月旅行还顺利吗?

塞西莉:这个嘛,一开始确实受到了一些干扰,毕竟发生了那样的事。我们推迟了两个星期才去的。不过我们住的酒店很舒适。您去过安提瓜岛吗?

艾伦:没有。

塞西莉:我们去了岛上的纳尔逊湾。我俩实在是太需要放松了,真的。

艾伦:不管怎么说,您得到了非常漂亮的小麦肤色。

塞西莉:多谢夸奖。

艾伦:我希望不会占用您太多时间。

塞西莉:没关系。今天不怎么忙。您对房间还满意吗?

艾伦:非常满意。这座酒店真是不错。

塞西莉:是啊。

艾伦:对了,您知道吗,我的前妻租了一栋你们的房子。

塞西莉:哪一栋?

艾伦:奥克兰。

塞西莉：你是说梅丽莎！我不知道你们是……

艾伦：我们去年离婚了。

塞西莉：噢，我很遗憾。我只和她聊过一两次，有时候会在酒店的水疗馆遇见。

艾伦：没关系，我俩是和平分手的。我很高兴她能在这儿过得开心。希望您不介意回忆当初发生的事。

塞西莉：我不介意。已经过去一个多月了，十二号客房也清理干净了。酒店里经常发生一些不好的事……就像《闪灵》那部电影里演的那样。不知道您是否看过。我都没怎么见过弗兰克·帕里斯，幸好也没进过那间客房，所以对我来说，这件事的冲击力不算太大。很抱歉，我这么说没有不敬的意思，我知道您和死者是朋友。

艾伦：我们很久没联系了。当初是在伦敦认识的。

塞西莉：而您现在搬到了弗瑞林姆？

艾伦：是的。

塞西莉：艾登跟我说您是位作家。

艾伦：是的，我出版过两本书。《阿提库斯·庞德案件调查》和《邪恶永不安息》。

塞西莉：真不好意思，我都没有看过。我平常很少有时间可以看书。

艾伦：两本都比较畅销。

塞西莉：您打算把我们也写成故事吗？

艾伦：并无此意。之前也向您父母说明过，我只是想了解事情的原委。过去我遇到困难时，弗兰克对我多有照拂，我觉得自己于情于理都应该了解此事。

塞西莉：我不希望自己被当成角色写进书里。

艾伦：我从来不会把真实人物写进故事里，除非征得对方同意；我也从来不写真实发生的案子。

塞西莉：好吧，既然如此，我就放心了。

艾伦：言归正传，我听说警察已经抓到了凶手？

塞西莉：是的，斯蒂芬。

艾伦：您能跟我描述一下这个人吗？

塞西莉：您想知道什么？

艾伦：他被警方逮捕时您感到意外吗？

塞西莉：是的，非常意外。说实话简直难以置信。您知道我的父母一直有雇用年轻的刑满释放人员来酒店工作的项目，我觉得这个想法很好，也大力支持。这些年轻人需要我们的帮助。我知道斯蒂芬有前科，但以前那些事并不能怪他，想想他从小成长的环境，他是迫不得已。他被酒店雇用以后一直非常感恩，工作也勤勤恳恳，我感觉他的心是善良的。我知道我姐姐不喜欢他，但那都是因为斯蒂芬不愿意按她说的做而已。

艾伦：你指什么事？

塞西莉：她说他工作不够努力，还觉得斯蒂芬手脚不干净，可是并没有证据。要说盗窃的可能性，其实很多人都有，比如莱昂内尔、娜塔莎等等，她只是故意针对斯蒂芬罢了。因为她知道我喜欢他，不同意解雇斯蒂芬。我当初就是这么跟丽莎说的，她没有证据，我觉得她的指控很不公平。

艾伦：警察认为斯蒂芬闯进弗兰克的房间是因为得知自己被解雇了……他知道自己没法再在酒店继续工作了。

塞西莉：他们是那么说的，但我不太相信。

艾伦：您不认为凶手是斯蒂芬？

塞西莉：我也不知道，康威先生。我一开始并不认为他是，还跟艾登说过，连他也同意我的看法，尽管他也不太喜欢斯蒂芬。斯蒂芬是我见过最温柔的人，跟我打交道的时候总是很注意分寸。而且，刚才我也说过了，他知道我父母提供的这个工作机会非常宝贵，所以不想让他们失望。当我听说他认罪时，简直不敢相信自己的耳朵。警察说他们有足够的证据可以起诉他，却不告诉我是什么证据。我也不明白，他们似乎认为这件案子的真相显而易见，还说在斯蒂芬的房间找到了赃款。对不起，可以请您给我一点时间平静一下吗？主要是这一切简直太可怕、太令人难过了……竟然有人被杀了。

录音到这里暂停了一会儿，不多时又重新开始。

塞西莉：真不好意思。
艾伦：没事，我能理解。那天是您大婚的日子，发生那样的事，任谁都难以接受。
塞西莉：是的。
艾伦：您要是希望，我们可以换个时间再聊。
塞西莉：不，就现在吧。
艾伦：好的。不知您是否能够跟我多讲讲关于弗兰克的事。
塞西莉：我没怎么见过他，刚才也说过了。
艾伦：他星期四抵达酒店的时候，您见过他吗？
塞西莉：没有。我只听说他对房间不满意——但这件事是艾登处理的。艾登很懂如何跟客人打交道，大家都很喜欢他，就算有什么麻烦事，他也能想到解决的办法。

艾伦：他把弗兰克换到了十二号客房。

塞西莉：他把另一位客人的房间换给弗兰克了。那位客人好像是位教师还是什么的，那时客人还没来酒店，所以也不知情。

艾伦：然后星期五弗兰克叫出租车去了韦斯特尔顿？

塞西莉：德里克帮他叫的车。您和德里克聊过了吗？

艾伦：酒店的夜班经理？我准备今晚跟他谈。

塞西莉：那天午饭时间，我看见帕里斯先生了。当时我正在和搭建婚礼帐篷的人交涉，他们真的很让人失望，来得那么晚——以后再也不找他们了。最后总算搞定了，他回来时，我正在东面的草坪上，看见他从一辆出租车上下来。当时艾登正好从酒店出来，我看见他俩聊了一会儿。

艾伦：您知道他们聊了什么吗？

塞西莉：噢——就是关于酒店、客房之类的事吧。我正好也想见艾登，所以就过去加入了谈话。他介绍我和帕里斯先生认识。

艾伦：您对弗兰克·帕里斯的印象如何？

塞西莉：能说实话吗？我知道他是您的朋友，不想冒犯您。

艾伦：请便，您想说什么都可以。

塞西莉：嗯……我不是很喜欢他，说不清原因。可能有一部分原因是我当时正在想着别的事，但我认为他……我认为他不怎么可信。他表现得太过友好亲切了——艾登帮他换了房间，他一副感谢得不得了的亲热模样，可我总觉得那都是他装出来的。当他说很喜欢这座酒店时，我的直觉是他其实很讨厌它。当他恭喜艾登和我新婚大喜的时候，我甚至有种被嘲笑的感觉。

艾伦：弗兰克有时候是挺……孤高桀骜（Supercilious）。

塞西莉：我不明白这个词。

艾伦：总是一副居高临下的姿态（Condescending）。

塞西莉：不止如此。他还满嘴谎言。我可以给你举个例子：艾登跟他说我们当晚要举行一场派对，提前为婚礼庆祝，说希望不会太吵、打扰到他。弗兰克说没关系，因为晚上他不在，说要去斯内普马尔廷斯看《费加罗的婚礼》。我对歌剧一窍不通，但记得他特意把名字说得特别清楚，然后一直喋喋不休地说自己有多喜欢这部歌剧，等不及想好好欣赏。

艾伦：您为什么觉得他在撒谎？

塞西莉：因为几天后我有事刚好去了一趟斯内普马尔廷斯，参加那里举办的集市活动。剧院的表演剧目名单上根本没有《费加罗的婚礼》，那个周五晚上只有一个青少年交响乐团表演本杰明·布里顿[①]的曲目。

艾伦：您认为他为什么会撒那个谎呢？

塞西莉：原因刚刚不是说过了吗，他在嘲笑我们。

艾伦：这听起来似乎很不合理。

塞西莉：我觉得他不需要什么理由，只是喜欢这种高高在上、蔑视他人的感觉吧。或许因为他是同性恋，而我们是异性恋。这么说是不是不太好？又或许因为他一直住在伦敦，而我们住在乡下。他是客人，而我们只是员工。谁知道

---

① 本杰明·布里顿（Benjamin Britten，1913—1976），英国作曲家，指挥家，钢琴家。

呢。他跟我们道别的时候，握手的方式很奇怪。他用双手握住艾登的手，活像自己是总统还是什么似的，久久不愿意撒开，接着又吻了我的脸颊。我觉得这简直太不合适了。不仅如此，他的手还放在我的腰上，放得很低。我不知道我为什么要跟你说这些，我想说的是，他在耍我们。我就见了他几分钟而已，您比我更了解他，可我真觉得他不是什么好人。很抱歉这样讲，但我真的这么想。

艾伦：你后来还见过他吗？

塞西莉：没有了。周五晚上有派对，我根本没工夫想他的事。再说酒店也满员了，还有那么多别的客人需要照顾。那天晚上我很早就上床休息了，还吃了一颗安眠药，第二天就是结婚典礼。

艾伦：那晚的派对上你见着斯蒂芬·科德莱斯库了吗？

塞西莉：见到了，他也在。

艾伦：他状态如何？

塞西莉：这个嘛……他刚被丽莎解雇，自然心情低落。他平时就不怎么爱说话。艾登说那天他喝了很多酒，很早就离开了。应该是莱昂内尔扶他回去的。

艾伦：但几个小时后他却又起了床。警方说他就是差不多那时候溜回酒店，进入十二号房间的。

塞西莉：那是警方的说法。

艾伦：德里克也看见了。

塞西莉：他说不定看错了呢。

艾伦：您这么想？

塞西莉：不知道，我也不是什么事都清楚。说真的，您要是没有别的问题，这些就是我所知道的全部了。

艾伦：您已经帮了我大忙了，塞西莉。您的日光浴真的很成功，肤色很美。婚后生活幸福吗？

塞西莉：（笑）噢，一切才刚刚开始。我们在安提瓜度过了一个非常浪漫的蜜月，不过我也很想家，如今回到家真是太好了。我们在布兰洛农舍生活得非常愉快，希望能忘记这一切向前看，好好生活。

艾伦：非常感谢您告诉我这么多。

塞西莉：也谢谢您。

录音结束，剩下一阵令人压抑的沉默。这让我恍然回过神来，想起塞西莉已经失踪十天，不知道此生是否还有任何人有机会听到她讲话。

这只硬盘上还有另外一段采访录音。艾登说他和艾伦简短地聊了一下。而当我把第二段录音反复播放了好几遍后才意识到，这段话的录音时间应该是先于艾伦和塞西莉对话的。在这段录音里，波琳介绍了艾登和艾伦认识，而那时，艾伦已经开始录音了。

波琳：抱歉，我不太希望被录音。

艾伦：录音只为私人使用，不会外泄，这样比记笔记方便。

波琳：话虽如此，我心里还是觉得不大舒服，尤其是发生了那件事以后。您确定不会把这些都写出来吗？

艾伦：我不会的。我的新小说里的故事也不是发生在萨福克郡。

波琳：小说题目想好了吗？

艾伦：还没有。

这时，艾登出现了。

波琳：这是艾登·麦克尼尔，我的女婿。

艾伦：我想我们见过面了。

艾登：是的，您到酒店时我就在前台，是我帮您更换的房间。希望您对现在的房间感到满意。

艾伦：挺好的，非常感谢。

艾登：不好意思，请问您是在录音吗？

艾伦：是的。您介意吗？

艾登：说实话，我介意。

波琳：康威先生只是想问问关于那件杀人案的事情。

艾登：那件事，我不太想聊。

艾伦：您说什么……？

艾登：请原谅，康威先生。我的工作职责是为酒店的利益服务，而斯蒂芬·科德莱斯库的事于酒店而言除了麻烦别无是处，我真的不希望我们再因为这件事上报纸了。

艾伦：这些录音不会透露给任何人。

艾登：就算如此，能说的我们都已经跟警察说过了，毫无隐瞒。如果您的目的是想证明酒店要为此事负某种责任的话……

艾伦：我没有这种打算。

艾登：这可说不准。

波琳：艾登……！

艾登：对不起，波琳。我已经跟劳伦斯谈过了，我不认为接受这个访问是明智的。我不否认康威先生是一位德高望重的作家……

艾伦：请叫我艾伦……

艾登：我不会理会这套把戏，所以很抱歉，可以请您关掉录音吗？

艾伦：好的，如果您如此坚持。

艾登：是的，我坚持。

以上便是第二段录音的全部内容。

很显然，艾登从见第一面起就不喜欢艾伦·康威——当然，这我完全能理解。可是，他拒绝艾伦录音是否另有隐情？——应该不是，艾登已经清楚表明，这么做只是出于工作需要，是为了酒店的利益考虑。

一晃时间已过午夜，我今天起得很早，又忙了一整天，是时候休息了。不过，睡觉前我首先登录了"苹果音乐"，搜索下载了《费加罗的婚礼》。明天我要听一下这部歌剧。

莱昂内尔·科比（早餐）

第二天清晨醒来，我依旧觉得疲惫，昨晚睡得不是很好。迎着清晨的第一道曙光，趁克雷格还没有起床，我赶紧离开了。我要赶在早上七点之前穿过整个伦敦，去见凶杀案发生时曾在布兰洛大酒店水疗馆担任经理的莱昂内尔·科比。我睡眼惺忪地坐在地铁上，感觉这趟旅程仿佛有一万光年般漫长。地铁座位上扔着一份免费报纸，我瞥了几眼，上面有意义的内容很少，只够看两三站路。

我对莱昂内尔·科比的第一印象并不怎么好。他骑着一辆价格不菲的细轮单车，穿过车流朝我招手。他穿着一套莱卡纤维的运动衫，裤脚刚好只到大腿二分之一处，恰到好处地显示着充满男性魅力的结实肌肉以及健康饱满的男性生殖器的形状。我向来喜欢把人往好处想，尤其是在调查一桩杀人案时，单个线索并不能说明任何问题。但莱昂内尔身上有种气场，让我下意识地感觉他很——是的，傲慢。他是在健身房工作，不得不展示自己健硕的身材和肌肉，但有必要这么高调吗？握手时，他从上到下地打量了我一番，一种自惭形秽之感从我心底油然而生，而他却毫不在意地把自行车斜靠在路边栅栏上，用铁链锁了起来。

"所以，苏珊，要来点儿早餐吗？"他的澳大利亚口音喜欢把音节拖得长长的，像是唱歌一样，"这里的咖啡厅不错，我有卡能打折。"

我欣然应允,和他一起走了进去。这间维珍活力健身房位于伦敦一条繁华马路旁的一座钢筋混凝土结构的建筑中。有趣的是,小说里阿提库斯·庞德的公寓就在这条街的转角后……看来艾伦是从这栋建筑中获得的灵感。咖啡厅刚开始营业,尚无别的客人,可厅里的冷气却已开启,冻得要命。莱昂内尔给自己点了一杯能量饮料之类的东西:就是把各种所谓健康水果榨成汁,然后和一种看起来有点恶心的绿色黏液混合在一起。他坐下时,不知从哪儿掏出了一顶针织小圆帽戴上。他的头发不算少,只是头顶有些单薄,而他显然对此颇为介意。我心里一直想吃炒鸡蛋,可这里只有荷包蛋配牛油果泥和酸面包,让人食欲全无。于是,我点了一杯卡布奇诺草草了事。

我俩选了靠窗的位置坐下。

"我恐怕只有半小时可以聊。"莱昂内尔开门见山地说。

"谢谢你愿意见我。"

"小事一桩,苏。塞西出事真是太糟糕了。"他说得过于真挚,以至于让人觉得有点假,"有什么进展吗?"

"很遗憾,恐怕暂时还没有。"

"真是太糟了。您怎么会参与这件事呢?您和她家是朋友吗?"

"不算是,劳伦斯·特里赫恩请我来帮忙。"我不想再从头到尾解释一遍,再说和他只有半小时可以聊,于是简单回答了这个问题后,便把话题转到了塞西莉的失踪案上,告诉他这件事或许跟八年前弗兰克·帕里斯被杀一事有牵连。

"弗兰克·帕里斯!"他低低地叹了一口气,"收到你短信的时候我就开始思考,自己能帮上什么忙。自从离开布兰洛大酒店我就再没回去过。我直说吧,苏,那地方我真是待不下去了!能离开我很开心。"

"可你不是在那里工作了很长时间吗？莱昂内尔，足足四年呢。"

他微笑道："看来你提前做了功课。准确地说是三年九个月。水疗馆刚建成便交给我打理，确实挺棒的。里面全是当时最先进的设备，一切都是崭新的，游泳池也很棒；我也有不少优质客户……其中不少是专门从别的地方过来的，就是工资太低。除了经理我还当私人健身教练，可是特里赫恩一家却只付我四分之一的钱。真是无良雇主。而且，我跟你说，那个地方有时简直就是一座疯人院，一点豪华酒店的样子都没有。斯蒂芬人还不错，有几个厨房员工跟我关系也不错，但我对其他人真是忍无可忍。"

"我猜你的客户里该不会有一位名叫梅丽莎·康威的女士吧？"我也不知道自己出于什么原因，问了这么一句。大概是从詹姆斯口中得知当时也住在伍德布里奇让我相当意外吧，再加上储存盘的录音里塞西莉说她时不时会去水疗馆。

"梅丽莎？没错，是有一位叫作梅丽莎的女士——几乎天天都来。可我记得她的名字是梅丽莎·约翰逊，在酒店附近租了一栋房子。"

那就是她没错，看来离婚后她又用回了自己的姓。

"你想知道关于她的什么事？"莱昂内尔问。

"她曾是艾伦·康威的妻子。"我答道。

"噢！原来如此。你这一说我倒是想起来了，她在杀人案发生前的周三和周四晚上来过。我之所以记得是因为当时她的情绪很差，脸上阴云密布。"

"知道原因吗？"

他耸了耸肩："不清楚。"

"你是怎么去到布兰洛大酒店的呢?"我问,"怎么找到那份工作的?"

"哦,那时候,我并不知道那里会是那样。在找到那份工作的大约一年前,我从珀斯来到伦敦,我是说澳大利亚的珀斯——我母亲是英国人。我在伯爵府那边租了一个房间,然后找了一份私人健身教练的工作。虽然那时候我只有二十岁,但我之前在珀斯的一所大学读了一门成人进修课程,再加上一些运气,总之算是在伦敦站住了脚,逐渐累积了一些私人客户,他们也会推荐别的客人给我。但即便如此,伦敦的生活成本也十分高昂,我几乎是拼了命才勉强维持生活。你根本无法想象我都经历了些什么!后来有一天,我的一个学员跟我说,他最近刚去布兰洛大酒店住了几天,那边在招人运营水疗馆。这听起来是份不错的工作,我便去面试,然后得到了那份工作。"

"推荐你这个工作机会的客户是谁?"我问。

"不记得了。"

"你的客户全是男性吗?"

"不,大概一半一半。为什么这么问?"

"没什么,就是随口问问。请继续。为什么说特里赫恩一家人是无良雇主呢——除了薪资待遇问题以外?"

"哦,主要就是薪资问题。他们总想着怎么把人榨干,付的每一便士不利用彻底绝不罢休。一天工作十小时,一周工作六天。我都不知道这合不合法?而且没有任何津贴或福利,连在酒店吃饭都要自己掏腰包,虽然饭钱不怎么贵——酒吧的酒水也没有员工折扣价。有客人在时,他们不允许员工进去。

"最不可思议的是他们还雇用罪犯!什么'青年刑满释放者再就业项目',他们起了这么个名字,但事实根本不是那样。那个项目简直就是个陷阱。他们给斯蒂芬的薪水还不到法定最低标准,却要他几乎全天二十四小时待命。他的职位对外说是酒店维修,背地里却什么烂事都让他做,比如通厕所、清理屋顶上的排水沟、倒垃圾之类……有一次斯蒂芬病得很严重,可他们不让他请假,对他可说是招之即来、挥之即去,任意摆布。一旦抱怨,只怕随时都会被扫地出门,因为他是罗马尼亚人,还有前科,你想想,根本不可能找到别的工作——除非能拿到他们的推荐信。这家人很清楚这一点,简直是一帮混蛋。

"还有那个丽莎·特里赫恩。"他一脸不可置信地摇着头说,"他家的长女。这家伙可真不是什么好东西。"

"她指控斯蒂芬盗窃。"

"她明明知道斯蒂芬不可能偷东西。手脚不干净的是娜塔莎。"

"女佣?"

"是的,大家都知道。她简直毫无廉耻!就算只跟她握手,你也最好检查一下手表还在不在。可惜丽莎跟她父亲一样,热衷于权谋。她想要斯蒂芬。"

"想要……什么意思?"

"你觉得呢?"莱昂内尔斜睨着我说,"丽莎早就对他垂涎三尺了。想想,一个身材健硕的二十二岁东欧小鲜肉,她简直恨不得把眼睛贴在斯蒂芬身上。"

莱昂内尔说的话可信吗?照他的观点来看,梅丽莎爱生气、劳伦斯很阴险、斯蒂芬被剥削,而丽莎既贪婪又工于心计。从他嘴里听不到关于别人的一句好话。可是回想那天在布兰洛大酒店餐厅和丽莎用餐的情景,她确实是一副怨气冲天的样子——"当初决定雇用斯蒂芬·科德莱斯库就是个错误。当时我就说过了,可没人听。"然后她父亲怎么说来着?"你一开始明明挺喜欢他的,经常跟他在一起。"当时我便对他俩言语中的反差留了心,莱昂内尔的说法或许正是一种解答。

"既然话都说到这儿了,告诉你也无妨,丽莎还曾对我用过同样的手段。"他接着说,"她总时不时就来水疗馆晃悠,而且我跟你说,好家伙,她要求的健身训练和我在珀斯学到的完全是两码事。"

"她和斯蒂芬交往过吗?"我问道,心里还是觉得不大可能。因为要是他俩发生过关系,庭审的时候肯定会被问出来。

莱昂内尔摇了摇头:"我觉得那不能算交往。斯蒂芬并不喜欢她,跟我一样。"他指着自己的嘴说,"你知道吧,她这里有个疤。不过就算没有,她也不是像米兰达·可儿那样的甜妹子。但如果你的意思是他俩有没有睡过,那是有的。那个可怜虫根本没有拒绝的余地!毕竟酒店的经营权多少落在她手里,完全有能力把斯蒂芬控制得牢牢的。"

"斯蒂芬跟你聊过这件事吗?"

"没有。他从不跟人聊那种事。不过只要有丽莎在的场合,他都情绪低落,有一次我还亲眼撞见他俩在一起。"

两个客人走进店里,莱昂内尔隔着桌子冲我探过身,一脸神秘。

"那是发生在杀人案之前的两三个星期的事。"他说,"当时我刚结束水疗馆的工作,打算去院子里巡视一番。那天晚上挺热,但夜色很美,一轮满月挂在天上,于是我一边慢跑一边巡视,顺便拉伸一下筋骨。后来我打算找个地方做引体向上。酒店庭院里有一片小树林,里面有一棵树的枝丫高度刚好,我经常去那里锻炼。就在那片树林里……说起来,那里离奥克兰小屋很近——就是梅丽莎租的那栋房子。结果就在我往林子走的路上，忽然听见有人声，定睛一看，却是他们两个赤身裸体趴在草地上，斯蒂芬在上面。"

"你确定那是丽莎和斯蒂芬吗？"

"这确实是个好问题，苏。当时是晚上，又隔着一段距离，一开始我还以为是艾登和自己未来的大姨子来了一发，如果真是那样，简直太好笑了。不过我和艾登一起健过身，知道他肩膀上有一大块文身。他总说他文的是宇宙巨蛇，但在我看来就是一只大蝌蚪！"他笑起来，又说，"不管那个男的是谁，反正肯定不是艾登，因为他身上皮肤很光洁——月光那么亮，有没有文身很容易看出来。

"总之，我不想在那里待着，免得被当成什么变态，于是准备悄悄离开。但你恐怕也猜到了接下来的事——没错，我不小心踩到了地上的枯枝，好家伙！声音大得跟枪响似的，他俩顿时停了下来。男的转过头来，他的脸我看得清清楚楚，就像现在看着你一样，绝对是斯蒂芬没跑了。"

"他看到你了吗？"

"我觉得没有。"

"你也从来没跟他提过这件事？"

"开什么玩笑！"

我仔细想了一会儿，问道："可我不明白，丽莎两个星期后解雇了斯蒂芬。如果那天晚上在林子里的是他俩，她为什么要这么做？"

"我也很纳闷，但我猜大概是斯蒂芬让她别再纠缠自己了吧。某种程度上，丽莎的行为本来就是一种压榨和剥削，可能斯蒂芬威胁说要投诉她。"

我一直没有收到斯蒂芬·科德莱斯库的消息，不知道信送进监狱要花多久。能不能见到他现在仍未可知，但这个面是一定要见的。我需要了解他和丽莎之间发生的所有事实。这种事丽莎肯定不会说，只有他能告诉我真相。

"那个星期五的晚上你和斯蒂芬在一起，"我说，"他在派对上喝多了。"

"没错。"莱昂内尔瞄了一眼墙上的时钟。我们已经谈了差不多二十分钟，还剩不到十分钟。他将杯里剩下的能量饮料一饮而尽，在上唇留下半弯绿色汁液痕迹，"斯蒂芬平时可不那样，他对酒很有自控力。不过当时他刚被解雇，可能想借酒浇愁吧。"

"是你把他扶回宿舍的？"

"是的，当时差不多晚上十点。我扶着他走回老马厩宿舍区，那是酒店给员工安排的宿舍——我的房间就在他隔壁。我跟他道了晚安后便回去休息了，那天我自己也累得够呛。"

"你睡觉的时候是几点？"

"我估计差不多十点到十点十五分左右——不用问了，我什么也没听见。我睡觉很沉，就算斯蒂芬半夜起来去了酒店，我恐怕也不知道。我唯一能告诉你的就是，我从他房间出来的时候，他确实是躺在床上。"

"第二天你见过他吗？"

"没有，我一直在水疗馆。他去婚礼现场帮忙了。"

"你相信是斯蒂芬杀了弗兰克吗？"

这个问题让他陷入沉思，但最终还是点了点头。"是吧，有可能。我是说，警察找到了很多证据，而我知道他确实缺钱。他很喜欢线上赌博，这是罗马尼亚人的通病。他经常等不到月底就没钱了，来找我借钱撑到发工资。"

他又看了一眼墙上的钟，然后站起身来。三十分钟到了。

"我希望你能帮帮他，苏。"他说，"其实我还蛮喜欢斯蒂芬的，我觉得他的遭遇实在太不公平了，也希望你能找到塞西莉。警方能确定她到底发生什么事了吗？"

"目前还不能。"我还有最后一个问题，"你刚说，一开始以为树林里的人是艾登和丽莎，你会这么想是因为艾登本来就是个滥交的人吗？"

"滥交？这个词真有意思，你是想问他平常是不是到处拈花惹草？"莱昂内尔坏笑着扯起嘴角，"我对他的婚姻一无所知。当时看到那两个人，我也不明白为什么会觉得那是艾登。他和塞西莉感情好不好我不知道——但我知道的是：艾登没那个胆子背着塞西莉乱搞。我的意思是，他是塞西莉看中并从伦敦带回来的，而且从某种意义上来说，塞西莉其实和她姐姐一样强势。要是让她知道艾登劈腿，估计能把他蛋蛋割下来当成早饭吃。"

我和他握手道别。另一位健身教练正好走进咖啡厅，也穿着莱卡运动服，我看着他俩给了对方一个男人的拥抱——碰碰胸脯、拍拍背，算是打了招呼。

我还是不太喜欢莱昂内尔·科比。他的话能信吗？我也不太清楚。

迈克尔·比利（午餐）

迈克尔·J. 比利是个十分忙碌的男人。

他的私人助理打电话通知我说乐活酒吧的小酌恐怕去不了了，能不能改成十二点半的午餐见面？而所谓午餐，结果就是在他位于国王路公寓旁的Pret连锁咖啡厅的一份三明治和一杯咖啡。吃什么我倒是不介意，我只担心和迈克尔是否能聊得够两道菜的时间。他本就是个沉默寡言的人，尽管他经手的出版物加起来得有上百万字。值得一提的是，名片上他的名字中间那个首字母缩写"J"对他而言十分重要。据他本人说，因为有幸结识了大作家亚瑟·C. 克拉克[1]和菲利普·K. 迪克[2]，为了向他们致敬，所以将自己的名字也依葫芦画瓢地改成了同款。他是关于这两位作家作品的专家，还曾在《星座》（这也是他在格兰茨出版社工作时负责编辑的期刊）和《惊奇地平线》等期刊上发表过关于他们的长文。

我到的时候，他已经在咖啡厅等着了，正用手滑着平面电脑看稿。他工作时的样子有点像鼹鼠，弓着身子，全神贯注地盯着屏幕，仿佛那是个洞穴，而他想要钻进去。我需要不断提醒自己，才能记得他和我同龄，因为那一头银灰色短发、鼻梁间的镜片和老气的西装都让他起码老了十岁。不过他倒是安之若素，有

---

[1] 亚瑟·C. 克拉克（Arthur Charles Clarke, 1917—2008），英国科幻小说家，代表作《2001太空漫游》。
[2] 菲利普·K. 迪克（Philip Kindred Dick, 1928—1982），美国科幻小说家，代表作《银翼杀手》《高堡奇人》。

些男人从不曾、亦不愿年轻。

"哦，你来啦，苏珊！"他坐着跟我打了招呼。他一向不喜欢亲吻礼，哪怕只是碰一碰脸颊也不肯，不过至少合上了平板电脑的保护罩，冲我微笑致意。阳光有些刺眼，他眨了眨眼睛。他的面前放着已经点好的咖啡和一个果酱挞，放在咖啡店特有的包装纸上。"你想吃点什么，我帮你点？"他问。

"不用了，我不饿，谢谢。"我看了一眼菜单上那令人毫无食欲的松饼和起酥点心，拒绝了。我迫不及待想结束这次会面。

"行吧，不过我强烈推荐你尝尝这个。"他把果酱挞推到我面前，"味道挺好。"

对话就此打住。真是一点也没变。他就像两次世界大战期间舞台剧的演员，台词可以讲很长，却没什么实质性的内容。

"你还好吗？"他问。

"还不错，谢谢关心。"

"我记得你现在住在希腊，对吧！"

"在克里特岛。"

"我还从来没去过克里特岛呢。"

"有机会应该来看看。风景很好。"

即使是周日，国王路上依然拥堵，我可以闻到阵阵尘埃和汽油的味道。

"你呢，一切都好吗？"我说，主要是为了填补这尴尬的沉默。

他叹了口气，又眨了好几次眼才说："唉，流年不利啊，你也知道。"他的流年总是不利，忧郁几乎已经变成了一种艺术创作形式。

"我很高兴你接手了'阿提库斯·庞德系列'。"我说，决心要打破这种阴郁的气氛，"还保留了我之前的封面设计。前几天有人给了我一本，看起来很不错。"

"重新设计封面没什么意义，既费钱又费力。"

"销量如何？"

"挺好的。"

我以为他会接着这个话茬再多聊两句，然而并没有，他就那样坐着，就着纸杯喝着里面的东西。"所以……是发生了什么事吗？"终于，我忍受不了这种沉默，开口道。

"噢，主要是和大卫·博伊德那档子事。"

我只对这个名字有个大概的印象，却想不起来："大卫·博伊德是谁？"

"一个作家。"

说完这句，迈克尔又没下文了，隔了一会儿，才迟疑地继续道："当初是我介绍他进公司的，所以说到底还是应该怪我。第一次买他的书是在法兰克福，一场三方拍卖会上，我们很幸运地把书拍下了。当时有一家出版社中途放弃，而另一家好像不怎么热衷，于是我们得了个好价钱。十八个月前，出版了第一本书，然后去年一月又出版了第二本。"

"科幻小说？"

"不完全算吧，网络犯罪小说。作者调查得相当深入，文笔也很精彩。故事情节很是惊心动魄：大企业、欺诈、政治斗争、和中国人的瓜葛等等，结果销量却令人失望。我也不知道为什么会这样，总之，第一本书销量不尽如人意，第二本就更差了。与此同时，他的图书代理又特别咄咄逼人——柯蒂斯布朗经纪公司的罗斯·西蒙斯。他总想让我们再签新书的合约，于是我们最终决定结束合作。很遗憾，但只能如此，人生就是这样。"

真的只是这样吗？"到底发生了什么？"我追问。

"这个嘛,他很生气。我不是说那个代理,而是作者本人。他觉得是我们没做好,还出尔反尔。双方不欢而散,但最糟糕的是——说出来你都不一定信,总之他后来好像黑进了海利哈钦森分销中心的系统作为报复。"

听到这话,我已经脑补了一大堆可怕的恶果。《书商杂志》曾对海利哈钦森分销中心有过报道:位于牛津郡迪德科特镇的全新分销中心,占地二十五万平方英尺,采用世界一流的先进技术、自动机械化作业,每年的书籍分销量达到六千万册。

迈克尔也确实这么形容:简直是一场噩梦。"整个中心乱成一团。订单全搞乱了,错误的书送到了错误的书店,有的订单根本没处理;有个客户反映说收到了三十本相同的哈兰·科本[①]小说……而且是每天一本,持续了一个月。还有些书根本连影儿都没见着,找也找不到,就像是从来没有写过一样。其中就包括再版的阿提库斯·庞德系列。"说到这里,他忽然意识到自己竟然一口气说了好几句话,便停了下来,只简单做了个结语,"麻烦死了。"

"这种情况持续了多长时间?"我问。

"到现在也没完全解决,不过我们派人去处理了。前两个月情况最糟糕。天知道这会对我们本季的销售和运营成本造成怎样的影响!"

"真是太遗憾了。"我说,"你报警了吗?"

"是的,警方介入调查了,但除此之外我也不能多说什么。我们尽了全力才确保媒体不报道这件事,其实连你我都不应该多说的。"

那为什么要告诉我呢?我琢磨着。"我想现在找你大概不是

[①]哈兰·科本(Harlan Coben, 1962—),美国小说家。

时候吧,"我说,"我是说工作的事。"

"我很愿意帮你,苏珊,我认为你的庞德系列小说做得非常棒——我也知道艾伦·康威这人不怎么好打交道。"

"简直一言难尽。"

"三叶草出版公司究竟是怎么回事?"

"那件事真不能怪我,迈克尔。"

"我相信你。"他说着切了一块果酱挞,"但你也知道,业内有些小道消息。"

"那都不是真的。"

"小道消息和流言蜚语往往都不是真的。"他把切下来的一块果酱挞送进嘴里,等待它在舌尖融化,既不嚼,也不咽下去,"可是你看,现在我自己也是火烧眉毛、自身难保,对你真是心有余而力不足。不过我可以帮你问问,看看有没有回音。你想找什么样的工作?出版公司?编辑部主任?"

"什么都可以。"

"自由职业如何?按项目收费?"

"可以,这样说不定也行。"

"说不定能有些机会。"

也可能没有。就这么简单。

"你确定不喝杯咖啡吗?"他问。

"不了,谢谢你,迈克尔。"

当然,他还没对我下逐客令,因为那样就太不礼貌了。我们又聊了十来分钟,谈了谈三叶草出版公司的失败以及克里特岛。等他喝完咖啡、吃完果酱挞,我们才终于道了别,连手都没握,因为他指尖上还沾着糖霜。真是浪费了我特意买的拉夫·劳伦外套!这场会面完全就是浪费时间。

克雷格·安德鲁斯（晚餐）

这已经是我今天的第三顿饭了，而我却什么也还没有吃。

所以这顿晚餐我一定不会放过，得好好吃一顿犒劳自己。克雷格选了诺丁山的一家传统意式餐馆，里面的侍应生都穿着黑白色工作服，桌上的胡椒研磨瓶都是六英寸高的大家伙。餐厅里的意面是自制的，葡萄酒的定价很亲民，桌与桌之间的距离很近，正是我最喜欢的风格。

"怎么样，你到底是怎么想的？"我们掰开火候完美的新鲜意大利烤面包、蘸上鲜熟番茄汁、就着鲜嫩多汁的罗勒叶送进嘴里时，克雷格问道。

"你是说吃的还是这家餐厅？"

"我说的是这件案子！你觉得警方还能找到塞西莉·特里赫恩吗？"

我摇摇头："要是找得到，早就找着了。"

"看来她已经死了。"

"是的。"我想了一会儿才说，虽然心里也很不愿意接受这一点，"很可能。"

"关于凶手你有头绪吗？"

"情况很复杂，克雷格。"我边说边试着整理思绪，"先从塞西莉给父母打的那通电话说起吧。我们假设那通电话被人听到了。一开始我以为她是从自己家——布兰洛农舍——打的，那就有可能被艾登或者保姆埃洛伊丝听见；可是后来我发现她是从酒店办公室打的,那这个范围就更广了。"

"你怎么知道的?"

"因为夜班经理德里克当天值班,他跟我说:'她那天打电话的时候我就感觉有些不对劲了,她听起来好难过。'他是这样说的。"

"所以他听见了那通电话。"

"是的。但丽莎·特里赫恩的办公室就在隔壁,所以她也可能听得见。也说不定是某位住客,甚至可能是从办公室窗外路过的人……"

"我想不出别的理由了。"我叹了口气,"但这里有个问题:如果认定塞西莉之所以会被除掉,是因为她知道了有关八年前弗兰克·帕里斯一案的真相,那也就是说,杀害她的人必然也是杀害弗兰克的凶手。可就目前调查的结果来看,我之前提到的所有人当中,没有一个和弗兰克相识,比如德里克、艾登、丽莎。他们都没有动机。"

"有没有可能是他们为了保护别人而杀掉塞西莉呢?"

"有这个可能。可会是谁呢?弗兰克一直待在澳大利亚,回来的时候只是刚巧遇上塞西莉的婚礼。他提前三天预订了酒店,除此之外,和布兰洛大酒店并无任何交集。"说话间,葡萄酒被放在一个麦秆扎的篮子里送了上来,我开心地啜饮了一口,"有意思的是,我倒是发现了两个最有动机杀他的人,而且这两人还对我撒了谎!可麻烦的是,他们住的地方离酒店有一定距离,我想不出来他们要怎样才能听见塞西莉在酒店里打的那通电话。"我想了一下,又说,"除非那时他俩恰好去了酒店,打算小酌一杯……"

"这两人是谁?"

"乔安娜和马丁·威廉姆斯,死者的妹妹和妹夫,住在韦斯特尔顿的一栋别墅里,那栋房子弗兰克也有一半产权。他回萨福克就是为了房子,想逼他们卖房帮自己解围。"

"你怎么知道他们撒了谎?"

"是通过一件极小的事。"

第一个提起那件事的人是艾登。婚礼用的大帐篷迟到了,直到周五午餐时间才送达酒店。马丁·威廉姆斯在提起大舅子时曾说过,弗兰克抱怨过婚礼的帐篷挡住了花园的美景,可他又说弗兰克去他家的时候很早,刚吃过早餐。所以一对比就能知道,弗兰克去的时候不可能看见帐篷。

换句话说,马丁一定见过那顶大帐篷。他肯定在星期五下午的某个时间去过布兰洛大酒店。为什么这么说?很有可能就是为了去找弗兰克住的房间,好计划杀掉他。这也能很好地解释乔安娜最后为什么对我说那样的话——"赶紧滚蛋,别再来了。"因为她知道真相,所以害怕。

我把这些全都告诉了克雷格,他微笑着说:"你可太聪明了,苏珊。你觉得这个叫马丁·威廉姆斯的家伙有这个胆子杀掉大舅子吗?"

"这个嘛,我说过,只有他们有动机,除非……"我并未打算把一切内心活动都诉诸言语,可看到克雷格对整个故事如此着迷,我知道自己不能停在这里吊他胃口,"呃,这个想法有点离谱,但我在想,说不定凶手的目标并不是弗兰克。"

"此话怎讲?"

"首先,他更换过酒店房间。本来给他安排的是十六号客房,但他不喜欢,嫌太现代化了,因此酒店给他换到了十二号客房。"

"那十六号谁住了?"

"一个名叫乔治·桑德斯的人。他退休前是布罗姆斯维尔林一所当地学校的校长。假设凶手不知道换房间的事,半夜敲开十二号客房的门,门一开就举起锤子一顿乱砸,夜晚灯光昏暗,恐怕连开门的是谁都没看清。"

"半夜三更的,弗兰克会去开门吗?"

"这我倒是没想过。不过,我考虑到另一种可能:假设整件事其实跟弗兰克、乔治甚至酒店的任何客人本身都没有关系,也就是说,这件事可能完全是冲着斯蒂芬去的。他似乎和丽莎·特里赫恩有一腿,而布兰洛大酒店里的人际关系错综复杂,还牵扯着诸多情感纠葛和怨气。那么有没有可能是某人故意陷害他?"

"构陷他为杀人犯?"

"有何不可?"

"为此不惜随机杀死一名酒店客人?"他大可不必用如此充满质疑的语气说这句话,因为就连我自己都不敢相信。"我终于知道你为什么一定要找斯蒂芬谈谈了。"他说。

"可他一直没有回信。"

"可能会慢一点,监狱系统本来就设置得让人难以接近——进去出来都难。反正在我看来是这样。"

主菜终于来了,我俩一边吃着一边聊了会儿监狱的事。

和克雷格初次见面时,他和所有新人一样战战兢兢,甚至为自己的创作道歉。那时候他刚满四十岁,作为新人作家来说年龄不小了,不过亚历山大·麦考·史密斯[①]发表首个畅销书系列《第一女子侦探所》时年纪更大,这说不定也是当初我愿意考虑和他签约的原因之一。那时的他已经衣食无忧,尽管从未刻意

[①] 亚历山大·麦考·史密斯(Alexamnder McCall Smith, 1948—),英国作家。

炫耀，但从着装、私家车和伦敦兰仆林街的私人宅院无一不诉说着其主人的富庶。那时的他刚辞去高盛集团英国股份部门总监一职，但从不将这点写在个人简介中。

我跟他再三保证，不需要为《牢狱时光》（最后终于还是决定叫这个名字）这本书道歉，我和他的合作也很愉快。他的小说主角是一位名叫克里斯托弗·肖的便衣刑警，被上级指派前往一所最高警戒的监狱，从一名重刑犯口中套取有用信息。这个设定让他这个系列的前三本小说火爆大卖。

"你为什么会对监狱感兴趣？"我终于开口问道，主菜已经快要吃完，葡萄酒也几乎见底了。

"我从来没有跟你讲过吗？"他看起来有些迟疑，桌上的烛光倒映在他眼中，"我的兄弟在坐牢。"

"我很抱歉……"我很惊讶，他以前从未对我说起过这件事，否则我内心玩世不恭的那一半很可能会利用它来炒热度。

"约翰本是某家大型银行的首席执行官，当时他想从卡塔尔招商引资……那是二〇〇八年的事，金融危机刚过。他给了潜在投资方一些甜头，当然都是私下进行的，没有报告，结果被'反重大诈骗局'给盯上了……"他挥了挥手，"判了三年。"

"我不该问的。"

"不，没关系。约翰吓坏了，他是愚蠢多过贪婪，而他的事也让我开始反思自己的职业生涯，这种事一个不小心说不定就轮到我头上，突然一下就被关进监狱！我不是说他坐牢有多冤枉，但是那真是白白浪费了人生。我坚信未来的某一天，当人类回顾二十一世纪时，一定会诧异我们为什么还会允许这么一个荒谬的、维多利亚时期的刑罚存在。你想吃甜点吗？"

"不必了。"

"那咱们回家喝咖啡吧。"

今晚同样炎热,我们决定步行回去。我有些担心自己唐突询问他的私事会很扫兴,然而事实上,这个话题却让我俩更亲近了。

"你结婚了吗?"他忽然问。

"没有。"我有些意外。

"我也没有。曾经有过两次机会,但最后都没成,现在只怕来不及了。"

"你胡说什么呢?"我问,"你才不到五十岁。"

"我不是这个意思,我是说哪个正常人会想和作家结婚呢?"

"我认识很多婚姻美满的作家。"

"去年我约会过,她离过婚,和我年龄相仿。我们有很多共同的兴趣爱好,我也很喜欢她。可是,我没办法接受她在我身边……工作的时候绝不可以。问题是,我几乎一直都在工作状态,最终她受不了了,选择离开,我也没什么好说的。创作时,作品就是作家的一切,但不是每个人都能接受这一点。"

不知不觉间,我们已经回到了他家门口。他打开门,让我先进。

"你还单身吗,苏珊?"他问。

这句话从他嘴里说出的一瞬间,一切似乎都不一样了。天知道我看了多少爱情小说,对于字里行间的明暗款曲了若指掌。我完全明白克雷格的意思——或者应该说,我听懂了他话里的暗示。从他邀请我到他那优雅豪华的单身男士家中借宿那一刻起,我就应该明白;再不济,想想他选择了离家不远的一家古典雅致的餐厅,和我共进烛光晚餐;以及裹在麦秆装饰的篮子里的高级葡萄酒,也足够说明一切了。

然而更糟的是,我竟不知该如何回应。

这里不是克里特岛,安德鲁也不在身边,我的心忍不住有些动摇——有何不可?克雷格代表着国际大都市的生活、纵情恣意的派对和畅销书等等几乎所有被我抛在身后的、曾经的人生;而他本人也英俊潇洒、善解人意,不仅举止优雅得体,还十分富有。我的内心天人交战,一个声音说:你看看,担心的事终于还是发生了吧;另一个说:这不正是你想要的吗,赶紧伸开双手拥抱这大好良机吧。

"没有。之前有个男朋友,但我们分手了。"

我真想这么说,也知道开口就能说出来,一切本可如此简单。可是那并非事实,至少现在还不是,或许我心里也并不希望它是。

"你还单身吗,苏珊?"他问。

"不是,我没告诉过你吗?我订婚了。"

我静静地看着他慢慢理解并消化这句话。"恭喜。"他说,"这个幸运的男人是谁?"

"他叫安德鲁,和我一起在克里特岛经营一座旅馆。"

"我不得不说,这是我最不希望你告诉我的事,不过这真的很棒。那——要不要喝杯咖啡?"

"不用了,谢谢。今晚非常愉快,但明天我得早起,否则赶不及回萨福克郡了。"

"明白。"

"多谢你陪我吃晚餐,克雷格。"

"荣幸之至。"

我们就像舞台剧里的两个演员背诵着别人写好的台词。他轻轻吻了吻我的脸颊表示晚安——然后右转退场——而我上楼回了客房。

第一页

一大杯金汤力酒；一块用飘着一面小星条旗的鸡尾酒竹签串起来的三明治；一包香烟；一本书。

我准备好了。

我一大早出门，终于在午餐前赶回了萨福克郡。我回到酒店房间，快速整理好行李，又洗了澡。一切就绪后，我来到酒吧外，选了一张木桌端正坐下。我身旁便是酒店东侧草坪舒展的茵茵绿草——艾登和塞西莉的婚礼帐篷搭建的地方。酒店正门就在转角处，我想象着当天客房部主管海伦（在我的想象中，她是一位年长且严肃的女性，穿着熨烫平整的酒店制服）气喘吁吁地穿过庭院寻找劳伦斯，告诉他娜塔莎在十二号客房发现了什么的情景。真不敢想象那一天对所有人来说究竟有多可怕！满场都是穿着礼服出席的客人，还有一个小时前刚举行结婚仪式的艾登和塞西莉。警车突然呼啸而至，然后是各种拍照和封锁罪案现场、调查，以及洛克高级警司令人不悦的质询，好一番折腾之后，尸体终于被抬上担架送走……

外面阳光正好，我却打了个冷战。室内坐着会更舒服些，可边看书边抽烟一直是我的习惯。尽管不是什么好习惯（我指的是抽烟），但没有它我集中不了注意力。这本书当然便是大名鼎鼎的《阿提库斯·庞德来断案》，在伦敦时克雷格给我的那本。终究还是躲不过的，迟早都要面对，去重温它的内容以及当初的回忆。这种感觉很奇妙，身处一件真实的凶杀案中，读着关于另一桩谋杀案的故事。

至于我为什么迟迟不愿重读这本小说，原因已在前文中解释过了。因为我还清晰地记得小说里凶手的身份和所有的线索。我觉得，侦探小说在很大程度上可以说是全世界唯一几种不值得重读的文学体裁之一。

不同的是，此刻我已经对当年六月十四日、十五日两天在布兰洛大酒店发生的事有了比较清晰的了解，也见过了案件的相关人员。艾伦·康威来过酒店，说不定也曾坐在我此刻所在的木桌旁思考，并发现了关键线索。"他们抓错人了。"——这是他对詹姆斯·泰勒说过的话。原本只是来找小说灵感的艾伦却有了意外收获，但又没报告给警察，而是把答案藏在书里。这是唯一能够解释塞西莉失踪的理由，我一定要把它找出来。

此刻，这本平装本小说就放在面前，我用手指轻轻抚过封面上微微凸起的名字，认真地感受着那起伏的触感，仿佛在阅读盲文。艾伦·康威可真了不起，他搞了这么多年的创作，竟能一个接一个地造成如此之多的破坏！《喜鹊谋杀案》一书就差点把我害死，而面前这本书是否又害死了塞西莉·特里赫恩？

我点燃一支烟，翻开了第一页。

我开始阅读[①]。

[①]编者注：请放下这本书，读完《阿提库斯·庞德来断案》后再继续阅读。

猫头鹰谋杀案

* 请读完《阿提库斯·庞德来断案》后,再读下文。

小说

多年后重读《阿提库斯·庞德来断案》，真是一种奇怪的体验。通常来讲，我是不会重读自己编辑过的小说的，就像我所认识的许多作者也不会再去看自己早期的作品一样。因为编辑和校对工作和创作小说一样，需要不断推敲、琢磨和反复修改，偶尔还会被卡住，想破脑袋也找不出一个更好的方案。所以即便最终我对成品再满意，也不想再看了。也不需要再看了。

你问我看到黑尔高级警督转身走向自己的车这一幕，然后合上书的那一刻有什么感受？我花了整整一下午和一部分傍晚重读这本书，却担心这纯粹是在浪费时间。

表面上看，《阿提库斯·庞德来断案》的故事情节几乎可以说和二〇〇八年六月发生在布兰洛大酒店的事件并无相似之处。小说里既没有婚礼，也没有订房间的广告公司老板，没有罗马尼亚的酒店维修人员，更没有树林里的男女交合。这个故事的场景在丹佛郡，而不是萨福克郡；也没有人是被锤子砸死的。实际上，小说里的许多情节都相当戏剧化：著名女演员被人勒死——还是两次！——破案线索受到莎翁名剧《奥赛罗》的情节启发；狂热粉丝用淡紫色的信纸写信；去世的姑姑留下一笔高达七十万英镑的巨额遗产。这些设定肯定都是艾伦顺手瞎编的，根本用不着特地去一趟布兰洛大酒店找灵感。

然而，除非我从一开始就想错了，否则塞西莉·特里赫恩确实是看过这本小说后，坚定了斯蒂芬·科德莱斯库并非真凶的想法。随后，她打电话给远在南法的父母，告诉他们："真相就在眼前——呼之欲出"。据她父亲所说，这是她的原话。我刚把这本书从头到尾读了一遍，也相信自己掌握了真实世界中那场凶杀案的案情，却依旧不知道塞西莉究竟从书中发现了什么关键信息。

不过，令我自己都感到惊讶的是，就算从一开始便已知两名凶手的身份，这次重读却依然让我感觉十分有趣。虽然艾伦·康威并不喜欢写悬疑小说，甚至瞧不起这个题材，却将之写得十分精彩。阅读一部情节错综复杂，却能完美自圆其说的侦探小说会令人有种难以言表的满足感，多年前阅读初稿时的兴奋与愉悦也仿佛被再次唤醒。艾伦从不欺骗读者，我想这也是他成功的原因之一。

虽然阅读他的作品很快乐，但审校作品并非易事。我已记不清当初花费了多少小时确认细节、查校那十个关键时间点，比如确保那些时间点确实能连上，并且不会自相矛盾。大部分的编辑工作是通过网络进行的——艾伦和我的关系总是摩擦不断——但也确曾在我的伦敦办公室里有过一次面对面的交流。而此刻，我坐在布兰洛大酒店的花园里重读这本小说，突然回忆起那个漫长的秋日下午与他的激烈争执。他这个人怎么可以那样令人不悦呢？作家为自己的作品据理力争是一回事，但艾伦喜欢高声争论，还指指点点，让我觉得自己活像闯入他想象力圣殿的不速之客，而非帮助他创作一本该死的畅销书。

举例来说，我希望他能以对阿提库斯·庞德的描写作为开篇，因为这本书毕竟是围绕着这位侦探展开的，我担心读者会不会觉得前面整整四章都在描写别的人物和事件、迟迟不见大侦探人影很无趣。另外，我对《鲁登道夫钻石》那一章也不甚满意，因为它几乎和主要案件调查以及水上的塔利毫无关系，就像忽然冒出来的独立故事一样。我想删掉这章，但他坚决不肯。我的意见可能让他有些不开心，因为我们都知道，七万两千字的小说略短了些。可这并不是什么大问题：阿加莎·克里斯蒂的不少小说都挺短，比如《煦阳岭的疑云》(By the Pricking of My Thumbs) 和《尼罗河上的惨案》(Death on the Nile)（享誉世界的杰作）两本字数都在六万多字将近七万字。删掉钻石盗窃案一章会大幅缩短这本小说的长度，甚至进而影响其商业价值，但更重要的是，艾伦并不打算扩充剩余的章节。这么一来，我就只能在他已经写好的部分上做改动。我喜欢这一章的故事，后来梅丽莎·詹姆斯卧室墙上的破损这一细节还是我提议添加的，这样才能稍微把故事主线和盗窃案的章节更好地联系起来。

我们之间最大的分歧在于埃里克·钱德勒这个角色。埃里克是一个相当令人反感的角色，而当时的社会舆论与思想还没有如今这样敏感，作者们在塑造身患残疾的角色时无须思虑再三。但是，创造一个跛脚的人物或许情有可原，把他描写成一个心理残缺的巨婴——并且还有某种变态的性心理，却很难让人不怀疑这是故意歧视，某种程度上，好像是故意把身体残疾和行为出格画等号。当然了，当时我并不知道这个角色是以布兰洛大酒店的夜班经理德里克·恩迪克特为原型的。正如劳伦斯·特里赫恩所言，书中的描写是对原型的残酷扭曲，我要是早点知道，一定会更加坚决地反对。

关于小说的结局，我更是和艾伦大吵了一架。当阿提库斯·庞德将南希·米切尔从桥上救下后，去医院探望她时——他告诉南希自己会是她永远的朋友，并希望帮助她。然而两章之后，他却指控南希是杀害弗朗西斯·彭德尔顿的凶手。"他本来就不是什么善人！"

"他那么做只不过是为了达到效果！"我还清楚记得艾伦当

时用他一贯的、略微居高临下的态度嘲笑我的样子。

"但是这样一来角色性格就不连贯了。"

"这是惯例。侦探把嫌疑人集合起来逐个击破。"

"这我知道,可是艾伦,他有必要攻击她吗?"

"那你有什么好主意,苏珊?"

"她有必要出现在这场戏里吗?"

"当然有必要!没有她这场戏根本就说不通!"

最终他稍微让步了一些——很不情愿地做了修改。但我还是不太满意。

这种情况还有很多。我之前也说过,艾伦喜欢把一些细节藏在字里行间。现在想来,当初他之所以反对我的修改意见,大概是我在不知情下移除了他的部分秘密信息:就像复活节彩蛋一样。我说过自己很不喜欢"阿尔吉侬"这个名字,听起来像哑剧中的角色。我觉得叫这个名字的男人和在一九五三年开着法国进口标致跑车的人形象不符。我也不喜欢《黑暗降临》那一章里的拉丁数字,因为和书里其他章节的计数风格都不一样。同样的理由,我对于这部虚构小说中忽然穿插着出现的现实生活中的人也不满意,比如伯特·拉尔、阿尔弗雷德·希区柯克、罗伊·鲍灵等等。

可是这些他都坚决不改。

除此之外,我对《黑暗降临》这个章节题目也有意见——而这个题目绝对是他的复活节彩蛋之一。不管怎样,康威很尊崇阿加莎·克里斯蒂,并且时常借用她的创意。"黑暗降临"(Darkness Falls)的章节题目以及他对塔利这个村庄夜晚的描写,很显然借鉴了阿加莎的小说《长夜》(Endless Night);另一章《致命风波》(Taken by the Tide)也是如此,明显是致敬《顺水推舟》(Taken at the Flood)。利用名著《奥赛罗》提示线索也是典型的阿加莎风格,她甚至还直接以莎士比亚的戏剧为自己的四部小说命名。阿加莎甚至还作为客串嘉宾出现在小说里:在去往丹佛郡的火车上,凯恩小姐读的那本小说,是当时的新人作家玛丽·韦斯特马科特的作品,而这个名字正是克里斯蒂的笔名。

不只是我,审稿编辑提出的意见也同样被艾伦一口回绝。她对小说细节有很多疑问,我还记得其中一个是关于结尾处庞德搭乘的火车引擎型号LMR57。这种引擎的使用时间要比故事的设定时间早一百年,主要用于曼彻斯特和利物浦的货运列车,而不是丹佛的客运火车。但艾伦毫不在意——"没有人会注意到的",他说,并且坚持保留了下来。可这是为什么呢?要改也不是一件难事。另外,审稿编辑也和我一样,认为要在一九五三年找到一辆右侧驾驶的标致跑车是非常困难的。

以上这些讨论看起来都和杀害弗兰克·帕里斯的凶手身份毫无关系,但事实却是:艾伦知道真相。他从布兰洛大酒店回家后,曾这样对情人詹姆斯·泰勒说——"他们抓错人了。"可他为什么隐瞒真相呢?为什么没有通知警察?之前我就思考过这个问题,可现在即便再次读完《阿提库斯·庞德来断案》也依然没有头绪,尽管这本小说很有可能包含虚构和现实中两个案件的答案。我要如何才能从书里找到答案呢?

先从名字开始吧。

艾伦总喜欢拿角色的名字做文章。在庞德系列的第四本小说《暗夜的召唤》一书中,角色的名字都是英国的河流名;《阿提库斯·庞德在国外》这本书中的人物名称都是钢笔制造商的名字。没花多长时间我便明白了他在《阿提库斯·庞德来断案》中玩的花样——尽管有的较为牵强，但所有角色的姓氏都取自著名的犯罪小说作家。"埃里克·钱德勒"和"菲莉丝·钱德勒"就是一个明显的信号——那是取自雷蒙德·钱德勒（Raymond Chandler）之名，可以说他创造了世界上最著名的私家侦探角色"菲利普·马洛（Philip Marlowe）"；"阿尔吉侬·马许"则来自女性推理作家奈欧·马许（Ngaio Marsh）；"玛德琳·凯恩"取自《邮差总按两次铃》和《双重赔偿》的作者詹姆斯·M.凯恩（James M.Cain）；"南希·米切尔"则来自格拉迪斯·米切尔（Gladys Mitchell）——一位著有六十多部悬疑小说的高产女作家，连著名诗人菲利普·拉金（Philip Larkin）都是她的书迷。

可是，艾伦的处理可不只这样简单，他还把这些和他在布兰洛大酒店见过、采访过的人名结合起来，赋予小说角色相似的名字以及相同的首字母缩写。其中一个例子便是兰斯·加德纳（LG）——姓氏取自美国侦探小说家厄尔·斯坦利·加德纳（Erle Stanley Gardner），影射劳伦斯·特里赫恩（LG），让后者极其愤慨。另一个例子是伦纳德·柯林斯医生，这名字明显是在影射莱昂内尔·科比（LC）；同样，拉脱维亚制片人西曼斯·卡克斯（Símanis Čaks）的姓名首字母缩写一定和斯蒂芬·科德莱斯库（Stefan Codrescu）有关，只是他在故事里却几乎没有什么戏份，连嫌疑人都算不上，这点很有意思。

我意识到，要想搞清楚艾伦·康威究竟在想什么，就必须整理出一张示意图，把萨福克郡的布兰洛大酒店和丹佛郡的水上的塔利联系起来作对比。那么最明显的提示便是这些角色，以及他们彼此之间的关系和与现实中所影射的人之间的关系。我在酒店花园的木桌前读完小说已是日落西山，于是起身回到房间，拿出笔记本草拟出如下内容。

梅丽莎·詹姆斯（Melissa James）

姓氏来源：P.D.詹姆斯（James），侦探小说《无辜的血》和《教堂谋杀案》的作者。也可能是彼得·詹姆斯（Peter James）（他为庞德的这部小说写了评语）。

角色原型：丽莎·特里赫恩（Lisa Treherne），塞西莉的姐姐。

备注：除了名字相似——丽莎／梅丽莎，角色和实际人物之间几乎没有共通点。书中有描写女演员脸上的伤痕（第五页）。丽莎·特里赫恩很可能与斯蒂芬·科德莱斯库有肉体关系，被莱昂内尔·科比看见。但在《阿提库斯·庞德来断案》里，梅丽莎与伦纳德·柯林斯医生有染。

艾伦·康威的妻子也叫梅丽莎，她似乎与酒店健身房教练莱昂内尔·科比（LC）关系不错。艾伦是在暗示两人有私情吗？

弗朗西斯·彭德尔顿（Francis Pendleton）

姓氏来源：美国犯罪小说作家唐·彭德尔顿（Don Pendleton），著有《处刑者》。

角色原型：弗兰克·帕里斯（Frank Parris）。

备注：除了相同的姓名首字母缩写（FP），康威将彭德尔顿和帕里斯之间的相似性写得十分明确。他们都有卷曲的头发和深色的皮肤，并且在《阿提库斯·庞德来断案》的第十页中写道，弗朗西斯据说有一艘名为"桑多纳（Sundowner）"的帆船，而弗兰克在澳大利亚的广告公司就是这个名字。

角色和现实人物都被杀害了，一个是用刀，一个是用锤子。这是另一个相似性。可是现实中并没有任何与玛德琳杀害弗朗西斯的动机相关的线索。

南希·米切尔（Nancy Mitchell）

姓氏来源：格拉迪斯·米切尔（Gladys Mitchell），布雷德利夫人探案系列的作者。

角色原型：娜塔莎·马尔克（Natasha Mälk），酒店女佣，全名是艾登告诉我的，是她发现了尸体，姓名首字母缩写也符合。

备注：没有什么可写的，因为虽然康威见过娜塔莎，我却没有。南希和弗朗西斯的一夜情似乎在现实中没有可以对比的事件。毕竟弗兰克是同性恋！

玛德琳·凯恩（Madeline Cain）

姓氏来源：詹姆斯·M.凯恩（James M.Cain）。

角色原型：梅丽莎·康威（Melissa Conway）？

备注：除了姓名首字母缩写MC之外没有明显相似性，或许只是艾伦的恶趣味，把前妻写成一个疯狂的影迷和杀人犯。而且艾伦本就打算放弃玛德琳——他要在第四本小说里加入詹姆斯·弗雷泽的角色。

伦纳德·柯林斯医生（Dr Leonard Collins）

姓氏来源：很难说，可能是美国短篇侦探小说系列作家丹尼斯·林兹（Dennis Lynds）的笔名"迈克尔·柯林斯

(Michael Collins)"。也可能取自维多利亚时期英国小说家威尔基·柯林斯（Wilkie Collins），著有《白衣女人》和《月亮宝石》等书。

角色原型：莱昂内尔·科比（LC）。

备注：这一对令人不解。伦纳德·柯林斯医生是《阿提库斯·庞德来断案》里的凶手和主要角色之一，可他杀的是梅丽莎·詹姆斯，不是弗朗西斯·彭德尔顿。所以，艾伦是故意用这种方式暗示莱昂内尔·科比不是杀害弗兰克的凶手吗？

还有，布兰洛大酒店的凶杀案只有一名凶手，可月光花酒店案件中却有两名。这一点我还没有想通。

萨曼莎·柯林斯（Samantha Collins）

姓氏来源：和伦纳德·柯林斯一致。

角色原型：塞西莉·特里赫恩（Cecily Treherne）？

备注：很难看出萨曼莎这个角色是基于谁创作的，虽然她在小说中有稍微受到怀疑，但戏份不多。塞西莉和萨曼莎的名字的第一个字发音类似，在小说第三十页中形容角色脸型"方正严肃"，这一点也符合塞西莉的面容特征。

西蒙·考克斯（Simon Cox）（西曼斯·卡克斯 Sīmanis Čaks）

姓氏来源：英国推理作家安东尼·伯克莱·考克斯（Anthony Berkeley Cox），代表作《毒巧克力命案》。他与"来断案"的另一个关联是——该作家的另一本小说于一九四一年被阿尔弗雷德·希区柯克改编为电影《深闺疑云》(Suspicion)。

角色原型：斯蒂芬·科德莱斯库（Stefan Codrescu）。

备注：这点很有意思，西蒙·考克斯在小说中只有很少的戏份，但斯蒂芬·科德莱斯库却是弗兰克·帕里斯谋杀案的核心人物。西蒙在书中连嫌疑人都算不上。

同时，艾伦·康威还故意把角色描写成东欧人（斯蒂芬来自罗马尼亚，西蒙来自拉脱维亚），并且形容他像"刚从牢里放出来的小混混"，这是角色梅丽莎在第三十五页对他的形容。

艾伦这么写是因为相信斯蒂芬有罪吗？还是说，他知道斯蒂芬是无辜的，但故意这么写来嘲讽他？

兰斯·加德纳（Lance Gardner）／莫琳·加德纳（Maureen Gardner）

姓氏来源：美国侦探小说家厄尔·斯坦利·加德纳（Erle Stanley Gardner）——名侦探佩里·梅森这一角色的缔造者。

角色原型：劳伦斯（Laurence）和波琳·特里赫恩（Pauline Treherne）。

备注：小说把兰斯和莫琳刻画成卑鄙无耻之人……这或许又是艾伦·康威的恶趣味吧。两起谋杀案他们俩都不曾参与。劳伦斯确实有权利告他！

埃里克·钱德勒（Eric Chandler）／菲莉丝·钱德勒（Phyllis Chandler）

姓氏来源：雷蒙德·钱德勒（Raymond Chandler）。

角色原型：德里克·恩迪克特（Derek Endicott）——或许以及他的母亲。

备注：和描写加德纳夫妇一样，艾伦似乎也没有把德里克·恩迪克特和弗兰克·帕里斯凶杀案关联起来，但这也有可能是他漏掉了某些线索。假如帕里斯并非真正的袭击目标呢……

"偷窥狂"的设定和对残疾人的嘲弄真是典型的康威做派。他见过德里克的母亲吗？或许我应该去见见！

阿尔吉侬·马许（Algernon Marsh）
姓氏来源：新西兰最伟大的犯罪小说作家伊迪丝·奈欧·马许女爵（Edith Ngaio Marsh），创作了广受欢迎的罗德里克·阿莱恩探长系列故事。

角色原型：显然是艾登·麦克尼尔（Aiden MacNeil）……连本人都发现了（AM）。

备注：艾登拒绝接受艾伦的采访。"我只见过他两次……也就五分钟左右。我不是特别喜欢他。"作为回应，艾伦把他写成了一个不学无术的混蛋，算是一种丑化吧。这是艾伦的报复吗？不过并未暗示他是凶手。

对名字的整理就到这里。要是艾伦·康威打算让人简单猜出答案，弗朗西斯·彭德尔顿就会被一个和布兰洛大酒店中某人有着相同姓名缩写的角色杀死，这样我就能知道是谁杀了弗兰克·帕里斯了。

想到此处我忽然发现，实际上他不正是这么做的吗？玛德琳·凯恩杀死了弗朗西斯，所以，难道是梅丽莎·康威杀了弗兰克？她俩名字的缩写都是"MC"。

即便如此,我也不相信艾伦是故意影射自己的前妻。第一,凶杀案发生时,她已经把姓氏改回了"约翰逊";第二,她有什么动机要杀掉弗兰克·帕里斯?总之,小说里还有一个梅丽莎——梅丽莎·詹姆斯,在第四章被人勒死了。她也同样可能是基于梅丽莎·康威创作的角色。艾伦似乎觉得自己的前妻既是被害者又是杀人犯。

为什么要搞得这么复杂?

《阿提库斯·庞德来断案》一书中还有另外两条线索是故意沿用发生在布兰洛大酒店的真实事件的。我把这两点也写在了笔记本上:

《费加罗的婚礼》。
夜里吠叫的狗。

小说中写弗朗西斯·彭德尔顿谎称自己去看的歌剧,和现实中弗兰克·帕里斯告诉塞西莉·特里赫恩的莫扎特歌剧名称一模一样,这绝不可能只是简单的巧合。而且这两人的姓名首字母缩写也吻合。弗兰克为何会编造去看歌剧的故事现在仍未可知,他究竟去了哪里——为什么要特意编造这样的谎言?至于狗,克拉伦斯塔楼的金巴和布兰洛大酒店的黄金猎犬"小熊"都在凶杀案发生时吠叫起来。这肯定又是艾伦故意留下的线索。我在笔记本上记了一笔,提醒自己下次遇见德里克时,一定要再好好问问那天晚上发生的事。

*

抬头望向窗外,已经一片漆黑。我忽然感觉肚子饿了,于是合上笔记本,把它放在平装版《阿提库斯·庞德来断案》旁边。

正要下楼去吃晚餐时,忽然想起一件事。我立刻冲回桌边,翻开艾伦小说的第一页——果然,和我想的一样。我对自己感到气恼:明明就在眼前,我却一直没有发现,甚至差一点完全错过。

我说的,是那句赠言。

"献给弗兰克与利奥:兹以纪念。"

弗兰克显然是指弗兰克·帕里斯,而利奥一定是指的詹姆斯·泰勒说的那个男招待。弗兰克和利奥,艾伦和詹姆斯曾一起吃过饭。弗兰克·帕里斯帮助艾伦勇敢发现并承认了自己的性取向,也很享受和利奥的性虐游戏。

"兹以纪念。"

这几个字深深地映入我眼帘。弗兰克在布兰洛大酒店被杀害,那么利奥也死了吗?

一念冲动,我掏出手机飞快地发了一条短信。

> 詹姆斯——之前请我在 Le Caprice 吃饭
> 还没谢谢你呢!能再和你见面畅谈真
> 是太棒了。我还有一个小问题。你曾提过
> 弗兰克有一个叫利奥的朋友,你对他了解
> 多吗?他会不会已经死了?因为我注意到
> 艾伦的这本小说是献给这两个人兹以纪念的。
>
> 多谢!苏珊。X

也就过了一分钟,我的手机"叮"的响了一声,他的回复显示在屏幕上。

嘿,苏珊。我对利奥不是很了解,
只知道他住在梅菲尔德的一间时髦的
公寓里(天知道他哪来的钱)。
不过我听说他已经离开伦敦了,不
清楚现在是死是活。他和弗兰克经
常在一起,但你说这本小说是献给他
的,我还是很意外。艾伦从来没在
我面前提过他,我也只见过一面,
不是很清楚情况。他有一头金发(不知道
是不是染的?)长相俊美,不高。
我从没见过他裸体,所以不清
楚身材有多好……有没有割包皮——
你是不是超想知道!!!他应该经常
健身,体形保持得不错。对了,利奥
可能不是他的真名,干我们这行的
很多都用假名(保险起见)。斯塔
德和南多这两个名字一直很受欢迎。
他们也是宠物名字。艾伦第一次见到
我时,我叫吉米……听起来比较甜美、
像小男孩。你的调查有进展了吗?现
在回头想想,弗兰克·帕里斯真是个阴
森可怕的人,是真变态狂。死了搞
不好是罪有应得。下次来伦敦记得打电话给我。
吉米 XXX

詹姆斯不清楚利奥是死是活。我该如何查清这一点呢?

还有两天

一觉醒来第一件事,就是拿手机打视频电话给安德鲁。此刻应该是克里特岛的上午十点半,他应该已经吃完早餐、游完泳,看看旅馆上下没什么事需要照顾,便回到屋外的露台上,泡上一杯浓浓的黑咖啡(希腊式的、不是土耳其咖啡),然后看书。我离开前,安德鲁在看希腊作家尼可斯·卡赞扎基斯(Nikos Kazantzakis)的书,还跟我推荐来着——好像觉得我多闲似的。

视频电话无人接听,于是我又给他打手机,可却直接进入语音信箱。我想着要不要打给内尔或者帕诺斯,又或者波吕多洛斯旅馆的任何员工,可那样会让人觉得我好像很着急。再说,我也不想把私事告诉他们。住在克里特岛就是这点麻烦,即便住在城镇里,每个人的心态都很乡村。

对于他至今尚未回复我的邮件一事,我依然感到困惑,并且有点不高兴。我又没有逼他什么,只不过坦诚讲出了自己的一些真实感受,然后建议大家坐下来好好聊聊而已。这样很过分吗?安德鲁是回邮件比较慢,可是他肯定一看标题就知道是我发的。我知道,他的性格里有一些回避问题的成分,回避探讨感情或者"我们"。或许是久居远离尘嚣的地中海岛屿,日日暖阳高照,与世隔绝,甚至是变得懒惰,反正我遇到的不少希腊男人都是这样。

最终,我放弃了联系他。我只需要再在英国待几天而已。塞西莉·特里赫恩还没找到,而我已经基本上把能问的人都问过一遍、能问的问题都问了。重读一遍小说并未带给我任何新的启发。而关于我自己的未来发展，迈克尔·比利已经多少透露出一些信息，那就是我不可能再重回出版行业，无论是不是自由职业。那我还有什么选择呢？只能乖乖回到波吕多洛斯，和安德鲁促膝长谈，看看我们接下来该怎么办。

我冲了个澡，换了衣服下楼。早餐还是在那天和劳伦斯吃晚餐的同一个大厅里供应，服务生们穿着黑色的裤子和白色衬衫，都是从伍德布里奇买来的。早餐有自助式的传统选择：煎蛋、煎培根和焗豆子，都装在不怎么美观的老式加热炉里，闪着油光。我忽然特别想念希腊酸奶配新鲜西瓜，但只能老老实实地照着菜单点了餐，拿上笔记本和一杯美味的滴滤咖啡，找个位子坐下，等餐上桌。

刚吃了几口，我抬头一看，发现丽莎·特里赫恩出现在眼前。她朝我微笑——可惜，是那种让人头皮发麻的笑容，我都能想象，她解雇斯蒂芬的时候一定也是这副表情。

"早上好，苏珊。"她开口了，"介意我坐下吗？"

"请便。"我朝桌子对面空着的椅子指了指。

"说的也是，那我就'主随客便'了。"她坐下，一副公事公办的神情。一名侍应生走来问她喝不喝咖啡，可丽莎挥挥手让他走开，"毕竟您是酒店的客人，我们有义务照顾您。"

"照顾得很周到，谢谢。"

"您喜欢这座酒店吗？"

"酒店非常舒适。"我能嗅到空气里麻烦来临的味道，嘴甜一点总不会错，"难怪会如此受欢迎。"

"是的。而且现在正是旺季。实际上，我来就是想跟您聊这件事。您的调查进展如何？"

"这也谈不上是调查。"

"有任何关于塞西莉的消息了吗?"

"我昨天重读了小说《阿提库斯·庞德来断案》,对于之前发生的事情有了一些头绪。"我轻轻合上笔记本,仿佛在守护其中的秘密。

"一些头绪?"她垂眼看了看我面前的餐盘。我点得不多——面包上加了一个水煮蛋——可她的表情看起来倒像是我吃光了整个早餐自助流水线。"我想说的是,苏珊,我没有不敬的意思,但你现在住的房间价格是每晚两百五十英镑。而你不仅吃着酒店的食物,说不定还喝着酒吧的小酒,除此之外,你还成功说服我的父母支付了一笔不菲的费用,可到目前为止,他们从你这儿得到的唯一反馈都是关于先前那件案子的。在我们看来,你什么也没做。"

如果这都能算是没有不敬,那我真不知道她如果决心要冒犯一个人会是什么样子。我想起了莱昂内尔·科比对她的评价——"那家伙可真不是什么好东西"。或许我之前对莱昂内尔的评价太苛刻了。

"你父母知道你来找我这件事吗?"我问。

"其实正是我父亲让我来找你谈谈的。我们想要结束调查,并请你离开。"

"什么时候?"

"今天。"

我放下手中的刀叉,整齐地摆在盘子上,然后直视着她的眼睛,用我能发出的最甜美的声音问道:"你是否告诉过令尊,在解雇斯蒂芬·科德莱斯库之前,你曾跟他发生过关系?"

怒火令丽莎满脸通红,脸上的伤疤因此更加奇怪地凸显着,仿佛一道新伤。"你在胡说八道什么!"她压低声音怒道。

"是你询问我的调查进展,"我提醒她,"我想这是非常重要的信息,会让调查有截然不同的走向。你说呢?"

有趣的是,我一开始其实并不完全确定她和斯蒂芬的事,可丽莎没有反驳。又是这样——所有的证据就在眼前。第一天晚上和劳伦斯吃晚餐时,他就曾说过丽莎曾经挺喜欢斯蒂芬的,两人经常待在一起。可后来丽莎却解雇了斯蒂芬,科比认为是丽莎无中生有污蔑斯蒂芬。她和妹妹之间还有关于性的纠纷。"她们俩总爱拿男朋友的事做比较,争风吃醋"——这是劳伦斯说的。而我立刻想到,也许丽莎之所以不喜欢艾登·麦克尼尔,有很大一部分原因就是这种姐妹间常见的嫉妒。

"你听谁说的?"她厉声问道。竟然没有怒气冲冲地离开,这倒让我蛮惊讶的。换作我大概会走吧。

"你解雇他是因为他不愿意再做你的床伴了。"

"他是个小偷。"

"他不是。偷东西的是娜塔莎·马尔克,发现尸体的女佣。大家都知道。"

我只是重复了莱昂内尔·科比的话而已,没想到他又说对了。丽莎的脸色沉了下去,依旧压低声音抱怨道:"他胡说。"

"丽莎,"我说,"我已经安排了去诺福克郡的韦兰监狱见斯蒂芬,你没有必要对我撒谎。"其实真正撒谎的是我,我并没有收到斯蒂芬的回信——可我是不会告诉她的。

她眉头紧锁、怒目而视,眼中的怒火几乎可以将我的溏心水煮蛋凝固:"你凭什么会相信他说的话?那是一个已经认罪的杀人犯!"

"我不确定他是否真的杀了弗兰克·帕里斯。"

有趣的是，我嘴里说着不确定，但随着这句话一字字跃出唇间，我却无比确定那是真的。逮捕斯蒂芬的警察是一个只因他是罗马尼亚人就能把他关一辈子的家伙。逮捕他的证据简直薄弱得离谱——藏在床垫下的区区一百五十英镑？现在谁还会把偷来的钱藏在床垫下，又不是蹩脚喜剧电视节目里的老太太。而且他真的会为了这么一点钱，就甘愿冒险蹲大牢吗？

那件事说不通的地方太多了：夜里忽然吠叫的狗；一开始挂在死者门上，后来却被人扔掉的"请勿打扰"指示牌；弗兰克·帕里斯关于看歌剧的谎言。还有，对我来说最大的疑问——如果艾伦·康威知道了凶手的真实身份（这肯定也是塞西莉·特里赫恩失踪的原因），他为什么不说出来呢？

"如果不是斯蒂芬杀的，那会是谁？"丽莎质问。

"给我一个星期，我会告诉你答案。"

她瞪着我："我只给你两天。"

"也行。"我本打算据理力争，可转念一想，那样只会让她觉得我心虚。两天，至少表示我不会在今天午餐前被赶出去。

丽莎准备起身，可我的话还没有说完。"跟我讲讲你和塞西莉的事吧。"我说。

闻言，她重新坐下："你想知道什么？"

"你们关系好吗？"

"很好。"

"你为什么不愿意跟我说实话呢，丽莎？你不希望我查清楚她到底怎么了吗？"她盯着我，于是我接着问，"你嘴边的伤疤是怎么来的？"

"是塞西莉弄的。"丽莎戒备地举起手放到嘴边遮住伤疤，"但她不是故意的。当时她才十岁，不知道自己在做什么。"

"当时你们在吵什么？"

"这和调查无关！"

"或许有关。"

"是为了一个男孩。不，不是男孩……是男人。你也知道小女生什么样。他的名字叫凯文，是酒店厨房的员工。那时凯文差不多二十岁，我和塞西莉都喜欢他，但他吻了我。仅此而已。某天我和他聊天、嬉闹，然后他在我脸上轻轻吻了一下。当我把这件事告诉塞西时，她非常生气，说我抢了她喜欢的人。当时桌上有把刀，厨房用的刀，她顺手抓起刀就朝我扔过来，都没看准方向。可是刀刃还是划伤了我的脸颊，非常锋利。"她放下手，"流了很多血。"

"你还怪她吗？"

"我从来没有责怪过她。她太小了，下手没有轻重，不知道自己在干什么。"

"那她和艾登呢？"

"他们怎么了？"

"上次我们交谈时，我感觉你似乎不太喜欢他。"

"我对他个人没有意见，只是觉得他没做好自己分内之事罢了。"

"你认为你妹妹爱他吗？"

"我想是爱的吧，不知道。我们从没聊过这些事。"

刚才的问题我故意使用了过去时态，但丽莎没有纠正。看来她也认为塞西莉已经死了。

"那你和斯蒂芬呢？"我继续问。

"我们怎么了？"

"告诉我你解雇他的真正原因。"

丽莎犹豫了半晌，终于还是和盘托出："我是和他睡过几次，因为——有何不可？他长得帅，又单身，还特别主动！但他是个罪犯，一无所有，要不是因为我，可能早就睡大街了。所以，你大概可以理解为他是用这种方式还我的人情。

"但我从来没有以此胁迫过他。要是你怀疑我解雇他是因为他不愿意再上我的床的话，那我真的要让你滚出酒店了，管你知不知道杀害弗兰克的凶手是谁。斯蒂芬·科德莱斯库听我的话，我让他做什么他就做什么，这也是乐趣之一。只要我勾勾手指头，他就会立刻跑过来。但是很可惜，不管你怎么想，钱就是他偷的——不是娜塔莎。这就是我为什么要让他离开酒店的原因。对我来说，酒店比他重要多了。"

说完她站起身来，椅子脚在地上划出一阵吱呀声。

"你只有今天一天和明天早上，苏珊，以后我不想再看见你。"她忍不住还是要加上最后一句，"离店手续中午十二点前办理。"

埃洛伊丝·拉德玛尼

丽莎·特里赫恩算是已经对我下了逐客令，但我并不为此觉得难过。我本就打算回到安德鲁身边，她这么一闹，就算我真的查不出什么，也算给了我一个离开的理由。我必须和安德鲁谈谈。我们还算是在一起吗？——这才是压在我心头最大的问题，而不是八年前谁杀了弗兰克·帕里斯。

离我被驱逐出布兰洛大酒店还有不到四十八个小时，我该如何利用这段时间？

在丽莎带着怒气和显而易见的欲求不满出现之前，我正在整理一个事件线索表。等她离开，我立刻重新拿出笔记本仔细检视这些线索。时间已经不多了，而我还有很多事没做。

我的首要任务就是去韦兰监狱和斯蒂芬·科德莱斯库见面。从他那里一定能了解很多重要信息。首先是他对凶杀案当晚的记忆；他和丽莎的关系；他看见的、听见的一切；谁可以进入他的卧室，以及最重要的——他为什么要认罪。可是，他的回信不知要等几个星期甚至几个月，我可等不起。

然后是利奥，那个同时与弗兰克·帕里斯和艾伦·康威有"深厚情谊"的男招待。如果艾伦的小说赠言暗示他已经死了，那么他是怎么死的？而且，为什么艾伦的赠言里会有他的名字？明明利奥并非弗兰克的唯一人生伴侣，只是众多情人中的一个，并且还是要付费的那种。

我还需要再重新检视一下马丁和乔安娜·威廉姆斯，目前他们依旧是唯一有明显杀人动机的人。一开始见到这对夫妻时，我只觉得两人都让人很不舒服，可现在我已经知道他们撒了谎。原本我在跟他们谈话时就应该有所察觉，可实际上，却是艾登说的话暴露了他俩的谎言，再加上后来劳伦斯的长邮件再次确认了这一点。马丁在弗兰克死的那天来过布兰洛大酒店。这是我从他说的话中发现的，而他还不知道自己已经暴露了。

我还没来得及找那个最初被安排在月光花翼十二号房间的乔治·桑德斯聊聊，也没有机会跟罗克珊娜的保姆埃洛伊丝·拉德玛尼说上话，她或许还同时是艾登的私人助理。我还想追查艾伦的前妻梅丽莎当时的行踪——凶杀案发生时，她就住在酒店隔壁，晚上可以趁无人注意随时溜进酒店花园。

最后，还有威尔考克斯。这个名字是我去弗瑞林姆见萨吉德·汗时，他不小心说出来的。人我已经查到了，虽然和案件并无关系，但依旧是我调查的主要任务之一。我打算下午一并处理。

吃完早餐，我打算回房间，可刚走到酒店大厅，便看见埃洛伊丝·拉德玛尼拿着一篮子亚麻织物从前台走过。看样子，明显是把酒店的洗衣房当作布兰洛农舍的附属设施了。她看见我，便立刻转身快步离开，生怕被叫住，可我偏不让她跑。我加快步伐赶上，终于在后门堵住了她。

我在脑海里迅速过了一遍目前已知的信息：埃洛伊丝来自法国马赛，于二〇〇九年罗克珊娜出生两个月后来到布兰洛大酒店。那时距离弗兰克·帕里斯被害已经整整九个月。在那之前，她曾在伦敦读书并邂逅了自己未来的丈夫，只可惜后来他因感染艾滋病去世。我们第一次见面时，她看我的神情仿佛在看着一个魔鬼。她的样子实在谈不上怡人，宽大的外套下穿着一件灰蓝色T

恤，除此之外，全身都是黑灰色。

"早上好。"我用尽可能友好的语气说。

"您好。"她皱着眉头回应。

"我叫苏珊，之前在别墅外匆忙见过一面。当时没机会跟您解释我来这里的原因。"

"麦克尼尔先生都告诉我了。"她在说到"先生"这个词时用的是英语而不是法语，可依旧伴随着浓重的法国口音，平添了一丝喜剧效果，"您是来帮忙找塞西莉的。"

"没错。这件事有新进展了吗？我昨天去了伦敦……"

她摇摇头："还是没有消息。"

"您一定很不好受。"

她的神情稍微放松了些，可眼神依旧充满戒备："是挺难过的。塞西莉对我很好，把我当成家人一样。但最难过的还是罗克珊娜，她最伤心，还不懂到底发生了什么。"

"您在家里帮佣已经很长时间了吧。"

"是的。"

"最后一次见到塞西莉是什么时候？"

"为什么问我这些问题？"

"劳伦斯和波琳请我调查这件事。我基本上和其他所有人都谈过了。您不会介意吧？会吗？"我的语气中故意带上了一丝挑衅，想看看她究竟在隐藏什么。

她完全明白我的意图，轻轻摇了摇头："我当然不介意回答您的问题，只是我没什么可说的……"

"那么你最后一次见到塞西莉是什么时候？"

"是在她死的那天，午餐后。那时我要带罗克珊娜去伍德布里奇看医生，她不太舒服。她的……你知道……肚子不舒服。塞西莉跟我说要去遛狗,我们在厨房里简单交谈了几句。那是我最后一次见到她。"

"那天晚上你休息。"

"是的。酒店里的因加帮忙照看罗克珊娜。"

"那么你去了哪里呢?"

她脸上闪过一抹怒意,和我们第一次见面时一模一样:"这跟你有什么关系?"

"我只是想尝试把所有事情串联起来而已。"

"我去了奥尔德堡看电影。"

"看的什么电影?"

"干吗连这个也问?一部法国电影!你凭什么来问我这些问题?你以为你是谁?"

我不说话,等着她冷静下来。她想继续往前走,但我寸步不让。"你在害怕什么,埃洛伊丝?"我问。

她看着我,眨了眨眼睛,令我惊讶的是,她的神情一瞬间变得要哭出来。"我怕塞西莉已经死了。我怕那个小姑娘从此以后就没有妈妈了。我怕麦克尼尔先生以后只能孤单一个人。还有你!你跑到这里来,假装这一切只是一场戏——一部侦探小说故事!你对这个家没有一点了解,更不了解我和我心里的挣扎!"

"你失去了丈夫。"

要不是她手里拿着洗衣篮,此刻只怕已经扑上来揍我了。我看见她握在篮子两侧的拳头攥得紧紧的。"卢西恩之前在读建筑学,他想当建筑师。"她说道,声音哽咽,"他本来可以成为一名优秀建筑师的。他很有想法——令人惊叹的想法!你知道为了支持他我有多拼命吗?我去当洗碗工、办公室清洁工,还在一家广告公司当前台,后来又去哈罗德百货公司卖男装。我为他付出了一切,可是你们国家伟大的国民医疗系统却夺走了他的性命,给他输错了血,导致他死亡,还连一分钱也不赔给我!连个说法也没给!他是我的一切,而他们却杀死了他。"

"我很遗憾。"

我瞥见两名客人从楼上下来准备出门,心里想着,要是他们听见了这番对话,不知会作做何感想。这可不是人们对乡村酒店的预期。

"为什么大家就是不肯让我清净?"埃洛伊丝接着说,"先是警察,然后是你!艾登和他妻子的死没有一点关系。我摸着良心跟你说这话。他是个好人,罗克珊娜很喜欢他。"

"你觉得塞西莉失踪究竟是怎么回事呢?"

"我不知道!我觉得或许没发生什么奇怪的事,或许只是遇到了什么意外,现在已经死了。而你应该走得远远的,别再来烦我们。"

她挥了挥手中的洗衣篮,推开房门快步离开。这次我没有拦住她。她的愤怒和痛苦在无意间流露出一些信息,或许连她自己都没有察觉,而我决定去查清楚。

我立刻上楼回到房间,找出了艾登说的那家叫作"骑士桥保姆中介"的电话。埃洛伊丝就是他通过这家中介找来的。我拨通电话,假装成一位想请埃洛伊丝来家里当保姆的母亲,接电话的女人很是惊讶。

"我还不知道她已经离开现在的岗位了。"她说。

现在还有人用"岗位(employ)"这个词吗?但我想这可能就是中介的商务用词罢了。

"她还在麦克尼尔家工作。"我告诉她,"但恐怕现在遇到了一些困难,所以她在考虑是否要换工作。你或许也听说了麦克尼尔太太失踪的事……"

"噢,是的,当然。"听见这话,女人放下心来。

"我已经跟她面谈过,并且对她很满意。今天打来只想确认一下她履历上的一个小地方。拉德玛尼女士说她曾在一家广告中介工作过,而我丈夫恰好是广告业的,所以想问问她之前是在哪家。"

电话那头沉默了一下,我听见敲击电脑键盘的声音。很快信息搜到了——"是麦肯·光明广告有限公司。"她回答。

"非常感谢。"

"下次您再和拉德玛尼女士联络时,烦请您让她联系我们。如果她不能为您服务,我们也一定会帮您找到新的合适人选。"

"谢谢。我会保持联系。"

挂断电话,我走到书桌旁,打开电脑,搜索之前在伦敦查询到的新闻剪报。等待屏幕亮起的时间仿佛有一个世纪之久,但终于,那篇报道再次呈现在我眼前,并且结果和我想的一样。我说的是那篇登载在广告业杂志《活动报》上的报道——

"由曾为麦肯·光明广告有限公司巨擘的弗兰克·帕里斯建立的桑多纳广告公司已停止营业。该信息由澳大利亚官方金融检察机构——澳大利亚证券投资委员会宣布。委员会表示,该公司成立仅三年时间后,便已无交易活动。"

弗兰克·帕里斯曾在麦肯·光明广告有限公司工作过,而埃洛伊丝·拉德玛尼曾是那里的前台接待员。这两个人一定彼此认识。现在埃洛伊丝又来到了酒店。阿提库斯·庞德经常说,案件调查中没有巧合——"生活中的每件事都有迹可循。所谓巧合,不过是这种踪迹的昙花一现而已。"

不知此话是否经得起考验。

重返韦斯特尔顿

我离开酒店,开车再次来到希斯别墅——弗兰克·帕里斯和妹妹乔安娜·威廉姆斯共同继承的遗产。这一次没有人修缮房屋了。我走到大门外,按下门铃,直到有人开门。马丁·威廉姆斯站在门口看着我,还穿着和上次一样的蓝色连体工装。他的手里握着一把锤子,以一种令人不悦的方式提醒着我此番前来的目的——我说的不仅是再次登门的目的,更是千里迢迢来到萨福克郡的原因。他看起来确实是那种工作之余喜欢在家里东敲敲西搞搞的男人。

"苏珊!"他的表情看不出是喜是怒,或许是两者皆有,以一种奇怪的方式融合在一起,"没想到还能再见到你。"

我琢磨着他是否知道上次离开前,他太太对我说的话。

"再次登门打扰,十分抱歉,马丁。我很快就要离开英国了,可有几件事还需要确认。如果方便的话,我想跟你谈谈,最多五到十分钟,不会占用你太多时间。"

"快请进。"他说,然后又笑眯眯地补充道,"不过乔安娜或许不太乐意见到你。"

"我知道。上次来访时她已经表达得很明确了。"

"这不是针对你本人,苏珊。只是她和弗兰克关系不算太好,她不想再提过去的事。"

"谁又不是呢?"我咕哝了一句,他估计没听见。

马丁领着我走进厨房,乔安娜正在做饭,拿着一只大勺子在碗里搅动着。听见声响,她转过头来,脸上刚扬起的一抹笑意在看清来者后立刻消失殆尽。"你来干什么?"她冷冷地问,连假装的客气也没有了——红茶、薄荷茶或者别的饮料当然也别想了。

"我的来意非常简单。"我坐了下来,仿佛在宣告主权,也暗自希望这种强势的姿态可以唬住他们,不要太快把我赶出去,"上次我来的时候,你们告诉我的话里有两件事是假的。"我开门见山地说。乔安娜看我的表情让我确信,这场谈话必须尽可能快、准、狠。"首先,你们说弗兰克·帕里斯想让你们投资他的新公司,但后来我却查到,他其实是来收回自己那一半遗产的,也就是房子一半的价值——二位现在住的房子。他打算强迫你们卖掉它。"

"关你屁事!"乔安娜挥舞着手里的木勺,仿佛那是一件武器,我很庆幸自己来的时候她不是在切肉,"你没有任何权利来我家,我们也不需要跟你谈。如果你再不离开,我就要叫警察了。"

"我现在正与警方合作,"我说,"你希望我把查到的事告诉他们吗?"

"我管你在跟谁合作。滚出去。"

"等一下,乔。"马丁的温和平静有一种近乎阴险的味道。"是谁告诉你的信息?"他问,"我认为我们有权利知道。"

我自然是不会实话实说,虽然不怎么喜欢萨吉德·汗,却也不想给他惹麻烦。"我和弗瑞林姆的一家房产中介有联系。"我解释道,"弗兰克想知道这栋房子现在的市价,于是跟中介说他手上有套房产即将售卖,也告诉了他们售卖的原因。"

这个随口编的故事我自己说着心里都在打鼓,总觉得听起来很假。可是马丁选择了相信我,完全没有质疑:"不知你这次来到底想说什么,苏珊?"

我不知该怎么回答,于是反问:"你们为什么对我撒谎?"

"首先,乔安娜说得没错,这不关你的事。你这样含沙射影的说话方式也非常不礼貌。我们所说的和真实情况相去不远——弗兰克需要一笔钱投资新公司,于是把目光投向了这栋房子,算是要求我们做一种变相投资,但我们俩都不太情愿。我们很爱希斯别墅,乔安娜更是一辈子都生活在这里。可当咨询过律师后,我们发现自己根本阻止不了他,于是只好作罢。"他耸耸肩,"然后,你也知道,弗兰克死了。"

"我们和此事毫无关系。"乔安娜补充道,这真是欲盖弥彰,反而让人觉得就是与他们有关。

"你刚才说有两件事。"马丁说。

"你干吗?"乔安娜恼怒地盯着丈夫说。

"我们又没做亏心事。如果苏珊对我们有疑问,就应该堂堂正正地回答她。"他微笑着看着我说,"请说。"

"你跟我说弗兰克·帕里斯来家里时抱怨过布兰洛大酒店的婚礼,说他的房间视野被婚礼帐篷挡住了。"

"我是说过这话。"

"这么一来就说不通了。他来见你们的时候是星期五早上,可婚礼帐篷是星期五午餐时间才搭起来的。"这件事艾登和劳伦斯都有提起过,当时我就隐约觉得哪里有些不对劲,就像审阅初稿时发现了瑕疵。而此刻,我要一个答案,"能请你解释一下这是怎么回事吗?"

马丁·威廉姆斯依旧泰然自若,想了想才说:"我也不知道这是怎么回事,可能是弗兰克搞错了吧。"

"既然没有帐篷,他又怎会抱怨被挡住了视野?"

"那或许是他骗了我们。"

"也或许是你那天晚上去过酒店，看见了婚礼帐篷。"我试探道。

"可我为什么要去酒店呢，苏珊？而且如果我真的去了，为什么不直接告诉你？"

"简直太荒谬了！"乔安娜怒道，"我们根本就不该和这个女人说话……"

"除非你是想说，我为了不卖掉这栋房子而杀了我内兄。"马丁却没有停下的意思。他看着我，眼中有一种前所未见的情绪，那是一种令我胆寒的威胁。更不可思议的是，这番对话就发生在一间温馨舒适的乡村别墅小厨房里，旁边是复古精致的炉灶、墙上挂着各种厨具、桌上的花瓶里还插着五彩干花，一切都是如此平常。而马丁更是不急不躁，穿着脏兮兮的工作服，态度平静，双眼却紧紧地盯着我，目光炯炯、颇为挑衅。我看了乔安娜一眼，发现她也看到了丈夫的态度，并且开始为我担心。

"我当然不是这个意思。"我说。

"既然如此，如果你没有别的问题，那么如乔安娜所说，你应该离开。"

话虽如此，夫妻俩却都一动不动。我起身，感觉呼吸有些急促。"我自己走。"我说。

"不送。也请你不要再来了。"

"事情不会就此结束，马丁。"我不给他恐吓我的机会，"真相总会水落石出的。"

"再见，苏珊。"

我转身离开。说实话，我巴不得赶紧走。

*

刚才马丁是不是亲口承认了杀害弗兰克·帕里斯？——"我为了不卖掉这栋房子而杀了我内兄。"他亲口说的，而这正是我心里想的。就目前发现的线索来说，假设斯蒂芬是无辜的，那么除了他，别人没有杀害弗兰克的动机。酒店里根本没几个人认识弗兰克，而马丁和乔安娜不仅认识他，还有充分的理由隐瞒事实。除此之外，马丁于婚礼帐篷一事上也的确撒了谎，并且在我试探他时，根本连个像样的解释都懒得想。虽然方式不同，但他和他的妻子都威胁了我，这简直就是不打自招。

我钻进车里，一路缓行离开韦斯特尔顿，终于在离希斯别墅一英里远的地方发现了我想找的那栋房子——"布兰博斯"。那是一座小巧的粉红色萨福克郡农舍，看起来年代久远，仿佛早已在此。农舍周围是大片的农田，被一道低矮的灌木丛隔开。

和我想象中夜班经理德里克·恩迪克特会住的房子一模一样。他曾跟我说过，自己住的地方离韦斯特尔顿很近，所以今天离开酒店时，我找因加要了地址。恐怕德里克家的好几代人都曾住在这里，因为屋顶上还留着老式电视天线；厕所和旧时一样在房子外面，既没有拆除也不曾改建；玻璃窗上积攒着厚厚的灰尘，像是积了几百年的历史尘埃。门铃可能是二十世纪六十年代安装的，按下去只能发出嘶哑的呻吟。

过了很久，大门才被打开，门后站着一个年迈的女人，穿着一条松垮的花裙子——与其说是裙子，不如说是罩衫——手里挂着一根拐杖。灰白的头发乱糟糟地披散着，两只耳朵都戴着助听器。劳伦斯曾说德里克的母亲病了，可在我看来，她给我的第一印象却相当精干且警觉。

"你找谁？"她问，嗓音干涩尖细，和她儿子很像。

"您是恩迪克特夫人吗？"

"是的。你是?"

"我叫苏珊·赖兰,从布兰洛大酒店来。"

"你是来找德里克的吗?他还没起床。"

"我可以过一会儿再来。"

"别,请进、请进。听见门铃他也该醒了,差不多该吃午餐了。"

她转过身去,拄着拐杖挪进屋内。底楼唯一的一个房间既是厨房又是起居室,像是把这两个空间随意拼接在一起。房间里的所有家具都是老古董,但不是价值连城的那种:沙发中间已经塌陷,橡木的餐桌上伤痕累累,厨房用具都是老式的;唯一属于二十一世纪的物品是一台宽屏电视机,以一种很不协调的姿势勉强立在角落里一个丑陋的仿木质台子上。

不过除却这些,这间屋子倒也有其温馨之处。我不自觉地注意到房间里的每件东西都是一对:两个沙发靠垫、两张扶手椅、餐桌边有两只木椅、炉灶上有两个电热盘。

恩迪克特夫人躬身重重地在其中一张扶手椅上坐下:"你刚才说叫什么名字?"

"苏珊·赖兰,恩迪克特夫人……"

"叫我格温妮丝就好。"

在艾伦·康威的小说里她化身成菲莉丝,可是在我眼中,这两个女人几乎没有一点相似之处。我很怀疑艾伦根本没来过这里,也没见过她。

"希望我没有打扰您吃午餐。"

"不打扰,亲爱的,就是一碗汤加一个肉派而已,你要是饿了可以跟我们一起吃。"她停了一会儿,调整呼吸。我听见她口中吸入的空气在咽喉里发出一阵痛苦的呻吟。与此同时,她伸手向下方去拿什么东西,我才看见隐藏在椅子旁边的氧气罐。她拿起一个塑料吸杯放进嘴里,用它深呼吸了几次。"我有肺气肿。"她好不容易调整好呼吸后,解释道,"是我自己的错。以前总是每天抽三十支烟,最后就中招了。你抽烟吗,亲爱的?"

"是的。"我老实承认。

"别抽了。"

"谁来了,妈妈?"

传来了德里克的声音,随后一扇门开了,他走了进来,身上穿着运动裤和一件有些瘦的针织运动衫。见我坐在客厅,他显然有些吃惊,不过和乔安娜不同的是,他并没有显得不悦。

"赖兰女士!"

我很高兴他还记得我的名字。"你好,德里克。"我说。

"您查到了吗?"

"你是说塞西莉吗?很遗憾,并没有。"

"赖兰女士在帮警方找塞西莉。"他对母亲解释道。

"这件事真是太不幸了。"格温妮丝说,"那么好的一个小姑娘,还是个母亲!我真希望你们能尽快找到她。"

"我来就是为了她,德里克。你介意我问你两个问题吗?"

德里克在餐桌边坐下,空间窄小,桌沿贴着肚子。他说:"我很乐意帮忙。"

"是关于之前我们在酒店时的谈话。"我小心翼翼地说,尽量不给他压力,"塞西莉看了一本书后心情变得很不好。然后大约两个星期前——那是一个周二,就和现在差不多时间——她给在南法的父母打电话讨论此事。她说书里有些东西提示她,斯蒂芬·科德莱斯库可能并不是杀害弗兰克·帕里斯的凶手。"

"我以前还挺喜欢斯蒂芬的。"德里克说。

"我见过这个人吗?"格温妮丝问。

"没有,妈妈,他从没来过家里。"

"我们谈到塞西莉时,你曾说过'她那天打电话的时候,我就感觉有些不对劲了,她听起来好难过'。德里克,你和我说的是同一通电话吗?是打给她父母的吗?"

这个问题让德里克不得不认真思考,努力回忆当天的经过,并理解其可能的含义。"她确实给父母打了电话。"终于,他回答道,"当时我就在前台,她在自己的办公室。我没有刻意去听她说些什么,我的意思是……我不是故意偷听。"

"但你知道她很难过。"

"她说不是'他'干的,说他们全部搞错了。办公室的门没有关严,所以我能听见只言片语。"

"你当时为什么会在酒店,德里克?那是中午,我以为你只值夜班。"

"有时候,如果妈妈的情况不太好,我就会和拉尔斯换班。特里赫恩先生对此非常宽容,我没办法一晚上扔下妈妈不管。"

"是因为肺气肿。"格温妮丝提醒我,然后对儿子微笑,"他要照顾我。"

"所以那天你才白天在酒店。塞西莉打那通电话的时候,周围还有别的人吗?"

他抿了抿嘴唇说:"嗯,还有酒店的客人。当时很忙。"

"艾登·麦克尼尔在吗?丽莎呢?"

"不在。"他摇着头,然后眼神忽然亮了起来,"我看见那个保姆了!"

"埃洛伊丝?"

"她来找塞西莉,我说人在办公室。"

"她进办公室了吗?"

"没有。她听见塞西莉在打电话,让我先不要去打扰,然后嘱咐我,待会儿告诉塞西莉她来过,说完就走了。"

"你跟塞西莉说了吗?"

"没有。她打完电话以后,就离开了办公室,不知去了哪里。你说得对,她确实很难过,我觉得她像是哭过。"德里克说着脸色暗淡了下来,仿佛这是他的错一般。

"这些话你跟警察讲过吗?"格温妮丝问。

"没有,妈妈。警察没问。"

我的内心十分不安。看着眼前这位行动不便的母亲和她的儿子,一阵怒火升腾开来——艾伦·康威真是太不像话了,竟那样扭曲、丑化这对母子,把他们写成一对荒谬的丑角。可我同时又想,这件事上我也是共犯。我明明可以对于埃里克·钱德勒跛脚且有幼稚性癖的人物设定做出更严厉的批评,却听之任之,让它出版,并且在小说成为畅销书后也未再提议修改。

还有件事必须要问,虽然心里并不愿意。"德里克,"我开口道,"婚礼的前一天你为什么难过?"

"我没有难过。当天有员工派对,我没有去成,但大家看起来都玩得很开心。看见他们开心,我也开心。"

这和劳伦斯告诉我的不一样。在那封长长的邮件里他写道,那天的德里克情绪怪怪的——"仿佛见了鬼"。

"是不是有什么你认识的人来了酒店?"

"没有。"他忽然紧张起来——他知道我已经知道了。

"你确定吗?"

"我不记得了……"

我尽可能语气柔和地说:"你或许忘了,但你认识乔治·桑德斯,是不是?就是那个被换到十六号客房的人。他是你在布罗姆斯维尔林中学的校长。"

我花了一个小时的时间才从网上查到这个信息。有几十个专门帮人们寻找校友并组织重聚的网站,比如 classmates.com,校友网(SchoolMates)等等。布罗姆斯维尔林中学也有自己活跃的校友群。当我听说弗兰克·帕里斯被杀的房间原本是预留给一位退休中学校长时,便留了心,出于一时兴起,决定查查此人是否和婚礼前后在布兰洛大酒店的任何员工或客人有关联。没过多久,德里克的名字就出现在屏幕上。

看着那些帖文,再和相关人员的脸书帖文做对比,就不难发现——德里克曾在学校里遭受过残酷的霸凌(骂他"肥猪""智障""白痴"),即使是几十年后的今天,这样的霸凌依旧在网上继续着。桑德斯也被骂得很惨,被说是霸凌者、混蛋、恋童癖和老古董。根据他以前学生们的评论,他们都恨不得这位校长立刻死了才好。

艾伦·康威曾说网络的出现是对侦探小说最严重的打击——这也是他把自己的故事都设定在二十世纪五十年代的原因之一。他的说法不无道理:当一切信息都能随时随地被全世界获取,要将小说里的侦探塑造得智慧超群就变得十分困难。好在我没有要显示自己智慧超群,只是想查出真相罢了,但阿提库斯·庞德肯定会对我的方式嗤之以鼻。

"你为什么提起乔治·桑德斯?"格温妮丝问,"他可不是什么好人。"

"他当时也在酒店里。"我回答,还是看着德里克,"你看见了他。"

德里克愁眉苦脸地点了点头。

"他看见你了吗?"

"看见了。"

"他说什么了吗?"

"他没有认出我。"

"可你认出了他。"

"当然。"

"他不是一个好人。"格温妮丝重复道,"德里克没有做错什么,学校里的男孩们却都合起伙来欺负他,可桑德斯根本不管。"她还想再说些什么,但已经上气不接下气,只好再次伸手去够氧气罐。

"他总是故意捉弄我。"德里克接着母亲的话说,眼中浮现泪水,"以前他总在别人面前嘲笑我,说我一无是处、没有未来。他说得对,我不擅长做那些——学习之类的事。可他还说我做什么都不会成功。"他垂下双眼,"或许他说得对。"

我站起身来,心中无比羞愧,仿佛今天登门拜访也是对他的一种霸凌。"他说得一点都不对,德里克。"我说,"特里赫恩夫妇俩都非常看重你,把你当成家人一样。而且你能这样悉心照顾自己的母亲,也非常了不起。"

上帝啊!我都说了些什么,怎么听起来那么"圣母",像是在施舍可怜他?我一刻也待不下去了,找了个理由便匆匆离开。

回到车里,我凝神思索着刚才获得的信息,一个想法反复不停在脑海中盘旋:布罗姆斯维尔林中学的几乎每一个学生都讨厌乔治·桑德斯,都盼着他早点死;光是看见他就足以让德里克吓得噤若寒蝉。

可是,死者的确是弗兰克·帕里斯。

凯蒂

我给凯蒂打了电话，说要去看她，可这是我第一次并不期待和她相见。

我到达"三根烟囱"时，凯蒂正在花园里，戴着园艺手套、拿着剪枝刀四处漫步，修剪玫瑰枝丫、万寿菊和其他花枝，精心打理着本已十分完美的花园。我爱凯蒂，真心喜爱，她是我动荡漂泊的生命中唯一永恒不变的存在，尽管有时候，我也会疑惑自己究竟是否真的了解她。

"嘿！"她看见我开心地打着招呼，"你介意今天午餐吃得简单点吗？外面买的，火腿起司乳蛋饼，就是麦尔顿的那家Honey ＋ Harvey，还有我自己随便弄的蔬菜沙拉。"

"行啊……"

她带着我走进厨房，午餐已经摆放在桌上，还有一罐自制的冰镇柠檬汁。凯蒂有自己的秘制柠檬汁配方，用糖把整颗柠檬瓤磨碎，然后加水，味道自然是任何超市里的罐装或瓶装柠檬水都比不上的。乳蛋饼已经用烤箱热好，桌子上竟然还放着用金属环束好的餐巾。现在还有人在家里这样珍而重之地装点餐桌吗？就用折成方形的厨房纸不行吗？

"怎么样，一切还顺利吗？"她问，"我想警方还没有找到塞西莉·特里赫恩吧。"

"我估计他们永远也找不到了。"

"你觉得她被人杀了？"

我点点头。

"这和你上次来说的可不一样。你当时认为或许只是出了意外，比如不小心跌进河里或者别的什么。"她思索着我的话，"如果她真是被人杀了，那你觉得她的猜测是不是对的，那个叫斯蒂芬什么的人真的是无辜的？"

"差不多就是这样。"

"是什么让你改变了想法？"

这是一个好问题，而我目前还无法回答——是真的无法回答。我走访了相关人员，还做了好几页笔记，可依旧没有发现任何确凿的凶手人选；没有一个人曾说过或做过任何明显惹人怀疑的事。我能依靠的，说实话，只是心里模糊的感受和直觉。如果非要把最有嫌疑的人按程度列出来的话，会是下面这个顺序：

1. 埃洛伊丝·拉德玛尼
2. 丽莎·特里赫恩
3. 德里克·恩迪克特
4. 艾登·麦克尼尔
5. 莱昂内尔·科比

埃洛伊丝和德里克都听见了塞西莉那通致命电话；丽莎·特里赫恩对塞西莉极为嫉妒，又被斯蒂芬抛弃；艾登娶了塞西莉，尽管从他的各种表现来看，都不像是凶手，可嫌疑最大的还是他；莱昂内尔的嫌疑最小——可第一次见面我对他的印象就不好，总觉得他身上的气场不大对劲。

所以现在我的调查到底进展到哪一步了？

《阿提库斯·庞德来断案》中的两起谋杀案发生的原因不同，

因此有两个凶手。但我基本可以肯定，我调查的这起事件并没有那么复杂，塞西莉就是因为与父母的那通电话被人灭口。她知道了不该知道的事，又在一个人来人往的地方打电话告诉父母，而这番话被凶手听见了。

她之所以知道杀死弗兰克·帕里斯的真凶，就是因为看了这本小说。我也看了，可是即便我研读了书中的每一个字，却完全看不出端倪。我逐渐意识到，我应该更多地了解塞西莉，了解她的好恶和所思所想，这样或许才能更清晰地推测，到底是什么细节引起了她的注意，从而发现了真相。

"就是一种感觉。"我敷衍地回答着凯蒂的问题，"总之，我只剩下今明两天可以查了。丽莎·特里赫恩要赶我走。"

"为什么？"

"她觉得我在浪费时间。"

"也可能是觉得你知道得太多了。"

"我也这么想过。"

"你要是愿意，可以住我家。"

我是挺愿意的，这样就能多跟凯蒂待在一起，可是一想到接下来即将进行的谈话，我知道自己是不可能住在这里的。

"凯蒂，"我开口，"你知道我有多爱你，对吧，在我心里，咱们一直很亲密。"

"是的，我们很亲密。"她微笑着，可我却能清楚看见那抹微笑后隐藏的恐惧——她知道我要说什么。

"戈登的事你为什么不告诉我？"我问。

她还想装傻糊弄过去："什么戈登的事？"

"我知道亚当·威尔考克斯的事了。"我说。

寥寥几个字便足以让凯蒂强撑的平静破碎。她没有歇斯底里：没有痛哭流涕，没有愤怒，也没有大喊大叫——只是，当她努力维持的幸福表象——那些绽放的花朵、充满异域风味的沙拉、自制的柠檬汁和从麦尔顿高级熟食店买来的乳蛋饼营造出来的假象，在那一刻被彻底打破、消逝，剩下的便只有平静表面下汹涌的悲伤与绝望。我本该早点发现的，却一门心思只想着一群和我毫无瓜葛的人。是啊，我不是没注意到她花园里枯萎的花丛、邮件里的错别字、杰克忽然开始抽烟和飙摩托车，却从未用心琢磨过。我只把这些当作某个次要案件的线索，等待我推理出答案，而不是需要用心、用感情去关心的事。

直到后来萨吉德·汗说漏了嘴。在我们会面的最后，他提到凯蒂来找他咨询，而他推荐了一个叫作威尔考克斯的人。虽然他很快便意识到自己说错了话，并想尽办法掩盖，但我还是明白一定是出了什么事。凯蒂为什么会找律师咨询？这里互联网再次派上了用场。我首先输入的是"威尔考克斯，伦敦，律师"这几个关键词，幸运的是，这个姓氏并不太常见，第一次搜索就只出来十几个相关结果。我一一排除，比如杰罗姆·威尔考克斯（交易标准律师）肯定不是我要找的人，保罗·威尔考克斯（知识产权律师）也不是，如此这般。后来我忽然灵光一现，试着输入了"威尔考克斯，伊普斯威奇，律师"这些字眼，搜索结果中，亚当·威尔考克斯的名字排在第一位。他是一名离婚律师。

"是戈登告诉你的吗？"凯蒂问。

"我已经很久没和他联系了。"我说。

"我也是。"她努力想要挤出一丝微笑，却无法办到，"我不想告诉你，是因为这种事真没什么好说的。"她说，"想想之前我说你的那些话，再看看如今自己却变成这样，我以为你一定会在心里笑我自以为是、笑我活该。"

我用双手握住她的手。"我从来没有那么想过,"我说,"永远也不会。"

"对不起。"泪水终于盈满眼眶,凯蒂拿起餐巾擦了擦,"我不是故意的,是我不好。"

"告诉我是怎么回事。"

她叹了口气:"戈登和他的女秘书搞在一起了。她叫娜奥米,比戈登小二十岁。还有什么比这更糟糕的吗?"

"太荒唐了。"我说。

"他是挺荒唐的。"凯蒂止住了眼泪。她哭是因为觉得之前那么想对我很不公平,觉得亏待了我,但说起戈登却只有愤怒,"他跟我说的那些话全是套路,说什么他还是爱我的,也爱我们的孩子,他不想伤害我们,也不想伤害这个家,可是他却感受不到幸福,而那个女人却让他重新感受到了生命的热情,感觉自己找回了青春岁月,说他希望我们的人生都能有个新的开始什么的。他很可悲——可我却也责怪自己。早知今日,当初就不应该同意他的'工作日在伦敦,周末回伍德布里奇'的工作模式,我早就应该预料到这种结局。"

"这是什么时候的事?"我问。

"大概两年前开始的,就是你搬去克里特岛后不久。戈登说每天通勤实在太累,想在银行附近租一间单间公寓,而我像个傻瓜一样同意了。一开始,他一周只去住一两天,但不知不觉,他就只有周末回来了,甚至有几次连周末都不回来。说什么开会、去国外出差、和老板打高尔夫之类的。天知道,我早就应该发现的。这也太明显了,简直就是写在脸上!"

"那你是怎么发现的?"

"一条短信。有天晚上很晚了,他的手机忽然响了一声,趁着锁屏前的几秒,我看到了。我总觉得是那个女人——娜奥米故意发的。她想让我发现。这是她的计划。"

"你为什么不告诉我?"

"发封邮件到克里特岛给你?那又能有什么用?"

"我几天前就在这儿了……"

"对不起,苏,我应该早点告诉你的。我也想说,可是心里又觉得羞耻,说不出口。我知道这样很傻,因为应该羞愧的不是我,可我以前总数落你,对你和安德鲁指指点点,教你怎么过好自己的日子,结果我自己才是那个过得乱七八糟的人。我想我只是懦弱,不敢承认这个事实。"

"你知道我会永远站在你这边的。"

"我知道。不要再责备我了,不然我又要哭了。我知道你早晚会发现,一直很担心。"

我逼着自己问出这个艰难的问题:"我想杰克和黛西也知道了吧。"

凯蒂点头:"我必须告诉他们,可这对他们的打击很大。黛西连话都不愿意跟他说了,她觉得这件事特别恶心。而杰克……你见过他,我想努力表现得坚强一点。我跟他说'不管怎样他还是你的父亲''中年危机'等等所有这些你能想到的话,可事实上,苏,看见他们为此憎恶戈登,我却有些开心。他是一个自私的混蛋,把一切都毁了。"

这只是一个开始,我知道。

"他在娜奥米身上花了不少钱,可当时他的银行工作却开始走下坡路,不久就失业了。当然他现在才不在意这些呢,和情人住在威勒斯登,双宿双飞,一派岁月静好。可我们却不得不卖掉这栋房子。我有权利买下它,但钱不够,所以只能和他五五分。

具体的财务细节我就不说了,太复杂。"

"今后你住哪里呢?"

"我还没想好,应该换个小一点的房子吧。三根烟囱下周就会挂牌售卖。"

她从桌边起身,将电水壶装满水、摁下开关,背对着我。她需要时间冷静一下。"我很高兴你现在知道了。"她说,依然背对着我。

"我真的为你遗憾,凯蒂,但也很高兴现在终于知道了,我们之间不应该有秘密。"

"整整二十五年!居然可以一夕之间就分崩离析,真不可思议。"

她站在水壶前等着水开。我们都没有再说话。终于,她端着两杯咖啡回到桌前。我们继续无言地对坐了好一会儿。

"你会继续住在伍德布里奇吗?"我问。

"希望可以,毕竟我的朋友全在这里,格林威园艺中心也说我可以转成全职。也就是说,在这个快要知天命的年纪,我又要开始全职工作的人生了!"她盯着面前黑乎乎的咖啡,"真不公平啊,苏。真的太不公平了。"

"真希望我能帮到你。"

"只要知道你会一直支持我、爱我就足够了。我会没事的。这栋房子应该能卖个不错的价钱,我还有存款。孩子们都差不多长大了,可以照顾自己了……"

之后我们又聊了些别的。我向她保证,离开萨福克郡前一定会再来看她,并且只要她有需要,随时可以打电话给我。虽然知道这样不对,可我全程脑海中只想着安德鲁,我很后悔在克里特岛和他吵架,后悔给他写了那封邮件,后悔自己来了布兰洛大酒店。

  那天下午我又试着给他打了电话,还是没有人接,邮件也没有回复。

猫头鹰

我回到酒店时，刚好下午三点。我只想立刻上楼回房间，躺在床上拿湿毛巾盖住双眼，把弗兰克·帕里斯和塞西莉·特里赫恩远远地抛诸脑后。丽莎·特里赫恩只允许我住到明天中午十二点，并要求我给出调查结果，可我现在离破案还差得远。和凯蒂的见面使我精疲力竭，我很担心她，而面对所谓调查，我只觉得自己目前拥有的信息根本寥寥无几。

然而当我走到前台取钥匙时，忽然听见有人叫我的名字，一转头，却看见一张此刻最不想见的脸。艾伦·康威的前妻梅丽莎就站在身后冲我微笑，那副笑容很明显是因为知道我会惊讶，而不是因为与我相遇的惊喜。自上次与她在位于埃文河畔布拉德福德的家中匆匆一别，已过去两年，可她却一点也没变：依旧个子小巧、有着栗色的头发、高高的颧骨和稳重优雅的气质。

"你不记得我了吗？"她说。

我才发觉自己一直盯着她看，于是赶紧说："当然记得，你是梅丽莎。我只是没想到会在这里见到你。你来伍德布里奇做什么？"

"我之前在这里住过一段时间。离开牛津之后，曾在布兰洛大酒店旁边租了一间农舍。"

"是的，我听说了。"

"我在这里交了很多朋友。艾登·麦克尼尔给了我很多帮助，当时我刚离婚，正处在人生低谷。当我看到塞西莉失踪的报道后,就决定要回来尽一点绵薄之力。你知道的,你让他很伤心。"

"我不是故意的。"

"他似乎认为你是故意针对他。"见我不答,她便接着说,"今天晚上我就要回布拉德福德了,但我希望能见你一面。有时间跟我喝杯茶吗?"

"当然,梅丽莎,非常愿意。"

我不想喝茶,更不想坐着听梅丽莎数落,可又确实有话要问她。当年婚礼前一天的那个周四她也在酒店——并且,据在水疗馆看见她的莱昂内尔所说,心情很糟。尽管《阿提库斯·庞德来断案》出版时,她已经和艾伦离婚,却仍是这世上最了解他的人。他们的婚姻持续了八年,当初第一个建议艾伦写侦探小说的也是梅丽莎。而她竟和艾登·麦克尼尔成了朋友,有意思。我本以为艾伦的小说是弗兰克·帕里斯和失踪的塞西莉·特里赫恩之间唯一的联系,但现在看来,还有她。

我们走进酒店休息区。本想坐在外面抽根烟,可梅丽莎看起来很坚决。于是我俩找了个位置坐了下来。

"你什么时候见的艾登?"我问。

"我刚和他在家里吃过午餐,然后就来了酒店,希望能遇见你。"服务生走了过来,我点了一瓶矿泉水,梅丽莎点了咖啡。等服务生离开后,她说,"你知道吗,他很爱自己的妻子。他们俩结婚前我就见过他们,我可以很肯定地说,艾登深爱着她。"

"他们邀请你参加婚礼了吗?"

"没有。"

看来关系也没有那么好。她看出了我的想法,说道:"我跟艾登的关系比跟塞西莉更近。带我去奥克兰看房的人就是艾登,我搬进去以后,也是他热心帮我搞定入住的一切事宜。我跟他讲了我和艾伦之间的事，之后他就很照顾我。还帮我办理了水疗馆的免费通行卡，和我吃过一两次晚餐。"

"那么，你们的关系到底有多好呢？"我问道。

"我不知道你问这个问题的原因，是否和我想的一样？你这个人啊，苏珊，总是这么直白，从来不考虑别人的感受。"她脸上挂着一抹淡笑说，"艾登和我没有私情，也没有上过床。我第一次见他的时候，距离他们的婚礼还有几个星期。总之，他不是那样的人，从来没对我起过什么坏心思。"

"我不是这个意思。"我说，心里却想着，我还真就是这个意思。

"我跟他可能就见过五六次吧。还有，未免你又起疑，我和他吃晚餐的时候，塞西莉也在。"

"你对塞西莉怎么看？"

"她看起来人不错，虽然不怎么说话，可能是对婚礼感到紧张。当时她和姐姐刚吵完架，或许心情不太好。"

"你知道她们为什么争吵吗？"

"不清楚。但我觉得他们的关系并没因此受太大影响。"她顿了顿，又说，"说起来，我似乎记得他们有提到斯蒂芬这个名字。那就是被指控为凶手的人，对吗？塞西莉对丽莎解雇斯蒂芬这件事很生气。"

"你经常见到斯蒂芬吗？"

"只见过一次。他来奥克兰帮我通过一次水管，我给了他五英镑小费。"

服务生托着盘子走来，梅丽莎等他离开后才接着说。

"我来的时候，其实并没有太留心这里发生了什么。"她继续说，"你一定要记得，当时我的状况很不好——跟我结婚了那么多年的男人、我孩子的父亲竟然告诉我,他是同性恋并要求离婚。我们卖掉了牛津的房子,弗雷迪和我都不知道今后该去哪里生活。"

弗雷迪是她的儿子,当时十二岁。"弗雷迪和你一起住在租的房子里吗?"我问。

"他有时候会来。那时,他刚开始在伍德布里奇中学学习,我想离他近一点,这也是我租下那栋房子的原因。"

"他现在在哪里?"

"在圣马丁艺术学院读书。"

我想起上次和梅丽莎见面时,弗雷迪正在准备大学申请。"我很高兴他被录取了。"我说。

"我也是。我认为艾伦的所作所为对弗雷迪来说非常残忍。我对同性恋出柜这件事没有意见,甚至不介意因此结束多年的婚姻。我的意思是,尽管难过,但我尽量不让自己责怪他。如果这就是他的性取向,那确实没必要隐藏。可对于弗雷迪来说就不一样了。他当时才十二岁,刚转到新的学校,结果突然从报纸上看到自己那大名鼎鼎的父亲竟然是同性恋。不得不说,伍德布里奇中学的教职员工在处理这件事上相当优秀,可他还是不可避免地遭到了同学的嘲笑和欺负。你也知道男孩子什么样。艾伦从头到尾都没给过他任何帮助或支持。那时,他已经和詹姆斯搬进了格兰其庄园,除了每个月寄支票以外,和我们根本没有任何来往。"

"弗雷迪去他那边住过吗?"

"他不愿意去。我有尝试过缓和他们父子的关系,觉得那样做才算负责,可一切都只是浪费时间罢了。弗雷迪不想和他有任何联系。"

这一点我曾亲眼看见过。两年前,弗雷迪·康威不情不愿地来参加了父亲在弗瑞林姆的葬礼,整个过程中没有流露过半点难过,只是等不及想走。

"我只是觉得,弗兰克·帕里斯被杀的那个周末你也恰好在酒店这一点,真是不可思议。"我说。

"是谁告诉你的?"

"莱昂内尔·科比。"梅丽莎看起来一脸困惑,已经不记得这个人了。于是我提醒她说,"当时的水疗馆经理。"

"噢,那个澳大利亚人,利奥。是的,我之前常找他做训练。"

"利奥?"

"我一直这么叫他。"

一个前所未有的想法划过我的脑海。"除了你还有别人这么叫他吗?"我问。

她耸耸肩。"这就不知道了。怎么?很重要吗?"

我没有回答这个问题,只说:"他还说你看起来很生气。"

"什么时候的事?"

"就那个星期四。"

"我真的不记得了,苏珊。已经过了太久了。可能也不是什么大事。利奥有时候挺讨人厌的,非常自大。说不定是他把我惹生气了。"

这话倒是说得没错,我在伦敦见到莱昂内尔的时候,也有这种感觉。可即便如此,我感觉梅丽莎心里还藏着别的事。"你认识弗兰克·帕里斯吗?"我问。

"认识。"

"你见过他?"

"我在《活动报》上看过他的照片,也听艾伦说起过这个人。"

"他就是那个周四来的酒店。"

"是啊。"她叹了口气,"好吧,我可以告诉你,那可真是一场令人不快的意外。我在去水疗馆的路上看见他了,或许就是因为这样我才心情不好吧。"

她朝我俯身,休息室里还有两个别的客人,她不希望被听见。"听着,关于我和艾伦之间的事,我对你从来都很坦白。"她说,"我们结了婚,结果他是同性恋,于是又离了婚。虽然就算没有弗兰克·帕里斯,情况也不见得会不一样;但说起来,他确实起到了关键作用。是他手把手领着艾伦进入了那个世界——伦敦的同性恋圈子。他们还上过床,虽然弗兰克不是艾伦喜欢的类型。艾伦一直喜欢年轻男人,可弗兰克算是他的引路人——我认为可以这么说。他带着艾伦去逛夜店,帮他找年轻男妓,有的甚至还没成年,更别提他干的其他那些肮脏事!我是说,我算是思想开放的,可那些事我真是宁愿不知道。"

"这些都是艾伦告诉你的?"

"有一次他喝醉了酒,一口气说了很多。"

"因此你怪罪弗兰克·帕里斯。"

"没到想拿锤子砸死他的地步,苏珊,如果你是这个意思的话。不过得知他的死讯时,我确实没怎么掉眼泪。"

尽管有所怀疑,我还是在心里对梅丽莎卸下了些许防备。她在酒店前台叫住我的时候,看起来气势汹汹,像是来兴师问罪的,而我也很难忘记她曾和安德鲁交往过——当然,是在我和安德鲁认识之前。可越是和她交谈,我越觉得她善解人意并且聪慧过人。阿提库斯·庞德这个角色可以说是她和艾伦共同创作的,要是没发生这么多事,我们会是朋友。

"你知道艾伦把这本小说献给弗兰克·帕里斯吗?"我说。

"《阿提库斯·庞德来断案》吗？这我倒是不知道。没看过。"

"我来这里就是为了这本书，梅丽莎。"

"我知道，艾登都跟我说了。艾伦在谋杀案发生六个星期后来过这里，问了很多问题，然后全部写进了小说里。"她摇着头说，"典型的艾伦做派。只要他想，就能变成十足的混蛋——现在想想，其实他基本上大部分时候都是混蛋。"

"他来的时候你们没见面吗？"

"没有。我当时不在，感谢上帝，我才不想见到他，至少当时不想。"

"他把很多酒店的工作人员都写进了书里。比如劳伦斯和波琳·特里赫恩、德里克·恩迪克特、艾登。小说的主角名叫梅丽莎，或许是因为想到了你。"

"这个角色后来怎么了？"

"被勒死了。"

梅丽莎大笑起来。"我真是一点也不惊讶。他就喜欢玩这种游戏，在《阿提库斯·庞德案件调查》和《邪恶永不安息》这两本书里都这么干过。当然了，还有《喜鹊谋杀案》。"她直视着我的眼睛，问，"他把代表艾登的人写成凶手了吗？"

"没有。"

"不是他干的，苏珊，相信我。我来就是想告诉你这件事。我刚搬到这里的时候，对我最好的人就是艾登，而且我也说了，我看到过他和塞西莉在一起的样子。塞西莉其实挺幼稚的，很像《大卫·科波菲尔》里的'多拉'，比较感情用事，说话也不怎么有趣，可是艾登却迷恋得不得了。我自认看人挺准，而我可以告诉你，他绝不会做任何伤害塞西莉的事。你突然跑来指控他——"

"我没有指控他任何事，梅丽莎。"

"他可不这么想。"

我们开始争执的时候，拉尔斯忽然来到桌前。"是赖兰小姐吗？"他问。

"我是。怎么了？"

"您的车是不是一辆红色的MGB？"

"是的。"我既疑惑又担心。

"有人刚才打电话到前台，说您的车挡着他们的道了。"

车是半小时前停的，我记得周围并没有别的车。"你确定吗？"

拉尔斯耸了耸肩，不置可否。

我看了看梅丽莎，说："我去去就回。"

我起身离开酒店休息室，进入环形的酒店前厅，从大门走了出去。接下来发生的事仿佛一帧帧不断闪现的电影蒙太奇画面，令我目不暇接，过了很久才回过神来。

我的跑车还停在原来的位置。我想着：明明没有挡住任何人啊？这时候本该立刻转身回酒店的，可我的脚却还在往前迈，想看看到底是谁在抱怨。

走过车道，就在酒店的大门前，我看见了艾登·麦克尼尔。他正冲我大喊。我以为他是在发脾气，可下一秒我便意识到，他是在提醒我注意。他的眼睛盯着我头顶上方的某处，我看不见的地方。

我猛然抬头，眼前出现了一幕不可思议的景象——一只展翅的猫头鹰正在疾速滑翔。电光石火之间，我的大脑飞速运转，告诉我那根本不是真正的猫头鹰，而是酒店正门上方横杆上镶嵌的巨大猫头鹰雕像！我刚到酒店时见过。而且它并不是在滑翔，而是垂直坠落。

笔直地朝着我坠落。

我就站在它的正下方，无处可躲，也没有时间跑开。就在这千钧一发的时刻，一道黑影划过眼前，有人猛地向我撞了过来，那是站在酒店大门附近的一个男人。他用双臂紧抱住我，肩膀抵着我的胸口，像抱球冲线的橄榄球运动员一样，瞬间将我推开。几乎与此同时，猫头鹰雕像重重地砸在地面上，碎成无数残片。这声巨响让我明白，如果被砸到，我一定必死无疑。

倒向地面时，那个男人扭转身体让自己跌向地面，好让我倒在他身上。他救了我一命。艾登向我们跑来，一脸惊恐；我还听见别的什么人尖叫。尽管惊魂未定，我却已心中了然，这是有人事先安排的。我被骗了。那通所谓的投诉电话，说我的车挡住了别人，只不过是为了把我引出酒店的把戏。

救了我的男人松开手臂，我转头看向他。尽管尚未看清，但我知道是谁，而且我猜对了——

安德鲁。

月光花套间

他伸手拉我起身。

"安德鲁……"我喃喃道,"你怎么……?"可急促的呼吸让我根本无法完整地说出一句话。这是我不曾体会过的感受,一种难以言喻的安心与释然,仿佛全身的力气都被抽走,不仅仅是因为刚刚死里逃生,更因为安德鲁就这样清楚地、真实地站在眼前。我一把抱住了他。

"知道吗,你真是个麻烦精。"他说。

"你怎么来的?"

他还没来得及回答,艾登·麦克尼尔已跑到跟前,看起来吓得不轻。他不可能知道安德鲁和我的关系,估计以为我只是运气好,被路过的人救了。"你没事吧?"他问,听起来真的非常担心,这让我有些愧疚,毕竟在我的嫌疑人名单上,他排第四。或许经此一事后,我应该把他排到第五名。

我点了点头算作回答。手臂和肩膀都被碎石磨破了,一阵阵刺痛。我看了看碎了一地的猫头鹰石雕,下方的地面被砸出一个大坑。

"刚才房顶上有人。"艾登说,"我看见了!"

"你想说什么?"安德鲁问,依旧抱着我。

"我不知道,可刚才房顶真的有人。我立刻去查。"艾登越过我们跑进酒店。

现场只剩下我和安德鲁两人。

"那是谁?"他问。

"艾登·麦克尼尔。和塞西莉·特里赫恩结婚的那个人。是我的主要嫌疑人之一。"

"我想他刚救了你一命。"

"你说什么呢?"

"他大叫着提醒你来着。"

"救我的不是艾登,而是你。"我紧紧抱住安德鲁,亲吻他的嘴唇,"你怎么来了,安德鲁?怎么来的?为什么不回我邮件?"

安德鲁微笑着,那是我记忆中最熟悉的笑容:勾起嘴角、带着一丝邪气和挑衅。他的胡子没刮,头发也没梳,很可能是刚到车站就直接过来了。"你真打算现在审问我吗?"他问。

"不,我想喝一杯,想和你单独在一起,想离开这座该死的酒店。说真的,我真后悔来这里。"

安德鲁朝房顶上望了一眼说:"看样子不止你一个人这么想。"

我有好多话想跟他讲,可这片刻的私密时间又被人打断了——这次来的是丽莎·特里赫恩,几乎是跑着冲出了酒店。她脸色苍白、呼吸急促,惊惧地说:"我刚碰见艾登,发生了什么事?"

"房顶上的一个石雕落了下来。"我说。

"或者是有人把它推了下来。"安德鲁插嘴道,"苏珊差一点就被砸死了。"

丽莎气冲冲地看着安德鲁,仿佛他在指责她。"不好意思,"她问,"你是谁?"

"是我男朋友,安德鲁。"我解释道,"刚从克里特岛来。"

"艾登现在去屋顶查看了,"丽莎说,"顶楼有扇维修门,可以上去。"

"按理说，门应该一直锁着的。"安德鲁又插嘴。真有趣，我并没有告诉他丽莎想把我赶出酒店，但我可以感觉出来，他已经对丽莎没有好感了。

"这我倒不清楚。可我想不到有谁会想伤害苏珊。"

"呵呵，她是来调查一桩谋杀案和一起失踪案的，或许有人认为她知道得太多了。"

气氛越来越剑拔弩张。

"我手臂受伤了。"我打断道，给丽莎看了那些划痕，"你要是不介意，我想回房间。"

"要是艾登有什么发现，我立刻通知你。"

安德鲁原本手里提着一个旅行包，刚才救我的时候扔在了地上。他走过去捡起来，然后扶着我的手臂带我回了酒店。穿过大门时，我忽然想起来，说不定会遇上梅丽莎·康威，她应该还没走。我可不想让这种尴尬的剧情发生，于是领着他快速走到前台，和正在工作的因加简要交代了几句。

"因加，"我说，"我的一位客人还在休息室里。可以请你帮我告诉她，我有些急事不得不回房间了吗？"

不等她回答，我便朝着楼梯走去，尽管身体还半靠在安德鲁身上。

"你的客人是谁？"他问。

"没有谁。"我说，"不重要。"

我一路屏住呼吸，匆匆上楼，直到房门在身后关上才长舒一口气。在我心里，已经为这间客房取名叫月光花套间。安德鲁赞许地看了一眼床（埃及棉质床单、针脚细密）、超薄平面电视、自带卫浴。"比波吕多洛斯好。"他说。

我不同意:"我们的旅馆风景更美。"

我坐在床边,安德鲁则径直走到小吧台前,拿出一瓶迷你威士忌倒在杯里,加了点水。他把酒杯递到床边,和我一起坐在床上。我轻轻抿了一口,感觉心情已经好多了,但不确定是酒精的作用还是因为有他在。我还没从刚才的惊险中完全回过神来。

"回答我的问题。"我说,"你怎么来的?"

"易捷航空。"

"我问的不是这个,你知道的!已经好几天没有你的消息了,我还以为——"我没再说下去,因为不想让他知道我内心的真实想法。

他又一次握住我的手说:"Agapiti mou。"这个称呼立刻让我的心情好了很多,我喜欢听他用希腊语叫我亲爱的,"真对不起,请原谅我。直到昨天晚上,我才看到你的邮件。都是那台蠢电脑的错,把你的邮件送到垃圾邮箱里了。"

我怎么早没想到。他的电脑一直有问题,之前就因为这个原因损失了两笔客户订单。

"我昨晚才发现,"他接着说,"本想立刻给你打电话,但一转念还是直接搭今早的首班飞机过来比较好。我想跟你当面谈谈。"

"你走了旅馆谁管?"我问。

"先别担心旅馆的事。"

"对不起,安德鲁,我写了那样的邮件。很抱歉我选择离开克里特岛。"

"别这么说,你的决定是对的。"安德鲁叹了口气,"是我不好。是我太在意波吕多洛斯的生意,花了很多时间去经营,却忘了关心你。我们早就应该谈谈了,要是你不快乐应该早点告诉我，而我也应该察觉到的。经营一家像波吕多洛斯这样的旅馆一直是我的梦想，但并不是你的，可我却逼着你和我一起实现它，或许是我太过自私了。可是，我才不要因为一栋房子失去你，我可以把旅馆卖了，我的表亲可以代替我打理。我希望我们回到以前那样，如果那表示搬回伦敦重新开始，那我们就搬回去。我可以再去学校找一份工作，而你可以回出版社工作。"

"不，那并不是我想要的。"我用力握紧他的手，"我想要的只是跟你在一起而已。"或许是因为想到了凯蒂的事，也或许是刚才的事冲击力过大，总之我此刻忽然很清醒。"我不能继续待在这里了，安德鲁。"我说，"当初选择离开伦敦也算是做好了背水一战的准备，我卖掉了公寓、什么也没留下。而且说老实话，出版行业现在也不怎么欢迎我。你也知道，就算只是当编辑，甚至是自由编辑，对我来说也足够了。这么多年以来，书籍一直是我生命中特别重要的部分，而克里特岛却和这些一点关系都没有……落差太大了。"

"你有试着找工作吗？"

"我找一个熟人吃了顿饭，但没什么结果。"我没有告诉他和克雷格·安德鲁斯吃晚饭的事。本来也没发生什么，因此完全不必感到愧疚——至少我是这么安慰自己的，"你能原谅我的任性吗？"

"你没有做什么需要我原谅的事。"

"我还以为你生我气了，所以才不回邮件。"

"我从来不会对你生气。我爱你。"

我一口喝完威士忌。这是自我抵达酒店以来，第一次喝小酒吧里的东西。一杯下肚，现在已经冲动得想要再灭掉那瓶香槟。说起香槟，我忽然想起一事，于是问："你收到劳伦斯汇的钱了吗？"

"还没。"

"我有请他先打一部分钱给你的。"

"我不想要这笔钱，苏珊。我才不要你拿命换钱。"

"唉，反正我宏大的调查也差不多结束了。"我说，"说不定到最后一分钱也拿不到。今天早上被炒了鱿鱼，丽莎·特里赫恩想让我明天离开。"

"就是刚才外面见到的那个女人吧。"安德鲁微笑道，"我说怎么那么不招人喜欢。"

"我完全就是在这里浪费时间——而且还花了很多钱买机票、订酒店。"我站起来，"今晚你就住在这里吧，我们一起去酒店餐厅点他们最贵的豪华套餐。至少这些还是免费的。或许你还可以威胁一下劳伦斯·特里赫恩，让他写张支票给我们。我们明天就回去。"

"回克里特岛？"

"波吕多洛斯。"

"那晚餐前这段时间我们要干吗？"

"让我来告诉你。"

我穿过房间，走向窗边拉上了窗帘。

那一瞬间，我正好看到马丁·威廉姆斯钻进自己的车里。他的动作十分鬼鬼祟祟，显然是怕被人看见。今天早上我才隐约透露出怀疑他杀害了自己大舅子，还威胁要告发他和他的谎言，现在他却出现在酒店。

我一直站在窗边目送他离开。

韦兰监狱

没想到第二天早上，一切竟有了天翻地覆的变化。我正和安德鲁吃着早餐，因加忽然走来，递给我一封信。看见信封上的字迹——字体有些蹩脚、下笔很用力——我立刻意识到这是谁寄来的。打开信封，里面薄薄的一张信纸也证明了我的猜测：斯蒂芬·科德莱斯库的回信。他请我当天去监狱见他，只需上网注册一下就好。我立刻照办，几个小时后，我和安德鲁便开着那辆MGB敞篷跑车飞驰在A14公路上，向诺福克进发。

我还从来没有去过监狱，韦兰监狱的一切都令我感到新奇。首先，它坐落在一个安静的社区里，周围看起来似乎都是老年之家和一些平房，位置就在塞特福德以北几英里的地方。沿着几条狭窄交错的小道，我们来到了一座独立的红砖建筑前。迎面有一道允许监狱车辆出入的门，高大而森严，周围是长长的围墙和铁栏。除此之外，这栋建筑本身看上去倒像是一所大学。尽管监狱周围都是住宅，这个地方实际上却是一座孤岛，和哪里都不相连，既没有公共交通，也没有火车站。最近的车站远在十二英里之外，单程出租车费高达二十英镑，是为了惩罚前来造访之人吗？政府似乎打定主意要连囚犯的家人也一并惩处。

我在监狱停车场停了车，和安德鲁一起静坐了几分钟。按照规定，只有我一人有资格进去，刚才来的路上也没看到酒吧或餐馆等建筑，看来他只能待在车里等了。

"把你一个人扔在这儿，我觉得很过意不去。"我说。

"别担心。我从希腊一路飞过来,就是为了被遗弃在最高规格警戒的监狱外。"

"如果他们不放我出来,记得拨 999 紧急报警电话。"

"我会打 999 让他们把你关起来。总之,别担心我,我带了书。"他拿出一本《阿提库斯·庞德来断案》平装本。我真是爱死他了。

我转身走进监狱大门。

韦兰监狱看起来既现代又传统,大概是因为把人抓起来关禁闭这种刑罚已经过时了——对维多利亚时期来说或许有效,但有了二十一世纪的科技和资源,这种方式就显得过于简单粗暴,并且还十分昂贵。我走进一间小小的、色彩明亮的接待室,房间里各处贴着"小心夹带违禁药品和手机"的告示——看来来访者不仅可能把它们藏在身上,还可能藏在身体里。我不得不弯下腰,对着一个狭小窗口后面身着制服的狱警说话,后者检查了我的身份证,又要求我交出手机给他暂时保管。然后我跟着另外两名来访者一起走进一个笼子。一阵嘶哑震耳的警铃声后,笼子的门关上了,不久后,第二扇门打开,我正式进入了韦兰监狱。

一名狱警领着我们穿过一个院子——那是监狱大门后的空地——然后进入来访者等待区。我感觉自己仿佛身处世界上最简陋的食堂:头顶的灯光过于明亮,周围摆着大约三十张桌子,每一张都牢牢焊在地面上;一扇窄小的窗户连着厨房,可以在这里买些食物和饮料。我周围的来访者大多是女性——这不奇怪,因为这是一座男子监狱,我发现其中一人朝我投来同情的目光。

"第一次来探监吗,亲爱的?"她问。

我不知道她怎么看出来的,但想着监狱里大概有各种细节可以暴露你的经验值。女人看起来很友善,于是我点头:"是的。"

"如果你想吃点东西,最好现在去买。待会儿等人进来,大家都会去排队,就没时间交谈了。"

我听了她的建议走到窗口前。我不确定斯蒂芬喜欢什么,于是各种东西都买了一些:一个汉堡、一份炸薯条、三根巧克力棒、两罐可乐。那个汉堡让我想起足球场外半夜售卖的那种,可惜烹饪手艺相差甚远。我用两只盘子盖住汉堡,希望等斯蒂芬来的时候不至于冷掉。

大约十分钟后,囚犯们从旁边的一扇门鱼贯而入,看了看坐在桌边的人,然后纷纷走向自己的妻子、母亲或朋友。他们都穿着统一的运动裤、汗衫和十分难看的运动鞋。虽有几名狱警站在房间四面守卫,但总体来说,氛围平静而轻松。我之前看过斯蒂芬的照片,所以一眼就认了出来,但他并不认识我,于是我举起一只手朝他挥了挥。他走过来,在我对面坐下。

这真是一次不同寻常的会面——我终于见到了他。感觉就像一本小说已经读了两三百页,才终于见到主角,而小说却很快就要结尾。无数想法在我脑海中闪过,第一个就是:现在坐在我面前的可能是一个杀人犯——但这个想法很快便被否决了。尽管已在监狱中服刑八年,斯蒂芬还是给人一种无辜感,而这一点让他具有一种奇异的吸引力。他身材健硕,肩膀宽厚但并不是大块头,反倒像一名舞者。我能够理解丽莎·特里赫恩为什么想要占有他。同时,他的眼中仍有一簇愤怒的星火,那是怒其不公的火苗,八年来都未曾熄灭。他知道自己是冤枉的,而我完全相信他。

至此特别的时刻,我忽然开始质疑自己参与这件事的动机,并感到一阵突如其来的不安。我回到英国接受这件调查案是为了赚钱,从一开始,我的心态和解填字游戏别无二致。然而事实却是，我应该从一开始就意识到，自己即将处理的是一桩惊天大冤案。整整八年的冤狱！

当我开着车在伍德布里奇和伦敦来回穿梭时，当我优哉游哉地调查、采访、做笔记时，斯蒂芬却被关在这里。我所做的事无形中是在挽救别人的人生。

斯蒂芬身上还有些别的地方，总让我想起某个人——可又始终想不起来这个人是谁。

他看着面前餐盘里的食物问："这是给我的吗？"

"是的。"我回答，"我不知道你喜欢吃什么。"

"你不用为我破费的。我不饿。"他把汉堡推到一边，打开了一听可乐。我看着他喝了一口，然后接着说，"你在信里说自己是一名出版人？"

"我以前当过编辑，现在其实住在克里特岛。后来遇见劳伦斯和波琳，他们请我回一趟英国。"

"你是打算写一本关于我的书吗？"他看着我平静地问，空气中有种波澜不惊的压迫感。

"不是。"我回答。

"可你付钱给艾伦·康威。"

"事情不是你想的那样。艾伦写了一本书，内容和在布兰洛大酒店发生的事有某种隐晦的联系，可当时我根本不知道关于你和弗兰克·帕里斯的事。直到最近遇见劳伦斯才知道。"我顿了顿，"你见过艾伦吗？"

斯蒂芬沉默了一阵。很明显，他不信任我。好不容易开口时，他的每一个字都是反复斟酌过的："还在关押候审的时候，他给我写过信，可我凭什么要见他？他又不是来帮我的。总之，当时我心里想着别的事。"

"你看过那本书吗?"

他摇了摇头:"监狱图书馆里没有。倒是有不少其他的悬疑小说,很受欢迎。"

"可你还是知道了它的存在?"

他无视我的问题。"塞西莉去哪儿了?"他问,"你在信里说,她失踪了。"

斯蒂芬根本不知道塞西莉的事——直到收到我的信。这不是很正常吗?很可能监狱里对新闻报纸管理很严,塞西莉失踪的消息又没闹到上电视的地步。我再一次对自己感到愤怒,不顾后果地将这个消息擅自告诉了他。大概在我心里,这只是拼图的一个碎片吧。

于是我更加谨慎地选择措辞:"我们还不知道她的行踪,警方还在搜寻。他们说没有理由认为塞西莉有危险。"

"你们怎么会这么想?她当然有危险。她很害怕。"

"你是怎么知道的?她来这里找过你吗?"

"没有,但她给我写了一封信。"

"什么时候的事?"

作为回答,他把手伸进衣服口袋,拿出一张折叠的纸,迟疑了一会儿才递给我。我看见的第一个信息是页面最上方的日期——六月十日。这么说,这封信是在塞西莉失踪的前一天写的!信的篇幅很短,是用电脑打印的。一股激动之情在我心底油然而生——这是新的证据、任何人都没有见过的证据。

"我能看看吗?"我问。

"看吧。"他向后靠去,双眼却一刻不离地盯着我。

我摊开信读了起来:

六月十日

亲爱的斯蒂芬:

许久不曾联络,现在却忽然收到我的来信,你一定很意外吧。我们说好了不再联系,再加上后来的判决和你认罪,我本以为那样是最好的选择。

真的非常对不起,是我错了。我现在知道了,你并没有杀害弗兰克·帕里斯。我还是不明白当初你为什么会选择认罪,我想来见你,和你谈谈。

具体怎么回事很难在信里解释清楚。有一个叫艾伦·康威的男人在案件结束后来了酒店,后来写了一本叫作《阿提库斯·庞德来断案》的小说。这其实就是一本侦探小说而已,可他好像在里面写了我们酒店的一些人和事。我父母被写了进去,德里克也是,里面还有一座叫作月光花的酒店。小说情节本身和当年的事件并不相同,可这不是重点。我在读到第一页时就明白了到底是谁杀了弗兰克·帕里斯。其实我一直知道,只是小说让我更加确信了而已。

我需要和你谈谈。我听说要见你必须由你把我的名字写在一个名单上还是什么,你可以把我加上去吗?我把小说也寄给了爸爸妈妈,他们会知道该怎么做的。但我必须非常小心,虽然不认为自己有危险,但你也知道酒店的情况。什么事都瞒不住人,但我不能让人知道。

我匆忙写下这封信先寄给你,下周还会再写一封,我保证。见面时我会把一切都告诉你。

爱你的,

塞西莉

看来是真的。塞西莉一直知道凶手的真实身份,甚至在小说的第一页发现了证据。我真恨自己没把那本小说带进来。小说以描写埃里克和菲莉丝在克拉伦斯塔楼厨房里的场景开篇,里面提到了佛罗伦萨脆饼和刺猬温蒂奇太太,这两者都不可能和弗兰克·帕里斯的谋杀案有关系。然后我想起来,安德鲁手里还有一本。一会出去我可以再把第一章读一遍。

"我一收到信就把她的名字加在探监名单上了。"斯蒂芬说,"我还在奇怪怎么还没收到她的消息,结果等来了你的信。所以我才同意见你的。"

"斯蒂芬——"此刻的状况让我毫无把握。我有好多问题想问他,却又担心会冒犯他。整整八年的牢狱生活!他怎么能这么冷静、这么淡定?"我真的很想帮你。"我说,"但有件事我必须搞清楚——你和塞西莉到底是什么关系?"

"我从沃伦山卡尔福德监狱出来后,是她决定雇用我。她父亲办了一个帮助刑满释放者重回社会的项目。在酒店工作的时候,她对我很好。当我被控谋杀的时候,她也是唯一相信我不是凶手的人。"

"你知道这封信足以扭转整个局面吗?"

"前提是如果有人相信。"

"你愿意让我保管这封信吗,斯蒂芬?我和寻找塞西莉的警探有联系,他也是当年负责弗兰克·帕里斯谋杀案调查的警官。"

"洛克?"

"高级警司洛克。是的。"

听见我的回答,斯蒂芬第一次怒不可遏。"我不想你把这封信给他看。"他说着一把夺回了信,重新折了起来,"就是因为他,我才会被关在这里。"

"你认罪了。"

"是他逼我的!"我能清楚地看见斯蒂芬在拼命控制自己的情绪。他朝我俯身,语调轻缓但带着深深的恨意说,"那个混蛋劝我说,要是我认罪,会好过一点。他说所有的证据都指向我,我还有前科,而他们在我的房间里找到了带血的钱。他说如果我签认罪书,他就会帮我说点好话,于是我就像个傻子一样相信了他。我照他说的做了,结果被判最低二十五年监禁,也就是说,等我出狱的时候,已经是个五十岁的老头儿了。你要是把这封信给他,他一定会立刻撕成碎片。要是被人发现我是无辜的,你想想他会怎么样?他只想让我一辈子关在这里死掉、烂掉最好。"

他重重地向椅背靠去,但嘴里依旧说个不停。

"从当初踏上这个国家的土地开始,我的人生就算完了。"他平静地说,"那时我才十二岁,心里其实并不想来英国,这里也没人想我来。我是垃圾——罗马尼亚的垃圾——一有机会他们就把我扔进监狱,然后抛之脑后。你以为会有人认真读这封信吗?你以为有谁会在乎吗?没有!就算我死在这里也没人会过问。要不是为了我生命中唯一的光明、唯一的曙光,就算明天自杀我也无所谓。"我正要问他是什么意思,他却先问道,"你知道是谁杀了弗兰克·帕里斯吗?"

"不知道。"我承认,"暂时还不知道。"

"你是一名编辑,图书编辑!不是律师,也不是侦探。你帮不了我。"

"或许可以。"我伸出手轻轻放在他的手臂上,这是我们之间第一次有肢体接触。"告诉我那天晚上发生了什么。"我说,"二〇〇八年六月十五日,星期五的晚上。"

"你知道发生了什么。一个叫弗兰克·帕里斯的人被人用锤子砸死了。"

"是,可你呢?那天晚上你在哪儿?"看他没有要回答的意思,我便接着说了下去,"你要怎么办呢,斯蒂芬?回到牢房里孤零零地关一辈子吗?那样怎么能帮你自己——或者塞西莉?"

他想了片刻,终于点了点头。

"我去参加了一个派对。是塞西莉和艾登为所有酒店员工举办的,就在游泳池旁边。"

"你喝了很多酒吗?"

"喝了点红酒。就两杯。我觉得很累,过了一会儿就不想继续待着了,于是和那个水疗馆的男人一起回了宿舍……"

"莱昂内尔·科比。"

"对。他的房间就在我隔壁。"

"你有称呼过他'利奥'这个名字吗?"

"没有,我就叫他莱昂内尔。为什么这么问?"

"没关系,请继续。"

"一回房间我就立刻睡着了。我能告诉你的就这么多。我一觉睡到大天亮,很晚才起床,大概是第二天的八点半。那天晚上,我没有回过酒店,也从来没有靠近过十二号客房。"

"可是德里克·恩迪克特却看见了你。"

"他看见了一个人,但那不是我。"

"你觉得你是被人故意陷害的吗?"

"我本来就是被陷害的。你有认真听我说话吗?我是最容易下手的目标。"

"跟我讲讲你和丽莎的事。"

这话让他愣住了。"她是个贱人。"过了一会儿,他直截了当地说,这也是见面后他第一次骂人。

"你那时在和她谈恋爱。"

"那不是什么恋爱,就是单纯的性关系。"

"是她强迫你……"

"你见过她了?"

"是的。"

"不然你认为像我这样的男人怎么可能会想和她那种女人上床?"

"所以后来当你拒绝再听她的话,她就解雇了你?"

"不,怎么可能,她才没那么傻。我不再去找她以后,她就开始编故事,说我偷钱之类的。但那些全是胡说。她是为了威胁我。她故意让所有人都知道她怀疑我偷钱,看我不打算就范,才顺理成章地解雇我。"

"可你还是去见她了。"我想起来莱昂内尔·科比曾说过,看见他和丽莎在树林里,"婚礼前两个星期,有人看见你和她在奥克兰农舍附近的树林里。"

斯蒂芬犹豫了。我看见某种回忆的神色从他眼中闪过。"那是最后一次。"他说,"我以为给了她想要的,就能摆脱她。没想到根本没用。两周后她还是解雇了我。"

他在撒谎。我也不知道自己为何如此笃定,也不知道他究竟想要隐藏什么,但他的神态动作变了,原本强烈的无辜感瞬间有些许暗淡。我本想步步紧逼,但心里明白那样并不能得到什么好的结果。我看着他喝完可乐、放下锡罐,他的双手还握在罐子两侧,几乎快要把它压扁。

"你帮不了我。"他说。

"至少让我试一试。"我回答,"相信我,斯蒂芬,我是来帮你的。很遗憾没能早点和你见面,但现在既然见到了,那我就一定不会让你失望。"

他抬起双眼,平视着我。那是一双十分温柔的眼眸,柔和的棕色。"我为什么要相信你?"他问。

"除了我你还有谁可以相信吗?"我说。

他点了点头。然后缓慢地从衣兜里重新掏出那封信,放在桌上滑到我面前。"这是我全部的东西了。"他说,"再也没有别的证明。"

说完他站起身来。离开之前,他把桌上所有的东西都带走了:薯条、巧克力棒,甚至那只已经冷掉的汉堡。自从进入监狱,一路上的所见所闻,都比不上他这一个简单的动作,能让我对监狱生活有最直观的了解。他离开了,再没有说一句话。

*

我没法开车。

安德鲁接替我坐在驾驶席。他没有问我监狱里发生了什么,因为能看出来我心情很不好,不愿多说。我们在诺福克郡的郊外默默无言地奔驰了几英里,直到进入萨福克郡后,周围的风景才变得略微柔和动人。于是我们在塞特福德以南的地方找了一间叫作"犁与星星"的酒吧停下吃午餐。安德鲁点了三明治,我不饿。看着端上来的食物,我又想起了那块被斯蒂芬带回牢房去的难吃的、冷冰冰的汉堡。八年的人生啊,就是这样过的!

"苏珊,你想和我说说吗?"安德鲁终于开了口。

星期五晚上的酒吧本应是欢乐的,地上铺着石板、远处有一座柴火炉,还有老式木头桌子,然而这家酒吧的客人却寥寥无几,吧台后的男人一副无精打采的样子。

"对不起,"我说,"只是我太生自己的气了,竟然把这一切当作赚钱的工具,更别说还为此抛下了你。当我看见那个可怜的男人,困在那样一个地方……"

"你知道他是无辜的。"

"我一直都知道,安德鲁,只是从未站在他的角度考虑过。"

"所以接下来你打算怎么办?"

"不知道,这就是最糟糕的地方。我不知道我还能怎么办。"

我清晰记得那个时刻——我们坐在酒吧的角落里,酒保用布擦拭着一只玻璃杯;酒吧里除了我们,唯一的客人起身离开——那是一个男人带着自己的狗。一阵风吹来,我看见外面的酒旗招摇。

"我知道是谁杀害了弗兰克·帕里斯了。"我说。

"你说什么?"安德鲁瞪着我,"你刚不是才说——"

"我知道,可我刚刚突然想通了!"

"是斯蒂芬告诉你的吗?"

"不是,虽然他透露给我的信息比他实际想说的要多,但我知道不是他干的。一切都联系起来了。"

安德鲁注视着我:"你会告诉我吗?"

"是的,当然,但不是现在。我还需要想想。"

"真的?"

"再给我一点时间。"

他微笑着说:"你比艾伦·康威还讨厌!"

最终我俩都没有碰那块三明治。我们起身回到车里,发动引擎一路狂奔。

杀人凶手

我们没有回伍德布里奇,而是直接冲去了韦斯特尔顿的希斯别墅。我们走到别墅正门,摁下门铃,几乎把手指粘在门铃上,就不信不能把主人炸出来。过了差不多三十秒,马丁·威廉姆斯开了门。他一脸狐疑地看了看安德鲁,又看着我,脸上除了震惊还有愤怒。毕竟,昨天他才亲口警告过我永远别再来了。

"你们不能进来。"他说。

"你很忙吗?"

"乔安娜不想见到你,我也一样。你上次来我们就说过了。"

"我知道是谁杀了弗兰克·帕里斯。"我说,"我的朋友安德鲁也知道。你可以选择听我说,或者让警察来告诉你。你自己选。"

他注视着我,迅速地衡量着利弊。他块头不大,但横在门口,挡住了进去的路。这是第一次不见他穿着连体工装,而是牛仔裤、皮靴和一件涡纹衬衫,领口敞开。这个造型就跟正要出门去跳乡村队列舞似的。不一会儿,他拿定了主意:"你在胡说。"他说,"不过,为了不让你白来一趟,我给你五分钟。"

我们进屋的时候,乔安娜·威廉姆斯正好下楼,一见我立刻怒不可遏,丝毫不加掩饰脸上的嫌弃。她对着丈夫说,眼睛根本不看我:"她来做什么?你不是保证过她不会再来了吗!"

"你好,乔安娜。"我说。

"苏珊说她知道是谁杀了弗兰克·帕里斯。"马丁对她说,

"我觉得最好听听她的说法。"

"很抱歉,我一点兴趣也没有。"

"你确定吗?"我说,"或许我应该重复一遍刚才跟你丈夫所说的话——如果你不愿意听我说,我就直接去找警察。怎么样?"

我看着他俩交换了一下眼神,知道自己不需要继续说服了。

"进来吧。"马丁说。

我们再次进入厨房。我已经很熟悉这个房间。安德鲁和我坐在餐桌一侧,乔安娜和马丁坐在另一侧。我们隔着橡木桌面彼此相望,一场没有硝烟的战争仿佛一触即发。

"不需要太久。"我说,"这是我第三次来见你们,但相信你们会很高兴知道,这也将是最后一次。正如我一开始所说,我应劳伦斯和波琳·特里赫恩之请,来调查他们女儿的失踪案,并了解这起事件是否与八年前的弗兰克·帕里斯被杀案有关。我第一次来的时候——且不用'撒谎'这个词吧,但你对真相的描述相当模糊。没过多久,我就发现你们俩——并且只有你们俩,有杀掉弗兰克·帕里斯的充分理由。他在澳大利亚的广告公司倒闭了,这迫使他急需资金救急,因此打算逼你们卖掉希斯别墅。这栋房子是你母亲的遗产,你和你哥哥各有一半继承权,但这是你们俩共同的家。如果他死了,假设弗兰克并没有在遗嘱里把他的那一半房产赠予别人的话,你就可以得到全部的房产。"

"他把他的那份留给了乔安娜。"马丁说。

"真的吗?"安德鲁和我都为此话感到十分惊讶。

"他一直是这么说的。"

我难以置信地摇了摇头。"这我就不明白了,马丁。"我说,"你为什么要告诉我这件事呢?在我看来,你应该最不愿意让我知道此事才对。可你却说了,这样一来,倒让你显得更加可疑。如果弗兰克在遗嘱中提到要把房产留给你们,那么你就绝对有动机杀掉他,可你却毫不迟疑地把这事告诉了我们。昨天也是这样,你明明可以像大多数正常人一样否认我的指控,却直截了当地说出了自己可能有作案动机的理由。现在也是,明明说了再也不想见到我,又为什么让我进来?"

"因为我想把你这些荒谬的指控一次性驳倒。"

"在我看来可并非如此。你觉得像是这样吗,安德鲁?"

"不觉得。"安德鲁回应道,"我觉得他是故意那么说的。"

乔安娜紧紧盯着马丁,几乎屏住了呼吸。我等待着他的回答。

"我想是时候请你离开了。"他说。

"太迟了。"我说,"我已经知道了真相。"

"你想怎么指控我都行,但你没有证据。"

"实际上,我有,马丁。"我回击道,"我可以百分之百地证明——你根本没有杀害弗兰克。我要怎么才能证明呢?刚才在门口已经告诉你了,因为我已经知道了凶手的真实身份,而凶手并不是你。"

"那你来做什么?"乔安娜问。

"因为我已经受够了二位的矫饰和伪装,想让你们赶紧停下。从我第一次踏进这栋房子开始,你们就一直在演戏糊弄我——"

"我不知道你在说什么!"马丁打断道。

"是吗,马丁?行吧,那让我来告诉你。想象一下——这只是一个假设,你感觉自己的婚姻一团糟,老婆天天欺负你,让你感觉自己渺小无能——"

"你竟敢这样胡说八道!"乔安娜猛地从椅子上站了起来,脸色阴沉。

"这应该说是我妹妹凯蒂透露给我的。她曾和你们吃过一次晚餐,对你的描述,乔安娜——我想那个词是'很让人扫兴'。她说你对马丁简直是颐指气使、呼来喝去,甚至无法理解你们俩是怎么在一起生活了这么久。"

"这个嘛,那是她的想法……"马丁低声反驳。

"可如今显然不是这样了,对吧!事情有了巨大的转变。马丁,现在你才是家里话事的那个人,对不对?或许是因为乔安娜认为是你杀了弗兰克·帕里斯,认为你其实是个可怕的人。可能,仅仅只是可能,你也故意让她相信了这一点,好为你自己赢得家里的一席之地。"

"简直荒谬!"

"是吗?可这样就能解释得通你刚才为什么会告诉我遗嘱的事了——以及你为什么要在我问及婚礼帐篷一事时,故意给我一个蹩脚的回答。从我们见面的那一刻起,你就一直故意让我怀疑你!"

马丁站了起来,说:"我不想再听你胡说八道。"

"不,你要听,马丁。因为你曾企图杀掉我!昨天我看见你鬼鬼祟祟地从布兰洛大酒店离开了。或许你是故意让我看见的,但我知道是你把那尊猫头鹰雕像从房顶上推下来的。你真不走运,这件事我也有证据。"这句话成功让他停下了动作,"当你打电话给酒店前台引我出去时,你已经在房顶了,就在猫头鹰雕像那里。你等着我走出酒店大门,然后把雕像推了下来。"我转头看着乔安娜,"他有告诉过你这件事吗?"

"他说是自己听说的……"此刻,乔安娜盯着丈夫的眼神让这次来访显得很有意义。

"他是不是还告诉过你酒店的监控摄像头拍到了他,打的那通电话也在总机上留下了记录,他手机号码的记录?他还有没有告诉过你自己是否戴着手套?因为警方正在化验房顶的门和石雕碎片上的成分。"

后面这句是我编的。警察根本没有介入此事,但我完全可以让他们介入。

马丁脸上的血色逐渐退去。

"告诉我一件事,马丁,趁我现在还愿意原谅你。告诉我你并不是真的想杀死我,并且是故意让我看到你偷偷摸摸离开酒店的。你这么做只是想吓唬我,让我认定你很可怕,因为这是你和妻子之间的游戏——'杀人犯马丁!真男人马丁!'你既没有杀害弗兰克,也不是真的想杀我。你只是想让人以为你是。"

我说完这段话,房间里有一阵漫长的寂静,直到最后,终于如我期待的那样,他几不可闻地开口道:"是的。"

"你承认了对吗,马丁?"

"是的!"这次声音大了些。

"谢谢。我只需要知道这些就够了。"

我站起身,离开了别墅,安德鲁紧跟在我身边。还没走到花园门口,马丁·威廉姆斯从后面赶了上来,看起来一脸懊悔和卑微。他不该跟过来的。

"我没想过要伤害你。"他急切地说,"你说得对——关于弗兰克的那些话,还有我昨天在酒店做的事。我向你发誓,我不是真的想害你。你不会告诉警察的,对吧?"

我还没来得及说什么,安德鲁已经一个箭步冲了上去,他挥起攥紧的拳头照着马丁的脸揍了过去。这要是在艾伦的小说里,此刻马丁应该已经被打飞,躺在地上不省人事了。可实际上并没有那么戏剧化。一声闷响后,马丁愣在原地,眼冒金星,嘴角淌下一丝鲜血。安德鲁很可能把他的鼻子打折了。

我们俩转身走出了花园。

"你答应过我不打人的。"我们边往停在路边的车走去我边说。

"我知道。"安德鲁回答,"对不起。"

我打开车门:"我接受道歉。"

退房手续

当年编辑《阿提库斯·庞德来断案》时,我和艾伦·康威还曾为另一件事争吵过——关于阿提库斯把所有相关人员聚集在月光花酒店的最后两章。

我知道这样的场景很适合拍电视剧。我也看过大卫·苏切特饰演的大侦探波洛、约翰·纳特尔斯[1]的英国监察长巴纳比,和安吉拉·兰斯伯里[2]的女侦探小说家杰西卡·弗莱彻。他们肯定拍了不下一百遍,镜头在一个个嫌疑人脸上推近、拉远,直到最后聚焦真凶。可我不喜欢的正是这点,就算是向侦探小说黄金时代致敬,这样的设定也显得太过刻意。我希望艾伦能想到别的方式来揭示真相。

现在,你们也读过他的小说,肯定也能看出我的编辑意见对他来说影响力有多大。

因此,要是他看见我此刻正站在布兰洛大酒店的休息室里,周围围绕着不多不少恰好七个人和一只狗,一定会乐不可支。那只狗是小熊,塞西莉的黄金巡回猎犬,此刻正在房间角落里睡觉。除了它,其他人都是来听我的最终说明的。我几乎能感觉到犹如电视剧片场般,所有看不见的镜头齐刷刷对着我。

这是我在酒店的最后一天,实际上已经超过了规定的退房时

---

[1] 约翰·纳特尔斯(John Nettles, 1943—),英国演员,作家。
[2] 安吉拉·兰斯伯里(Angela Lansbury, 1925—),女爵,英国-爱尔兰-美国演员和歌手。

间。之前丽莎·特里赫恩让我离开，还说这也是她父亲的意思，可我给劳伦斯打过电话，告诉他已经知道了杀死弗兰克·帕里斯真正的凶手，以及在他小女儿身上究竟发生了什么。我还提醒他，目前为止，答应我的钱我一分都没收到。我敢肯定是丽莎让他先别付的。于是他答应了下午同我见面。

"下午三点来酒店休息室，我会把一切原原本本地告诉你。"我说，"另外，带上支票，把欠我的费用付了吧——一万英镑，汇入安德鲁·帕塔基斯的账户。"本来应该是我的户头，可安德鲁飞了两千英里来看我，并在千钧一发之际从坠落的雕像下搭救了我，我希望让他来享受这收钱的喜悦。

我本希望劳伦斯能单独前来，可波琳却跟着一起来了，还有艾登·麦克尼尔。我想这也很正常：艾登是这次的事件关系最密切的人，至今还在等待塞西莉的消息。但看到他把埃洛伊丝·拉德玛尼也一起带来撑场时，还是觉得哪里怪怪的。他们俩挨着坐在一张沙发上，那种保姆和雇主的关系在那一瞬间忽然让我感觉哪里有些奇怪，甚至是罪恶。不过至少他们把罗克珊娜交给因加照看了。在我看来最糟糕的事，莫过于丽莎·特里赫恩的不请自来。安德鲁站在我身边，可她只略微冲他点了点头，便径直在一张扶手椅上坐下，连看都不看我，仿佛已经认定这一切只是浪费时间。

最后一位是洛克高级警司，他坐在门边的一张椅子上。是安德鲁让我邀请他来的，我费了一番功夫才说服自己。自从上次在马特尔舍姆荒原见过之后，我就再也不想见到他了。他不仅恃强凌弱，还种族歧视，斯蒂芬·科德莱斯库的冤案很大程度上就是因他而起。可安德鲁坚持应该有警方人员在场，必须让这场终极会面正式且官方。

得知洛克同意前来时，我反倒吃了一惊。我和安德鲁驱车抵达他的警局办公室时，得到的待遇还比不上当地被捕的一对性犯罪者。他对我已经知晓杀死弗兰克的真凶一说嗤之以鼻，又对我不愿意当场揭晓答案而大为光火。最后还是斯蒂芬让我保管的那封信改变了他的想法。这封信证明了塞西莉确信斯蒂芬是无辜的，并且她的失踪就是与多年前的这起案件有关。应该让洛克知道这封信的存在，正是因为有它，才让洛克没了底气。而这一点，我想，也是他愿意前来的原因。

这并不是阿提库斯·庞德在小说里召集的那种聚会——没有管家、牧师或女仆——可尽管如此，我还是有种奇怪的感觉，好像他也在场。我几乎能够看见他拄着那根手杖走向其中一张空椅，等待着我开场。我时常觉得自己对案件的调查方式——以及询问和检索证据的方式——都多少受到了他和他那本听起来就很荒谬的著作《犯罪调查全景》的影响。说到底，我想我对这个角色还是颇有好感的。我把他当成了自己的导师。这真的很奇怪。因为首先，他只是小说里虚构的人物；其次，我和他的创造者根本不对盘。

"我们都等着了，苏珊。"丽莎说。

"抱歉，我刚才在整理思绪。"我微笑道。或许这样也不错，因为这样的事以后绝对不会再发生了，"或许我应该先从这句话说起：我并不清楚塞西莉在哪里，但我很清楚她究竟出了什么事。我也知道了她到底在《阿提库斯·庞德来断案》这本书中发现了什么。"小说就放在我的面前，"恐怕艾伦·康威在书里给她留了一条秘密信息——不，应该说是好几条——但这种做法却将她置于危险之中。"

我看了安德鲁一眼。他冲我点点头，我知道他时刻警惕，保护着我。

"关于弗兰克·帕里斯，疑点在于，布兰洛大酒店里没有一个人有理由杀害他。"我继续说下去，"他只是路过……去看自己住在韦斯特尔顿的妹妹和妹夫。他刚从澳大利亚回国，除了拥有萨福克郡一所房屋的一半产权之外，跟这里并无半点关系。我的第一个想法是，他是被德里克·恩迪克特杀掉的。这很可能是误杀，因为弗兰克对于起初分给他的客房很不满，因此被调换到了十二号客房；而这间客房原本是订给一位叫乔治·桑德斯的退休校长的。我这么想的理由是，德里克曾在桑德斯执教时的布罗姆斯维尔林中学读过书，而那时他的日子很不好过。那天，见到桑德斯出现在酒店时，德里克相当不安。

"我能想象德里克拿着锤子，半夜上楼的样子。酒店走廊十分昏暗，他很可能根本没看清那是弗兰克，而因此错杀了他。更何况，只有德里克给出了见到斯蒂芬进入十二号客房的证词。除此以外别人都没看见。"

"真是个荒谬的故事。"艾登说，"德里克才不会伤害任何人。"

"我同意。这也是为什么我排除了他的嫌疑。总之，德里克不可能有办法安排其他那些指向斯蒂芬的线索；尤其是藏在斯蒂芬床垫下的钱财和衣服床单上的血迹。我不认为他能聪明到这种地步。

"这么一来，就只剩下四个最有嫌疑的人了。"我说，"其中的两位今天并不在场，但我想先从他们说起。先来说说梅丽莎·康威。当时她就住在酒店旁边的奥克兰农舍，婚礼前后那段时间也经常在酒店出入。她也看见了弗兰克，并且因此心情低落。一部分原因是，她怨恨弗兰克把她丈夫带上了歪路。这里所谓歪路是指同性恋酒吧和洗浴中心。如果说她打算亲手报这个夺夫之仇也不是不可能吧？尽管有点难以置信，但她确实很爱艾伦。

"那么，要是艾伦发现了真相——他曾经的妻子杀了弗兰克，他会怎么做？这难道不是他有意在书中隐去真相的最好理由吗？他一定不会声张的，既是为了保护前妻，也是为了保护自己。当我听说当初梅丽莎也在这里时，立刻便怀疑上了她。可这里有一个问题。她不可能偷听到塞西莉打给父母的那通电话。因为塞西莉失踪时，她很可能还在自己位于埃文河畔的布拉德福德的家里。

"可是，梅丽莎对我说的一句话却给了我很大启发。她提到自己住在奥克兰农舍时，曾多次使用酒店的水疗馆设施，并在那里接受莱昂内尔·科比的健身指导。只不过她并不是用'莱昂内尔'这个名字来称呼他，而是'利奥'。

"好，那么值得一提的是，弗兰克·帕里斯也认识一名叫'利奥'的人，那是伦敦的一名男招待。这是我在伦敦查到的。他和这名男招待有过肉体关系，而艾伦·康威甚至直接在这本小说的赠言页上写道：将这本书献给弗兰克和利奥。很抱歉，劳伦斯，这些听起来很不体面，但后面的事恐怕只会更糟。弗兰克不只是同性恋，他还有特殊的性癖好，包括捆绑、性虐待等等这类。假设莱昂内尔就是利奥，而弗兰克入住酒店时发现并认出了他呢？我见到莱昂内尔时，他曾提过，自己在伦敦有不少私人客户——还说'你根本无法想象我都经历了些什么！'这是他的原话。我当时以为他说的是当私人健身教练的事，可谁知道呢？

"麻烦之处是，我在这里又遇到了和怀疑梅丽莎时同样的问题。莱昂内尔或许是利奥，也可能会杀害弗兰克，可塞西莉给父母打电话时，他并不在酒店。我找不到他袭击或伤害塞西莉的理由。他又是如何知道塞西莉看过这本小说的呢?

"但是,塞西莉打那通电话时,埃洛伊丝在,并且也知道她看过这本小说。"

此话一出,埃洛伊丝·拉德玛尼立刻大怒,用地中海人发怒时的典型反应叫道:"你凭什么把我拖下水!我和这件事一点关系都没有。"

"塞西莉失踪时,你就在这里,甚至还听见了她和父母关于这本小说的对话。当时你就在办公室外。"

"我和弗兰克·帕里斯一点关系也没有!"

"不是这样。你曾在他供职的广告公司工作过:麦肯·光明广告有限公司。你是那里的前台接待。"

她完全没有料到我竟然知道此事,用颤抖的声音说:"我只在那里工作了几个月而已。"

"但你见过他。"

"我看见过他。从没说过话。"

"当时你和丈夫在一起,对不对?他叫卢西恩。"

她眼睛看向一边:"我不想聊他的事。"

"我只有一个问题,埃洛伊丝。你丈夫有昵称吗?你是否曾叫他利奥?"

我必须搞清楚这件事,才能绝对确信自己的推论。本来我没想过要问她这个问题,更不想在众人面前问,可后来忽然意识到,导致她丈夫死亡的艾滋病感染或许并不是输血造成的。有没有可能是他在当建筑系学生的时候,用其他方式来赚取学费呢?卢西恩工作时,是否曾用过利奥这个名字?感染艾滋病会不会是由于没有做好安全措施的性行为?我真正想问的是这些。

"我从来没用那个名字叫过他。别人也没有。"

我相信她的说法。艾登和塞西莉是在结婚几个月后才雇了她，我想不出她会在弗兰克死的当晚出现在酒店的可能性，除非是用了别的名字。还有，德里克确信自己当晚看到的，是一个男人通过走廊朝十二号客房走去。虽然当众质问埃洛伊丝，我心里也知道那不可能是她。

安德鲁拧开一瓶矿泉水，用玻璃杯倒了一些水递给我，我接过喝下。门边，洛克高级警司静静地坐着，试图降低自己的存在感。我知道其他人都在盯着我，生怕我接下来又说出什么惊人之语。可这不能怪我，我只邀请了劳伦斯一人来，是他决定要把全家都带过来的。

"还有另外一种可能。"我继续，同时小心措辞，"我曾考虑过，也许弗兰克·帕里斯并不是真正的目标。假如这场谋杀真正的目的并非杀死弗兰克，而是陷害斯蒂芬·科德莱斯库呢？"

这句话收到的现场反响平平，大家都不说话。最后还是劳伦斯打破沉默问道："谁会干这种事？"

我转向丽莎："我想我们不得不聊聊你和斯蒂芬的事了。"

"你想把我们所有人都羞辱贬低一番吗？这就是你的目的？"她在椅子上挪动了一下身体，跷腿。

"我的目的是找出真相，丽莎，而且不论你承认与否，这些事件你都牵扯其中。你当时和斯蒂芬在'谈恋爱'。"在说"谈恋爱"几个字时，我弯起手指做了一个"引号"的手势。

"是的。"这一点她之前已经承认，现在已无法抵赖。

她的父母一脸失望和沮丧地看着我们。

"他拒绝和你继续这段关系。"

她犹豫了一下，说："是的。"

"你知道斯蒂芬和塞西莉也有肉体关系吗？"

这次轮到艾登大怒："你胡说！"

"恐怕这并不是胡说。"我故意停顿了一下才接着说，为的就是把效果拉满，"今天早上我刚见过斯蒂芬。"

"你见过他？"波琳十分吃惊。

"我去监狱见了他。"

"那些关于他和塞西莉的话是他跟你说的吗？"艾登嗤笑道，"你竟然相信他？"

"他没说过这些话。实际上，他很努力地想要隐藏这件事。可证据就在那里，只需要我把它们一一拼起来。"

"莱昂内尔·科比曾告诉我，婚礼前两周，他在酒店靠近奥克兰农舍的树林里看见两个人做爱。刚开始他以为其中一人是你，艾登，可后来他看见那个男人肩上没有文身，并发现那其实是斯蒂芬。从他站的地方看不见女人的脸，因为隐藏在下方的阴影里。不过，他知道斯蒂芬和丽莎有染——尽管不情不愿——因此以为那是丽莎。

"可他错了。"我再次看向丽莎，"这一点我是怎么知道的呢？其实非常简单。是那天早餐时间你跟我说的一些话，就是你要我赶紧离开那天早上。你否认解雇斯蒂芬是因为'他不愿意再上我的床'，就是这句话告诉了我所有我想知道的信息。

"你有什么必要冒险和他在树林里见面呢——何况还要忍受野外的不适，明明直接去你家里就可以了？你独自一人在伍德布里奇生活，完全没必要那样刻意避人耳目。然而对塞西莉而言，一切就不一样了。她和艾登住在一起，两个人还订了婚，也不可能使用酒店的房间，因为随时可能被人看见。那么树林就成为唯一的选择。"

"塞西莉绝不可能背叛我！"艾登怒火中烧，"我们在一起很幸福。"

"我很抱歉——"

"莱昂内尔没有看见她！你刚才自己说的。"

"话是没错。"

"那你就是在撒谎！"

"恐怕并非如此，艾登。我看到了一封信，是斯蒂芬入狱后塞西莉写给他的。信很短，并且是在斯蒂芬入狱多年后写的，可语气依旧很亲昵，最后的落款是'爱你的'。

"不止如此，当我问斯蒂芬是否和丽莎在树林里发生过关系时，他迟疑了一会儿才说是的，尽管这么说，明显和他几分钟前才说过的话自相矛盾。我立刻就知道他撒谎了，而他这么做是为了保护另一个人。"

我又喝了一口水。透过玻璃杯的边缘，我发现安德鲁正看着我。他冲我点了点头，那是一种鼓励。从诺福克离开的路上，我就已经把一切告诉了他，他知道接下来我要说什么。

"斯蒂芬还说了一些事，"我继续道，"当时我并不明白，可经过后来的调查，却发现那些话完全印证了我一直以来的怀疑。而这件事也和你有关，艾登，但于你而言并非好事，不过我觉得你或许早就知道了吧？"

"你在说什么？"艾登直视着我，目光凛冽、杀气逼人。

"当时，斯蒂芬说自己非常讨厌英格兰，可紧接着又补充道：'要不是为了我生命中唯一的光明、唯一的曙光，就算明天自杀我也无所谓。'当时我并不清楚这话什么意思，但看着他的样子，我总觉得他很像一个人。"话到此处，已经无可回避，我必须说出真相，"他是罗克珊娜的生父。"

"不！"一声痛苦的哀号从艾登口中冲出。他从椅子上半抬起身体，安德鲁立刻也站了起来，随时准备冲上来保护我。房间的另一边，洛克仿佛石化一般一动不动。

"这根本是胡说八道，事实根本不是这样。"埃洛伊丝握住他的手。

"你怎么敢——！"劳伦斯也因愤怒而无语伦次，几乎想要扑上来把我拽出房间。可他没有，因为他知道我说得没错。

"艾登的头发是浅色的，塞西莉是金发，而罗克珊娜却是黑发，面容也和她的亲生父亲十分相像。艾登告诉我女儿的名字是塞西莉取的，我想她是故意选了一个这样的名字。她知道孩子的生父是谁，而罗克珊娜（Roxana）是罗马尼亚非常受欢迎的女孩名，寓意'光明''曙光'。"我加快了语速，想让这部分赶紧过去，"这就是事实。丽莎解雇了斯蒂芬，因为后者不愿意再继续和她发生关系，后来却发现斯蒂芬竟和她妹妹有肉体关系——又是她，又是那个当年让她脸上留下伤疤的妹妹。发现这一切的丽莎会是什么感受呢？如果随便杀掉一个陌生人，然后嫁祸给斯蒂芬，让他一辈子都关在监狱里会不会是最好的报复？如果丽莎那天在自己的办公室里，那就可以完全不费吹灰之力地听见塞西莉打去南法的电话。这个可能我思考了很久，并一度十分确信，两起案件的幕后真凶都是丽莎。"

"那你就是纯粹的凭空捏造！"丽莎怒斥，"我根本没有杀过任何人。"

"我想我们已经听够了你的胡言乱语。"劳伦斯说，"洛克高级警司，你就打算这样对她听之任之吗？"

安德鲁不等洛克回答，便打断了他。"苏珊知道杀害弗兰克·帕里斯的真凶是谁。"他说，感觉像是又回到了校园，正对教室里的学生发号施令，"请大家坐下，少安毋躁，她很快就会告诉你们的。"

在场的五人——劳伦斯和波琳、丽莎、艾登和埃洛伊丝看着彼此。最终艾登替大家做了决定,他带头坐了下来。"请继续。"他说,"但可以请你直接说重点吗?我想我们已经听够了这种……猜测。"

对于一个刚得知自己的女儿竟不是亲生骨肉的男人而言,艾登显得过于冷静,我很快确定,他其实早就知道了。

"一切都要从这本小说讲起——"我说,"《阿提库斯·庞德来断案》。这一切都是因它而起。塞西莉从中看出了一些重要信息,并因此失踪。我刚才提到的她写给斯蒂芬的信正是在读完这本小说后写的。"

"她有在信里写自己看出了什么吗?"波琳问。

"很遗憾,没有。不过她说自己其实一直对真凶有所怀疑,而这本小说的第一页内容证实了她的想法。问题是:她说的第一页到底是指哪一页?我一开始推测她指的是第一章的第一页,但我什么也没发现。那么或许是指作者简介或者书评,又或者是章节目录。这些我都看了一遍,但实际上,真相远比我想象得简单。她指的是小说的献词页——'献给弗兰克与利奥:兹以纪念'。

"艾伦为什么要那么写?是因为这两人都已经死了吗?还是说他想表达的是完全不同的意思?众所周知,弗兰克的确已经死了,可或许利奥还没有,而艾伦想要告诉他自己还记得他是谁、知道他以前的身份。或许这根本不是什么赠言,而是一则警告。"

我暂停了一会儿,好让众人有时间思考沉淀刚才的话,然后才继续往下说。

"我未曾见过塞西莉,但很希望能多了解她一些,因为我逐渐意识到这一切事情的关键都与她的性格有关。说到这个,她是何时出生的?我估计应该是十一月和十二月之间吧。"

"是十一月二十五日。"劳伦斯说,又接着补充道,"你怎么知道的?"

"那么她便是射手座。"我说,"我们都知道,塞西莉十分看重星座预言,这件事从一开始就给我留下了深刻的记忆。艾登告诉我说,她每天都要查看自己的星座预测,可实际情况还不止这些。在塞西莉婚礼当天,星座预测说她应当准备好迎接人生的波折。和一般人不同的是,塞西莉并没有对此一笑了之,而是十分不安。当她走上婚礼红毯时,脖子上戴的是一条星座项链。我见过那张照片:三颗星星和一把羽箭——代表射手座。从诺福克回来的路上,我们经过了一间酒吧——'犁和星星'——正是这个名字让我瞬间茅塞顿开,发现了一直以来都显而易见的答案。与星座有关的东西占据了塞西莉生活的各个方面,甚至包括她的宠物狗小熊(Bear),这个名字本身也代表着一个星座。"

听见有人叫自己的名字,那只狗懒洋洋地摆动了一下尾巴,轻轻叩响了地板。

"但还不止这些。"我接着说,"在劳伦斯写给我的长邮件中曾提到,塞西莉喜欢上艾登是因为觉得他俩很'契合(compatible)'——这个词也是占星术中的常见用词。艾登遇见塞西莉的那天,正好是他的生日,带着她去看房,而我们都知道那是二〇〇五年八月初的一天,也就是说艾登是……"

"……狮子座(Leo)。"安德鲁帮我补完了句子。

"塞西莉肯定知道狮子座和射手座就星象而言很合适在一起。二者都是火象星座,有相同的价值观和情感特质,二者的结合将会平安稳妥。至少,塞西莉是这么相信的。当然,看到艾登肩上的文身后,她就更加确信这点。莱昂内尔说那个文身代表宇宙巨蛇:一个圆圈拖着一条小尾巴。但实际上那是一种符号——有些人称之为象形符号——是狮子座的星座符号。"

"我是狮子座。"艾登说,"她是射手座。我们很合适。怎么了?"

"你认识弗兰克·帕里斯。"

"在那之前我从来没有见过他。"

"事实并非如此。你说你之前是在伦敦一家房地产中介工作,可就连劳伦斯都对你能在伦敦过上那样安逸的生活感到惊讶。当时你才不过二十岁出头,哪来那么多钱能买下埃奇韦尔路的公寓?肯定是有别的生财之道。这就要提到另一件事了。当我向一位对此颇有了解的朋友询问时,他也很惊讶一个二十几岁的男人竟住在梅菲尔德的公寓里——因为不可能买得起。但假如这个年轻人只是因为工作的关系拥有这间公寓的钥匙呢?假如他的工作是——"

"你错了。"话音未落艾登便打断了我。

我不理会他的反驳,接着说:"让我们回到弗兰克抵达布兰洛大酒店的那天。他对酒店给自己安排的房间不满意,于是酒店派你出面去解决这个问题。看起来你俩是一见如故,而他摇身一变成为你最好的朋友。我听过艾伦采访塞西莉的录音,就连她也觉得弗兰克似乎亲切过了头。她说他对你一副'感谢得不得了的亲近模样'。当然亲近了!他和你有过肉体关系——而且还不止一次!而当他告别时,用双手紧握着你的手。这个细节我记得很清楚,当时就觉得很奇怪。"

"他是个怪胎。"

"塞西莉感觉他似乎在戏弄你,像是在嘲笑你一样。还有关于《费加罗的婚礼》的话——弗兰克说那是他最钟爱的歌剧,还说故事编得很不错,并且很期待去斯内普马尔廷斯观赏。然而这些都是谎话。那里并没有安排这部歌剧的演出。这究竟是为什么呢?"

"我怎么知道。"

"没关系,艾登,因为我想我知道。《费加罗的婚礼》讲的是什么故事?是关于一位贵族阿尔玛维瓦伯爵的故事。他爱上了妻子的侍女苏珊娜,可后者马上要和费加罗结婚了。因此在婚礼当天晚上,伯爵想要实施他的'初夜权[①]',让苏珊娜和他同床共枕。

"我在伦敦时对弗兰克·帕里斯做了一些调查,发现他很喜欢玩那种服从和羞辱的性游戏。某种程度上,他把自己看作阿尔玛维瓦伯爵。让我们来想象一下,他来到布兰洛大酒店,遇见了多年前曾经雇过的男招待利奥。以前他经常付钱给利奥和他发生关系,可现在此人改头换面有了新的生活,还即将结婚,拥有一个幸福的家庭和一份稳定的工作。一切仿佛天上掉馅饼一样美满愉悦。可要是劳伦斯和波琳知道了这个女婿的真面目会怎么样?——弗兰克将利奥的软肋拿捏得死死的,于是一个香艳的念头在他脑海中形成。他要实施他的初夜权,他要在新婚当夜把新郎睡了。

"我想,当他用双手紧紧握住艾登的手时,已经悄悄将自己的房间钥匙塞了进去。那时两人便算是达成了协议。而当着准新娘的面把房间钥匙给了艾登这件事,也让他有种变态的兴奋感。"

"这都是你臆想出来的。"艾登说,"全是胡说八道。"

"不急,让我们先说接下来发生了什么。让我们假设,当时

[①] 初夜权是中世纪西欧的一种社会规定,指一地的领主具有剥夺当地所有中下阶层女性第一次性交的权利。

你已暗下决心,绝不再受弗兰克的摆布,并且你还要将这个该死的变态铲除,不留后患,而你早已找好了完美的替罪羊。

"你去参加劳伦斯和波琳举办的员工派对。那段时间,塞西莉一直在吃安眠药'安定'——对你来说偷拿几片放进斯蒂芬的酒里,根本不是什么难事。那天晚上,斯蒂芬并不是喝醉了回房睡觉,而是被下了药。直到第二天早上醒来,他依旧昏昏沉沉,说明头天晚上不论发生任何事,他都不会有知觉。

"塞西莉也吃了一片安眠药,所以当你半夜蹑手蹑脚溜出去时,她也毫无察觉。在你的计划里,让人看见斯蒂芬进入十二号客房是极其重要的一环,而你为此做了周密的安排。你从员工宿舍区的工具室里拿走工具箱,又戴上一顶和斯蒂芬平时戴的一样的针织圆帽。你从酒店大门进入,乘坐电梯上到二楼。德里克·恩迪克特当时坐在楼下的前台区,那么你要怎样才能让他上楼来看见你呢?

"答案就是利用宠物狗小熊。我的推测是,你借助了小熊睡篮旁边桌子上的那枚爱尔兰胸针。"我从手提包里拿出胸针,用手指捻开后面约两英寸长的扣针,然后放在洛克面前的桌子上,"等今天这一切结束,您或许应该仔细检验一下这枚胸针,高级警司。上面说不定还有小熊的血迹。我想艾登用针扎了它,好让它吠叫。"

我转头继续看着艾登。

"就这样,德里克听见狗叫,上楼察看状况。他蹲下来检查狗的时候,你故意快步从走廊上经过,向十二号客房走去。走廊灯光昏暗,时间又很短暂,德里克根本看不太清:除了那顶针织圆帽和工具箱。他自然而然以为那是斯蒂芬。尽管如此,他还是决定跟过去看看,可等他转过拐角,到达走廊时——虽然只有几秒钟——这个人却已经消失了。这说明了什么呢？德里克既没有听见敲门声，也没有听见任何人说话的声音——既没有深夜登门的解释，也没有熟人见面的寒暄。弗兰克可以用废纸篓或者别的什么东西给门留一条缝，但我认为这种情况的可能性不高。在他盘算的剧情里，利奥要自己开门进来，而他是有钥匙的。

"你进了十二号客房，弗兰克已经准备好等着你了。你等着德里克重新回到楼下，然后拿出锤子把弗兰克活活砸死，下手之狠，导致人们在第二天几乎无法辨认出他的脸。这起谋杀案充满了愤怒，这一点我从一开始就知道，而你的确有理由如此愤怒。

"可那天晚上的计划并未就此结束。你从弗兰克的钱包里拿了些钱，又把他的血洒在斯蒂芬卧室的床单被褥上和浴室里。我想这也是你偷走劳伦斯的古董钢笔的原因，因为他从未被使用过，不会污染血液。你用钢笔的墨水泵吸取了部分弗兰克的血液，然后带着钱和钢笔来到员工宿舍区。丽莎的办公室里有宿舍房间的备用钥匙，你要想拿到也很容易。因为被下了药，斯蒂芬睡得很沉，根本不可能醒来，也听不见宿舍门被打开的声音。他不知道你把钱藏在了床垫下，又洒了弗兰克的血。做完这一切后，你扔掉了笔，回家继续睡觉。

"别忘了那张'请勿打扰'的告示牌。你杀害弗兰克是因为他威胁到了你和塞西莉的婚姻。顺利结婚对你来说十分重要，所以你在杀人后挂了那张告示牌。恐怕你趁斯蒂芬熟睡的时候把他的指纹留在了上面。然后，当婚礼仪式结束、午餐开始前，你又想办法把告示牌拿掉了。为什么要那么做呢，艾登？"

"我不会回答你的任何提问。"

"这或许是因为你不想立刻去度蜜月。毕竟你根本不爱塞西莉，我想你从来没有爱过她。我的猜测是，你娶她纯粹是为了钱,还有乡绅家庭能提供的富裕生活和保障。说不定搞砸了她的大喜日子还让你心里有种难以言喻的快感。

"艾伦·康威也认出你了,对不对?所以你才不愿意接受他的采访。我听过他和波琳的对话录音,他见到你后,第一句话说的什么?——'我想我们见过面了。'就在那一刻,艾伦明白了一切。他知道了真凶是谁,并以自己的方式嘲弄着你,就像几个星期前的弗兰克那样。你自然要想办法保护自己的身份不暴露——'是的,您到酒店时我就在前台。'你这话是说给波琳听的。可后来他又是怎么说的?——'请叫我艾伦。'而你回答:'我不会理会这套把戏。'可不就是如此吗?一个令人不悦的心理游戏。你和他都知道真相,你们在伦敦一起吃过饭……而且当时弗兰克也在!

"从那时起,相安无事地过了八年。艾伦再也没有出现过,而当你听说他的死讯时,说不定还松了一口气。或许你还特地去看过他写的小说,可从表面上根本看不出来《阿提库斯·庞德来断案》和布兰洛大酒店的事有什么关系。所以你认为自己逃过了一劫。"

我停下来又喝了一口水。房间里的所有人都沉默地盯着我、等待着下文。除了一个人——洛克——他双眼死死地盯着艾登,如梦初醒地意识到自己究竟犯下了怎样的错误,以及这件事可能对他职业未来产生的巨大影响。

我放下水杯,用余光瞟到安德鲁正对我投来肯定的微笑,于是继续说:

"后来塞西莉看了这本小说。

"让我再次重申一下她的性格。劳伦斯告诉我说,塞西莉太过善良,总是过分信任别人,是那种相信人性本善的人。当时这话是针对小女儿与斯蒂芬的关系而言的,但其实也可以用来形容她和你的关系。梅丽莎·康威甚至把她比作《大卫·科波菲尔》里的多拉。我想,塞西莉婚后也一样保持着这样的天真纯良,完全不知道自己卷入了怎样的旋涡。

"可她很快就发现了。我不知道和你一起生活究竟会是怎样的感受,艾登,但她一定发现了你并非她期待的那个白马王子。甚至在你们还没结婚时,她便已经发现你无法在床笫之事上满足她,所以她才会去找斯蒂芬。那么后来呢?女人的直觉是很准的,如果结婚对象其实是个杀人狂,我们迟早会有所察觉。

"可即便她怀疑是你杀了弗兰克·帕里斯,却没有证据——主要是因为她想不出你的作案动机:你和弗兰克明明从未见过。可当她翻开这本小说,看见扉页上的赠言竟是——'献给弗兰克和利奥'。如果艾登就是利奥,那么弗兰克在酒店时的一切奇怪举止和言论就都说得通了。更别忘了你对她来说就是利奥(Leo)——射手座最爱的狮子座。"

"你是不是漏掉了什么?"艾登挑衅地看着我说,"书是我给她看的。我自己先看过一遍。这一点我告诉过你。"

"那是你的一面之词,艾登。你想让我这么想,因为这样会洗脱你的嫌疑:小说揭示了杀死弗兰克·帕里斯的真凶身份,不管他是谁,肯定都不希望塞西莉看到这本小说。

"可事实却是,在我抵达酒店时,你根本没看过这本书,或者说还没看完,尽管你想赶在我来之前看完。因为你需要知道书中到底有什么——塞西莉到底看到了什么。可你苦于根本买不到这本小说,因为迪德科特的书籍分销中心系统出了大问题。我恰好和相关出版商见过面,从他那儿得知,大约从两个月前开始,就没人能买到《阿提库斯·庞德来断案》这本书了。你给我看的那本是全新的，我猜应该是在我来之前两三天刚寄到的，而你刚开始看。当我问你是否喜欢这个故事时，你形容它有不少意外反转，并说结局令人拍案叫绝。可这些并不是你的原话。"我拿起桌上的平装本递给劳伦斯，"请您看看前面几页的书评，里面《观察家报》的评论员就形容它'充满反转'，作家彼得·詹姆斯也写了'结局令人拍案叫绝'这种话。根据过去在出版行业的经验，我知道不少人都是这样，明明没有看过，却靠着背诵几句书评来假装自己看过。"我看着艾登，"你当时最多看了二十几页，因为阿尔吉侬差不多就是那时出场的。对于接下来的故事情节你根本一无所知。"

"塞西莉在哪儿？"直到此时，洛克才第一次说话。他站了起来，终于找准时机出击。

艾登没有回答，于是我决定代劳。"我想他把塞西莉杀了。"我看了看劳伦斯和波琳，"很抱歉，但二位必须思考为什么塞西莉会选择从酒店打电话给你们，而不是家里——因为很显然她不能在艾登旁边打这通电话。可不幸的是，这通电话被埃洛伊丝听见了，而我想她把这件事告诉了艾登。"我看着她问，"是这样吗？"

埃洛伊丝难以置信地望着艾登，仿佛看着一个从未见过的陌生人："是的，我说了。"我注意到她已经松开了握着艾登的手。

"艾登知道塞西莉至少已经发现了一部分事实，而他即将暴露。于是当塞西莉去散步时，他尾随而去。他知道塞西莉平时的散步路线，所以提前在马尔特山姆那片树林的另一边埋伏。我不清楚他是如何杀害塞西莉的，也不知道他哪来的时间处理尸体，但我想他应该是先把塞西莉塞进了自己的后备厢。这就是为什么他会带着几件胡乱挑选的塞西莉的衣服跑去弗瑞林姆捐赠给慈善店，其中还包括一件塞西莉刚买的、从没穿过的连衣裙。因为他要确保一旦警方要求调查他的车辆，他有充分的理由解释后备厢里有塞西莉的DNA。"

洛克朝艾登迈了一步，说："我认为你最好跟我走一趟。"

艾登环顾四周，那一瞬间，他的神情犹如一头被困住的狮子。安德鲁站起来，一只手揽住了我的肩。有他在身边我很安心。

"麦克尼尔先生……"洛克接着说，并伸出手准备去抓他的胳膊。

就在那电光石火的一瞬间，艾登虽面不改色，我却看见他眼中闪过一丝寒光，那是只能用犹如噩梦般阴寒刺骨来形容的光，我相信无论是十二号客房里的弗兰克·帕里斯，还是马尔特山姆树林里的塞西莉，都在生命的最后一刻见过：那是即将杀人的人眼中的神情。

艾登猛然出手，一拳击向洛克。一开始我以为他是出拳挥向洛克的下颌，后者身材较他更加魁梧高大，这一击威力本不应太大，可洛克却仿佛完全惊呆了一样僵住了。有那么一会儿，一切似乎都静止了，可随即我却惊恐地看见一道鲜红的血液从洛克脖子一侧汩汩流下，很快便染红了胸前的衣衫。我立刻想到，一定是艾登站起来时，顺手拿走了桌上的古董胸针，握在手里，一下扎进了洛克的喉咙。

洛克发出一声仿佛呜咽又像是呻吟的叫声，跪倒在地，一手捂住伤口。然而滚烫的鲜血依旧从指间汹涌而出。房间里所有人都呆住了，艾登也站着，面无表情，手里还攥着那枚胸针的长针。我很害怕安德鲁会跳出来逞英雄，可即便是他也被这突如其来的一幕震住了。黄金寻回猎犬在角落疯狂吠叫着，洛克依旧跪在地上，喉咙里发出阵阵痛苦的低吼。我看见波琳吓得转开了脸，艾登突然冲向我，我吓得连连后退，预感到了最坏的结果。可他却越过我径直冲向后方，紧接着，我听见一阵玻璃碎裂夹杂着木条断裂的巨大声响，这才反应过来，艾登踢碎了休息室后方的法式落地窗。我只看了他一眼，他便穿过花园，消失在远方。

埃洛伊丝赶紧奔向洛克高级警司，蹲下身抱住他；劳伦斯忙着照顾波琳；丽莎则拿出电话叫救护车。

安德鲁把我揽进怀里问："你还好吗？"

我惊魂未定，双腿酸软。我听见丽莎拨通了紧急救援电话。"带我离开这里。"我轻声说。

我们一起离开了休息室，一次也没有回头。

最后的话

我们还得再待几天才能回克里特岛。虽然我和弗兰克·帕里斯的死以及塞西莉·特里赫恩的失踪毫无关联,警方还是需要给我录一份完整的口供,基本上就是把我之前在布兰洛大酒店休息室说过的话再重复一遍。我有种感觉,好像他们都觉得洛克高级警司之所以会受伤,都是因我之故。他能活着都算走运了。胸针的针尖刺穿了他的颈动脉,所以才会流这么多血,要不是急救医护人员及时赶到,只怕凶多吉少。反正问讯我的警察态度算不上友好。

我不可能再在布兰洛大酒店待下去了,但真正的原因是,我不想再见到他们任何一个人:特里赫恩一家也好、埃洛伊丝也罢,甚至包括德里克和那只狗。我也不太想搬去凯蒂家。结果,安德鲁和我在弗瑞林姆的皇冠酒店订了一间客房。我当初来参加艾伦的葬礼时,也是住在那里。我很喜欢这座酒店,距离伍德布里奇相对也比较近。

我们对于案件的进展所知甚少,并刻意远离报纸新闻,警方也没有告诉我们任何消息。可到了我们被迫留在这里的第三天早上,我的餐桌上放了一个信封。不用拆开我也知道是从哪里寄来的,因为信封上印着一只猫头鹰的剪影。

里面有两封信。第一封来自劳伦斯·特里赫恩。这倒是让我挺开心的,因为我终于看见了那张理应支付给我的支票。

亲爱的苏珊：

我怀着五味杂陈的心情写下这封信。首先随信附上之前承诺的费用支票，很抱歉迟了这么久。希望你不介意我这么说，某种程度上，您给我们的生活带来的伤害其实比艾伦·康威还要大。尽管同时，我也应该感谢您。我们请您调查，而您调查得非常详尽，毕竟当初我们谁都不知道最后的结果竟会惨烈至此。

我想简要说明事件的最新进展，想必您也有兴趣了解。

第一件，艾登·麦克尼尔死了。在酒店大闹一场后，他开车去了曼宁特里火车站，冲着飞驰的火车跳了下去。我很惊讶警察竟然没有拦住他，但我想洛克高级警司大概是私自来酒店的——真是一个致命的错误——而一切又发生得太过突然。波琳和我对他的死都有同样的感受，我们无比后悔让我们可怜又可爱的女儿遇见了这个男人，并且很高兴以后再也不会见到他了。她就是太善良、太容易相信人了。你说得完全正确。

在自杀之前，艾登给我写了一封信，警方允许我保留一份副本。而我也复印了一份，随信附上。这封信充分说明他是怎样的一个人，而你面对的又是怎样的敌人。同时，信里也解答了其他几个问题，我相信您会有兴趣了解，虽然其中一些说辞显然是虚假的。他谋害塞西莉的计划是如此冷血无情，简直令人难以置信。我得提前说明，这封信读起来恐怕会令人不适。

我还想告诉你最后一件事。波琳和我都为之前对斯蒂芬·科德莱斯库的态度感到非常愧疚，虽然那时我们并不了解真相。就我们所知，警方已经开始着手处理释放他的手续和流程，以及释放后的生活协助，再过几个星期，他应该就能自由了。我已经写信给他,告诉他我们愿意为他出狱后的生活提供一切所需的帮助,也欢迎他回来布兰洛大酒店工作。毫无疑问,我和波琳都会承认他是我们唯一外孙女的生父这一身份,并愿意尽全力弥补过去的伤害和损失。

我希望您和安德鲁可以早日回到克里特岛,并再一次感谢您所做的一切。

您忠诚的,
劳伦斯·特里赫恩

以上是第一封信的内容。第二封信足足有三页长,写在看上去像是从便宜笔记本上扯下来的纸上,估计是艾登在去往曼宁特里的路上买的。他的笔迹意外地十分孩子气,每个圈都画得大大的,字母"i"上面的点也是画成一个圈。我一直等到天色渐晚,和安德鲁一人喝了一大杯威士忌后,才展开来看。我们需要酒精的安抚。

亲爱的劳伦斯:

给你写信感觉真奇怪,尤其是想到二十分钟后我就要死了。我打赌你一定不会为此难过!可像我这样的人不适合待在监狱里,坚持不了五分钟,就会被环伺的变态们吃干抹净,所以我在等下一列开往伦敦的火车,一列不会停下的火车。

我为何要给你写信呢?其实,我自己也不知道。说实话,我一直不太喜欢你和波琳,你们总是以恩人自居,可其实我为酒店的工作称得上尽心尽力。但此刻我却感觉和你的距离很近,因为,是我杀死了你的女儿。我想你一定同意,像这样的事会把人们紧紧捆绑在一起。

这不是一封自白信,因为实际情况你已经知道。可是,我还有另外一两件事想告诉你,或者说是我想一吐为快。和你们在酒店、家里和法国度假的每分每秒我都不得不假装,可现在我想让你了解真正的我。

我早就知道自己和别人不一样。我不会给你讲我的人生故事,因为没有这个时间,而且你也一定不感兴趣吧?可你一定不知道从小在哈格西尔区长大是一种怎样的体验,那是格拉斯哥市最糟糕的区域。我住在破烂的房子里、上的是最差劲的学校,我很早就知道,哪怕自己再与众不同,也不可能过上正常人的生活。

我想要变成有钱人,我想要做出一番成绩。看着电视上那些足球健将和影视明星,我忍不住感叹他们的人生是多么幸运,竟拥有这么多东西。他们只不过在某方面有些小才能,却让全世界为之倾倒。要说才能,我也有。我有让人喜欢我的本事。我长得好看、有魅力,可这些在哈格西尔这个烂地方根本没用。所以,一满十七岁,我便立刻离家前往伦敦。我以为去那里就能赚大钱、见世面。

可是,事情当然并没有想象得那么顺利。在伦敦,什么事情都跟你对着干。洗车时薪三镑;在餐厅当服务生,时薪五镑,和别人合租,对方却偷穿你刚洗好还没晾干的袜子,房租还高得不像话。而在你周围的其他人却都比你有钱。商店里摆满了各种好东西。那些漂亮精致的餐厅,豪华的屋顶公寓。我好想拥有它们,然而只有一个方式能让我得到。

于是,我成为利奥。

你无法想象卖身是一种怎样的感受。被有钱的肥胖男人压在身下予取予求，只因他们比你有钱。只一点，劳伦斯，如果你曾怀疑过的话——我不是同性恋，希望你了解这点。可我不得不这么做，除此以外，别无他法。我十分痛恨这种工作，它让我无比恶心。

可是我也因此赚到了钱，还找到了一份房地产中介的工作。你明白吗？虽然那份工作靠的还是我的魅力，可真正赚钱的是利奥。一晚三百镑、一晚五百镑，甚至有时候，一晚可以高达一千镑。我的客户很多都有家室，真是一帮不要脸的伪君子。我冲他们微笑，让我做什么我就做什么，就算心里很想一拳砸在他们脸上。可我知道，终有一天能够逃离这种生活。正是这个想法让我坚持了下来。我终于赚够了钱，可以摆脱利奥这个身份，迎接新的、理想中的人生。

然后我便遇见了塞西莉，带着她看房。

我在见面的一瞬间就已确定，她就是我等的那个人。因为她够蠢，又很容易受人蛊惑，当我告诉她那天是我生日的时候，她整个人都兴奋得不得了。哇——你是狮子座，我是射手座，我们俩是天生一对。哇，哇，哇。那天晚上，我们一起去喝酒，她便滔滔不绝地跟我讲了关于你、关于酒店和她那讨厌的姐姐的故事以及其他各种事，那时我便知道，我能通过她得到我想要的一切。因为我是她的小狮子。

于是我们顺理成章地开始约会，后来又来到萨福克郡见了你和波琳以及酒店的其他人，而你们当然都十分喜欢我，这正是我的才能所在。再后来我和塞西莉订了婚。我精心挑选了一个好日子，那是她的宇宙幸运日和生命轨迹号码刚好一致的日子，我知道那样对她来说代表着好运气，而她也确实这么想。她当然会这么想。

就这样，我终于和该死的哈格西尔还有伦敦都彻底划清了界限。我以为自己终于得到了一切。我在酒店努力工作、接待客人，我本来就擅长这个。不过，如果这么说会以某种方式让你安心的话，我其实一直知道自己终有一天会不得不杀掉塞西莉。说不定还有丽莎。我想要她们拥有的一切，你明白吗，酒店、土地、金钱。这是我一直梦想的未来，而那里从来没有她的一席之地。

当弗兰克·帕里斯在婚礼两天前出现在酒店时，我简直不敢相信自己的眼睛！就像苏珊所说的，那个可悲的混蛋认出了我。他出于纯粹的娱乐心态，胁迫我在婚礼当晚去他的房间，满足他的一切需求。这让我哪怕只是想想也恶心得想吐。我知道自己必须杀了他，这个念头占据了我大脑的一切空间。我按照他的要求去了房间，但并不是去提供服务，而是狠狠砸碎了他的脑袋，每一下我都无比享受。

快要没时间了，让我告诉你一切是如何结束的吧。

我认识艾伦·康威的原因和认识弗兰克·帕里斯一样。又一个中年变态，以捕猎像我这样的年轻男人为乐。要是可以，我也想连他一块杀掉，可他识破了我的身份，所以我没有机会。我很害怕他会揭发我，可他没有——当然没有了，因为这样做只会让他自己也暴露无遗。尽管如此，当他离开酒店时，我还是松了口气，几年后，我得知他的死讯，更是彻底放心了。

我根本不知道他还写了那样一本该死的小说，更不知道塞西莉还看到了，直到现在，我也不清楚她是怎么得到这本书的。已经过去整整八年了！斯蒂芬被关进了监狱，而我和塞西莉之间也如胶似漆。好吧，也不是完全那么甜蜜。我当然知道罗克珊娜不是我的骨肉。我其实并不觉得你的女儿有多迷人，劳伦斯，请不要责怪我的坦率。我知道她和斯蒂芬幽会的事，在我面前，她根本藏不住秘密。所以我才故意设计了斯蒂芬，当他被捕入狱判处无期徒刑时，我心里的快乐和兴奋简直难以言喻。

塞西莉确实怀疑过是我杀了弗兰克·帕里斯，尤其是在案件刚刚发生而斯蒂芬尚未认罪的那段时间。每次和她在一起，我都尽力伪装自己，可还是有那么一两次被她看出了端倪。她虽然傻，但并不是纯粹的白痴，过了一段时间，也终于意识到我并非她心中梦寐以求的完美丈夫。不过她还是想尽办法说服了她，说我和弗兰克根本不认识，没有理由要害一个陌生人。这就是我当初的说辞，而她相信了我的话。

可当她看过那本书后，一切就都改变了。弗兰克和利奥。我一直悬着心等着东窗事发的一天，不用埃洛伊丝告诉我那通电话，我也知道自己要有麻烦了。那天是星期二，我立刻就明白一切都穿帮了，而塞西莉必须死。

当天晚上，我就出门挖好了她的坟墓——在杀她之前。这里的重点是，你知道，第二天星期三，我可行动的时间不多。杀掉她和埋葬她是两件完全不同的事，我的计划必须精确到每一分钟。因此，星期二的夜里，我开车去了雷德尔舍姆，挖了一个坑。如果您想找她的话，就在布罗姆斯维尔林的另一边，沿着标记为数字十二的小路走，就在第七棵树的左边。我在那棵树上刻了一个箭头，指着正确的位置。射手座的箭头——想必她会喜欢的。

第二天，我努力表现得一切如常，可我并不确定她是否真的毫无察觉？我一辈子都在伪装，这是我的强项，所以能看出她的表现很不自然。下午三点左右，她带着小熊出门散步，我便跟在后面。我看着她在伍德布里奇火车站停了车，很清楚下一步她会去哪儿，于是直接开车去了马尔特山姆，停了车、从另一边进入了树林。树林里一个人也没有。那里平日就没什么人。

当她看见我的时候，完全知道我要做什么。她甚至没有反抗。"我一直知道。"这是她说的唯一一句话。在我把长筒袜缠上她的脖子时，她只是悲伤地看着我，任由我动手。

我带了几件她的衣物，还有一件我的干净衬衫。我把她装进后备厢，一路狂飙去雷德尔舍姆森林把她埋了。这是最危险的部分，因为很可能会有遛狗的人出现，可好在她只在地面上躺了三十几秒而已。我只花了二十分钟就把土填回坑里，可挖坑却花了很长时间。然后我换上那件干净衬衫，开车去了弗瑞林姆。大约四点刚过一点时，我在慈善店门口停下，一副什么也没发生的样子把她的衣物交给了店里的女人，还有一些我自己的东西，又把挖坑时穿的衬衫也混在里面，这样就能完美地处理掉它了。

这就是全部的过程。

我真的以为自己能瞒过所有人，可你知道最让我难过的是什么吗？就是我的完美犯罪。两次谋杀我都没有留下任何失误。从第一天起，我就把你们所有人骗得团团转，要不是因为那些不可控的因素，我才不会被发现。这一切都是弗兰克的错。还有塞西莉。还有你，都怪你把那个该死的女人从克里特岛带来。

总之就是这样。我要走了。火车来了。

艾登

宙斯洞穴

好不容易回到波吕多洛斯的那天晚上,安德鲁和我请来了所有朋友一起狂欢。一方面是为了庆祝我们的回归,一方面是为了让之前的阴霾全部散去。厨师帕诺斯在其八十六岁高龄的母亲协助下,用几乎一整只羊做了一顿丰盛的晚餐。我们喝完了整整一箱圣托里尼岛产的红酒。万吉利斯弹着吉他和希腊布祖基琴,让我们在浓墨般幽深的天幕下尽情舞蹈,一弯如丝般细的月牙挂在头顶。酒店的两名客人下楼来投诉我们太吵,可最后却干脆加入了派对。良夜如斯。

随着时间的流逝,我逐渐重新适应了圣尼古拉奥斯的生活节奏。而后来发生的两件事更是加快了这个脚步。

第一件,我的妹妹凯蒂过来找我度假一星期,这也是她第一次来到我们的酒店。她需要休息一下。冗长又糟心的离婚诉讼官司已经开始,戈登也和他那年轻的"真爱"搬进了伦敦的公寓。我们并没有过多地聊起他,也没有谈论布兰洛大酒店的事。我们一起散步、参观名胜古迹、享受着彼此难得的陪伴。她无可救药地爱上了美丽的克里特岛,而我之前却一直想着逃离。

另一件——相当令人意外地——我得到了一份企鹅兰登出版社助理编辑的工作邀请。这并不是迈克尔·比利的功劳,他一点忙也没帮过,而是因为克雷格·安德鲁斯。他在参加神探克里斯托弗·肖系列的第四本——《赴死之时》的新书发布会时,向某位出版社的同仁提到了和我见面的事。我一定在他面前提过想找工作，因为很快就收到了一封来自企鹅兰登出版社的邮件，为我提供了一个职位。当然，这份工作是以自由职业为基础，但我刚上任就收到了一份长达四百页的原稿。

同时，劳伦斯的支票也帮我们摆平了绝大部分欠账。更令人意外的是，下半年酒店的生意异常火爆，日日客满。有了新工作的薪水，我们招募了更多人手。于是，尽管每天一大早，我还是会为照看客人和安抚员工忙得人仰马翻（真不知道究竟是哪一方更令我头疼），到了中午却可以闲下来，坐在露台上，重新拾起我做了一辈子的心爱工作，安逸而满足。

话虽如此，我却还是忍不住会想起之前发生的事——包括弗兰克·帕里斯刚刚被害时，和艾伦·康威完成小说之后。离开伦敦时，我把调查中涉及的所有笔记和以前在三叶草出版公司编辑过的小说初稿一起带了回来，还专门去书店买了一整套阿提库斯·庞德探案系列，尽管花钱买自己出版的作品这件事让我很不爽。在炎炎夏日里，我再一次伏案苦读，心中确信自己以前一定漏看了什么东西。我太了解艾伦了，他最喜欢把秘密隐藏在最显眼的地方，不让我发现。

我明白他为什么无法揭露真凶的身份，为什么要刻意隐藏这一点。艾登说得对，当时的艾伦是成功出版两本畅销书的作家，并且即将成为全球畅销书作家，手里还有第三本书正准备出版。他正声名鹊起。

那时，他还没有向世人宣告自己是同性恋。当然，就算说了也无所谓——后来当他终于决定宣布自己已和梅丽莎离婚，并与詹姆斯同居时，这件事根本没有掀起一点水花。这恐怕是这个日新月异的世界发生的为数不多的好事之一：没有人会再为自己的性取向感到恐惧，或许只有那些宣扬仇恨言论的人和好莱坞大明星除外。不过同时,艾伦恐怕也曾担心过"利奥"嘴里的故事版本。同性恋本身没什么不好,但他和男招待们干的那些事却不一定能被世人接受。他很不安,因此决定隐瞒这些事。

向警方举报艾登很可能会使得艾伦自己的事业受到牵连,至少他当时就是这么想的。而且,即便从公关经理的角度来看,我也得承认此事会比较棘手。毕竟阿提库斯·庞德的形象一直以来都是如此正面,小说里从未出现过任何性的描写,连一个脏字都没有。

可我敢肯定,他在小说里隐藏的线索绝对不止献词页这一处。艾伦根本不可能让这样的秘密就此湮没,他一定会想方设法用自己独有的方式,用那些小心机、小转折以及他个人风格的小玩笑来留下提示。所以,我已经把《阿提库斯·庞德来断案》反复读了五六遍,甚至有好几段都能默诵了,又用铅笔在书页上做了各种笔记,坐在阳光下凝神细思。

终于,我找到了。

基于对布兰洛大酒店的详细了解,我终于发现了他的手法——是水上的塔利的那间名为"红狮"的酒吧。尽管名字普通,但我相信那是他特意挑选的。

一切都在暗示着利奥,或者说狮子座(Leo)。于是艾伦一遍又一遍地在书中提起,仿佛回声般不断敲击着人们的潜意识,而塞西莉·特里赫恩一定听见了。

但这还不够。

他在故事里起码提到了十几次关于狮子的事,遍布全书。

这不仅仅包括水上的塔利的酒吧,还有那座教堂。人人都知道圣徒丹尼尔进入狮穴的著名传说,而阿提库斯·庞德在教堂里还提到彩绘玻璃上画着圣徒的生平事迹。

还有克拉伦斯塔楼（Clarence Keep）——梅丽莎·詹姆斯的别墅，这个名字是取自《红眼狮子克拉伦斯》(*Clarence the Cross-Eyed Lion*)，一部六十年代的喜剧电影；而设计这栋别墅的威廉·雷顿是设计了特拉法尔加广场雕像下那四只巨大守护狮子的建筑家，梅丽莎的宠物狗品种是松狮（Puffy Lion dog），源自中国，它的中文名字里便有明确的"狮"字，而故事中它的名字"金巴（Kimba）"又是日本经典漫画大师手冢治虫的作品《森林大帝》中那只小狮子的名字；别墅的走廊上，玛德琳·凯恩认出了挂着的《绿野仙踪》的海报，上面有演员伯特·拉尔的签名，并说明梅丽莎从未出演过这部电影，而拉尔在剧中扮演的正是那只胆小的狮子。

几个星期过去，我发现自己越来越沉溺其中，一有时间就去翻书。看我这样，安德鲁开始越来越不耐烦。可是暗示太多了，我根本停不下来——萨曼莎刚刚开始给孩子们讲C.S.路易斯的《纳尼亚传奇》，想来读的一定是第一册《狮子、巫师与衣橱》；梅丽莎原定出演的电影角色是阿基坦的埃莉诺，也就是后来被称为"狮心王（the Lionheart）"的英格兰国王理查德的母亲；梅丽莎的起居室里放着一个银色香烟盒，上面刻着米高梅公司的标志——一只咆哮的雄狮；小说最后部分中，高级警督黑尔在医院看望过南希后，忽然突兀地提到了"赫拉克勒斯的任务"，说案件让自己想到了这位神明清理奥革阿斯的牛棚的传说。但其实他说的并不是这个任务，而是第一个："剥下尼米亚巨狮的兽皮。（It's the slaying of Nemean Lion.）"

我又想起之前与艾伦争执不下的修改意见——他当然一定要让阿尔吉侬开着一辆法国标致车了，因为那个被歌剧演员撞瘫了的车标就是一只腾跃的狮子；还有载着庞德离开比迪福德的火车引擎LMR57，稍微查一下维基百科就会知道，尽管是百年前的器械，但当初它也被称为"狮子"。

到后来，我甚至会半夜爬起来偷偷继续我的"猎狮行动"，那本四百页的手稿根本动也没动，而安德鲁常常斜睨着我。

然而，我还是担心自己是否找到了这本小说中的所有线索。我敢肯定，塞西莉一定是看到了什么我未能发现的东西。小说在手、笔记俱全，我肯定还有什么遗漏了。可到底是什么呢？

我深深地记得这一场寻觅之旅迎来高潮的时刻，也就是隐藏在小说悲伤内核中，那个最后的秘密终于被揭晓的瞬间。令人忿忿的是，这个细节其实一直显而易见，我也不明白，为什么我在那一瞬间才幡然醒悟。那时，我就坐在酒吧楼上狭小的办公室里，窗外是源源不断涌入的明媚阳光。我真想说，是当时刚好飞过窗外的一只猫头鹰给了我启发——它们是克里特岛常见的鸟类——可事情并非如此。毫无来由地，我在琢磨塞西莉·特里赫恩非常喜欢拆字游戏这件事，想起她把酒店建筑的名字拆开，把字母重新组合成"谷仓猫头鹰"。便是在那一刻，我感觉醍醐灌顶。

小说里第一桩谋杀案的凶手是伦纳德·柯林斯（Lionel Collins），他的名字里显然藏着另一只狮子。他是利奥。

可是玛德琳·凯恩也杀了人，她杀死的是弗朗西斯·彭德尔顿——首字母缩写"FP"，对应现实中的弗兰克·帕里斯。

而玛德琳·凯恩的名字——Madeline Cain正是艾登·麦克尼尔（Aiden Mac Neil）这个名字的拆字重组。

当我发现这个终极奥秘时，安德鲁就在房间里。我还记得自己兴奋得尖叫起来，一把将书稿扔向空中，然后一头撞进他怀里，差点被这简单得不能再简单的诡计感动哭。他伸着脖子，看了看我的新闻简报、笔记本和上面乱七八糟的字母——以及铺就了阿提库斯·庞德这场惊险旅程的整整九章小说原稿。

他握住我的双手说:"苏珊,我想提个建议,你不会生气吧?"

"我怎么会生你的气。"

"我们拥有彼此、拥有这座旅馆,而你还找回了编辑的工作,我们之间的一切都非常顺利。"

"所以……?"

"所以或许是时候结束这一切了。"他指了指散落一地的文件,"你的狮子也找得差不多了,再说,你的人生已经被艾伦·康威伤得够深了。"

我缓缓地点了点头:"你说得对。"

"我的建议是,你何不把这些都带上……所有这些文件和书籍——尤其是那些书,把它们装进车里,我们一起开车去拉西锡高原。现在那里正是最美的时节,橄榄树茂盛,风车也随处可见。我想带你去那里的'赛克罗石灰岩洞',又叫'宙斯洞穴',传说宙斯就是在那里出生的。我想让你把这些东西堆在洞口,然后一把火烧掉,算作给神的献祭,感谢他们把你带回我身边,把你从过去的阴霾中解救出来。然后我想带你去卡明纳基附近的一间小旅馆,在那儿吃晚餐、坐在露台上喝当地的雷基酒[①]、欣赏群山环绕的美景和夜空中的星星。相信我,世界上没有哪个地方的星星能比那里的更璀璨。"

"会看到狮子座吗?"

"希望不会。"

[①] 雷基酒(Raki)也译成拉克酒,是一种透明无色的茴香酒。加入水之后,原本无色的酒会逐渐变成白色,又因为后劲足,因此当地人称其为"狮子奶"。

"那就去吧。"

于是照他说的,我们踏上了一场说走就走的旅程。

THE MOONFLOWER MURDERS: © ANTHONY HOROWITZ 2020
This edition arranged with CURTIS BROWN - U.K.
through Big Apple Agency, Inc., Labuan, Malaysia.
Simplified Chinese edition copyright: 2025 New Star Press Co., Ltd.
All rights reserved.
著作权合同登记号：01-2021-3476

图书在版编目（CIP）数据

猫头鹰谋杀案：全两册 /（英）安东尼·霍洛维茨著；王雨佳译. -- 北京：新星出版社，2021.9（2025.4重印）

ISBN 978-7-5133-4600-9

Ⅰ.①猫… Ⅱ.①安… ②王… Ⅲ.①侦探小说-英国-现代 Ⅳ.① I561.45

中国版本图书馆 CIP 数据核字（2021）第 147793 号

午夜文库
谢刚 主持

猫头鹰谋杀案（全两册）

[英] 安东尼·霍洛维茨 著；王雨佳 译

责任编辑：曹晓雅
责任校对：刘 义
责任印制：李珊珊
装帧设计：人马艺术设计·储平

出版发行：新星出版社
出 版 人：马汝军
社　　址：北京市西城区车公庄大街丙3号楼　100044
网　　址：www.newstarpress.com
电　　话：010-88310888
传　　真：010-65270449
法律顾问：北京市岳成律师事务所

读者服务：010-88310811　service@newstarpress.com
邮购地址：北京市西城区车公庄大街丙3号楼　100044

印　　刷：北京美图印务有限公司
开　　本：910mm×1230mm　1/32
印　　张：18.125
字　　数：423千字
版　　次：2021年9月第一版　2025年4月第六次印刷
书　　号：ISBN 978-7-5133-4600-9
定　　价：98.00元

版权专有，侵权必究；如有质量问题，请与印刷厂联系调换。

艾伦·康威是人才辈出的侦探小说界之翘楚。本书作为他的第三部作品，继续讲述温文尔雅的德国侦探主人公的破案之旅，阅读体验十分愉悦。

——《每日邮报》

作者简介

在其首部作品《阿提库斯·庞德案件调查》出版之前，艾伦·康威从未有过任何创作经验。然而该处女作甫一问世便万众瞩目，可谓是一夜成名，更荣获当年由英国侦探作家协会颁发的最佳犯罪小说金匕首奖。该书是作者九部系列作品中的第一部，以一位德国侦探为主角，讲述各种各样的破案故事。作者于二〇一四年在其位于萨福克郡弗瑞林姆的住宅中意外去世，该系列也因此完结。艾伦曾有过一次婚姻，与前妻育有一子，却在本书《阿提库斯·庞德来断案》出版六个月后对外宣布出柜。那时他已是国际知名的畅销书作家。在《泰晤士报》刊登的讣告中，他被盛赞为拥有能与阿加莎·克里斯蒂相媲美的故事巧思，并多次被形容为侦探小说"黄金年代"的后继者。其作品目前已刊印两千多万册，远销世界各国。《阿提库斯·庞德案件调查》一书已被BBC 1台改编为电视连续剧，由肯尼斯·布拉纳爵士领衔主演，很快便能与观众见面。

阿提库斯·庞德系列丛书

《阿提库斯·庞德案件调查》
《邪恶永不安息》
《阿提库斯·庞德来断案》
《暗夜的召唤》
《阿提库斯·庞德的圣诞》
《金酒与氰化物》
《送给阿提库斯的红玫瑰》
《阿提库斯·庞德在国外》
《喜鹊谋杀案》

有关《阿提库斯·庞德来断案》的热评

关上房门、窝在火炉边、翻开艾伦·康威的最新力作。他绝不会让读者失望。

——《好主妇》杂志

最爱这种结局令人拍案叫绝的悬疑小说,而这本书完全满足这一点。期待下一本小说!

——彼得·詹姆斯

康威再次带读者领略了那个被遗忘在岁月中的绅士的英国。真是爱"煞"人也!

——《新政治家》

阿提库斯·庞德破案系列第三部依旧圈粉能力强大。故事精彩、情节巧妙、充满反转、扣人心弦,让人忍不住想一直看下去。

——《观察家报》

每年一本的阿提库斯·庞德系列已经成为侦探迷们的年度盛典。你能猜中结局吗?反正我失败了!

——《出版者周刊》

侦探阿提库斯·庞德现在已经成为比德国总理默克尔更有名的德国人了,并且更让人喜欢。

——《每日镜报》

著名女演员被勒死,谁最有嫌疑?答案竟然是故事里的每个人!最新一本阿提库斯·庞德系列真是一枚重磅炸弹!

——李·查德

英格兰海滨村庄上的谋杀与尔虞我诈。《阿提库斯·庞德来断案》可以说是我目前为止最喜欢的小说。

——《纽约客》

阿提库斯·庞德来断案
Atticus Pünd Takes the Case

[英]艾伦·康威 著

猎户星出版公司
ORION BOOKS

猎户星出版平装本

本书于2009年首次在英国由三叶草出版公司出版

此修订版于2016年由猎户星出版公司出版

版权为猎户星出版公司所有

Carmelite House, 50 Victoria Embankment

London EC4Y 0DZ

阿歇特出版公司

5 7 9 12 8 6 4

Copyright © Alan Conway 2009

艾伦·康威被认定为本书作者的正当权利

已根据1988年颁布的《著作权、设计和专利法》授权。

版权专有。本出版物的任何部分，都不得被以电子、机械、复印、录音或其他任何手段或形式再版、存储到检索系统中或者传输，除非您事先已经获得了版权所有者及上述本书出版商的许可。

除已为公众所知的人物之外，本书中的所有角色均为虚构。若与任何真实个人有相似之处，无论其人是否在世，均纯属巧合。

本书的图书在版编目数据（CIP）记录可在大英图书馆查询。

ISBN（大众市场平装书）771 0 5144 4566 6

由Arkline Wales公司负责排版

由大不列颠阿普尔多尔的Anus & Sons公司印刷

www.orionbooks.co.uk

献给弗兰克与利奥：兹以纪念

目录

1	第一章	克拉伦斯塔楼 (Clarence Keep)
14	第二章	阿尔吉侬·马许 (Algernon Marsh)
34	第三章	女王的赎金 (*The Queen's Ransom*)
45	第四章	秘流暗涌 (Secrets and Shadows)
54	第五章	鲁登道夫钻石 (The Ludendorff Diamond)
71	第六章	罪与罚 (Crime and Punishment)
80	第七章	时间问题 (A Question of Time)
94	第八章	致命风波 (Taken by the Tide)
104	第九章	犯罪现场 (Scene of the Crime)
124	第十章	来吧,甜蜜的死亡 (Come, Sweet Death)
136	第十一章	黑暗降临 (Darkness Falls)
158	第十二章	逮捕嫌犯 (An Arrest is Made)
170	第十三章	尸检报告 (Post Mortem)
183	第十四章	肇事逃逸 (Hit-and-Run)
193	第十五章	站在桥上的女孩 (The Girl on the Bridge)
204	第十六章	庞德的顿悟 (Pünd Sees the Light)
210	第十七章	月光花酒店 (At the Moonflower Hotel)
224	第十八章	招聘公告 (Situation Vacant)

出场人物表

梅丽莎·詹姆斯（Melissa James）　　　　　居住在塔利的好莱坞女演员

弗朗西斯·彭德尔顿（Francis Pendleton）　　梅丽莎的丈夫

菲莉丝·钱德勒（Phyllis Chandler）　　　　梅丽莎家里的厨子／管家

埃里克·钱德勒（Eric Chandler）　　　　　司机／勤杂工——菲莉丝的儿子

兰斯·加德纳（Lance Gardner）　　　　　　月光花酒店经理

莫琳·加德纳（Maureen Gardner）　　　　　兰斯的妻子，共同经营酒店

阿尔吉侬·马许（Algernon Marsh）　　　　　房地产开发商

萨曼莎·柯林斯（Samantha Collins）　　　　阿尔吉侬的妹妹，伦纳德的妻子

伦纳德·柯林斯医生（Dr Leonard Collins）　当地社区医生，萨曼莎的丈夫

乔伊斯·坎皮恩（Joyce Campion）　　　　　阿尔吉侬和萨曼莎的姑姑

哈伦·古蒂斯（Harlan Goodis）　　　　　　美国百万富翁，乔伊斯的丈夫

南希·米切尔（Nancy Mitchell）　　　　　　月光花酒店前台接待

布伦达·米切尔（Brenda Mitchell）　　　　南希的母亲

比尔·米切尔（Bill Mitchell）　　　　　　南希的父亲

西蒙·考克斯（Simon Cox (aka Sīmanis Čaks)）　一位电影制片人（又名西曼斯·卡克斯）

查尔斯·帕格特（Charles Pargeter）　　　　鲁登道夫钻石的所有者

伊莱恩·帕格特（Elaine Pargeter）　　　　查尔斯的妻子

吉尔伯特警督（Detective Inspector Gilbert）　负责调查鲁登道夫钻石

迪金森警长（Detective Sergeant Dickinson）　吉尔伯特的同事

阿提库斯·庞德（Atticus Pünd）　　　　　　闻名世界的大侦探

玛德琳·凯恩（Madeline Cain）　　　　　　庞德的秘书

高级警督爱德华·黑尔（DCI Edward Hare）　　月光花酒店谋杀案负责人

第一章 克拉伦斯塔楼

"你打算在这儿坐一天吗,埃里克?要不要过来搭把手,帮我把碗洗了?"

埃里克·钱德勒把目光从《康沃尔和德文郡邮报》的赛马页面上挪开,越过报纸看过去,把到嘴边的话咽了回去。他刚花了整整两小时给那辆宾利车擦洗、打蜡,可这天气说变就变,让一切都成了无用功。今年四月的天气实在不怎么样,一波又一波的积雨云被从海上吹进内陆。等好不容易洗完车回到厨房,埃里克已经淋成了落汤鸡,又冷又湿,根本没有心情帮母亲洗碗、做家务。

菲莉丝·钱德勒弓着身子在烤箱前忙活着,等她说完话直起身来,她的手里已经多了一盘新鲜出炉、烤得金黄酥脆的佛罗伦萨脆饼。她把烤盘放在厨台上,用一把小铲子将薄饼一个个转移到餐盘上。埃里克时常感到惊讶,在战后八年,鸡蛋和白糖仍旧靠定量配给的条件下,母亲怎么总能有余裕制作如此奢侈的点心?物资的短缺似乎从来不曾困扰过她。当白面包重回市面的第一天,母亲就从村子里提回了两大袋子;就算只有一先令八便士的肉票,她也总能带回超出配给量的肉。

在埃里克的印象中,在厨房忙忙碌碌的母亲就像一只刺猬。小时候她给他读过的故事书叫什么来着?《刺猬温蒂奇太太的故事》——对了,就是它,讲的是一只生活在英国湖区,以洗衣为生的刺猬太太的所谓冒险故事……其实并没有什么惊险刺激的情节。他的母亲和那只刺猬太太却有十分相似的地方:身量小、体形圆润,穿的衣服也很相似——一条印花长裙外套着一条白色的围裙,覆盖着圆滚滚的肚子;除此之外,她还浑身是刺,用这个词来形容她特别精准。

他瞄了一眼洗碗池。从几天前母亲就开始为周末忙碌了——万圣节魔鬼蛋、豌豆汤、奶油鸡丁……都是梅丽莎·詹姆斯准备用来招待客人的。她总是一如既往地对于客人要吃什么想得特别清楚:最近的天气特别适合喝汤、吃炖肉,除此之外,再焖几只野鸡,从储藏室里拿一只羊腿烤上;早餐应当吃腌鱼和麦片粥;下午六点要喝鸡尾酒。越想越觉得肚子饿,埃里克想起自己午餐过后就没吃过东西。母亲又转回身在烤箱前忙碌,于是他伸手给自己拿了一片烤脆饼。脆饼还热腾腾地冒着香气,他不停地倒着手,以免被烫到。

"我看到了!"母亲喊道。

这都能看见,真是太不可思议了!明明背对着他、弓着身子、屁股朝天。"反正还有这么多。"他应道,果干和糖浆的香味直往鼻子里冲。谁叫她烹饪的手艺这么好呢?

"那些可不是给你烤的!是为詹姆斯小姐的客人准备的。"

"詹姆斯小姐的客人们不会注意到少了一片的。"

埃里克常常觉得自己像一个被捆绑的囚徒,打从出生起就是如此,没有一刻曾与母亲分开——不是家人间的那种亲密,而是像系在母亲围裙上的某种附属物。他的父亲曾是一名陆军上尉,一战的爆发于他而言是一件值得庆贺的事。他憧憬着上阵杀德国兵,获得军功章、光荣授勋。然而事实却很残酷,父亲只得到了一颗射进头部的子弹,死在了遥远的战场上,埃里克甚至都不知道那个地方的名字怎么写。承载着父亲死讯的电报传来时,他已经十七岁,直到今天,还能清楚记得当时的感受……与其说震惊,不如说是麻木和空白。对于一个根本不怎么认识的男人,他也哭不出来。

那时,他和母亲就已经在水上的塔利居住了。家是一座小小的农舍,狭窄到每次都必须有一个人靠边站,另一个人才能通过。埃里克学习不好,只能在村子里打些零工,比如在酒吧、肉铺、港口等地方帮个忙、跑跑腿之类的,但都做不长。二战爆发后,他到了征兵入伍的年纪,却一点机会也没有,因为一只脚是先天畸形。小时候,学校里的男孩们总是戏弄他,叫他"瘸子";女孩们也离他远远的,街上遇到了会躲到一边偷偷嘲笑他一瘸一拐走路的样子。他报名参加了当地的"地方志愿自卫队",但即便是这样一个小组织也不太愿意让他加入。

战争结束后,梅丽莎·詹姆斯来到水上的塔利定居,菲莉丝去她家做了帮佣。埃里克没有选择,也跟了去。母亲是詹姆斯小姐的内管家和厨子,而他则担任仆役长、司机、园丁和勤杂工,只是不管洗涮的活儿——他可从来没有答应过要干那些。

如今,埃里克已经四十三岁了,他逐渐意识到,自己的人生大约只能如此,不会再有任何大的改变。他能做的也就这些:洗洗车、打打蜡;"是的,詹姆斯小姐""不,詹姆斯小姐"。即便穿上了小姐专门买的西装——因为她坚持要埃里克穿着它才能开车送她去镇上——他也还是个瘸子。这辈子都永远无法改变这一点。

他咬了一口终于凉了一些的烤脆饼,感受着黄油的奶香在舌尖绽放。这算得上是甜蜜的陷阱吧,母亲做的美味让他发胖。

"如果你饿了，罐子里有椰子味的饼干。"菲莉丝说，语气温和了一些。

"那些都潮了。"

"放进烤箱里再烤烤就好了。"

就算是为他好，他还是感觉受到了羞辱。把梅丽莎·詹姆斯和她的朋友们吃剩下的东西给他，他应该感恩戴德吗？埃里克坐在桌前，感觉到心里的怒气不断升腾。他发觉自己的心情最近开始变得有些阴暗，也更难控制了——不只是愤怒，还有其他各种情绪。他考虑着是否应该找柯林斯医生看看，后者曾帮他治疗过一些小感染和老茧等问题，看上去总是很友好。

虽然这么想，但埃里克知道自己不能去。他没办法告诉别人自己的感受，因为那些情绪的产生并不是他的错，就算说了，别人也无能为力。所以最好还是把这些当作秘密藏在心里最好。

除非被菲莉丝知道。他想，有时候，她看他的眼神似乎像是知道了什么。

门口人影闪动，梅丽莎·詹姆斯走进了厨房。她穿着高腰裤、一件丝质衬衫，外面罩着一件有金色纽扣的男仆外套。埃里克立刻站起身来，把手中吃了一半的烤脆饼放在桌上。菲莉丝转过身来，用围裙擦着手，仿佛那是一种信号，显示着她的忙碌。

"不用站起来，埃里克。"梅丽莎说。虽然出生于英格兰，但因为常年在好莱坞工作的缘故，她说话的时候有些词特别美式，"我想去一趟塔利……"

"需要我送您吗，詹姆斯小姐？"

"不必了，我自己开那辆宾利去就好。"

"我刚洗完车。"

"太棒了！多谢。"

"您希望今天几点用晚餐？"菲莉丝问。

"我就是来说这件事的。弗朗西斯今晚要去巴恩斯特珀尔，我有点头痛，今晚要来早点休息。"

又来了，埃里克心想。英国女人会说"要（had）"早点休息，而不是"要来(taken)"。梅丽莎的美式用词就像在身上佩戴了廉价珠宝一样。

"您要是想喝，我可以热点汤。"菲莉丝听起来有些担心。在她的字典里，汤和药是一回事，并且更有效。

"我倒是觉得，你今天不如去看看你妹妹，让埃里克开那辆宾利车送你。"

"真是多谢关心，詹姆斯小姐。"

菲莉丝的妹妹——埃里克的小姨，住在康沃尔郡的比德镇，从这里沿着海岸线往下一段的地方。最近小姨的身体不太好，说不定还需要做手术。

"我六点之前就会回来。等我回来了，你们就可以离开，预祝你们今晚愉快。"

埃里克沉默不语。每次梅丽莎·詹姆斯走进房间，他都无法把目光从她身上移开。这不仅是因为她本身美丽迷人，更因为她还是一位电影明星。那一头有些男孩子气的金色短发，明亮的蓝色眼眸，嘴角一道浅浅的伤痕，让她的微笑更加独特迷人。整个英国很难找出不认识她的人，即使已为她工作了这么多年，埃里克依旧不敢相信自己能和她共处一室。每次看着她，埃里克都恍惚觉得自己是在电影院，看着屏幕上那个比自己身形大五倍的明星。

"那待会儿见。"梅丽莎说完便踩着高跟鞋转身离开。

"您最好带上伞，小姐！这天看起来要下雨了。"菲莉丝追在后面喊。

梅丽莎抬起一只手扬了扬，算是回答，很快便消失在门外。

又等了几秒钟，菲莉丝才转过身来，冲着埃里克说："你刚才在干什么？"语气严厉，隐含着怒气。

"什么意思？"埃里克定了定心神，答道。

"直勾勾地盯着人家看。"

"我才没有那样！"

"你那眼睛瞪得跟两个铜铃似的！"菲莉丝双手插在腰上，和刺猬温蒂奇太太一模一样，"你要是再这样下去，咱们俩迟早会被人赶出去。"

"妈妈……"埃里克心中的暴躁情绪像海浪一般一浪高过一浪。

"有时候我真搞不懂你到底什么毛病，埃里克，一个人能在这儿坐一天。这样对身体不好。"

埃里克无奈地闭上双眼。又来了，他心想。

"也老大不小了，早就应该找个女朋友，陪你出去逛逛什么的。我也知道你没什么大本事，再加上你的脚——但即便如此！就说月光花酒店那个姑娘吧，我认识她母亲，一家子人都不错，下次你邀请她来家里喝茶吧？"

埃里克不说话，任由母亲喋喋不休，她的声音却在耳中逐渐远去。总有一天，他想，他会再也无法忍受的。他会失控、会爆发，可然后呢？

他也不知道。

*

梅丽莎·詹姆斯离开厨房，穿过走廊，走到大门前。门口没有铺地毯，她近乎本能地变得蹑手蹑脚起来，尽量不发出任何声响。要是能够静悄悄出门就好了，本来心里就够乱的。

菲莉丝说得没错，天空十分阴霾，一副雨还没下够的样子——整个星期都阴雨绵绵，可她并不想带伞。梅丽莎一直认为雨伞是非常荒谬的发明，因为根本没用。雨水要么顺着风从伞底下偷溜进来，要么风大得能把伞掀翻。除非有别人为她撑伞，比如在片场或者参加电影首映礼，否则她才不会用。但那是例外，是特殊场合她该有的样子，此刻却不一样。她伸手取下挂在门口衣帽架上的雨衣，顺手披在肩上。

买下克拉伦斯塔楼是她在人生巅峰时期做的疯狂决定——那时的她，不管多贵的东西都能眼也不眨地买下来。对于一座别墅而言，这个名字很奇怪——"塔楼（Keep）"指的是一座城堡中最为坚固的结构，是最后抵抗的堡垒，但她一点也不希望把它变成那样的地方。而且，就算当初一眼就相中了这座豪宅，它的外观和格局也一点不像一座城堡。

克拉伦斯塔楼是摄政时期的一位军官詹姆斯·克拉伦斯爵士指挥建造的，是一座装饰性宅院。这位爵士曾参加过美国独立战争，后又升任为牙买加总督。这或许就是这栋别墅设计灵感的来源：建筑主体使用大量木材，外墙用油漆刷得雪白；一扇扇形制优雅的窗户正对着空旷的庭院，草地一路向下延伸至海边；正门外有宽敞的走廊沿着前门两侧延伸，正上方是一个连着主卧的大阳台；庭院里的草地修剪得十分平整，几乎像热带庭园那般青葱。可惜没有棕榈树，不然置身于此，会让人恍惚间以为身处热带种植园。

据说维多利亚女王曾在此借宿，后又由设计了特拉法尔加广场纳尔逊纪念碑的建筑家威廉·雷尔顿短暂拥有过。梅丽莎见到它时，克拉伦斯塔楼早已荒废多年，她很清楚，要想将其恢复到摄政时期的鼎盛之姿，需要花费一大笔钱，只不过，知道具体数额的时候，还是令人震惊。很快她又发现，这座宅院不仅有干燥腐蚀的问题，经年累月的潮湿造成的发霉和腐蚀也同样存在。洪水的侵蚀、地基塌陷、土地沉积等等一系列问题接踵而至，都排着队等着她签名——当然，是在支票上。这样算下来，这栋宅院到底买得值不值呢？建筑本身诚然是美丽的。她很享受住在这里的日子，伴着清晨的潮水声和开阔的海景醒来，天气好的时候，在花园里散散步，举办周末派对等等。然而总在那不经意间，她觉得，之前的种种折腾实在让她在各方面都已筋疲力尽。

当然也包括财务。

她怎么会让事情变得如此失控？上一次拍好莱坞电影已是五年前的事了，而最近三年，她一部戏都没接过。自从来到水上的塔利，她便全身心投入到这里的生活中，修缮房屋、研究自己感兴趣的生意、打网球、玩桥牌、骑马、交友……再后来，步入婚姻殿堂。她似乎打算把自己的人生活成演艺生涯中最精彩的高光时刻。她当然收到过来自银行和会计师的提醒与警告，经纪人也曾从纽约打电话来冲她大喊大叫，声犹在耳，可是梅丽莎太享受这里的生活了，一点也不在意——她在英格兰和美国的一系列电影都大获成功；她的照片被登上《女性周刊》《生活》甚至是《真探》杂志的封面（在她和詹姆斯·卡格尼演完对手戏后）。必要时，她自然会工作，毕竟她是大名鼎鼎的女明星梅丽莎·詹姆斯。如果她决定要重返影坛，一定会比现在更红。

现在看来，必须做出重返影坛这个决定了。不知不觉间，她已债台高筑，繁重的债务压得她喘不过气。每个月要发五份工资，还要养一条船和两匹马。之前购置的产业——就是那座月光花酒店，至少有半年都是客满的状态，按理来说，应该能有一笔不菲的进账，然而却事与愿违，一直亏损。虽然酒店经营者再三保证有妥善利用她的投资，却一直没见着回报和分红。更糟糕的是，无论是她的美国经纪人还是英国经纪人都说，能给她演的角色恐怕并没有想象中那么多了。究其原因，还是年龄的问题。步入四十岁后，她能扮演的角色已和过去大不相同。演艺圈新人辈出——杰恩·曼斯菲尔德、娜塔莉亚·伍德、伊丽莎白·泰勒等青春貌美的演员逐渐接替了她曾经的地位，成为冉冉上升的新星。转瞬间，她收到的角色竟然都是饰演她们的母亲！最糟糕的是，演母亲这种角色根本不赚钱。

不过，梅丽莎不想为此忧愁烦恼。多年前初入行时，她分到的角色不过是在廉价"配额影片"中跑龙套而已。那些英国制片人之所以会拍这种电影，不过是迫于法律规定罢了。那时的她便梦想着有朝一日能成为国际巨星。她年纪虽轻，但心里一直有一种信念，告诉自己梦想一定能实现。她是那种想要什么就一定要得到，也一定能得到的人，即便如今，她也依然这样相信。就在今天早上，她收到了一个难得一遇的好剧本，邀请她在一部悬疑电影中担任女主角，一个将被丈夫谋杀的女人，却在东窗事发后，被丈夫构陷为凶手。这部电影的导演是阿尔弗雷德·希区柯克，他的名字可谓是票房的绝佳保证，电影一旦上映必然大卖。虽然还没有最终确定是否由她出演，得先参加两周后希区柯克导演在伦敦的面试才能做决定，但梅丽莎充满信心。这个角色说不定就是为她量身定制的。她想，等会儿一到房间里，就要和电影编剧确认一下，看看是否真的如此。

她满怀心事地走到门口，刚要开门，却听见身后传来脚步声。不用回头也知道，那是她的丈夫弗朗西斯·彭德尔顿从楼上下来了。有那么一瞬间,她想,要不要装作不知道赶紧离开,但再一想,那样肯定是行不通的,还是别生事端的好。

于是她转过身,微笑着说:"我正准备出门。"

"去哪儿?"

"酒店。我想跟加德纳夫妇谈谈。"

"要我陪你吗?"

"不!不用!我只要半个小时就好。"

想想真有些好笑,在没有摄影机、聚光灯、围观群众,也不需要背台词的情况下,演戏竟然那么困难,既要做真实的自己,又必须不露痕迹。梅丽莎想尽可能地看起来自然随意,假装一切正常,但对手戏演员却并不配合,一脸狐疑。

她和弗朗西斯相识于片场,那是她在英格兰拍的最后一部戏。就是为了他,梅丽莎才选择回到祖国。《甘冒奇险》(*Hostage to Fortune*)是一部票房很差的悬疑惊悚片,改编自约翰·巴肯的小说。梅丽莎在里面饰演一位年轻的母亲,历经千难万险寻找自己被绑架的女儿。其中一些场景就是在德文郡的桑顿沙滩拍摄的,那时弗朗西斯被派给她做私人助理。尽管弗朗西斯比她小十岁,但两人一见钟情、火花四溅,不用想也知道接下来会发生什么,因戏生情并非新鲜事。实际上,梅丽莎已经数不清有多少次因为拍戏而爱上某位男演员或者片场人员了,但这一次情况却有些不同。等到电影杀青,众人收拾行囊纷纷离去时,她发现弗朗西斯竟然没走。那一刻她意识到,这小子当真了,想要继续他们的关系。

这又有何不可呢?弗朗西斯容貌英俊,一头卷发,除此之外,还有性感的古铜色皮肤和健硕的身材。这一切得益于他的帆船——"桑多纳"。他很聪明,但更重要的是,对梅丽莎死心塌地。二人的结合并非表面上看起来那样门不当户不对。弗朗西斯生于一个富裕的家庭，父亲是一位英国子爵，在康沃尔郡拥有两万英亩的土地。所以实际上，即便不继承父亲的土地或贵族封号，世人也当称他一声"尊贵的弗朗西斯·彭德尔顿阁下"。即使他本人选择永不使用这个头衔和称谓，但人们这么称呼他，他也是完全当得起的。两人公布订婚时，消息几乎占据了伦敦所有大小报纸娱乐版面头条，而梅丽莎也觉得，挽着一位如此英俊潇洒的英国贵族重返好莱坞、走进比弗利山的"马球休息室"高档餐厅或洛杉矶的马尔蒙大酒店，与她本人相得益彰。

弗朗西斯是唯一支持她买下克拉伦斯塔楼的人。不仅支持，还鼓励她这么做，她后来才明白原因。首先，这里离他的家业很近，弗朗西斯的祖产就在隔壁郡。尽管他的父母因不齿报纸娱乐版对他的报道，已经同他断绝往来，但现在的生活却完全符合弗朗西斯本人的期望。他不怎么查收酒店经营、养马或任何其他事务，甚至经常赖在床上不起来，但娶到了这么一位风情万种、备受爱戴的大明星，无疑是他男性魅力和地位的绝佳彰显——他是这座私家庄园的主人。

梅丽莎看着站在楼梯口的他，穿着一件蓝色西装外套和白色长裤，一副即将扬帆起航的样子，可惜他俩早已负担不起这样的享乐了。他的手无意识地握紧又松开，在脑子里搜寻着合适的词汇。在梅丽莎眼里，眼前这个男人越来越无能，已逐渐失去魅力。有时即便是自己犯的错，她也经常怪罪到他的头上，仿佛是一种宣泄，责怪他将自己卷入了这样的境地。

"我们需要谈谈。"他终于开口了。

"现在可不行，弗朗西斯。那对让人头疼的加德纳夫妇在等我。"

"呃,那等你回来吧……"

"你今晚不是要出门吗?"

他皱了皱眉:"我们一起出门。"

"不,"她不悦地噘了噘嘴,"很抱歉,亲爱的,我有点头疼。你会体谅我的,对吧?今晚我想早点休息。"

"这样啊。要是你不去,那我也不去了。"

梅丽莎叹了口气。这是她最不想看到的结果,因为她已经计划好晚上要一个人待着。"别这样,"她说,"这场歌剧你已经期待好几个星期了,而且自己一个人欣赏效果才更佳。你不是总抱怨我看到一半就睡着了吗?"

"那是事实。"

"我不喜欢歌剧。我不懂他们在演什么,从来都看不懂。"不要变成火药味十足的对抗,不然就没用了。梅丽莎走到他身前,伸出一只手抚上他的胳膊说,"你好好欣赏,弗朗西斯。我现在脑子很乱,既要管酒店,又要想新剧本,还有那么多杂七杂八的事。我们明后天再谈吧。"她试着放松语调,"反正我就在家,哪儿也不会去!"

这话却被弗朗西斯认真听了去。他一把抓住梅丽莎尚未撤回的手,紧紧压在臂膀上说:"留在我身边,梅丽莎。你知道我一直爱着你,愿意为你付出一切。"

"我知道。你不需要如此强调。"

"你要是离开,我会死的。没有你我一天也活不下去。"

"别傻了,弗朗西斯。"她试着想要挣脱,弗朗西斯却不放手。"现在不是谈话的时候,"她坚持道,"我说……"她压低了声音,"……埃里克和他母亲在厨房呢。"

"听不见的。"

"万一他们突然出来呢?"

她知道这句话对他有用。果然,弗朗西斯立刻松了手。她向后退开,与他拉开距离。

"不用等我,"她又说,"早点去,否则万一路上堵车就糟了,可别错过第一幕。"

"你不是说只去半个小时吗?"

"说不准需要多久。我打算跟加德纳夫妇俩谈谈酒店账目的事。我有个好主意,能让他们无法搪塞,必须说实话。"

"你的意思是?"

"见过他们之后再告诉你。明天再说吧。"

她真的必须要走了。可就在此时,门口忽然响起一阵爪子划过地板的窸窸窣窣声,一只小狗穿过走廊朝女主人跑来。这是一只松狮犬,扎实的红棕色皮毛耸成一只小毛球的样子,面部扁平,头上长着尖尖的三角形耳朵,嘴里伸着深紫色的舌头。梅丽莎情不自已,开心地蹲下身去,轻抚着小狗脖子周围厚厚的皮毛。

"小金巴!"她宠溺地说道,"你这小家伙今天好吗?"说着把脸凑近小狗,后者兴奋地伸出舌头舔她的鼻子和嘴唇,她也不闪躲,"我的漂亮宝贝今天开心吗?妈咪就是去镇上办点事,很快就回来了。你要去床上窝着吗?要不要乖乖等我回来?"

弗朗西斯沉下脸来。他不喜欢让狗上床,但没有反驳。

"那就去吧!乖宝宝!妈咪马上就回来。"

梅丽莎直起身来,看了弗朗西斯一眼。"祝你观剧愉快。明天见。"她说,然后转身打开大门,几乎是迫不及待地走了出去。门在她身后关上,留下弗朗西斯一脸落寞地想:他在她心里还不如一条狗。

第二章 阿尔吉侬·马许

梅丽莎对那辆宾利车的爱和对宠物松狮犬的爱别无二致。那是一辆精美的汽车，是她买来犒劳自己的礼物，并且只属于她一个人。最重要的是所属权，这是权力的象征。坐在银灰色的皮面车椅上，听着引擎的低吼，她知道这辆车一旦出现在大街上，一定能吸引远近所有人的目光。刚才与弗朗西斯交谈所产生的烦闷感也随之消散。这辆淡蓝色的宾利MK6型汽车，有一个电动升降的顶棚，可惜现在没法打开，因为恼人的阴雨又淅淅沥沥地下了起来。明明已是四月末，为何天气还是如此阴冷压抑？听经纪人说，希区柯克打算在加利福尼亚州的伯班克的华纳兄弟摄影棚进行拍摄，这真是太好了，她急需阳光的滋养。

克拉伦斯塔楼离水上的塔利不过半英里远。那是一座海滨村庄，却颇为名不副实。塔利的四周至少环绕着四大水域：右面有布里斯托运河；左面是爱尔兰海以及托河与托里奇河间的冲积平原，两条河流蜿蜒曲折，从远方汇聚于此。这座海滨村庄似乎随时会被冲垮，尤其当天气恶劣时，狂风呼啸、巨浪滔天，海浪狠狠拍下，扬起一团团灰色的泡沫。每当此时，渔夫们便会将船紧紧系在岸边。远处灯塔的微光在狂风骇浪中挣扎，只能映出头顶盘旋的浓云，似乎随时会被吞噬。

这座村庄总共只有三百人，绝大多数房屋都集中在海滨大道上,像一道屏障般一字排开。这排房屋背后还有另一条窄一些的马路,叫作"教区长巷"。村里的其他建筑还包括一座叫"圣丹尼尔"的教堂、一家肉铺、一家面包店、一个汽车修理厂和一家出售蔬果和各种家用物品的杂货店。多年以来,村里只有一家名为"红狮"的酒吧,直到梅丽莎搬来后,买下了那栋十九世纪风格的大房子,并改建成一座酒店,取名"月光花"——这是她演过的一部电影的名字。酒店共有十二间客房、一间餐厅和一家环境宜人的酒吧。

水上的塔利没有警察局,也没必要有,因为这里的"罪行"充其量也就是醉酒的青少年在海滩上撒个尿、推搡一下之类的,除此之外,一片祥和宁静,多少年来从未发生过大事。这里也没有邮局、银行、图书馆或电影院等设施,要想去这些地方,只能搭乘从因斯托镇出发的蒸汽火车,花二十分钟前往一个叫比迪福德的镇上;或者开车,经由村子另一边的比迪福德长桥花十五分钟过去。初来乍到的人们会惊讶地发现,这里连个卖鱼的铺子都没有,所有渔夫都是直接在渔船上售卖。

月光花酒店的建立主要是为了满足那些从伦敦过来消暑的人。通常是一家人一起来,住上几个月,近年来,这样的人数正逐年增加,所以梅丽莎将酒店设计成老少咸宜、适合孩子玩耍的样式。较贵的房间自带卫浴;晚餐严格规定傍晚七点开始,不过给年轻人准备了五点半的下午茶;每逢周末,酒店庭院的草地上会举行音乐会、茶话会、槌球和法国板球运动。保姆和贴身男仆住在花园尽头的一栋建筑里,从酒店正面是看不见的。

梅丽莎把车停在大门前。雨越下越大,尽管只有几步路,但从碎石路走进酒店时,她的头发和肩膀都已被雨水浸湿。酒店经理兰斯·加德纳早透过窗户看见了她,却假惺惺地在大厅里迎接，连把伞也不递。平时他也是这么迎接客人的吗？

"晚上好，詹姆斯小姐。"兰斯说，完全没有意识到自己已经让梅丽莎不快了。

"你好，加德纳先生。"

他们俩的关系一直十分生疏，远未到可以直呼其名的程度。不过，原本也应当如此。兰斯和莫琳·加德纳都是梅丽莎雇的员工，并不是朋友。当她找到夫妇俩时，他们还是红狮酒吧的老板和领班。她很高兴自己能够说服他们放弃酒吧经营，转而帮忙管理酒店。毕竟他们对塔利了如指掌，在地方政府和警局都有朋友，这样一来，就算遇到申请执照或供货等问题，也能托托关系、走走后门。当时觉得找到他们真是老天帮忙，可是，他们经营酒店三年半之后，梅丽莎开始怀疑他俩是否真的值得信任。她对他们其实一无所知，只知道当初挖他们过来时，他们所在的酒吧盈利状况良好，唯一的缺陷是，啤酒来源完全操控在一家大型连锁啤酒厂手上，颇为掣肘。

他俩坚称月光花酒店尚未盈利，但这绝对有问题。酒店明明人气很高，还曾被大小报纸积极报道过，仅仅是"由好莱坞知名女星出资打造"这一噱头就颇令人心动。梅丽莎心里明白，一开始，客人们一定都是冲着她的名气来的，想亲眼看到她本人，如果不能满足这个需求，只是给他们一张亲笔签名照，那么大家一定会很失望的。不过，随着酒店经营走上正轨，她便逐渐减少了露面的次数，人们也逐渐开始接受并正视这座酒店：优雅舒适的高级酒店，位于风景迷人的海滨村庄。紧邻沙滩和大海，是度假暂居的上乘之选。酒店运营得非常成功——夏天旺季全部满员，即便是雨季也有不少客人。

尽管如此，酒店还是变成了一个大坑，源源不断地吞掉她的钱。这该算是谁之过？其实此前梅丽莎就已经采取措施调查了，今天来找夫妇俩主要是为了验证一个在她心里盘桓许久的推测。

"一切顺利吗？"她语气轻松地问道，跟在兰斯身后穿过空旷的前台接待区，进入他的办公室。

"都挺好，没什么可抱怨的，詹姆斯小姐，已经订出去九间客房。就是天公不作美，我一直关注着气象局的报告，说是五月的天气不错。"

两人一路穿过走廊，来到一间宽敞的方形房间，里面摆着两张写字台和几个档案柜，房间一角有一台老式保险柜；其中一面墙的墙脚放着一张插满各种线路的配线板，连着各个房间。梅丽莎记得自己批准购买配线板的事，那也是一笔不小的支出。莫琳·加德纳正坐在写字台前查阅文件，看到梅丽莎进来，连忙站了起来。

"晚上好，詹姆斯小姐。"

"您要喝茶吗？"加德纳问，"或者更有劲一点的饮料？"说这话时，他的语气故意显得有些狡黠——酒吧通常傍晚六点半以后才开。

"不必了，谢谢。"

"这些是寄给您的，詹姆斯小姐……"莫琳拿出信，递给梅丽莎。共有三封，全都打开过了，梅丽莎一边坐下一边接过信。最上面那封是淡紫色的，还没拆开，她已觉得似乎能够闻到薰衣草的清香。她知道是谁寄来的。

与梅丽莎的演艺事业巅峰时期相比，如今来信已经少了很多。不过，美国和英国依然有她的影迷俱乐部，月光花酒店的地址也已广为人知，因此每个月依旧会收到两三封影迷来信，恳求她再度出演新电影、告诉她他们有多想她。用淡紫色信封和信纸给她写信的女士自称为"您的头号影迷"，笔迹铿锵有力、干净工整,细致到连每一个标点符号都完全正确。梅丽莎很好奇,不知这位女影迷结婚了没有,是否幸福?这是她从影以来一直不太理解的事:为什么她的追随者中会有一些人如此狂热且迫切地需要她——这种状况有时会令她担忧。她打开信读道:"亲爱的詹姆斯小姐,你怎么能这样对待我们呢?没有你,电影毫无意义,仿佛我的人生明灯就此熄灭。"能写出这种话来的人,不觉得这已经给别人带来困扰了吗?况且,淡紫色小姐几年来已经给她写了十封左右这样的信了。

"多谢。"她说着把信塞回了信封。她不打算回信,早就已经不回复了,"这段时间我在查账,一直看到二月的账目。"她接着对莫琳说,想把话题拉回正轨。

"圣诞节期间生意不错。"加德纳太太如是说。

"嗯,你是想说十二月份亏得比较少,对吧?"

"我觉得我们应该涨价,詹姆斯小姐。"兰斯·加德纳叹道,"酒店客房和餐厅的报价实在……"

"可我们已经是德文郡最昂贵的酒店了。"

"酒店的收支非常吃紧,前段时间刚裁了员,可是服务质量绝不能受到丝毫影响……"

有时候兰斯·加德纳会给人一种衣冠楚楚却暗自盘算的奸商印象。这不仅仅是因为他穿着裁剪精致的双排扣外套,头发油光锃亮地向后梳起,还留着一字胡,更多是因为他的整体行为举止和闪躲的眼神。他的妻子也是一样,加德纳太太比丈夫高大些,嗓门也更大,总是化着浓妆。梅丽莎还记得当初第一次在红狮酒吧见到她时,她那副形象和酒吧十分相配。夫妇俩都五十来岁,结婚很久,却没有孩子。就某种意义而言,他们二人可以说是彼此的镜像投射,只不过是游乐场里的哈哈镜,扭曲得不成样子。

梅丽莎决定开始实施她的计划。"我在想，应该找一个会计师团队来。"她说。

"您说什么？"兰斯·加德纳毫不掩饰这话对他的打击。

"我想从伦敦请人来帮忙看看这两年的账目，包括收益、支出、装修重建的费用等等……"她摆摆手，"还有新的接线板。做一次彻底的审计。"

"我希望您的意思不是怀疑我和莫琳……"

"我没有别的意思，加德纳先生。我相信你们俩已经尽力了，这只是例行公事而已。酒店一直在亏损，而我们却不知道原因，想盈利就必须首先找到症结所在。"

"塔利人有自己做事的方式，詹姆斯小姐。"见兰斯·加德纳沉默不语，他太太接过话来，"举例来说，我们总是给渔夫付现金，因为他们只收现金，并且没有收据。另外，上次霍金先生来时，我们请他吃了晚餐，还赠送了一瓶威士忌，但他一分钱都没收就走了。"梅丽莎大概有点印象，这个霍金先生是当地的一位电工。"我想说的是，"莫琳还在继续，"我不确定伦敦的会计师是否会起作用。"

"这个嘛，到时候看吧。"梅丽莎知道他们会抗议，从刚才起，她就一直仔细观察两人，等待机会。"我已经决定了。希望你们能立刻着手准备资料，等他们一来就能开始。"

"会计师团队什么时候来？"兰斯问，"您已经写信联系了吗？"

"我明天写，估计应该一两个星期就能到。一有消息我会第一时间通知你们。"

说完她便站起身来——该说的话都已经说了。

兰斯和莫琳·加德纳待在原地没动。

"非常感谢。"差点忘记那些信,梅丽莎把它们一把抓到手里,离开了房间。

很长一段时间,加德纳夫妇谁都没有说话,仿佛在确认周围是否真的只剩下他俩。

"我们该怎么办?"莫琳开口了,看起来很是紧张。

"没什么好担心的,她的话你也听见了。"兰斯从他的写字台抽屉里拿出一包烟,抽出一支点上,"我们已经做得很好了。"

"但她找来的那些会计可不一定这么想。"

"那些所谓会计说不定根本不会来。她不是还没写信吗?或许永远也不会写。"

"什么意思?"莫琳盯着丈夫,眼里满是恐惧,"你要干什么?"

"我会跟她谈谈,让她明白雇用城里的那帮吸血鬼不过是浪费钱。我会推荐一些本地会计,更便宜,我有信心一定能让她清醒过来。"

"她要是不听呢?"

兰斯·加德纳吐出一口烟,烟雾环绕在他周围久久不散:"那就得想别的法子了……"

*

梅丽莎开车前往月光花酒店时,另一辆车正在巴恩斯特珀尔外的布朗顿路上疾驰。那是一辆乳白色的法国标致牌轿车,这个型号在英国甚少得见,是车主精心挑选的,不只是为了代步,主要为了排面。

驾驶座上的男人看起来很放松。即便指针已快接近五十英里每小时,他却依旧悠闲地抽着烟。马路两旁绿树成荫,在飞速行驶的轿车周围模糊成一条绿色的隧道，让人莫名有些昏昏欲睡。雨还在下，不断左右摇摆的雨刷像一只钟摆，更增添了催眠的效果。

一不留神就过了时间。原本只计划打打高尔夫消磨时间的，最后却变成一场酒精饮料的拉力赛，有人偷偷把酒从私人会所房间的后门传进来。回家之前，得先找个地方买点薄荷口香糖才行，否则要是让他妹妹闻到他身上的酒气肯定要生气。尽管只是回去过个周末，他的妹夫、那个自命不凡的医生也一定会虎视眈眈地寻找一切可能的把柄，把他赶出去。

阿尔吉侬·马许叹了口气。说到"原本"，原本一切都进行得挺顺利，可后来却出了问题，一切都被搅得天翻地覆。他知道自己有麻烦了。

可那些真的全都是他的错吗？

他的父母早在伦敦大轰炸的第一个星期就去世了，那时他才十六岁。尽管当时他正在离伦敦八竿子也打不着的远方，却时常觉得自己也是空袭的受害者。毕竟大轰炸一夕之间就将他的家夷为平地，从小到大的房间、个人物品、所有的童年回忆全部化为灰烬。后来，他和妹妹萨曼莎搬去和姑姑乔伊斯同住，姑姑是个老姑娘。然而萨曼莎和姑姑的关系简直可以用水火不相容来形容，姑姑和阿尔吉侬也互看不顺眼。

日子就这样一天天地过着，很快他俩成年了。萨曼莎嫁给了那个医生，开始了新的人生。她不仅在塔利拥有自己的房子，还生了两个孩子，四邻都很友好，甚至在地方议会也有一席之地。可是阿尔吉侬的境况却完全相反，为了一场不值一提的争斗，他落得一无所有，陷入无依无靠的悲惨境地，没有任何能够用来证明自己的东西。他曾短暂地和一些伦敦的帮派有过往来——比如

"象堡帮"和"布里克斯顿帮",可他并不是当罪犯的料,于是很快便因在伦敦皮卡迪利区著名酒吧"疯人院"外的一场斗殴被捕,判了三个月的牢狱。出狱后,他做过商店店员、会计、上门推销员以及房产中介,正是在最后这份工作中,他终于找到了自己人生的方向。

尽管有过去的种种,人们对阿尔吉侬的口碑却很不错。小时候,他曾在西肯辛顿区的一所小型私人学校读书,只要他愿意,就能随时展现出风趣的谈吐和迷人的魅力。那一头打理得十分精致的浅色短发和偶像剧男主角般的俊美脸庞让他天生引人注目,尤其是对那些年纪比他大并且只看脸的女人来说,她们从不在意他的过去。他还记得在高级男装定制店萨维尔行买下人生第一套定制西装的情景,那是自己根本负担不起的消费,但就像那辆车一样,都是一种包装投资。每次走进房间,所有人都会注意到他;只要他开口,人们总乐意聆听。

大轰炸摧毁了伦敦成百上千座房屋,不过这一悲剧却为建筑装修行业提供了大量发展空间。当阿尔吉侬选择房产开发这一前景良好的行业时,市场早已人满为患,而他只是区区无名氏之一。

话虽如此,他还是赚了一些钱,在伦敦上流云集的梅菲尔区购置了一间公寓,并且手里还有一两个不错的项目。后来他发现,最大笔的投资几乎都去了法国南部和一个此前从未听说过的叫作"圣特罗佩"的城市。那里的整条海岸线被开发成了休闲娱乐中心,专供富人享乐。不仅有五星级大酒店、新的公寓住所、各式各样的餐厅、供小游艇停泊的小船坞和赌场,更是完全符合他心里最完美的投资地点的预期:对他的客户们来说足够近,令人安心,但又不至于太近,好让他们搞不太清楚具体状况。阿尔吉侬只花了不到一分钟便决定了自己公司的名字——"阳光仙境控股公司①"。他专门为此去了一趟法国,带回几个半生不熟的法语词和一辆轿车,幸运的是,车的驾驶座在右边。他信心满满,打算大干一场。

事情比他预计的还要顺利。目前为止,已有三十位客户为"阳光仙境控股公司"投资,其中一些人甚至投了不止一笔钱。他跟他们保证一定会有五倍乃至十倍的投资回报率,让客户们把心放在肚子里,等着数钱就好。尽管有几个投资人要求分红,但大部分人还是乐于接受以红利换取股权的提议,这样从长远来讲,将是一份更为丰厚的回报。

阿尔吉侬之所以来德文郡看自己的妹妹,不是因为他俩有多亲近,而是为了妹妹的大房子,必要时,可以让他离开伦敦避避风头。他和一些生意伙伴闹僵了,另外一些最好暂不见面为好。一旦有需要,他就会立刻跳上车逃到西南边来。阿尔吉侬并不喜欢水上的塔利,觉得那里贫乏又无趣。他从没想过自己有朝一日会在这里找到这辈子最大的金主,可命运往往就是这么出其不意。

经人介绍,他认识了当时刚买下月光花酒店的梅丽莎·詹姆斯。起初,他也觉得受宠若惊,竟能有幸见到这么大名鼎鼎的女明星,可很快他便回过神来,提醒自己,这不过又是一位钱多得没处花的富婆而已。能够清醒得如此迅速,连他自己都感到惊讶。两人很快便成了生意伙伴,接着又成为朋友,再后来更生出些别样的情愫。他几乎不费吹灰之力便说服了她,让她相信投资

---

①英文原名是"Sun Trap Holdings",这里的"Sun Trap"是一个文字游戏,英文的"suntrap"一词表示阳光异常充足的地方,可是拆开来"trap"代表陷阱、圈套,从侧面说明阿尔吉侬的新公司性质和他的目的,也是作者为这本书中书的"作者"设定的写作风格。中文不具备从字面和含义上完全对等的词组来体现完全相同的文字游戏,因此译者选择了中文的谐音词"仙境"来表达"陷阱、险境"之意,并且也相对适合作为公司的名字。

"阳光仙境控股公司"会比演电影获得更丰厚的回报,尤其是梅丽莎本来已经决定放弃演艺事业。

他此刻再次南下,便是为了梅丽莎。几天前,阿尔吉侬在自己位于伦敦梅菲尔区的公寓里接到了她的电话。

"亲爱的,是你吗?"

"梅丽莎,亲爱的,真是惊喜,你竟然给我打电话!你好吗?"

"我想见你。你能来一趟吗?"

"当然。只要是你,我随叫随到。"阿尔吉侬顿了顿,问,"是出什么事了吗?"

"我想跟你谈谈投资的事……"

"公司运作相当良好……"

"我知道,你一直能力出众。正因为一切良好,我才决定要出售我的股份。"

阿尔吉侬闻言猛地从床上弹了起来:"你不是开玩笑吧!"

"不,我很认真。"

"可再过六个月你的钱就可以翻倍了。我们马上要开新酒店,很快卡弗拉的别墅也要竣工了……"

"我明白、我明白,但我觉得现在赚的钱也够多了,所以你带上材料来一趟吧。能见见你也是一件好事。"

"没问题,亲爱的,就听你的。"

就听你的!要是说服不了她,他就得想办法依约凑齐十万英镑的巨款付给梅丽莎,这是她以为的投资回报。他踩下油门,飞驰的轿车碾过一个小水坑,水花四溅。明天他要去见梅丽莎,希望到时候只有他俩在。只要她的丈夫不在,说服梅丽莎就容易多了。

现在几点了？阿尔吉侬看了一眼仪表盘上的时钟，皱起了眉头。五点过二十分。难以置信，他竟然真的在桑顿高尔夫球场喝了一下午的酒。

再抬起头来时，他只见到挡风玻璃前，一个人影越来越近。

来不及了！他心里"咯噔"一下，就在刚才低头看时间的几秒钟内，车偏向了道路一侧。坐在车里，也能感觉到前轮碾过草地的摩擦力，那是一片将车道和旁边灌木篱墙隔开的草坪。那个男人就走在上面。他看见他不断靠近的脸，双目圆睁，嘴巴因恐惧而张大，一定是在尖叫。他猛一打方向盘，绝望地祈盼着能够避开行人，然而那是不可能的，汽车正以五十五英里每小时的速度飞驰。

汽车引擎的轰鸣声盖过了男人可能发出的一切声音，然而迎面撞击产生的闷响绝对是阿尔吉侬这辈子听过最可怕的声音——如此清晰，仿佛响彻天地。他拼命踩刹车，那个男人却不见了，仿佛魔法般凭空消失。当车子终于嘶鸣着停下，阿尔吉侬努力平复气息，试图说服自己相信刚才的一切都只是幻想，他撞上的并不是人，而是野兔或者野鹿之类的。可那一切实在太清晰，根本无法自欺欺人。他的胃里一阵恶心，酒气翻腾。

因为急刹车，轿车斜着停在路中间，他半晌才回过神来。雨刷还在吱吱呀呀地摇个不停，他伸手摁下了停止按钮。该怎么办？他握住变速杆缓缓倒车，慢慢停在车道边的草地上。他感觉泪水正逐渐涌上眼眶，但那并不是为那个被他撞到……或者撞死了的男人流的，而是为了他自己——首先，他喝了酒；其次，前段时间因为在伦敦海德公园角和警车刮蹭，他被吊销驾驶证一年，根本不能开车。这下他该如何是好？要是那个男人真的死了，他说不定又会进监狱的！

他熄灭引擎，打开车门。雨水欢快地冲过来，拍打着他的脸颊和身体。手里还捏着那支香烟，可他已兴致全无，把烟顺手扔进了草丛。这是哪儿？刚撞到的男人又在哪儿？他为什么会独自一个人在荒郊野外的一条交通干道旁行走？正想着，一辆车疾驰而过。

必须振作起来，他想着，鼓起勇气下了车，沿着车道往回走了一段距离。很快他便看见那个男人穿着雨衣，面朝下倒在草地上。他看起来像是被摔坏的娃娃，手脚全部朝着不同的方向，仿佛被怪兽扯着，像要把他撕碎一样。倒下的男人看起来已没有呼吸，阿尔吉侬几乎可以肯定他死了。那样的撞击之下，没有人还能活着——他杀人了。就在低头看时间的两秒内，他竟杀了一个人，顺带毁掉了自己的人生。

又一辆车从他身边呼啸而过，没有停下。

雨下得这么大，路过的司机应该根本没看见他，更不可能看见倒在路边的人。那一刻，阿尔吉侬忽然很后悔自己买了一辆法国汽车，全国很可能仅此一辆。他回头张望，路上空空荡荡，只有他一人。

他立刻做了决定，转身跑回车旁。此时，他才注意到散热器凹进去了一块，标致车标上还有一团鲜红的血迹。阿尔吉侬用颤抖的手掏出手绢，把血迹擦拭干净。他本想立刻把手绢丢掉，可转念一想又收了回来。他想到了刚才扔掉的香烟，他是疯了吗，怎么会做这么轻率又愚蠢的事？可是已经太迟了，风这么大，恐怕早就被吹走了。他才不要趴在草丛里找烟头。为今之计，便是赶紧离开，走得越远越好。

他回到车里，关上车门，发动了引擎。引擎响了两声，却没有启动。他已经浑身湿透，雨水顺着发丝滴落在额头上，他暴躁地将手砸在方向盘上,然后又试了一次。这一次,引擎终于启动了。

他粗暴地滑动变速杆,踩下一脚油门将车开走,一路都没再回过头,就这样一直开到了塔利。但他不敢立刻去妹妹家,不能这个样子去,像只落汤鸡一样,双手还抖个不停。于是他将车停在一条安静的小路边,双手捂着头,静静地坐了二十分钟,思索着接下来应该怎么办。

*

正当阿尔吉侬·马许一脸愁苦地坐在车里,呆呆地望着雨水顺着挡风玻璃流下时;同一时间,他的妹妹也正在经历一件令人震惊的大事。她睁大双眼,盯着桌上一封摊开的信。

"我不明白,"她说,"这是什么意思?"

"我想信上已经说得很明白了,我的宝贝,"她丈夫说,"你那了不起的姑姑……"

"乔伊斯姑姑。"

"乔伊斯·坎皮恩把你立为她的唯一遗产继承人。多让人悲伤,她最近过世了。所以她的律师想联系你,商量遗产的事,很可能是一笔价值可观的财富。所以,我亲爱的夫人,这也不失为一个好消息……对我俩来说都是!我的妻子说不定就要变成千万富翁了!"

"噢,伦恩[①],别说这种话!"

"这个嘛,很有可能。"

[①]伦恩,伦纳德的昵称。

信是早上送来的,可他俩一直很忙。萨曼莎直到这会儿才抽出时间看信。寄信方是一家伦敦的律师事务所——帕克和本特利律师事务所,就连信纸抬头那一串黑色浮雕印刷的地址都传递出一种咄咄逼人的威胁感。看来事务所位于一个叫作林肯旅馆的地方。萨曼莎一直对法律心怀敬畏,当然还包括所有一切她所不能完全理解的事物。

她先读了一遍那张纸上用打字机打出来的三段话,然后又重读了一遍。之后又叫来伦纳德,让他也读一遍。

伦纳德和萨曼莎·柯林斯夫妻俩坐在厨房里。家里共有五间卧室,还有一间做诊疗室用的屋子。那是一栋优雅的古老建筑,外墙需要重新粉刷,从海上吹来的满含盐分的雨水对粉漆的腐蚀性很高,劲风亦掀开了屋顶的几片砖瓦。花园不堪恶劣天气和调皮捣蛋的孩子们的蹂躏,早已残破不堪。但总体来说这还是一处相当舒适的宅院,不仅有自己的菜园——夏季可以收获满篮的覆盆子,还有一个小果园和一座树屋。这座房子就坐落在教区长巷,圣丹尼尔教堂旁边,这也是萨曼莎选择在这里安家的原因。她是虔诚的教徒,每周都会去教堂,从未缺席过一次礼拜日的诵经祷告,还主动帮助牧师打理教堂的鲜花,筹办各种宗教节日活动和募款等,每周四还为年事已高的低保户们准备茶水糕点,甚至帮人安排墓园位置(只要是同一教区的居民且愿意支付一小笔费用即可)。

萨曼莎的时间一半花在教会事务上,一半则献给家庭,包括两个孩子——马克和艾格尼丝,一个七岁,一个五岁。她也帮忙照应丈夫的诊所,帮他管理账目、病人档案和日常运营的各项杂事。在某些人眼中,她是一个严厉的女人,总是规规矩矩地戴着围巾、拎着手提包、行色匆匆。但她待人接物却总彬彬有礼,即便不想停下与人交谈，脸上也总是一副笑容可掬的样子。

没人比她更了解水上的塔利的每一个人。村里的牧师早已把她当作知心密友，从和他的闲聊中，萨曼莎逐渐知悉了教众们各自的心事、忧虑，甚至罪孽；而通过丈夫，她又对每个人的身体状况了如指掌——因为有不少类似于 X 光片等病历资料，并且对他们的病症成因也一清二楚。比如镇上的屠夫道尔，因为饮酒过多而患上了肝硬化；在月光花酒店工作的南希·米切尔，未婚，却已怀孕三个月；甚至连梅丽莎·詹姆斯也在名单上，尽管盛名在外，却依然逃不过压力和失眠的侵扰，在诊所开了药。

萨曼莎从未想过，她掌握的这些信息或许过于庞大和详细，对她对旁人都不是一件好事。好在她是一个理智的人，从不参与街头巷尾的八卦议论，那些流言蜚语让这座海滨村庄显得格外狭小。或许可以认为，她的做法正是严格遵循天主教忏悔室规则的体现，对任何人的心里话都严格保密。她将这一原则应用在诊所工作中，接待患者就像接待礼拜日的教会会众一样。因此即便是米切尔太太，也就是南希的母亲，一周有三天会来家里帮忙看孩子，也对女儿怀孕的事一无所知。虽然保守这个秘密，无论对伦纳德还是萨曼莎来说，都是一种挑战，但他们却坚定不移地遵行着"医德守则"的誓言。

两人已经结婚八年。刚邂逅时，伦纳德·柯林斯医生在斯劳镇的爱德华七世国王医院工作，而萨曼莎是医院的看护志愿者，在一起后不久便订了婚。伦纳德温柔而优雅，皮肤黝黑、俊朗不凡，留着修剪整齐的络腮胡，尤其喜欢花呢西装套装。村里的人都觉得他俩是天生一对，不仅有着共同的工作和生活，而且关系十分融洽——只有两件事除外。一件是柯林斯医生并不怎么信教，尽管每周也会陪着太太去教堂做礼拜，但疼惜夫人之意多过个人信仰的笃定；另一件事则是抽烟，他有一支从十几岁一直宝贝到大的老式斯坦威"皇家野蔷薇"牌的烟斗。尽管这让萨曼莎很是不满，也试过劝说，但都无济于事。不过，作为折中方案，他从不在孩子面前抽烟。

"可是我已经好多年没有见过乔伊斯姑姑了。"萨曼莎说，"我们平时根本不怎么联系的……除了互寄圣诞和生日贺卡。"

"说明她还记挂着你。"伦纳德回应道，拿起烟斗，想了想，又重新放了回去。

"她是个大好人，听说她过世我很难过。"萨曼莎的脸型方正严肃，比起喜悦而言，更适合悲伤的表情，"这个礼拜天我会请牧师特别为她祷告的。"

"她的在天之灵一定会感念你。"

"我心里觉得很过意不去。早知如此，当初就应该多加联络的。"

萨曼莎沉默地坐着，回忆着当初自父母死后，被乔伊斯·坎皮恩收养的点点滴滴。乔伊斯姑姑是第一个鼓励她参加教会的人，而她的哥哥阿尔吉侬则毫无悬念地拒绝了这一提议。也是乔伊斯出资让她去上的秘书专科培训学校，学习速记和使用打字机，后来又托关系为她在斯劳的"好立克"麦芽牛奶饮料厂找了一份打字员的工作。萨曼莎一直认为姑姑是坚定的独身主义者，所以当她突然宣布自己已经和纽约广告公司百万富翁哈伦·古蒂斯订婚时，着实让萨曼莎大吃一惊。这件事发生的时间和萨曼莎与伦纳德的相识及订婚几乎同步，她随后搬进了丈夫继承的一栋位于托灵顿的房子，后来又搬至塔利。几经辗转，萨曼莎和姑姑便失去了联系。

"她丈夫两年前过世了。"萨曼莎说，"两人没有孩子，据我所知,也没有别的亲人。"

"根据律师的说法,所有的遗产似乎都会由你继承。"

"你真的觉得会有……那么多吗?"

"这可说不准。我的意思是,她丈夫日子过得挺富足,那么能剩下多少就取决于你姑姑在他死后花了多少。你要不要给她的律师打电话问问?还是我来?"

"我想还是你打比较好,伦恩。我会紧张的。"萨曼莎再次低头看着那封信,这大概已经是第二十次读了吧。她的样子仿佛在说,要是压根儿没收到这封信就好了。

"或许我们不应该抱太大期望。"她又说,"这封信上根本没提过钱的事。她说不定给我们留了一些根本没什么用处的东西。比如几幅画、旧珠宝之类的。"

"比如几幅毕加索的画作和一顶钻石王冠。"

"别说了!你这叫胡思乱想。"

"如果不是一大笔财富,律师为什么一定要见你?"

"不知道,可能因为——"

萨曼莎正要继续说,门却突然开了。一个小男孩走进房间,穿着睡衣,刚泡完澡。他是马克,萨曼莎七岁的儿子。"妈咪,你可以陪我上楼,给我讲故事吗?"他问。

萨曼莎很累,累得连给孩子们泡茶的力气都没有了,晚餐也还没做,可她依旧笑着站起来说:"当然了,宝贝。妈咪现在就来。"

母子俩最近刚开始共读C.S.路易斯的小说。马克酷爱阅读,昨天晚上,萨曼莎才刚把试图在衣橱里寻找纳尼亚王国入口的他拎出来。马克兴奋地跑出房间,萨曼莎正要跟上去,一个念头忽然冒了出来。她转身对丈夫说:"律师信里没有提到阿尔吉侬。"

"是的，我注意到了。"伦纳德皱着眉，"信里很明确地说了，你是唯一继承人。"

"乔伊斯姑姑知道阿尔吉① 要被关进监狱的时候吓坏了。"萨曼莎说，"你还记得吗——就是在伦敦皮卡迪利那件事。"

"那是我俩认识之前发生的事了。"

"我跟你讲过的。"萨曼莎站在走廊口，急着上楼找马克，"她总说阿尔吉不可靠，说他跟不三不四的人混在一起——还有他那些不靠谱的生意经。你觉得她是不是不认他了？"

"看起来很像是。"

"唉，还是得分一些给他，我没办法自己一个人全收下。我是说，如果真的……"她顿了顿，似乎不愿提及此事般，"是一大笔钱的话！"

"我想也是。"伦纳德压低了声音，仿佛不想让孩子们听见似的，"你介意听听我的意见吗，亲爱的？"

"我什么时候不听过呢，伦纳德。"这话没错，她每次遇到问题，总会第一时间询问伦纳德的意见，哪怕最终并未采纳。

"我要是你，什么也不会告诉他。"

"什么？不告诉我哥哥？"

"暂时先别说。我的意思是——你说得没错，我们还不知道这笔遗产到底有多少，去了伦敦跟那些律师谈过之后才能确定。所以一开始别大张旗鼓，免得最后一无所获就不好了。"

"可你刚才说……"

"我知道我在说什么，但是听我说……"伦纳德谨慎地选择用词。萨曼莎和阿尔吉侬不常见面，但是他知道他们很亲密。在

---

①阿尔吉，阿尔吉侬的昵称。

战争中,他们突然失去了父母,失去了一切,只有彼此了。"我不确定我们应该说这些,尤其在阿尔吉侬正在家里的时候。但是这件事让我焦虑。"

"你什么意思?"

"不是我想吓你,亲爱的,但你哥哥身上有些品质我们并不了解。说不定他……"

"他怎么样?"

"说不定是一个危险的人。你也不是不知道他心里那些盘算和妄想。所以我们目前暂时什么也别说,至少先搞清楚情况,再说做什么决定的事。"伦纳德微笑着说。那一刻,他看起来依旧那么英俊,和当年初见时一模一样,令萨曼莎心神荡漾,一如当年决定嫁给他时的心情。"你也应该稍微歇歇了,"他接着说,"我总遗憾自己那点微薄的收入不能给你最好的生活。这份遗产对你而言,说不定意味着崭新的人生。"

"别胡说。我对现在的生活没有任何不满,我很幸福。"

"我也是。我真是个幸运的男人。"

萨曼莎快步走到桌前,轻啄了一下丈夫的脸颊,然后转身上楼去给儿子读《纳尼亚传奇》去了。

第三章 女王的赎金

梅丽莎原计划和加德纳夫妇谈完后就立刻离开月光花酒店,可当她离开经理办公室后,却看见南希·米切尔坐在前台,于是停下来寒暄两句。南希自从酒店开业就在这里工作,她是一个善良可靠的小姑娘,是灯塔管理员的女儿。梅丽莎对员工都很好,因为她很清楚,一不小心就会被人诟病为傲慢的女人。

"你好吗,南希?"她微笑着打招呼。

"我很好,谢谢您,詹姆斯小姐。"

可她看起来并不是很好。南希平时就有些谨小慎微,总是一副担心做错事的样子,可今天的她看起来十分疲惫。她的眼睛红红的,如果不是因为劳累,那一定是哭过;长长的浅金色头发缠在一起。看来应该是跟男朋友吵架了吧——可南希有男朋友了吗?尽管才二十岁出头,容貌也算得上出众,可她身上总有些地方让人觉得不易亲近,仿佛一幅被自作聪明的画师过度修饰的作品。这是梅丽莎的第一个念头。第二个想法是,酒店可不能用一个哭哭啼啼的前台接待来宾。绝对不行。

"你没事吧?"她问。

"没事,詹姆斯小姐。"南希看起来有些战战兢兢。

"父母还好吗?"梅丽莎尽量让自己的语气听起来平易近人。

"他们都很好,谢谢您,詹姆斯小姐。"

"我很高兴听到这个消息。"她环顾四周,只有她们两人,于是说,"我说,如果你遇到什么不开心的事,可以跟我聊聊。在我心里,咱俩算是老相识了,也称得上是朋友。"

然而令她惊讶的是,听了这些话,南希的表情却近乎恐惧。"不!"她惊呼了一声,然后立刻降低了语调,"我的意思是……您真是好心肠,詹姆斯小姐,可我只是……只是家里有些事而已。我爸爸膝盖不方便,又总要上上下下地爬那么多级楼梯。"

刚刚她还在说自己的父母都挺好的。身为一名演员,梅丽莎能够立刻判断出一个人是否在撒谎。这姑娘已经让她有些不耐烦了。"行吧,我只是想说,作为前台,你是月光花酒店的门面。"她语带警告地说,"说实话,南希,你不能这个样子坐在前台。如果身体不舒服,就回家去。"

"对不起,詹姆斯小姐。"南希尽全力振作精神,拼命挤出一个笑脸说,"我这就去洗手间补个妆,那样就好了。"

"去吧,照顾好自己。"

梅丽莎冲她礼节性地笑了笑,转身离开。此番对话,不知为何,令她生出些莫名的疑虑。刚刚她说把南希当成朋友,换成别人一定受宠若惊,可她却似乎很震惊。加德纳夫妇是不是跟南希说了什么?她是不是对酒店的财务内情有所了解?

梅丽莎想了一会儿,并无头绪,决定先不管她了。可麻烦还远没有结束。快走到车旁时,梅丽莎看见一个男人站在旁边,这让她的心情逐渐沉重起来,因为她知道那人是在等她。那是一个矮小粗壮的男人,穿着深色西装,因为淋了雨,有些皱皱巴巴的,脑袋上稀疏的几缕头发也被雨水浸湿。尽管用心刮了胡子,男人的下巴和鼻下的皮肤依旧隐约能看见黑乎乎一团。他看起来和这座海滨村庄格格不入,仿佛一个刚从牢里放出来的小混混。

他身上有着很明显的东欧特征，即便没有开口说话，也能想象到他的口音。

"晚上好，梅丽莎。"他开口了。

"西蒙！真是太惊喜了。你怎么不提前告诉我你要来？"

"因为要是我提前说了，就不会见到你了。"他边说边冲着梅丽莎微笑，仿佛这只是一句友好的寒暄，可两人都心知肚明，这句话有多真实。

"谁说的，我很愿意和你见面。"梅丽莎答道，神情开朗愉快，"但你应该提前说一声的，因为我现在赶时间，不能和你……"

"就五分钟，梅丽莎。"

"我得赶紧回家，西蒙。弗朗西斯要和我去看歌剧。"

"不行。我千里迢迢从伦敦开了五个小时的车来找你，五分钟不算过分吧。"

她不想跟他争吵，尤其不能在酒店里，因为随时可能有客人进进出出。算了，聊就聊，早点结束早点离开。于是她举起双手，做了一个投降的姿势，微笑着说："当然不过分。我们去酒吧里谈吧，你要不要在月光花住一晚上？"

"我会的。"

"很抱歉现在我没法请你喝酒，都是那该死的执照法规害的。不过我可以叫人给你泡壶茶……"

说着，两人朝酒店走去。

毫无疑问，西蒙·考克斯并非真名，而是这个人抵达英国时的英文化名。原本应该是"瑟密恩（Simeon）"或者"瑟姆延（Semjén）"之类发音更重的名字。他是梅丽莎的经纪人在伦敦介绍给她认识的，说是一位成功的商人，在保险和银行业赚了一大笔钱,如今想要进军电影行业。这类人梅丽莎见得多了,不过凭良心说,西蒙比他们更有魄力一些——他真的出钱买下了一本小说的版权,然后改编成了剧本,并希望梅丽莎担当主演。

电影名字叫《女王的赎金》,属于历史爱情题材,时间设定为十二世纪。梅丽莎将饰演"阿基坦的埃莉诺",她嫁给诺曼底公爵,也就是后来的亨利二世,并于一一五二年成为英格兰王后。电影的主线讲的是当上王后的埃莉诺,为了拯救在第三次十字军东征时被绑架的最宠爱的儿子理查德,想尽办法筹集赎金的故事。电影还有两个月就要开机了,所有演职人员合约都已签署完毕,只剩下梅丽莎迟迟没有动静。那份合约就躺在她的书桌上,一笔没动。

她已经决定不参与这部电影的拍摄。

刚开始她倒是很感动。电影剧本是由一位退休历史教师改编的,写得很好。此人曾为知名制片人罗伊·鲍灵和大导演安东尼·阿斯奎斯的影片担任过技术指导,后来决定自己创作剧本。埃莉诺这个角色是毫无疑问的绝对主角,整个片子里几乎找不出几个没有她的镜头……这样的角色不管谁来演,都会受到各种电影大奖评审的青睐。梅丽莎已经很多年没有出演过英国电影了,她的经纪人再三保证,尽管电影预算不算太高,但一定会是一部让影迷们疯狂的好作品。他说这将是梅丽莎重返影坛的不二之选,这一点让她很是心动。

可惜的是,这部戏和大导演希区柯克的电影时间上有冲突,而后者更令梅丽莎期待。《超完美谋杀案》(她还不确定是不是叫这个名字)将会是一部制作更加宏大、更受瞩目的国际化大电影,酬劳更是不菲。不仅如此,拍摄地点还是阳光灿烂的美国,而不是死气沉沉的谢伯顿制片厂。看着西蒙·考克斯自顾自地选了一张酒吧里的长软皮沙发坐下，梅丽莎心里忽然感到一阵尖锐的厌恶——对他也对自己。自己当初怎么会鬼迷心窍答应出演一个毫无经验且名不见经传的制片人的戏？而且他凭什么觉得自己有资格直接过来找她？难道不应该先打电话给她在伦敦或者洛杉矶的经纪人商量吗？有话找他们说去。

事已至此，她只能想办法尽快结束谈话。反正——她提醒自己，他们将来很难再有任何交集了。

"梅丽莎——"男人开口道。

"不好意思，西蒙。"她打断他，"我不认为这场谈话很恰当。地点、时间都不太合适。"

男人吃惊地看着她："你的意思是？"

"事情不是这么办的。如果你对电影行业有多一点了解的话，就会明白我的意思。制片人不能直接找演员谈生意！你应该去找我的经纪人。"

"我找过你的经纪人，他说已经把所有材料寄给你了，可我却迟迟得不到回音。什么消息也没有！现在电影还有三个月——十周，就要开机了。一切都已准备就绪，除了你。你的合约呢？为什么没来见导演、彩排服化道还有剧本！"

梅丽莎实在是受不了了。"很抱歉，"她说道，"事情有变，我决定不参演《女王的赎金》了。"

"你说什么？"男人的神情仿佛忽然被人揍了一拳。

"我不演了。"

"梅丽莎——"

"剧本的确很棒，也有很多出彩的地方，可是我觉得不适合我。"

"可这剧本是为你量身打造的！你的经纪人也这么说！"

"很多女演员都能胜任这个角色。"梅丽莎想要起身离开，可男人直视着她，让她有些迟疑，"合同我还没签。实话跟你说吧，有另一部更好的电影邀约也在找我，所以我决定放弃这边。我非常遗憾，但还是预祝你旗开得胜——"

"你这样做会毁了我的！"男人有些哽咽，用尽全身力气才吐出这些话，"我借了很多钱，那些人都是冲着你的名头才肯出钱的。导演、设计师、制片厂、编剧、卡司……整个宫殿布景都已经建好了，还有塔楼、耶路撒冷的城墙……这一切能够实现都是因为你。如果你这时候退出，我就完蛋了！"随着怒气的升腾，他的英语口音和流畅度在不断下降。

"这正是我刚才所说的，要是你对电影行业有丝毫了解就会知道，发生这种事简直是家常便饭。人们的想法经常改变，比如我！"她试着想要调动一些同情心，"我经纪人手里还有不少名演员，或许我可以请他——"

"我不想要别的名演员。我只想你来演。这是我们一开始说好的。"

"我们从来没有说好任何事。我不是跟你说了吗，真的，西蒙，这一切都不对。你不应该来找我，你没有权利对我施压。"

男人看上去就差心脏病发了，但梅丽莎已经不想再纠缠下去。她挣开他的手，站了起来。

"我觉得你应该赶紧回伦敦去，马上重新找人。"她说，"请不要再来找我说这件事了。"

说完，她转身离去。

西蒙·考克斯呆呆地坐在原地，一动不动，整个人像是垮了一样，陷进沙发里。他的一只手还搭在茶几上，手指却缓缓卷曲，最终紧紧握成一个拳头。酒店外传来车门狠狠关上的声音，然后是引擎隐隐的轰鸣。他依旧无法动弹。

有人走进酒吧,是前台的那个姑娘南希。她看着男人,一脸担忧。"您要喝点什么吗,先生?"她问。

"不、不用了,谢谢你。"

终于,他站起身,从南希身边经过,走出了酒店。一对夫妻正迎面走来,看到他明显吓了一跳,赶紧让道。

事后有人听见这对夫妻形容说,那个男人的双眼充满了杀意。

*

南希·米切尔坐在前台后,把刚刚梅丽莎和制片人的对话听了个七七八八。这不能怪她,她也不是故意偷听的,可酒吧门开着,大厅里又一个人也没有,他们的声音清晰可闻。她看着梅丽莎·詹姆斯从酒吧里出来,走出酒店大门,于是走进酒吧去看那个名为考克斯的男人,又眼睁睁看着他也以同样的路线离开。在好奇心的驱使下,南希悄悄跟在男人后面出了酒店,正好看见他坐进一辆黑色的汽车里离开。她能看出那车是往塔利外通向克拉伦斯塔楼的路驶去。他是打算去追梅丽莎吗?

这本不关她的事。南希望着黑色汽车消失在远处,忽然意识到雨已经停了,只是蓄积的雨水还在淅淅沥沥地从树梢枝头滴落,在车道上形成一个个小水坑。她低头看了一眼手表,转身回到前台。还差十五分钟就到六点了——她的下班时间。加德纳太太负责值晚班到十点,然后由夜班经理接班。

她掏出一面手持镜,整理了一下仪容,忽然想起刚刚詹姆斯小姐曾说过,她的头发看起来乱糟糟的。可是应该没有人知道她哭过,希望詹姆斯小姐——尤其是她——也不会注意到。她竟然说她俩是朋友！南希听过关于这个有钱又有名的梅丽莎·詹姆斯小姐的许多事，并且是塔利的任何其他人都不知道也不曾怀疑过的事：梅丽莎装出一副善良温柔的样子，实则不然。

即便如此，她此刻确实需要一个朋友。想到此处，泪水便盈满了眼眶：她怎么会让自己落到这个地步？她怎么会这么愚蠢？

上次去看柯林斯医生已是两周前，这件事南希没有告诉父母。她父亲身体健壮，从小到大几乎没怎么生过病，所以觉得别人也理应如此。一开始她也以为自己只是略有些小恙，然而柯林斯先生的诊断结果却令她惊惧莫名。

"我不知道你听到这个结果会不会高兴，南希，你怀孕了。"

"怀孕"这个词南希几乎从未听身边的人提过，更别说从一个男人嘴里说出——即便他是个医生。它代表着一个对她来说极其陌生的世界，充其量只能说是略有耳闻，但却足以颠覆她的人生，包括她尚未了解的生活。"这怎么可能！"她压着嗓子低呼道。

"怎么这么说？难道你从来没有……没有和男人一起过？"

南希不知该如何回答，只觉得双颊像火烧一样滚烫。

"如果你有约会对象，尽早告诉他。不管你做怎样的决定，他都应该参与。"

她该如何是好？要是被父亲知道了会怎样？无数的问题涌进脑海，却没有一个能找到答案。除非……除非这不是真的，说不定是医生搞错了。

"只有一次。"她低声说，泫然欲泣，双眼盯着地面，不敢看医生的眼睛。

"一次也足够了。"

"您确定吗，柯林斯医生？"

"百分百确定。你要不要跟我夫人谈谈？或许那样更方便些，都是女人？"

"不要！我不想让任何人知道这件事。"

"这……人们早晚会发现的。你的肚子已经开始长了，再过一个月……"

就会很明显了！她伸手抚着小腹，手指下意识地用力。

"我必须要给你做更细致的检查，也请你一定要去巴恩斯特珀尔的大医院检查。你很年轻，身体很好，所以不必担心……"

什么叫不担心，这简直是要命的事。除了担心，南希心里什么想法也没有。

"你想跟我说说孩子父亲的事吗？"

"不！"她不能再多说什么了——这件事至少要先让那个人知道。可是，这叫她如何开口？

"最好是你俩一起来复诊，这样对你更好。"柯林斯医生能够看出南希有多难受，于是给了她一个安心的微笑，"他叫什么？"他问。

"约翰。"南希脱口而出，"本地人。我和他是在比迪福德认识的，我们……"她咬了咬嘴唇，"只有一次，医生，我没想过居然……"

"要喝杯茶吗？"

南希摇了摇头，眼泪夺眶而出。

柯林斯医生走到她跟前，伸出一只手抚在她肩头。"不要太难过了，"他安慰道，"怀孕是一件美好的事，用我太太的话说，是奇迹，创造新生命的奇迹。而且你也不是这世上唯一一个会因年轻冲动而犯错的孩子。你得坚强一点……就算是为了孩子好。"

"绝对不可以告诉别人！"

"可这事你总得告诉父母吧,他们有权利知道。他们会把你暂时送到亲戚家去住一段时间,会为你安排好一切的,南希。宝宝出生后就会找人领养,一切都会悄无声息。等你再回到这里时,一切将会照旧,就像从未发生过一样。"

第二天,南希便去比迪福德的图书馆翻找医学类书籍,可惜并未找到她想要的内容。她必须阻止孩子降生。记得之前好像听人说过,喝大量金酒就能把孩子流掉。难道就是因为这个原因,那酒才被人叫作"灭母酒"吗?还有,之前在红狮酒吧的一个姑娘说,泡很热的热水澡也能有作用。于是,接下来的那个周六,南希便趁着父母去看电影的空当,把两件事一起做了。她一口气喝掉了半瓶"老汤姆"金酒,然后穿戴整齐直接坐进了一大缸热气腾腾的泡澡水里,水一直没到她的脖子。到了晚上,南希觉得身体很不舒服,她想这大概是两种办法起效了;然而第二天再去看柯林斯医生的时候,却发现什么也没有改变。

最终她决定写信给那个叫作约翰的男人,也就是她肚子里的孩子的父亲。她在信里清楚地说,自己怀上了他的孩子,并且只可能是他的,因为她从未跟除他以外的任何男人私会过,希望能与他见面商谈。她说会保守这个秘密,只是觉得很害怕、孤立无援,不知该怎么办,希望能得到他的帮助。

第二天早上,南希便收到了回信。那是一个厚厚的白色信封,很重,这让南希很是惊讶。信封上用打字机打着她的姓名。看来他一定是回了一封情真意切的长信给我,南希想。然而当她拆开信封时,整个人却傻眼了。里面躺着十二张五英镑的纸钞和一张薄薄的纸,上面只写了一个名字和地址,那是伦敦贝克街的一位医生的信息。

还有什么能比这样的回应更残酷?那张纸上并没有他的签

名，字也都是用打字机打的，没有留下任何可以追查到本人的蛛丝马迹，也没有表示同情或宽慰的只言片语，甚至连一丝商量的余地都没有。把孩子打掉——这是唯一的信息。更令人惊异的是那笔钱——六十英镑整，显然经过了精心计算，并且全是用过的纸币。南希知道，他一定事先咨询过别人，因为如果非法堕胎需要六十英镑零两先令的话，他一定会毫不犹豫地再扔进来一把硬币。

这封信让一切面目全非。

在此之前，南希一直为自己感到羞愧，一直责怪自己，可现在她的想法改变了。她知道自己不能和孩子的父亲相认，一旦消息传出，将会是一场巨大的丑闻，并且最终受伤的还是她。到那时，她将不得不背井离乡，永远离开塔利。可她也不是完全没有对策，她有办法让孩子的父亲为自己的所作所为支付代价——并且远不止六十英镑。

南希·米切尔静静地坐在走廊里，看着时钟的指针一点点缓缓移动，默默地做出了抉择：孩子的父亲以为花这么点钱就能摆脱她，她要让他知道自己错得有多离谱。

第四章 秘流暗涌

克拉伦斯塔楼里，菲莉丝·钱德勒涂上最后一层口红，准备出门。她站在卧室里，房间位于别墅的用人生活区，由她和儿子共用。整个别墅的东侧都是他们的地盘，被厚厚的墙壁和结实的门与别墅的其他区域隔绝开来。主厨房的后方有一道用人用的楼梯，通向楼上的两间卧室、一个共用卫浴、一间起居室和另一个小厨房的居住区域。小小的起居室里还有一张沙发和一台电视机。这个区域和别墅主区域之间隔了一道拱门，上面装着厚厚的天鹅绒幕帘。詹姆斯小姐在家的时候，这道幕帘便会放下，将两边隔开。詹姆斯小姐的卧室就在幕帘后的左侧，方便菲莉丝出入，更换被褥和打扫清洁。这样的安排可谓是天衣无缝、井井有条，既给予了钱德勒一家足够的生活空间与舒适度，又把他们和主人的一言一行隔绝开。

菲莉丝有些担心会迟到。她跟妹妹贝蒂说自己晚上七点到，可现在已经快六点了，詹姆斯小姐还没回来。他们必须等她到家才能用车。埃里克这会儿正在起居室里看一个叫作《苹果园》的电视节目，那其实是演给孩子们看的，可埃里克很喜欢。屋外一辆车缓缓驶近、停下。应该是詹姆斯小姐回来了！菲莉丝整了整帽檐，走出房间查看。

别墅后侧有一条狭长的通道可以通往别墅正面，首尾两端各有一扇窗户。通道两侧的墙上挂满了各式各样的绘画和照片，都是和塔利有关的：灯塔、海滩、酒店。菲莉丝朝前端的窗户走去，从那儿可以清楚地看见屋外的车道。然而刚踏出卧室门，她便觉出了一丝异样，这种感觉之前也有过。菲莉丝一直以自己过人的洞察力为豪，无论是馅饼上的一个褶皱还是一张毛巾挂晒的角度，都逃不过她的法眼。

有什么事不大对劲。

她皱着眉、小心翼翼地朝窗边挪动，没注意到另一侧起居室的门开着，而埃里克就在里面注视着她的一举一动。

*

弗朗西斯·彭德尔顿也听见了汽车驶近的声音。他第十一次或十二次向窗外望去，却什么也没瞧见。梅丽莎在哪儿？她说去找加德纳夫妇只需要半个小时，可现在已经过了整整一个小时了，早该到家了。他低头看了一眼手表，那是一只劳力士蚝式恒动型腕表，是梅丽莎在结婚一周年纪念日送给他的礼物。时间指向下午五点五十五分。要是再等下去，恐怕就要错过今晚在巴恩斯特珀尔上演的歌剧《费加罗的婚礼》了。然而现在令他忧心的并非此事，他已经没心情看歌剧了，只想见到梅丽莎。

弗朗西斯走进起居室，从一只银色盒子里掏出一支香烟。那个盒子是米高梅影视公司总裁送给梅丽莎的礼物，盒盖上印刻着公司广为人知的标语"Ars Gratia Artis"，意思是"为艺术而艺术"。克拉伦斯塔楼里到处都能看见各种电影纪念品、奖章和礼物，就连他此刻用的打火机也是电影《卡萨布兰卡》的主演亨弗莱·鲍嘉在戏里用过的。

弗朗西斯一边抽烟，一边在烟雾中看着放在钢琴上的梅丽莎的照片。梅丽莎在洛杉矶的照片，梅丽莎与沃尔特·迪士尼的合影，梅丽莎在《甘冒奇险》片场。最后一张照片让他想起他们初遇时的场景。她一直是那个大明星。他做了她的助手，并不是因为他需要钱，而是因为他很想了解电影是怎样拍摄的。

当弗朗西斯第一次见到梅丽莎时，他整个人呆住了。诚然，他和国内所有人一样早就在电影屏幕和报章杂志上见过梅丽莎，可是当她活生生出现在眼前时，弗朗西斯还是被她那惊人的美貌和优雅的气质所折服。梅丽莎的迷人不仅仅在于那凝脂般的肌肤、顾盼生辉的蓝色眼眸和娇俏的笑容，甚至不完全在于她那因万人爱戴油然而生的自信，而是骨子里透出的那种可爱魅力，天然而纯粹。只一眼便让弗朗西斯下定决心，即使两人间地位相差悬殊，又有十岁的年龄差距，他此生也非她不娶。

他很快便打听到了梅丽莎的喜好，对其了如指掌：浴室里要用橙花的香皂；喜欢玫瑰，讨厌康乃馨；只抽杜穆里埃牌的香烟；未经许可不得拍照；下雨时要有人为她撑伞。尽管一九四六年的英国还在过着按需配给的日子，但通过梅丽莎的美国经纪人和电影工作室的帮助，弗朗西斯总能为她找来一切所需、所喜之物——只要她开口。很快梅丽莎也意识到，无论白天黑夜，只要她给弗朗西斯打电话，对方一定会接，并且始终守候着她。

两人关系真正的转变，是从梅丽莎发现这个热情又年轻的助理的真实身份开始的。尽管早有怀疑，但当她发现弗朗西斯竟出生于英国贵族家庭时，仍旧相当意外。弗朗西斯是贵族家的次子，祖上的贵族血统能一直追溯到中世纪。他从未主动向她提起过自己的身世，却故意留下些蛛丝马迹等她自己发现。他还记得梅丽莎看到广告后，他陪她来克拉伦斯塔楼看房子时的情景。他们被人领着在别墅里四处转悠,而他脑子里想的不是别的,满满的都是自己和梅丽莎一起、作为夫妇在这里生活的场景。

弗朗西斯把烟灰弹进一个水晶烟灰缸里,那是《月光花》那部电影的导演送的生日礼物——当然,不是他的生日。真是难以置信,这座别墅里真正属于他的东西竟然少之又少。环顾四周,房间一隅是梅丽莎买的一台价值不菲的钢琴,可她只偶尔弹奏一曲;桌台上摆放着一些只读了一半的书;墙上、桌上挂着、摆着的照片里只有梅丽莎一人,他在这个家里简直像个陌生人。把梅丽莎娶回家是他梦寐以求的事,如今虽美梦成真,却并非没有代价,那便是自己成了一个彻头彻尾的透明人。

不过弗朗西斯并不在意这个。他知道,想要靠近太阳,就不能抱怨被她的炙热灼伤。为了和她在一起,他连家族姓氏"彭德尔顿"也被剥夺。梅丽莎一直是梅丽莎·詹姆斯,而他的家人却与他断绝了关系。"你要娶个女演员?!"父亲嘴里吐出的短短几个字包含着难以想象的讽刺与鄙夷,尊贵的彭德尔顿勋爵对言语的情绪拿捏精准。但弗朗西斯并不惊讶,他的父亲本就是一个刚愎自用、自视甚高的老古董,从来不去电影院,更不允许在世代传承的古董老宅里安装电视。他喜欢的是那种用牛皮做封面的、充满历史沧桑感的小说和书籍,比如狄更斯、比如斯莫利特。"有价值的是文化,而非娱乐。"——这句话几乎可以当作他家的座右铭刻在家族纹徽上。父亲曾一字一句地宣布,弗朗西斯将不再继承他的任何财产。他的未来完全掌握在梅丽莎的手里。

然而从去年开始,情况急转直下。家里的财务问题仿佛满月时的潮汐般,无声无息却势不可当地袭来。翻修克拉伦斯塔楼的费用几乎掏空了他们的大半积蓄;酒店经营只赔不赚;梅丽莎在那个所谓理财顾问阿尔吉侬·马许的指导下,花钱如流水,而投在那些所谓项目上的钱,一个子儿也没赚回来。然而比这一切更糟糕的是,梅丽莎自身的市场价值似乎也在不断缩水。没有新戏再来找她。这一次也并不是阿尔弗雷德·希区柯克大导演请她见面,而是她去找导演试戏。这两者间岂止是天差地别,放在五年前,根本是不可想象的事。

弗朗西斯捻熄烟头。心中忽然涌起的念头促使他起身走到房间另一侧墙边的写字台前,拉开最底下的抽屉。里面塞满了旧账单和付款单,这些梅丽莎从来都不会看——所以他才把那封信藏在这里。他拿出一个被揉成一团的纸球,一点点展开来。信上用深蓝色的墨水写着寥寥几笔,那是梅丽莎爱用的墨水,笔迹很好认。这封信弗朗西斯已经反复读过好几次了,上面的每一个字都记得清清楚楚,但还是强迫自己再次阅读起来。

二月十三日
致我最亲爱的你,

　　我无法再继续生活在谎言中了。我真的做不到。我们必须鼓起勇气,向全世界宣告你我之间的缘分与真情,即便这将为我们身边最亲近的人带来伤害。~~弗朗西斯也知道,我和他的感情已经走到尽头。我想回美国去,回归我的事业,而我希望这一切都有你的陪伴。~~你的心意我明白,可是

最后一句话被梅丽莎划掉了。笔尖划过纸面,留下星星点点的污渍。她写到一半却忽然停笔,把信纸揉成一团扔进了卧室角落的废纸筐,然后被弗朗西斯发现。她为什么不直接把信撕碎呢?或许这正是梅丽莎的心愿吧,无论是否故意,她希望弗朗西斯发现这封信、发现真相。她的生活方式和行为有时真的很像她

当初刚踏进演艺圈时参演的那些廉价电视连续剧情节。就连这封信的用词和行文，什么"缘分"、什么"亲爱的"，都像是那种爱情肥皂剧里的台词。

弗朗西斯握着这封信，心痛得难以呼吸。他还没有告诉梅丽莎这个发现。有好几次他都忍不住想要问，可又因害怕面对结果而作罢。他想知道这封信是写给谁的，但转念一想，又觉得对方是谁其实根本不重要。真正令他崩溃的，是无法想象自己今后的人生不再有她。

可他知道这事不能再拖了，他必须当面和她谈谈。即便如此，他也依旧怀抱着一丝希望，觉得事情还有转圜的余地。只要能留住她，他愿意付出一切。

无论代价为何。

*

晚七点半。

高级警督爱德华·黑尔抬眼看了看写字台对面墙上的时钟，指针刚好指向数字六，并清晰地"咔"了一声，仿佛卡在了那里，无力再爬升回顶上的数字十二。

今天他加班，一个人坐在沃特比尔街的个人办公室里，这栋大楼作为埃克塞特警察署所在地已经有近七十年了。此刻，雨水正无情地拍打着办公室的窗户，像汩汩而下的泪水，在对面的墙上投下一缕缕暗影。他挺喜欢这间有些阴暗却很舒适的办公室，书架上的书籍整齐地摆放着，有种井井有条的秩序感。他会想念这间办公室的。

虽然还未正式宣布，但整个警察署都要搬到城市东边一个叫作"西佛翠"的现代化区域。在黑尔看来,自从战后,一切的发展速度都忽然快了起来,他需要很努力才能跟上那些日新月异的变化,但心里始终还是有些难过和不舍。位于沃特比尔街的警局建筑十分独特,有点像那种巴伐利亚式的大型火车站,或者民间传说里的宫殿,有着灰色的砖墙、细窄的窗户和圆柱形的塔楼。他的个人办公室位于顶楼的一个小角落,上面有像巫师帽子一样的尖屋顶。从办公室里向外望去,可以将警察局到沃尔顿食品中心的整条街尽收眼底,那座食品购物中心是在他任职后不久开业的。他见过新警察局办公楼的设计图纸,和他想的一样极具现代感和实用性。里面的设施自然会比现在的好,电灯照明或许不那么容易让人眼酸,但他很高兴自己不用搬过去。

在警察的岗位上干了三十年,如今已五十五岁的黑尔就要退休了。回顾整个职业生涯,他从小警员到高级警督,也算满意。然而,不知为何,黑尔的心里多少还是有一丝挫败感。他知道上级对他的评价:可靠、勤奋、踏实,可是这些褒奖加起来又代表什么呢?简单来说,他并未实现年轻时的期许和雄心。人们会为他办一场送别派对,喝几杯酒,吃点配酒的奶酪,做一段演讲,再宣布一下他这辈子为警局工作了多少年……然后一切就结束了,他就要这样离开。

黑尔叹了口气,重新戴上眼镜,继续埋头研读桌上的资料。他正在准备一场庭审资料,审判就在这栋大楼里——警察局隔壁就是法院,这将是他最后一次以警察的身份参与庭审,他希望能以最好的姿态流畅地做出法庭陈述。

忽然,电话铃声响起。

他的第一反应是惊讶。这么晚了谁会打给他?估计是玛格丽特,他那不开心的老婆,打电话来问他在干吗,怎么还不回家。

他接起电话正准备解释，听筒里的声音却证明了他的猜测错误。电话是助理警察局长打来的。

"幸好你还在，黑尔，加班呢？"

"是的，长官。"

"是这样，我恐怕要占用你今晚的时间了。水上的塔利，那个村庄发生了一起凶杀案。你听说了吗？"

黑尔只隐约记得这个地名。那是离这里差不多四十多英里远的地方，在德文郡的西海岸边。被害人一定是个重要人物，他想，否则不可能由助理警长打给他。

"我恐怕从没有去过那里，长官。"嘴上这么说，黑尔心里却觉得自己似乎曾经去过一次，就一次，和太太、女儿们一起去那里的海边度假。等等，是去的塔利还是因斯托来着？

"事关一位女演员，叫作梅丽莎·詹姆斯。她被人发现被勒死在家里。"

"有外人闯入的痕迹吗？"

"我手头暂时还没有相关细节。当地警方打电话来汇报，我立刻就打给你了。我希望你能够立刻接手这个案子，展开调查。梅丽莎·詹姆斯是一位非常知名的女演员，媒体肯定很快就会蜂拥而至。"

"长官，您知道我下个月就退休了吧？"

"我知道——并且为你的离开感到十分遗憾。希望你能集中精力再战一局，处理好这件案子。我需要一个结果，黑尔，越快越好。虽然我不怎么看电影，但梅丽莎显然来头不小。知名人士死在这里可不是件好事，咱们郡丢不起这人。你的一切调查进展都要直接向我汇报。"

"遵命，长官。"

"不过话说回来，黑尔，这或许正是你一直寻求的机会！你手上已经很久没有大案了，破了这件案子你就能光荣引退。祝你好运！"

电话挂断了。

放下电话，黑尔默默地回想了一遍刚才助理警察局长说的话，感觉似乎句句在理。说起来他倒是看过好几部梅丽莎主演的电影，包括她在当地拍摄的那部。叫什么名字来着？《甘冒奇险》。是他和妻子一起看的。尽管故事情节颇为牵强，他倒是能感受到梅丽莎表演的独特魅力。这么一个大明星被杀，要是不能尽快将凶手缉拿归案，的确会对当地警方形象产生相当不利的影响。

这件案子或许也真是他所苦求的机会：能让孩子们引以为豪的、父亲的光荣事迹。哪怕只有一次，能让自己的名字刊登在报纸上也是值得的。以前每次破案，媒体的聚光灯总集中在罪犯身上，甚少对他有所报道。

他俯身向前，拿起电话听筒，拨了几个号码。他要打电话给车行，找人送他去塔利，还得打电话给妻子，让她把晚餐放回烤箱里保温。今天是没时间吃晚饭了，他恐怕必须在塔利住一晚，得收拾收拾行李。

第五章 鲁登道夫钻石

阿提库斯·庞德整理了一下领带，再次打量着浴室镜子里的自己。本质上，他并不是一个虚荣的男人，可不得不承认，镜中人的状态看起来相当不错。他的身材虽然瘦但很结实，光凭外貌根本看不出真实年龄，而这一点本身就很让人惊叹，尤其考虑到他这些年来的经历。他曾经历过二战的九死一生，回来后又几次三番身处险境，多少次都以为看不见明天的太阳了，可他却总能绝处逢生、化险为夷。

他情不自禁地微笑，像是一种赞许，镜中人也微笑着回应。年轻时就是光头或许是件好事，至少如今脑袋上看不见灰白的头发，也就不会暴露他六十二岁的高龄。他有着典型的地中海人的面部轮廓，尽管在德国出生长大，血管里依旧流淌着浓浓的希腊风情。这真是种奇怪的感觉。在生长的国家他一直是"外国人"；如今住在伦敦，依旧是个"外人"。不过这样也好，很适合他。他是一名侦探，衣食父母几乎都是那些素未谋面、将来也不会再相见的人，他从来都是以外人的身份层层深入、抽丝剥茧。这不仅是他的职业，更是一种生活态度。

眼角是不是新长了些细纹？他伸手拿起细框眼镜戴上。昨晚他没有睡好，这让他怀疑那张新的"空气泡沫"床垫是不是买错了。"由细小空气泡沫组成的床垫，让您感受如坠云端的松软与舒适，伴您安心入眠。"——广告说得好听，可他不该相信的。自从妻子过世后，他便一直独居。入夜后最难熬，床上忽然空出那么大的空间，孤枕难眠。他只要一张小小的、简单的床就好了，就像学校宿舍里的那种。是的，他对这个念头很是满意，明天就把这件事跟凯恩小姐说说。

他低头看了看手表，时间是六点十分，有足够的时间悠闲地散步到格雷沙姆街，活动在七点整开始。庞德罕见地答应做一场演讲。对他来说，把自己接手的案子写成故事是一回事，但当众讲述又是另外一回事，会给他带来麻烦。根据他的经验，人们对笼统的刑侦理论并不感兴趣——虽然这正是他此刻撰写的新书《犯罪调查全景》的主题。读者们真正想要的是那些能够吸引眼球的情节：带血的指纹、冒着烟的枪、凶手实施杀人的步骤等等。庞德从不认为杀人是一场游戏，查案也不是玩拼图或解谜。他的工作本质是深入调查人性中最黑暗、最绝望的内核。只有对案件细节了如指掌、对人性有最深刻的洞察才有可能破案。

但有两件事改变了他的想法。一是这次活动的主办方态度认真且严肃——一个叫作"虔诚金匠公司"的城市公会。他们邀请他作为特邀嘉宾在公会的年会晚宴上做演讲，并明确说题目、内容可由他自己选择，只要和侦探工作相关就行。作为回报，他将享受一场长达半小时的盛宴、世界一流的红酒和为"大都会和城市警察孤儿基金会"捐赠的一笔巨款——那是他最看重的慈善公益组织。

庞德在脸颊上喷了一点古龙水，然后关上浴室的灯、回到卧室。参加晚宴要穿的衣服就挂在椅背上。演讲稿是凯恩小姐为他准备的，就放在床上，总共十二页，全部都用洁白的印刷纸印好，用夹子夹住。演讲题目是——《罪与罚》，用大写的字母印在页面最上方。庞德穿上外套，小心翼翼地折起演讲稿放进衣兜里，然后离开卧室，走进另一个房间。

他最近刚搬来这套公寓。地址位于伦敦法灵顿区一片优雅的别墅区中，一座叫"塔纳阁"的公寓楼第七层，他还不太习惯。公寓里的家具形制优雅，充满德国风情，有不少是战后他自己带到英格兰来的。但除此之外，其他东西目前对他来说还很陌生。房间的天花板吊顶比平常的高出两倍，房间十分宽敞；地毯和窗帘都是崭新的——他还记得当初亲自挑选时的心情：一边惊叹于它们高昂的价格，一边惊叹于自己如今竟能负担得起。厨房里一尘不染，干净得让他不忍使用——不过他本来也不怎么做饭，午餐就吃一盘沙拉，晚餐通常在外面吃。

他看了看挂在房间角落的大摆钟，那是他父亲的遗物，由十九世纪钟表巨匠艾尔哈特·荣汉斯打造而成，距今已有一百多年的历史，却从不曾走慢一分钟。现在时间还早，庞德给自己倒了一小杯雪利酒，又从一个乌木匣子里拿出一支寿百年高级香烟，那是一位客户慷慨赠予的礼物。实际上，他能买得起这套新公寓完全因为最近解决的一起案子。他点了烟，坐下来，试着让自己舒服一点，回忆着最近发生的那件关于鲁登道夫钻石的奇怪案件，也是他迄今为止侦破得最成功的案子。

乍看之下，这件偷窃案堪称"不可能犯罪"。窃贼魔术般的诡计不仅骗过了警方和英国民众，更是完全瞒过了懊恼的失主本人。失窃的不仅仅是那枚价值连城的鲁登道夫钻石，还有不少其他贵重珠宝，以及现金和价值十万英镑的股份证书。

失主名叫查尔斯·帕格特，一位在纽约和伦敦骑士桥区同时拥有高级住宅的石油产业的大富豪。他的妻子伊莱恩·帕格特是一位社交名媛，美艳不可方物。她不仅对艺术事业慷慨解囊，更同时身兼数个董事会成员职位。盗窃案就发生在去年圣诞节前夕。

帕格特夫妇参加完一场派对回家时，发现房子被入侵。盗窃者手法娴熟，一看就是惯犯；先是破坏了警报系统，又打破了一楼的一扇窗户。案发时，屋子里并非没有人。那是一个周六，他们虽然给两名用人——厨师和女佣——放了周末假，管家却留下没走。可惜的是，这位管家已经七十多岁，自始至终都睡得很沉，并没有听见响动。当晚，帕格特夫妇俩邀请他们的生意伙伴及友人约翰·伯克利回家做客，进屋前，约翰首先发现了那扇被打破的窗户。

起初，查尔斯·帕格特并没有特别担忧。他是一个谨慎的人，在房子的三楼专门安装了一个保险箱。这可不是个普通的保险箱，而是金钱能买到的最好的保险箱。他花费重金，请美国专业保险箱制造商"森特里"特别打造。柜身通体采用坚硬钢材，防火防水，重达两百磅，牢牢焊接在地板上。保险箱的密码锁，除了运用各种材料及手段加固、足以防止一切武力破坏之外，内含至少七个齿轮，意味着开箱密码是七位数。只有三个人知道密码：帕格特先生、帕格特太太和他们的律师亨利·蔡斯。除此之外，还有一道锁，只有一把钥匙能够打开，由查尔斯·帕格特贴身保管。这个坚固且精密的保险箱被藏在房间一侧靠墙而建的一个狭小、幽暗的衣帽间里。盗窃者如果不是事先早已对房间内部情况了如指掌，是不可能知道保险箱位置的。

查尔斯·帕格特、伊莱恩·帕格特和约翰·伯克利三人一同走进昏暗的别墅，起初，他们以为自己及时回来，没有什么损失。可是当查尔斯打开卧室的灯，眼前的景象简直令他难以置信：保险箱的门敞开着，里面所有的东西都被洗劫一空。

伊莱恩·帕格特立刻叫来了警察，伯克利先生则陪着帕格特先生下楼，给他倒了一杯威士忌。他们都很谨慎，什么东西也不敢碰。警察很快赶来，分别是吉尔伯特警督和迪金森警长，仔细询问了众人事情的经过，并检查了空空如也的保险箱，又在保险箱和被打破的窗户上试着提取指纹，但一无所获。

庞德记得自己是在报纸上读到这个新闻的，那时，几乎整个英国都对此案极为关注——原因有二：其一，那只保险箱的设计和制造实在坚不可摧。美国制造商在获悉此事后，立刻赶来英国，对其进行了详细检查，最终得出的结论是：他们的产品并无问题，两套锁都很坚固，不可能也并没有被人为武力破坏的痕迹——开锁之人必定事先知晓密码。这样一来，嫌疑人便只剩两个：查尔斯·帕格特和他的太太。第三个知晓密码的人——家庭律师亨利·蔡斯，案发当晚并不在英国。当然，他有可能把密码告知他人，但即便如此，盗窃者还需要那把独一无二的钥匙。而钥匙一直挂在帕格特随身携带的钥匙圈上，当晚参加派对时也一直带着，后来交给吉尔伯特警督检查，后者查验后，表示确为保险箱的钥匙无误。有没有可能是谁趁人不备，偷了钥匙去拷贝呢？但美国制造商坚持那不可能做到，因为那把钥匙的设计十分独特，受到专利保护。他们甚至还召开了新闻发布会，言语间暗指帕格特夫妇俩假借此事进行保险欺诈。但那样的指控真实性极低，因为帕格特家并无财务问题，正相反，他的生意蒸蒸日上，可以说是全世界最富有的人之一。

真正吸引公众注意并引发无限想象的，是那颗鲁登道夫钻石。民间传说和神话里总会出现不少奇珍异宝，这颗钻石也是其中之一。这是一颗完美无瑕的"梨形双玫瑰式切割"的天然钻石，重三十三克拉，共一百四十个切面，产自印度安德拉邦，和英国皇室收藏的"光明之山"钻石来自同一个地方。它最初的主人是一位俄国贵族——安德烈·鲁登道夫王子。王子在一次决斗中不幸身亡,但并非被对手杀死,而是因自己的手枪枪膛被堵而产生爆炸,导致其中一块碎片射进眼球而身亡。传说这颗钻石原本和王子一同下葬,然而他的遗孀在人前假惺惺地悲伤一番之后,偷偷雇了两个盗墓贼又把钻石挖了出来,后来被帕格特在纽约以秘密价格从私人手中购得。虽说价格保密,但报道中却有意无意地提到了两百万美元这个数字。实际价格说不定更高。

如今,这颗神秘而珍贵的钻石不翼而飞了。不仅如此,帕格特的现金和股票也被偷了,还有他太太珍藏的珍珠及钻石项链、戒指以及一个宝石头饰。就连夫妇俩的护照和出生证明都被偷走了。但这些损失都不能和鲁登道夫钻石相提并论。庞德注意到,人们似乎对于窃贼竟能完全不诉诸暴力地干下这么一票惊天大案颇有些赞叹,反而对失主帕格特无甚关注,甚至将他当成始作俑者而非受害者——谁叫他有万贯家财,不偷他偷谁?

其实,帕格特并非那种讨人厌的有钱人。庞德第一次在自己位于伦敦老玛丽勒伯恩路的办公室见到他时,只觉得他是一位安静谦和的男人,有种哈佛教授般的儒雅气质。他有一头灰白而浓密的头发,戴着眼镜,一丝不苟地穿着一件双排扣西装,打着领带。庞德至今依然记得当时他所说的每一句话。

"庞德先生,"帕格特说,双手背在身后,"我的朋友们说,您是世界上最出色的侦探。我也了解过您的过往,我相信只有您能帮我找回失窃的鲁登道夫钻石。"他有着明显的美式口音,字斟句酌,"请让我解释今天来找您的原因。首先,我想您已经听说了,警方根本无法对此次盗窃手法给出合理解释。从表面上看来,这几乎是一次不可能犯罪。我曾无数次告诉过他们,并且也在此向您保证：保险箱的密码只有三个人知道，而我敢拿性命担保，另外两人与此事并无牵扯。"

"你从来没跟其他人说起过吗？"庞德打断他问道。

"从来没有。"

"也从不曾写下来过？比如写在便笺上当作备忘录？"

"不曾。"

"但就我所知，密码共有七位数。"

"我的记忆力很好。"

"那么我需要问一个问题：密码的所有数字都是您选的吗？这些数字是否和您人生中的某些事件有关？比如您的生日，或者您太太的生日？"

"完全不是。保险箱运来的时候密码锁已经设定好了。我知道您在想什么，森特里有自己的安保协议，究竟是哪一个保险箱出售给了我，即便在他们公司内部也没有人知道，更不会知道保险柜被安装在什么地方。箱子从美国启航，一路装在集装箱里，由水路运抵英国。我雇工人从南安普顿港把箱子运到伦敦的家里，密码则在几天后通过信件的方式寄给我。"

"感谢说明。请继续。"

查尔斯·帕格特深吸了一口气。以他的性格，若非真遇到为难之处，平常是很少开口求人的。做生意的时候，只要是他给出的指示，人们便当一字不改地执行。庞德感觉，接下来的话，帕格特一定早就反复排练过好几遍。

"购买鲁登道夫钻石有诸多原因，"他开口道，"不可否认，那是一颗绝美的宝石，从形成至今起码已有十多亿年了。多么神奇！它是这世上独一无二的珍宝。除此之外，有意思的是，买下它也是一笔聪明的投资。实话跟您说吧，庞德先生，我决定购买这颗钻石也有些虚荣的因素。当一个人坐拥万贯家财，总希望能用什么东西来证明，但不是证明给公众看，而是给自己。把它作为自己成功的纪念品。

"因此，这次的盗窃案对我造成的伤害可以说是方方面面的。无论窃贼是谁，都是对我的侮辱。我一直很喜欢英国人，但坦白说，这次事件让我相当震惊，没想到人们竟然这么快就站到了我的对立面。《笨拙》（Punch）杂志上甚至还刊登了以我为原型的漫画，您说不定也看过。"

庞德做了个手势，表示并没有看过，但心里却清楚地记得那个漫画。里面画着一个千万富翁穿着睡衣坐在餐桌前吃早餐，盘子里是一只水煮蛋，蛋壳里包裹着的却是一颗钻石。漫画下方的注释写着："那么，我怎么没在蛋里找找？"

"甚至有人明里暗里指摘我监守自盗。"帕格特接着说，"这样的指控不仅荒谬，还极具杀伤力。简而言之，我可以说是备受全国羞辱。说实话，这种痛苦不比盗窃案的损失轻。所以我就长话短说了，我想请您来调查事情真相，调查费随您开。一定要查清楚这事究竟是谁干的，以及盗窃手法。要是能追回被盗财物，我将支付一笔五万英镑的酬金。请原谅我的直接，庞德先生，但我知道您是大忙人，所以是否接受我的委托还请您直言不讳，我也不愿占用您太多时间。"

其实，帕格特刚走进办公室时，庞德就已经做出了决定。他对这桩案子很感兴趣。这可是件少有的案子，没有暴力参与，纯粹是智力的较量；委托的时机也恰到好处。他的公寓兼办公室的租赁合同快要到期了，正打算换个新地址，而他看中了法灵顿区的一套公寓，但价格高昂，他负担不起。庞德不相信命运或者缘分这类东西，但查尔斯·帕格特的到来简直就是天赐良机。

第二天，他便去骑士桥区走了一趟，帕格特的私人司机开着一辆银色的劳斯莱斯来接他。别墅坐落在哈罗德高级百货商店后的一个安静的住宅区内，看上去很不寻常：一座孤零零的别墅被一圈矮砖墙围绕着，一条碎石车道从大门外直通到别墅门口，车道两旁是花圃。庞德先从别墅侧面那扇被打破的窗户开始查起，但仅此一处便已令他感到困惑。因为窗户的状况和报纸的报道以及他听到的传言都不一样。用人带着他从正门进入别墅，见到了已经恭候多时的帕格特夫妇。帕格特夫人极其优雅，比她的丈夫高。她简单穿着一件羊绒球衣和一条休闲裤，没有佩戴任何首饰或珠宝。就庞德观察而言，别墅本身没什么特别，墙上没有世界名画之类的昂贵装饰，也没有价值连城的银器展示，或许这些奢侈品都放在帕格特夫妇在纽约的家里了。

"我给您泡杯茶吧，庞德先生？"伊莱恩·帕格特问道，"我们可以去起居室……"

"帕格特夫人，如果您不介意的话，我希望先从楼上查起。我想先看看那只被制造商称作……'坚不可摧'的保险箱。他们是这么说的吧？"

"我带您去。"查尔斯·帕格特应道。

沿着楼梯拾级而上，庞德向他提出了刚才在院子里想到的问题。"我有些困惑，"他说，"盗窃案发生那天晚上，您从派对回到家里的时候已经很晚了，对吧？"

"是的，大约凌晨一点。"

"一共三人？"

"是的。约翰·伯克利是我的老朋友，他是壳牌运输与贸易公司的副主席。我们还是大学同学。当时他恰好要在伦敦待几天，通常我都会邀请他来家里住。这样他可以省去酒店钱。"

"是谁发现房子的窗户被打破了？刚才我试了一下，从下车的地方走到正门，一路上是看不见别墅侧面的情况的。"

"是我发现的。"伊莱恩·帕格特解释道，"因为月光折射，约翰在车道上发现了碎玻璃碴，我绕着房子查看了一圈，就这样发现了那扇被打破的窗户。"

"您有立刻上楼检查吗？"

"我让伊莱恩回车里等。"帕格特回答，"担心闯入者还在屋内，不想让她离得太近，怕有危险……"

"我不怕危险！"伊莱恩大声道。

"你说得对。于是最终我们三人一起进了屋。我看见警报器没有亮，就知道出事了。我们有一位管家留在家里，他叫哈里斯，当时在用人房间那一侧睡觉。可即便如此，主屋的警报器也应该亮着才对。因此，我们立刻一起上楼去主卧查看，因为对我来说，所有最值钱的东西都在那里，包括那颗钻石，统统放在保险箱里。我还记得当时伸手进口袋找钥匙的感受，我从没想过那个保险箱能被别人打开。"

说话间，他们已来到楼上，穿过走廊、进入一间装饰略带中国风的房间，墙纸是深红色的，透过窗户能够俯瞰整座后花园。这间卧室最令人印象深刻的特点便是宽敞，和整栋别墅其他部分的特点一致。床也很宽大；窗帘是那种剧院帘幕般厚重精致的材质；小桌上摆着古董餐具。卧室里有一扇小门，连着浴室；另一扇门后是一条狭长的小走廊，两边靠墙放着衣橱。往前走十英尺，有个小小的凹室，上方是圆形的穹顶。那很可能是专门为安放保险箱设计的，正好能靠着衣帽间尽头的墙面摆放。

就在大富豪帕格特和他太太以为庞德会继续上前查看那只保险箱时，却失望地发现他只是站在原地，略皱着眉头一动不动，仿佛在嗅着空气里的味道。过了一会儿，庞德才开口问道："您进房间的时候开灯了吗？"

"您是说卧室的灯吗，开了，但是衣帽间没有开灯。"

"为什么呢？"

"我们不想留下脚印或指纹。但可以告诉您的是，当时的亮光足够我们看清房间里的一切。保险箱的门敞开着，里面已经被洗劫一空。不得不说，我真庆幸当时有约翰·伯克利先生陪着。我不是个多愁善感的人，遇事通常都能保持冷静，可那天我觉得很难受，几乎快要晕过去了。我的想法还和昨天跟您说的一样，庞德先生，可当时的我脑子里只有一个念头，那就是这次损失太惨重了，几百万美元！可那明明是不可能发生的事，那把独一无二的钥匙就在我手里，该死的！当时就握在我手上！"

"那您当时做了什么呢？"

"显然卧室是不能进了，这里已经成为犯罪现场。我不想破坏任何可能的证据。"

"您的决定非常理智。"

"多亏约翰掌控局面，他让伊莱恩打电话叫警察，又把我扶到楼下休息，还给我倒了一大杯威士忌。他还把管家哈里斯叫了起来，问他有没有听到什么动静，可惜哈里斯什么也没听见。说真的，哈里斯年纪太大了，已经有些力不从心，但毕竟跟了我这么久了，我不忍心辞退他，只能寄希望于他自己主动提出退休。"

"您相信他吗？"

"他已经服侍我们整整三十年，庞德先生，即便他离开，我们也会照顾好他的。这一点他也知道。再说，他那么大的年纪，拿着钻石能干吗呢？我想不出他会和这件事有任何瓜葛的理由。"

庞德点了点头："请允许我看看……"

他说着，走进了衣帽间，穿过狭长的走廊来到保险箱前，蹲下查看，一只手抚在它的钢质表面上。就两百磅的重量而言，这只箱子比他想象的要小。保险箱的尺寸比例类似于扑克牌盒，窄长而不深，除了一个把手、一个密码锁及旁边的一个锁孔之外，通体光滑；箱子顶上刻印着制造商的名字；箱门严丝合缝地焊接在箱体上，连一张纸片也塞不进去，更别说撬棍之类的开锁工具了。保险箱是灰色的，三面环墙，墙壁是深红色的，和卧室的中国风一致，这样的位置和色彩对比形成了一种奇妙的戏剧张力。庞德没有尝试移动箱子，他一眼便能确定保险箱确实坚固结实，牢牢地焊入地面，无法移动。

"您能打开保险箱吗？"庞德问。

"当然，不过现在里面什么也没有。"

"警方勘查过了吗？"

"是的，从里到外仔仔细细地检查过了。半枚指纹也没有，也没有被撬开的痕迹，什么也没有。"

帕格特俯下身，开始转动密码锁——往左转到十六、往右转到五、再往左转到二十二……来来回回一共转了七次，才终于听见齿轮咬合的声音；接着他把钥匙插进旁边的锁孔，然后按下把手。保险箱的门"咔嗒"响了一声，终于打开了。庞德越过帕格特肩头望去，的确能看见箱子里空空如也。

庞德把保险箱的门拉开又关上，用手感受着它的重量，很沉、很硬。除此之外，也没什么好查看的了，于是他直起身，把注意力转移到周围的墙面上，用手指关节轻轻敲击，试图寻找可能的秘密通道。伊莱恩·帕格特从卧室里远远地望着他的一举一动，看起来有些不悦。庞德把手指伸进墙纸的一道裂缝里，用拇指轻轻揉搓了一下，陷入沉思。随后他们锁上保险箱的门，离开卧室，回到楼下。

三人来到画室，这次庞德终于接受了主人提议招待的咖啡。家里的女仆用托盘盛着杯碟送了上来，案发当晚，她并不在家，此刻也一脸茫然，仿佛对家里发生的事一点也不了解。帕格特夫妇坐在庞德对面的沙发上，比他坐的像是教堂里的古董大椅子要略低一些。

"如果我能和您的朋友伯克利先生谈谈，会对调查很有帮助。"他说。

"我不觉得他能提供什么有用的信息。"帕格特回应道，"之前警方已经从他那里得到了十分完整详细的案情陈述，他现在已经回纽约了，不过如果您愿意，我可以给壳牌公司打电话。"

"警方——"庞德抿了一口咖啡，小心翼翼地把杯子放回垫在膝盖上的杯托上，转而看着伊莱恩说，"是您打电话联系的，对吗，帕格特夫人？"

"是的。吉尔伯特警督三十分钟后便赶到了，同行的还有一名警长，是个很有礼貌的小伙子。当时是凌晨两点，那天晚上他们俩值班。他们就是在这个房间里对我们进行的案情询问，问了很多问题；然后又到楼上和别墅周围查看了一番，看过了被打破的窗户。他们让我们都别进衣帽间——约翰的顾虑是对的。第二天一早，来了好多苏格兰场的人：法医和罪案现场摄影人员等等，好多人！"

"我更感兴趣的是，在询问案情的过程中，警方是否曾怀疑过二位自身与钻石失窃案有任何牵扯？"

"没有，恰好相反，他们一直都相当客气。警方对保险箱做了细致的调查，包括上锁和打开的方式；他们还检查了保险箱钥匙——说是从未见过那样的东西。"帕格特顿了顿，又说，"不过他们确实有问,除了我们还有谁知道密码。"

"您的回答和刚才对我所说的一致吗?"

"完全一致。世界上只有三个人知道保险箱密码。我太太、我自己和我的律师。"

"可这并非事实,帕格特先生。"

"您说什么?"这位富商愤怒地注视着庞德,为他刚才的反驳感到不快。

"除了我们三个,没有别人知道密码。"他的夫人坚持道。

庞德闭目默想了一会,随后睁开双眼道:"左十六,右五,左二十二,右三十,左二十五,右十一,左三十九。是这样吗?"

帕格特涨红了脸:"我开箱的时候你偷看了!"

"是的,我偷看了。"

"好吧,这是个聪明的小把戏,庞德先生。但我不明白您想借此传达什么信息?每次开箱的时候,除了我太太,从来没有任何人跟着,而且顺便提一句,刚才输密码的时候我也知道您盯着看。您的记忆力很好,但最好赶快把密码忘掉,因为已经没用了。那话怎么说的来着——'亡羊补牢',这只保险箱我不会再用了,要买个新的。"

"是的,没错!'亡羊补牢,为时已晚',这是您想说的原话。"庞德微笑道,"不过您对我,倒是敞开大门!"

"您说什么?"

庞德并未作答,只起身道:"我还需要调查几件事。不过,鲁登道夫钻石和您的其他财物究竟是如何失窃的,以及盗窃者是谁我已经清楚了。您还会在英格兰待上几天吧?"

"您需要多久我就在这儿待多久。"

"不会花很长时间的，帕格特先生。很快就会真相大白！"

如庞德所言，四天后，警方便逮捕了犯人，并寻回了钻石、帕格特太太的所有珠宝首饰和绝大部分钱款。帕格特先生信守诺言，于是有了如今这套崭新的公寓，以及庞德品着雪利酒、抽着名烟的悠闲时光。他回忆着当初收到帕格特的支票和简短感谢信的场景，支票上的钱比他前几年加起来赚的还要多。收到支票的当天，他便支付了塔纳阁公寓的押金，后来又陆续购买了全新的家具，包括设计精美的比德迈式写字台，还雇了一位秘书小姐来帮忙管理日常工作文件及事务。这倒提醒他了，得告诉凯恩小姐处理那张床，真是不该买。

所以究竟钻石失窃案的罪犯是谁呢？

他没花多少功夫便查出，帕格特先生的朋友约翰·伯克利有严重的财务问题，实际上，帕格特先生自己也无意间透露了这件事——他让伯克利住在家里，是因为后者付不起住酒店的钱。再稍稍深入了解一下就会发现，吉尔伯特警督（当时正在打离婚官司）和迪金森警长（酷爱赛马）案发当晚凌晨一点还在警局也并非巧合，而是他们主动要求那天值夜班，因为知道会接到报警电话。这三个人齐心协力，攻破了世上最坚不可摧的保险箱，尽管具体操作的细节，庞德并不完全清楚，但想来想去也只有一个可行的办法。

这个办法的关键便是伯克利。当天和帕格特夫妇一起离开别墅时，伯克利知道家里只有一位年老耳背的管家在，睡得昏昏沉沉，什么也听不见。于是等三人一走，迪金森便偷偷溜进别墅，砸破窗户、破坏警报器。他有足够时间来布置一个真实的盗窃案现场：首先，将一张平整的深红色中国风格墙纸挡在锁好的保险箱前面，就像舞台剧中的背景墙；然后把一个照着森特里保险箱样式打造的假保险箱放在背景墙前，打开箱门，露出被洗劫一空的内部——假箱子是木头做的，比真品轻不少。

当帕格特夫妇离开派对回到家时，伯克利恰巧"发现"地上的碎玻璃碴。让帕格特夫妻俩在进屋前就意识到家里遭贼，也是计划十分重要的一环，因为这会直接影响他俩之后的行为。当然，发现有人闯入后，三人便径直上楼察看，此时局面再一次由伯克利掌控——"幸好有约翰掌控局面"，这是帕格特先生的原话。伯克利阻止二人打开衣帽间的灯，又嘱咐两人不要进去"破坏犯罪现场"，就在十英尺远的地方看着，再加上卧室灯光的反射，红色墙纸背景板与周围的真墙纸融为一体，把真保险箱挡在后面，而假保险箱敞开着，里面空空如也，堪称完美的障眼法。

至此，帕格特夫妇已经完全相信保险箱被盗了，尽管完全想不通窃贼究竟采用了何种手法。伯克利陪着帕格特先生下楼，所谓照顾和安抚他的情绪，实际上却是避免帕格特靠近布景查看。并且，就算夫妇俩在此阶段意识到刚才的景象是假的，也不会怀疑到伯克利和他的共犯头上，只会把这当成一场未遂的诡异骗局，根本想不到背后竟藏着这么一个惊天计划。

不过，事情在吉尔伯特和迪金森警探抵达之后发生了变化。庞德光凭想象就能知道他们会如何做——"先生，能否请您提供保险箱的密码？"只需这么说，查尔斯·帕格特先生便会不假思索地主动献上密码，毕竟对方是警察。这么一来，羊圈大开，羊儿们自然被轻松叼走。"先生，可以让我们检查一下保险箱的钥匙吗？"——再一问，帕格特又会乖乖交出钥匙。他以为警察来时自己的保险箱已经被盗一空，却不知道其实真正的盗窃过程发生在警察来后、他们坐在起居室里辅助案情调查时。其中一个警察——估计又是迪金森，会立刻奔上楼去，打开真正的保险箱，转移所有财物。他会利用别墅后门，将财物、假保险箱和背景板一起带走，然后将现场的真保险箱布置成和刚才一模一样的场景。

一切天衣无缝，他只是不小心犯了一个小错误。在拆除刚好抵住三面墙的背景板时，不小心碰到了旁边的墙面，把墙纸撕开了一个小口子。这个重要却不起眼的小细节被庞德发现，仿佛丢失的拼图碎片被寻回，一切迎刃而解。

庞德又看了一眼时钟，六点半，是时候出门了。他仰头喝完杯里剩下的雪利酒，捻灭烟头，捡起用来矫饰尊贵身份的黄檀木手杖，最后确认了一下镜中自己的形象，拍了拍放在内襟口袋里的演讲稿，终于打开门，走了出去。

第六章 罪与罚

高德史密斯大厅里聚集了三百位宾客，女士们都穿着华丽的长裙，男士们则是清一色的西装领结，大家分成四组，分别在四条长餐桌两侧就座。大厅富丽堂皇的程度超过了庞德以往见过的任何地方：高耸的立柱、巨大的水晶吊灯和琳琅满目的纯金装饰品，无一不彰显着这次活动的组织者和来宾的所属产业。或许因为自己的外国人身份，庞德对这种浓厚的英国传统风俗充满敬仰。公会的历史可以追溯到中世纪，历经六百年风雨洗礼，至今依然兴旺活跃，为英国民众提供专业教育培训和生活支持。晚宴品质相当不错，宾客间亦相谈甚欢，庞德很高兴自己参与了这次活动。

大家对他的演讲反应也十分热烈。他足足讲了半个小时，内容包括自己在德国秩序警察部门工作的经历，以及后来该部门落入纳粹之手后的变化。一切都很顺利，直到他翻到演讲稿的最后几页，却临时改了主意。毕竟主办方明说了，这次的内容他可以自由发挥，那么他一定要借此场合发表一个重要观点。

"各位很快便会知道，"他说，"由英国上一任首相设立的皇家死刑调查委员会将在几个月后做出研究报告。我希望，即便无法立刻彻底废除死刑，相关法律也能有所改变。这不仅和年初蒂莫西·埃文斯[①]和德里克·本特利[②]的案件审理可能存在的错误有关——绝不止于此。如果说纳粹主义和刚刚过去的战争能给予我们什么宝贵的教训，那便是生命的神圣——包括罪犯的生命。

"是否所有的罪犯都该死？一个因吵架而一时冲动、让愤怒冲昏头脑、失手杀掉了妻子和好友的人，和一个为了私利、悉心计划并冷血处决杀人犯的人，是否真的有区别？现在难道不正是时候，仔细研究并区分不同类型的杀人罪行，并给予相应的适当量刑的最好时机吗？

"女士们、先生们，法官已经不愿再进行死刑判决了。请了解，目前已经有几乎超过半数的死刑犯推迟刑期。本世纪前半叶的一千二百一十例死刑判决中，有五百三十三例改判，而这一数字还在不断增加。我曾见到过许多死刑犯，亦憎恶他们的罪行；可我也发现，这些犯下严重罪行的人所处的生活环境与成长经历往往相当悲惨且不公，这才导致他们最终踏上犯罪的不归路。为此，我亦心生怜悯。无论如何，他们也是人，也是生命。

"杀掉杀人犯这一行为，实际上就是将我们自己拉低到和杀人犯同样的位置。我十分期待皇家调查委员会的研究结果。因为我相信，这一结果将带领我们踏上一个全新的纪元。"

说实话，庞德心里有些忐忑，不知道这番话是否符合现场观众的认知。可当他结束演讲回到座位，整个过程中热烈的掌声从未停止过。直到最后男士们喝波尔图葡萄酒、抽雪茄、聊天的环节，一直坐在他身边的那位锋芒微露的男人、公会财政部长忽然

[①]蒂莫西·埃文斯（Timothy Evans, 1924—1950），被误判谋杀了他的妻女。一九五〇年一月被实施绞刑。
[②]德里克·本特利（Derek Bentley, 1933—1953），被指控谋杀警察，并被实施绞刑。

问道:"不知您对梅丽莎·詹姆斯事件是否有所耳闻?"

"您是指几天前在德文郡被杀的女演员的案子?"

"是的。请原谅,庞德先生,但我真的很想听您说说,刚才有关死刑的言论就被害的这位女演员而言,是否适用?"

"我认为警方还没有抓到凶手。"

"但就我所知,一切证据都指向她的丈夫。他是最后一个见过死者的人。要我说,绞杀这一杀人手段可是充满私愤的,而且所有的背景情况和条件都说明,这就是一起美国人所说的'激情犯罪'。您看,死者是一位才貌兼备的年轻女子,世界知名、广受爱戴,有过不少优秀电影作品——我和我太太都是她的影迷。您真的会毫不犹豫地选择原谅扼杀她的凶手吗?"

"仁慈并不代表原谅。"

"您真能如此笃定吗?依我看,您的倡导将向人们传达一个信息:失去理智也没关系,杀死自己的妻子也没关系,反正法律会包容和理解我!"

庞德对此结论并不赞同,但他没有反驳。主办方邀请他做演讲,他做完了演讲,就算结束。不过,财政部长的话却深深烙在了他的脑海,以致直到第二天早上吃完早饭、走进办公室的时候他还在思考。他的秘书九点整准时来上班,已经在整理邮件了。

"您的宴会演讲如何,庞德先生?"她问。

"我认为非常成功,凯恩小姐。"昨晚宴会结束后,他收到了一张支票,现在正好交给秘书,"请帮我把这张支票寄给'警察孤儿基金会'。"

凯恩小姐接过支票,看了一眼金额,吃惊地抬了抬眉毛说:"这可真是一笔慷慨的捐赠。"

"确实数额不菲。"庞德应和道。

"您愿意花时间去做这件事也很了不起，庞德先生。"

阿提库斯·庞德笑了笑，心想自己实在是找了一位相当称职的秘书，那家备受推崇的职业中介确实名不虚传。他曾先后面试过三位女士，凯恩小姐是最机智的，他的每个问题她都能对答如流、一针见血，并将这种洞察力与效率也体现在工作中。凯恩小姐四十五岁，毕业于切尔腾纳姆女子学院，未婚，在伦敦的牧羊丛区有一间公寓。她曾为好几位成功的商人做过私人秘书，每一位都对她赞不绝口。凯恩小姐发色乌黑，着装风格严谨、一丝不苟，还戴着一副牛角框眼镜，初见时或许会给人一种不近人情的感觉，但实际上心地温和善良。虽然只工作了三个月，她却已对庞德忠心耿耿。

"我能问你一个问题吗，凯恩小姐？"

"当然，庞德先生，请问。"

"你对我昨晚所说的话有何看法？"

"您是指您的演讲吗？"

"是的。"

"嗯，我不确定有没有资格评论。"凯恩小姐微微皱了皱眉。演讲稿是她一字一句打出来的，对于内容自然十分熟悉，"我认为您对四十年代德国的描述十分有趣。"

"关于我对死刑的看法呢？"

"这个我真不知道，我从来没有仔细思考过这个问题。我觉得，尽管某些案件中，犯人的确值得同情，但我也不希望让人们产生一种觉得恶人可以免于刑罚的观念。"说完这话，她很快转移了话题，"您十一点整和阿林汉姆夫人有约。她想跟您谈谈她丈夫。"

"她丈夫干什么了？"

"和女秘书一起失踪了。您需要我在场吗？"

"那样最好。"

凯恩小姐收了今天的邮件，说话间已经打开浏览了好几封。此刻她手里正握着一封："有一封美国寄来的信。"

"是帕格特先生吗？"

"不，不是。寄信方是一家中介。"她把信推到庞德面前。

庞德拿起来看了看，信纸是高级纸。根据上方的印刷文字看来，是一家叫作"威廉莫里斯中介"的机构寄来的，地址是百老汇一七四〇号。信的内容写着：

尊敬的庞德先生，

我的名字是埃德加·舒尔茨，纽约威廉莫里斯中介机构的高级合伙人之一。冒昧来信，只因我有幸代表梅丽莎·詹姆斯女士。梅丽莎是一位著名电影演员，一位杰出的女性，相信您一定能够想象，当我们获悉她突然离世的消息时，有多么震惊和心痛。

即便在写这封信的时候，我们依旧对于一周前，她在位于德文郡的家中发生何事一无所知。我和公司的其他合伙人对英国警方办案并无不敬之心，只祈望能请您一同参与调查，了解案情真相。

若有需要，请致电：贾德森 6-5100，我谨恭候您的来电。

您忠实的，

埃德加·舒尔茨

庞德仔细读完信后，把它放在桌上。"真有意思，"他说，

"我昨天才跟人聊到这桩案子。"

"最近人人都在讨论梅丽莎·詹姆斯。"凯恩小姐应道。

"的确如此。这件事公众关注度极高,这封信也来得真是及时,出乎意料。不过,稍微想想,德文郡离这里很远,而且据我所知,这案子的相关事实证据都很清楚,没想到警方竟然还没破案。"

"或许他们正需要您的帮助。"

"这倒是常有的事,只是要去那么远的地方……"

"您决定吧,庞德先生。"凯恩小姐想了想,又说,"不过,詹姆斯小姐是一位非常优秀的演员,而您目前暂时也没有其他工作。"

"阿林汉姆夫人的事不算?"

"我觉得她的事听起来就是一起桃色事件,挺没劲的,不如这件案子对您胃口。"

庞德忍不住微笑。"是啊,你说的也有道理。"他拿定了主意,"那咱们试试看。你要是能帮我安排今天下午的越洋电话,我们就听听这位舒尔茨先生有什么说法。"

"没问题,庞德先生。我来帮您安排。"

越洋电话安排在下午三点整,也就是纽约的上午。凯恩小姐拨打了电话,等转接至舒尔茨先生的办公室后,将话筒交给庞德。庞德举起听筒,里面传来一个低沉而沙哑的声音,咬字异常清晰,带着浓浓的布鲁克林口音。

"喂,您好!是庞德先生吗?您能听清吗?"

"是的,是的。我能听清。您是舒尔茨先生吗?"

"谢谢您联系我们,先生。我想告诉您,您在纽约非常有名,很多人都很崇拜您。"

"您真是过誉了。"

"句句实话。要是哪天您打算把自己的卓越事迹写成书,希望鄙公司能有荣幸做您的代理。"

这番开场白还真是典型的美国风格,庞德心想,就算要讨论的是自己客户被害的案子,也绝不放过任何一个发展新客户的机会。他没有回答。不接话茬——此举显然让电话那头的男人意识到了自己言语的不妥。

"对于詹姆斯小姐的死,我们都十分伤心。"他立刻改换话题,语气尽可能地显露出迫切与诚恳,"您或许也有所耳闻。她原本正计划重返影坛,却突遭此难,不得不说,这是整个电影产业的一大损失。不能亲自前往伦敦与您面谈,我非常遗憾,只盼您能帮助我们解决此案,找出凶手。公司希望了解事情的真相和原委,这是我们欠她的。"

"若我真能找出真相,"庞德说,"又如何?"

"这个嘛,自然会由英国警方接手处理善后,我们只是觉得不能干坐着,什么也不做。公司非常希望参与调查,正好当时公司里有个聪明的家伙推荐您,我便立刻写信联系您了。幸运的是,我们的一位合伙人这周就在伦敦,他帮我把信一路从纽约带了过去。相信您也一定同意,时间紧迫,必须尽快展开调查。我们不希望此案不了了之。"

"确实,案件调查的黄金时段正是案发后的几天内。"庞德表示同意。

"我们会按照您的报价支付酬金,庞德先生。您可以请助理直接联系鄙公司的财务部门。您要是能接受委托,鄙人及公司上下将不胜荣幸。影视行业多的是野心勃勃、唯利是图的男男女女——可梅丽莎和他们不一样,她是我有幸遇见过的最善良最体贴的人。她从不曾因成功而忘乎所以，也从未忘记过自己的影迷。"

"您最近一次同她讲话是什么时候，舒尔茨先生？"

"抱歉，您说什么？我没听清。"

"您上一次同她讲话是什么时候？"

"大约两周前。商谈一份新的电影合约。这本是一笔不菲的收入——我甚至觉得梅丽莎被害说不定就跟这件事有关。"

"也不是没有可能。"庞德略带犹豫地说。

"那么就拜托您了。我可以告诉其他合伙人您答应接受委托吗？"

"请您转告，我一定会认真考虑此事的。"

"谢谢您，庞德先生，真的非常感谢。我期待尽快得到您的答复。"

庞德挂断电话，沉默着。

"他怎么说？"凯恩小姐问。通话期间，她一直坐在庞德对面，但只能听见庞德说话。

"挺有意思。"庞德说，"如果接受，这将是我的第一个远程委托案！"

"您以为他们一定会特地飞来伦敦商谈。"凯恩小姐轻笑了一声。

"诚然。"

"那这件案子您接吗？"

庞德把信转过来对着自己，手指轻轻敲击着信纸，仿佛在仔细推敲字里行间的隐藏信息。过了半晌，他终于点了点头说："接。昨晚才刚有人提起这件案子，今天就接到委托。而且不知怎的，正如你所说，这位代理人说的话让我觉得这件案子非常有趣。

可以请你帮我预订两张头等席的火车票去……应该是个叫作'水上的塔利'的村庄吧？还有住宿，一定要选一家舒服的酒店。"

凯恩小姐站起身来："我立刻去办。"

"出于礼貌，我们还需要联系当地警方，告知此行的时间及目的，你也可以回电给舒尔茨先生，通知他我答应接下这个案子了。"

"是。我会把合同和酬金数额准备好。"

"正是。我猜你应该没有别的事务，可以与我同行吧？"

"完全没有，庞德先生。我一到家就收拾行李。"

"谢谢你，凯恩小姐。如果你能买火车票就最好了，我们明日便出发。"

第七章 时间问题

两人乘了六个小时的火车,才终于抵达水上的塔利,中午从帕丁顿出发,中途还在埃克塞特和巴恩斯特珀尔转了两趟。凯恩小姐办事雷厉风行,短短几个小时便准备好了一切,令庞德相当叹服。她不仅对换乘的各个站台号了如指掌,还能清楚记得每一站接他们的行李员的名字,充分保证整趟旅途顺畅无虞。庞德一路上都在专心致志地阅读最近收到的一份研究报告,寄自声誉卓著的"美国法医科学院",是一个名叫弗朗西丝·格莱斯纳·李的研究者通过为案发现场建立复杂精细的模型,对案情进行分析的一种被称为"迷你模型研究"的东西。而他的秘书小姐则在一旁阅读一本从图书馆借来的玛丽·韦斯特马科特的小说《女儿的女儿》。

比迪福德火车站外,一辆出租车早已等候多时,载着两人一路驶过比迪福德桥到塔利时,太阳还没落山。其时正逢雨过天晴,展现在两人眼前的村庄风景如同画廊里的明信片一般,一派明朗秀丽。车子驶过港口尽头一座色彩明丽的灯塔,一列停泊在岸边的渔船,一家名为"红狮"的酒吧和一片弯月形的沙滩。沙滩上面铺着柔软的细沙和错落的小碎石。此刻的沙滩上虽无嬉戏的孩童和沙堆的城堡,周围也没有小驴玩具车或冰激凌车,但毫不费力便能想象出那里节假日或白天的场景。夕阳在海面上投下一抹明媚的红色绢带，闪耀着光芒轻轻沉浮。波浪轻柔摇曳，仿佛一首温柔的歌谣。直到月亮悄悄爬上半空，暮色四合。

"谁能想到，如此美好的地方竟会发生凶杀案。"凯恩小姐望着车窗外的美景唏嘘道。

"任何地方都会发生凶杀案。"庞德答道。

他们订了月光花酒店的房间。出租车驶入酒店车道，却没人出来迎接，也没有人来帮忙拿行李。凯恩小姐不满地翻了个白眼，庞德倒是心宽。毕竟这座酒店正在接受警方调查，服务不如平日周到也情有可原。

酒店前台的接待员小姐态度十分友好。"欢迎光临月光花酒店。"她微笑着说，"两位预约了两晚的客房，对吗？"

"也许会多住几天。"凯恩小姐提前预告说。

"如需延长住店时间，请通知我。"前台小姐转头看着庞德，"庞德先生，您的房间在'船长室'，相信您一定会满意的；您助理的房间在楼上。行李可以留在这里，我会安排人帮二位搬上楼……"

所谓"船长室"，是酒店前身还是海关办公楼时的一间办公室。房间方方正正的，床所在的位置之前大概放着写字台；两扇大海景窗正对着海滨大道，沙滩就在大道的另一侧。房间的装潢依旧保留着浓浓的航海风。床尾放着一个水手箱；房间一隅有张船长坐的旋转椅；两扇海景窗之间还摆着一个地球仪。庞德对浴室里的置物柜好奇了一阵，那也是船上用的柜子，有好几个迷你小抽屉，防止船身摇晃时东西四处散落。庞德打量自己房间时，凯恩小姐也被带往为她安排的位于酒店顶楼的客房，和庞德的房间相比稍小些。两人一路劳顿，吃过晚餐后便早早就寝。

伴着海鸥的鸣叫声，庞德再次睁开双眼，映入眼帘的是碧蓝如洗的天空。到餐厅吃早饭时才七点半,昨天接待他们的姑娘还没来上班。前台后面站着一个男人,油光锃亮的头发规矩地向后梳起,唇上留着一抹小胡子,穿着西装、系着男士领巾。他正用左右手食指费力地敲击着一封信,但庞德走近时,他还是抬起头来。

"早安。"他轻声道,"先生是昨天从伦敦来的,对吗?"

庞德给了他肯定的答复。

"您对房间还满意吗?"

"非常舒适,谢谢。"

"我是兰斯·加德纳,酒店总经理。有什么需要请尽管吩咐。我猜您需要用早餐,对吧?"

"正是如此。"

"酒店早餐通常八点开始,我帮您看看厨师来了没有。"话虽如此,加德纳却没有动身,"您来这里是为了那起谋杀案吗?"

"我是来协助警方查案的,没错。"

"我很高兴您不是记者。过去的一个星期,这里挤满了各地来的记者——当然是公费,差点没把酒吧喝空。至于警方,要我说,他们简直太需要帮助了。离案发已经过去整整一个星期,还把我们困在这里不准走,天天问些蠢问题。不知道的还以为住在俄国!"

"你认识詹姆斯小姐吗?"庞德问,同时在心里默默比较了一番,发觉水上的塔利和苏联实在没有任何相似之处。

"当然认识。她是这座酒店的所有者,我负责帮她打理酒店,虽然她不怎么认可我的工作。"

"你是说,工作上她不怎么好相处吗?"

"我跟您说实话吧,您是……"

"阿提库斯·庞德。"

"德国人？我可没什么好说的，我也没有上过战场，天啊。"他揉了揉脖子，想起还没回答庞德的问题，"她是个好相处的人吗？怎么说呢，我挺喜欢她的，我们关系不错。可事实上，她对酒店经营并不了解，对这里的办事方式更是知之甚少。在这里，什么事都靠商量。要和那些世代都在这里种地或者打鱼的人打交道，首先得学会用他们的方式。她不是本地人，也从来没有搞明白过，这是不争的事实。"

兰斯·加德纳一口气说了好几个"事实"，根据庞德的经验，越是言必称事实的人，往往嘴里越是没有一句实话。

"你一定特别沮丧吧，"庞德意有所指地说，"调查结果一直没出来。"

"如果能够早些结案，就最好了。"

"你对凶手是谁有什么看法吗？"

兰斯·加德纳冲庞德俯身，一副兴冲冲的样子回答："人们都说是她丈夫干的。发生这种事凶手通常不都是丈夫吗？天知道，要是哪天我老婆把车开进海里，大家铁定都会认为开车的是我。可他们都猜错了，我不会在车里，只会在后面推罢了！"他说完，哈哈笑了几声，"听我说，弗朗西斯·彭德尔顿没这个胆子，他不可能杀人。"

"那会是谁呢？"

"您要是问我，我认为凶手不是本地人。梅丽莎·詹姆斯是个大明星，有不少奇奇怪怪的追随者和影迷，酒店经常能收到他们给她写的信。他们知道她住在哪儿。要我说，就算最后发现是哪个脑子不太正常的影迷，因为不喜欢她的上一部电影或者没有收到她的签名照，又或者就是想一举成名而专门跑来把她杀了，我也不会惊讶。警察天天想着怎么质询，在我看来，完全是浪费时间。不仅浪费他们的时间，还有我们大家的！"

"你的想法很有意思，加德纳先生。早餐在哪里提供呢？"

"在餐厅里。"加德纳指了指餐厅的方向，"穿过那扇门就是。我去看看厨师来了没有。"

*

酒店的早餐意外美味。庞德买了一份《泰晤士报》，那是昨晚火车从伦敦运来的。庞德边看边吃着盘里的炒蛋、煎培根和烤面包配橘子酱，还有一杯浓浓的锡兰茶。凯恩小姐没来，庞德一点也不意外。她是那种一板一眼、严守身份地位和行为规范的人，和雇主在同一个房间里吃早饭，在她看来属于过从甚密，绝对不合适。

凯恩小姐九点整才出现，和平时的上班时间一致。两人再次会和，来到酒店公共休息室。十分钟后，黑尔高级警督来了，他见到二人，立刻走了过来。

"您是庞德先生？"高级警督迎面站定，庞德站起身来，两人握了握手。黑尔对庞德的第一印象是，一个身材颀长、穿着考究的外国人，经验丰富，只需一眼便能洞察自己的一切，并且此刻已经用他那双敏锐的眼睛打量着自己。黑尔的判断没错，在庞德看来，面前这位警官已被这起许久都未侦破的案子沉重打击，几乎就要举手投降、接受失败了。不过，这次见面却蓦然生出一种柳暗花明的希冀，仿佛二人联手即可打破僵局，为案件侦查找到新出路。

"您就是黑尔高级警督吧。"

"非常荣幸见到您。您的鼎鼎大名,我早有耳闻。"

实际上,乍闻庞德要来,黑尔立马便把埃克塞特警局里所有关于他的资料全部调阅了一遍。他详细阅读了庞德调查解决的几起案件,包括在其位于伦敦海格特区的家中逮捕世界知名艺术家露丝·朱利安的案子。她在结婚四十周年纪念日,用调色刀杀死了自己的丈夫——正是侦破这件案子让庞德在战后名声大振。当然,还有最近那起著名的鲁登道夫钻石失窃案,也曾引起全国的广泛关注与热议。

"请允许我介绍我的助理,凯恩小姐。"

庞德侧身指了指凯恩小姐,黑尔也同她握了手:"很高兴认识您。"

"您要喝杯茶吗?"

"不必了,谢谢您,庞德先生。我刚吃过早餐。"

"此番前来,我并无喧宾夺主、打扰贵司办案之意,还望您不要介意。"一番寒暄后,二人坐下之后,庞德率先表明了态度。

"您多虑了,庞德先生。坦率讲,我真巴不得您来。"高级警督抬起一只手抚了抚眉,"我已在警局服役三十年,战争刚开始时,我想参军,但警局不同意,说他们需要我。然而实际上,我对凶杀案的调查并无多少经验。在德文郡及康沃尔警署工作的这些年,我经手的案子最多不过十几件,头三宗的凶手还是隔天自首的。所以,您能给予的任何帮助,我都会感激不尽。"

此话令庞德很高兴。第一眼见到黑尔时,他就知道,他俩一定合得来,刚才那番话正好印证了他的想法:"您很幸运,高级警督,能生活在这样一个恶性犯罪率极低的地方。"

"您说得没错,庞德先生。战争时期,这里也曾出过抢劫、敲诈和逃兵事件;战后返乡那段时间,您也知道,算不上太平,许多人都有枪。不过德文郡人很少找自己人麻烦,至少我一直这么认为——直到遇上这件案子。"他顿了顿,"可以问问您为什么对这件案子感兴趣吗,先生?"

"是詹姆斯小姐的纽约经纪人找到我,请我代表他们调查。"

"换言之,我想,就是他们不信任警方能力的意思。"

"不管他们怎么想,高级警督,我可以向您保证这并非我的看法。依我看,咱们联手查案是更好的选择。"

一听这话,黑尔的眼睛都亮了:"若能如此,再好不过。"

"贵司对此案已经调查了一段时间,不知可否告知目前为止的调查成果?"

"当然。"

"您介意我边听边记录吗,高级警督?"凯恩小姐问,从手提包里掏出一支钢笔和一个小笔记本。

"请自便。"黑尔自己也掏出笔记本,清了清嗓子说道,"这件案子的为难之处就在于,案情经过本应简单平白。塔利是个小村庄,人口不多,詹姆斯小姐又是大明星;整个作案时间最多不超过十七分钟,应该很容易就能查出真相才对。"

"以我的经验而言,越是明显的事,反而越难证明。"庞德回应道。

"或许您说得对,先生。"黑尔翻开自己的笔记本查看调查记录,随后便一一道来。

"詹姆斯小姐生前,最后一个见过她的人是她的丈夫弗朗西斯·彭德尔顿。您或许会感到疑惑,为何我不称呼她为彭德尔顿夫人。这是因为她的名字已经通过多部电影闻名世界,所以便一直沿用。彭德尔顿先生比自己的太太小十岁,出生于富裕人家。他父亲彭德尔顿勋爵是个传统保守的人,恐怕对这段婚姻并不赞成，据说还因此切断了儿子的经济来源。

"有传言说，彭德尔顿先生和太太不和。当然了，像水上的塔利这样的村庄最不缺的就是各种流言蜚语，从中分辨真假，也给我们的调查工作增添了不少麻烦。总之，他家里还住着一名厨师和一位管家，房子是一座十九世纪的建筑，叫作克拉伦斯塔楼，离塔利大约半英里远。克拉伦斯塔楼分为两部分：一部分是詹姆斯小姐和弗朗西斯·彭德尔顿平日居住的地方，另一部分给用人居住；两边相隔，通常很难听见另一边的响动，但即便如此，用人们还是反映偶尔能听见夫妻俩争吵的声音。负责酒店经营的加德纳夫妇也确认了这一点，说他俩关系不太好。

"案发当天下午，詹姆斯小姐来月光花酒店开会，会议在下午五点四十分结束。之后她在六点到了家。这个时间经她家的厨娘和管家确认过，因为他们看见了詹姆斯小姐的车回到别墅——那是一辆与众不同的宾利车。据彭德尔顿先生所说，他和太太曾有过一番简短而愉快的交谈，之后他便开着自己的奥斯汀轿车离开，去看晚上七点在巴恩斯特珀尔演出的歌剧《费加罗的婚礼》。他说自己是六点十五分离开家的，但这一点除了他自己的说法以外，我们并无其他证据或证人可以证明。他的车通常停在别墅侧面，从用人居住的那一侧是看不见的。詹姆斯小姐本来要跟他一起去，但后来决定留在家里早点休息。

"因此，假设这些证词可信，那么当天傍晚六点十五分，别墅里只有三个人：詹姆斯小姐在楼上自己的卧室里；菲莉丝和埃里克·钱德勒——家里的厨娘和管家——在楼下的厨房里。"

"这两人是夫妇吗？"

"不是的，先生，是母子。"

"这倒挺罕见的。"

"用'罕见'这个词形容他们算是客气的了。"黑尔咳了一声，"大约六点十八分，也就是弗朗西斯说自己离家去看歌剧的几分钟后，一个陌生人来到别墅。目前无人知道他的身份，只知道有这么个人来过，因为钱德勒母子俩听见家里的狗吠。梅丽莎·詹姆斯养了一条松狮犬，名叫'金巴'，每次有陌生人敲门它都会叫，但如果来人是梅丽莎或她的丈夫，又或者是家里的用人，它则安安静静的。可是六点十八分时，金巴忽然开始疯狂吠叫；一两分钟后，钱德勒母子俩听见大门打开又关上。"

"他俩竟然都没有从厨房里出来看看是谁来了吗？"

"没有，庞德先生。当时是他们的休息时间，因此没有穿用人制服，出来见客不太方便。这真是太令人遗憾了，因为但凡他俩哪怕是隔着门瞄上一眼，这件案子说不定早就破了。"

"既然如此，我们就得考虑这样一个问题：是梅丽莎·詹姆斯在六点二十分打开门，让那个陌生人进了家门，然后被此人杀害的吗？这听起来似乎是最合理的解释。六点二十五分时，菲莉丝和埃里克·钱德勒终于离开别墅，借用詹姆斯小姐的宾利车——她答应让母子俩用车，去布德镇看望钱德勒太太生病的妹妹。埃里克离开时注意到，那辆奥斯汀轿车已经不在了。不用怀疑，钱德勒母子俩的确离开了克拉伦斯塔楼，有两名目击证人证明说，看见他俩开车经过——那样一辆名贵的汽车，想不注意都难；住在布德镇的妹妹也证明了他们的话。

"我的推测如果没错的话，他们离开后，别墅里就只剩下詹姆斯小姐和那个不知名的陌生人了。后来在六点二十八分时，她感觉非常不舒服，于是给社区医生伦纳德·柯林斯和一位朋友打了电话，所以很显然，那时候她还活着。柯林斯医生当时在塔利自己的家中，他妻子也在。值得一提的是，这通电话在当地的转接中心有记录，所以是真的打过。根据柯林斯医生的陈述，詹姆斯小姐听起来非常恐慌，说自己需要帮助，请他赶紧来家里一趟。接电话的时候，医生的太太萨曼莎·柯林斯也在房间里，听见了一部分对话。她送丈夫离开时，恰巧看了一眼时间，是傍晚六点三十五分。

"柯林斯医生于六点四十五分抵达克拉伦斯塔楼，惊讶地发现别墅大门敞开着。他走进去查看，没发现什么异常，可想起刚才那通电话，又觉得十分担心。他喊了几声梅丽莎的名字，没有人回应。既然没听见什么不寻常的响动，他决定上楼看看。

"他是在卧室里发现詹姆斯小姐的。她被人用电话线勒死了，电话就放在床头柜上。现场看起来似乎曾有过激烈的挣扎，电话线都被从墙上拔了出来。她的头也曾撞到过床边的装饰木桌，我们在她头皮上发现了瘀伤，木桌表面还有血迹——RH阳性AB型血，正是梅丽莎的血型。

"柯林斯医生使出浑身解数抢救梅丽莎，从人工心肺复苏到嘴对嘴的人工呼吸，用尽一切办法。根据他的证词，发现梅丽莎时，她的身体还是温热的，所以抱着一丝能救活她的希望。可令人难过的是，这个愿望并未实现。于是他打电话报了警，又叫了救护车，当时是六点五十六分——那通电话当然也有记录。巴恩斯特珀尔警局立刻出警，三十分钟后抵达现场。

"以上，庞德先生，就是本案的大致经过。我刚才说作案时间最多不过十七分钟，指的是从六点二十八分詹姆斯小姐打电话给医生，到六点四十五分医生抵达她家的这段时间。我需要告诉您的是，虽然还有一些其他的细节和证词，但就案情而言，它们只会扰乱视听，让事情看起来更加复杂。我刚才是按照最精练的时间线陈述的事件经过，可以保证细节是准确的，但这正是问题之一。正因为一切都有详细的时间记录，我们更难理解凶手是如何精准地把握时机，在这么短的时间内完成这一切的。"

"您对案件事实和时间的整理真是细致入微，高级警督！"庞德叹道，"非常感谢您，因为这些会让我们接下来的调查工作容易很多。"

黑尔微笑起来，或许是因为庞德用了"我们"这个词。

"关于案发现场，您还有别的什么信息吗？"庞德问。

"不太多。梅丽莎·詹姆斯死前那段时间确实曾感到十分难过，这一点从她给柯林斯先生打电话便能知晓。不过，除此之外，我们还在地板上发现两张揉成一团的纸巾，一张在浴室里，另一张在起居室。两张纸巾上都沾满泪痕。"

"眼泪。"庞德重复。

"她给柯林斯医生打电话时，一直在哭。我也不想这么说，但庞德先生，我认为她给社区医生打电话时，凶手很可能就在别墅内。"

"的确很有可能，高级警督，但这一来，又出现一个问题：如果他已经决定要杀死梅丽莎，为什么还会允许她打电话呢？"

"是啊，"黑尔翻了一页笔记说，"她死前一定曾奋力反抗过。床上一片混乱；一盏台灯掉落在地上；她的脖子上有好几道勒痕，这表示她曾在被人勒住脖子时挣扎着想要逃跑过。"

黑尔叹了口气。

"我可以把证人的证词记录给您看，但我估计您更愿意亲自跟他们谈。他们都还留在塔利，顶多一两个人对此有所抱怨而已。不过，有两件事我有必要事先告诉您。

"第一件，是关于一位名叫西蒙·考克斯的商人。案发当天傍晚五点半后不久，他曾和梅丽莎·詹姆斯在酒店酒吧里有过争执。警方之所以了解此事，是因为当时酒店前台一位叫作南希·米切尔的接待员听见了他们的谈话。对了，南希是个善良正直的好姑娘，父亲是灯塔看守。但我怀疑她可能自身遇到了一些麻烦事，家事。"

"您为什么会有此疑虑呢，高级警督？"

黑尔微微一笑："我也有个女儿，已经结婚了，过得很幸福，今年九月，我就要当外公了，我只能说，当你经历过这些事，就能很容易发现端倪。"

"那我可要先恭喜您了。"

"多谢，庞德先生。我还没有问过南希此事，因为多半和案件无关，我也不希望给她造成不必要的担心。"黑尔低头又看了一眼笔记，"话说回来，西蒙·考克斯尾随梅丽莎离开了酒店，并且无法证明自己从那时起，到六点四十五分来到酒店餐厅吃晚餐之前的行踪。他说他去散步了，但谁知道呢！"

"您有威胁过要逮捕他吗？"

"您是说以阻挠办案、抗拒从严的名义，还是杀人嫌疑？我猜说不定两者皆不是。我打算今天再和他谈谈的，或许咱俩可以一起。"

"好的。那第二件事呢？"

"第二件，是一个叫阿尔吉侬·马许的男人。他来自己妹妹家暂住，他妹妹就是柯林斯医生的妻子。那小伙子长得可真不错，谈吐举止也得体；开着一辆很拉风的法国产跑车。不过我向伦敦警察厅打听过，对方说是正在调查此人的生意往来。总而言之，他不是个好对付的角色，但詹姆斯小姐跟他关系很好。"

"有多好？"

"他不愿意多说。"

"他们之间是否有男女之情？"

黑尔摇了摇头："弗朗西斯·彭德尔顿坚称他和妻子之间感情甚笃，不过他当然会这么说，毕竟现在他才是凶案的第一嫌疑人。"

"但根据柯林斯先生的证词，梅丽莎·詹姆斯给他打电话时，她的丈夫已经离开家，去巴恩斯特珀尔看歌剧了。"

"呃，是的。我想他可以假装出门再返回。"

"还有，梅丽莎为什么不在电话里向柯林斯医生讲明发生何事呢？"

黑尔叹着气说："您问得好，并且正是令我头疼的地方。本来看似简单的一件事，细查起来却摸不着头绪。"

庞德想着刚才高级警督说的话。"若您允许，高级警督，我希望能先从梅丽莎·詹姆斯的家里开始调查。我记得您说是叫作克拉伦斯塔楼。如果能见到弗朗西斯·彭德尔顿，跟他谈谈更利于我做出自己的判断。"

"没问题。我现在就可以送您去。"

"不知这些是否能有所帮助？"凯恩小姐刚才一直默不作声，此刻却将手里的笔记本转过来，递给庞德。小小的一页纸上，整整齐齐地写着以下信息：

> 5:40 p.m.：詹姆斯小姐离开月光花酒店。
>
> 6:05 p.m.：詹姆斯小姐到家。
>
> 6:15 p.m.：弗朗西斯·彭德尔顿离开克拉伦斯塔楼去看歌剧。
>
> 6:18 p.m.：听见狗吠。陌生人抵达克拉伦斯塔楼？

6:20 p.m.：听见克拉伦斯塔楼的大门打开又关闭的声音。

6:25 p.m.：钱德勒母子离开。奥斯汀轿车不见了。

6:28 p.m.：梅丽莎·詹姆斯打电话给柯林斯医生。

6:35 p.m.：柯林斯医生离开自己家。

6:45 p.m.：柯林斯医生抵达克拉伦斯塔楼。梅丽莎·詹姆斯死亡。

6:56 p.m.：柯林斯医生打电话报警、叫救护车。

庞德仔细读了一遍。尽管这些信息早已经牢牢记在他的心里，但有人如此清晰地写下来，他还是很感激。一个个时间点仿佛一座座路标，指引着真相的终点。

"谢谢你，凯恩小姐。"他说，"可以请你帮忙把这些打印出来吗？"

"我会想办法的，庞德先生。"

"我希望能给我和黑尔高级警督一人一份。很明显，答案就隐藏在这十个时间点中的某处。我们要做的，就是睁大双眼仔细查找，总能找到的。"

第八章 致命风波

两人正要离开休息室，一个身材矮小且肤色黝黑的男人忽然急匆匆地闯进房间，径直朝黑尔高级警督冲去。来者是西蒙·考克斯，商人兼未来电影导演。他还穿着和梅丽莎见面当日的那套服装，一副怒火中烧的样子。

"警督！"他急躁地开口，"我听人说你在这里，就立刻过来了。我要清清楚楚地告诉你，我已经受够了这种莫名其妙的监禁，并且已经致电我的律师。他们明确无误地告诉我，您的这种行为是毫无道理且不可接受的，您没有权力限制我的自由！梅丽莎·詹姆斯的死和我一点关系也没有。我已经跟您说过了，我和她是在酒店里的酒吧见面的，聊了十来分钟她就走了。我强烈要求您也同样允许我离开。"

庞德上下打量了此人一番。浓密的黑发、结实的身材，再加上口音，桩桩迹象表明这人有俄罗斯或者斯洛伐克血统。愤怒的情绪不太适合他，因为身材矮小，其貌不扬，这种怒火只让他显得暴躁且不讲理。

"这位是我的调查伙伴，阿提库斯·庞德先生，你之前见过吗？"高级警督答道，回避了这通冲着他而来的诘难。

"我哪来的这种荣幸。没见过。"

"我建议你和他好好谈谈，考克斯先生。我想他一定有很多问题要问你。"

"我的上帝啊！你聋了吗？我刚说的话你没听见吗？！"

"关于让你留在这里这件事，这么说吧，要是你不乐意，我也可以直接逮捕你。这样你的律师大概就没话说了吧。"

"逮捕我？凭什么？"

"凭你对警方撒谎；凭你阻挠警察依法办案……"

"我没有撒谎！"考克斯嘴上依旧强硬，但声音里已多了一丝不易察觉的迟疑。

"要不你先坐下？"庞德用尽可能和蔼的声音说，又伸手指了指旁边一张空椅子，"我敢肯定，一切不过是一场误会。我就再多占用你几分钟的时间，考克斯先生，聊完说不定这件事和你之间就算了结了，你也可以尽早离开。"

商人看了庞德一眼，在平静地聊天和继续被监禁之间做出了选择，点了点头。他选了庞德和黑尔之间的一张沙发坐下，玛德琳·凯恩已经重新掏出了笔记本和笔，准备就绪。

"你是战争爆发前就来到英国的吗？"庞德问道，听起来是真的对这个问题很感兴趣。

考克斯点头："一九三八年，来自拉脱维亚。"

"这么说，考克斯也不是你真实的姓氏？"

"差别不大，我的本名是西曼斯·卡克斯。我没什么需要隐瞒的，庞德先生，但请您理解，以一个外国人的身份要想在这个国家做生意，是非常困难的。最起码不能表现得过于外国……"

"我完全理解。对我而言也是如此，我并非在英国出生。"庞德微笑着，像是和他达成了某种共识一般，"你专程开车来这个村庄就是为了见詹姆斯小姐？"庞德接着问。

"是的。"

"想必是有很重要的事吧。我是昨天才赶来这里的，赶了好几个小时的路、转了三趟火车才到。还有那些英国铁路提供的三明治！味道可真不怎么样。"

"这个嘛，实际上，我是开车来的。不过您说得也没错。我已经跟警督说过了，我来是为了和她商量拍电影的事。"

"是什么电影？"

"一部历史题材的电影，名字是《女王的赎金》。梅丽莎对电影的主角'阿基坦的埃莉诺'很感兴趣。"

"亨利二世的妻子！"庞德年轻的时候曾在萨尔茨堡大学修习过历史专业，"你说她对这个角色很感兴趣，那么你们签订合约了吗？"

"我来找她就是为了这件事。电影两个月后就要开拍了，我想来确认一下她的想法是否没有改变。"

"她改变了吗？"

考克斯正准备回答，庞德却竖起食指做出警告的姿势。

"我必须事先提醒你，考克斯先生，酒店是公共场所，酒吧尤其如此。你应该预想到自己的谈话可能会被很多人听见。如果你——那话怎么说来着？——故意扭曲事实，尤其是关于一件凶杀案的事实，那将会是一件十分愚蠢的事。"

考克斯沉默了。很显然，他的内心在挣扎，不过他很快便意识到，出路只有一条。"呃，如果非说不可……"他终于开了口，"梅丽莎·詹姆斯改主意了。听她的意思，似乎是接到了更好的工作邀约。尽管这样的行为是很不专业的，但不得不说，女演员有时候就会这样，我有心理准备。我当时很生气，因为她骗了我、浪费了我的时间。不过说到底，这也不是什么天大的问题，毕竟还有那么多别的女演员可以找。再说了，她已经整整五年没有拍戏，名气已大不如前。"

考克斯说话的速度飞快，凯恩小姐费了一番功夫才记下来。庞德听见笔尖在纸上簌簌划过的声音，凯恩小姐在考克斯说的最后几个字下面画了一道线。

"然后你跟着她出了酒店。"黑尔咕哝了一句。他之前讯问过考克斯案情相关的问题，可是庞德轻松说了几句话后，便逼问出了完全不同的重要信息。

"我只是在她离开后不久也离开了而已，并没有跟着她。"

"那么你去了哪儿呢？"

"我跟你说过了。"西蒙·考克斯眼中的怒火又重新燃了起来，"我开了好几个小时的车才来到这里，刚下车就立刻登记入住，我需要出去走走、看看风景，而且当时刚好雨停了。"

"你去了阿普尔多尔。"黑尔步步紧逼。

"这我也跟你说过了。"

"你说你沿着海边散了步。"

"走了大约一个小时，是的，那个地方叫作'灰沙海滩'。"

"而这段时间你没有遇见任何一个人，谁也没有看见你。"

考克斯转头看着庞德，仿佛希望后者能帮帮自己。"我已经和警督解释过了。当时是下午，临近傍晚，差十五分六点。刚下过雨，天还是灰的，空气也很潮湿。我就一个人！我能看见远处有一个男人牵着一条狗，可是距离太远，他不太可能看见我。而且当时我本来就希望一个人待着！我需要考虑接下来的计划，不希望被人打扰。"

黑尔充满怀疑地摇着头说："你也知道，先生，这样一来，我们也很难确认你所说的是真是假。"

"那是你们警方该考虑的事，警督，不是我的问题。"

说完这话，房间里一阵长久的沉默。正当黑尔以为此次问讯宣告结束时，凯恩小姐忽然开口了。之前的两段会谈她都没怎么出声，此刻突然讲话倒令人十分意外："打扰一下，庞德先生，我可以说句话吗？"

"当然了，凯恩小姐，请讲。"

"呃，抱歉贸然打断你们的谈话，但我其实就是在阿普尔多尔长大的，在那儿一直生活到十五岁，才随父母搬去了伦敦。我想说的是，我对这儿附近的所有海滩了如指掌。这位先生，请恕我直言，四月末的下午五点以后，是不可能有人能在灰沙海滩散步的。"

"何出此言？"

"因为有春潮。每天下午四点开始涨潮，一直涨到悬崖的高度，持续四到五个小时。那段时间海滩是被淹没的。虽然可以沿着悬崖边走，但那样也很危险，所以到处都有警告标识。过去还曾发生过一两起溺亡事件，就是走到一半被潮水卷到海里了。"

此言一出，几人又是一阵沉默。随后，黑尔高级警督用审问的语气对西蒙·考克斯说道："你对此有什么话说？"

"我……我……"考克斯绞尽脑汁也找不到应对之辞。

"你没有去灰沙海滩散过步吧？"

"我的确在海滩散了步，或许……或许记错了名字。"

"那你能描述一下散步的海滩什么样吗？"

"不能！我不记得了，你把我都绕晕了。"考克斯用手捂着脸。

"恐怕得请你跟我去埃克塞特警局走一趟了，考克斯先生。我们将宣读你的权利并进一步审讯，届时将有另一名警官在场。你也可以这么理解：你被逮捕了。"

"等等！"西蒙·考克斯脸色煞白，紧张和恐惧让他大口喘着粗气，似乎下一秒就要心脏病发作，"我想喝杯水。"他用嘶哑的声音说。

"我给你倒。"凯恩小姐应道，语气轻松。她站起身走出了休息室，不多会儿，便拿着一只玻璃杯和一个水壶走了回来。

考克斯大口地喝完了一杯水，凯恩小姐正好重新拿起笔记本。庞德和高级警督默默地等着他开口。"好吧！"考克斯终于决定说实话，"是，我撒了谎。可是我也没办法，整件事实在太可怕了！"

"对于梅丽莎·詹姆斯来说才真的可怕。"黑尔冷漠地应道，"对所有认识她的人来说也是。杀人凶手还在逍遥法外，说不定还会再次作案——这些你考虑过吗？还是说，人其实就是你杀的？你是不是尾随她回了家？是这样吧？"

"我的确跟踪了她。"考克斯又给自己倒了一杯水，一口气喝下，"您不知道她的决定对我来说是怎样的灭顶之灾！我借了上千英镑来拍这部电影。《女王的赎金》！哈！真是名副其实！"

"你尾随她回了家，是吗？"庞德问。

"我一路跟到了她家。可是之前我要是这么说，你们一定会认为是我杀了她。说实话，我也确实有那种机会，并且当时无比愤怒，算是有动机。是她毁约在先，欺骗我、冷酷地拒绝我，只因我是一个名不见经传的小人物。在她眼里，我就是一个拉脱维亚来的农民，她根本看不上眼，而我却全心全意地信任她、一门心思地捧着她。是啊，我承认，我真恨不得勒死她，可是，我并没有那么做。我根本没有再跟她说过一句话。"

"究竟发生了什么呢？"

"我找到了克拉伦斯塔楼，就在离酒店不到半英里的地方，开车几分钟就到了。我以为梅丽莎早就到家了，结果等我到的时候,却没在院子里看见她的宾利。我能肯定自己路上并没有超车,只能猜测她或许是走了岔道,再等等就会回来的。"

"你的车停在哪儿?"

"就停在路边,旁边有几棵树做掩护,因为我不希望她回来时看到我,不然她很可能立刻又跑掉。"

"她何时回到家的?"

"六点刚过的时候。"

"那之前的二十几分钟,她去了哪儿?"

黑尔这话问的不仅是在场的所有人,也是问自己,唯独不是问考克斯,可后者还是回答了:"我不知道。她回来时直接开车经过我身边,然后开上了别墅的车道,根本没看见我。我看见她下车走进别墅。"

"然后呢,又发生了什么事?"

"我又等了几分钟,琢磨着待会儿怎么跟她谈,可越想越有些后悔跟着到她家来。我知道她心意已决,无论我再说什么也改变不了。可即便如此,我还是下了车,沿着车道走到了大门口。正要按门铃的时候,我忽然听见一声响动,是从一扇虚掩着的窗户传出的,就在旁边。窗后面有个女人——不是梅丽莎,年纪要更大些,看起来在跟什么人生气的样子。她骂他们恶心,狠狠地数落着谁。"

"菲莉丝·钱德勒和她的儿子。"黑尔说,"他们当时应该在厨房里。"

"我不知道您说的是谁,我看不见里面的情形。"

"你听清她具体说了什么吗?"

"有听到一些,但不是很清楚。她好像说了什么月光花酒店有猫腻,她早就看透了之类的。"考克斯说着深吸了一口气,"接着我听见她说,要是被梅丽莎发现真相,肯定得让她死。"

房间里又是一阵长久的沉默。黑尔紧紧地盯着面前的电影制片人:"有人威胁说要杀了梅丽莎,结果她也确实被人勒死了,而你却选择隐瞒此事?"

考克斯此刻已经完全像一只泄了气的皮球:"我已经解释过了,警督,我看不见屋里的是谁,那个女人在跟谁说话;对于听到的内容也不十分理解,不是特别清楚……"

"可你确实听见他们说要杀了梅丽莎!"

"我想是的。"考克斯掏出一块手帕擦了擦脸,一道汗水从额头滑过脸颊落到他的上唇,"他们不希望梅丽莎发现真相。"

"接下来你又做了什么?"庞德问,声音变得柔和了些。

"后来我就离开了。因为我发现去她家找她根本就是一个错误的决定,是没用的,因为梅丽莎根本不会见我。那我又何必自取其辱呢?"

"你回到酒店是什么时候?"黑尔问。

"没过多久就回来了。但我不知道具体是几点,当时也没人看见我——抱歉。那时前台的小姑娘不在,我便直接上楼回了房间,冲澡、换身衣服准备吃晚餐。大约差十五分七点下楼时,遇见了加德纳太太,酒店经理的妻子。"

"你为什么要编故事来骗我们?"黑尔紧追不放,"还说什么去灰沙海滩散了很久的步!根据你刚才的证言,从你离开酒店到再次回来,最多不过半个小时。你要是真想撒谎,还不如直接说自己一直待在酒店客房里。"

"有人看见我离开酒店。"考克斯回答,一脸无奈,"说不定去克拉伦斯塔楼的路上还有别的人看见我。我承认之前撒谎很愚蠢,可事实就是事实,警督,我的确有很大动机杀死梅丽莎·詹姆斯。她死前我们刚有过争执，而我又尾随她回了家。我觉得要是被警察发现这一切，我肯定会被当成头号嫌疑犯。到时我再跟你们说我在她家听到的那些话，你们肯定不会相信我的。你们肯定会认为是我胡编的。"

庞德瞟了一眼黑尔高级警督，似乎在寻求他的许可，后者轻轻点了点头，于是他说："你可以回伦敦了，考克斯先生。对警方撒谎确实相当愚蠢，还可能拖延时间，对案件侦破造成巨大阻碍。既然现在你已经把所知的一切原原本本地说了出来，我们也没必要再限制你的自由了。不过，如果之后还有什么需要询问的，我们会随时联系你。"

考克斯抬起头来，说："谢谢您，庞德先生。我真的非常非常抱歉，警督。"

"是高级警督。"黑尔实在是忍不住了，终于出口纠正他。

"对不起，我知道了……"

西蒙·考克斯起身离开了休息室。

"我们应该相信他吗？"等考克斯走远，黑尔问庞德，"如果相信他说的话，就应该立刻逮捕菲莉丝·钱德勒和她的儿子！"

"他俩自然是要审的，"庞德同意，"但别忘了，考克斯先生的英语并不是特别娴熟。除此之外，他所听见的是从窗户缝里传出来的只言片语，而他当时的情绪又很不稳定。"

"我了解到的是，月光花酒店一直在亏损中，"黑尔喃喃道，"并且詹姆斯小姐怀疑有人挪用公款……"

"我敢肯定，彭德尔顿先生一定能告诉我们更多有关此事的信息。"庞德转头对秘书小姐说，"结束前，我有件事必须问你，凯恩小姐。面试时，我怎么不记得你提过自己以前在德文郡生活？"

这回轮到秘书小姐脸红了:"是的,庞德先生,其实我从没有来过这里。"

"等一下!"黑尔简直不敢相信自己的耳朵,"你的意思是,刚刚关于灰沙海滩的那些话都是——?"

"请原谅,先生,那些都是我编的。"凯恩小姐眨了好几下眼睛,然后飞快地说,"刚才那位先生一开始显然是在撒谎,我也是灵机一动,想到说不定可以诈一诈他。因为我赌他也是第一次来这个地方,所以决定骗他说散步的海滩根本不存在——至少是他说散步的那时候是不存在的。"她转头看着庞德说,"您不会生我的气吧,庞德先生。"

黑尔高级警督哈哈大笑:"他怎么可能生你的气?应该给你颁发奖章才对,凯恩小姐。干得漂亮!"

"的确很有用。"庞德也同意。

"你俩真是完美搭档。"

"是啊,"庞德点头,"确实。"

第九章 犯罪现场

不出五分钟，黑尔高级警督便载着阿提库斯·庞德和他的助手从月光花酒店抵达克拉伦斯塔楼。凶杀案发生当晚，梅丽莎却花了二十多分钟才到家，这就意味着其中有至少十五分钟，没人知道她去了哪儿。这段时间她究竟做了些什么呢？当然，这一点有各种可能，比如她可能半途走路去了邮局；可能半路遇见了熟人，停下来闲聊了一会儿等等。但不管怎样，最后她回到家并且遇害，因此那天傍晚在她死前所做的一切事都非常重要，甚至可能是破案的关键所在。正如庞德在《犯罪调查全景》扉页上所写的那样——"在某些方面，刑侦人员和科研人员有颇多相似之处。导致凶杀案发生的所有关联事件，就像构成分子的原子一样紧密相连。一个不小心就可能忽略某个不起眼的小小'原子'，然而一旦如此，原本想要制造的糖就可能变成了盐。"

换而言之，梅丽莎做的所有选择都有可能一步步将她引上死亡之路。所以，庞德一定要弄清楚她究竟都做了些什么。

车子通过克拉伦斯塔楼的大门，在别墅前门停下。只需一眼，别墅的华美外观便令他们惊艳不已。造型优雅的回廊和华丽的阳台下方是修剪整齐的美丽草坪，沿路就是海滨公路。庞德回头望去，整条蜿蜒曲折的海岸线尽收眼底，向东能看到那座灯塔，水上的塔利就在灯塔后大约半英里的地方。那辆宾利车就孤零零地停在别墅前的碎石车道上,像个失去主人的摆件,尽管依然精致,却无形中有些悲寂之感。它的旁边还停着另一辆车,那是一辆颇为古旧斑驳的莫里斯旅行车,另外,别墅侧面的凹地上还停着一辆亮绿色的奥斯汀 – 希利汽车。

"那辆奥斯汀是弗朗西斯·彭德尔顿的车。"黑尔轻声道,"那辆宾利自然便是梅丽莎的座驾。不太清楚那台莫里斯是谁的。"

庞德仔细打量着别墅正面。弗朗西斯·彭德尔顿宣称自己在傍晚六点十五分离开别墅,这是凯恩小姐记下的十个关键时间点之一。可如今看来,马蹄形的车道和尽头处的双开扇大门意味着,弗朗西斯完全有可能从那扇落地法式大窗出来直接上车,因为窗外就是停靠着那辆奥斯汀的凹地。他完全可以避开所有人的视线从那里开车驶上主路,悄无声息地消失在坡道尽头。毕竟,弗朗西斯离开别墅的时间,只有他的一面之词。

同时,凯恩小姐从黑尔的车上下来了,打量着别墅,并用一种与她平日颇不相符的异乎寻常的热情赞叹:"好美的建筑!"

"我也这么觉得。"高级警督赞同地说,"怪不得詹姆斯小姐会想要住在这里。"

"既华丽又精致。"

"打理和维护的价格肯定不低。对了,她最近正在遭遇财务危机。"后面这句话是对庞德说的,"我联系过她的银行经理,说詹姆斯小姐在考虑把月光花酒店的房子重新挂牌出售,以此来筹集资金,还有她手上的一些其他资产。这种时候能够得到新的电影拍摄邀请对她来说非常重要。"

几人正打算按门铃时,门却忽然从里面开了,一个穿着粗花呢西装套装的男人站在门后,手里还拎着一只鼓鼓囊囊的医用包。就凭这身行头，即使黑尔之前在讨论案情时并未详细描述过他的外貌，此人的身份也是呼之欲出。黑尔向庞德介绍："这位是柯林斯医生。您应该还记得，是他发现了詹姆斯小姐的尸体。"

不需要提醒，阿提库斯·庞德也记得很清楚。他微笑着和医生握了手。

"庞德？"柯林斯医生想了一会儿才反应过来，"您就是那个侦破了鲁登道夫钻石失窃案的人！您怎么会到我们这个偏僻的地方来？"

"庞德先生好心答应来帮我们查案。"黑尔解释说，恢复了过去三十年来他最熟悉的官方措辞。

"噢，对，对！当然了！我怎么这么蠢！否则怎么可能请得到您大驾光临？"

"你一直在为彭德尔顿先生治疗吗？"庞德开门见山。

"是的。"柯林斯苦着脸说，"但愿您不是来找他谈话的。"

"他病得这么厉害吗？"

"怎么说呢，自从妻子死后他就没怎么睡过觉，依我看是情绪过于激动，有些神经衰弱。今天早上我过来做例行检查时，看到他那张脸，真是憔悴得不像话，于是立刻告诉他，要是再不想办法好好休息，我只能让他住院治疗了。他可不愿意去医院，所以我给他开了不少利血平。"

"是一种镇静剂吗？"

"是的，从一种叫蛇根木的印度植物中提取的生物碱。战争期间我曾给不少人开过，很有效。我看着他吃下去的，或许还要过会儿才起效，但我想他现在应该没法特别清醒地跟您对话。"

"我知道你只是履行职责而已，柯林斯医生。"

"这就要回去了吗，医生？"黑尔问。

"还得再去看看莱文沃斯农舍的格林太太和灯塔看守家的小南希,完了就能回家吃顿午饭了。怎么了?您是不是有话要问我?"

"如果方便,我们的确想跟你谈谈。"

"我已经把知道的都告诉您了,不过如果您需要,我很乐意再说一遍。我这就回去让萨曼莎准备茶水。"

说完,柯林斯医生从几人身边经过,俯身钻进他的汽车。他尝试了三次才启动了引擎,接着便从车道驶上公路离开了。

"希望您不介意我自作主张,庞德先生。"黑尔说,"我猜测您或许会想要跟他聊聊。"

"完全不介意。正好相反,在我看来,他正是此案破解的另一个关键原子。"庞德回答,语气神秘。

三人终于摁响了门铃,门后立刻传来一阵尖锐而狂躁的狗吠声。不一会儿门开了,一只毛茸茸的红色小狗蹿了出来,活像一团长了四只脚的毛球,后面嵌着一条短小且同样毛茸茸的尾巴。与此同时,有人在门后叫道:"金巴,快回来。"——小狗闻声立刻听话地跑了回去。庞德抬起头,发现面前站着一位身着皱巴巴深色西装的男人。

"这位是埃里克·钱德勒。"黑尔介绍道。

庞德怀着好奇打量着他,思考着眼前人是否有哪怕一丁点儿杀人动机和可能。结论是没有。埃里克四十多岁,却给人一种孩子的印象。他几乎就要秃顶,却任由其余的头发长长,都快要垂到肩上了。他的站姿有些奇怪,身体朝一侧略微倾斜,让人觉得似乎一只手臂比另一只要长些。

"早上好,高级警督。"埃里克主动打招呼。

"早上好,埃里克。我们可以进来吗?"

"当然了，警官。请别介意那只狗，每次有陌生人来，它总是特别激动。"

三人在埃里克的带领下走进屋内，站在铺着木地板和几张地毯的走廊里。一道镶嵌着木质扶手的长楼梯连接着二楼。

"房子的主人是谁，一看便知。"凯恩小姐平静地说。

她的话没错。走廊十分宽敞，本身就像一个大厅，一端连着起居室，另一端是厨房。走廊里摆满了各种装饰品，全都是梅丽莎演艺事业的纪念物品。进门迎面便能看见一座玻璃展柜，里面放着十几个奖杯、奖章等物品，其中包括英国电影电视艺术协会的奖杯和两座金球奖杯；另有两张一模一样的圆桌，上面摆着不少造型稀奇的道具，比如一把造型奇特的土耳其匕首，上面镶嵌着彩色的石头。庞德拾起匕首端详，惊讶地发现刀刃不仅是真的，还相当锋利。庞德不怎么看电影，黑尔却是电影迷，并且相当喜欢那部故事设定在伊斯坦布尔的叫作《后宫之夜》的喜剧片。看到匕首他想起来，梅丽莎在电影里扮演的英国游客，在最后一幕中，就是被这样一把匕首挟持。

与此同时，玛德琳·凯恩正在检视墙上挂着的各种照片。这些照片大部分都是电影海报，其中就包括著名的《月光花》和《绿野仙踪》，后者上面还有一行签名："送给我最耀眼的星。爱你的，伯特·拉尔。"

"我怎么不记得她参演过这部？"凯恩小姐喃喃地说，仿佛在自言自语。

埃里克听见这话，解释道："拉尔先生和詹姆斯小姐共同参演了《她是我的天使》，并成为好朋友。《绿野仙踪》是詹姆斯小姐最喜欢的电影之一。"说完这些，他重重地咽了咽口水，又接着道，"发生了这么可怕的事，真是太不幸了。我们对她的深切悼念是无法用言语表达的。"

那只宠物狗终于认可三个陌生人是没有威胁的,转身朝着厨房的方向跑走了。

"我们想见彭德尔顿先生。"黑尔开口道。

"是的,先生。我带你们上楼。"埃里克·钱德勒朝楼梯走去,步履略有些不稳,肩膀微微前后摆动着。"彭德尔顿先生在客房里,"他说,"自从案件发生以来,他一直无法再回到主卧室去。您知道医生刚给他看过,对吧?"

"知道,所以才要尽快见到他。我们需要跟他谈谈,之后庞德先生需要在屋内各处查勘一番。另外,我想他应该会想要跟你也聊聊。"

"我会和母亲在厨房等你们。"

"你母亲可好,埃里克?"

"还是老样子,先生。这件事对她的打击很大。"埃里克摇着头说,"我们都不知道今后该何去何从。一想起这些事就难过得很。"

他带着三人上楼,来到一条长长的走廊上。这条走廊直通别墅的两端,一端的尽头有一扇拱门,上面有一道厚厚的天鹅绒幕帘,现在被挽了起来,露出后面的另一条走廊。埃里克指着楼梯口旁边的一扇门说:"这就是詹姆斯小姐的房间。仆人的生活区在拱门的另一侧。彭德尔顿先生在这边……"

他转身向左走去,将众人带到一扇半掩着的门前。他轻轻敲了敲门,无人应答,于是略微使力又敲了一次。"请进。"一个虚弱的男声从门内传出,几不可闻。

埃里克侧身让路,庞德率先推门而入,黑尔高级警督跟在他身后,凯恩小姐走在最后,三人一起进入了这个昏暗的房间。时间虽然是上午十点半，房间里的所有窗帘却都垂着，紧紧地拉在一起，将阳光牢牢挡在屋外，仿佛外面乌云密布。弗朗西斯·彭德尔顿的样子和预想的一样虚弱和苍白，他了无生气地躺在床上，背后垫着厚厚的枕头。他穿着睡衣，披着睡袍，面无血色、形容枯槁，手臂无力地瘫在身侧。听见他们进来，弗朗西斯微微转头看过来，庞德看见他的双眼，神色空洞，那是巨大的悲痛和抵御悲痛的药物的共同作用。当然，悲痛与悔恨总是相伴而生，如果是彭德尔顿杀死了自己的妻子，此刻也完全可能有这样的反应。

"彭德尔顿先生……"庞德开口道。

"很抱歉，我想我并不认识您。"

"这位是阿提库斯·庞德先生。"黑尔立刻介绍，一面在床边坐下，"如果你不介意，先生，他想问你几个问题。"

"我感觉非常疲惫。"

"可以理解，先生，发生了太多事。我们会尽量快点结束，不占用你太多时间。"

凯恩小姐早已静悄悄地在房间角落的一张椅子上坐下，尽可能降低存在感。此刻的房间里，只有庞德一人站着。

"彭德尔顿先生，我明白，这件事对你来说，一定是难以想象的巨大打击。"他说。

"我很爱她。您无法想象我有多爱她。她是我的一切。"彭德尔顿幽幽地吐出这些话，声音缥缈，仿如梦呓。他并不是在对庞德说话，甚至说不定已经忘记房间里还有人在，"我跟她是在片场相识的。那时我是她的助理。做那份工作本来只是想找找乐子，我对电影并无兴趣，甚至认为那部电影很愚蠢——一个姑娘被绑架，有黑帮团伙，又有阴谋诡计的那种故事。还没拍完我就知道肯定不怎么样。可是当梅丽莎走进房间的一刹那，一切都变得不一样了。那一刻，我只觉得仿佛全世界的灯都亮了起来。我知道此生一定非她不娶，除了她，我再也不会爱上任何人了。"

"你和她结婚多久了，彭德尔顿先生？"

"四年。我好累，抱歉。我们可以晚点再聊吗？"

"拜托了，彭德尔顿先生。"庞德往前走了一步，"我必须向你询问案发当天的详细经过。"

黑尔心里觉得这件事基本无望，彭德尔顿看起来已经药效发作，不可能还记得清楚。然而庞德的问题却令床上的病人瞬间清醒，他努力撑起身子，双眼死死地盯着庞德，眼神中满是恐惧："案发当天！我一辈子也不会忘记……"

"你的妻子从月光花酒店回到家里以后。"

"酒店一直亏损。都是她找的那两个经理的错。我早就警告过她，让她小心这两个人，可惜她不听。梅丽莎就是这样，总是与人为善，总把人想得太好。"

"可你却认为酒店有猫腻。"黑尔故意用了一个带有刺激意味的词，他心里还记着西蒙·考克斯的话。

"有猫腻。是的……"

"那天她是去见加德纳夫妇的，对吗？"庞德问。

"是的，她不得不考虑出售酒店。她也不想，可实在是没办法了，我们要是还想在这里继续住下去的话，就必须那么做。可是在出售前，她必须清楚酒店账目和现金的去向……"

"她认为酒店经理盗用公款吗？"

"我认为是这样的，而她相信我的判断。"

"她回来的时候，你见到她了吗？"

"我一直在等她回家。本来那天晚上是要去巴恩斯特珀尔的，我们买了歌剧的票……《费加罗的婚礼》,可她说头疼,不想去了。她是这么说的,可我认为她只是想要一个人待着罢了。这段时间她的压力很大。我很想帮助她,我真的尽力了。"

"所以你自己一个人去看了歌剧?"

"是的。《费加罗的婚礼》。我是不是已经跟您说过了?"

"离家之前,你们俩交谈了大约……十分钟?"

"不止。"

"你们吵架了吗?"

"没有!没有人会想和梅丽莎吵架。"彭德尔顿虚弱地微笑着,"她想要什么你都会想要满足她。我总是会满足她的愿望,那样会让事情更容易些。"他打了个哈欠,接着说,"我们聊了关于加德纳夫妇的事。她说见到了南希,还有那个电影制片——叫什么来着?考克斯!真是件令人不悦的意外。他追着梅丽莎找到这里来,还在酒店堵她。"弗朗西斯往后靠了靠,将头枕在枕头上歇息。以他此刻的精神状态,显然随时都能昏睡过去。

可是庞德仍旧没有结束问询的意思。"离开酒店以后,她还有没有见过什么人?"他问。

"我不清楚。如果有,她会告诉我的……"

"你们在一起幸福吗?"

"自从认识梅丽莎以来,我每一天都很幸福。你怎么可能会懂呢?她富有、知名又美丽,但不止如此,她是独一无二的。没有她的日子我一天也活不下去。我不会再……"

镇静剂的威力终于盖过了理智,弗朗西斯·彭德尔顿闭上双眼,很快便沉沉地睡去。

三人静静地离开了房间。

"恐怕这番对话于您并无多少用处吧?"黑尔问。

"您之前已经询问过他了,高级警督先生,不知能否请您把当时的问询记录给我看看……"

"我会让人寄给您的,庞德先生。"

"我相信,看完记录就会了解我需要知道的一切。不过,我现在就可以向您保证,刚才那个年轻人在表达对梅丽莎的爱意时,并没有说谎。镇静剂或许会让他的脑子有些糊涂,但心却不会。"庞德转头看了看四周,"等他清醒了,我们再继续跟他谈,至于现在嘛,我想应该去凶案发生的卧室看看。"

"这边请。"

三人重新回到二楼的长走廊。庞德穿过拱门,粗略地扫了一眼第二条走廊,两侧的墙上挂着四张照片,尽头处还有一扇小窗。接着他才回转身,来到了埃里克所指的房间门口。门后的卧室位于别墅正面,相当宽敞明亮,有三扇窗户可以望见屋外的草地和山丘脚下的大海。房间里还有一扇门,打开便是之前在屋外见过的华丽阳台。庞德几乎能够想象,明媚的夏日,站在阳台上沐浴着阳光、远处海水闪着钻石般光芒的迷人情景。伴着这样的美景醒来,该有多么惬意。

卧室的墙面贴着丝质墙纸,上面绘着中国风的鸟和莲叶。这个场景立刻让庞德回想起伦敦骑士桥帕格特夫妇的卧室,心中暗自嘀咕,不知为何会有这样的念头。梅丽莎的装饰品位更偏女性化一些,窗户前有薄纱窗帘,房间里装饰着雅致的干花,一张有四根床柱的高级古董大床上方挂着丝质帐子;地毯是象牙白色的,家具看上去是法国样式,人工涂漆:一座狭长的法国传统样式衣橱、一台抽屉式的衣柜、一张整齐放着两沓信件的写字台;一对镀金的桌子分别放在床头两侧,上面各有一盏台灯,其中一盏可以透过玻璃灯罩看见明显的缺口和裂痕。庞德注意到墙上的电话插线口，由此判断，原本电话应该放在离房门最远处的那张桌子上。警方已将电话作为证据带回警局，它毕竟是杀人凶器。另有一扇敞开的门连着一间浴室，里面有淋浴间、澡盆和马桶——不寻常的是，还有一只坐浴盆。

"卧室已经整理打扫过了，"黑尔解释说，"我们将现场保留了四五天，拍了大量照片，稍后可以给您看看。彭德尔顿先生对此不悦，因为保留案发现场就意味着让他不断回想起当天的情形，而依照他如今的精神状况，恐怕是不行的，于是我做出了让步，让人打扫清理了。当然，那时候我并不知道您会来，真是抱歉。"

"请不必道歉，高级警督，您的做法是正确的。但请您详细描述一下当时的现场状况。"

"没问题。"黑尔四周看了看，慢慢回忆了一会儿才说，"梅丽莎·詹姆斯躺在床上，场面非常恐怖。不知道您是否见过被勒死的人，那真不是种体面的死法。当时她的头就那么耷拉着，一只手臂扭曲地放在脑后，双眼充血圆睁，嘴唇肿胀——凯恩小姐，您听这些还好吗？"

玛德琳·凯恩正站在写字台边，听到黑尔绘声绘色的描述，脸色有些发白。她向后伸手，似乎想找地方支撑身体，可脚下却绊了一下，差点跌倒。这么一来，她的手碰掉了写字台上的一沓信，信封散落在地板上，而她看上去几乎也要跟着摔下去。

庞德赶紧冲过去扶住她，说道："凯恩小姐？"

"请原谅，庞德先生。"她在牛角框眼镜后努力瞪着双眼说，然后有些艰难地蹲下身，捡拾地上的信件，"我真是太不小心了……抱歉。"

"你不需要道歉。"庞德说，"是我太欠考虑了，你快下楼休息。"

"谢谢您,庞德先生。"凯恩小姐在庞德的搀扶下站了起来,将手上的信交给他,然后说,"这恐怕确实超过我的承受能力。"

"需要我陪你下楼吗?"

"不用了,我一个人没事的。我很抱歉。"她努力挤出一个笑容,"之前在联合饼干公司工作时,从来没有接触过这类事件。"

说完她便飞快逃离了房间。

"要不要我来帮您记笔记?"黑尔问,显然他对刚才的事有些担忧。

"我想我能记住所有细节。"庞德再次关上卧室门,补充道,"是我的错,不该让凯恩小姐来犯罪现场的。"说着将手里的信件放回写字台,又道,"我之前没有过秘书,对正确的办案流程还不太熟悉。"

"要我继续吗?"

"请务必继续,高级警督。"

"梅丽莎的脖子上有两道擦伤,耳朵有血痕。恐怕她死前并未激烈反抗,虽然床单皱巴巴的,她还掉了一只鞋子,但指甲缝里什么也没有。我估计凶手是从她背后袭击的,这就可以解释为什么她的手无法抓到那个想要杀死她的男人。"

"您确定凶手是男人吗?"

"若有不妥,请您指正。可是庞德先生,我很难想象一个女人如何勒杀另一个女人。"

"确实,这很不寻常。"

"没错。发现尸体的柯林斯医生是一个稳重理智的人,虽然努力抢救詹姆斯小姐,却很小心没有碰房间里的任何其他物品。"

"杀人凶器呢?"

"她是被床头的电话线勒死的。这一点让我推测,杀人并非提前计划好的,因为如果有人怀着杀意上门来,通常应该会带着凶器。不过电话上没有发现指纹,我们仔细检查过,什么也没有。要么是凶手事后擦掉了指纹,要么他作案时戴着手套。"

庞德默默地听着,没有发表任何意见:"您之前提到,现场发现了两张被丢弃的纸巾?"

"实际上一共有三张,其中一张是在楼下发现的。"黑尔走到化妆桌前,"这里原来有一盒纸巾,现在和其他物证一起存放在埃克塞特警察署。"他顿了顿,又说,"在被袭击前,梅丽莎·詹姆斯显然非常伤心,我们在房间里找到了两张纸巾,一张在废纸篓里,另一张扔在地板上。这些纸巾也在警署。她哭得很厉害,庞德先生。"

"您知道她究竟为何伤心吗?"

"这个,您刚也听见彭德尔顿说了,或许是为了之前在酒店里的谈话……先是加德纳夫妇,再是西蒙·考克斯。可另一方面,这两方都坚称,梅丽莎离开酒店时情绪正常。"

"他们说的话不一定可信。"

"这倒是,不过她离开前还和南希·米切尔聊过天,就是前台负责接待的小姑娘——她也说梅丽莎离开时一切正常。"

"这么说,一定是她离开月光花酒店之后发生了什么,让她无比难过。"

"正是。很有可能就是在她失踪的那二十分钟内发生的,但我的推测是,令她难过的更有可能是和丈夫之间的谈话。别忘了,他是最后一个见到活着的梅丽莎的人。他们聊了大概十五分钟,然后弗朗西斯离开家去看歌剧……据他本人所说是六点十五分。可以肯定的是,她在十二三分钟后打给柯林斯医生时是哭着的。"

"您还没告诉我梅丽莎打电话跟柯林斯医生说了些什么。"

"或许您直接让医生告诉您会比较好。"黑尔摇着头叹着气说,"她说了些让人摸不着头脑的事。"

"好吧。现在我想看看发现第三张纸巾的房间。"

两人离开主卧室下了楼,进入占据别墅正面一角的起居室,那里的一面墙上有两扇面朝大海的窗户,另一侧的墙上也有两扇大窗。一排落地法式玻璃大窗向外开着,外面就停着弗朗西斯·彭德尔顿的奥斯汀汽车。庞德注意到起居室里摆放着更多彰显梅丽莎·詹姆斯电影明星身份的物品:嵌在相框里的照片、印着米高梅公司标识的银色烟匣、各种电影海报、她的某部电影的场记板等等。

"另外一张揉成一团的纸巾是在这边发现的……"黑尔指着放在房间远端门边的一张铝制台式书桌。这张桌子看上去更像是装饰,正中间摆着一只硕大的花瓶,里面插着一束干花,旁边放着一台看起来很重的胶木电话,"就在书桌下面的地板上。"

"别墅里还有别的电话吗?"庞德问。

黑尔想了想说:"我想厨房里应该还有一台,就这些。"

"有意思。"庞德近乎自言自语地说了一句,"您的观察是正确的,詹姆斯小姐的确哭得很厉害。她是在自己的卧室里哭的,但从现场证据来看,她还曾在这里哭过。但这里有个问题,高级警督,需要您思考:她到底为了什么事伤心?以及是什么原因让她分别在别墅两个相隔颇远的房间里痛哭?"

"我不太确定能回答这些问题。"黑尔回答道。

"请原谅,我的朋友,但您必须找出答案。我们能够确定她是在楼上卧室里被杀的,但是给柯林斯医生的电话有可能是在楼下打的,就在这个房间里。怎么会这样?"

"这很简单。电话不是在这个房间里打的,原因是凶手当时就在她身边。她知道此人很危险,因此情绪变得十分低落,几近崩溃,继而哭泣。她想了个借口上楼回到卧室,然后在那里打电话给柯林斯医生。可是凶手尾随她上了楼,用电话线勒死了她。"

"卧室里有两团纸巾,而这里只有一团。这难道不表示她在楼上待的时间比楼下更长吗?"

"很抱歉,庞德先生,我不明白您想说什么?"

"我只是想弄清楚这里究竟发生了什么,高级警督。就目前掌握的信息而言,这一切根本无法拼成真相。"

"那我们不如去和钱德勒母子聊聊,他们在别墅里一直待到差不多凶案发生的那一刻。而且我想您也一定很想知道,他们在厨房里到底讨论了些什么。"

于是二人离开起居室,穿过宽敞的走廊来到厨房。菲莉丝·钱德勒和儿子正坐在空荡荡的餐桌前。这是第一次这张桌上没有摆放着蛋糕、意大利脆饼或者任何菜肴点心。炉灶冷冰冰的,周末的派对早已取消。自从妻子死后,弗朗西斯·彭德尔顿就几乎没有进食过任何东西,两位仆人也无甚可做。

"我从没想过事情会变成这样。"几人一同在餐桌旁坐下后,菲莉丝说,"明年我就六十五岁了,本来一心期待着退休生活,现在却不知道是否还能保住这份工作,将来又该怎么办。除了这里,我们没有别的地方可去。"

"你不认为彭德尔顿先生会留下你们吗?"庞德问。他就坐在菲莉丝对面,高级警督坐在他旁边。

"她不在了,我都不确定彭德尔顿先生会不会继续住在这里。我从未见过像他们一样如胶似漆的夫妇,这是事实。"

"可是我听说他们之间时不时会爆发争吵?"庞德重复着黑尔告诉他的话,这些话显然正是他们说的。他看着菲莉丝,态度近乎歉疚。

菲莉丝的脸一下子红了:"呃,他们的确偶尔也会吵架,可夫妻间不都这样吗。詹姆斯小姐最近忧心忡忡,一方面是为了酒店经营的事,另一方面是关于新的电影拍摄邀约。彭德尔顿先生总是全心全意地照顾着她,甚至为了和她结婚不惜违抗父亲,他的父母也从不曾来探访过,可这些他统统都不介意。你也看到他现在的样子了!对他来说,詹姆斯小姐就是全世界。"

"你认识一个叫阿尔吉侬·马许的人吗?"

"认识,我见过他。"这个问题似乎让她颇为不安。庞德不说话,等着她自己继续说下去。"他经常会来塔利,住在自己妹妹家。他妹妹就是柯林斯医生的妻子。"说完这话,菲莉丝陷入了沉默,然后,意识到庞德还在等着下文,又补充道:"他曾来过家里好几次,詹姆斯小姐似乎很喜欢他。我也不知道为什么,也不愿说些僭越的话,不过我觉得她对这个人过于宽容慷慨。至于您打算如何理解都可以。"

这就是菲莉丝愿意说的所有话,而这些话可能包含不少信息。坐在餐桌另一边的埃里克·钱德勒不安地挪动了一下身体,回避母亲的注视。

"可否告诉我,詹姆斯小姐被害当天傍晚都发生了些什么?我知道这些事你已经跟高级警督说过了,但我想听你本人说说。"

"当然可以,先生,尽管并没有太多可说的。我和埃里克那天晚上放假,计划要去看看我住在布德的妹妹。詹姆斯小姐很好心,允许我们开她的宾利车去,所以我们就在家等着她从塔利回来。"

"她有告诉过你们去塔利的原因吗?"

"没有。不过她说自己有些头疼,想要早点休息。我上楼换衣服的时候……大概是差几分钟六点。我和埃里克的生活起居都在楼上。之后我下楼来到厨房,和儿子一起等她回来。"

"我们听见车停下的声音,但不是她。"埃里克补充道。

"那是什么时候?"

他耸了耸肩说:"大概六点。"

埃里克的话正好和西蒙·考克斯的话吻合。制片人把车停在别墅外的时间正好是六点左右,当时他躲在车里没有下来。

"几分钟后,詹姆斯小姐回来了。"菲莉丝继续道,"她回来后径直上了楼,我想是这样的。这不太好确定,因为我耳朵不太好,而且房间的墙也很厚。我的儿子埃里克可以做证。"

埃里克快速地抬了一下眼,没有说话。

"你们是什么时候离开别墅的?"庞德问。

"比预计时间稍微晚了点。我们计划要去看我的妹妹贝蒂,本打算七点到她家,结果一直到六点二十五分才出发。"

"你看见彭德尔顿先生离开别墅了吗?"

"没有,先生。不过他的车一直都停在别墅另一侧的凹地上,如果要出门,应该会直接从起居室的法式落地窗出去。"

"可你跟警察说的是,彭德尔顿先生离开后,有人登门造访。"

"是的,先生。虽然没有按门铃,但我们听见金巴在叫,这表示有陌生人登门。然后隔了大约一分钟,前门打开又关上,这就是证据。"

"可你们没有出去看看是谁来了。"

"我们当天放假,着装很随便,不适合接待客人。"

"这倒不是没可能。那么，你们离开别墅时，詹姆斯小姐是独自一人在家里面对那个陌生人，那位登门造访的人，对吗——不论他是谁。"

钱德勒太太的脸又红了："我不清楚您想暗示什么，先生。我们那时并没有理由认为这个人会伤害詹姆斯小姐。塔利是一个非常宁静的村庄，几乎夜不闭户，以前从未发生过这种事。"她指着一扇门说，"埃里克和我是从后门出去的，直接上了宾利车就离开了。"

"你们离开前没再听见任何声响？没有任何挣扎的声音？没有听到台灯打碎的声音？"

"我们什么也没听见，先生。别墅里很安静。"

问询看样子是结束了，庞德站起身来。"还有最后一个问题，"他说，"离开别墅前，你和儿子吵了一架。"他的语气听起来像是偶然想起这件事，随口一提而已。

可菲莉丝感觉被冒犯了："没有这回事，先生。"

"你们没有讨论过月光花酒店的事吗？你不认为酒店里有些事情可以用'猫腻'来形容？"

埃里克看起来一头雾水，可他母亲却立刻接过话茬："我们或许说到过酒店。我们都知道酒店一直赔钱。既然您问到此事，我可以告诉您，詹姆斯小姐的确对于酒店的经营管理有所疑虑。"

"你指的是加德纳夫妇，对吗？"

"我没法儿说，先生。这件事跟我和埃里克都没有关系。"

"可是你却对你的儿子感到愤怒。"

"我对他很失望。您要是认识他的父亲，就会明白为什么。"

"妈妈！你怎么可以这样说我？"这是今天埃里克第一次主动反抗。

"我就这么说了！"菲莉丝瞪着他，"我活着的每一天都对你感到失望。你的父亲是勇于战斗的英雄，而你呢？你都干吗了？"她抄起双手，"我没什么好说的了。"

"我还有最后一个问题。"庞德细细地打量着眼前这个女人，"你是不是有什么事害怕被詹姆斯小姐发现，并且也没有告诉我们？那天傍晚你们在厨房里商量的就是这件事吗？"

庞德没有选择重复考克斯所说的每一句话，没有质问钱德勒母子是否说过"要是被梅丽莎·詹姆斯发现就不得不杀掉她"这句话。

菲莉丝·钱德勒终于忍不住发起火来。"真是邪门了，还真是隔墙有耳、处处有眼啊。没错，我和埃里克是说了几句话，但那并不是什么要紧的事。管理这么大的房子可不怎么容易，想发火也是正常，您以为我们母子共事一定会很愉快吗？或许我们是吵架了，但谁家不吵架呢？如果有人偷听了什么，让他自己来这里和我们对质，别像个胆小鬼一样躲在背后偷偷摸摸放暗箭！"

"我很抱歉，钱德勒太太，不过这是我的职责所在，要对所有线索刨根问底。"

"哼，完全是和案子无关的事。"她深吸了一口气，"埃里克工作不够认真，仅此而已，我觉得有必要训他两句，所以就训了。"

"那好吧，钱德勒太太。我们也没有别的问题了。"

阿提库斯·庞德微笑着，似乎想安慰对面的女人，叫她完全不必担心，随后便和高级警督一起离开厨房，回到了大厅。

凯恩小姐坐在椅子上等他们。"真是太抱歉了，庞德先生。"她再一次叹道。

"希望你现在觉得好些了，凯恩小姐。"

"我没事了，先生。刚去花园里转了一圈。"她试着微笑，但很明显身体还是有些发抖。

"你想回酒店吗?"

"不,先生。我想和您一起。"她的脸上涌起一丝怒气,"这件案子实在残忍,我想找出凶手。"

"希望我不会让你失望。"庞德答道。

"您对他们有何看法?"黑尔问,看着厨房的方向。

"他们很不开心。"庞德应道,"而且没有说实话。目前就清楚这些。但我们不能忘了,高级警督,梅丽莎·詹姆斯是在他俩离开别墅后,才给柯林斯医生打的电话。"

"那是他们的说辞。"

"或许可以从柯林斯医生那儿得到更多线索。"

*

菲莉丝·钱德勒隔着厨房窗户看着几人离开。埃里克起身,从餐桌向她走去。

"他知道了。"菲莉丝头也不回地说,"就算还没有完全知道,也迟早会查出来的。"

"我们该怎么办?"埃里克的声音听起来孱弱喑哑,近似于哽咽。这一刻他再次感觉自己变回了当初那个幼儿,眼睁睁地望着父亲离开家、上战场,而他从学校回家,等着母亲宣布对他的安排。

可是这一次,母亲并没有丝毫打算插手的意思:"你应该问,你该怎么办?"

说罢她便转身离去,只留下埃里克一个人,舔舐着心底黑暗的念头。

第十章 来吧，甜蜜的死亡

"早安，欢迎光临床边庄园。"

柯林斯医生站在家门口迎接三人。他脱掉了外套，但还穿着他们上次见面的衬衫、领带和西装背心，手里握着一支烟斗。

"这不是房子原本的名字，"不等众人询问他便主动介绍道，"原来的名字很无趣：教会小屋。我早就想改，可萨曼莎坚决反对。她很喜欢在教堂旁边的小屋里生活，不过我的病人们给它起了个可爱的名字，叫'床边庄园'，我也就顺其自然了。快请进，茶已经泡好了。"

庞德走在前面，其余二人跟在他身后依次进了屋。这栋位于教区长巷的房子在柯林斯医生和妻子的精心打理下，一派温馨祥和——从地毯到窗帘再到墙纸，虽有些老旧，却自有一番岁月的魅力。门厅一侧的墙上挂着大小不一、颜色各异的外套，下方一排威灵顿牌长靴摆放得整整齐齐；楼上隐约传来收音机里的音乐声；厨房里飘散出一阵阵新鲜出炉的烘焙香——这一切都在一瞬间营造出一种与克拉伦斯塔楼截然不同的氛围和生活气息。

"我的问诊室在那边，"柯林斯医生用烟斗柄指了指一扇门，"请随我去起居室。"

众人在他的带领下进入一间四四方方、陈设简朴的房间：两张松软的沙发；好几个被书塞得满满当当的书柜；一架一看便知尘封已久的立式钢琴，不用弹也知道音准肯定早已跑得不知所终；还有几张褪色的维多利亚时期肖像画。钢琴上放着一个十字架和一张乐谱——J.S. 巴赫的《来吧，甜蜜的死亡》。

"你会弹钢琴？"庞德问。

"萨曼莎会。"柯林斯回答，注意到上面的乐谱名，"她很喜欢巴赫，但我想这首曲子此刻不太合时宜。"说着将乐谱翻了个面，这样就看不见名字了，"请坐。萨曼莎知道各位来了，她马上就来。"

"你的内兄在家吗，先生？"黑尔问。

"阿尔吉侬？在的，就在楼上。你不会也要见他吧？"

"能见见或许也好，先生，我们走之前能见一面的话。"

"您不会认为他和这案子有任何关系吧，高级警督？阿尔吉平时是不太靠谱，但我不认为他能有那个胆子！"

很难从柯林斯医生的语气神态中看出他说的话究竟有几分真。刚才提到阿尔吉侬的名字时，他的眼中飞快地闪过一丝寒光。

没过多久，萨曼莎·柯林斯端着茶水进来了。庞德只觉得以她的形象而言，手拿托盘或者洗衣篮，抑或是吸尘器这些物件实在是再适合不过。他记得有一个词特别适合用来形容这样的女人——是"大忙人"吗？不对——这不是他想表达的意思，尽管这个人从体态和神情而言，的确有那个潜质。萨曼莎发色棕黑，但已有白霜悄悄爬上鬓边，头发用丝带向后挽起；她素面朝天、不施粉黛，这让庞德觉得，她要么根本不在意自己的形象，要么教会和诊所的双重职责过于繁忙，让她无暇顾及自己的仪态装扮。

"上午好，庞德先生。"她说。墙上的时钟刚好指向十点。

"你好，柯林斯夫人。"庞德准备起身迎接。

"快请坐！希望您不介意茶包泡的茶，家里只有这些和伯爵红茶。很高兴再次见到您，高级警督。这位想必就是凯恩小姐了？"

"您好。"凯恩小姐坐着朝她点头致意。

"我丈夫说在克拉伦斯塔楼遇见了各位，并说稍后会来家里。真是赶巧，因为我们下午要出门，所以把孩子们送去灯塔看守的米切尔太太家了，家里很清静。要加牛奶吗？"

"一点就好，谢谢。"

"如果方便，我想加一片柠檬。"凯恩小姐说。

"柠——厨房台上有个小碟子，我切了些柠檬片在里面。介意跑个腿吗？"

"好嘞！"医生立即起身走出起居室。

"这件事实在太可怕了，"萨曼莎转头看着众人，边倒茶边说，"杀人本来就够可怕了，把人勒死就更加恶毒。梅丽莎临死前最后见到的人竟然是杀她的凶手；活着最后一秒的感受竟然是被人用手掐住脖子。上周日我们都在教堂为她祈祷，一起诵读了赞美诗第二十三章——'耶和华是我的牧者，我必不至缺乏。他使我躺卧在青草地（green pastures）上，领我在可安歇的水边……'"

"《青青草地》(Pastures Green)！"凯恩小姐原本一直埋头笔记，此刻却忽然抬头纠正道。

"没错。那也是她主演的其中一部电影的名字，我们特别选了这一首赞美诗。教区牧师专门为她做了一场特别感人的布道。"

"你跟她关系很好吗？"庞德问。

萨曼莎想了想才开口回答："不算特别亲近吧，庞德先生。当然了，她很有名，大家都认识，或许这也是一种麻烦，想和名人交朋友可不那么容易。"

"柠檬来了！"柯林斯医生端着柠檬回来了。

"可你认识她？"庞德不为所动地继续问。

"噢，是的。她曾来过家里好几次。"

"是因为生病吗？"

"她压力挺大的，有些不舒服，"柯林斯医生回答，"不过她倒不是来见我的。"

"她来见我的哥哥，阿尔吉侬。他是她的财务顾问。"萨曼莎解释说，"他俩经常在一起。"

"据我所知，案发当天，你哥哥也在这里。"

"是的，那天他和朋友在外面玩了一下午，直到晚上七点左右才回家。"

案发时没有不在场证明。庞德注意到凯恩小姐在笔记本上飞快地写下了这行字。

"他回来后和你说过话吗？"

"没有。一回来就直接上楼回房间了。"萨曼莎表情有些困惑，"为什么要问这么多关于阿尔吉的事？他从不会伤害任何人。"

"我只是想要查证事实。"庞德向她保证，然后看着柯林斯医生说，"如果你能详细描述一下詹姆斯小姐被杀那段时间发生的具体情况，将对调查很有帮助，就从接到她的电话开始吧。"

柯林斯医生点点头。"您知道，我努力尝试过想要救活她，"他说，"要是我能再早到几分钟，说不定就能救活她了。"

"我知道你已经尽力了。"

"我以为我及时赶到了。我看见她仰面躺着，经过了一番挣扎。但是她当时看起来——可能还活着。我立刻冲过去检查她的脉搏,但是没有摸到。"

"请从最开始说起。"

柯林斯医生缓缓吸了口气说:"当时我正和萨曼莎在诊所里。几点来着,亲爱的?"

"不到六点半。"

"对。那天傍晚诊所没什么人,总共就只有来看风湿病的海史密斯先生,还有带着双胞胎来看病的利太太。他们俩都咳得很厉害,不过还好看得早。我正准备收拾下班时,电话铃响了,是梅丽莎打来的。"

"她说了什么?"

"她说的话不成逻辑,庞德先生。我只知道她听起来很难过,说家里有人来了,问我可不可以立刻过去。"

"她没说来人是谁吗?"

"我感觉她自己似乎也不清楚,只说着:'他在!'又说,'我不知道他想干什么。我很害怕。'她在电话里哭。我跟她说要冷静,我马上就过去。"说着他再一次看着妻子说,"我打了多久的电话?"

"就一分钟。或许更短。"

"你有听见对话内容吗,柯林斯夫人?"

萨曼莎思考了一下:"我能听见她在说话。听声音绝对是詹姆斯小姐。又看见伦恩一脸警惕,于是赶紧走了过去。我听见她哭喊着求他帮忙。"

"我尽快挂断了电话,"柯林斯医生继续道,"事出紧急,我知道自己必须尽快赶去。于是抓起医疗包就出门了。"

"你抵达别墅时情况如何?"

"我按了门铃,但没有人应声。所以我直接打开门——门没有锁——然后走了进去。她的宠物狗一路冲了出来，冲着我吠叫，除此之外屋里……呃……死一般的寂静。我试着喊了梅丽莎的名字，但无人应答。我去了厨房，想看看埃里克和菲莉丝在不在，但他们都不在。我才想起，刚才来的时候没看见车道上停着车。我又去了起居室和餐厅，但都没有人，也没有混乱打斗的迹象。可尽管如此，不得不承认，我还是很担心。之后我便上楼了，宠物狗跟着，一路不停来到主卧门外。您可能奇怪我怎么会知道房间在哪儿，这是因为之前有好几次梅丽莎不舒服，都是我上门给她看诊。

"我的第一个念头是，她或许在床上休息，可刚一转过走廊的角落，便看见了那一幕。当时门没关，她仰面躺着，电话线缠在脖子上。其中一张床头桌被掀翻在地，一只鞋子掉在地板上。我立刻冲过去查探呼吸，然后便给她做了心肺复苏，但一切为时已晚。"

"你当时没有担心过自身安危吗，柯林斯医生？凶手说不定还在屋里。"

"您知道吗——这一点我还真没想过！脑子里只想着怎么救梅丽莎。当意识到回天乏术时，我回到了楼下，因为显然楼上是无法打电话叫警察的。电话线完全被从墙里扯了出来。我去了起居室，在那里打的电话。"

"那只狗呢？"

"这真是个奇怪的问题，庞德先生。您的意思是？"

"它有跟着你吗？"

"有的，它跟着。那小家伙看上去很难过，但我没空管它。打完电话我就出门回到了车里，一直等着警察来。"

听完这些话，现场有一阵短暂的宁静，庞德的大脑飞速旋转，消化着刚才听到的信息。凯恩小姐飞快记着笔记，不一会儿，终于记完所有重点，停下了笔。

"你能描述一下你和詹姆斯小姐的关系吗？"庞德接着问，"我注意到你称呼她为梅丽莎，并且说对她家的构造很清楚。之所以有这个问题，是因为我不明白她为什么会第一时间打电话给你。"

"而不是打给——？"

"警察。"

柯林斯医生点了点头："这个问题的答案很简单。我住的地方离她更近，而警察要从比迪福德一路赶来。至于我们之间的关系，梅丽莎过分担心自己的健康，所以我们经常见面。老实说，她的身体没什么毛病，但她经常需要跟人倾诉，一来二去，我们就成了好朋友。我想她大概觉得我很可靠。"

"你成了她的知己。"

"可以这么说。"

"那她有没有跟你倾诉过和丈夫之间的关系？她是否有可能在偷偷跟别人约会？"

"我不确定是否应该回答这个问题。"柯林斯先生皱起了眉头，"我是医生，有义务保护病人的隐私。不过她其实从来没有跟我说过关于弗朗西斯的事。她是个演员，和我聊的大都是关于她自己，尤其是她的演艺事业。本来她马上要参演阿尔弗雷德·希区柯克的新电影了，她很激动。"

"我们得走了，"萨曼莎·柯林斯插嘴道，看了一眼时钟，"得去赶火车。"

"你们要去哪儿？"黑尔问。

"伦敦，"柯林斯医生答道，"只去一天，明天就回来。"

"办事还是休假?"

"私人事务,高级警督。"

"请恕我直言,医生,在谋杀案调查期间,是不存在私人事务一说的。"

"我很抱歉,您说得对。"柯林斯医生伸出手握住萨曼莎的手,"我们是要去见律师,商讨关于我太太可能获得的一笔遗产的事,是她姑姑留下的。我向您保证,这件事和梅丽莎·詹姆斯的死毫无关系。"

黑尔点头道:"庞德先生,您还有别的事要问吗?"

"只有一件。"庞德看着柯林斯医生,"她打电话给你的时候,有没有跟你提过那天回家之前去了哪里?"

"什么?"

"詹姆斯小姐是傍晚五点四十分离开酒店的,可是一直到六点多才回到家,"黑尔解释说,"我们想知道这消失的二十分钟发生了什么。"

"我可以告诉您。"萨曼莎·柯林斯忽然开口,然后顿了一下,显然发现自己的突然插嘴令众人有些吃惊,"她去了教堂。"

"圣丹尼尔教堂?"

"是的,高级警督。我上楼给儿子讲故事时,无意中朝窗外望了一眼,看见她的车停在教堂大门边。从马克的房间里能够很清楚地看见教堂。她从车里下来,在那儿站了一会儿,然后进了教堂。"

庞德思考了一会儿:"我听说你对当地教会的工作和活动十分积极,柯林斯夫人。"

"是的,尽我所能帮些忙。"

"你常常在教堂见到詹姆斯小姐吗?"

"她不怎么来做礼拜,不过每年圣诞节和感恩节总会来参加圣经诵读,她做得很好。您或许也知道,她曾请求死后被安葬在教堂墓地里,可是直到现在警察也没有归还遗体。"萨曼莎责备地看着黑尔。

"快了。"黑尔保证。

"不过既然您问起,我记得有好几次见到她进出教堂。"

庞德皱了皱眉:"这不是有点奇怪吗?在我看来她不像是个虔诚的教徒。"

"你不需要信教也可以享受教堂里的平静与安慰。"萨曼莎回答。

"最后见到她那天,她是一个人去的教堂吗?"

"是的。"

"你看见她离开了吗?"

"没看见。我后来下楼回到诊疗室,再然后就完全忘了这事。"

柯林斯医生站了起来。"我们真的必须要走了。"他说,"您刚才说想见见我的内兄?"

"是的。"庞德说。

"我这就叫他下来。"柯林斯医生说着走到门边,犹豫了一下,忽然有些不安,"这话可能听上去有点奇怪,不过我希望各位不要提及我刚才告诉你们的事——关于我们去哪里、做什么。刚才也说过,我和萨曼莎希望这件事能尽量保密。"

"当然。"

"阿尔吉和乔伊斯姑姑关系不怎么好。"等丈夫离开起居室后,萨曼莎解释说。

门厅处传来医生呼唤阿尔吉侬的声音。

"我很意外,你竟然把孩子送去米切尔太太家,"黑尔忽然说,"难道不是让他们留在家里由舅舅照看更好吗?"

"很遗憾,我这个哥哥不是很会看小孩。再说,孩子们也很喜欢布伦达,他们会认识是因为布伦达经常来家里帮忙做家务。而且对小孩来说,能睡在灯塔里可是件美事。"

柯林斯医生回到起居室,身后跟着一个浅色头发的年轻人。他的脸上挂着紧张的微笑,手指上戴着一枚金色的图章戒指,手腕上还戴着一块昂贵的手表,上身穿着一件白色衬衫,下身穿着一条骑兵呢的裤子。

"希望你别介意我们先告辞,"趁着年轻人走进房间的工夫,医生说,"我们真的必须离开了。"

萨曼莎也起身戴上手套。"咱们明天见,阿尔吉侬。晚餐在冰箱里,酒店的电话号码在问诊室的写字台上,有事可以联系我们。"

"看戏愉快。"

原来他们告诉阿尔吉侬说是去伦敦看戏,庞德暗暗记在心里,因为这一点很有意思。

阿尔吉侬·马许一直站着,直到伦纳德和萨曼莎离开家后才开口道:"伦恩说你们想和我谈谈,请问是关于什么事?"

"你觉得呢,马许先生?"黑尔答道,"我们还在调查梅丽莎·詹姆斯小姐的案子。"

"啊,当然、当然。"他之前看起来非常紧张,现在稍微放松了一些,"我们之前有谈过,高级警督,也回答了您所有的问题。因此,听说您想再次询问我,我很意外。"

"这事怪我,马许先生。"庞德解释,语气带着歉意,"不过通过调查,我发觉你和詹姆斯小姐似乎非常亲近。"

"我可不敢这么说,只是给她一些投资方面的建议而已。"

"可是你也是她的好朋友吧。"

"我尽量和所有客户都保持友好关系。"

"你和她多久见一次面?"这个问题看似简单,实则相当尖锐。

"每隔一段时间就会在伦敦见一次面。"阿尔吉侬很快意识到,面前这个戴着圆眼镜、拿着手杖的私家侦探恐怕不好惹。他暗自小心,尽可能让自己听起来与此案无关。

"你也经常来看她吗?"

"不是的,我是来看我妹妹的。我还是通过她认识梅丽莎的。"

"你给她的投资建议是什么呢?"黑尔问。

"是组合投资,高级警督,里面包含各种产品,但我可以保证的是,梅丽莎对她的投资非常满意。"

"可不是吗,先生。"黑尔咕哝了一句,语气有着明显的讽刺意味。

阿尔吉侬·马许却不在意,他看起来成竹在胸,仿佛卸下了心里的一块大石头:"还有别的问题吗?"

"可以告诉我们凶杀案当天的傍晚六点到七点之间,你在哪里吗?"

"我就在妹妹家里,在楼上睡觉。"阿尔吉侬微笑道,"午饭的时候喝多了,睡一觉醒醒酒。"

这么说,他是一路醉驾过来的,黑尔心想。当然,现在不是处理这件事的时候,不过他已在心里记了一笔,准备秋后算账。于是他说:"可你妹妹说那天你直到晚七点才到家。"

"那她记错了。我到家时差不多六点十五分,回来便直接上楼休息了。"他耸耸肩,"当时恐怕没人看见我回来,这一点很遗憾，如果您需要我的不在场证明，那我确实没有。"

"你还打算在塔利住多久，马许先生？"庞德问。

"再住几天吧。梅丽莎不在了，我再在这里待着也没意思。"

"可就在刚才你不是说，来塔利是为了看妹妹的吗？"

"我这次来是为了她俩，庞德先生。要我送你们到门口吗？"

片刻后，三人离开屋子，沿着小道往回走，大门在他们身后"啪"的一声关上。

"他说的话我可一个字都不相信！"凯恩小姐咕哝着。

"真让人不爽。"黑尔附和。三人走过停在车道边的那辆法国标致车，庞德扫了一眼车身上的银色标识和散热格栅处的凹陷。"现在怎么办？"高级警督问。

"我看今天的调查已经差不多了。我想看看您的问询记录，再好好思考一下今天得到的信息。您这就要回埃克塞特了吗？"

"不，庞德先生，我想既然您在，我怎么也得在塔利住一晚。玛格丽特——就是我的妻子，就算晚几天见到我也没关系。说实话，我希望能多跟您待一会儿，感觉能学个一两手。不过我可住不起月光花酒店，所以在'红狮'订了一间房。"

"您真是太客气了，高级警督。不知今晚能否赏光和我共进晚餐？"

"乐意至极。"

"那就这么决定了。"

三人回到高级警督的车里离开了，路上经过圣丹尼尔教堂，看见墓园里有一块新挖的墓坑，不久后，梅丽莎·詹姆斯便将长眠于此。

第十一章 黑暗降临

1

海上升起一轮明月，温柔的光华洒向水上的塔利，却反衬得这座海滨村庄愈加幽暗。街道上空无一人；圣丹尼尔教堂尖锐的轮廓直指天际；灯塔的光穿不透仿若永恒般黑暗的海面；一条条渔船随着海浪沉浮，战战兢兢地，仿佛害怕被裹挟进虚空。一片昏暗之中，难辨卵石沙滩与海水的分界。

黑尔高级警督从"红狮"出发，走了一小段路，双脚紧扣地面。真奇怪，太阳一落山，什么声音都像被忽然放大了几倍。尽管之前一口答应了共进晚餐，此刻他却犹豫了起来。毕竟八年前英国和德国还打得不可开交，他对庞德那时在哪里、做什么也一无所知，敌友莫辨。同样的思维方式也适用于这件案子：庞德把自己置于和他平等的地位上，建议两人一同找出凶手，可事实真是如此吗？难道说他只能束手无策地坐着，眼睁睁看着最后一个证明自己的机会被白白夺走？

他刚给妻子打了电话，后者安慰了他一番。妻子说，她一直为他感到骄傲，即便他的职业生涯即将结束。不管塔利发生了什么，他都没什么可羞愧的。再说，他是不是把重点搞错了？现在最重要的是抓住凶手，确保他不再继续作案，至于是谁的功劳并不重要。

毫无疑问,妻子说得对。她总是对的。

抵达月光花酒店时,阿提库斯·庞德正在接待区等他。看到他一个人,黑尔很惊讶。

"凯恩小姐不来吗?"他问。

"她早就回房间休息了。"

事实是,这位秘书拒绝了庞德的邀请,理由还是员工和老板一起用餐不合适。她觉得一个人待在楼上客房、倒上一杯热水、静静地读一本书、早早休息也是不错的享受。

餐厅装点得十分迷人,庄重而不浮夸。几乎所有的餐桌都被订满了,主要是带孩子的家庭。庞德提前要求了一个相对私密的位置,于是服务生带着两人来到一张置于凹墙处的餐桌,旁边有一扇半圆形的窗户。菜单上每道菜都只有两个选择。高级警督看着价格,眨了眨眼。

庞德注意到他的表情。"是我邀请您来的,今晚必须我请客。"他说,"当私人侦探就是这点好,有个合适的理由就可以自由花钱。"

"警局里也这样就好了,"黑尔回应道,"可惜局长最多只能接受火车站小吃店里冷冰冰的夹心面包的小票。就算如此,也得开三次内部会议、再写一大堆申请材料才能批下来。"

"在红狮住得还舒服吗?"

"出乎意料,还挺不错,谢谢关心。可惜看不到海景,我的窗外就是肉铺的后院,倒也算应景。"

服务员走了过来。两人都点了甜虾沙拉和多佛比目鱼。甜点可选橘子酱海绵蛋糕或水果沙拉。"要喝点酒吗?"庞德问。

"我不知道该不该喝,毕竟还在工作。"

"已经七点多了,高级警督。我可不想一个人喝酒,请让我说服您也一起。就半瓶夏布利酒吧。"

最后这句话是对服务员说的,后者立刻转身去取。

"嗨,既然现在是下班时间,又是您请客,我想您应该称呼我的名字,庞德先生。"

"您的名字是?"

"爱德华。"

"您可以叫我——您知道的,阿提库斯。"

"这是个土耳其名字吗?"

"希腊名,不过我出生前,父母就搬去德国生活了。"

"您的父亲是警察吗?"

"曾是。您怎么知道?"

黑尔微笑。他已经对餐桌对面的那个男人变得友好起来,并且后悔之前怀疑他。"我的父亲也曾是一名警探,我手下警长的父亲也是一名在职警察。警察似乎经常子承父业,挺有意思。巧的是,罪犯也是如此。"

庞德思考着他的话:"是啊,确实很有意思。这一点或许可以写进我的书《犯罪调查全景》里。"

"名字不错。"

"毕生心血。您父母都健在吗?"

"都很好。他们退休了,住在佩恩顿。我有一儿一女,两人都想当警察。警察系统正好在招募更多女警,这一点很值得高兴。"

"说不定哪天您女儿就当局长了。"

"那样可就太棒了。您有子女吗?"

庞德摇着头,有些伤心:"我没有这个福气。"

黑尔察觉自己不小心说了不该说的话,于是立刻转移话题:

"您来英国之前也是私家侦探吗？"

"不，我是战后才来的，找份营生糊口。"

"那您干得挺不错，我很羡慕。您一定接触过不少令人惊叹的罪犯吧。"

"我很少为罪犯感到惊叹，我的朋友。"

"是吗？"

庞德想了想说："他们总是自作聪明，以为可以骗过警察、钻法律的空子、瞒天过海、达成自己的目的。"

"所以他们才危险。"

"所以他们才很好预测。他们的危险之处在于，认为谁也无权阻止他们，觉得自己的所作所为都是对的。战场上的事就不说了，我想说的是：当一个人认定自己的行为是绝对正确的，那么无论他的目的或动机是什么，都会催生出最深的恶。"

前菜和白葡萄酒被端了上来。庞德尝了尝酒，满意地点点头。

"我并不想把晚餐时间变成案情讨论，"黑尔说，"可我不得不问，您对今天的调查有什么想法吗？"

"想法很多，并且您提供的口供笔录做得很棒。您的质询相当清晰有效。"

黑尔很开心。"可我依然不清楚凶手是谁。"他说。

"但您已经有怀疑对象了。"

"是的。"黑尔知道庞德把回答变成了提问，但并不介意，"希望詹姆斯小姐消失的人有好几个，这座酒店的经营者就在其中。您看到那段说她找了伦敦会计公司的笔录了吧？"

"能问出这点很了不起。"

"这个，我查了她过去几个星期内的全部电话记录，发现她正计划联系一家伦敦的公司，对酒店经营展开全面审计。加德纳夫妇很可能对此不满，有可能走极端，因此除掉她也不是完全不可能。

"另外，就是她的那个管家。那个母亲的话我一个字也不信。我们在厨房里问话时，您看到他了吧，就坐在餐桌边——坦白说，那副形象让我头皮发麻。电影制片人考克斯在案发当晚听见他们激烈争吵，声音大得能从大门口听见。我敢打赌，那家伙绝对有问题。"

"考克斯先生本人又如何呢？"

"你是说西曼斯·卡克斯对吧！当天敲门的陌生人很有可能就是他，所以狗才会吠叫。他可真是谎话连篇。要是梅丽莎·詹姆斯真的拒绝出演他的电影，多少毁了他的事业，想要报复也不是不可能。"

"报复……人类最古老的动机之一。古希腊戏剧里多得是。"

"但要我说，我会把所有赌注都押到一个人身上，就是她丈夫。"

"是啊！弗朗西斯·彭德尔顿。"

"爱而不得有时破坏力堪比复仇。就我所知，他对梅丽莎可说是爱到痴狂。你说，要是被他发现梅丽莎跟别人有染会如何！你刚提到传统戏剧，那就不得不想到威廉·莎士比亚了。《奥赛罗》您一定读过吧，里面的苔丝狄蒙娜也是被人勒死的。"

"有意思。我也认为他是最大嫌疑人。"

"他显然是最后一个见过活着的梅丽莎的人，而他离开家的时间都是自己说的，没有别的证人。"

"他的车不见了。"

"他可以先开走，再走回来。别忘了，钱德勒母子俩听到有人从大门进来。"

"但那要是弗朗西斯·彭德尔顿，狗怎么会叫？"

"这倒是个好问题。"

"还有凶器的问题。"

"电话线。"

"说实话，我对这点感到十分困惑。"

"您是说——为什么不直接用手？"

庞德摇了摇头："不，我不是这个意思。这么说吧，在我看来，电话线倒是降低了弗朗西斯·彭德尔顿杀害妻子的可能。但只是降低，不是排除。您能确认他那天晚上是否真的去看了《费加罗的婚礼》吗？"

"我们去剧院调查过，可观众有四百多人，根本不可能知道每个人的身份。"

"您可以问问是否有人迟到，或者观众席里是否有人看起来心不在焉。"

"这个建议不错。我会去问的。"黑尔喝了口酒。他在家偶尔也会就着晚餐喝杯啤酒，但白葡萄酒算得上是难得的奖励了，"您记得他曾强调自己非常享受那场表演吧。"

"我确实在您的笔录里看到过。"

"虽然他也可能撒谎，但那话不像是一个刚勒死自己妻子的人会说的。"

庞德举起酒杯，半眯着双眼，也喝了一口。"凯恩小姐的观察是正确的，不是吗？"他说，"即便是水上的塔利这么一个宁静迷人的地方，竟然也有这么多人具备杀人动机和能力。"

酒店外，黑漆漆的海浪拍打着碎石沙滩。

2

灯塔里的两个孩子——马克和艾格尼丝·柯林斯还没睡着。他们躺在床上，十分开心。双层床在一间正圆形的房间里，而房间在高高的灯塔半腰处，每次探照灯的光束转到房间的两扇小窗前，都会引得墙上的影子跳一跳。简直就像冒险小说里的场景。

这个房间以前其实是办公室。南希的母亲布伦达·米切尔决定在里面放张双层床，这样每当有小孩来家里玩，就能感受睡在真正的灯塔里的奇妙体验。而她自己和丈夫以及女儿南希的卧室，都在灯塔底层旁边的一栋不那么有趣的建筑里，包括厨房、起居室和一间小小的厕所。一家三口就这么挤住在巴掌大的地方，很难说得上舒适。

南希·米切尔先前给他们读了几页马克带来的《纳尼亚传奇》，这会儿轻轻披了披两个小家伙的被子，关了灯，只留下地板上一盏昏黄的台灯亮着。再过六个月，这个房间或许就会再次忙碌起来，只不过那将是为了完全不同的理由：这里会住进另一个孩子——她的孩子。不知道会是个男孩还是女孩？她不敢问柯林斯医生，就算问了，他恐怕也不知道。

她轻手轻脚地走下盘旋的楼梯，穿过底层通往厨房的门。她的父亲正坐在桌前，母亲在灶台边忙活。今晚又吃炖菜，布伦达喜欢从肉铺买些碎羊颈肉，卖肉的人每次都会免费给她加几块骨头，这样就能熬汤了。尽管三个人都有工作，但钱似乎总是不够。两个女人赚的钱都必须交给父亲比尔·米切尔，由他在必要的时候发给她们，比如打理家务或者别的事所需的开销。麻烦之处在于，他发的钱总是远远少于她们上交的。

南希想起自己收到的那六十英镑，就藏在枕套里。整座灯塔里根本没有任何隐藏之处。要是藏在衣服里,她很怕一不留神就会被母亲一起拿走,毕竟母亲负责家里的洗衣打扫。

"孩子们睡了吗,南希?"布伦达问。

"还没睡着,妈妈。我给他们念了故事,掖好了被子,可他们就是兴奋得止不住想往窗外看。"

"你该收钱。"比尔·米切尔是个沉默寡言的人,一句话的字很少超过个位数。

"什么意思?"布伦达问。

"柯林斯医生和他老婆。"

"柯林斯太太对我们一直很好,而且看孩子她也给了额外的钱。"

"他们给得起。"

布伦达·米切尔把锅里的炖菜端到餐桌上,又拿来三只碟子。"南希,过来坐下。"她说着忽然顿住,仔细打量着女儿,然后问,"你还好吗?"

"是的,妈妈,我很好。"

"你看上去有些憔悴,还有……"

看来母亲知道了。就算还不确定,但也已有所怀疑,并且很快就会知道。一旦知道,她肯定会告诉父亲。这种事布伦达不敢瞒着丈夫,就算南希求她,早晚也是瞒不住的,到那时,只怕会闹个天翻地覆。比尔·米切尔是惹不得的,一旦惹毛了他,立刻就会有人遭殃。南希已经记不清曾多少次看见母亲背上、手臂上青一块紫一块的样子——她自己也时不时会被他殴打。

可她心意已决。一切都已准备就绪。当然举起餐盘递给父亲时她已下定决心,绝不能再等了。

明天就行动。

3

伦纳德·柯林斯和他的太太待在伦敦的酒店里，毫无胃口。不仅仅是因为冷冰冰的晚餐本身令人没有食欲——炸肉饼、煮胡萝卜和土豆泥。

抵达伦敦帕丁顿火车站后，他们立刻叫了一辆出租车直奔位于林肯旅馆的律师事务所。公司的老帕克先生热情接待了他们，和他们握手，并领着二人经过一间间装饰优雅的大办公室，进入自己的私人办公室。一路上萨曼莎都能清晰感觉到周围人的目光。公司里的书记员和法务助理都盯着他们窃窃私语，这让她对即将听到的话生出无限遐想。这种感觉仿佛自己忽然成了大明星，以前梅丽莎·詹姆斯路过时，周围人就是这副神情。"他们知道我们的事。"她想着，"而这件事将彻底改变我们的人生。"

她的推测是正确的。她不明白他们为什么还要回这家位于伯爵宫附近叫作"阿莱恩"的简陋维多利亚式酒店。这个地方甚至连"酒店"都称不上，不过是两栋旧房子连在一起，铺上廉价的地毯而已，空气中满是油腻和旧衣衫的霉臭味。他们的客房很小，连觉都睡不好，单薄的窗户根本挡不住外面飞驰而过的汽车轰鸣。今时今日，他们难道不该换到丽兹高级酒店或者豪华的多切斯特酒店吗？

七十万英镑。

这简直就像中了彩票，突然天降横财——尽管萨曼莎从不买彩票。她连做梦都不敢想这么一大笔钱，恐怕十根手指加起来都数不清。

亲切的帕克先生为他们详细解释了遗嘱的内容和流程。首先是遗嘱认证，他们会指派一位法务代理将坎皮恩夫人的所有资产变现，其中包括位于曼哈顿的一套公寓、所有的艺术品、股票和公司股份。尽管萨曼莎是这笔遗产的唯一继承人，但坎皮恩夫人还将部分财产捐赠给了别人，包括一座图书馆、一家儿童福利院和几个慈善机构。但即便如此，最后留下的遗产数额还是接近七位数，并且全部赠送给了她记忆中的小女孩，也就是如今的萨曼莎·柯林斯夫人。简直难以置信。

"谁能想到是这样！"伦纳德叹道，连他也目瞪口呆，"我是说，看到那封信时，我还以为最多也就几千镑。我是开过玩笑，说你可能会成为大富婆，但没想到这件事竟然是真的……"

"我们该怎么办？"

"我也不知道，亲爱的。这是你的钱，应该由你来做决定。"

两人呆呆地盯着盘子里正迅速冷却凝固的饭菜。

"或许我可以给一个建议。"伦纳德又说。

"什么建议？"

"你看，我们的反应简直像是听到了什么坏消息似的。看看我们，一言不发地坐在这里，都不敢看对方的眼睛。这难道不值得庆祝一下吗？"

"我拿不定主意，钱……"

"我希望你不是想说'钱是万恶之源'这种话吧？"

"不是的。"

"或者'钱买不到幸福'。这两句话或许都是对的，亲爱的，可你也要想想钱能为我们带来什么。床边庄园的屋子都快散架了：房顶漏水、所有的地毯都需要更换；每次给马克和艾格尼丝买衣服都要大两码，这样就算他们长个子也不用立刻买新的；而你呢，已经多久没给自己买过新衣服了？"

"你说得对。"妻子握住他的手，"对不起，伦纳德。有时候连我也觉得，娶了我这样的人一定很辛苦吧。"

"谁说的。除了你，谁会愿意嫁给我！"

萨曼莎笑出了声："我要把这笔钱用在咱俩身上，用在我们一家人身上。我还要捐一些给教会。"

"管风琴基金。"

"是的。"萨曼莎忽然严肃起来，"我想，上帝让我拥有这笔钱，一定也是希望我们能够过得好。"

"无论贫富都要携手相依，这是我们的誓言。变成有钱人又不是犯罪！"

"现在就开始吧。"萨曼莎松开丈夫的手，把刀叉坚定地放回盘子里，"我们不换酒店。反正只住一晚，在这笔钱真正汇进我的银行账户之前，不能浪费一分钱。但是，我也不要吃这种泔水一样的东西，这附近肯定有餐厅什么的。"

"我记得火车站附近有一家。"

"那我们出去吃。"

"尽情狂欢！"伦纳德·柯林斯站起来，给了妻子一个吻。

直到两人手挽着手走出酒店，萨曼莎才转头问道："阿尔吉侬怎么办？"

"什么怎么办？"

"我们必须告诉他这件事，伦恩。如果真有帕克先生说的那么多钱，他早晚也会知道的。"她叹了口气，"再说，我想我们也应该分一些给他。毕竟他是我哥哥，我们从小一起长大。一个子儿也不给，不太公平吧。"

"这个嘛，取决于你了，阿萨。他是你哥哥，不过要依我说，你姑姑本就没打算给他遗产。而且你也知道，就算给了，他也能立刻拿来打水漂——你不是不知道他做的那些事。"萨曼莎没有说话,于是伦纳德继续,"如果你想听我的意见,那就什么也别说。要是在事情还没处理完之前被阿尔吉侬知道了,肯定又会生出什么事端。等一切尘埃落定再说吧。"

前面的街角处有一间意大利餐厅,黄色的灯光从窗户里透出,映在人行道上,看起来十分温馨。餐厅似乎还开着。

"意大利面和肉丸!"伦纳德·柯林斯开心地叫道。

"还有气泡酒!"

"这才对嘛!"

两人快步向餐厅奔去。

4

同一时间,阿尔吉侬·马许正在自己的卧室里——或者应该说,是教会小屋那间让他暂住的房间。他一只手里握着一大杯威士忌,另一只手攥着从妹夫写字台抽屉里找到的一封信。信已经反复读过多次了:*乔伊斯·坎皮恩,哈伦·古蒂斯的妻子,遗赠……*

他倒也不是有意窥探,因为那意味着要从心底里对萨曼莎和伦纳德的私生活感兴趣。但实际上,除了把他俩当成偶尔的避难所,享受一下免费的食物和酒精之外,他对他们一点兴趣也没有。在阿尔吉侬眼中,他俩不过就是一个暴躁的乡村医生和一个宗教狂热分子的结合,前者一辈子就困在这个毫无希望的村庄里,而后者恐怕让婚姻变成了一出悲剧。

只是,敏锐的嗅觉告诉他,家里有事发生。自从到家那一刻起,萨曼莎和伦纳德的表现就很不寻常。两人时不时交头接耳或给彼此使眼色,在他走进房间时忽然沉默……再然后,某天清晨，当他走进厨房时，萨曼莎正坐在餐桌前读一封信。她一见他进来便立刻收起来，可他还是瞄到了信纸抬头上十分正规的打印字迹，以及精致的白色信封。那是一封律师事务所的来信，他一看便知。

"坏消息？"他热心地问道，假装兴趣不大。

"不是，没什么要紧的。"

可是，萨曼莎匆匆收起信件的动作反倒告诉他：她在撒谎——一把对折起来塞进针织外套、放在紧贴心脏的位置，好像十分宝贝的样子。紧接着两人又神神秘秘地去了伦敦。这个消息宣布得十分突然，他们却刻意装得漫不经心，好像花整整五个小时去伦敦，在廉价旅店住一晚是件多么稀松平常的事。

于是等他俩一离开家，阿尔吉依立刻打了一通电话。他伦敦的一个朋友曾在纽约广告行业工作了三年，后因报销额度产生了一些误会而被公司辞退。他隐约记得此人似乎曾为哈伦·古蒂斯做过事。

"没有，我从来没有为他工作过。"泰瑞回答道，"不过倒是见过几次。他很有名，曾为美汁源果汁和比百美文具做过市场推广，还帮助成立了贝斯特韦斯特酒店。他从文案策划起家，最终在麦迪逊大街拥有了自己的公司。"

"他很有钱吗？"

电话那头传来一声轻笑："你对他感兴趣吗，阿尔吉？可惜晚了点，他已经死了两年了。"

"我知道。"

"富得流油。他在中央公园旁有一套公寓。那可不是普通的公寓——而是顶层豪华公寓！他还有一辆杜森柏格敞篷跑车，可帅气了。我说，要是能让我摸摸也好。我不清楚他的公司卖了多少钱，但可以帮你查查。"

"可以麻烦你帮我详细查查吗？"

"我有什么好处？"

"说什么呢，特里，这可是你欠我的。"电话那头一阵沉默，"我请你在俱乐部吃饭。但这件事得动作快点，说不定是件大事。他把所有的财产都留给了自己的妻子，一个叫作乔伊斯·坎皮恩的女人。说不定这笔资产的数额会有公开记录。"

"我可以找人问问，不过他们都在美国。事后你可得好好犒劳我。"

"赶紧查吧。"阿尔吉侬说完便挂断了电话。

唯一继承人。

信件里的这几个字尤为扎眼。这不公平。他和萨曼莎一起长大，原本都是普通、快乐的孩子，关系也很好。可是突然有一天，炸弹从天而降，父母死了，从小到大的一切都被毁了，一切都变了。他还深深记得姑姑乔伊斯·坎皮恩说，以后将由她来照顾他们时的情景。打从第一眼起，他就不喜欢这个姑姑，讨厌她染得乌黑的头发、凹陷的脸颊和过分鲜艳的腮红。她的行事作风像个贵妇，住的地方却不过是伦敦西肯辛顿的一栋狭小简陋的房子。真不知道哈伦·古蒂斯看上她什么了？

姑姑一直对他不满意。她希望阿尔吉侬像妹妹一样找份稳定的工作，可妹妹的所谓工作，不过是在斯劳那个鸟不拉屎的小镇当小职员。姑姑还曾建议妹妹当会计或者牙医。她说自己有个表亲就是牙医，可以请他帮忙。二十岁出头时，阿尔吉侬对姑姑的怨恨几乎和他对德国纳粹一样深，觉得自己失去的人生都是他们的错——都是因为她，他才会堕落到不得不去做地下交易，甚至犯罪。

其实他并不是罪犯，不真的是。那天在皮卡迪利广场酒吧外的打架闹事也完全是碰巧而已。要是那天他没喝酒，肯定不会卷进去。他还记得庭审时，法官宣布以破坏公共秩序罪判他三个月刑期，乔伊斯姑姑看他的表情——比法官还要对他感到不齿！被法警带走时，他故意转过头冲姑姑吐了吐舌头，那便是他们最后一次见面。听说她收拾行李离开英国去美国生活时，他高兴得不得了。

而多年以后的今天，她又再次充分表达了对他的不齿。姑姑不仅向全世界宣告她更喜欢妹妹萨曼莎，还故意给了他一记响亮的耳光。阿尔吉侬心里有点小小的后悔，当初在法庭上不该冲姑姑吐舌头，这个举动让他付出了失去一半遗产的代价。可想想又觉得好笑，这女人就是个记仇的老太婆，就算不那样，她也不会给自己留一个子儿。

可是乔伊斯姑姑和妹妹萨曼莎都忽略了一点，那就是他阿尔吉侬·马许从不轻易放弃。至今为止，他的一生都在战斗（包括在"疯人院"酒吧外的那场闹剧）。就比如"阳光仙境"公司，那可是他排除万难，在一系列失败生意的基础上建立的。尽管此刻遇到了些问题，但之前一直挺顺利，至少某种意义上来说是成功的。萨曼莎或许有钱了，但阿尔吉侬手上却有关于水上的塔利的许多秘密，而萨曼莎对这些一无所知。他确定自己可以利用这点分得一笔不菲的财富。反正不管事实如何，先假定有这么一笔财富吧。

电话响了。阿尔吉侬过于迫切，差点把威士忌打翻。

"阿尔吉？"

"特里！你查到了吗？"

"还真挖到不少东西。你可坐稳了，兄弟，绝对会让你大跌眼镜……"

5

晚上九点半。

菲莉丝和埃里克·钱德勒坐在克拉伦斯塔楼用人区二楼的私人起居室里。两人一整晚都在听收音机。过了一会儿，菲莉丝实在是厌倦了一遍遍播放的喜剧插曲，起身把它关掉。现在母子俩只能在一片忧郁的安静中坐着，相对无言。埃里克提议给她倒一杯热可可——睡觉前他们总会喝一杯热可可——但菲莉丝拒绝了。

"我要去自首。"她忽然说，相当突兀。

"妈妈……"埃里克的声音有一丝颤抖，"我很不喜欢你这个样子。"

"我不明白你什么意思。"

"不，你明白的。你总是这样，我小的时候你就这样，你讨厌我。从我一出生你就不喜欢我，对不对？就因为我的脚有问题。然后爸爸离开了，我知道他对你来说有多重要。我知道你希望离开的是我，死在战场上的是我，而不是他。"

菲莉丝抄起双手："说这种话真是太可笑了，埃里克。你应该——"

"我不会去拿肥皂和清水漱口的！我已经不是十岁小孩了！"

母子俩平时总是轻声细语，他们很清楚自己在这个家里的位置，首要职责就是降低存在感，除非被召唤，否则绝不能影响到主人。可现在埃里克却对着母亲怒吼，菲莉丝下意识地转头看了看门，确定它是关着的。

"你不应该那么做的！"她咬紧牙关低声呵斥，"你不应该有那样的行为。"

"你以为我喜欢待在这儿吗？你以为这些年我很喜欢跟着

你做事吗？"埃里克的胸膛猛烈地上下起伏，眼底蓄满了泪水，"你从来没有试着站在我的角度想过，从来没有理解过我的感受。"

儿子的这番话令她多少有些动容，可菲莉丝并没有走到他身边去，甚至都没有从座位上起身。"你不应该对那个警察撒谎。"她一字一顿地说。

"你也不应该说那些话！"

"或许吧，但我早就告诉过你了，他们早晚会查出来的。你以为到时候还能瞒得住？"她再次抄起双手，"我已经决定了，埃里克，等这一切结束，警察也不再缠着我们的时候，搬去和我妹妹贝蒂生活。我已经工作得够久了。你说得对，我们总待在一起对彼此都不好。"

埃里克望着母亲："那我怎么办？"

"你可以继续留在这里。我敢保证彭德尔顿先生会管你的。"她说着瞄了一眼主屋的方向，"他今晚跟你说过话吗？"

埃里克在七点钟时，为弗朗西斯·彭德尔顿送去了晚餐，一小时后，又帮他收拾了碗碟。这栋房子唯一剩下的主人一整天都没怎么出过房间，吃过柯林斯医生给的药之后，睡了好几个小时，醒来后就那么呆呆地坐着，一动不动。那些食物他连碰都没碰过。

"他什么也没说。"

"唉，你得跟他多说说话。"

"他不让我说话，也不让我留在屋里。他会卖掉克拉伦斯塔楼，回伦敦的。"

"那是你的想法。"

埃里克·钱德勒声音颤抖着，几乎带着哭腔，这点让他的母亲很是不齿。"求求你,妈妈——"他抽噎道,"别丢下我。"

"我要离开你,埃里克,多少年前就该这么做了。如今你做了那样的事,我再也不想见到你了。"

说完这些,菲莉丝站起身来重新打开收音机。播报员正好在介绍约翰·施特劳斯的《蓝色多瑙河》。母子俩坐着继续听,谁都不愿看向对方。菲莉丝的脸像石头一样冰冷僵硬,埃里克则默默啜泣着。交响乐声骤然响起,欢快的华尔兹瞬间充满了整个房间。

6

走廊另一端,弗朗西斯·彭德尔顿一个人躺在黑暗中,努力整理着思绪。他既没有睡着,也不是醒着,而是昏昏沉沉地在半梦半醒间沉浮,拼命想要将梦魇与现实分开。他想要起来,但身子却一动不动,早上吃的药药效还没过。更要命的是那重压在心头的悲痛,失去梅丽莎·詹姆斯的悲痛——这个直到最后一刻他依然深爱着的女人。每次想到她已不在,他便痛不欲生,只恨不能随她去了。

他侧过身子,然后像上了年纪的人一样,缓缓起身下床。身上穿的睡衣和睡袍还和早上见到高级警督跟那个德国人时一样。他已经不记得自己都说了些什么,也不记得他们问了些什么。但愿没有说漏嘴。

他离开卧室,赤脚来到走廊。别墅里一片寂静,黑暗如浓云一般笼罩四周,仿佛触手可及,而他不得不拨开云雾才能前进。然而那张天鹅绒的幕帘此刻被人束了起来,他能听见用人起居室那边隐隐传来的华尔兹舞曲。他很想叫他们把音乐关上,却没有力气。

他漫无目的地走着,不清楚自己要去哪里,却一点也不惊讶自己又走到了那扇门前。打开门,他朝主卧里看去。那是记录他和梅丽莎过去四年婚姻生活点点滴滴的地方。不,这样说不对——到后来梅丽莎越来越常自己一个人睡了,这间主卧也渐渐变成了她的房间,而不是他们的。

月光透过窗棂洒进来,照亮了屋内。弗朗西斯的目光扫过那张两人一起选的大床,还有梅丽莎从索尔兹伯里一家小小的二手商店里淘来的衣橱。他看见那两张窄长的床头桌,胃里一阵痉挛。他知道那台电话已经不在那里了,被警察带走了。弗朗西斯一动不动地站着,仿佛与门框融为一体,不敢再向前一步。

他已决定要卖掉所有东西。他要卖掉这栋别墅和所有的家具。他要——

他的目光在卧室里来回扫视,忽然发现了一丝异样:那座放在两扇窗户之间的抽屉式衣柜,最上面的抽屉露出一条缝。怎么会这样?从警察来一直到他们收拾好离开为止,他一直待在房间里,今天早上才看过,那只抽屉明明是关上的。他很确定。

他鼓起全部勇气走进卧室,仿佛冲破一层无形的结界。他走到衣柜前,伸手拉开了那只抽屉。那是梅丽莎收纳自己贴身私密物品的地方:丝袜、内衣等等。他一一检视里面的东西。它们的形状和梅丽莎穿过的余温都还清楚地印在脑海里。就在那时,在药物带来的昏蒙中,他还是发现里面有一样东西不见了。那是一条白色丝绸的睡裙,有花朵纹样的装饰,是他在法国买的。梅丽莎路过商店橱窗时,看见了这条睡裙,很是喜欢,于是回到酒店后,他又立刻跑回去把它买了下来,想给她一个惊喜。他伸手翻了翻抽屉里的其他东西,想确认是否自己记错了,或是衣服放错了位置。可他知道自己没有弄错。他见过那条睡裙,在警察整理好房间后被整齐地叠起来放了回去,他明明记得原本是放在最上面一层的。

是谁拿走了?谁会干这么下作的事?

弗朗西斯听着穿过黑暗飘来的乐曲,想到了埃里克·钱德勒,还有他平时看着梅丽莎的神情。他和梅丽莎曾当作笑话谈论过此事,可他早就觉得哪里不大对劲。现在他要立刻去用人起居室,他要当面和那对母子对质。可他太虚弱了,他病了,只能先等到明天早上。

弗朗西斯·彭德尔顿拖着疲惫的身躯回到了自己的房间,再次躺下。

7

和黑尔高级警督一起享用完美味的晚餐后,阿提库斯·庞德回到自己的房间。脑海中思绪万千,他还不想休息,于是点上一支香烟,推门来到房间正面的狭小阳台上。从那里可将面前的大海一览无余。宽阔的海面尽情向前舒展,直达天际,在月光的涂抹下勾勒出一条长长的直线。明月低垂,仿佛一只闪亮的眼睛,在世界尽头紧紧地盯着他的一举一动。他静静地听着耳边潮水的律动,默默抽着烟。幽深的黑暗正向他诉说着什么,而他听得明白。

他不应该接受这个委托。

不应该来这个叫水上的塔利的村庄的,而这绝不仅仅是因为没能当面见到委托方。如果能和埃德加·舒尔茨先生当面谈谈,洞察出他聘请私家侦探的真正目的固然是好。"公司希望了解事情的真相和原委，这是我们欠她的。"——这是他在电话里的说辞。他还提到了别的理由，可那些都不是真的。他收到的信中也有些地方不对劲，尽管只是个毫不起眼的小问题，但依然令他担忧。

是他过于轻率了吗？尽管不曾看过梅丽莎·詹姆斯的电影，但庞德知道她曾为许多人带来欢乐，仅此一点便足够值得尊敬。或许正是因为这一点，他才如此轻易决定插手调查。还有一个事实，就是经过整个星期的调查，警方仍未能逮捕犯人。当公立机构无能为力之时，是否就该由私家侦探来还社会以公道？这一点庞德并不认同。他从未把自己看作替天行道的英雄，而更偏向于一个管理协调者：一桩罪案，一个答案——他的职责就是把二者连接起来。

可现在他尚无答案。就目前搜集的信息来看，目前为止，他见过的人都有可信的理由证明案发时他们不在现场。弗朗西斯·彭德尔顿当时正在去往剧院的路上；菲莉丝·钱德勒和儿子待在一起，如果其中一人犯罪，另一人不太可能（虽然不是完全没有可能）一无所知；柯林斯医生和太太两人待在诊所里；加德纳夫妇俩在酒店。诸如此类。

西蒙·考克斯呢？他的确有作案的机会，庞德想，可他并非冷酷无情之人。阿尔吉侬·马许？他宣称自己喝多了，一直在房间里睡觉。可他说的到家时间比他妹妹说的要早整整四十五分钟。

全都不对。庞德曾写过关于犯罪形态的研究，写过如何随着调查的深入，所有时间都能逐渐被串联起来，最终指向明确的答案——某某人肯定是凶手，因为只有那样，一切才能被合理地联系起来。凯恩小姐整理的十个关键时间点本该发挥这样的作用，就像小孩爱玩的连线游戏中的点一样：按照正确的顺序连接每一个点，就可以得到一幅图案。可惜并没有。

他长长地呼出一口气，看着烟雾在眼前舒卷，并最终消失在黑夜里。那一刻，他终于明白了，水上的塔利这个看似平静的村庄里潜伏着浓浓的恶意，其实这一点在他刚刚抵达时就有所察觉。他能感觉到这份恶意就在身边。

他回到屋内，紧紧关上身后阳台的门。

第十二章 逮捕嫌犯

"钱德勒夫人,我可以跟你说句话吗……"

菲莉丝·钱德勒正在烧水,弗朗西斯·彭德尔顿忽然闯进厨房。他看起来面色苍白,纤瘦而虚弱,两颊凹陷,双眼下方还有深深的黑眼圈,然而整个人却透出一种前所未有的坚决。

"您能下床了,先生,真是太好了。"菲莉丝答道,"我正要为您泡茶,要不要再来点吐司当早餐?"

"我不想吃早餐,谢谢你。埃里克呢?"

"他去塔利了。我让他帮忙买些鸡蛋回来。"她敏锐地觉察到麻烦来了,从主人的语气和询问埃里克的神态上就能看出。

"我要问你件事。"弗朗西斯接着说,"你们俩有进过我夫人的卧室吗,自从……"他顿住了,一时之间不知该如何说下去,"你们有谁进去过吗?"

"我绝对没有,先生……"

"我问是因为有人从里面拿走了一样东西。这不是我想象出来的,因为此人没把抽屉关好,而我清楚地记得那个东西之前摆放的位置。"

"拿走了什么?"菲莉丝脸上血色全无,仿佛等待着斧子落下的囚犯。

"是一件非常私人的物品,一条丝绸的贴身睡裙。我想你应该知道我说的是哪件。"

"那条漂亮的白色睡裙,带花朵纹样的?"她经常帮梅丽莎熨烫那条裙子。

"是的。不是在洗衣房里吧?"

"没有,先生。"她迟疑了半秒的时间,想着到底要不要撒谎,可那样又能有什么用?

"你知不知道可能是谁拿的?"

菲莉丝从桌边抽出一张椅子,一屁股重重地坐下,泪水不由自主地涌上眼眶。

"钱德勒夫人?"

"是埃里克。"

"你说什么?"菲莉丝的声音太小了,他没听清。

"是埃里克!"菲莉丝掏出一张手绢擦着眼泪说。

"可是,埃里克为什么会……?"

"我无法回答这个问题,彭德尔顿先生。我不知道应该如何开口。我只觉得无比羞耻,都有死的心了。"一旦开了口,那些话便像决堤的洪水般滔滔不绝,"他有点不对劲了。他心里一直对女主人有好感,这个想法往心里去了,根本控制不住。我说过他的,我已经训斥过他了。"

"你早就知道这事?"弗朗西斯无比震惊。

"我不知道睡裙的事,先生,可其他的事……我知道。"

"他还拿过其他东西?"

"我不清楚,先生,有可能。他病了……"

弗朗西斯举起一只手阻止了她——这不在他的预料之中,而此刻他没有精力来处理意料之外的事。两人沉默了很长一段时间,直到弗朗西斯深吸了一口气说:"我本就打算尽快卖掉克拉伦斯塔楼。我已经决定了。我无法再在这里继续生活，无法独自一人留在这里。可我想你和你儿子应该立刻离开，就今天。我妻子不在了，而他竟然……"他终于忍不住，情绪激动起来，"我应该跟警察报告的，或许我应该举报他。"

"我曾试过阻止他，先生。"菲莉丝哭着说。

"我很抱歉，钱德勒夫人。我知道这不是你的错，可你们必须离开。至于你的儿子，等他回来请你告诉他，我不想再看见他。他让我恶心。"

弗朗西斯说完，转身离开了房间。

*

月光花酒店里，阿提库斯·庞德刚用过早餐，莫琳·加德纳忽然递给他一张便笺。那是黑尔高级警督写的，上面解释说，根据庞德的建议，他去了巴恩斯特珀尔询问更多有关《费加罗的婚礼》的事，尤其是调查那天是否有观众迟到。歌剧演出在当晚七点整开始，就算弗朗西斯·彭德尔顿真的如他所说，在六点十五分离开家，也只能勉强赶上而已。如果再晚一点或者路上耽搁了，要想不迟到几乎不太可能。当然，这么一来，他就更不可能半路溜回家杀掉妻子、清理现场、回到不知停在何处的车里，再开车去巴恩斯特珀尔、停好车、走进剧院，还能赶上开场曲。

一切又回到凯恩小姐整理的那十个关键时间点上……这些点怎么也无法连成有意义的图案。庞德昨晚失眠了，无数种可能在他脑海里排列组合，根本无法停下。整整一晚搅得他不得安宁。

凯恩小姐也进了酒店休息室，坐在庞德身边，可她看上去也有些精神不济。和之前一样，凯恩小姐已经在自己房里吃过早餐,见到庞德的第一件事就是递给他一沓打印资料。"这些是我整理的昨天的调查笔记。"她说,"要写的事情太多了,但愿没有落下什么。"

"多谢。"庞德接过资料一页页快速浏览了一遍。里面有和西蒙·考克斯的对话记录,造访克拉伦斯塔楼的过程记录以及与弗朗西斯和钱德勒母子的对话等等。"你整理得非常清楚详细,凯恩小姐。"庞德称赞道,"我竟不知你还带了打字机来!"他补充道,随即冲凯恩小姐戏谑地眨了眨眼。

"加德纳先生和太太允许我用他们办公室的打字机。"凯恩小姐有些犹豫地说着,似乎有所隐瞒。

"还有别的事吗?"庞德柔声问。

"嗯,是的,有。我希望您不会认为我过于鲁莽,庞德先生。我相信加德纳夫妇是出于好心才帮助我的,十分钟后,他俩离开了办公室,只剩我一个人在那儿时,我想起来高级警督曾说过酒店的财务可能有问题,所以就私自决定趁机查查看。"

"我亲爱的凯恩小姐!"庞德朝她咧嘴笑道,"原来你才是真正的歇洛克·福尔摩斯——不,或许应该说是侠盗神偷拉菲兹[①]。你查到了什么?"

"他们欺骗了她,庞德先生,这一点确凿无疑。可怜的詹姆斯小姐,错信了两个奸邪小人!"

她又拿出另外三份文件,都是由兰斯·加德纳先生亲笔写下并落款签字的,分别写给不同的供应商……位于巴恩斯特珀尔、陶顿和纽基的食品、家具和衣物清洁公司等等。每份文件都以道

[①]亚瑟·J·拉菲兹(Arthur J.Raffles)是由亚瑟·柯南·道尔爵士(Sir Arthur Conan Doyle)的妹夫E. W. Homung在一八九八年创造的虚构人物,出自《业余神偷拉菲兹》。

歉的语气写着：由于工作疏失，他们意外支付了一笔额外费用，要求他们将错付的费用邮寄回来。

"这是会计业里最古老的把戏。"凯恩小姐说，"我曾作为伦敦萨沃伊顶级酒店经理的个人助理工作了十八个月，他跟我详细解释过这些操作——故意多付些钱给供应商，通常是应付金额的十倍，毕竟不小心多写一个零是很容易犯的错误；然后再写一封致歉信，就像您手里的这几封，请求对方退款。但是，请您看看他们的退款地址写的哪里！"

庞德看了看信的抬头。

"L. 加德纳先生。"他大声念道。

"没错。那是他的私人账户，也就是说退款都被他私吞了。类似您现在手里拿着的信有三份，数额加起来已有两百镑，而我还在成堆的文件里发现了更多这种信。我不敢拿太多，否则容易被他们发现。怪不得酒店经营有困难，天知道他们从什么时候就开始这么干了，起码偷了有上千镑。"

"简直太棒了，凯恩小姐。"庞德仔细检查着其他信件。确实，里面要求的退款金额从五十镑到一百镑不等，"等黑尔高级警督回来，我们一定要把这些文件交给他。"

"希望您不要告诉他您是如何得到这些文件的，先生。"

"我不会说的。"

"还有一件事……"

凯恩小姐低下头，庞德忽然意识到，凯恩小姐的魂不守舍并不是因为偷拿了这些犯罪证据材料，而是心中另有其事。"很抱歉，庞德先生，但我已决定辞掉这份工作。当然我会预留一个月的周转时间，但我希望这一个月从今天算起。"

庞德抬起头来，这个消息令他吃惊不小："我能问问原因吗？"

"我很喜欢为您工作，先生，也真心敬佩您的事业。您绝对是一个了不起的人。可如您所见，昨天您和高级警督讨论案情的时候，我非常难受。关于凶杀的作案经过描述让我——呃，正如我刚才所说，让我非常难受。"

"我完全理解你的心情，凯恩小姐。在你面前讨论案情是我们的疏忽。"

"我一点也不怪您，庞德先生，真的。但这件事也让我意识到，恐怕我并不太适合这份工作。酒店经营、保险公司、食品生产——这些我都没问题，并自认为也都做得很好。可是年轻女子被人扼杀、警方质询以及各色人等的满嘴谎言，却完全是另一个范畴的事了。昨晚我一直失眠，一直在想这些事，等到太阳终于升起时，我终于想通了。尽管很不愿让您失望，可这份工作真的不适合我。"

"我非常理解。"庞德微笑着，笑容里却有一丝悲伤，"我接受你的辞职申请，凯恩小姐。但我得说，要想找到一个足以替代你的人可不容易。"

"不会的。职业中介有许多有能力的年轻姑娘，都不比我差。我只希望您能在我离开前侦破这件案子。我很想知道真凶究竟是谁，让此人受到正义的审判。"

"你的愿望可能很快就会实现。高级警督来了，而且看上去颇有收获。"

此话没错。黑尔大步流星地走进房间，一副胸有成竹的样子，这可是之前从没见过的。他径直走到他们面前："早上好，庞德先生、凯恩小姐。二位吃过早餐了吗？"

"是的，高级警督。巴恩斯特珀尔的调查如何？"

"相当有收获。之前竟然没想到要去那里调查,我真想给自己一个嘴巴。我的问题就是过于依赖地方警察同僚了——没有责怪他们的意思。非常感谢您的建议。"

"您愿意分享调查结果吗?"

"说起这事,请别介意,我对调查结果非常有信心,这就要去克拉伦斯塔楼一趟。您介意随我一起去吗?"

"非常乐意。凯恩小姐,你呢?"

"当然,庞德先生。请容我去拿包……"

*

酒店门外停着两辆警车,其中一辆旁站着两名穿着制服的警察。见状,庞德转头问黑尔:"如果我理解得没错的话,高级警督,您这是打算逮捕嫌犯了?"

"没错,庞德先生。"黑尔看起来和昨天判若两人,"我倒不觉得会遇到反抗,但还是觉得带两个当地警察一起去比较好。"

"您知道凶手是谁了!"凯恩小姐惊呼。

"我想是的。"黑尔答道,"庞德先生,昨晚的谈话对我很有启发。对了,还要感谢您的热情款待。无论如何,接下来的事您一定会非常感兴趣。"

"我完全同意。"庞德点头。

一行人开着车很快便到了克拉伦斯塔楼,开门的仍是埃里克。他看上去比昨天还要萎靡和魂不守舍,看见警车和两名穿着制服的警察更是十分紧张,甚至于有些颤抖,黑尔好不容易才把他安抚下来。

"我们有事要找彭德尔顿先生。"黑尔说,"他起来了吗?"

庞德敏锐地注意到管家脸上一闪而过的放松神情。"半个小时前他刚吃完早餐,警官。"

"那他现在在哪儿?"

"楼上。"

"可以请你立刻带他下来吗?并且我希望之后你和钱德勒夫人都待在自己的房间里别出来,除非有我通传。我们需要和彭德尔顿先生单独聊聊。"

这话又让埃里克担忧起来,可他除了点头也不能说什么:"我去通知他。"

高级警督自行走到那间能看见大海的起居室,那扇法式落地窗的外面就是别墅的侧花园。过了一会儿,弗朗西斯·彭德尔顿下楼来了。弗朗西斯穿戴整齐,尽管没穿外套,但穿着一身西装套装和干净的衬衫。他显然没料到家里竟来了这么多人,一时有些无措。庞德坐在沙发上;凯恩小姐退居房间一隅,坐在一张高背椅上,尽可能离大家远远的;黑尔高级警督站在房间中央;一名警员站在门边,另一位站在法式落地窗旁。

弗朗西斯很快回过神来:"很高兴见到您。调查有进展了吗?"

"有进展,先生。"黑尔答道,"而且这个进展还和你之前说的在尊夫人死亡当天的行踪有关。"

彭德尔顿身子晃了晃:"您的意思是……?"

"请坐下听吧,先生。"

"我站着就行。"

"话虽如此……"黑尔等着,直到弗朗西斯依言坐下才接着说,"上次我们来以及之前找你录口供时,你都宣称自己在案发当天傍晚六点十五分离家去看歌剧,而你的妻子因头疼提早上床休息了。你和她简单交流了此前她在月光花酒店的会议内容,并未产生争执。对吗?"

"当然,我是这么说的。"

"你还跟我说过自己热爱《费加罗的婚礼》这部歌剧。你没有提到这场表演有任何不寻常之处。"

"本来就没有什么不寻常的地方。剧团本身是半专业性质的,水平不错。"

"你是从头看到尾的吗?"

"是的。"

"你对表演费加罗的演员有何评价?"

"我不太记得是谁演的了,不过他演得很好。您到底想说什么,警督?"

黑尔沉默了几秒才回答。他的声音听上去波澜不惊,却字字诛心。"当天的表演其实相当不同寻常,先生。你那天要是真的从一开始就在场,就会知道剧团主管在开场前上台宣布,饰演费加罗的演员亨利·迪克森先生不幸因车祸受伤了。他本想在表演开场前去散散步,结果却被车撞了,车主肇事逃逸。幸运的是,他并没有死。可是他的角色只能临时换成本特利先生饰演,而后者不得不拿着剧本表演。观众们对这场表演的评价是:替补演员的水平不行。表演结束时还有好几个人要求剧院退票。"

弗朗西斯·彭德尔顿一脸死灰地听着。

"你去过剧院吗,彭德尔顿先生?"高级警督再问。

又是一阵长久的沉默。终于,他答道:"没有。"

"你也没有和妻子讨论酒店财务的事。你们俩吵架了。"

彭德尔顿一言不发,只点了点头。

"你真正离家是几点?"

"我也不知道。比我之前说的时间要晚,但也没有晚很多。"

"是在杀害了你的妻子之后,对吗?"

弗朗西斯·彭德尔顿把脸深深地埋进手掌。"感谢上帝,"他喃喃地说,"您不会相信我有多盼望这一刻到来——希望这一切能够结束。我愿意坦白,我愿意说出一切。我被捕了吗?"

"请你跟我们走一趟,先生。等到了局里,我们会正式起诉你。"

"我很抱歉,高级警督。您无法想象我有多么后悔。我都不知道自己是如何撑到今天的,再这样下去我就要崩溃了。"他低头看着自己的脚,"我得穿双鞋。还有,可以允许我去楼上拿一下外套吗?"

"可以,我们就在这儿等你。"

"谢谢。我——"彭德尔顿似乎还有话想说,可想了想又放弃了。他深一脚浅一脚地离开了房间,看上去像一个游魂。

"唉,比我想得简单多了。"黑尔叹道,转头看着庞德,"我们都认为他的嫌疑最大,结果证明,我们是对的。"

可庞德看上去却还有些疑虑。"可电话的问题还是没有解决。"他轻声说,"还有凯恩小姐整理的十个时间点,那是这件案子全部的关键时间节点。即便此刻我依然无法把它们连起来。"

"这些等咱们到了当地警局再慢慢讨论吧,庞德先生。重要的是咱们终于逮捕了凶手,他也认了罪。剩下的细节接下来几天有的是时间慢慢捋。"

"我还有件事情想问您,高级警督。警察有抓到撞倒迪克森先生后逃逸的那个人吗?"

"还没有,线索太少了。有两个经过的人说车祸当时看见一辆浅色的车停在路边,可因为下雨,他们都无法看清具体的颜色，也没看见司机是谁。"

"可他们都说是浅色的汽车。有意思……"

他正要继续，凯恩小姐却在此时指着窗外惊呼道："看啊！"

众人转头望去，看见一个人影趴在窗外，透过玻璃观察着屋内的一举一动。

"谁？！"黑尔喝道。

可那人影一晃，迅速消失在众人眼前，速度之快，根本看不清是谁，只来得及看到一张人脸凑到玻璃窗边，双手握拳放在眼前，贴着窗户往里看。甚至看不出来是男是女。

众人立即行动。一名警员猛地拉开房门冲进前厅，另一名警员紧跟其后。高级警督黑尔发现从落地窗出去是最快的，于是立刻冲到窗边，转动插在锁孔里的钥匙，打开了窗户。庞德跟在他身后，两人一起冲了出去。

他们站在别墅侧面，彭德尔顿的鲜绿色奥斯汀-希利轿车像往常一样停在一旁，马路就在眼前。正站着，两名警员也推开大门冲了出来。黑尔立刻下达指令。

"你们，一个留下，看好彭德尔顿，不准他离开。另一个立刻沿着主路去找，看看有没有车！"

一名警员立刻站到大门边，另一名冲向车道。黑尔转身问庞德："您看见那人了吗？"

"我只看见有人，没看清是谁。"

"是埃里克·钱德勒吗？"

"他不可能行动如此迅速。他的母亲也一样，年纪太大了。"

黑尔四下看了一圈，花园空空如也："也有可能是完全不相干的人，比如邮递员或者快递员之类的。"

"那他也太费心隐藏了。"

"说的是。"

庞德和黑尔绕道别墅后方,但依旧一个人影也没看见。那里有扇门,连着厨房,黑尔试着转动门把手,发现门没关。刚才那个神秘人会不会就是从那儿出来的?克拉伦斯塔楼的周围围着一圈矮墙,墙外是一圈灌木丛,那人要是爬过墙去躲在灌木丛后,立刻便能隐藏踪迹。可惜,即便此刻过去查看也肯定没有人了,太迟了。

就在此时,前厅突然传来一声凄厉刺耳的尖叫。

站在大门口的警员第一时间奔进别墅。大约十秒钟后,庞德和黑尔高级警督也冲了进去。眼前的景象令他们终生难忘。

凯恩小姐背对着门站在楼梯口,刚才的尖叫就是她发出的,此刻她依然惊恐不已。

弗朗西斯·彭德尔顿正在下楼,他已穿上外套和鞋子,但身前的手里似乎握着什么东西,脸色惨白。

鲜血从他的指缝中汩汩流出。庞德忽然想起之前看到的电影道具,那把镶着各色宝石的土耳其匕首——《后宫之夜》那部电影里的道具。他转头在前厅的桌子上搜寻,心里却暗道不妙。因为它此刻正握在弗朗西斯·彭德尔顿的手里,弯弯的刀刃深深地插进胸口。

他踉踉跄跄地往前走了几步。凯恩小姐伸出双臂,想要接住他,后者虚弱地倒在她怀里。凯恩小姐再次不受控制地尖叫起来。

弗朗西斯·彭德尔顿的身躯宛如失去提线的木偶般轰然倒地,静静地躺着,不再动弹。

第十三章 尸检报告

黑尔高级警督迅速控制住了现场。"照看好她！"他冲庞德叫道，自己则快步上前检查尸体。庞德抱住秘书小姐，搀扶她离开前厅，走进厨房。此时的凯恩小姐已经冷静下来不再尖叫，但看起来仍然一脸震惊，衣裙的正面染满了鲜血。刚才那名警员呆若木鸡地站着，直愣愣地盯着眼前的一切。他很年轻，才不过二十几岁，显然此前从未见过死人，更别提眼睁睁看着一个几分钟前还鲜活的生命就此陨落。

"赶紧上楼！"黑尔冲他怒喊，"立刻搜查别墅。凶手很可能还在屋子里！"与此同时，他单膝跪地，用手去探彭德尔顿的脉搏。

警员回过神来立刻飞奔上二楼，消失在走廊转角处。厨房里，庞德找了一张椅子，轻柔地扶着凯恩小姐坐下。后者依旧颤抖不止，泪水顺着脸颊汩汩流下。庞德心里暗暗地想着，即便今早未曾辞职，此事也必定会成为催促凯恩小姐做出决定的最后一根稻草。他不能扔下凯恩小姐不管，因此当另一名警员寻着尖叫声出现在门边时，庞德松了口气。

庞德转头对警员说："可以请你照看一下这位小姐吗？"

"遵命，先生。"

"你带对讲机了吗？"

"恐怕没带，先生。我们没想到会……"

"没关系。黑尔高级警督会叫救护车和更多人手来，请你留在这里陪她吧。"

庞德正要离开时，厨房后门忽然打开了。菲莉丝·钱德勒站在门口。"发生了什么事？"她急切地问道，"我听见有人尖叫。警察怎么会在这里？"

"钱德勒夫人，请务必待在厨房里，无论听见什么都别去前厅。如果方便的话，可以麻烦你帮我的助理泡一杯浓茶吗？她刚才受到了很大的惊吓。"庞德说着俯身对凯恩小姐道，"我必须离开一会儿，但会安排救护车送你去医院。请你小心，千万别碰身上的衣服，这是证据，警方需要取证。他们会照顾你的，我去去就回。"

庞德对钱德勒夫人点头示意，后者早已开始烧水泡茶，于是他转身回到前厅，正看见黑尔站起身来。

"他死了。"高级警督说。

"真不敢相信，竟会在我们眼前发生这种事。"

"都怪我！"黑尔看上去无比挫败，"我不应该让他独自行动的。"

"您不必如此自责。"庞德宽慰道，"同意他去拿衣服鞋子完全合情合理，至于——"他看着躺在楼梯口的尸体，"我们谁都无法预测会发生这样的事。"

"我想不明白怎么可能发生这样的事。"

"问题很多，但我们之后再考虑。现在您必须先打电话联系两辆救护车。一辆载弗朗西斯·彭德尔顿，另一辆送凯恩小姐去医院。"

"还有警力增援。"

刚才上楼搜索的警员从楼梯上下来了。他努力不去看脚下的尸体，但眼睛却不受控制地瞄着。"楼上没人，长官。"他报告，"楼上的厨房里坐着一个男人，可他说自己是家里的用人。"

"那是埃里克·钱德勒。"黑尔说。

"是的，长官。除他以外，没别人了。您需要我去别墅外面搜索吗？"

"这主意不错。"

警员踮着脚小心翼翼地从尸体旁边走过，向屋外走去。

"我这就去打电话。"黑尔说罢走进起居室。

庞德一个人站在楼梯口，地板上早已积起一摊深红色的血水。不知为何，那个颜色令他回忆起前一晚月光下的大海。那时他曾在心里默默地想着，水上的塔利这个看似平静的村庄里潜伏着浓浓的恶意，只是没想到，他的想法竟然这么快就得到了验证。

*

三个小时后，黑尔高级警督和阿提库斯·庞德两人在克拉伦斯塔楼起居室里相对而坐，一言不发。两个人都沉默着，这种情况还是第一次。黑尔依然十分自责，那种恳切甚至让庞德都开始觉得，凶手真的狠狠戏弄了他一番。在凶杀案发生后一个星期被请到现场调查，和在现场眼睁睁看着凶杀案发生完全是两码事。这是他从未经历过的。

自凶案发生后，各项行动迅速展开。不久后，两辆救护车和四辆警车抵达克拉伦斯塔楼，凶案现场调查等一系列流程按部就班地展开。一位警方的医生在检查后正式宣布弗朗西斯·彭德尔顿死亡，死因是正中心脏的一刀；犯罪现场摄影师拍了二十几张不同角度的照片；指纹专家在前厅里各处采集样本。就在这座房子的二楼，一个星期前才刚刚进行过一次同样的流程。地上的尸体被警员抬上担架，装进门外的救护车里，送往埃克塞特警署，做进一步检查；另一辆救护车已经接上凯恩小姐，送往医院。

已经确认伦纳德·柯林斯医生及其夫人萨曼莎此刻仍在伦敦；电影制片人西蒙·考克斯已经回到伦敦梅达韦尔的家中；兰斯·加德纳早上一直在酒店工作，而他太太莫琳也一直在前台，本该当值的南希·米切尔没来上班。而她和阿尔吉侬·马许是唯二与凶案调查相关，却行踪不明的人，警方正在全力搜索二人。

那个忽然出现在窗外的神秘人，仿佛人间蒸发般再无踪影。无论那是谁，都没有在现场留下一丝痕迹或脚印，要不是黑尔和庞德都亲眼所见，只怕要说那只是一个想象也未可知。

"我认为弗朗西斯·彭德尔顿是自杀的。"终于，黑尔率先打破了沉默，"当然了，我会仔细调查所有可能，但依我看，这是唯一可能的解释。我的意思是，想想现场的物证！他胸口的刀——那是梅丽莎·詹姆斯其中一部电影的道具——就放在楼梯口旁边的桌子上。肯定是他上楼拿衣服鞋子时看见了那把刀，临时起意的。他刚承认杀害自己的妻子，知道自己无处可逃，于是干脆用刀一了百了。或许对大家来说这确实是最好的选择，省了庭审费用了。"

"那刚才的入侵者又该怎么说？"

"我很难相信那人有办法杀掉他，庞德先生，就算这是那个人来这里的目的。彭德尔顿中刀的时间是在您的秘书发现人影后的九十秒内。要想杀掉他，入侵者必须从起居室的窗边一路绕到别墅后方，从后门进来。但即便是那样，也是首先进入厨房，然后通过前厅，拿起刀杀掉彭德尔顿，再凭空消失。哪来的时间做到这一切？"

"我无法回答，高级警督。我同意您的说法。要想按照您刚才描述的手段实施犯罪的确非常困难——但并非毫无可能。"

黑尔第一次为庞德的话感到不快和烦躁，急切地想要反驳。庞德完全理解他的心情——这是黑尔退休前的最后一件案子，他希望能够成功破案，获得上级的赞许后功成身退。他从不曾预料过此案还有更多复杂的发展，因此毫无防备、措手不及。

"在我看来，一切非常简单直白。"黑尔坚持道，"弗朗西斯·彭德尔顿刚刚谋杀了自己的妻子，又被警方抓住、证据确凿。您刚才也听到了，他自己说恨不得这一切早点结束。"

庞德面带歉意地回答："的确很有可能是他勒死了自己的妻子，我一直以来也这么想，并认为这是案子最可能的答案，尤其是他还谎称去看了歌剧。可是，关于那台电话还有疑点，那天晚餐时我们也讨论过，您还记得吧？"

"啊，是的——电话！您何不试着解释一番？我看这事早像您心里的蜜蜂一样嗡嗡很久了！"

"不好意思，您说什么蜜蜂？"

"电话为什么让您如此挂心？"

"唯此一事，高级警督，令我从一开始就十分在意。您曾说过，电话和听筒上没有发现任何指纹。"

"没错，被擦得很干净。"

"可是，如果是弗朗西斯·彭德尔顿用它当凶器杀了妻子，有什么必要特地把指纹擦干净呢？他是这栋别墅的主人，电话上有他的指纹也不奇怪吧。何必掩盖痕迹，多此一举。"

黑尔想了想说："您说得有道理。可您有想过吗，或许他是故意这么做，为了扰乱调查方向呢？"

"在我看来这不大可能。"

"即便如此又能怎样呢,庞德先生?弗朗西斯·彭德尔顿自己都已经认罪了!当时您也听到了。"

"我没有听见他认罪,高级警督先生。我只听见他说愿意说出一切。"

"这不就对了吗!"

"可他要坦白的是什么呢?"

"这我不知道。"黑尔终于失去了耐心,"或许是要坦白自己偷了糖果店的糖果或者违章停车之类的。不过,既然我刚宣布以杀人罪逮捕他,我猜他想说的主要是这件事。"他忽然停下,努力调整着情绪,"我很抱歉,庞德先生。我不应该用这种态度跟您说话。"

"高级警督,"庞德再次开口,语气轻柔,"您无须道歉,也请相信我并非有意要将事情复杂化。但我确实不认为弗朗西斯·彭德尔顿承认了所有罪行。我也可以给出三个说明他不可能自杀的理由。"

"愿闻其详!"

"首先,他离开起居室是为了去穿外套和鞋子。您或许会想,假设他打算自杀,那么所谓拿衣服鞋子不过是一个借口,这样就有机会自己一个人待着。可我的看法是,他确实回房间穿上了外套和鞋子——他死的时候就穿着它们。那么他为什么要这么做呢?如果他决定好要死,穿不穿外套鞋子又有什么要紧?"

"请恕我直言,庞德先生,您或许并不了解英国人的心理。我曾调查过一个案子,住在汤顿的一位大地主因为财务危机饮弹自尽。他留下一封遗书,详细说明了自杀的原因,可他死的时候还特别穿上了一件高档晚宴西装,只为了体面地离开。"

庞德耸了耸肩:"明白了。那让我们来讨论一下那把刀的位置。插在死者胸口的刀放在楼梯口旁边的桌子上。可当凯恩小姐看见彭德尔顿时,他正站在楼梯上,刀子已经插进了胸口。那么,您觉得发生了什么呢?他拿着刀回房间了吗?然后决定回来下楼到一半的时候自杀?这根本说不通。

"还有他的死法。"庞德不等黑尔反驳,接着说了下去,"如果彭德尔顿先生是个日本人,或许我还可以理解成他是为了当众切腹谢罪!可既然刚才您也说了,他是纯正的英国人,您可曾听说过英国人这样自杀的?他的浴室里放着锋利的剃须刀;要想上吊可以用领带。可是半路用刀直插心脏……?"

"他非常绝望。"

"非常绝望,却还有精力穿上外套和鞋子。"

"好吧。"黑尔缓缓地点了点头,无法反驳庞德的逻辑,"那您觉得真实情况是怎样呢?"

"除非我们能查出当时出现在花园里的人影究竟是谁,否则我也无法回答。不过,离开这栋别墅之前,我们还有一个问题必须解决。"

"敢问是什么问题,庞德先生?"

"詹姆斯太太卧室里的墙纸,为什么撕破了?"

*

菲莉丝·钱德勒送玛德琳·凯恩小姐离开后,也回到了楼上,和埃里克一起坐在他们小小的起居室里。两人的周围放满了行李箱。弗朗西斯·彭德尔顿让他们在今天结束前离开别墅,于是他们早早便开始收拾。可还没来得及离开,便得知了他的死讯。从今天早上起，母子俩就没怎么说过话，此刻依然如此，直到听见有人敲门，然后庞德和黑尔推门进来，两人也没什么反应。

"你们要走？"庞德看见满地的行李箱问。

"是的，先生。老实说，发生了这么多事，我在这栋房子里一分钟也待不下去了。"

"你应该清楚，你们不是说走就能走的吧，钱德勒夫人？"黑尔说，"警方可能还有问题需要二位协助。"

"我不会离开太远的，高级警督，只是去布德的妹妹家而已。"

"那你儿子呢？"

菲莉丝扫了一眼埃里克，后者耸了耸肩。"我也不知道自己要去哪里。"他说，"我没什么朋友，一无所有。我不在乎——"

庞德上前一步。他还从未见过如此不快乐的两个人，被自己一手创造的生活深深困住。可即便如此，该解决的问题还是必须解决。"钱德勒夫人，有件事我必须跟你谈谈——还有你儿子。"

听见自己的名字，埃里克·钱德勒一脸愧疚地抬起头来。

"先从今天早晨彭德尔顿先生遇袭的时候说起吧，那时候你们都在这间屋子里吗？"

"是的，先生。我们在收拾行李。"

"这么说，今天的意外发生前，你们就已经准备离开了？"

菲莉丝咽了咽口水，意识到自己透露了过多信息。"事情是这样的，彭德尔顿先生已决定辞退我们了。"她回答，"他打算把别墅卖掉，不再需要我们服侍了。"

"听起来很突然。"庞德说，语气意有所指。

"这就是他的决定，先生，我相信他有自己的打算。"

黑尔插嘴道："你们一定听见了凯恩小姐的尖叫，那时候你俩也在一起吗?"

菲莉丝·钱德勒迟疑着,她不想说实话,可现在的情势容不得她撒谎:"当时我在这里,埃里克在自己的卧室。"

"我在收拾东西。"埃里克说,"什么也没看见。"

"我们俩什么都没看见。"

"也没有往窗外看看吗?没有听见任何人经过?"

"您为什么一直问我这个问题?"菲莉丝·钱德勒怒道,"我已经告诉过您我耳背了。我们只知道家里来了警察,又被命令只可以待在自己的房间里,我们照做了!"

"彭德尔顿先生为什么要辞退你们?"

"刚才不是说过了吗……"

"你撒了一个谎,钱德勒夫人。"现在轮到庞德发怒了,"我不会再容忍更多谎言。这栋别墅里已经连续发生两起命案了,尽管我能理解你想要保护儿子的心,但你不可以再欺骗我!"

"我不明白您在说什么,先生。"

"那就让我来告诉你。"

众人还未回过神来,庞德已转身离开了房间。黑尔立刻跟上,埃里克·钱德勒和母亲看了看彼此,也跟在后面。

庞德很清楚自己要找的东西在哪儿。梅丽莎·詹姆斯的卧房装饰和陈设与当初骑士桥的鲁登道夫钻石失窃案卧室十分相似,真是个奇妙的巧合——这也让他第一时间注意到了另一个几乎一模一样的线索:撕裂的墙纸。本来这一点还不足以吸引他的全部注意,可他又想到了西蒙·考克斯曾听见有人说——"月光花酒店有猫腻"。这句话听起来很不合理——加德纳夫妇可能有猫腻,酒店的经营活动可能有猫腻,可是酒店本身要怎么有猫腻?

庞德没有走向卧室,而是转到卧室旁的走廊,依旧在用人区这一侧。走路的同时，他也在计算着距离，直走到墙上挂着的照片前才停下。那些照片他之前就注意到了，都是塔利的风景：灯塔、海滩和月光花酒店。接着，在埃里克和他母亲无声而惊恐的注视下，庞德将那张月光花酒店的相框从挂钩上取了下来，露出后面墙上一个被钻子钻通的洞。

"看来我猜得没错。"他说。

黑尔走上前去，眯起一只眼睛顺着洞口张望，发现自己正看着梅丽莎·詹姆斯的卧室。他想起墙壁另一侧的房间墙纸，立刻明白这个洞在墙纸花纹的掩盖下几乎是隐形的。他回过头，看见菲莉丝·钱德勒泫然欲泣的样子、埃里克急促的喘息和苍白的脸。

"这是怎么回事？"黑尔冷冷地问。

"我想这是用来偷窥的。"庞德说。

黑尔远远地看着埃里克："没想到你竟然是一个偷窥狂！"埃里克已经恐慌到无法言语，黑尔转头看着庞德说，"您是怎么知道的？"

"还记得电影制片西蒙·考克斯听见的那通争吵吗？钱德勒夫人说她知道儿子都干了些什么，说她早就发现月光花酒店有猫腻，还补充说她早就看到了，指的就是墙上的这个洞。考克斯先生没有听到前因后果，但即便只有只言片语，也已经足够了，您说是吧。"

黑尔一脸恶心地盯着菲莉丝："你知道这件事？"

上了年纪的女人点点头，神情悲痛欲绝。"我把照片从墙上拿了下来——就是詹姆斯小姐死的那天。当时我本来是要去查看窗外情况的，却发现这个相框有些歪——所以那天才在厨房里待了那么久。您觉得我心里什么感受？我简直震惊得无以复加。那可是我的儿子！"

"你是否还说过，如果被梅丽莎·詹姆斯发现，肯定得让她死这种话？"

"我没有，警官！"菲莉丝·钱德勒十分惊恐地答道，但很快她似乎想起了什么，"我说的是：这事如果被她发现，肯定会把她吓死。我是这么说的！我也没有撒谎，她很信任埃里克，根本想不到他竟然会偷窥她。"

"我没有……"埃里克试着想要辩解，张了张嘴，却不知该说些什么。

然而菲莉丝毫不留情地接着说道："就在今天早上，彭德尔顿先生跟我说，有人偷偷进过他太太的房间，还拿走了一些东西。"

"什么东西？"黑尔追问。

"私人物品——贴身内衣。就从床边的抽屉式衣柜里……"

"我没有拿！"埃里克疾呼。

"不是你是谁！"母亲呵斥道，怒目而视，"你怎么还在撒谎？你这个又肥又懒的东西，脑子里净是些乌七八糟的下流主意，我怎么能生出你这么个玩意儿！天知道你父亲该有多以你为耻！"

"妈妈……"

眼前的一幕实在令人有些目不忍睹：埃里克哀号着，眼泪顺着脸颊喷涌而下，他颤巍巍地向后退去，肩膀抵住墙壁缓缓蹲下。庞德和黑尔高级警督急忙过去扶他，两人一起将他搀扶到小起居室里坐下。他们让他靠在沙发上，黑尔递了一杯水给他，可他根本喝不下。埃里克无助地抽泣着，而他的母亲站在门边，一脸漠然，眼中全无一丝怜悯。庞德忍不住想，要是这个女人把对丈夫的爱匀一点给儿子，这个家本该有多幸福。

"接下来会怎么样？"钱德勒夫人问，"你们要逮捕他吗？"

"你显然犯了法。"黑尔的声音听起来有些不自然，"警察有权逮捕你……"

"我只是喜欢看着她而已！"埃里克泣不成声，让人几乎听不清他的话，"她是那样美丽。我绝不会伤害她，也从来没偷过任何东西！"

黑尔看了看庞德，后者点点头。"不过，既然你们已经打算离开，并且彭德尔顿先生和詹姆斯小姐都已经不在了，没有人指控你们，或许让你们继续打包、离开更好。只是，请保证警方能随时联系并找到你们。至于埃里克……我建议你和柯林斯医生聊聊，找专业的人给你些建议。你所做的事是绝对错误的。"

"我没有——"

"我没什么好说的了。"

黑尔说完，和庞德准备离开房间。钱德勒夫人侧过身让他们通过，两人都没有再回头。

"希望我的决定是正确的。"黑尔一边下楼一边喃喃自语，"如果弗朗西斯·彭德尔顿真的是被杀害的，埃里克·钱德勒就是最有嫌疑的人，或者应该说，他是唯一的嫌疑人。案发当时，他就在别墅里——你也听见他母亲的话了，他一个人待在一个房间里，而她在另一间。也就是说，实际上，她并不知道儿子当时在哪里。假如埃里克认为彭德尔顿打算告发他偷了妻子的内衣或者什么东西，这很有可能成为杀人动机。"

"您说得没错。"庞德同意，"他是一个心理扭曲的人。在我看来，他的人生从许多方面而言都是不幸的。可他给我的印象却并非一个喜用暴力之人，尽管有些扭曲，他却以自己的方式爱慕着梅丽莎·詹姆斯。这样的人会杀害自己心爱之人的丈夫吗?"

两人走进前厅时,一名警员从起居室朝他们走来,看起来一直在找黑尔。他的手里握着一封信,看字迹是手写的,装在一个透明的证物袋里。"报告长官,"他说,"我认为这个应该给您过目。在起居室里找到的,塞在办公桌的底部,藏在一大沓旧文件中间。很显然是故意藏在那里的。"

他把信递给黑尔,后者自己研读了一遍。"嘿,这封信恐怕能改变您的想法。"黑尔低声道,"说不定我的推测才是对的。"他把信递给庞德。那张纸已经皱巴巴的,是一封还没写完就被扔掉的信。

"二月十三日。
致我最亲爱的你,我无法再继续生活在谎言中了。我真的做不到。我们必须鼓起勇气,向全世界宣告你我之间的缘分与真情……"

"梅丽莎·詹姆斯和别人有私情,还想要摆脱弗朗西斯·彭德尔顿。后者受不了这样的打击,又无法眼睁睁看着她离开,于是杀了她,被发现后又畏罪自杀。"黑尔伸手拿回证物袋,"您还能想到别的更好的解释吗?"

"我同意,这件事从表面上看起来,的确像您分析的那样。"庞德表示赞同,"可是即便如此,高级警督,在给出调查结论之前,还需要确认一个关键信息。"

"是什么?"

"现在我们知道梅丽莎·詹姆斯与别人有私情,可问题是和谁?"

第十四章 肇事逃逸

"你在这儿干什么？"柯林斯医生问。

"这个嘛，我在等你。"阿尔吉侬回答。

医生走进教会小屋的厨房，发现他的内兄正坐在餐桌边抽烟。萨曼莎去教堂帮助牧师准备下一次礼拜了，还带上了孩子们。她很喜欢和孩子们一起去教堂。帮忙做家务的米切尔太太下午晚些时候才来，柯林斯医生本以为家里只有自己。

他不喜欢阿尔吉侬·马许。他对此人过去和现在的种种劣迹了如指掌，极不情愿让他住到家里来。但和许多其他事一样，在这件事上，他同样选择听萨曼莎的，妻子善良的天性让她总是乐于包容和原谅。他无法说服妻子认清阿尔吉侬的真面目，一个从出生起便是麻烦精的男人。或许他们的父母很有先见之明，所以直接给他起了一个情节剧里典型的坏蛋的名字，而他也的确名副其实。

看见他也在家里，柯林斯医生心里涌起一阵强烈的厌恶感。从某种层面而言，他和阿尔吉侬完全是相反的两个人。他当了十五年的医生，先是在斯劳，后来搬到了塔利，起早贪黑地问诊看病，赚得一份微薄的薪水，勉强支撑着妻子和两个孩子的生活。可他从不抱怨，治病救人是他的使命：就算在战争时期，他也在皇家陆军医疗队服役。而阿尔吉侬倒是轻松，在白厅做文员。每天穿着名牌西装、开着昂贵的法国跑车、吹嘘着那些华而不实的商业计划，精心设计如何为自己套利……他可谓战后新生代的典型代表，将整个国家拽入自私自利与享乐主义的深渊。

就说阿尔吉侬此刻坐在桌边——柯林斯的书桌边的样子吧：吊儿郎当、吞云吐雾。这副尊容本身就令他觉得是一种故意的冒犯。柯林斯医生并没有邀请他来，他却堂而皇之地登门留宿，现在更表现得活像这个家的主人。

"你说什么？你在等我？"柯林斯医生问。看在萨曼莎的面子上，他尽量对阿尔吉侬保持礼貌。

"是的，我希望能和你谈谈。"

"我想不出咱俩之间能有什么可谈的。总之，很遗憾，我恐怕要让你失望了。我得整理和研究患者病例。"

"这些事情可以推迟。"

"恐怕推迟不得。"

"坐下，伦纳德，我们需要谈谈。"这不是邀请，而是威胁。阿尔吉侬的语气和脸上完美的笑容都释放出一种信号，让柯林斯医生不敢离开。于是，尽管心里一万个不情愿，他还是在桌边坐了下来。

"谢谢。"嘴上说着感谢，可阿尔吉侬的语气依旧饱含着那种深沉的冷意，看着柯林斯医生的眼神也十分冰冷。

"关于什么事，阿尔吉侬？我真的不……"

"关于这个。"

阿尔吉侬从衣服口袋里掏出一张纸，摊开来。只需一瞥，柯林斯医生便认出是那封由伦敦帕克和本特利律师事务所寄给萨曼莎的信。阿尔吉侬把信摊开，放在两人之间的桌上。

"你从哪儿翻出来的？"柯林斯医生斥道，怒火中烧，"你竟敢私自翻查我的书桌,好大的胆子!那是私人物品!"

"这么重要的事你们不打算告诉我吗?亲爱的乔伊斯姑姑在纽约翘了辫子,留给萨曼莎——她到底留下多少钱来着?我猜你俩昨天就是为了这事去的伦敦吧。"

"与你无关。"

"这可与我太有关系了,伦纳德。容我提醒你一下,我是萨曼莎的亲哥哥,我也和那老家伙一起生活过。"

"她什么也没留给你,阿尔吉侬。她不认可你的生活方式,就这一点而言,我也一样。她的遗产究竟有多少也不劳你操心,因为你一分钱也得不到。"

"萨曼莎也是这么说的吗?"

"是的。"

"或者应该说,是你说服她这么说的?我怎么记得萨曼莎对我总是心软的——至少,在她嫁给你之前是这样。我敢拿命打赌,那笔遗产她绝对是想分一部分给我的。你刚才说有多少来着?"

"我可没说。"

"哈,我自己做了些调查。就我所知,哈伦·古蒂斯在广告行业赚了一大笔钱。我的朋友说,估计能有一百万镑。"

"你想干什么,阿尔吉侬?"柯林斯医生此刻已不再掩饰,一脸鄙夷地看着自己的内兄。

"我在想,公平起见,应该分我一半。"

柯林斯医生不可置信地盯着他,而后突然大笑了几声道:"你疯了吗?"

"你不同意?"

"我的想法刚才已经告诉你了。这笔钱不是留给你的,而是留给我的妻子。那是你姑姑的遗嘱,她不愿意把自己的财产留给你。如果萨曼莎愿意听我劝,等她办完遗产继承手续,今后将不再与你有任何来往。"

"她听你的是吗?"

"是的。"

"很好。那你就能说服她改变主意。"

"我为什么要那么做?"

"因为我对你的事也略知一二,伦纳德,你可不想让我把这些事告诉萨曼莎吧——或者别的什么人。"

这句话仿佛一记无形的重拳打在柯林斯医生脸上:"你说什么?"

"你真的要我明说吗?"

"你这是恶意恐吓!"

"是又如何,我看挺有效的。"阿尔吉侬朝他俯过身去,"这么说吧,你在处理某些病人的问题时,手法不够专业啊。"

"无论你想暗示什么,我都没有做过。我问心无愧,从未做过任何错事,而你这种名誉诽谤的可悲伎俩只会把自己送进监狱,你就该在那儿待一辈子!"

"萨曼莎可不一定这么想。"

"别把我妻子卷进来!"

柯林斯医生恨不得立刻起身冲过去,狠揍眼前这个男人,可他们的对话被两辆汽车相继停下的声音打断了。阿提库斯·庞德和黑尔高级警督带头下了车,后面跟着两名身穿制服的警员。

阿尔吉侬起身往窗外望了望,故意拖长了声音说:"看起来我们只能下次再继续这番愉快的对话了。"说着伸手去拿桌上的律师信,柯林斯医生一把抢了过去。"刚才我说的是什么,你心知肚明。"阿尔吉侬不以为意,"五五分。我暂且保密,但你得好好想想怎么利用你的'男性魅力'和好口才说服阿萨。我可没什么耐心。"

门铃响了起来。

柯林斯医生狠狠地盯着阿尔吉侬·马许,忍了又忍,才控制住自己,转身开了门。

*

黑尔高级警督站在门外,一眼便看出柯林斯神色不对。平常总是冷静平和的医生,此刻情绪显然十分糟糕,而这并不仅仅是因为家门口堵了这么多执法人员。

"怎么了?"

"我很抱歉打扰你,柯林斯医生。不知你的内兄可在?"

这个问题似乎让医生觉得有些好笑,一丝笑容从他脸上一闪而过:"阿尔吉侬?在的,我刚还跟他聊天来着。"

"我们也想跟他聊聊,希望你不介意。"

"你们该不会是来抓他的吧?"

"请原谅我无法透露相关信息,先生。"

"当然。请进。他就在厨房……"

两名警员一左一右留在大门口。经历了刚才克拉伦斯塔楼的意外,黑尔不敢大意。他和庞德跟着柯林斯医生走进大门,阿尔吉侬·马许慢悠悠地从厨房踱了出来。

"警督!庞德先生!真高兴见到你们。两位是来找我还是我妹夫的?我相信伦纳德有很多话想对你们说。"

"马许先生,我们是来找你的。"

尽管脸上还挂着微笑，但阿尔吉侬的表情明显阴沉下来："反反复复的可真让人烦恼啊，警督。"

"或许的确如此，但职责所在，只好对不住了。"黑尔转头对医生说，"家里有方便谈话的安静之处吗，先生？"

"若不嫌弃，可以去我的书房。"

庞德从进门起就一言不发，但刚才阿尔吉侬对妹夫的语带讥讽却一字不落听了个清楚。柯林斯医生有事隐瞒，而阿尔吉侬知道是什么。这件事会和梅丽莎·詹姆斯有关吗？很显然是有的。

"那咱们回头见，伦纳德。"阿尔吉侬说，"你正好可以好好想想刚才聊的事。"

庞德的怀疑得到了证实，这两个男人之间绝非兄友弟恭的关系。

柯林斯医生将众人带至书房，这里同时也是诊疗室，房间角落里放着一张问诊椅，旁边挂着帘子。庞德在书桌侧面的位置坐下，黑尔和阿尔吉侬分别坐在书桌两侧，看着对方。

"我想聊聊关于你公司的事。"黑尔开口了，"阳光仙境控股公司。"

"这有什么好聊的？"阿尔吉侬半带笑意地问，"您是想投资吗，警督？"

"是'高级'警督。并且我要警告你，马许先生，这并不是什么好笑的事。"黑尔说完顿了顿，又道，"据调查，似乎有相当多的人给这家公司投了资。你介意说明一下这家公司究竟是做什么的吗？"

"当然。这是一家在南法开发房地产项目的公司：酒店、度假庄园之类的。就像当年美国的淘金热，只不过这次在法国。戛纳、尼斯、圣特罗佩——您或许不曾听过这些地名，但它们很快就会成为世界瞩目的旅游胜地。"

"我猜梅丽莎·詹姆斯也是你的投资者之一吧？"

阿尔吉侬的脸色沉了下去。"谁告诉你的？"他整理了一下情绪，又说，"梅丽莎是投了一笔小钱没错。"

"九万六千英镑可不是笔小钱，马许先生。"

"这是我的私事。你们究竟是听谁说的？"

"她的银行经理。我们追踪到詹姆斯小姐先后写了三张支票给阳光仙境公司。"

"和项目开发完成后的回报相比，这笔钱不算什么。"

"那么你究竟建了多少座酒店和度假庄园呢？"

"这就是您外行了，'高级'警督，事情没有那么简单。"

"事情非常简单。"庞德忽然插话，"这个局最早是三十年前由一位名叫查尔斯·庞氏的意大利男人发明的。他引诱投资者将自己的存款投入一个项目，说会有大幅回报，实际上却根本不会产生任何回报。他用后来的投资者的钱假装成红利付给之前的投资者，让他们相信自己投资的项目运作良好，但实际上，所有的钱都被收入了他自己的腰包。"

"我没有做违法的事！"

"这话可不一定诚实，先生。"黑尔说，"一九一六年《盗窃罪条例》第三十二条明确禁止以欺诈为目的、欺骗为手段获得并保留钱财。违者可判五年有期徒刑。"

"我没有欺诈任何人！"阿尔吉侬的身体有些瑟缩，向后靠着座椅，刚才的气焰已经被虚弱的辩白取代，"梅丽莎很清楚自己的钱去了哪里，我一直及时汇报项目的各项进展给她。"

"你和詹姆斯小姐到底是什么关系？"

"我们是朋友。"

"很好的朋友吗？"

"是的！"

"你和詹姆斯小姐上床了吗？"

阿尔吉侬震惊地看着高级警督："不得不说，您真是一个非常直接的人，高级警督。我不认为有必要回答这个问题，这和你半毛钱关系都没有。"

黑尔不为所动。他拿出在克拉伦斯塔楼找到的那封信，递到阿尔吉侬眼前："这是写给你的吗？"

阿尔吉侬接过信，盯着看了半晌。庞德仔细观察着他的一举一动。阿尔吉侬·马许是个工于心计的骗子，说的每一句话都是计算好了的，若非对自己有利，否则绝没有一句实话。包括此刻，他也在心里不停衡量着各种可能的回答和后果，并终于下定了决心。

"好吧，"他说，肩膀往下沉了一些，把手里的信扔回了桌上，"是的，'我最亲爱的你'，每次写信她都这样称呼我。我们也经常提起私奔的事。"

"这么说你俩确实在交往？"

"是的。事实上，她疯狂迷恋着我。她认为和弗朗西斯的结合根本就是一个错误，那个男人根本无法给予她任何想要的东西。"

"那是指什么呢？"

"刺激、挑战、性爱，每个女人都想要的东西。我们之间的关系是从伦敦开始的，后来，只要有机会我就回来塔利看她。其实这才是我总到这个一无所有的地方来的主要原因。"他看了一眼桌上的信，"你从哪里找到的？"

"我们认为弗朗西斯·彭德尔顿或许发现了这封信……"

"然后杀了她？您是想说这个吗？这想法简直太可怕了。但若果真如此，我只能说他既不是一个合格的丈夫，也不是合格的情人。梅丽莎会爱上我真是一点也不奇怪，最起码，我从没伤害过她。"

"你是指，除了偷她的钱以外。"

"悠着点儿，高级警督先生，这话可有些重了。"

"你给我的印象，马许先生，是以肇事逃逸者的心态在做生意。你毫无廉耻之心，更不讲道德。想做什么就做什么，做完就跑。"

庞德再次注意到阿尔吉侬眼中的恐惧随着黑尔的话逐渐升腾。

"我没有做错事。"阿尔吉侬咕哝着。

"亨利·迪克森先生可不同意。"

"亨利·迪克森？我不认识这个人。"

"他是一位歌剧演员，目前在巴恩斯特珀尔的医院治疗，受伤很严重，但情况已经稳定了。他前几日在布劳顿路上被车撞了，肇事司机逃逸了。"

"您不会是认为——"阿尔吉侬想要争辩，但他的声音却出卖了他，一字一句都饱含愧疚。

"你能解释一下为什么你的标致车前端凹进去了一块吗，马许先生？"

"我不能，我没有……"

"当时路过现场的另一辆车的车主认出了你的车。我们还找到了这个……"黑尔拿出第二只证物袋，里面装着半截香烟，在雨水的侵蚀下有些发黄，"还知道你在桑顿高尔夫俱乐部喝了多少酒。我们有理由怀疑你当时是醉酒驾驶。"

黑尔等着阿尔吉侬回答，可后者知道自己已没必要再开口了。他知道他完蛋了。

"阿尔吉侬·马许,我宣布,根据一九三〇年《道路交通条例》和一九一六年《盗窃罪条例》,现以多项罪状将你逮捕归案。我必须提醒你的是,你可以选择沉默,但你所说的每一句话都可以在法庭上作为指控你的不利证据。现在,你有什么想说的吗?"

"还真有一件事。"

"什么事?"

阿尔吉侬看起来并不怎么害怕,因为他已经把一切都想好了。"我爱着梅丽莎·詹姆斯,她也爱着我。这才是对我来说最重要的事,高级警督。您想抓就抓吧,但这份爱您永远也夺不走。"

两人架着他走出别墅时,阿尔吉侬脸上依旧保持着微笑。

第十五章 站在桥上的女孩

他们本打算立刻送阿尔吉侬去巴恩斯特珀尔警察局，半路上经过比迪福德长桥时，却意外被堵得水泄不通。黑尔高级警督立马判断前面一定出了什么事。时值下午，河道两旁的公路上通常不可能各有十几二十辆车停着一动不动。大部分车主和乘客都下了车，盯着桥中心的什么看着。黑尔和庞德嘱咐看守阿尔吉侬的两名警员和他一起待在车上别动，然后两人一起下车查看。一路上周围的人都在交头接耳，感叹着。

"可怜的姑娘！"

"怎么没人管管。"

"有人叫警察了吗？"

两人一路来到人群的最前面，顿时明白发生了什么。

一个年轻的女人攀过巨大的石砌栏杆，爬到桥身另一侧狭窄的边沿上站着。她向外倾着身体，摇摇欲坠地悬在河面半空，双手背在身后抓着桥栏杆。大桥离河面并不算高，大约二十英尺，但河水湍急浑浊，还有不少暗流和旋涡。一旦放手，就算不摔死也肯定会溺死。

黑尔有一个已经成年的女儿，看着眼前这个不知何故出此下策的年轻姑娘，心中十分同情。远远望去，他猜测这姑娘最多二十岁出头，但随着二人接近，他逐渐看清了姑娘棕色的头发和略有些不对称的五官。

"这不是月光花酒店的那个姑娘吗!"他惊呼。

"南希·米切尔。"庞德也认出了她。

"我得阻止她。"黑尔急匆匆地推开两个站在长桥入口处却帮不上什么忙的男人向前走去,前面就是大桥的入口。还好,所有的车都远远地停着,他们明白一旦靠得太近、让女孩感受到威胁,只怕她会立刻跳下去。

庞德伸手抓住高级警督的手臂。"请恕我直言,我的朋友,恐怕让我来跟她聊会儿比较好。她认识您,知道您是高级警督,说不定也知道自杀是违反法律规定的。要是您过去,说不定会吓到她……"

"您说得对。"现在不是争论的时候。黑尔走到人群前面,转身面对他们,轻声说,"我是警察。可以请各位往后退吗?"

围观者闻声后退。而同一时间,庞德则继续向前,走到空无一人的桥面上。南希看见他走过来,惊恐得睁大了眼睛盯着庞德。

"别过来!"她大叫。

庞德停下了脚步,离她大约十步远:"米切尔小姐!还记得我吗?我是酒店的客人。"

"我知道你是谁。我不想跟你说话。"

"你不用说话,也不需要说话。但请你听一听我的话。"

庞德又向前走了两步,女孩浑身僵硬,十分戒备。于是他不再前进,只低头看了看下面棕黄色的湍急河水。另一边的人群有些骚动,好在很快有另一名警员抵达,维持秩序并让人们后撤。

"我不知道你究竟遇到了什么事,为什么会做出这样极端的行为,"庞德说,"但你一定非常难过,这一点我可以肯定。如果我说,不管此刻事情看起来有多么糟糕,只要你愿意等到明天,它就会变得好一点,你愿意相信吗?世事就是如此,米切尔小姐,我是过来人,可以证明这一点。"

南希没有回答。庞德再向前两步。离得越近,他越不用扯着嗓子高声说话。

"你站住!"南希喊道。

庞德举起双手:"我不会碰你的,只想跟你说说话而已。"

"你根本不知道我在想什么!"

"是,我不知道你在想些什么,可我或许能够明白你的感受。"他又迈了一步,"我也曾悲伤痛苦过,米切尔小姐。我曾遭受过无法想象的暴力——在德国的监狱里,在战争时期。我的妻子被人杀了,父母也死了。我觉得自己就像坠入了无底深渊,周围全是无法用言语形容的残忍与悲惨。和你一样,那时的我也想死。

"可我没有死。我做了人生中最愚蠢、最不理智的决定,那就是千方百计活下来!做了这个决定我开心吗?是的,我很开心。因为我现在还活着,才能站在这里跟你讲这些话。并且我也希望能够说服你做出和我一样的选择。"

"我的人生看不到任何希望。"

"希望永远都会有的。"庞德又向她走了两步。他们已经离得很近了,只要两个人都伸出手就能彼此握住,"请让我帮助你,米切尔小姐。我们一起来处理那件糟糕的事,让它不再困扰你。"南希迟疑着。庞德能看出她内心的挣扎,他知道自己该怎么做。"也为你肚子里的孩子想想吧!"他说,"你真的不愿意给他一个机会吗?"

原本一直盯着河面的南希猛地转头:"谁告诉你的?"

这本是黑尔高级警督的猜测。"你浑身上下都散发着这份奇迹的美好。"庞德回答,"你没有理由不珍惜这来之不易的生命。"

南希·米切尔开始哭泣。她轻轻地点了点头,转过身来,双手抓住桥栏杆。庞德探出身体,用双手环住她,拉过来一点,再抬起她拉回了桥上。几秒钟后,黑尔也赶了过来,而南希已失去意识,躺在桥面上。

*

两个小时后,在巴恩斯特珀尔的北丹佛医院二楼的私人诊疗室外,阿提库斯·庞德和黑尔高级警督两人静静地坐在硬邦邦的木头长椅上。亨利·迪克森也在这家医院里,正在缓慢康复中。凯恩小姐肯定也在这里,庞德心想。尽管特意托人好生照看,但自从弗朗西斯·彭德尔顿死后,他就没再见过她。

诊疗室的门开了,一个年轻的医生走了出来。

"她怎么样?"黑尔问。

"我给她开了微量的镇静剂,现在她有些昏昏沉沉的,不过她说想见你们。我不建议你们见面,毕竟刚发生了那样的事,她需要休息。"

"我们会小心不让她累着。"黑尔说。

"好。对了,她怀孕了。您的猜测是正确的,大约三个月。还好胎儿没有受到影响。"

说完医生便离开了,庞德和黑尔交换了一个眼神,走进诊疗室。

南希·米切尔躺在病床上,头发披散在枕头上。她看起来很安静,甚至有一种奇怪的安详感。"庞德先生,"两人坐下后,她开口道,"我想感谢您。我刚才……我想做的事……非常愚蠢。

现在想起来自己也觉得很丢脸。"

"但你现在在医院并且感觉好些了，这样我就放心了，米切尔小姐。"

"您会逮捕我吗，高级警督？"

"我完全没这么想过。"黑尔回答。

"太好了。我想见见你们两位，因为有些话我不得不说，尤其是在我父母来之前。医生说他们已经在路上了。"

黑尔对于南希能够如此迅速地恢复冷静感到惊讶，仿佛刚才比迪福德长桥上的事令她忽然顿悟了一样。

"我想或许应该从头讲起。您说得对，庞德先生，想必医生也已经告诉你们，我怀孕了。这件事我还没有告诉父母，但我打算留下这个孩子。我为什么要因为塔利的其他人不认可，就把自己的亲生骨肉送给别人呢？我知道我的父亲不会允许，可我从小就一直怕他，到现在已经厌倦了。或许正像您所说的，庞德先生，我应该把握住这个机会，为自己的人生做一回主。

"不用问了，我会告诉你们孩子的父亲是谁。我从未告诉过任何人他的身份，今后也不会再告诉其他人。但我想你们一定会问的，所以我现在就把一切都告诉你们。孩子的父亲是梅丽莎的丈夫：弗朗西斯·彭德尔顿。这个答案你们惊讶吗？事实就是这样，所以我才必须告诉你们。我并不爱他，也没有杀他——如果你们怀疑的话。当然了，你们会觉得我肯定要这么说，对吧？"她顿了顿，"我来告诉你们这是怎么回事。

"我和他其实很熟。月光花酒店的所有者或许是詹姆斯小姐，但弗朗西斯经常进出酒店，帮她打理经营上的事。我们称不上是朋友，但我觉得他似乎很喜欢和我聊天。后来他让我帮他。他觉得加德纳夫妇以某种方式在合谋欺骗他的妻子，所以让我帮他盯着。我原本并不是很想做这件事,因为不想监视别人,可他竟然专门拜托我帮忙,这让我感觉受宠若惊,而且我也挺喜欢他的。他对我一直很好。

"后来有一天,大概三个月前,他来到酒店,看上去心情十分糟糕。他一句话都没跟我说,径直走到酒吧开始喝酒,一个人。那天恰好是我当值——真是倒霉的恰好。那是二月中旬,酒店里还没什么客人。总之,我让他自己待了两个小时,然后去酒吧查看他的状况。我很担心,想知道他是不是还好。

"可情况很不乐观。他喝了很多酒,几乎烂醉如泥,口齿不清地说了发现妻子外遇的事。一开始我不相信,因为那毕竟是梅丽莎·詹姆斯!大明星。所以我想会不会是他搞错了,可他说找到了妻子的亲笔信——一封情书。不过,他不知道这封信是写给谁的,上面没有写名字。他没有告诉梅丽莎自己发现了这封信,却告诉我这件事对他的打击几乎是毁灭性的。他那么崇拜梅丽莎,真的很珍惜她。他说自己没了她活不下去。当时他的情绪非常激动,甚至令我有些害怕。

"那时已经很晚了,酒店里只剩我们两个,我想要安慰他——您知道,我的意思是照顾他。我说他现在或许不应该回家——他当时那个样子,怎么开车回去,所以建议他去楼上找间客房休息。有六间空房。他想了想觉得不错,于是我又提议扶他上楼,这是我的错,真不该那么说的。就这样,事情一件接一件地发生,就像多米诺骨牌,环环相扣——就像我母亲常说的那样。后来,就变成现在这样了。"

说完这些南希便沉默了。

"他并不爱我。"过了半晌,她终于还是忍不住再次开口,"他只是太伤心了。梅丽莎是他一生最爱的女人,却背叛了他,所以如果他也同样背叛她，或许心里就会好受一点。男人就是这样吧。至于我，我也不知道当时自己怎么想的。或许是因为，心里觉得像弗朗西斯·彭德尔顿这样的男人竟会看上我这种人，有些得意，但其实，当时我根本没想那么多，更不曾考虑过结果。"

南希叹了一口气。

"我真是太蠢了。性也好、怀孕也好，我对这些并不是一无所知，但当柯林斯医生说我怀孕了时，我还是吓得要死。当然了，他立刻猜到我会想要把孩子送去领养。我没有告诉他孩子的父亲是谁，或者应该说，我撒了谎，跟他说是一个我在比迪福德遇见的男人。我不希望别人知道这件事，被人知道了能有什么好处，无论对彭德尔顿先生、梅丽莎还是我而言都没有好处。

"最后，我还是把这件事告诉了弗朗西斯。那天晚上以后，我们几乎不曾再见过面，我感觉他在故意回避我，于是便写了一封信给他。他必须知道这件事！毕竟这是他的孩子。我需要帮助。我以为他会关心我、照顾我。我从未奢求过要他离开妻子或者别的什么，只是觉得他很有钱，或许可以帮我安顿到别的地方去，让我自己生下孩子，开始新的人生。

"可你们知道他是怎么做的吗？收到信的第二天，他在信封里塞了六十英镑和伦敦一位医生的地址，寄给了我。他想让我把孩子打掉，仅此而已！连一句话都不愿意跟我多说，根本不想和我扯上任何关系。怎么会有人如此残忍？"

"彭德尔顿死前，在克拉伦斯塔楼的人原来是你。"庞德说。

"我没有杀他，庞德先生。我发誓。"她深吸一口气，"请您务必理解我的心情，我觉得受到了侮辱，我很羞愧……也很愤怒。没错，梅丽莎的死让一切都变得复杂起来，可我的那封信是在这一切发生之前寄给他的，他没有理由不跟我交流。他为了自己的利益竟能如此轻易地弃我于不顾,他瞧不起我,我对他来说什么也不是。但同时,我知道自己必须做些什么——并且要尽快去做。我妈妈看我的眼神说明她已经起疑,被爸爸知道也是迟早的事。

"于是我去了他家,想要跟他摊牌。如果您一定要怀疑的话,我是打算威胁他的:要么照顾好我,要么我就向全世界揭露你的真面目!明明这件事对他来说根本不算什么——梅丽莎已经不在了,她的房子、酒店、财产都是他的,他明明可以照顾我的。我本打算要他负起该负的责任,或者想想别的什么法子!

"当我赶到克拉伦斯塔楼时,发现外面停满了车,好奇究竟发生了什么。所以我没有按门铃,而是绕到起居室外,从窗户向里张望。就是那时候,我看见了您和高级警督——还有另外两名穿制服的警员,仅此而已!我一看那个场面就知道,这绝不是我该来的时候,所以转身就跑——跑到别墅后面、翻过矮墙、穿过树丛,一直跑到主路上。

"直到后来,听说彭德尔顿先生遇害的事,我才开始害怕。村里每个人都在谈论这件事,竟连他也被杀害了!我很快就意识到,他被杀的当下我正在那里,要是被人知道我们的事,大家肯定都会认为是我杀了他。他那样对我,我的确有动机。你们说不定就是这样想的。

"一切都变得绝望,我不仅会被人怀疑是杀人凶手,肚子里孩子的父亲还死了,再也没有人能照顾我了。我甚至无法证明这个孩子就是他的。这件事妈妈也帮不了我,而我爸爸肯定会气得杀了我的。"

南希说着抽泣了起来,庞德给她递了一杯水,她接过来小口喝了几口,又把杯子递了回去。

"我知道自己爬到桥上去很蠢、很不对，可我太绝望了。"她说，"只觉得那样恐怕对所有人都好，包括我自己和孩子，一了百了。我还想过自己走进大海，因为我不会游泳，但后来觉得还是跳桥更容易一些，就去了，结果却让自己成了一个笑柄。现在可好，天知道接下来会发生些什么，我已经完全没法思考了。"

要说的话已经说完了，南希再次沉默。

黑尔高级警督刚才一直一言不发地听着南希的故事，此刻却率先发言。"你把这些事告诉我们也好，米切尔小姐。"他说，"现在我们需要调查的已经从一起谋杀案变成了两起，你的证言或许会对理解案情有帮助。想必你也累了，需要休息，但有件事我必须问你。当时你在克拉伦斯塔楼，有没有看见任何人从别墅里出来？我不是怀疑你刚才的话，但如你所说，彭德尔顿先生被杀时，你就在案发现场。你说透过窗户看到了我和庞德先生，那么你还看见别的什么人了吗？"

南希摇了摇头说："对不起，先生，我当时只想快点离开，什么也没看见。"

这个回答黑尔并不意外，但还是很失望。"好吧，"他说，"关于今天早上的事，我们就别再提了。现在最重要的是照顾好自己。你应该和母亲谈谈，我肯定柯林斯医生一定会帮你的。有一些机构会专门给像你一样的年轻女性提供帮助，我记得其中一个叫作'希望的使命'……还有'斯基尼教慈善院'。别担心，你不是唯一一个有这种困扰的人。"

"我也会想办法帮助你的。"庞德说，"我在桥上跟你说的话都是真的。"他冲南希微笑着说，"你一定要照顾好自己和孩子，有需要可以随时联系我。"庞德说着拿出一张名片，小心地放在病床边的桌子上。"没有过不去的坎，一切都会好起来的。"他再次向她保证，"你可以把我当成朋友，千万别忘了。"

说完这些，他和黑尔高级警督起身离开了病房。两人沿着走廊朝医院的主楼梯走去。黑尔看起来很疲惫，刚才听到的事令他沮丧，他感伤地摇了摇头。"真是太意外了。"他叹着气说，"接下来又该往哪儿查？这个水上的塔利！这件案子简直越查越复杂，一团乱麻，就像赫拉克勒斯的第一大任务一样。"

"您指什么，高级警督先生？"

"清理奥吉亚斯的牛棚——如何抽丝剥茧找出头绪。我们知道梅丽莎·詹姆斯和阿尔吉侬·马许有染，也知道后者拿虚假商业计划欺诈她。现在又知道弗朗西斯·彭德尔顿占了南希·米切尔的便宜；埃里克·钱德勒是个变态；加德纳夫妇俩是小偷。没完没了。"

"我想，清理牛圈应该是第五大任务。不过不用灰心，我的朋友。"庞德的双眼光彩熠熠，"这份苦差就要到头了！"

"说得跟真的似的！"

两人走到医院底楼，庞德正准备说些什么，却忽然止住了脚步，惊呼："凯恩小姐！"

果然，他的私人助手正站在前门处，穿戴整齐，手里提着一个行李箱。"庞德先生！"她看见庞德也很惊讶。

"你感觉好些了吗，凯恩小姐？"

"好多了，先生，谢谢关心。您这是要回酒店吗？"

"正有此意。"

"要是方便，希望能与您同行。"她有些迟疑地问，"我们还要在这里住很久吗？请允许我说实话，我在那栋别墅里看到的事——恐怕一辈子也忘不了！早点回到伦敦我也能早点放心些。"

"我完全理解你等不及想离开这里的心情，也知道这对你来说是多么可怕的经历,请让我再次向你道歉。不过,我想告诉你,凯恩小姐,我明天就要回伦敦了。在此之前,这一切谜团都会得到解答。"

"您知道凶手是谁了?!"黑尔吃惊地说。

"我已经知道是谁杀了梅丽莎·詹姆斯和弗朗西斯·彭德尔顿。可是,高级警督先生,这件事我不愿居功。这是您的案子,也是您给了我解开谜团的线索。"

"什么线索?"

"就是您之前提到过的,莎士比亚名剧《奥赛罗》中苔丝狄蒙娜的死。"

"您这么说可真是抬举我了,庞德先生,我并不清楚您的意思。"

"一切都会水落石出的。只要找出最后一片关键信息,我们就可以结案了。"

"什么信息?"

庞德微笑道:"梅丽莎·詹姆斯去教堂的原因。"

第十六章 庞德的顿悟

阿提库斯·庞德没时间礼拜上帝。战争时期他备受迫害，原因却并非信仰，而是种族身份——希腊犹太裔。在他出生的六十年前，他的曾祖父移民德国，期盼能过上更好的生活，却未曾想到这个决定将来有一天几乎导致整个家族的消亡。当庞德被送到德国贝尔森集中营后，看见犹太人都聚在一起虔诚地祷告，祈求他们的上帝能够救他们脱离邪恶，也看见他们一批批被带走、杀害。从那时起，他便明白或者说确认了一点，即便上帝真的存在，他也不要敬拜他，也不会去拜那些星辰、十字架和月亮，因为那不会对现实产生一丝一毫的改变。

直到今天，他依旧这么想，但也十分理解人们对于宗教信仰的需要，并且尊重这种选择。走进圣丹尼尔教堂的院落，庞德心想，水上的塔利要是没有这座教堂，只怕会更加衰败。这里仿佛一个自成一格的世界，数棵高大的山毛榉树郁郁葱葱，四下合围，将教堂与外界隔开。墓园里，当年那些建立起这座小渔村的男男女女依旧没有离开，静静地沉睡着。教堂建于十五世纪，样式简洁大气，用康沃尔花岗岩筑成，西侧有一座塔楼，楼顶有些残缺需要修复。站在教堂院落里，庞德感觉内心十分平静。他可以想象英国的村庄里并非人人都是信徒，却无法想象任何一座村庄没有教堂。

梅丽莎·詹姆斯在她死前一个小时曾来过这里。为什么？

医生的妻子萨曼莎·柯林斯曾从卧室窗口看见她进去，即便她选择死后葬在这里，也并无证据显示梅丽莎是一个信徒或曾花大量时间参加教会活动。庞德看见墓园中心挖好的墓坑，它在耐心等待警方归还尸体。她是否曾在这里见过某人？毕竟这的确是个幽会的好去处——私密、远离塔利中心、大门从不上锁。

庞德转动沉重的铁质门环，大门"吱呀"一声缓缓打开。教堂内的景象令人十分意外，似乎比从外边看上去更宽敞，窗明几净、整洁有序。大厅两侧对称摆着几排长椅，中间铺着一条长长的蓝色地毯，从门口直通尽头的神坛。神坛上方有三扇彩绘窗户，讲述着圣徒丹尼尔的人生故事。庞德走过去，不多时，便发现自己沐浴在绚烂的午后阳光下。神坛的一侧有一个石砌喷泉，另一侧是一座铜质纪念碑，上面印刻着某位葬于此处的庄园主的姓名年月，将一生浓缩于短短几行字中。

忽然，庞德意识到教堂里还有别人。那是一个女人，手托一个插满鲜花的瓶子，从讲道坛后走了出来——萨曼莎·柯林斯。庞德并不吃惊，因为黑尔给他的笔录里写着，萨曼莎大部分时间都在教会帮忙。

"噢……下午好，庞德先生。"萨曼莎看起来略有些吃惊，"您在这里做什么？"

"我来这里寻找可以平静思考的空间。"庞德微笑着回答。

"呃，欢迎您来。我不会打扰太久的，把瓶里的花都换成新鲜的，再把赞美诗的数字、页码整理好就走。管风琴已经非常老旧了，不过或许还能再撑一首《前进吧，基督战士》。"

"请别让我打扰你工作。我很快就会回酒店去的。"

可是，萨曼莎却放下手里的鲜花，忽然意志坚决地向庞德走来。"我知道您逮捕了阿尔吉。"她说。

"我没有逮捕任何人,柯林斯夫人。是黑尔高级警督暂时关押了你的哥哥,现在正在审讯中。"

"可以告诉我原因吗?"

庞德耸了耸肩:"很抱歉。"

"不、不,没关系。我完全理解。"萨曼莎叹了口气,"从我记事起,阿尔吉就总是被卷进麻烦中。连我有时候也忍不住怀疑,如此不同的两个人怎么会成为兄妹。"她犹豫了一下,然后迅速说,"只告诉我一件事就好。他被捕是和梅丽莎·詹姆斯被杀有关吗?是这样吗?"

"你怀疑是他干的,柯林斯夫人?"

"不!我没有怀疑他!我不是这个意思。"她显然吓坏了,"阿尔吉的确有许多问题,但他绝对不会故意去伤害别人。"

可惜他确实伤害了别人,庞德心想,让那个可怜人不省人事地躺在路边。

"我问是因为我知道他和梅丽莎关系很亲近。"萨曼莎继续解释,"我之前说过,他是梅丽莎的财务顾问。"

"他是这么跟你形容他俩之间的关系吗?"

"是的。他或许是看中了梅丽莎的钱,可这并不算犯罪,梅丽莎有的是钱。"

萨曼莎的语调令庞德忽然生出一丝警觉。他还记得第一次拜访教会小屋时她说的话。她和梅丽莎关系并不亲近。"我可不可以这么理解,柯林斯夫人,你不太喜欢詹姆斯小姐?"

"我确实不喜欢她,庞德先生。"萨曼莎脱口而出,"我知道这样不对,人应该心怀善意,可我真的很不喜欢她。"

"我能问为什么吗?"

"因为我认为她用那座奢侈的酒店、她的豪车还有那些为了看她一眼追着她到处跑的人——那些影迷——把水上的塔利这个民风淳朴的村庄变得越来越不成样子。何况她都已经多少年没演过戏了。我认为她是一个非常肤浅的女人。"

"你知道她和你的哥哥有私情吗?"

这句话令萨曼莎感到震惊:"是他告诉您的吗?"

"他承认自己与她通奸。是的。"

"唉,阿尔吉就是这样。"萨曼莎出离愤怒,"我才不关心他会怎样,要是再被关起来,那也是活该。通奸是原罪,我再也不会允许他来家里了。早知如此,一开始就应该听伦纳德的话。"她滔滔不绝地叱责着,连气都来不及喘,"至于梅丽莎,这种行为对于好莱坞女明星来说一点也不意外。我不怪阿尔吉,一点也不怪他,说实话,整座村子里的男人没有一个能抵挡得住她那狐媚劲儿。她甚至还想勾搭伦纳德,一直找他看些莫须有的病。这就是梅丽莎·詹姆斯,她想要的就一定要得到,要是谁挡了她的路,只能自求多福。"

大概是最后这句话令她忽然回过神来,萨曼莎住了口,四下里看了看,仿佛这才想起自己身处何地。"我知道说一个已死之人的坏话很不好,也希望上帝慈悲原谅她,可我就是不喜欢她。我觉得她本来可以为教会做更多贡献,特别是她自己还要求葬在这里。我是说,比如刚才提到的管风琴,她知道我们面临的所有困难,却从不愿意为重建基金捐一分钱。时移世易,这件事现在归我管,可之前她明明动动手指就能帮上大忙。人怎么可以这么自私。"

"柯林斯夫人,我们初次见面时,这些话你可一点也没说过。"

"当时我觉得说出来不太合适。"

庞德注意到她刚才话里的重点。"看来你现在有钱了。"他说，又补充道，"愿意出钱帮扶教会是非常善心的举动。"

"我可不敢一个人独享。总之，这是很大一笔钱，是我最近过世的姑姑留给我的。"

"那管风琴呢？我估计买架新的得花不少钱吧。"

"噢，是的，庞德先生，管风琴是除了这栋教堂建筑以外最昂贵的东西了。新的管风琴将会由普利茅斯的'海勒公司'为我们专门打造。这可能需要花一千多英镑，但伦纳德很支持我。教会对这里非常重要，这只是我们所能尽的绵薄之力。"她顿了顿，"教堂的屋顶也有些破损，或许我们也会帮忙修缮。"

"你真是太慷慨了，柯林斯夫人。"庞德微笑着，却忽然露出一副困惑的神情，"关于你的这位姑姑，我可以问问她是否也留了遗产给你哥哥？"

萨曼莎的脸红红的。"没有，"她说，"遗嘱里没有提到阿尔吉侬一个字。我想一定是他太让姑姑失望了，所以才决定和他断绝关系。我之前也有考虑过，是不是该给他分一些，可是——尤其是知道了您刚才告诉我的事以后——我不认为有那个必要了。可奇怪的是，我丈夫却一直努力地想要说服我分给他。我不明白这究竟是为什么，因为刚听说遗嘱的事时，他明明不想让阿尔吉侬知道。不过，不管他怎么说，我已经拿定主意了。您觉得我这样做错了吗？"

"我想我没有资格给你任何建议，柯林斯夫人。不过，我完全理解你的想法。"

"谢谢您，庞德先生。"她转过身去，坚定地看着神坛上的十字架，"您若不介意，我希望能单独待一会儿。一不留神，人心就会被怨恨和不圣洁的想法占据,您说是吧?我觉得自己或许应该为梅丽莎·詹姆斯和我哥哥祷告。在上帝的眼中,我们都是罪人。"

庞德恭敬地鞠了一躬,不再打扰萨曼莎的默祷,心里想着,她或许也想要为自己祷告吧。庞德走出教堂,站在外面阳光充盈的庭院里,周围绿树成荫。从这里能看见教会小屋以及萨曼莎·柯林斯看见梅丽莎·詹姆斯的那扇窗户。他笑了笑,或许应该试着相信一下教堂的神力,刚才的意外会面已经解开了他心中剩下的所有谜团。

第十七章 月光花酒店

月光花酒店的主要休息室一早上都关着，门上贴着一张告示，说因私人活动占用房间，要到今日午后才能开放，并向宾客们致歉。作为补偿，酒吧里有免费的糕点、饼干和咖啡供应。事实上，上午十点之前，休息室里就已经来了十三个人，其中包括庞德和黑尔高级警督。尽管并不迷信，但庞德必须承认，今天的会面将为其中一人带来坏运气。

他站在休息室中央，穿着整洁的老式西装，手里的黄檀木手杖立在右足前，形成一道斜线。他戴上了细框眼镜，镇定而又恭谨的神态很容易让人以为是当地学校的老师，要给大家上一堂塔利历史或者当地野生动物的课——月光花酒店里经常举办这样的活动。

他的观众都是与梅丽莎·詹姆斯和弗朗西斯·彭德尔顿被杀案有关的人——嫌疑人和非嫌疑人。建议把所有人集合起来的是黑尔高级警督。他知道，这样会有种戏剧效果，可既然是职业生涯的最后一个案子，增加些戏剧性又有何不可？就算站在舞台中心的不是他，而是庞德。

月光花酒店的经理兰斯和莫琳·加德纳夫妇坐在一张沙发上，神色不悦，一副心怀坦荡、无须多说的样子；柯林斯医生和萨曼莎坐在另一张沙发上，握着对方的手；阿尔吉侬·马许选了一张椅子，跷着腿，抄起双手坐着——看这样子很难让人相信他已经被捕了，能从警局出来都是黑尔的安排。西蒙·考克斯也被他们从伦敦叫来了，此刻正坐在壁炉另一侧一张一模一样的扶手椅上。

埃里克·钱德勒和母亲选了书架前的两张木制椅子，虽然坐在彼此身旁，两人间却隔着很宽的距离，并且从头到尾都回避着对方的目光。南希·米切尔已经出院，在母亲的陪同下来到酒店。从母亲护着女儿的样子可知，她已经知道了女儿怀孕的事。凯恩小姐坐在她俩旁边，摊开笔记本、准备好了笔。她看起来不怎么开心，黑尔记得她曾说过想赶紧回伦敦，在经历了这么一番折腾以后，她恐怕只愿自己从没来过这里。

"今天能够见到各位，我非常高兴。"庞德终于开口了，"本次调查非常特殊——原因有二。第一，几个人有杀害梅丽莎·詹姆斯的动机；也有几个人有杀害弗朗西斯·彭德尔顿的动机。可是，要找到一个既有杀害第一位死者又有杀害第二位死者动机的人，对我来说一直是个难点。

"第二，也是本案非常奇怪的一点，是我的助手凯恩小姐提出的。"他看着凯恩小姐说，"我知道对你来说，这是一次非常糟糕的经历，但还是要感谢你为我整理了那十个关键时间点。我请我的好朋友、黑尔高级警督拷贝了一份，好让各位和我一起来看看，詹姆斯小姐被害当日，从傍晚五点四十分到六点五十六分之间发生的事。"

黑尔早已把凯恩小姐的笔记用一张大纸抄了一份，这样房间里的每个人都能看清。他用两只图钉把纸钉在两扇窗户之间的墙面上，莫琳一脸不悦。"一来就在酒店墙上戳两个洞，真是多谢。"她不满地低声抱怨着。黑尔假装没听到。

5：40pm：詹姆斯小姐离开月光花酒店。

6：05pm：詹姆斯小姐到家。

6：15pm：弗朗西斯·彭德尔顿离开克拉伦斯塔楼去看歌剧。

6：18pm：听见狗吠。陌生人抵达克拉伦斯塔楼？

6：20pm：听见克拉伦斯塔楼的大门打开又关闭的声音。

6：25pm：钱德勒母子离开。奥斯汀轿车不见了。

6：28pm：梅丽莎·詹姆斯打电话给柯林斯医生。

6：35pm：柯林斯医生离开自己家。

6：45pm：柯林斯医生抵达克拉伦斯塔楼。梅丽莎·詹姆斯死亡。

6.56pm：柯林斯医生打电话报警、叫救护车。

"如各位所见,这其中只有十七分钟时间杀掉梅丽莎·詹姆斯。"庞德接着说,"这么短的作案时间非常罕见,也极大地影响了我的调查。比如,柯林斯医生和妻子不可能作案,因为他们六点二十八分时,还在家里接了电话。我们知道这通电话是真实的,是梅丽莎·詹姆斯小姐打的,因为当地电话转接中心有记录,并且柯林斯夫人也听见了。我们还知道,电话里的詹姆斯小姐听起来很难过,需要一个医生或者密友的帮助——而柯林斯医生恰好满足这两点。詹姆斯小姐因为一些事难过得哭了起来。卧室里以及楼下的起居室里都发现了沾着她泪水的纸巾,而卧室正是后来她被害的地方。

"我一直在思考一个问题:为什么会在两个地方发现这样的纸巾?我一直想不明白,这件让她如此难过的事究竟是从何时开始的?如果是在卧室里,为什么她不直接在那里打电话给柯林斯医生呢?如果是在起居室,是什么让她回到楼上?有证据显示,当詹姆斯小姐难过时,她花了更多的时间待在卧室里……"

"这个您怎么知道?"柯林斯医生问。

"卧室里有两张用过的纸巾,起居室里只有一张。另外还有件奇怪的事:她究竟为何事伤心?这一点我们尚不清楚。詹姆斯小姐打电话时,凶手是否就在屋内?很显然,梅丽莎·詹姆斯是这么认为的——'他在!我不知道他想干什么。我很害怕。'这是她在电话里说的话,柯林斯医生听见并报告给了警方。"

庞德转身看着钉在墙上的纸。

"我们还可以为这段时间添加一些别的细节。比如,现在已知的是,詹姆斯小姐在离开酒店前,和她的电影制片人西蒙·考克斯先生有过争执。两人意见相左,分道扬镳。之后,梅丽莎是否直接回了克拉伦斯塔楼?并没有。因为一些尚未明了的原因,她开车去了圣丹尼尔教堂,此行被柯林斯夫人看见。与此同时,考克斯先生跟在她后面来到克拉伦斯塔楼,比她更早抵达。考克斯先生靠近别墅的时候,听见了钱德勒太太和儿子的争吵。"

"这是私事!"菲莉丝闻言立刻出声阻止,几乎就要起身。

"我们不需要过多讨论争吵内容,钱德勒太太。请不要紧张。"庞德等待菲莉丝坐下后才接着说,"因为这番争吵,你和儿子直到傍晚六点二十五分才离开别墅前往你妹妹家。你的这番证词如今看来非常重要。你在六点十八分时听见家里的狗吠,两分钟后,听见大门打开又关上的声音。由于家里的狗只会在有陌生人上门时才吠叫,因此你推测,当时进入别墅的正是后来伤害梅丽莎·詹姆斯的人,并在十分钟后,导致她打电话给柯林斯医生求助。

"那么这段时间内,弗朗西斯·彭德尔顿在哪里呢?已经确认,他并没有去看那天的歌剧《费加罗的婚礼》,却假装自己去了。很有可能,他当天确实在六点十五分从起居室的法式落地窗离开了别墅,这样没有人会注意到他的行动。或者,他也可能留在家里,杀死妻子。可如果真是这样,为什么詹姆斯小姐不在打给柯林斯医生的最后一通电话里说得更清楚一点呢?如果她知道那个进入别墅并且要杀她的人的名字,肯定会告诉医生的吧!"

庞德检视着墙上的时间表。

"这样就说不通了。"他补充道,"我无法找到合理的解释。我在自己的书《犯罪调查全景》里探讨过这种问题——有时,线索会以某种表面上看似合理的方式呈现出来,可仔细一想却完全经不起推敲。一旦出现这样的情况,就必须接受一个事实,那就是这些并非真正的线索,但真相就隐藏其中,只是被误导或者被误解了,让人看不分明。"说到这里,庞德停了下来,过了一会儿,才继续道,"而我正是按照这种方式去思考整个案件。几乎从调查一开始,我就在寻找另一个可以真正解释梅丽莎·詹姆斯之死的时间线。而不得不说,要不是因为杰出的黑尔高级警督的点拨,我说不定永远也找不出来。是他把受害者比喻为莎士比亚剧作《奥赛罗》里的苔丝狄蒙娜,正是这句话让我茅塞顿开,终于明白了事情的真相。"

"我猜坏蛋'埃古'就在我们中间吧。"阿尔吉侬嗤笑道,一副看好戏的表情。

庞德没有搭理他。"让我们回到刚才的第一个问题。"他接着说,"杀死梅丽莎·詹姆斯的动机是什么,以及为什么也要杀掉弗朗西斯·彭德尔顿?"他转身看着兰斯·加德纳,"你,加德纳先生,有充分的理由杀害她。她曾警告说要找人来调查酒店的经营状况。"

"我问心无愧。"加德纳先生答道。

"事实恰好相反。多谢我的得力助手凯恩小姐,我们可以确认你有不少见不得人的事。我知道你给供应商超额支付的事,并叫他们把多余的钱转进你自己的私人账户。相关证据已经交给高级警督了。"

"等此事结束,我会找你和你太太好好聊聊。"黑尔冷酷地说。

"只要梅丽莎·詹姆斯死了,就不会有人调查酒店的事,你盗窃酒店财产的事也就不会被发现。你是有动机杀掉詹姆斯小姐以及她的丈夫的,因为弗朗西斯·彭德尔顿也在怀疑你监守自盗,并一直在追查此事。"

"我们没有杀人!"莫琳·加德纳大声反驳。

"那么菲莉丝和埃里克·钱德勒呢?他们也有充分的理由要杀掉梅丽莎和弗朗西斯。因为他们俩隐藏着一个秘密。埃里克在克拉伦斯塔楼干了一件十分不雅的事——"

"她什么也不知道!"埃里克大叫,声音尖利,恼羞成怒。

"这是你的说法。可我们并不清楚梅丽莎是否发现了你的秘密并因此威胁过你,不是吗?后来,她的丈夫无意中发现了这件事,所以你就把他也杀了。这可能是你们两人中的任何一个:埃里克可能因为恐惧而杀人,而他的母亲则是因为羞愧;甚至有可能是你二人合力而为。在我看来,你们之间的分歧和争议被放大并因此升级,也是十分可能的,并且我还要提醒一点,你们——并且只有你们——两次杀人案发生时都在现场。"

"简直是胡说八道!"菲莉丝愤恨地斥责道。

可庞德已经转向了南希·米切尔。他的态度略有缓和,但关于她在此案中的角色还是必须说个清楚明白:"现在就要说到你了,米切尔小姐!"

"我女儿南希什么也没做!"布伦达·米切尔太太攥紧了女

儿的手。

"你当然会这么想,米切尔太太,并且我也真心希望如此。可是,尽管第一起凶杀案发生时,你女儿在酒店里;第二起案件发生时,她却在案发现场。"庞德看着南希,近乎抱歉地说,"你只承认了这些。你说自己从窗外往里眺望,被发现后,就立刻逃跑了,可要说你并没有立刻跑走,而是从别墅后门进入,用那把土耳其短刀杀掉了弗朗西斯·彭德尔顿,然后再逃走,也是完全有可能的。他对你很不好,而你很愤怒。原因我们已经讨论过,这里就不再公开详述了。但我要问的是,除了你,这个房间里还有任何一个人有理由做出如此疯狂又决绝的举动吗?"

南希沉默着,垂下双眼。她的母亲轻抚着她。两人都没有说话。

"那我呢?"阿尔吉侬忽然问,"您不是要指控我欺诈梅丽莎吗?"

"你觉得这一切很好笑吗,马许先生?"

"呵,总比待在监狱里有意思。"

"那你最好做好把牢底坐穿的准备。"黑尔咕哝道,"我看你得在里面待一段时间了。"

"你当然也有杀害詹姆斯小姐的动机。"庞德接着他的话说,"她给你的公司投资了一大笔钱,可这实际上是你设的骗局。我们查到她正遭遇财务危机,要是她因此找你还钱的话,你该怎么办?你的骗局很可能穿帮。"

"可她并没有要我还钱。我们正计划结婚,等结了婚,她的钱反正也都是我的了。所以,我恐怕您的推论站不住脚。"

"啊,没错,她给你写了一封信。'我最亲爱的你……'她是这么称呼你的,对吗?"

"正是。"

"不，马许先生。事实不是这样。我不认为詹姆斯小姐和你有私情——绝不是这种关系。我认为是你故意编造了这样的故事，以借此达成你真正的目的。"

说完这些，庞德转头看向萨曼莎·柯林斯。

"我在教堂遇到你时，你曾说最近继承了一笔丰厚的遗产，而你的哥哥却没有份。"

"是的。"萨曼莎对于忽然成为众人瞩目的焦点感到十分不适。

"你不希望让哥哥知道这件事。"

"呃……"

"我们去教会小屋拜访两位时，柯林斯先生曾嘱托我不要提到你们当天要去伦敦。"庞德提醒道，然后看着医生说，"我猜你们去伦敦和这笔遗产有关吧？"

"是的。"柯林斯医生承认，"正是如此。"

"后来，当高级警督逮捕你的内兄时，他说的一番话让我很感兴趣。他说：'我相信伦纳德有很多话想对你们说。'我当时就意识到，这句话其实并不是对我说的，而是给你的警告。"

医生脸上的笑容有些勉强："我不太明白。"

"而在教堂的时候，柯林斯夫人跟我说，你忽然毫无来由地改变了主意，极力劝说她把遗产分一部分给自己的哥哥。"

"我只是故意唱反调，魔鬼代言人。"

"就是不知此事当中谁是魔鬼？"庞德笑了笑，"阿尔吉侬·马许是不是恐吓你了？"见柯林斯医生不语，他便接着说，"让我们想象这样一种可能：和梅丽莎·詹姆斯有私情的并不是阿尔吉侬，而是医生你。而阿尔吉侬不知从何处发现了这件事——很有可能是詹姆斯小姐自己告诉他的，他知道一旦被你的妻子知晓此事，会有什么后果。这一点我也见识过了。在教堂里，柯林斯夫人说通奸是原罪，还说从此以后再也不会见她的哥哥了。要是被她发现自己的丈夫、两个孩子的父亲竟和一个已婚女人卷入不伦之恋——任谁都能想象到后果。"

"没有这回事。"柯林斯医生坚定地说。

"可还真有这么回事，柯林斯医生。这也是你杀害她的原因。只有这样才解释得通。"

"您搞错了，庞德先生！"萨曼莎·柯林斯惊恐又难以置信地瞪着庞德，却不自觉地松开了握着丈夫的手，"伦纳德那天去她家，只是因为她打电话说需要帮助。"

"你并没有听见她说了什么，柯林斯夫人。"

"我没有听见全部内容，是的，可我确实听见有人求助，并认得出那是她的声音。"

"那么，是什么事让梅丽莎如此难过呢？"庞德转过头继续问柯林斯医生。

"我说过——"

"你撒谎了！"庞德缓缓走到墙上的时间表前，"这十个关键时间节点也是谎言。让我们一起根据目前已知的信息再推敲一遍。"

"下午五点四十分，梅丽莎·詹姆斯离开酒店。因为和西蒙·考克斯之间的争吵，她心情低落，于是去了圣丹尼尔教堂，因为那就在她心爱之人的家对面。她希望能见见柯林斯医生，告诉他她当晚会独自在家，弗朗西斯·彭德尔顿要去看歌剧，所以他俩可以见面。但要想跟医生说这番话，必须先确保他身边没有别人。于是她抬头往医生家望去，却看见柯林斯夫人在楼上的窗口看她。那么她该怎么办呢?她转身走进了教堂,假装那是此行的目的。

"六点零五分,梅丽莎回到家,弗兰斯西·彭德尔顿在家里等她。他知道妻子不忠的事,却依然对她爱得不可自拔,无法忍受失去她的痛苦。于是两人爆发了激烈的争吵。钱德勒太太因为有些耳背,没有听见他们吵架。而且她和儿子当时在二楼的小厨房里,厨房的墙是砖砌的,隔音效果很好。我们无法知道夫妻俩究竟说了些什么,或许是丈夫指责妻子出轨,而妻子承认了并且告诉他要结束婚姻关系。梅丽莎本来将这件事也写在一封信里了,但没有寄出去。于是,出于一时激愤,弗朗西斯拿起电话线勒住了梅丽莎的脖子。当时是傍晚六点十八分,梅丽莎的宠物狗就在房间外。它吠叫不是因为有陌生人来到大门前,而是因为动物本能,它察觉到有人正在伤害自己的女主人。

"弗朗西斯·彭德尔顿极度愤怒。正如高级警督所说,在那一刻,他化身为奥赛罗,想要杀死自己毕生最爱的女人。可当他回过神来,意识到自己正在做什么时,惊慌地转身飞奔出了别墅。这就是钱德勒太太六点二十分听到的大门打开又关上的声音。当然,他并没有去看歌剧,而是开车离开了。他找了个地方停下,让自己平静下来,反省着自己刚才的行为,心中充满了悔恨、恐惧和绝望。当我第一次见到他时便知道,即使已经过了一个星期,眼前这个男人也依然因失去了此生最重要的东西而极度崩溃。"

"所以真的是他杀的?!"凯恩小姐惊呼。

"他没有杀她。"庞德却静静地回答,"我们所犯的错正在此处。《奥赛罗》这个故事是怎样的?奥赛罗误信谗言,以为苔丝狄蒙娜背叛了自己,与别人有私情,于是勒死了她。埃古的妻

子艾米莉亚恰好进入房间,而奥赛罗向她坦白了自己所做的事。'她死了,'他说,'身体像坟墓一样冰冷……我失去了妻子。'

"可他错了!过了几分钟,艾米莉亚听见了声响,大叫道:'那是什么声音?……那是夫人的声音。'原来苔丝狄蒙娜并没有死,只是暂时失去了意识。她后来又活了足够的时间,足以证明奥赛罗并未杀人,才又死去。

"发生在梅丽莎·詹姆斯身上的事也是如此。窒息致死有很多种原因,比如阻止血液和氧气输送到大脑,这是最常见的死因;也可能导致心脏病发作或者动脉破裂。但是可能很少有人了解,窒息只需几秒钟就能令人失去意识,但因此致死却需要几分钟。

"所以,让我们来想象一下从弗朗西斯·彭德尔顿的视角看到的事实:他勒死了自己的妻子。他认为梅丽莎已经死了。梅丽莎失去意识倒下时,撞到了床头桌,流了血,一动不动。以为自己杀死了妻子的弗朗西斯仓皇逃出别墅。从那一刻起,他便认定自己是杀人凶手。

"可几分钟后,梅丽莎·詹姆斯醒了,发现家里只剩她一个人,因为钱德勒母子俩已经走了。她感到十分痛苦,泪水决堤而下——她差一点就死了!她大哭起来,用了两张纸巾擦拭泪水,又胡乱扔在地上。接下来她会做什么呢?一定是立刻打给心里最爱的也相信同样深爱着她的那个男人。可是她无法在卧室里打给他,因为电话线被扯断了。她必须下楼到起居室去,用那里的电话。于是她抽出另一张纸巾,下了楼。

"她在六点二十八分打给了柯林斯医生,告诉他弗朗西斯·彭德尔顿想要杀掉自己。柯林斯医生立即出门,于六点四十五分抵达克拉伦斯塔楼。究竟何时抵达其实并不重要。等他到的时候，梅丽莎正躺在自己卧室的床上，一句话也说不出来。

"那么接下来又发生了什么呢？

"柯林斯医生一直与梅丽莎有私情。这一点并不难理解，她是享有盛誉的好莱坞女明星，拥有豪宅和奢侈的酒店，还很快就有新戏开拍。或许医生曾想过为了她离开自己平凡的妻子和海边小村庄的无聊生活，可是这一切都因萨曼莎·柯林斯一位亲戚的死而彻底改变了。因为这位亲戚留了一大笔遗产给萨曼莎，而梅丽莎却负债累累，酒店经营也不顺利。突然间，这位女星似乎也没那么迷人了。

"可与此同时，梅丽莎却要求公开他们的关系。她在信里是怎么写的？——'我们必须鼓起勇气，向全世界宣告你我之间的缘分与真情。'如果梅丽莎真的如她所说将此事公之于众，那么医生失去的不仅仅是妻子，还有她刚得到的丰厚遗产。而他绝不允许这样的事发生。

"恰巧此事为他提供了一个大好机会，简直是万事俱备：梅丽莎·詹姆斯被人袭击了，而事发当时，他和妻子在家，那通电话肯定会留下记录。于是他迅速作出判断，拿起电话线完成了刚才弗朗西斯没有做完的事。只是这一次，作为一名医生，他很清楚要勒多久才会致死，也能清楚判断生命流逝的征兆。有没有证据？梅丽莎的脖子上有两道勒痕——这是黑尔高级警督发现的，只是一开始他以为——并且这个推测也十分合理，那是梅丽莎挣扎时留下的。

"柯林斯医生杀掉梅丽莎后，打电话报了警。他告诉警方的故事版本是，当他来到别墅时，发现梅丽莎已经死了。他没有告诉警察，梅丽莎生前指认了丈夫是凶手，尽管他或许很想这么做，但并不确定弗朗西斯究竟是何时离开的别墅，是否有人看到梅丽莎醒来。总之,那并不重要,因为他知道无论自己说什么,弗朗西斯都会成为第一嫌疑人。可惜他犯了第二个错,并且是很重大的错误。他擦拭了电话,清理了指纹。正如我之前跟你说过的,高级警督,弗朗西斯没必要做这样的事。"

休息室里一片静默,人人悚然。所有人都盯着伦纳德·柯林斯。他的妻子出于极度震惊,身体朝他的反方向弹开,愣愣地望着他;阿尔吉侬脸上挂着淡淡的微笑,惊叹于自己这个妹夫居然有胆量做出这样的事来——但很快这抹笑容逐渐消失,因为他回过神来,意识到自己分得遗产的唯一机会已经消失无踪;菲莉丝·钱德勒惊恐万分;玛德琳·凯恩小姐也是无比惊诧。

柯林斯医生缓缓站起身来,神情仿佛刑场上等待处决的人。"我曾以为自己真的能瞒过去。"他说。

"伦纳德……"萨曼莎叫着他的名字。

"我很抱歉,阿萨,可惜他说得对。一切都对。无聊的生活、平凡的妻子……我曾梦想过更广阔的人生。请代我向孩子们道别。"他走到房间门口,拉开门。外面站着一名警员。"请原谅我要缺席剩下的故事,"他说,"此刻我只想一个人静静。"

他走出去,将门在身后轻轻关上。休息室里依旧一片沉默。萨曼莎把脸埋进双手,凯恩小姐在笔记本上写下了什么,还在下面画了一条线。

"凶手竟然是他!"黑尔简直不敢相信自己的耳朵,"这样一切就都说得通了,庞德先生,简直太精彩了!可还有一件事您没有解释。为什么他要杀掉弗朗西斯·彭德尔顿?"

"弗朗西斯·彭德尔顿不是他杀的。"庞德答道,"至于谁应当为彭德尔顿先生的死负责,高级警督,恐怕我也已经十分清楚了。"

"是谁?"

"是我。"

第十八章 招聘公告

"有件事我需要坦白。"庞德接着说,"弗朗西斯·彭德尔顿被害时,我就在克拉伦斯塔楼,而现在我发现自己要为他的死负一定的责任。"

"是你杀了他?"阿尔吉侬问道,一脸难以置信。

"不,马许先生。把刀插进他胸膛的人并不是我,可是,如果当时我能更警惕一些,思考能再快些,他说不定就不会死了。"

"您已经做得够好了,庞德先生。"凯恩小姐轻声说,有些责备地看着他。

"谢谢你的好心,凯恩小姐。但水上的塔利教会了我一个道理,将来我会把它写进书里。"

"还请您有话明说,庞德先生。"高级警督提议。

庞德点了点头。

"很奇怪,"他说,"与您共进晚餐的那天夜里,我一个人站在酒店客房的阳台上,心中忽然产生一种奇怪的感觉,觉得当初不应接这件案子,而后来发生的事证明了我的预感是正确的。托您的福,我解开了梅丽莎·詹姆斯被杀的案子,可是弗朗西斯·彭德尔顿的死,又是完全不同的另一码事。

"我必须再问一次,他为什么会被杀?这个房间里谁想让他永远闭上嘴?先前我也说过,南希·米切尔应该是最对他怀恨在心的人,并且完全可以理解;加德纳夫妇或许也有理由害怕他的存在;钱德勒太太和她的儿子,毫无疑问,也觉得他的存在是一种威胁。"

"我根本没碰过他!"埃里克哀号道。

"哦,别哭哭啼啼的,你这个长不大的孩子。"菲莉丝低声斥道。

"阿尔吉侬·马许是一个为达目的不择手段的人,为了保护自己的公司很难说会做出什么来;而我们还得分析分析萨曼莎·柯林斯。"

从刚才丈夫承认犯下第一起杀人案开始,萨曼莎就呆呆地坐着,一副失魂落魄的样子。有警员为她倒了一杯浓茶,可她碰也没碰。很明显,她还没有从刚才的震惊中恢复过来。此时听见自己的名字,才慢慢回过神来,抬起了头:"您的意思是?"

"在教堂时,你曾毫不避讳地说自己不喜欢梅丽莎·詹姆斯。我曾考虑过这是否足以促使你杀死她。请原谅我这样说,但你给我的印象是那种,为了保护自己的名誉、家庭和孩子愿意牺牲一切的女人。要是弗朗西斯·彭德尔顿知道了妻子和你丈夫的事呢?为了阻止他把这件事公之于众,你会怎么做?"

"简直荒谬!"

"这只是我的一个猜测。"庞德并未坚持,"我想过许多种可能,但又一一排除了它们。加德纳夫妇或许是狡猾的窃贼,但不是杀人犯;马许先生差一点开车撞死人,可他没有胆量故意杀人;而你,米切尔小姐,是一个好姑娘,我只希望你将来的人生能够幸福;钱德勒太太,你应该对儿子更宽容一些,要我说,他需要的是你的帮助而不是愤怒;而你儿子也一样不可能犯下这样的罪行,即便可以,他也不可能如此迅速地离开现场。"

"那会是谁呢?"

庞德环视着周围。

"我来告诉各位为什么我不应该来这里。"他继续说道,"一个美国的委托人找到我,他叫埃德加·舒尔茨,自称是纽约一家名叫威廉莫里斯的中介机构的高级合伙人。这是我第一次从素未谋面的客户那里接受委托,因此从一开始就觉得不太舒服。我做过简单的调查,可以证明确实有这家中介和这么一个人,他也确实是梅丽莎·詹姆斯的代理人。

"可是,在与舒尔茨先生沟通的过程中,我立刻注意到了某些奇怪之处。比如他写给我的信里的称呼是'Mr Pünd'(庞德先生),可是美国人的习惯写法是在'Mr'的后面加一个小点(Mr.Pünd)。这封信里却没有这样写。接下来的电话交流中,从美国打来的这通电话信号却出奇好,声音也十分顺畅;交谈过程中,此人说'公司里有个聪明的家伙(some bright spark in the office)'推荐了我。这是一种十分英式的表达方式,却从一个美国人的嘴里说出来,有些奇怪。虽然注意到了这两个奇怪之处,我却没有多加思考,因为信可能是匆忙写下的,而舒尔茨先生的祖上或许是英国人。

"昨天晚上,我亲自打了一通电话给舒尔茨先生——尽管此举有些马后炮的意思,但一听声音就知道和我在伦敦公寓里通话的根本不是同一个人。他向我确认从未给我写过信,也不知道我参与了调查。所以我说我本不该出现在这里。因为实际上,他根本没有雇我来水上的塔利调查梅丽莎的死因。"

"这怎么可能!"凯恩小姐惊呼,"是我亲自打电话给威廉莫里斯公司的。他们的前台助理为我转接了舒尔茨先生的办公室。"

"这真是一个谜啊,不是吗,凯恩小姐,这个把戏究竟是如何办到的？有没有可能是你问接线员要错了号码？"

"我认为那不太可能。"

"我记得你确实十分积极地想让我接手这件事。"

"我认为您会对这件案子感兴趣。您当时手头也没多少工作。"

"仅此而已？"

"不然还会因为什么？"

"让我们回顾一下，自从来到水上的塔利后，你的一系列行为。当我们第一次抵达克拉伦斯塔楼时，你对那栋别墅感到相当惊艳。你形容它'既华丽又精致'。我对你不算特别了解，可是这样的话却让我感觉不太符合你平时的行事作风，你很少主动给出自己的意见。我还发现你对詹姆斯小姐的作品相当了解。在别墅里，你对墙上出现《绿野仙踪》的海报感到十分困惑，因为梅丽莎并未参演这部电影。后来，在我们与柯林斯夫人的对话中，你又根据一些信息准确指出那是致敬她的另一部电影《青青草地》。"

"我当然了解她的作品，庞德先生，这些大家都知道吧？"

"你觉得自己算是她的影迷吗？"

"这……"

"这是个有趣的词。有人认为这个'迷（fan）'字代表着'沉迷'与'疯狂（fanatic）'。"

"我真的不明白您想说什么。"

"那就让我来点醒你吧。首先从一封来自梅丽莎·詹姆斯的头号影迷的信说起。"庞德拿出一封信，紫丁香色的信纸上用大号字体工整地写着几段话。兰斯·加德纳立刻认了出来，是寄到酒店的信之一，是他亲手交给梅丽莎的。"'没有你，电影毫无意义,'"庞德读道,"'仿佛我的人生明灯就此熄灭。'"他放下信,"你认得这上面的字吗?"

凯恩小姐深深吸了一口气,终于承认:"是我写的。"

"你不希望我知道这件事。"庞德又说,"所以在詹姆斯小姐卧室里时,你才会假装晕倒。那时候你碰倒了一堆信件,因为你发现上面第一封就是你写的,并且知道若被我看见一定会认出你的笔迹。随后,当你将这摞信件递给我时,故意把自己的信反着放了。这确实是个聪明的举动……"

"这不过是我的个人喜好罢了。"凯恩小姐抗议道。

"从詹姆斯小姐的卧室里偷走她的贴身衣物也是个人喜好吗?"庞德愤怒地看着凯恩小姐,"原因暂且不谈,但埃里克的母亲怀疑是自己的儿子偷的。"

"我没偷!"埃里克立刻反驳。

"我相信你。落网的劫匪自不必抵赖抢了钱!你既已承认了之前的过犯,就没有理由刻意抵赖此事。可衣服若不是你偷的,那又是谁呢?"他回头再次看着助理小姐,"你后来独自一人待在别墅里,凯恩小姐,就在你假装晕厥之后。这就给了你大把机会进入梅丽莎的卧室。"

玛德琳·凯恩微微扭了扭身体。"真是够了!"她大声道,"您先是指责我撒谎,现在又说我是小偷。"

"我只是在说,你是一个疯狂的人。"庞德回答,"梅丽莎·詹姆斯吸引了一大群影迷,有的会写信给她,有的心生爱慕,有的则专程来塔利见她。而你就是其中之一。你疯狂地迷恋着她。"

"这难道是犯罪吗?"

"杀人难道不是犯罪吗?就在刚才,柯林斯医生被揭发是杀害梅丽莎·詹姆斯的真凶时,你看起来无比震惊。为什么会这样?"

"我不会再回答您提出的任何问题了,庞德先生。"

"那就让我来告诉你吧。你之所以如此震惊,是因为之前你以为弗朗西斯·彭德尔顿是凶手,并因此错杀了他。你杀错了人!"

休息室里又是一阵死寂般的沉默。所有人的目光此刻都集中在凯恩小姐身上。

"高级警督指控弗朗西斯·彭德尔顿是凶手时,你就在旁边;而弗朗西斯以为人确实是自己杀的,于是承认了罪行。他完全想不到,自己的妻子曾苏醒过来,又被另一个人勒死。他说他很高兴一切终于结束了,并愿意把事情原原本本地说出来。

"至此为止,他离开起居室,上楼去拿外套和鞋子。本来一切将会如常发展,可那时我们突然被窗外张望的米切尔小姐扰乱了心神。高级警督和我立刻冲出别墅,其他两名警员也迅速在别墅内四处搜查。埃里克·钱德勒和母亲待在二楼。这样一来,一楼就只剩下你一个人,而几分钟后,弗朗西斯·彭德尔顿下楼时,也只有你在,于是你便一时冲动下了手。我相信你那么做是出于内心无法抑制的愤怒与悲痛,你抓起桌上的土耳其匕首,冲上楼梯,将它插进弗朗西斯的胸膛。

"不久后,高级警督和我由正门返回屋内。当时你背对着我们,所以我们看不见你胸前的大片血迹,这也是为什么你要在弗朗西斯跌倒时上前搀扶——为了掩盖你胸前原本的血迹。我不认为你是故意杀人,凯恩小姐,至少不是有预谋的,而是一时激愤想要复仇。"

玛德琳·凯恩没有尝试辩驳。她的脸上挂着一副决绝的漠然，仿佛固执而坚定地宣告着自己并未做错，近乎疯狂。"我以为是他杀的。"她说，简单而直白，然后责备地看着黑尔，"是你说的。是你的错。"说完又转头看着庞德，"他自己也承认了。我亲耳听见的。"

"那也没必要杀人啊！"黑尔怒道，"要是他真的有罪，自有法律做出公正的裁决。"

庞德悲哀地摇了摇头。"说到此事，还是应该怪我。离开伦敦前，我曾写过一篇演讲稿，里面提到英国很可能不久后将会废除死刑，还说过去的五十年间，有几乎半数的死刑犯得到了缓刑或改判。讲稿是凯恩小姐帮我打出来的，我们还有过一番讨论。"

"如果真是弗朗西斯·彭德尔顿杀了她，就应该被绞死。"玛德琳·凯恩拒绝面对自己犯下的致命错误。她双眼无神，脸上挂着半抹奇怪的微笑，"梅丽莎·詹姆斯是上天最完美的造物，是这个国家最伟大的女演员，就像我在信里写的那样。而现在她香消玉殒，如同一盏明灯永远地熄灭了。"说完她站起身来，"现在，我想离开。"

"我还有最后一个问题，凯恩小姐。"庞德叫住了她，"给我打电话的人是谁，就是那个扮演埃德加·舒尔茨的人？"

"是我的一个朋友，演员。但后来的事他并不知情，我只跟他说这是开个小玩笑。"

"原来如此。谢谢你。"

黑尔向凯恩小姐走去："我开车送你去警局，凯恩小姐。"

"多谢好意，高级警督。"她恳切地盯着高级警督说，"可否请求您，从克拉伦斯塔楼那里开过去，让我再看它最后一次？"

*

"好了,庞德先生,我想我们该向彼此道别了。"

当天下午,高级警督黑尔和阿提库斯·庞德站在巴恩斯特珀尔火车站的站台上。

其余的事件相关者都已离开了月光花酒店。阿尔吉侬·马许也在回巴恩斯特珀尔警察局监狱的路上。同样和他一起前去的还有兰斯和莫琳·加德纳,他们将接受审讯。庞德很遗憾看见埃里克·钱德勒和母亲各自离开,母子间依旧没有任何交流。菲莉丝·钱德勒真的对儿子的行为厌恶至此吗,庞德想着,还是她终于意识到,儿子的人生变成今天这样,也有自己的责任?

不过,好在南希·米切尔的情况没那么糟。凯恩小姐离开后,她和母亲来找庞德。他能明显感觉到这两个女人之间建立起了一种前所未有的强大纽带。

"我想要感谢您,庞德先生。"南希说,"谢谢您在桥上救了我。"

"我很高兴能帮到你,米切尔小姐。这种经历换作任何人都会感到同样的痛苦,但我希望你能早日振作起来。"

"我会好好照看她的。"布伦达·米切尔说,握住了女儿的手。"如果这是南希的愿望,我们会留下这个孩子。我才不管我丈夫怎么想,我受够了他的欺凌。"

"祝愿二位都能平安幸福。"庞德说,心里想着,此次月光花酒店事件总算能有那么一点好事发生。

西蒙·考克斯开车回了伦敦。他提议要送庞德一程,可后者拒绝了。"您真是太了不起了,庞德先生。"这位商人感叹道,"应该把您的故事改编成电影。"此话一出他的眼睛立刻亮了起来,"不如我们谈谈!"

"我想还是算了,考克斯先生。"

庞德四下搜寻萨曼莎·柯林斯的身影，可她已独自离开了。黑尔向他保证会派一名女警员去教会小屋看看她和孩子们是否一切安好。

笨重的火车车厢被巨大的LMR57号蒸汽引擎拖拽着，吐着白汽驶进了站台，金属车轮发出震耳的摩擦声，一团白汽从引擎顶上喷涌而出。站台上的乘务员们立刻奔上前去，随着车门徐徐打开，第一批乘客鱼贯而出。

"回到伦敦您有何打算？"黑尔问。

"首先得找一位新的助理。"庞德答道，"看起来我得去发招聘启事了。"

"是啊，这可真是不走运。我还觉得她挺能干的呢——我是说她认真帮忙的时候。"

"是的。您呢，我的朋友？您现在已经正式退休了！"

"没错，"黑尔回答，"托您的福，我可是光荣退休。虽然真正的功劳都是您的。"

"正好相反，能解开谜题多亏了您。"

两个男人握手道别，随后庞德拿上行李箱，转身踏上了火车。车门在他身后重重关闭，很快列车司机便拉响了汽笛、松开刹车阀，引擎再次叹息着吐出浓浓的白雾，火车缓缓启动。

黑尔目送着火车离开，直到它消失在铁道尽头，才转身走向自己的车。